KRISTIN HANNAH

Das Mädchen
mit dem
Schmetterling

atb aufbau taschenbuch

KRISTIN HANNAH, geboren 1960 in Südkalifornien, arbeitete als Anwältin, bevor sie zu schreiben begann. Heute ist sie eine der erfolgreichsten Autorinnen der USA und lebt mit ihrem Mann im Pazifischen Nordwesten der USA. Nach zahlreichen Bestsellern waren es ihre Romane »Die Nachtigall« und »Die vier Winde«, die Millionen von Leser:innen in über vierzig Ländern begeisterten und Welterfolge wurden. Zuletzt erschien bei Rütten & Loening »Die Frauen jenseits des Flusses«. Alle lieferbaren Titel finden Sie unter aufbau-verlage.de.

Julia Cates, eine renommierte Kinderpsychologin, erlebt ein berufliches und persönliches Debakel: Sie schätzt den Seelenzustand einer ihrer jugendlichen Patientinnen falsch ein, worauf es zu einer verheerenden Gewalttat kommt. Julia sucht Zuflucht in ihrem Heimatort bei ihrer Schwester Ellen, einer Polizistin. Dort ist ein »Wolfskind« aufgetaucht, ein kleines Mädchen, dem offensichtlich Gewalt angetan wurde und das jahrelang abseits der Zivilisation gelebt haben muss. Gemeinsam mit Ellen und dem Arzt Max versucht Julia, dem Kind zu helfen. Doch um zu dem schwer traumatisierten Mädchen durchzudringen, muss Julia sich selbst öffnen – und wieder Liebe in ihrem Leben zulassen. Dann taucht ein Mann auf, der behauptet, der Vater zu sein. Julia muss alles riskieren, um herauszufinden, was mit dem Mädchen geschehen ist – und zu wem es gehört.

KRISTIN HANNAH

Das Mädchen mit dem Schmetterling

Wohin das Herz uns trägt

ROMAN

*Aus dem Amerikanischen
von Christine Strüh*

atb aufbau taschenbuch

Die Originalausgabe unter dem Titel
Magic Hour
erschien 2006 bei Ballantine Publishing Group,
a division of Random House, Inc., New York.

Die deutsche Erstausgabe erschien unter dem Titel
»Wohin das Herz uns trägt« bei Marion von Schröder.

MIX
Papier | Fördert
gute Waldnutzung
FSC® C083411

ISBN 978-3-7466-3459-3

Aufbau Taschenbuch ist eine Marke
der Aufbau Verlag GmbH & Co. KG

4. Auflage 2025
Vollständige Taschenbuchausgabe
© Aufbau Verlage GmbH & Co. KG, Berlin 2018
www.aufbau-verlage.de
10969 Berlin, Prinzenstraße 85
Copyright © 2006 by Kristin Hannah
Published by Arrangement with Kristin Hannah
© der deutschen Übersetzung 2007
by Ullstein Buchverlage GmbH, Berlin
Der Verlag behält sich das Text- und Data-Mining nach § 44b UrhG vor,
was hiermit Dritten ohne Zustimmung des Verlages untersagt ist.
Bei Fragen zur Sicherheit unserer Produkte wenden Sie sich bitte an
produktsicherheit@aufbau-verlage.de.
Umschlaggestaltung www.buerosued.de, München
unter Verwendung eines Motivs von © Stephen Caroll/Arcangel
Satz Greiner & Reichel, Köln
Druck und Binden CPI books GmbH, Leck, Germany

Printed in Germany

Dieses Buch ist für meinen Sohn Tucker.
Es kommt mir so vor, als wären erst ein paar Jahre vergangen,
seit ich dich in meinen Armen gehalten habe.
Jetzt bist du auf der Suche nach dem richtigen College
und redest über deine Zukunft.
Ich bin so stolz auf den Jungen, der du einmal warst,
und auf den Mann, der du bald sein wirst.
Nicht mehr lang, und du verlässt deinen Vater und mich,
um in der Welt deinen eigenen Weg zu finden.
Doch denke stets daran:
Was du auch tust,
wo du auch bist,
wir werden dich immer lieben.

DANK

Viele Menschen haben mir bei diesem Roman geholfen.
Besonders bedanken möchte ich mich bei:
Lindsey Brooks, Ermittlungsleiterin/
Abteilung Case Management bei der Kinderhilfsorganisation
Child Quest International;
Luana S. Burnett, Polizeibeamtin in Newport, Washington;
Kany Levine, Strafverteidiger und persönlicher Freund;
sowie Kim Fisk und Megan Chance,
die mir beide mehr geholfen haben, als sie vielleicht wissen.

*»Echt wird man nicht gemacht«, erklärte das kluge alte
Stoffpferd. »Das ist etwas, was dir passiert. Wenn ein Kind
dich ganz lange lieb hat und nicht nur mit dir spielt, sondern
dich wirklich liebt, dann wirst du ECHT.«
»Tut das weh?«, fragte der Kuschelhase.
»Manchmal«, antwortete das Pferd, denn es war immer ehrlich.*

DER KLEINE KUSCHELHASE
VON MARGERY WILLIAMS

Erstes Kapitel

*B*ald ist es vorbei.

Julia Cates wusste nicht mehr, wie oft sie sich das schon gesagt hatte, aber heute würde es wahr werden – endlich. In ein paar Stunden würde die Welt die Wahrheit über sie wissen.

Vorausgesetzt, sie schaffte es in die Innenstadt. Leider ähnelte der Pacific Coast Highway eher einem Parkplatz als einer Schnellstraße. In den Hügeln hinter Malibu brannte es mal wieder; Rauch hing über den Dächern und verwandelte die ansonsten klare Luft an der Küste in dicken braunen Dunst. Wie so oft wachten in der Stadt die Babys mitten in der Nacht auf, weinten grauschwarze Tränen und rangen nach Atem. Sogar die Brandung schien langsamer geworden zu sein, als wäre auch das Meer von der unzeitgemäßen Hitze erschöpft.

So gut es ging, manövrierte sie sich durch den Verkehr, der abwechselnd vor sich hin zuckelte und ganz ins Stocken geriet, und versuchte sich möglichst wenig aufzuregen, wenn ein anderer Autofahrer sie abdrängte oder einfach frech vor ihr einscherte. Damit musste man in dieser gefährlichsten Jahreszeit Südkaliforniens immer rechnen, denn die erhitzten Gemüter fingen ebenso schnell Feuer wie die ausgetrockneten Gärten. Die Hitze machte die Leute nervös. Schließlich erreichte sie die Ausfahrt zum Gericht und verließ den Freeway.

In der Nähe des Gebäudes wimmelte es von Übertragungswagen, auf der Freitreppe lauerten die Reporter mit gezückten Mikrofonen und Kameras und warteten, dass es endlich losging. Anscheinend gehörte das in Los Angeles mehr und mehr zum Alltag – Gerichtsprozesse als Medienereignis. Michael Jackson. Courtney Love. Robert Blake.

Julia bog um die Ecke und fuhr zu einem Seiteneingang, wo ihre Anwälte schon auf sie warteten.

Dort parkte sie, stieg aus und wollte sich selbstbewusst auf den Weg machen, konnte sich jedoch eine schreckliche Sekunde lang nicht von der Stelle rühren. *Du bist unschuldig*, rief sie sich in Erinnerung. *Das werden sie merken. Das System wird funktionieren.* Sie zwang sich, immer einen Fuß vor den anderen zu setzen, dann noch einen. Ein Gefühl, als müsste sie sich durch unsichtbare Drahtschlingen eine Steigung emporkämpfen. Als sie endlich bei den anderen ankam, brachte sie nur unter Aufbietung aller Kräfte ein Lächeln zustande. Aber auf eins konnte sie sich zum Glück verlassen: Dieses Lächeln wirkte echt. Jeder Psychologe wusste, wie man das bewerkstelligte.

»Hallo, Dr. Cates«, sagte Frank Williams, der Leiter des Verteidigerteams. »Wie geht es Ihnen?«

»Gehen wir«, antwortete sie nur und überlegte, ob sie wohl die Einzige war, die das leichte Zittern in ihrer Stimme wahrgenommen hatte. Sie hasste diesen untrüglichen Beweis ihrer Angst. Gerade heute musste sie besonders stark sein, um der Welt zu zeigen, dass sie in ihrem Beruf wirklich so kompetent war, wie alle dachten, und dass sie sich absolut gar nichts hatte zuschulden kommen lassen.

Ihre Anwälte scharten sich schützend um sie, und sie war dankbar für diese Unterstützung. Obwohl sie ihr Bestes tat, um professionell und selbstsicher zu wirken, war diese Haltung doch nicht mehr als eine bröckelnde Fassade, die von einem einzigen falschen Wort zum Einsturz gebracht werden konnte.

Gemeinsam traten sie durch die Schwingtüren ins Gerichtsgebäude.

Sofort setzte ein Blitzlichtgewitter ein, das anscheinend nur auf diesen Moment gewartet hatte. Fotoapparate klickten, Filmkameras surrten, Reporter stürzten auf die Gruppe zu, alle redeten gleichzeitig und versuchten einander zu übertönen.

»Dr. Cates! Wie fühlen Sie sich nach all dem, was passiert ist?«

»Warum haben Sie die Kinder nicht gerettet?«

»Wussten Sie von der Schusswaffe?«

Frank legte den Arm um ihre Schultern und zog sie dicht neben sich. Sie barg das Gesicht an seinem Revers und ließ sich von ihm weiterführen.

Im Gerichtssaal nahm sie auf der Anklagebank Platz, und ihr Team versammelte sich um sie, einer nach dem anderen, während sich die Juniorpartner und Berater in der vordersten Reihe der Saalbestuhlung niederließen.

So gut sie konnte, ignorierte sie den Lärm – die Tür, die sich quietschend öffnete, um gleich darauf wieder zuzuknallen, Schritte, die klackernd über den Marmorboden eilten, flüsternde Stimmen. Die leeren Sitzreihen füllten sich rasch, das wusste sie, ohne sich umzudrehen. Dieser Gerichtssaal war heute der interessanteste Ort in ganz Los Angeles, und da die Richterin Kameras untersagt hatte, drängten sich garantiert jede Menge Journalisten und Gerichtszeichner mit gezückten Stiften auf den verfügbaren Plätzen.

Im Lauf des letzten Jahres hatte es eine endlose Serie von Artikeln über Julia gegeben, und sie war ständig von irgendwelchen Fotografen abgelichtet worden – während sie den Müll hinaustrug, auf dem Balkon stehend, wie sie ihre Praxis betrat und wieder herauskam. Die am wenigsten schmeichelhaften Schnappschüsse schafften es jedes Mal auf die Titelseite.

Die Reporter hatten praktisch ihre Zelte vor ihrem Haus aufgeschlagen. Obwohl sie nie ein Wort mit ihnen wechselte, schrieben sie unermüdlich weiter, berichteten über ihre kleinstädtische Herkunft, ihre tolle Ausbildung, die Trennung von Philip. Sie spekulierten sogar darüber, ob sie in letzter Zeit magersüchtig geworden war oder ob sie sich Fett hatte absaugen lassen. Das einzig Wichtige an ihr erwähnten sie jedoch nie, nämlich dass sie ihre Arbeit liebte. Sie war ein einsames Kind voller Hemmungen und Komplexe gewesen und erinnerte sich an diese schreckliche Zeit nur allzu genau. Aber letztlich hatten ihre Kindheit und Jugend sie zu einer außergewöhnlichen Psychologin gemacht.

Natürlich war dieser Aspekt der Geschichte nie von der Presse aufgegriffen worden. Genauso wenig wie jemals eine Liste all der Kinder veröffentlicht worden war, denen Julia geholfen hatte.

Als Richterin Carol Myerson ihren Platz einnahm, wurde es still im Saal. Sie war eine streng wirkende Frau mit kastanienrot gefärbten Haaren und einer altmodischen Lesebrille.

Der Gerichtsdiener kündigte den Fall an.

Auf einmal wünschte sich Julia, sie hätte außer ihrer offiziellen Begleitung noch jemanden bei sich, eine Freundin oder eine Verwandte, die ihr beistand und vielleicht ihre Hand hielt, wenn alles vorbei war. Aber für sie war die Arbeit immer vor dem Privatleben gekommen. Und deshalb hatte sie auch nie Zeit für ihre Freunde gehabt. Ihr eigener Therapeut hatte sie des Öfteren auf dieses Manko hingewiesen, sie hatte jedoch seine Meinung nicht geteilt. Bis heute.

Neben ihr stand Frank, ihr Anwalt. Ein beeindruckender Mann, groß und auf elegante Weise schmal, mit dunklen Haaren, die, beginnend bei den Koteletten, in angemessener Reihenfolge ergrauten. Sie hatte ihn wegen seiner brillanten Intelligenz ausgesucht, aber möglicherweise spielte sein Auftreten sogar noch eine größere Rolle. In einer Umgebung wie dieser hatte die äußere Form oft mehr Gewicht als die Substanz.

»Euer Ehren«, begann er mit seiner unvergleichlich sanften und dennoch überzeugenden Stimme, »eigentlich ist es doch vollkommen absurd, dass Julia Cates bei diesem Prozess auf der Anklagebank sitzt. Obgleich die Debatte über die Grenzen der Vertraulichkeit im psychiatrischen Bereich immer wieder aufflammt, liegen doch einige Präzedenzfälle vor, von denen ich *Tarasoff gegen Regents of University of California* anführen möchte. Dr. Cates wusste nichts von der Gewaltbereitschaft ihrer Patientin, und es gab auch keine Hinweise, dass sie eventuell eine Gefahr für ihre Mitmenschen darstellen könnte. Daher möchten wir mit allem gebührenden Respekt beantragen, die Anklage gegen sie fallen zu lassen. Danke.« Er setzte sich wieder.

Am Tisch der Anklage erhob sich nun ein Mann in einem pechschwarzen Anzug. »Vier junge Menschen sind *tot*, Euer Ehren. Sie werden nie heranwachsen, sich nie auf die Suche nach einem passenden College begeben, nie eigene Kinder haben. Dr. Cates war Amber Zunigas Psychotherapeutin. Drei Jahre lang hat Dr. Cates zwei Stunden die Woche mit Amber verbracht, hat sich ihre Probleme angehört und Medikamente für die immer stärker werdende Depression verschrieben. Doch bei all dieser Vertrautheit soll uns jetzt glauben gemacht werden, Dr. Cates hätte nicht gewusst, dass Amber zunehmend aggressiver und depressiver wurde. Es wird behauptet, es habe keinerlei Hinweis darauf gegeben, dass die Patientin eine automatische Schusswaffe erstehen und die Tat begehen würde, aufgrund derer wir alle heute hier sind und in deren Verlauf Amber mehrere Mitglieder ihrer kirchlichen Jugendgruppe erschossen hat.« Der Anwalt kam hinter dem Tisch hervor und stellte sich mitten in den Raum.

Dann drehte er sich langsam zu Julia um. Das war der Moment, der um die Welt gehen, den jeder anwesende Gerichtszeichner auf seinem Skizzenblock festhalten würde.

»Dr. Cates ist Expertin auf ihrem Fachgebiet, Euer Ehren. Sie hätte die Tragödie vorhersehen und verhindern, die Opfer warnen oder Miss Zuniga einweisen lassen müssen. Wenn sie tatsächlich nichts von Ambers Gewalttendenzen gewusst hat, hätte sie diese doch zumindest ahnen sollen! Daher ersuchen wir Sie mit allem Respekt, die Anklage gegen Dr. Cates unbedingt aufrechtzuerhalten. Es geht hier um Gerechtigkeit. Die Familien der ermordeten Jugendlichen haben es verdient, dass diejenige Person Wiedergutmachung leistet, die am ehesten den Mord hätte vorhersehen und verhindern müssen.« Damit ging er zurück an seinen Tisch und nahm wieder Platz.

»Das ist nicht wahr«, flüsterte Julia. Obwohl sie wusste, dass niemand sie hörte, musste sie es aussprechen. Bei Amber war nie etwas von einer gewalttätigen Neigung zu spüren gewesen. Alle Teenager, die mit einer Depression zu kämpfen hatten, redeten gelegentlich darüber, dass sie ihre Mitschüler hassten. Zwischen einer solchen Äußerung und dem Kauf oder gar Gebrauch einer Waffe bestand allerdings noch ein himmelweiter Unterschied. Warum war das denn nicht für jeden vernünftigen Menschen offensichtlich?

Richterin Myerson überprüfte etwas in den Akten, die vor ihr lagen, nahm dann ihre Brille ab und legte sie neben sich auf das Pult.

Im Saal wurde es wieder ganz still. Julia wusste, dass die Journalisten eifrig Papier und Stift gezückt hielten. Draußen standen ihre Kollegen, bereit, auf ein entsprechendes Zeichen hin aus dem Saal und in ihr jeweiliges Redaktionsbüro zu eilen. Die Artikel samt den dazu gehörigen Schlagzeilen waren längst fertig, nun hieß es nur noch, das Urteil abzuwarten und die zutreffende Version auszuwählen.

Die Eltern der getöteten Jugendlichen, die sich auf den hinteren Bänken zu einer traurigen Gruppe zusammengefunden hatten, hofften darauf, in der Annahme bestärkt zu werden, dass die Tragödie hätte abgewendet werden können. Dass eine Person in einer einflussreichen Position das Leben ihrer Kinder hätte retten können. Sie hatten ausnahmslos alle am Geschehen Beteiligten verklagt – die Polizei, die Rettungshelfer, die Psychologin, das Pharmaunternehmen, die Ärzte, die Familie Zuniga. In der modernen Welt glaubte man nicht mehr an sinnlose Tragödien, es passierten nicht einfach schlimme Dinge, nein, jemand musste schuld sein und dafür bezahlen. Die Familien der Opfer suchten in diesem Prozess verzweifelt nach einer Erklärung, aber Julia wusste, dass das Verfahren sie höchstens eine Weile ablenken und ihnen vielleicht die Möglichkeit geben würde, ihrem

Kummer ein wenig Luft zu machen. Doch letztlich konnte kein Prozess der Welt ihren Schmerz lindern, er würde sie alle überdauern.

Die Richterin wandte sich zuerst an die Eltern der toten Jugendlichen. »Es besteht kein Zweifel daran, dass sich am 19. Februar in der Baptistenkirche von Silverwood eine furchtbare Tragödie ereignet hat. Ich bin selbst Mutter, doch ich kann den Schmerz, den Sie in den letzten Monaten durchlebt haben, nicht wirklich ermessen. Die Frage, über die dieses Gericht zu entscheiden hat, lautet aber, ob Dr. Cates dafür angeklagt werden soll.« Sie faltete die Hände vor sich auf dem Tisch. »Ich bin zu der Überzeugung gelangt, dass Dr. Cates im Sinne des Gesetzes und unter den gegebenen Umständen nicht die Pflicht hatte, die Opfer zu warnen oder anderweitig zu beschützen. Mehrere Gründe haben mich zu diesem Schluss gebracht. Erstens belegen sowohl die Fakten als auch die Aussagen der Kläger, dass Dr. Cates über keine spezifischen Erkenntnisse verfügte, wer die möglichen Opfer einer Gewalttat sein könnten. Zweitens sieht das Gesetz nicht vor, dass ein Mensch die Pflicht hat, andere zu warnen, es sei denn, es gibt eindeutig identifizierbare potenzielle Opfer. Zuletzt müssen wir im Dienste des Allgemeinwohls die Vertraulichkeit der Therapeut–Patient-Beziehung aufrechterhalten, solange es keine spezifischen, als solche erkennbaren Drohungen gibt, aufgrund derer es angeraten zu sein scheint, den Therapeuten von seiner Schweigepflicht zu entbinden. Faktisch, nach ihrer eigenen Aussage und in Übereinstimmung mit den Erklärungen der Kläger, hatte Dr. Cates in diesem Fall also nicht die Pflicht, die Opfer zu warnen oder anderweitig zu schützen. Daher weise ich die Klage gegen sie ohne Einschränkungen ab.«

Auf der Zuschauertribüne brach die Hölle los. Ehe sie

wusste, wie ihr geschah, war Julia auf den Beinen und wurde von ihrem Verteidigungsteam umarmt und beglückwünscht.

In dem ganzen Trubel hörte sie die Journalisten zur Tür laufen und den Marmorkorridor entlangrennen. »Sie ist raus!«, brüllte jemand.

Eine Woge der Erleichterung durchströmte sie. *Gott sei Dank!*

Doch aus dem hinteren Teil des Saals vernahm sie auch die Stimmen der trauernden Eltern, die ihrer Empörung Luft machten.

»Wie ist so was nur möglich?«, rief einer von ihnen. »Sie hätte es schließlich wissen müssen!«

Frank berührte Julia am Arm. »Nun lächeln Sie schon, wir haben gewonnen!«

Noch einmal blickte sie kurz nach hinten, dann wandte sie sich ihm zu, obwohl ihre Gedanken bereits wieder ins Dunkel der Selbstvorwürfe abschweiften. Hatten diese Leute nicht doch recht? Hätte sie die Gräueltat vorhersehen müssen?

»Es war nicht Ihre Schuld, und es ist Zeit, dass Sie das den Menschen mitteilen. Jetzt haben Sie endlich die Gelegenheit, sich Gehör zu verschaffen ...«

In diesem Moment stürzte sich ein Schwarm Reporter auf sie.

»Dr. Cates! Was haben Sie den Eltern zu sagen, die Ihnen die Schuld geben an ...«

»Werden andere Eltern Ihnen überhaupt noch ihre Kinder anvertrauen, nachdem ...«

»Was halten Sie von den Berichten, dass man bei der Bezirksstaatsanwaltschaft in Los Angeles Ihren Namen aus dem Therapeutenregister gestrichen hat?«

Endlich sprang Frank in die Bresche, trat vor Julia und

ergriff schützend ihre Hand. »Die Klage gegen meine Mandantin ist soeben abgewiesen worden ...«

»Wegen eines Verfahrensfehlers!«, schrie jemand.

Während sich nun alle auf Frank konzentrierten, löste Julia sich aus der Menge, schlich sich unbemerkt nach hinten und rannte zur Tür. Sie wusste, wie viel Wert Frank darauf legte, dass sie eine Erklärung abgab, aber das war ihr momentan ziemlich gleichgültig. Sie fühlte keinen Triumph, sie wollte nur fort, raus aus diesem Gebäude ... zurück ins wirkliche Leben.

An der Tür standen die Zunigas und versperrten ihr den Weg. Sie waren blass und schienen um Jahre gealtert, als hätte der Kummer sie ihrer Lebenskraft beraubt.

Mrs Zuniga sah Julia mit Tränen in den Augen an.

»Amber hat Sie beide geliebt«, sagte Julia leise, wohl wissend, dass sie für diese Leute letztlich nichts tun konnte. »Und Sie waren ihr gute Eltern. Lassen Sie sich von niemandem etwas anderes einreden. Amber war krank. Ich wünschte ...«

»Sagen Sie das nicht«, fiel ihr Mr Zuniga ins Wort. »Wünschen tut am meisten weh.« Dann legte er den Arm um seine Frau und zog sie an sich.

Julia zermarterte sich den Kopf nach einem tröstlichen Satz, aber da ihr in dem unbehaglichen Schweigen nichts anderes einfiel als: »Es tut mir leid« – was sie schon unzählige Male beteuert hatte –, stammelte sie nur: »Auf Wiedersehen«, presste sich die Handtasche an die Brust, drängte sich an den beiden vorbei und trat hinaus ins Freie.

Die Welt außerhalb des Gerichtsgebäudes war trüb und trostlos. Eine dicke Dunstschicht bedeckte den Himmel, verschleierte die Sonne und passte insofern genau zu Julias Stimmung.

So rasch sie konnte, stieg sie in ihr Auto und fuhr davon. Während sie sich in den Verkehr einordnete, fragte sie sich, ob Frank überhaupt merkte, dass sie nicht mehr da war. Für ihn war das alles ein Spiel, wenn auch mit hohem Einsatz, und als Tagessieger war er sicherlich in Hochstimmung. An die Opfer und ihre Familien erinnerte er sich wahrscheinlich erst wieder heute Abend, nachdem er es sich mit einem Scotch on the Rocks gemütlich gemacht hatte. Dann dachte er bestimmt auch an sie. Womöglich überlegte er sogar, was aus einer Psychologin werden würde, die in großem Stil versagt und ihren Ruf verspielt hatte. Aber sicher grübelte er darüber nicht allzu lange – das war zu gefährlich.

Auch sie musste die Angelegenheit hinter sich lassen. Heute Abend würde sie allein in ihrem Bett liegen, der Brandung lauschen, die klang wie ihr eigener Herzschlag, und sich nicht zum ersten Mal bemühen, ihren Kummer und ihre Schuldgefühle zu überwinden. Aber sie *musste* doch herausfinden, welchen Hinweis sie übersehen hatte, welches Signal ihr entgangen war! Sicher, die Erinnerung würde wehtun, am Ende würde der Schmerz sie allerdings zu einer besseren Therapeutin machen. Und dann, um sieben Uhr morgens, würde sie sich anziehen und wieder zur Arbeit gehen.

Anderen Menschen helfen.

So würde sie die schwere Zeit überstehen.

~

Mädchen kauert am Höhlenrand und sieht zu, wie das Wasser vom Himmel fällt. Eigentlich möchte sie eine von den leeren Dosen in die Hand nehmen, die überall herumliegen, und sie vielleicht noch mal innen auslecken, aber das hat sie schon zu oft getan. Alles Essbare ist weg. So lange schon, dass sie die Monde nicht mehr zählen kann. Hinter ihr sind die Wölfe unruhig, hungrig.

Der Himmel grummelt und brüllt. Die Bäume zittern vor Angst, und noch immer tropft das Wasser herunter.

Sie schläft ein.

Plötzlich schreckt sie auf, sieht sich um, wittert die Luft. Ein seltsamer Geruch durchzieht die Dunkelheit. Sie sollte sich lieber in das tiefe schwarze Loch verkriechen, aber sie kann sich nicht richtig bewegen. Ihr Magen ist so eng und leer, dass es wehtut.

Das Wasser fällt nicht mehr so heftig, sondern ist sanft geworden. Wenn sie doch nur die Sonne sehen könnte. Bei Sonnenschein ist das Leben besser. In der Höhle ist es immer so dunkel.

Ein Zweig knackt.

Dann noch einer.

Sie wird stocksteif und versucht sich vor der Höhlenwand unsichtbar zu machen, ein Schatten, flach und regungslos. Sie weiß, wie wichtig es sein kann, sich nicht zu rühren.

Bald kommt Er wieder. Er ist schon viel zu lange weg. Es gibt nichts mehr zu essen. Die Sonnentage sind vergangen, und obwohl Mädchen froh ist, dass Er nicht da ist, fürchtet sie sich ohne Ihn. In einer Zeit, die längst vergangen ist, da hätte Sie geholfen, aber Sie ist TOT.

Als der Wald wieder still wird, beugt sie sich vor, hält ihr Gesicht in das graue Licht Dadraußen. Langsam nähert sich die Dunkelheit der Schlafnacht, bald wird sie sich überall ausbreiten. Das fallende Wasser ist weich und süß. Sie mag den Geschmack.

Was soll sie tun?

Nachdenklich betrachtet sie den Welpen, der neben ihr kauert. Auch er ist wachsam und wittert. Sie berührt sein weiches Fell und spürt das Zittern in seinem Körper. Wahrscheinlich fragt er sich das Gleiche: Wird Er zurückkommen?

Bisher war Er immer nur einen Mond weg, oder höchstens zwei. Aber seit Sie tot ist, hat sich alles verändert. Als Er gegangen ist, hat er sogar mit Mädchen gesprochen. SEIBRAVSOLANGICHWEGBINKAPIERT. Sie versteht nicht alle diese Wörter, doch sie kennt Kapiert.

Trotzdem, Er ist einfach zu lange weg. Es gibt nichts zu essen. Sie hat sich losgemacht und ist in den Wald gegangen, um Beeren und Nüsse zu suchen, aber jetzt kommt die dunkle Jahreszeit. Außerdem wird sie bald zu schwach sein, um Essen zu suchen. Wenn das Weiße vom Himmel fällt und ihren Atem in Nebel verwandelt, wird es sowieso bald gar nichts mehr geben. Obwohl sie sich fürchtet, obwohl sie schreckliche Angst hat vor den Fremden, die Dadraußen leben – wenn sie hier bleibt, wird sie verhungern, und wenn Er zurückkommt und sieht, dass sie sich losgemacht hat, steht ihr Schlimmes bevor. Sie muss etwas unternehmen.

~

Das Städtchen Rain Valley, das zusammengekauert zwischen der Wildnis des Olympic National Forest und der grauen Brandung des Pazifischen Ozeans lag, war die letzte Bastion der Zivilisation, bevor der dunkle dichte Regenwald begann.

Nicht fern von der Stadt gab es Orte, die noch nie von einem Sonnenstrahl berührt worden waren, Stellen, an denen der schwarze Lehmboden das ganze Jahr über im Schatten lag und es so dunkel war, dass die wenigen beherzten

Wanderer, die sich hierher wagten, oft dachten, sie wären im Winterquartier eines Bären gelandet. Seit Jahrhunderten hatten sich diese Wälder nicht verändert, und noch heute, im Zeitalter wissenschaftlicher Wunder, waren sie unerforscht, vom Menschen unberührt.

Vor knapp hundert Jahren kamen Siedler an diesen wunderschönen Ort zwischen Regenwald und Meer und rodeten gerade so viel Land, dass sie darauf in bescheidenem Maß Ackerbau betreiben konnten. Allerdings lernten sie mit der Zeit das Gleiche, was die einheimischen Indianer schon lange vor ihnen erfahren hatten: Dieses Land ließ sich nicht zähmen. Also legten sie Pflug und Harke beiseite und widmeten sich stattdessen der Fischerei. Lachs und Holz wurden die beiden Haupteinnahmequellen, und ein paar Jahrzehnte lang florierte das Städtchen. Aber in den neunziger Jahren des zwanzigsten Jahrhunderts entdeckten die Umweltschützer Rain Valley und machten es sich zur Aufgabe, Vögel, Fische und Bäume zu retten. Die Menschen jedoch, die vom Land gelebt hatten, wurden in diesem Kampf vergessen, und so ging es mit Rain Valley still und leise bergab. Die hochfliegenden Pläne wohlhabender Bürger scheiterten, einer nach dem anderen. Die Straßenlaternen, auf die man sich so gefreut hatte, wurden nie aufgestellt, die Straße zum Mystic Lake blieb ein zweispuriges Minenfeld mit einer immer dünner werdenden Asphaltdecke und immer tieferen Schlaglöchern. Telefon- und elektrische Leitungen blieben, wo sie waren, nämlich oben in der Luft, hangelten sich faul von einem alten Pfosten zum nächsten und dienten bei jedem Sturm den Baumästen als willkommener Vorwand, mal wieder die Energiezufuhr für die Stadt zu unterbrechen.

In einem anderen Teil der Welt, dort, wo der Mensch seine Ansprüche schon vor langer Zeit durchgesetzt hat, hätte der schleichende Verfall einer Stadt dem Gemeinsinn der Bürger möglicherweise den Todesstoß versetzt, aber nicht hier. Die Menschen von Rain Valley waren robust, hartnäckig und daher auch willens und fähig, an einem Ort zu leben, wo es an mehr als zweihundert Tagen im Jahr regnete und die Sonne die Rolle des reichen Onkels spielte, der nur selten einmal zu Besuch kam. Sie meisterten graues Wetter, morastige Wiesen, immer rarer werdende Arbeitsplätze und blieben trotz allem Söhne und Töchter der Pioniere, die es gewagt hatten, sich unter diesen hoch aufragenden Baumriesen niederzulassen.

Heute jedoch wurde ihr Langmut auf eine harte Probe gestellt. Man schrieb den 17. Oktober, und der Herbst hatte gerade das Wettrennen gegen den nahenden Winter verloren. Oh, die Bäume trugen noch ihre farbenfrohen Festgewänder, die Wiesen waren nach den Spätsommertagen nun nicht mehr braun, sondern wieder grün geworden, aber es ließ sich dennoch nicht leugnen, dass der Winter Einzug gehalten hatte. Die ganze Woche schon hing der Himmel tief über dem Land, bedeckt von mehreren Schichten düsterer grauer Wolken. Seit sieben Tagen regnete es beinahe ununterbrochen.

An der Ecke von Wheaton Way und Cates Avenue befand sich das Polizeirevier, ein massives graues Steingebäude mit einem Kuppeldach und einem Fahnenmast auf dem grünen Rasen davor. Im Innern des nüchternen Bauwerks reichte das Neonlicht kaum aus, um das Grau einigermaßen in Schach zu halten. Zwar war es erst vier Uhr nachmittags, aber dank des Wetters kam es einem viel später vor.

Die Menschen, die hier arbeiteten, versuchten die widrigen Umstände zu ignorieren. Wenn man sie gefragt hätte — was natürlich niemand tat —, hätten sie wahrscheinlich eingeräumt, dass vier oder auch fünf Regentage völlig akzeptabel waren, vielleicht sogar noch ein paar mehr, wenn es nur nieselte. Doch die jetzige Schlechtwetterperiode war für die Jahreszeit sehr ungewöhnlich. Es war schließlich nicht Januar! Anfangs hatten sie an ihren Schreibtischen gesessen und sich gutmütig darüber beklagt, wenn sie auf dem Weg vom Auto zur Tür nass geworden waren. Inzwischen trommelte der Regen schon so lange aufs Dach, dass man gar keine Lust auf derartige Gespräche mehr verspürte.

Ellen Barton, von ihren Freunden – das heißt eigentlich von sämtlichen Einwohnern der Stadt – kurz Ellie genannt, stand am Fenster und starrte hinaus auf die Straße. Der Regen ließ alles irgendwie unwirklich erscheinen. In der Fensterscheibe, von der das Wasser perlte, erhaschte sie einen Blick auf sich selbst, kein richtiges Spiegelbild, eher ein Schemen, der sich für einen Moment auf dem nassen Glas zeigte. Wie immer sah sie eine jüngere Version ihrer selbst – lange, dichte schwarze Haare, kornblumenblaue Augen, ein strahlendes Lächeln, das gern und oft auf ihrem Gesicht erschien. Ein Mädchen, das in der Schule alle möglichen Beliebtheitswettbewerbe gewonnen hatte und zur Anführerin der Cheerleader gewählt worden war. Wie gewöhnlich, wenn sie an ihre Jugend dachte, sah sie sich in Weiß. Die Brautfarbe. Die Farbe der Zukunftshoffnungen. Des Wunschs nach einer Familie.

»Ich muss unbedingt mal eine rauchen, Ellie, das weißt du doch. Bisher habe ich mich echt gut gehalten, aber allmählich wird es kritisch. Wenn ich nicht bald eine Zigarette kriege, mach ich mich über den Kühlschrank her.«

»Lass es nicht zu, Ellie!«, rief Cal von seinem Platz am Telefon aus. In der Highschool hatten Ellie und ihre Freundinnen ihn wegen seiner schwarzen Haare und scharfen Gesichtszüge »Krähe« genannt. Er war schon immer knochig und ein bisschen ungelenk gewesen, so, als wäre er in seinem Körper nicht richtig zu Hause. Mit seinen fast vierzig Jahren hatte er sich sein jungenhaftes Aussehen bewahrt, nur die dunklen, durchdringenden Augen verrieten seine Lebenserfahrung. »Eiserne Disziplin, keine Zugeständnisse. Was anderes funktioniert doch eh nicht.«

»Ach, halt den Mund!«, fauchte Peanut.

Ellie seufzte. Vor gut einer Viertelstunde hatten sie die gleiche Diskussion schon einmal geführt. Sie stemmte die Hände in die Taille, sodass ihre Fingerspitzen den schweren Pistolengürtel auf ihren Hüften berührten. Dann wandte sie sich an ihre beste Freundin: »Also, Peanut, du weißt ja, was ich dazu zu sagen habe. Wir befinden uns in einem öffentlichen Gebäude. Ich bin die Polizeichefin. Wie kann ich zulassen, dass du das Gesetz missachtest?«

»Genau!«, rief Cal. Gerade machte er den Mund auf, um etwas hinzuzufügen, da kam ein Anruf, und er meldete sich. »Polizeirevier Rain Valley.«

»Oh, richtig«, gab Peanut derweil zurück. »Und auf einmal bist du die große Gesetzeshüterin, Ellie. Was ist mit Sven Morgenstern – der parkt jeden Tag vor seinem Laden, direkt am Hydranten. Wann hast du sein Auto das letzte Mal abschleppen lassen? Und Large Marge klaut jeden Sonntag nach der Kirche zwei Schachteln Eis und ein Fläschchen Nagellack im Drogeriemarkt. Es ist ziemlich lange her, dass ich ein Verhaftungsprotokoll mit ihrem Namen bearbeitet habe. Vermutlich ist das okay, solange ihr Ehemann nur ordnungsgemäß dafür bezahlt ...« Sie verstummte, denn beide wussten, dass sie gut noch ein Dutzend solcher Beispiele hätte auflisten können. Hier befand man sich in Rain Valley, nicht in Seattle. Ellie war seit vier Jahren Polizeichefin und hatte davor acht Jahre als Streifenpolizistin gearbeitet. Auch wenn sie sich immer auf alles gefasst machte, hatte sie noch nie ein schlimmeres Verbrechen geahndet als Einbruchdiebstahl.

»Lässt du mich eine Zigarette rauchen – oder soll ich mir ein Donut und eine Dose Red Bull holen?«

»Beides wird dich letzten Endes ins Grab bringen.«

»Ja, aber wenigstens uns nicht gleich mit«, mischte sich Cal wieder ein, der gerade den Hörer auflegte. »Bleib konsequent, Ellie. Sie ist Polizistin. Es geht nicht, dass sie in einem städtischen Gebäude raucht.«

»Du rauchst sowieso zu viel«, bestätigte Ellie.

»Ja, aber dann esse ich weniger.«

»Warum machst du nicht wieder deine alberne Lachs-Diät? Oder die Grapefruit-Geschichte? Die waren beide wesentlich gesünder.«

»Hör auf zu quatschen und gib mir eine vernünftige Antwort. Ich brauch eine Zigarette.«

»Du hast vor vier Tagen angefangen zu rauchen, Peanut«, wandte Cal ein. »Da kannst du kaum behaupten, dass du eine Zigarette *brauchst*.«

Ellie schüttelte den Kopf. Wenn sie nicht eingriff, würden die beiden sich den ganzen Tag weiterzanken. »Du solltest wieder zu deinen Treffen gehen«, meinte sie seufzend. »Die Weight Watchers haben doch funktioniert.«

»Sechs Monate Kohlsuppe, um zehn Pfund abzunehmen? Das war kein großer Erfolg, finde ich. Komm schon, Ellie, du weißt, dass ich mir gleich ein Donut schnappe.«

Eigentlich wusste Ellie längst, dass sie den Kampf verloren hatte. Sie und Peanut – Penelope Nutter – arbeiteten schon seit über einem Jahrzehnt zusammen in diesem Revier und waren seit der Highschool beste Freundinnen. Über die Jahre hatte ihre Freundschaft schon so manchen Sturm überstanden – bei Ellie unter anderem das Ende von zwei Ehen und bei Peanut die seit Kurzem von ihr vertretene Überzeugung, dass Rauchen der Schlüssel zum Abnehmen war. Sie nannte es ihre Hollywood-Diät und zählte gern all die klapperdürren Berühmtheiten auf, die ebenfalls rauchten.

»Na gut. Aber nur eine.«

Peanut grinste Cal triumphierend zu, legte die Hände auf ihren Schreibtisch und stand auf. Dank der fünfzig Pfund, die sie in den letzten Jahren zugelegt hatte, waren ihre Bewegungen deutlich langsamer geworden. Sie ging zur Tür und machte sie auf, obwohl allen klar war, dass es an einem so nassen und trostlosen Tag keinen Windhauch geben würde, der den Rauch wegblasen konnte.

Ellie durchquerte den Korridor und ging zu dem Büro im hinteren Gebäudeteil, das theoretisch ihr gehörte. Aber sie benutzte es nicht oft. In einer Stadt wie Rain Valley gab es nur selten offizielle Dinge zu erledigen, und so verbrachte sie die Zeit lieber im Hauptraum bei Cal und Peanut. Jetzt kramte sie unter den Überbleibseln vom Pfannkuchenfrühstück im Vormonat eine Gasmaske hervor, setzte sie auf und ging zurück zu den anderen.

Cal brach in lautes Gelächter aus, während Peanut sich alle Mühe gab, nicht zu grinsen. »Sehr komisch.«

Ellie hob kurz die Maske und sagte: »Vielleicht möchte ich eines Tages Kinder haben, also muss ich meine Gebärmutter schützen.«

»An deiner Stelle würde ich mir weniger Sorgen um das Passivrauchen machen und meine Energie lieber darauf verwenden, endlich einen Mann zu finden, der bereit ist, sich mit dir zu verabreden.«

»Sie hat doch alle durch von Mystic bis Aberdeen«, entgegnete Cal. »Letzten Monat hat sie sogar schon mit diesem UPS-Knaben angebandelt. Mit diesem gut aussehenden Typen, der immer vergisst, wo er den Wagen abgestellt hat.«

Peanut stieß den Rauch aus und hustete. »Ich glaube, du musst deine Ansprüche runterschrauben, Ellie.«

»Man sieht dir echt an, dass du deine Zigarette genießt«, stellte Cal grinsend fest.

Peanut wedelte wegwerfend mit der Hand. »Wir haben über Ellies Liebesleben gesprochen.«

»Ihr beiden redet doch über nichts anderes«, meinte Cal.

Was stimmte.

Ellie konnte nichts dagegen machen – sie liebte die Männer. Nur waren es meistens die falschen. Besser gesagt immer.

Peanut nannte es den Fluch der Provinzschönheit. Wenn Ellie nur ihrer Schwester etwas ähnlicher gewesen wäre und gelernt hätte, sich auf ihren Verstand zu verlassen statt nur auf ihr Aussehen. Aber manche Dinge sollten einfach nicht sein. Ellie hatte gern ihren Spaß, und sie liebte das Verliebtsein. Das Problem war, dass es bisher nie zu einer wahren Liebe geführt hatte. Peanut sagte immer, der Grund sei, dass Ellie nicht wusste, wie man einen Kompromiss einging, das stimmte allerdings nicht ganz. Ellies Ehen – alle beide – waren gescheitert, weil sie attraktive Männer geheiratet hatte, die weder ihre Blicke noch ihre Finger unter Kontrolle hatten. Ihr erster Mann Al Torees, Footballspieler und ein ehemaliger Kapitän der Highschool-Mannschaft, hätte ihr die Männer eigentlich für den Rest ihres Lebens vergällen können, doch sie hatte ein schlechtes Gedächtnis und heiratete ein paar Jahre nach der Scheidung den nächsten gut aussehenden Loser. Beide Männer erwiesen sich als schlechte Wahl, aber die Scheidungen hatten Ellies Hoffnungen keineswegs zerschlagen.

Sie glaubte immer noch an die Liebe und wartete auf ihren Traumprinzen. Schließlich wusste sie, dass die wahre Liebe existierte, das hatte sie bei ihren Eltern mit eigenen Augen gesehen. »Wenn ich meine Ansprüche noch weiter runterschraube, Pea«, entgegnete sie jetzt auf den Vorschlag ihrer Freundin, »dann lande ich bald im Tierreich. Vielleicht kann Cal mich mal mit einem von seinen merkwürdigen Freunden vom Comic-Kongress bekannt machen.«

Cal machte ein gekränktes Gesicht. »Wir sind überhaupt nicht merkwürdig.«

»Na klar«, meinte Peanut sarkastisch, während sie wieder den Rauch in die Gegend blies. »Erwachsene Männer, die Männer in Strumpfhosen toll finden.«

»Wie du das sagst, klingt es, als wären wir schwul.«

»Wohl kaum«, lachte Peanut. »Schwule Männer haben Sex. Deine Freunde tragen Matrix-Kostüme in der Öffentlichkeit. Wie du Lisa gefunden hast, ist mir sowieso schleierhaft.«

Bei der Erwähnung von Cals Frau trat plötzlich betretenes Schweigen ein. Die ganze Stadt wusste, dass sie das war, was man landläufig eine Rumtreiberin nannte. Ständig wurde hinter vorgehaltener Hand über sie getuschelt, die Männer lächelten und die Frauen runzelten die Stirn, wenn sie den Namen hörten. Aber hier auf der Polizeistation war das Thema Lisa tabu.

Cal las weiter in seinem Comic und kritzelte nebenbei gelegentlich etwas auf seinen Skizzenblock. Sie wussten alle, dass es jetzt eine Weile still sein würde.

Ellie setzte sich an ihren Schreibtisch und legte die Füße hoch.

Peanut lehnte sich an die Wand und starrte ihre Freundin durch eine Rauchwolke an. »Ich habe gestern Julia in den Nachrichten gesehen.«

Cal blickte auf. »Wirklich? Ich muss echt mehr fernsehen.«
Langsam zog Ellie die Gasmaske vom Gesicht und legte
sie auf die Tischplatte. »Man hat die Anklage gegen sie fallen
lassen.«

»Hast du sie angerufen?«

»Klar. Die Ansage auf ihrem Anrufbeantworter klingt
super. Ich glaube ja, sie meidet mich.«

Peanut trat einen Schritt auf sie zu, und die alten Eichen-
dielen, die um die Jahrhundertwende unter Polizeichef Bill
Whipman verlegt worden waren, ächzten unter ihrem Gewicht. Aber wie alles in Rain Valley waren sie stabiler, als sie
auf den ersten Blick aussahen – hier waren die Dinge ebenso
widerstandsfähig wie die Menschen. »Dann versuch es eben
noch mal.«

»Du weißt, wie eifersüchtig Julia auf mich ist. Gerade jetzt
würde sie auf gar keinen Fall mit mir reden wollen.«

»Du denkst doch bei allen, dass sie eifersüchtig auf dich
sind.«

»Stimmt überhaupt nicht.«

Peanut warf ihr einen ihrer Blicke zu, die geradezu über-
deutlich fragten: *Wen willst du denn damit auf den Arm nehmen?,* und die zu den Eckpfeilern ihrer Freundschaft gehörten. »Ach komm, Ellie. Deine kleine Schwester sah aus, als
ginge es ihr überhaupt nicht gut. Willst du vielleicht so tun,
als könntest du nicht mit ihr reden, weil du vor zwanzig Jahren zur beliebtesten Schülerin gewählt worden bist, während
sie im Matheclub versauerte?«

In Wahrheit hatte auch Ellie den gehetzten Ausdruck in
Julias Augen wahrgenommen, und am liebsten wäre sie sofort losgerannt und hätte ihrer Schwester auf jede nur er-
denkliche Weise geholfen. Julia hatte sich schon immer alles
viel zu sehr zu Herzen genommen, deshalb war sie ja auch

so eine großartige Psychologin. »Sie hört nicht auf mich, Peanut. Das weißt du doch. Sie hält mich für etwa so intelligent wie fünf Meter Feldweg. Vielleicht ...«

Sie verstummte abrupt. Schritte näherten sich dem Büro. Sie näherten sich nicht nur, nein, jemand kam draußen angerannt!

Im gleichen Moment, in dem die Tür so heftig aufgerissen wurde, dass sie gegen die Wand knallte, sprang Ellie auf die Füße.

Lori Forman stürzte ins Zimmer. Sie war klatschnass und allem Anschein nach halb erfroren, denn sie zitterte am ganzen Körper. Um sie herum wuselten ihre Kinder, Bailey, Felicia und Jeremy.

»Ihr müsst sofort mitkommen!«, keuchte sie.

»Holen Sie erst mal Luft, Lori. Und dann erzählen Sie uns, was los ist, immer schön der Reihe nach«, sagte Ellie.

»Ihr werdet es mir nicht glauben, wenn ich es euch sage. Himmel, ich hab's mit eigenen Augen gesehen und glaub es trotzdem nicht. Los, kommt schon, da ist was auf der Magnolia Street.«

»Herrlich!«, jubelte Peanut. »Endlich passiert mal was in unserem Kaff!«

Eilig griff sie nach ihrer Jacke, die am Garderobenständer neben ihrem Schreibtisch hing. »Beeil dich, Cal. Lass die Anrufe auf dein Handy umleiten. Wir wollen doch die Aufregung nicht versäumen.«

Aber Ellie war als Erste aus der Tür.

ZWEITES KAPITEL

$\mathcal{E}$llie manövrierte den Streifenwagen in eine Parklücke an der Ecke Magnolia und Woodland Street und stellte den Motor ab. Er hustete noch ein paarmal wie ein alter Mann, dann war er still. Zeitgleich hörte es auf zu regnen, und die Sonne brach durch die Wolken.

Selbst Ellie, die ihr ganzes Leben in dieser Gegend verbracht hatte, staunte über den jähen Wetterumschwung. Es war ein magischer Moment, ein Augenblick, in dem sich jedes Blatt und jeder Grashalm messerscharf von allen anderen abzuheben schien, ein Augenblick, in dem die allmählich näher rückende Nacht das vom Regen polierte Sonnenlicht weich zeichnete und die Welt in einem unbeschreiblichen, atemberaubenden Glanz erstrahlen ließ.

Auf dem Beifahrersitz beugte Peanut sich vor, und das Vinylpolster ächzte. »Ich kann nichts sehen.«

»Ich auch nicht.« Letzteres kam von Cal, der aufrecht auf dem Rücksitz thronte, als wollte er seinen langen, schlaksigen Körper in drei ordentliche Drittel falten. Die Fingerspitzen presste er aneinander, sodass seine schmalen, knochigen Hände einen spitzen Winkel bildeten.

Ellie inspizierte aufmerksam den Marktplatz. Wolken von der Farbe rostiger Nägel zogen über den Himmel und versuchten, das verblassende Licht zu verschlucken, aber jetzt, wo die Sonne herausgekommen war, ließ es sich nicht so leicht besiegen. Rain Valley schien mit seinen ganzen fünf Straßenzügen in einem geradezu überirdischen Licht zu erstrahlen. Backsteinfassaden, in den glücklichen Tagen der Siebziger erbaut, als der Handel mit Lachs und Holz noch florierte, schimmerten wie gehämmertes Kupfer.

Vor Swain's Drogeriemarkt hatte sich eine Menschentraube gebildet, eine weitere vor Lulu's Friseursalon. Zweifellos würden jeden Moment auch die Stammgäste der Kneipe mit dem schönen Namen Pour House auf der Bildfläche erscheinen und sich erkundigen, was alle da eigentlich anstarrten.

»Sind Sie da, Chief?«, ertönte eine Stimme aus dem Funkgerät.

Ellie drückte auf den Knopf und antwortete: »Ja, alles klar, Earl.«

»Kommen Sie zu dem Baum im Sealth Park.« Statisches Rauschen, dann: »Aber bitte langsam. Das meine ich ganz ernst.«

»Du bleibst hier, Peanut. Du auch, Cal«, ordnete Ellie an, während sie ausstieg. Ihr Herz pochte. So einen aufregenden Funkruf hatte sie noch nie empfangen. Meistens bestand ihr Job darin, Leute nach Hause zu fahren, die ein bisschen zu viel getrunken hatten. Oder in der Schule Vorträge über die Gefahren von Drogen zu halten. Aber sie war immer auf alles gefasst. Diese Lektion hatte sie von ihrem Onkel Joe gelernt, der drei Jahrzehnte lang Polizeichef der Stadt gewesen war. *Nimm den Frieden nicht für selbstverständlich*, hatte er sie oft ermahnt. *Er ist zerbrechlich wie Glas.*

Sie hatte ihm geglaubt, und obwohl ihre Berufswahl mehr oder weniger ein Zufall gewesen war, war sie in ihren Job hineingewachsen. Sie hielt sich stets auf dem Laufenden, ließ ihre Fähigkeiten auf dem Schießplatz nicht einrosten und wachte mit scharfem Auge über ihre Stadt. Tatsächlich war ihre Arbeit – neben ihrem Aussehen – das Einzige, bei dem sie wirklich Talent bewies, und sie nahm beides gleichermaßen ernst.

Langsam ging sie die Straße hinunter. Wie still es war. Man hätte eine Stecknadel fallen hören. Äußerst ungewöhnlich für eine Stadt, die Klatsch und Tratsch über alles liebte.

Bei jedem Schritt hörte sie das Klacken ihrer Absätze aufs Pflaster. Im Straßengraben sprudelte und plätscherte silbrig schimmerndes Regenwasser. Als Ellie sich der Kreuzung näherte, drangen leise Stimmen an ihr Ohr, und sie sah ein paar Leute, die aufgeregt zum Chief Sealth City Park hinüberdeuteten.

»Da ist sie!«, sagte jemand.

»Chief Barton wird schon wissen, wie man mit so was umgeht.«

An der Ecke blieb Ellie stehen. Earl kam über die Straße auf sie zugerannt, und seine Cowboystiefel veranstalteten einen Lärm, der an Maschinengewehrsalven erinnerte. Er bewegte sich wie eine Marionette an lockeren Fäden, irgendwie ruckartig, abgehackt. Auf seiner Uniform waren nasse Flecken vom Regen.

»Pssst«, zischte Ellie.

Earl Huff verzog schuldbewusst das Gesicht. Mit seinen vierundsechzig Jahren war er schon Polizist gewesen, bevor Ellie geboren wurde, aber er brachte ihr großen Respekt entgegen. »Tut mir leid, Chief.«

»Was ist denn los?«, fragte sie. »Ich kann überhaupt nichts sehen.«

»Vor ungefähr zehn Minuten ist sie aufgetaucht. Direkt nach dem furchtbar lauten Donner. Habt ihr ihn gehört?«

»Aber klar«, antwortete Peanut, keuchend vom schnellen Laufen. Neben ihr stand Cal.

Ellie fuhr ärgerlich herum. »Ich hab euch doch gesagt, ihr sollt im Wagen bleiben.«

»Das hast du ernst gemeint?«, fragte Peanut ungläubig. »Ich dachte, das war einer von den Befehlen, die du nur der Form halber gibst. Verdammt, Ellie, wir bleiben doch nicht im Wagen hocken, wenn wir endlich mal einen echten Notruf kriegen.«

Cal nickte grinsend. Am liebsten hätte Ellie ihm eine Ohrfeige verpasst, und sie überlegte, ob der Polizeichef von Los Angeles sich wohl auch mit solchen Problemen herumschlagen musste. Seufzend wandte sie sich wieder an Earl.

»Erklären Sie mir bitte, was hier eigentlich los ist.«

»Nach dem Donnerschlag hat der Regen aufgehört. Einfach so. Es hat gegossen, und plötzlich war es, als hätte jemand den Hahn abgedreht, und diese Wahnsinnssonne ist rausgekommen. Und da hat der alte Doc Fischer einen Wolf heulen gehört.«

Peanut bekam eine Gänsehaut. »Das ist ja wie in *Buffy*, als sie ...«

»Erzählen Sie bitte weiter, Earl«, unterbrach Ellie sie scharf.

»Mrs Grimm hat das Mädchen zuerst bemerkt. Ich hab mir gerade die Haare schneiden lassen – sagen Sie jetzt bitte nicht ›Welche Haare denn?‹, okay?« Langsam drehte er sich um und deutete zum Park. »Als sie dann dort drüben auf den Baum geklettert ist, haben wir Sie gerufen.«

Ellie starrte zu dem Ahornbaum hinüber, den sie schon

ihr Leben lang kannte und unter dessen Blätterdach sie als Kind gespielt, als Teenager geschnorrte Mentholzigaretten geraucht und ihren ersten Kuss bekommen hatte – von keinem Geringeren übrigens als Cal. Auch jetzt konnte sie nichts Ungewöhnliches an dem Baum erkennen. »Soll das Ganze womöglich ein Witz sein, Earl?«

»Heilige Mutter Gottes, setz gefälligst deine Brille auf, Ellie«, antwortete Peanut an seiner Stelle.

Gehorsam fasste sie in ihre Brusttasche und zog die Brille heraus, die sie rezeptfrei im Drogeriemarkt erstanden hatte und die zu brauchen sie nach wie vor leugnete. Irgendwie fühlte sich das Ding fremd und schwer auf ihrer Nase an. Mit zusammengekniffenen Augen durch die ovalen Gläser spähend, machte sie einen Schritt nach vorn. »Ist das …?«

»Ja«, antwortete Peanut.

Hoch oben im herbstlich bunten Laub des Ahornbaums saß ein Mädchen. Wie hatte sie das geschafft, dort hinaufzugelangen? Die Äste waren nass und glitschig vom Regen!

»Woher wissen Sie, dass es ein Mädchen ist?«, erkundigte sich Cal flüsternd bei Earl.

»Ich weiß bloß, dass sie lange Haare hat und ein Kleid trägt. Den Rest hab ich einfach mal geraten.«

Ellie trat noch ein Stückchen vor, um besser sehen zu können.

Das Kind war klein, höchstens fünf oder sechs Jahre alt. Selbst aus der Entfernung konnte Ellie erkennen, wie mager sie war. Die langen schwarzen, völlig verfilzten Haare waren voller Schmutz und Blätter. Und in den Armen hielt sie einen knurrenden Welpen.

Ellie steckte ihre Waffe zurück ins Halfter. »Bleibt hier.« Nach ein paar Schritten blieb sie stehen und sah sich zu

Peanut und Cal um. »Ich meine es ernst, ihr beiden. Bringt mich nicht dazu, euch zu erschießen.«

»Ich rühr mich nicht von der Stelle«, versprach Peanut.

»Ich erstarre zur Salzsäule«, fügte Cal hinzu.

Ellie hörte aufgeregtes Gemurmel, als sie über die Kreuzung schritt. Kurz vor dem Ziel nahm sie die Brille ab, denn sie vertraute nicht darauf, dass sie durch eine geschliffene Linse die Wirklichkeit so sah, wie sie war.

Ungefähr anderthalb Meter vor dem Baum blieb sie stehen und blickte hinauf. Das Kind kauerte immer noch dort, unglaublich hoch oben auf einem Ast. Es war eindeutig ein Mädchen. Allem Anschein nach machte es ihr keine Schwierigkeiten, sich im Gleichgewicht und den Welpen im Arm zu halten, aber ihre Augen waren weit aufgerissen und verfolgten wachsam jede Bewegung. Das arme Ding war offenbar völlig verängstigt.

Und verdammt wollte sie sein, wenn der Welpe auf ihrem Arm kein Wolf war!

»Hey, Kleines«, sagte Ellie mit leiser, freundlicher Stimme. Wie so oft wünschte sie sich, sie hätte selbst Kinder. Jetzt wäre eine durch und durch mütterliche Stimme genau das Richtige. »Was machst du denn da oben?«

Der kleine Wolf knurrte und bleckte die Zähne.

Ellie sah dem Mädchen in die Augen. »Ich tu dir nichts. Ehrlich.«

Keine Reaktion, das Kind zuckte nicht mit der Wimper und rührte auch keinen Finger.

»Fangen wir noch mal an. Ich bin Ellen Barton. Und wie heißt du?«

Auch darauf keine Antwort.

»Ich schätze, du bist irgendwo weggelaufen. Oder du spielst ein Spiel. Als ich noch ein kleines Mädchen war, hab ich mit meiner Schwester im Wald Piraten gespielt. Und Aschenputtel. Das war mein Lieblingsspiel, weil Julia dann das Zimmer saubermachen musste, während ich hübsche Kleider anziehen und zum Ball gehen konnte. Als große Schwester hat man es immer besser.«

Es kam ihr vor, als würde sie mit einem Foto sprechen. »Warum kletterst du nicht einfach runter, bevor du am Ende noch fällst? Ich passe schon auf, dass dir nichts passiert.« Noch etwa eine Viertelstunde redete Ellie in diesem Stil weiter, über alles, was ihr einfiel, aber dann gingen ihr die Themen aus. Kein einziges Mal hatte die Kleine sich auch nur bewegt. Offen gesagt sah es nicht mal danach aus, als würde sie überhaupt atmen.

Schließlich gesellte sich Ellie wieder zu Earl, Peanut und Cal.

»Wie kriegen wir sie da bloß runter, Chief?«, fragte Earl mit besorgtem Gesicht, die blasse, verschwitzte Stirn in tiefe Falten gelegt. Nervös strich er sich über den Kopf und glättete die spärlichen roten Haarsträhnen, die er seit unzähligen Jahren fein säuberlich über die kahlen Stellen kämmte.

Doch auch Ellie hatte keine Ahnung, wie sie dieses Problem bewältigen sollten. In der Polizeiwache gab es alle möglichen Hand- und Lehrbücher, die sie für ihre Prüfung zum großen Teil auswendig gelernt hatte. Sie enthielten Kapitel über Mord, Körperverletzung, Raub und Entführung, aber kein verdammtes Wort darüber, wie man ein Kind, das nicht sprach, und einen knurrenden Wolfswelpen von einem Baum auf der Main Street herunterkriegen konnte. »Hat jemand sie raufklettern sehen?«

»Ja – Mrs Grimm. Sie sagt, sie hat gleich gemerkt, dass die Kleine irgendwas im Schilde führt und wahrscheinlich einen Apfel klauen wollte. Als Doc Fischer sie deshalb angeschrien hat, ist die Kleine über die Straße gesaust und auf den Baum gesprungen.«

»Gesprungen?«, wiederholte Ellie. »Sie sitzt bestimmt sechs Meter hoch.«

»Ich hab's auch nicht geglaubt, Chief, aber mehrere Zeugen haben das Gleiche berichtet. Und das Mädchen ist gerannt wie der Wind. Mrs Grimm hat sich bekreuzigt, als sie es mir erzählt hat.«

Ellie spürte, dass sie Kopfschmerzen bekam. Bis zur Abendessenszeit würde die ganze Stadt die Geschichte von dem Mädchen gehört haben, das rannte wie der Wind und auf Ahornbäume sprang. Als Nächstes erzählte man sich dann, dass Feuer aus ihren Fingerspitzen loderte und sie von Ast zu Ast fliegen konnte.

»Wir brauchen einen Plan«, stellte Ellie fest, mehr zu sich selbst als zu sonst jemandem.

»Die freiwillige Feuerwehr hat Scamper damals aus der Douglasfichte in der Peninsula Road geholt.«

»Scamper ist eine Katze, Earl«, entgegnete Peanut und verschränkte die Arme vor der Brust.

»Das weiß ich auch, Penelope. Es ist ja nicht so, als hätten wir irgendwo einen Vorschriftenkatalog für den Fall, dass ein Kind auf einem Baum sitzt. Mit einem Wolf auf dem Schoß«, fügte er hinzu.

Ellie legte kurz die Hand auf seinen Arm. »Das ist an sich eine gute Idee, Earl, aber die Kleine ist total verängstigt. Wenn wir mit einer großen roten Leiter anrücken, stürzt sie womöglich ab.«

Peanut klopfte sich mit ihren langen, lila lackierten und mit Sternchen verzierten Fingernägeln auf die Zähne, stets ein Zeichen angestrengten Nachdenkens. Schließlich sagte sie: »Ich wette, sie hat Hunger.«

»Das glaubst du doch von jedem«, gab Cal zu bedenken.

»Quatsch.«

»Von wegen. Wie wäre es denn, wenn *ich* mal versuche, mit dem Mädchen zu reden, Ellie?«, fragte Cal. »Meine Sarah ist ungefähr in ihrem Alter.«

»Nein, lass mich mit ihr sprechen«, protestierte Peanut. »Ich bin schließlich eine Mama.«

»Und ich ein Papa.«

»Haltet mal die Luft an, ihr beiden«, fauchte Ellie. »Earl, gehen Sie bitte rüber zum Imbiss und holen Sie ein schönes warmes Essen. Und Milch. Vielleicht auch noch ein Stück von Barbaras Apfelkuchen.«

»Sie sind ein Genie, Ellie. Mrs Grimm hat ja gleich gemeint, das Mädchen wollte was zu essen stehlen«, strahlte Earl. »So was hab ich schon mal in so einer Polizeiserie gesehen. Ich glaube, es war ...«

»Das mit dem Essen war aber *meine* Idee«, plusterte Peanut sich auf.

»Du redest doch sowieso dauernd vom Essen«, meinte Cal. »Das fällt schon keinem mehr auf.«

»Und seht zu, dass die Straßen frei sind«, unterbrach Ellie ihr Geplänkel, ehe es wieder richtig in Gang kam. »Ich möchte freie Bahn haben, mindestens zwei Häuserblocks weit.«

Earls Lächeln verblasste. »Die Leute werden aber bestimmt nicht weg wollen.«

»Wir sind das Gesetz, Earl. Sie müssen einfach durchgreifen.«

Er sah sie von der Seite an. Mit so etwas hatten sie beide nicht allzu viel Erfahrung. Obwohl Earl seit Jahrzehnten auf diesen Straßen Streife ging, hatte er die meiste Zeit davon mit Kaffeetrinken verbracht und ab und zu einen Strafzettel für Falschparken ausgestellt. »Vielleicht sollte ich Myra holen. Auf die hören alle.«

»Sie brauchen doch nicht Ihre Frau, um die Straße frei zu bekommen, Earl. Wenn es sein muss, verteilen Sie eben Strafzettel. Sie wissen, wie das geht.«

Earl sackte resigniert in sich zusammen und machte sich auf den Weg zurück zum Friseursalon. Schon als er den Drogeriemarkt erreichte, scharte sich die Menge um ihn. Kurz darauf erklang ein kollektiver Laut der Enttäuschung.

Peanut verschränkte wieder die Arme und schnalzte mit der Zunge. »Das ist echt das Spannendste, seit Raymond Weller mit seinem Auto Thelmas Wohnmobil gerammt hat. Deiner Beliebtheit wird es nicht gerade zuträglich sein, wenn du sie vertreibst.«

Ellie sah ihre Freundin an. »Sie?«

Peanut machte große Augen. »Du meinst doch nicht etwa, dass ich auch nicht dabei sein darf, oder?«

»Da oben sitzt ein vollkommen verängstigtes kleines Mädchen, Pea, und es hat ganz den Anschein, als stimmt irgendwas nicht mit ihr. Da hat es für mich wohl kaum oberste Priorität, dafür zu sorgen, dass die Einwohner von Rain Valley — du eingeschlossen — sich gut amüsieren. Du und Cal, ihr geht jetzt erst mal aufs Revier zurück und holt mir irgendeine Art Netz. Vermutlich wird es nicht ganz einfach sein, das arme Ding einzufangen. Ruf Nick in Mystic an. Und frag bei Ted nach, ob im Naturpark vielleicht ein Kind vermisst wird. Cal, du meldest dich bei Mel. Vermutlich ist er irgendwo am Parkeingang und versucht, Strafzettel an Touristen loszuwerden. Sag ihm, er soll ein bisschen in der Stadt rumfragen. Die Kleine ist nicht aus der Gegend, aber vielleicht ist sie bei jemandem zu Gast.«

»Ich für mein Teil gehöre zu den Menschen, die Anweisungen befolgen können«, verkündete Cal und machte sich auf den Weg zum Streifenwagen.

Peanut hingegen rührte sich nicht vom Fleck.

»Los, ab mit dir«, sagte Ellie.

Peanut seufzte tief und dramatisch. »Na gut, ich geh ja schon.«

~

Anderthalb Stunden später war auf den Straßen von Rain Valley Stille eingekehrt. Sämtliche Geschäfte hatten geschlossen, die Parkplätze waren wie leergefegt. Knapp außer Sichtweite standen zwei Polizeisperren. Ohne Zweifel genossen Peanut und Cal ihre Funktion als offizielles Sprachrohr der Polizeichefin.

»Vermutlich findest du es komisch, dass eine Frau hier Polizeichef ist«, sagte Ellie gerade und versuchte so ruhig wie möglich auf der überaus harten Bank unter dem Ahornbaum sitzen zu bleiben. Inzwischen war sie schon fast eine Stunde hier, und es wurde immer deutlicher, dass sie das Mädchen nicht überreden konnte, freiwillig herabzusteigen. Was eigentlich auch kein Wunder war. Zwar war Ellie in der Lage, ein Auto selbst mit hundertsechzig Stundenkilometern noch sicher zu steuern, aus hundertfünfzig Metern mit ihrer Pistole einen Vogel zu treffen und einen erwachsenen Mann dazu zu bringen, einen Einbruch zu gestehen, aber mit Kindern kannte sie sich so gut wie überhaupt nicht aus.

Peanut und Cal – die sich mit Kindern bestens auskannten – glaubten beide, dass Reden das Mittel der Wahl war. Deshalb war diese Methode ihr Plan A. Alle waren der Meinung, dass es wünschenswert war, wenn das Kind aus freien Stücken herunterkletterte. Also redete Ellie.

Sie warf einen Blick auf den Teller, der am Fuß des Baumes stand. Zwei herrliche Brathähnchen, umgeben von Apfel- und Orangenstücken. Auf einem Extrateller ein frisch gebackener Apfelkuchen. Ein paar Papierteller und Gabeln, ordentlich aufgestapelt. Das Glas Milch war sicher längst nicht mehr eiskalt.

Bestimmt wäre richtiges Kinderessen besser gewesen — Cheeseburger, Pommes und Pizza. Warum war ihr das nicht schon vorher eingefallen?

Trotzdem duftete es köstlich. Ellies Magen knurrte und erinnerte sie daran, dass die Zeit zum Mittagessen längst verstrichen war. Und sie war es nicht gewohnt, Mahlzeiten auszulassen. Wenn es die Aerobic-Kurse im Tanzstudio nicht gegeben hätte, wäre sie seit der Highschool sicherlich immer dicker geworden. Und weiß der Himmel — eine zierlich gebaute Frau wie sie konnte es sich nicht leisten zuzunehmen. Jedenfalls nicht, solange sie unverheiratet war und Liebe suchte.

Vorsichtig legte sie den Kopf schräg und schielte nach oben.

Das Mädchen erwiderte ihren Blick weiterhin mit einer beunruhigenden Intensität. Ihre Augen unter den dunklen Wimpern hatten die Farbe des Karibischen Meers an einer seichten Stelle. Für den Bruchteil einer Sekunde dachte Ellie an ihre zweiten Flitterwochen. Damals hatte sie zum ersten Mal das Tropenmeer und die Horden kleiner dunkelhäutiger Kinder gesehen, die darin spielten. So mager diese Kinder auch gewesen waren, hatte Ellie doch selten so ein unbeschwertes, fröhliches Lachen gehört.

Nachdenklich sah sie über die Straße zu dem riesigen Rhododendron vor dem Eisenwarenladen. Dahinter versteckte sich ein Mann vom Tierschutz, die Waffe im An-

schlag. Sie war mit einem Beruhigungspfeil für den Wolfswelpen geladen. Bei ihm war außerdem noch ein Mann
vom örtlichen Tierpark mit Maulkorb und Käfig.

Rede weiter.

Sie seufzte. »Eigentlich wollte ich ursprünglich gar nicht
zur Polizei. Ich bin da irgendwie reingeraten − so geht das
manchmal in meinem Leben. Aber meine Schwester Julia,
die ist genau das Gegenteil von mir. Sie plant immer alles.
Schon mit zehn Jahren wusste sie, dass sie Psychologin werden will. Ich war bloß scharf auf ihre Barbie-Sammlung.«

Ellie lächelte wehmütig. »Mit einundzwanzig hab ich zum
zweiten Mal geheiratet. Als diese Ehe dann auch in die Brüche ging, bin ich wieder bei meinem Dad eingezogen. Nicht
gerade eine Meisterleistung, wenn man schon in einem Alter ist, in dem man Alkohol trinken darf ... und das hab ich
nebenbei gesagt auch reichlich getan. Junge, Junge, hab ich
getrunken. Margaritas und Karaoke waren damals mein Le-
bensinhalt. Eigentlich hätte ich es gern mal mit einer Band
probiert, aber irgendwie hat das nie geklappt. Die Tragödie
meines Lebens. Jedenfalls war mein Onkel Joe damals Polizeichef, und er hat eine Abmachung mit mir getroffen: Wenn
ich auf die Polizeischule gehe, dann ignoriert er alle meine
Knöllchen.« Sie zuckte die Achseln. »Da ich nichts Besseres
zu tun hatte, hab ich mich darauf eingelassen. Als ich fertig
war, hat Onkel Joe mich eingestellt. Und es wurde immer
klarer, dass ich für den Job wie gemacht bin.« Wieder ris-
kierte sie einen verstohlenen Blick zu dem Mädchen hinauf.

Keine Bewegung. Nichts.

Ellies Magen knurrte wieder, sehr laut.

»Ach, was soll's.« Sie streckte die Hand nach dem Hähnchen aus und riss einen Schenkel ab.

Als sie hineinbiss, musste sie einen Moment vor Wonne

die Augen zumachen. Ganz langsam kaute sie und schluckte schließlich.

Die Blätter raschelten. Der Ast knarrte.

Ellie wagte nicht, sich zu rühren. Sie spürte, wie eine Brise durch den Park wehte und die trockenen Blätter vor sich her trieb.

Das Mädchen beugte sich vor. Zwischen ihren Lippen zeigte sich eine rosa Zungenspitze. Ellie bemerkte, dass ein Schneidezahn fehlte.

»Komm«, flüsterte sie. Als das Mädchen nicht reagierte, versuchte sie es anders. Geschichten funktionierten irgendwie nicht, aber vielleicht war die Lösung ja viel einfacher.

»Runter. Hier. Hähnchen. Kuchen. Essen.«

Und tatsächlich sprang das Mädchen von seinem Ast herunter, landete geschmeidig wie eine Katze neben dem Essen, lautlos und auf allen vieren, den Welpen immer noch im Arm.

Unmöglich. Ihre Knochen hätten bei dem Aufprall zerbrechen müssen wie dünne Stöckchen.

Ellie spürte, wie sich etwas in ihrem Bauch zusammenzog. Sie war keine realitätsfremde oder abergläubische Person, aber in diesem Augenblick, auf dieser Bank, vor sich dieses schmutzige, magere Kind mit seinem weißen Wolfswelpen, fühlte sie sich plötzlich von einer Art ehrfürchtigem Staunen überwältigt.

Wieder trafen sich ihre Blicke. Die wunderschönen, schaurig blaugrünen Augen schienen alles zu sehen.

Ellie rührte sich nicht, sie wagte nicht einmal zu atmen. Das Mädchen reckte das Kinn, schnupperte und ließ dann den Wolf langsam los, der jedoch dicht an ihrer Seite blieb.

Vorsichtig machte sie einen Schritt auf das Hähnchen zu. Dann noch einen.

Und noch einen.

So leise wie möglich atmete Ellie aus. Das Mädchen bewegte sich wie ein wildes Tier, hielt immer wieder inne und sog die Luft ein, als würde sie wittern. Und der kleine Wolf folgte ihr dicht auf den Fersen.

Doch endlich wandte sie die Augen ab und machte sich über das Essen her.

Etwas Derartiges hatte Ellie noch nie gesehen. Wie sich zwei Rudeltiere über eine gemeinsam getötete Beute hermachen, so stürzten das Mädchen und ihr Wolf sich auf das Hähnchen. Die Kleine riss das Fleisch in Fetzen ab und stopfte es sich gierig in den Mund.

Langsam griff Ellie hinter sich und tastete nach dem Netz. *Lieber Gott, bitte mach, dass es funktioniert.* Sie hatte nämlich keinen Plan B auf Lager.

Mit einer perfekten Cheerleader-Drehung holte Ellie das Netz hervor und warf es über das Mädchen und den Wolfswelpen. Der Rand kam hart auf dem Boden auf. Als die beiden merkten, dass sie gefangen waren, drehten sie durch.

Das Mädchen warf sich ins Gras, rollte wild herum, ihre schmutzigen Finger krallten nach dem Nylonnetz. Aber je mehr sie sich wehrte, desto enger zog sich die Schlinge zusammen.

Der Wolfswelpe knurrte. Doch dann traf ihn der rote Pfeil zischend in die Seite, er stieß ein überraschtes Jaulen aus, strauchelte und kippte um.

Das Mädchen heulte. Ein schreckliches, qualvolles Geräusch.

»Alles wird gut, Schätzchen«, sagte Ellie und ging langsam auf sie zu. »Hab keine Angst. Er ist nicht verletzt. Ich lasse ihn an einen sicheren Ort bringen, wo es ihm gut geht.«

Ohne auf die Worte zu reagieren, zog die Kleine den Wolf

auf ihren Schoß, streichelte und knuffte ihn leidenschaftlich, um ihn aufzuwecken. Als es ihr nicht gelang, heulte sie erneut, ein verzweifelter, klagender Wolfsschrei, der die Stille durchschnitt und einen Krähenschwarm so erschreckte, dass die Vögel mit rauschenden Flügeln in den dunkel werdenden Himmel aufstiegen.

Behutsam schlich sich Ellie von hinten an das Kind heran. Im Näherkommen stieg ihr neben dem Duft der vermodernden Blätter und der nassen Erde ein stechender Ammoniakgeruch in die Nase. Urin.

Sie schluckte schwer, ließ die Spritze, die sie in ihrem Ärmel versteckt hatte, nach vorn rutschen, zielte sorgfältig auf den Rumpf des Mädchens und verabreichte ihr die Injektion.

Das Kind schrie vor Schmerz laut auf und fuhr zu ihr herum.

»Tut mir leid«, flüsterte Ellie. »Es ist nur zu deinem Schutz. Du wirst ein, zwei Minuten schlafen, aber ich werde nicht zulassen, dass dir jemand wehtut.«

Mit fahrigen Bewegungen wich das Mädchen vor Ellies Hand zurück und verlor das Gleichgewicht. Noch ein Heulen entrang sich ihrer Kehle, dann brach sie zusammen. Wie sie da lag, an den bewusstlosen Welpen geschmiegt, wirkte sie unglaublich zart und klein. Noch nie hatte Ellie etwas derart Hilfloses gesehen.

~

In den letzten Augenblicken des Abstiegs verfärbte sich der blasse pazifische Himmel langsam von poliertem Gold in ein helles Lachsrosa.

Schwer atmend hielt er inne, schwang sich herum, sodass

er kurz in seinem Gurt frei am Seil baumelte, und wandte sich der Aussicht zu.

Von seinem Platz an der Granitwand, rund hundertzwanzig Meter über einem kristallblauen namenlosen Alpsee, konnte Max Cerrasin die Welt sehen. Er war umgeben von den spitzen, eindrucksvollen Gipfeln der Olympic Mountains. Die atemberaubende, Ehrfurcht gebietende Landschaft schien so weit von jeder Zivilisation entfernt zu sein wie kaum ein zweiter Ort auf Erden. Soweit er wusste, war er der erste Mensch, der diese schroffe Felswand je bestiegen hatte.

Genau das faszinierte ihn so an diesem Sport. Wenn man hoch oben über der Welt war, nur durch ein Stück Metall und die eigene Courage mit dem Stein verankert, gab es keine Welt da draußen. Keine Sorgen, keinen Stress. Keine Erinnerungen an das, was er verloren hatte.

Nur diese Ehrfurcht gebietende Schönheit, die Einsamkeit, das Risiko. Das liebte er am meisten.

Nichts brachte einem Menschen so intensiv zu Bewusstsein, dass er lebte, wie die unmittelbare Gefahr.

Noch immer keuchend und schwitzend kletterte er hinunter, fand seinen Weg Zentimeter um Zentimeter, liebkoste den Granit, tastete ihn nach Schwächen und Instabilitäten ab.

Einmal rutschte er aus und stürzte. Der Fels bröckelte unter seiner Hand, brach weg und prasselte ihm ins Gesicht.

In dem Bruchteil der Sekunde, in dem er ohne Halt war, krampfte sich sein Magen zusammen, und sein Herz begann wild zu schlagen. Dann streckte er die Hand aus.

Und fand Halt.

Erleichtert lachte er auf und legte die Stirn an den kühlen Stein, während sein Puls sich wieder normalisierte.

Dann wischte er sich den Schweiß von der Stirn und kletterte weiter. Je näher er zum Boden kam, desto schneller und sicherer wurde er. Er war fast da – weniger als neun Meter vom Ziel entfernt –, als sein Mobiltelefon klingelte.

Er ließ sich am Seil zu Boden gleiten, fischte das Handy aus dem Rucksack und klappte es auf. Noch bevor er die Nummer sah, wusste er, dass es sich um einen Notfall handelte.

~

Die Nachricht von dem seltsamen Mädchen verbreitete sich wie ein Lauffeuer in Rain Valley. Bis neun Uhr abends hatte sich bereits eine dichte Menschenmenge vor dem Kreiskrankenhaus versammelt. In der Wache lief das Telefon heiß, und Cal hatte alle Hände voll zu tun. Zu Ellies Überraschung hatte er sogar angeboten, Überstunden zu machen, während er sonst immer gleich nach Dienstschluss nach Hause eilte, um für seine Frau und seine Kinder Abendessen zu bereiten. Inzwischen wusste die Gerüchteküche von einem fliegenden Wolfskind zu berichten, das mit seinen Zauberkräften das Wetter beeinflussen konnte, und alle wollten an der Aufregung teilhaben. Morgen früh würden sich lange Warteschlangen vor dem Tierpark – der Olympic Game Farm – bilden, denn natürlich mussten auch alle den gefangenen Wolfswelpen in Augenschein nehmen.

Im Krankenhaus lag das Mädchen in einem schmalen Bett, mit Elektroden an Kopf und Brust. Ihr linkes Handgelenk war mit einem Lederriemen ans Bettgitter gefesselt, obwohl sie nach wie vor bewusstlos war und ganz sicher keine Gefahr für sich oder andere darstellte. Da diese Sicherheitsmaßnahme in den letzten zehn Jahren kein einziges Mal angewandt worden war, hatten die Schwestern eine halbe Ewigkeit im Lager nach den Fixiergurten suchen müssen. Ellie stand mit verschränkten Armen neben dem Bett, Peanut ganz in ihrer Nähe. Ausnahmsweise redeten sie nicht, und beide hatten sie ein schlechtes Gewissen, weil Earl sich draußen mit der Menge herumschlagen musste und Cal sich drinnen mit den ganzen Anrufern herumplagte. Aber sie mussten delegieren. Ellie wartete auf den Arzt, mit dem sie dringend sprechen musste, und Peanut … nun, Peanut war fest entschlossen, sich nicht das kleinste Detail des Dramas entgehen zu lassen. Seit das Mädchen aufgetaucht war, war sie nur einmal für ein halbes Stündchen zu Hause gewesen, um ihren Lieben das Abendessen zu bringen. Ihre Tochter Cara passte jetzt auf Cals Kinder auf.

Dr. Max Cerrasin untersuchte das Mädchen. Ab und zu murmelte er leise vor sich hin, ansonsten herrschte Totenstille.

So ernst hatte Ellie ihn noch nie erlebt. In den sechs Jahren, die er jetzt schon in Rain Valley lebte, hatte Max sich eine gewisse Reputation erworben – und das nicht nur aufgrund seiner medizinischen Fähigkeiten. Ellie erinnerte sich noch gut, wie er hier eingezogen war. Er hatte Doc Fischers Praxis übernommen und sich auf einem Seegrundstück vor der Stadt niedergelassen. Unter den alleinstehenden Frauen war sofort große Nervosität ausgebrochen, denn jedes weibliche Wesen zwischen zwanzig und sechzig – Ellie eingeschlossen – fühlte sich zu ihm hingezogen. Eine nach der anderen war mit einem selbst gemachten Eintopf vor seiner Tür erschienen.

Danach warteten alle ungeduldig, welche von ihnen er erwählen würde.

Sie warteten und warteten.

Im Laufe der Zeit war er mit einer ganzen Reihe von ihnen ausgegangen und hatte sich mit allen angefreundet, doch keine konnte ihn wirklich für sich beanspruchen. Zwar flirtete er für sein Leben gern, aber er verteilte seine Aufmerksamkeit gleichmäßig.

Nicht einmal Ellie war es gelungen, ihn in sich verliebt zu machen. Ihre Affäre mit ihm war wie alle anderen gewesen – leidenschaftlich und im Handumdrehen vorbei. In letzter Zeit sah man ihn immer weniger ausgehen, und anscheinend verwandelte er sich in eine Spezies, die in einer Kleinstadt äußerst selten zu finden ist – einen Einzelgänger. Ellie fand das ausgesprochen mysteriös. Das ganze gute Aussehen für nichts und wieder nichts. Wenn das keine Verschwendung war.

»Tja«, stieß er schließlich hervor und fuhr sich mit der Hand durch die stahlgrauen Haare.

Ellie trat neben ihn. Als sie in seine blauen Augen blickte, sah sie, wie müde er war. Kein Wunder. Sie hatte gehört, dass man ihn erst vor ein paar Stunden von einer Felswand weggerufen hatte. Er war direkt hierher gefahren, ohne sich umzuziehen. Nicht mal seinen weißen Kittel hatte er übergestreift, sondern erledigte seine Arbeit in einer alten, ausgeblichenen Levis und einem schwarzen T-Shirt. Die grauen Locken waren feucht und zerzaust, aber wie immer waren es seine leuchtend blauen Augen, die alle Aufmerksamkeit auf sich zogen. Wenn er einen anschaute, kam man sich vor, als wäre man außer ihm der einzige Mensch im Raum. Selbst jetzt, wo er so erschöpft wirkte, war er der bestaussehende Mann, der Ellie je über den Weg gelaufen war.

»Also, was kannst du mir sagen, Max?«

»Die Kleine ist stark unterernährt und dehydriert. Den Flüssigkeitsmangel können wir ziemlich schnell beheben, aber die Unterernährung ist ernst.« Er hob das nicht fixierte Handgelenk des Mädchens an und fuhr mit dem Finger darüber. Neben seiner gebräunten Haut sah die des Mädchens nicht nur schmutzig, sondern fleckig und grau aus.

Ellie schlug ihr Notizbuch auf.»Ist sie indianischer Herkunft?«

»Eher nicht. Ich denke, dass die Haut unter dem ganzen Dreck weiß ist.« Er ließ das Handgelenk des Mädchens los und ging zum Fußende des Betts, wo er vorsichtig ihr rechtes Bein am Knie hochhob.»Hast du die Narben an ihrem Knöchel gesehen?«

Ellie beugte sich näher heran. Unter der Schmutzschicht sah sie einen dicken, verfärbten Streifen Narbengewebe.

»Fesselspuren.«

»Zu neunundneunzig Prozent würde ich sagen, ja.« Peanut schnappte hörbar nach Luft.»Das arme Ding war also *angebunden*?«

»Und zwar vermutlich über einen langen Zeitraum. Die Narben sind schon älter, auch wenn die Schnitte drumherum ziemlich frisch zu sein scheinen. Auf dem Röntgenbild ist außerdem ein schlecht verheilter Bruch am linken Unterarm zu erkennen.«

»Dann haben wir es also nicht mit einem gewöhnlichen Kind zu tun, das im Naturpark von den Eltern ausgebüchst ist und sich verlaufen hat?«

»Ich fürchte nicht.«

»Irgendwelche Hinweise auf sexuellen Missbrauch?«

»Nein. Nichts.«

»Gott sei Dank«, flüsterte Ellie.

Max schüttelte den Kopf und seufzte leise.»Ich hab schon eine Menge schlimme Sachen gesehen, Ellie, aber so was noch nie.«

»Was kannst du für sie tun?«

»Das ist nicht gerade mein Spezialgebiet.«

»Ach komm schon, Max …«

Er blickte auf das Mädchen hinab. Ellie sah etwas in seinen Augen – war es Traurigkeit? Oder gar Angst? Bei Max wusste man das nie so genau. »Ich könnte ein paar Untersuchungen machen – Hirnwellen, Blutproben, all so was. Wenn sie bei Bewusstsein wäre, könnte ich sie beobachten, aber …«

»Der alte Kindertagesraum steht leer«, meldete sich Peanut zu Wort. »Da könntest du sie dir durchs Fenster ansehen.«

»Richtig. Lass sie dorthin bringen, Max. Aber schließ die Tür ab, sonst versucht sie am Ende noch zu fliehen. Mel und Earl werden sich in der Stadt mal umhören, sie finden bestimmt heraus, wer die Kleine ist. Vielleicht verrät sie es uns ja auch selbst, wenn sie aufwacht.«

Max drehte sich zu ihr um. »Wir stehen vor einem Rätsel, und das weißt du auch, Ellie. Vielleicht sollten wir uns lieber ans FBI wenden.«

Aber Ellie sah ihn fest an. »Nein, kommt nicht infrage, mit einem verschwundenen Mädchen werde ich schon alleine fertig.«

DRITTES KAPITEL

*J*ulia stand vor dem großen Spiegel in ihrem Schlafzimmer und betrachtete sich kritisch. Sie trug einen dunkelgrauen Hosenanzug und eine hellrosa Seidenbluse, ihre blonden Haare hatte sie zurückgesteckt, wie sie es immer tat, wenn sie Patienten empfing. Nicht, dass es davon noch sonderlich viele gab. Die Tragödie von Silverwood hatte sie mindestens siebzig Prozent ihres Klientenstamms gekostet. Gott sei Dank gab es noch ein paar, die ihr weiterhin vertrauten, und die würde sie nie im Stich lassen.

Sie nahm ihre Tasche und ging zur Garage hinunter, wo ihr stahlblauer Toyota Prius Hybrid wartete. Die Garagentür öffnete sich und gab den Blick auf die leere Straße draußen frei.

Es war ein warmer Oktobermorgen. Erleichtert nahm sie zur Kenntnis, dass die Reporter, die so lange in kleinen Grüppchen, rauchend und plaudernd, vor ihrer Tür gelauert hatten, endlich verschwunden waren.

Nein, sie war ja nicht mehr Teil der Geschichte.

Nach einem albtraumhaften Jahr hatte sie ihr Leben wieder. Gut eine Stunde später traf sie vor einem Bürogebäude von Beverly Hills ein, in dem sich ihre kleine, geschmackvoll eingerichtete Praxis befand, die sie seit über sieben Jahren gemietet hatte.

Sie parkte auf ihrem Stellplatz, ging hinein und zog leise die Tür hinter sich zu. Im ersten Stock blieb sie vor ihrem Büro stehen und blickte auf die Silberplakette an der Tür.

DR. JULIA CATES.

Sie drückte auf den Knopf der Sprechanlage.

»Praxis Dr. Cates«, kam die kratzige Antwort aus dem Lautsprecher. »Kann ich Ihnen helfen?«

»Hallo, Gwen, ich bin's.«

»Oh!«

Ein Summen ertönte, dann ging die Tür mit einem leisen Klicken auf.

Julia holte tief Luft und trat ein. Die Praxis roch nach frischen Blumen, die jeden Montag angeliefert wurden. Auch wenn sie jetzt viel weniger Patienten hatte, war sie nicht bereit, die Bestellung zu reduzieren. Das wäre dem Eingeständnis einer Niederlage gleichgekommen.

»Hallo, Miss Cates«, sagte Gwen Connelly, die Rezeptionistin. »Herzlichen Glückwunsch!«

»Danke.« Julia lächelte. »Ist Melissa schon da?«

»Sie haben diese Woche keine Termine«, erwiderte Gwen leise. Das Mitgefühl in ihren braunen Augen war entnervend. »Alle haben abgesagt.«

»Alle? Sogar Marcus?«

»Haben Sie die *L.A. Times* von heute nicht gesehen?«

»Nein. Warum?«

Gwen zog eine Zeitung aus dem Papierkorb und legte sie vor Julia auf den Schreibtisch. Die Schlagzeile lautete: DER GROSSE IRRTUM. Darunter ein Foto von Julia. »Die Zunigas haben nach der Anhörung ein Interview gegeben. Und Ihnen an allem die Schuld gegeben.«

Unwillkürlich streckte Julia die Hand aus, um sich an der Wand abzustützen.

»Bestimmt versuchen die nur, selbst einem Prozess zu entgehen, und meinen jetzt …, dass es als Therapeutin *Ihre* Aufgabe gewesen wäre, Amber einweisen zu lassen.«

»Oh.« Mehr brachte sie nicht heraus.

Gwen stand auf und ging um den Schreibtisch herum. Sie war eine kleine, kompakte Frau, die Julias Praxis genauso geführt hatte wie ihren eigenen Haushalt, mit Disziplin und Einfühlungsvermögen. Mit ausgestreckten Armen kam sie auf Julia zu. »Sie haben vielen Menschen geholfen. Das kann Ihnen keiner wegnehmen.«

Rasch trat Julia beiseite. Jetzt berührt zu werden hieße, die Fassung zu verlieren. Und dann würde sie sie vielleicht nie wiederfinden.

Gwen hielt inne. »Es ist nicht Ihre Schuld.«

»Danke. Ich … ich werde ein bisschen Urlaub machen.« Verzweifelt versuchte sie sich ein Lächeln abzuringen, aber ihre Gesichtsmuskeln fühlten sich wie gelähmt und irgendwie hölzern an. »Ich bin seit Jahren nicht weggefahren.«

»Das wird Ihnen sicher guttun.«

»Ja.«

»Ich lasse die Blumenlieferung stornieren und rufe den Hausverwalter an«, versprach Gwen. »Damit er weiß, dass Sie … dass Sie eine Weile nicht da sind.«

Ich lasse die Blumenlieferung stornieren. Seltsam, dass ausgerechnet das ihr den Rest gab. Nur mit allergrößter Mühe schaffte sie es, sich von Gwen zu verabschieden.

Als sie allein war, ging sie auf dem teuren Teppichboden in die Knie und ließ den Kopf hängen.

Sie wusste nicht, wie lange sie so in der Dunkelheit kniete, auf ihren Atem lauschte und ihren Herzschlag spürte.

Schließlich richtete sie sich ein wenig ungeschickt wieder auf und blickte sich um. Was sollte sie jetzt tun? Die Praxis war ihr Leben. In ihrem Streben nach beruflicher Perfektion hatte sie alles andere vernachlässigt – Freunde, Familie, Hobbys. Seit fast einem Jahr hatte sie nicht mal mehr eine Verabredung gehabt. Genau genommen seit Philip. Langsam ging sie zum Telefon und starrte auf die Liste mit den Kurzwahlen.

Dr. Philip Westover war immer noch Nummer sieben. Sie fühlte einen Schmerz der Bedürftigkeit, eine tiefe Sehnsucht, seine Stimme zu hören, die ihr mit diesem singenden Akzent sagte: *Alles wird gut, Julia.* Fünf Jahre lang war er ihr bester Freund und ihr Geliebter gewesen. Jetzt war er mit einer anderen Frau verheiratet.

Das war das Problem an der Liebe – auf sie war absolut kein Verlass.

Mit einem tiefen Seufzer drückte sie Nummer zwei.

Ihr Therapeut, Dr. Harold Collins, nahm beim zweiten Klingeln ab. Seit ihrer Zusatzausbildung, als das für alle Psychologiestudenten Pflicht gewesen war, suchte sie ihn einmal im Monat auf. Eigentlich war er für sie eher ein Freund als ein Psychologe.

»Hallo Harry«, sagte sie und lehnte sich müde an die Wand. »Haben Sie die Zeitungen heute Morgen gesehen?«

Er seufzte. »Ja, Julia. Ich habe mir schon Sorgen um Sie gemacht.«

»Ich mache mir auch Sorgen um mich.«

»Sie sollten endlich anfangen, Interviews zu geben und Ihre Seite der Geschichte publik zu machen. Es ist doch lachhaft, sich die ganze Schuld aufhalsen zu lassen. Wir finden alle ...«

»Was soll das bringen? Es glauben doch sowieso alle, was sie wollen. Und das wissen Sie so gut wie ich.«

»Aber manchmal geht es einfach nur darum, zu kämpfen, Julia.«

»Das konnte ich noch nie sonderlich gut, Harry.« Sie starrte aus dem Fenster in den inzwischen sonnigen blauen Tag hinaus. Während sie sich noch eine Weile mit Harry unterhielt, ihm aber nur mit halbem Ohr zuhörte, fragte sie sich wieder und wieder, was sie bloß tun sollte. Patienten zu behandeln war alles, was sie konnte, es war ihr Leben. Vielleicht hätte sie ab und zu mal an etwas anderes denken sollen als an ihren Beruf. Dann wäre sie jetzt nicht so allein. Über diese Leere zu reden würde auch nichts helfen. Der Anruf war wohl doch keine so gute Idee gewesen. »Ich muss Schluss machen, Harry. Und danke für alles.«

»Julia …«

Sie legte auf und tigerte eine Weile durch die Praxisräume. Als sie spürte, dass ihr die Tränen kamen, zog sie rasch den Anzug aus, streifte ihre Sportsachen über und ging zu dem Laufband, das im Nebenzimmer stand.

Sie wusste, dass sie in letzter Zeit das Training übertrieben und viel zu viel abgenommen hatte, aber irgendwie konnte sie nicht damit aufhören.

Im gedämpften Licht ihrer geliebten Praxis stellte sie sich auf das schwarze Band und programmierte die Maschine auf starke Steigung. Wenn sie rannte, konnte sie den Schmerz fast vergessen. Erst viel später, als sie das Gerät längst abgeschaltet hatte und in ihr stilles Haus zurückgefahren war, dachte sie darüber nach, was es bedeutete zu rennen, ohne zu wissen wohin.

~

Zu dieser späten Stunde waren die Korridore im Krankenhaus wie ausgestorben. Für Max war es die Zeit, die er am wenigsten mochte; ihm war die hektische Betriebsamkeit der Tagesschicht mit ihren Notfällen weitaus lieber. In der dunklen Stille warteten zu viele Gedanken auf ihn.

Er machte noch ein paar Notizen auf das Krankenblatt des Mädchens und blickte dann nachdenklich auf sie hinab. Sie lag vollkommen reglos da und atmete tief und gleichmäßig, wie es nach einem Beruhigungsmittel meistens der Fall ist. Die Lederfessel um ihr schmales linkes Handgelenk wirkte plump und ausgesprochen hässlich.

Er nahm ihre andere Hand und hielt sie fest. Die Finger, die jetzt zwar sauber, aber übersät von blutigen Kratzern und Narben waren, sahen auf seiner Handfläche dünn und geradezu winzig aus. »Wer bist du, Kleines?«

Hinter ihm öffnete sich die Tür und fiel gleich wieder ins Schloss. Ohne sich umzudrehen, wusste er, dass es Trudi Hightower war, die Nachtschwester. Er konnte ihr Parfüm riechen – Gardenien.

»Wie geht es ihr?«, fragte Trudi und stellte sich dicht neben ihn. Sie war eine große, attraktive Frau mit freundlichen Augen und einer lauten Stimme. Sie behauptete immer gern, Letzteres käme daher, dass sie drei Jungen alleine großgezogen hatte.

»Nicht gut.«

Trudi schnalzte besorgt mit der Zunge. »Das arme Ding.«

»Können wir sie verlegen?«

»Der alte Kindertagesraum ist für sie vorbereitet.« Vorsichtig löste sie die Fixierung vom Bettgitter. Als sie das schwere Lederband anhob, berührte Max sie am Handgelenk.

»Lass das ruhig hier.«

»Aber ...«

»Ich denke, sie war in ihrem Leben oft genug angebunden.« Damit beugte er sich über das Kind, nahm es in die Arme und hob es hoch.

Schweigend gingen sie durch die hell erleuchteten Korridore zum ehemaligen Kindertagesraum.

Dort legte Max die Kleine in das Bett, das Trudi ins Zimmer geschoben hatte. In letzter Sekunde konnte er sich zurückhalten, sonst hätte er ihr noch ein *Schlaf gut, Kleines* ins Ohr geflüstert.

»Ich bleibe noch eine Weile bei ihr«, erklärte er stattdessen.

Trudi legte die Hand auf seinen Arm. »Ich hab in einer Dreiviertelstunde Feierabend, möchtest du dann zu mir rüberkommen?«

Er nickte. Er konnte weiß Gott ein bisschen Ablenkung gebrauchen. Wenn er heute Abend allein nach Hause ginge, würden die Erinnerungen schon da sein und nur darauf warten, ihm Gesellschaft zu leisten.

~

Ellie starrte auf den Computerbildschirm, bis ihr die Buchstaben vor den Augen verschwammen und nur noch als kleine pulsierende Punkte über die weiße Fläche tanzten. In ihrem Hinterkopf spannten die Kopfschmerzen einen Fallschirm auf und ließen sich ihre Wirbelsäule hinuntergleiten.

Wenn sie noch einen einzigen Bericht über ein vermisstes oder verschwundenes Kind lesen musste, würde sie anfangen zu schreien.

Es gab Tausende von ihnen.

Tausende!

Verlorene Mädchen ohne Stimme, mit der sie um Hilfe rufen konnten, ohne die Chance, andere Menschen zu erreichen. Die wenigen, die das Glück hatten, noch am Leben zu sein, konnten oft nur mit professioneller Hilfe gerettet werden.

Ellie schloss die Augen. Es musste doch möglich sein, mehr zu tun. Aber was? Sie hatte schon alles probiert, was ihr in den Sinn gekommen war. Zusammen mit ihren beiden Mitarbeitern hatte sie überall in der Stadt herumgefragt. Sie hatten das Büro des County-Sheriffs verständigt, dass ein nicht identifiziertes Kind gefunden worden war. Außerdem hatte sie Kontakt aufgenommen mit Family Crisis Network und Rural Resources und überhaupt mit sämtlichen regionalen und überregionalen Hilfsorganisationen dieser Art. Nirgends wusste man, wer dieses Kind war, und es kristallisierte sich immer deutlicher heraus, dass der Fall in Rain Valley und somit Ellies Fall bleiben würde. Natürlich konnte sie andere Polizeidienststellen und soziale Einrichtungen um Unterstützung bitten, aber da das Kind nun einmal hier aufgetaucht war, war es auch ihr Job, es zu identifizieren. Der County-Sheriff hatte sich so schnell aus der Affäre gezogen, dass man praktisch seine Bremsspuren sehen konnte. Sein *Tut mir leid, das Mädchen befindet sich auf städtischem Gebiet* sprach Bände. Niemand war bereit, sich für die Kleine verantwortlich zu fühlen, bevor eine eindeutige Identifizierung vorlag.

Ellie stand auf, streckte sich und massierte sich den Nacken.

Vorsichtig stieg sie über ihre beiden schlafenden Hunde, trat auf die Veranda und blickte auf den Garten hinaus. Inzwischen dämmerte schon der neue Tag herauf. Hier am Rand des Regenwalds war die Welt gleichzeitig vollkommen ruhig und springlebendig. Wie gewöhnlich war alles feucht; vom Meer wehte eine Brise, die Millionen Tautropfen auf den Blättern hinterließ. In der Morgendämmerung würden sie lautlos zu Boden fallen. Unsichtbarer Regen, so hatte ihr Dad das jedes Mal genannt, und Ellie spitzte oft die Ohren, und sei es auch nur, um sich an ihren Vater zu erinnern.

»Wenn du doch nur hier wärst, Dad«, sagte sie, während sie in die warm gefütterten Clogs schlüpfte, die an der Hintertür standen. »Du und Onkel Joe, ihr wusstet immer, wie man mit den großen Tieren zurechtkommt.«

Langsam überquerte sie die Veranda, ging die hintere Treppe hinab und stapfte durch den rosavioletten Morgen zum Fluss hinunter. Nebelschwaden stiegen aus dem dunklen Gras empor und waberten um ihre Füße.

An der Grenze des Grundstücks, dem Lieblingsangelplatz ihres Vaters, angelangt, wurde ihr plötzlich klar, warum sie hergekommen war.

Sein Haus stand am anderen Ufer, hinter einer sumpfigen Wiese. Aus der Entfernung wirkte es kaum größer als ein Werkzeugschuppen, aber sie wusste, dass das nicht der Wahrheit entsprach.

Als Kind war sie jeden Tag über diese Wiese marschiert und hatte drüben beim Haus im Garten gespielt.

Um ein Haar wäre sie losgelaufen. Ihr ging der Gedanke durch den Kopf, wieder Steinchen an sein Fenster zu werfen und ihn zu rufen. Er würde sich ihre Ängste anhören und sie verstehen. Das hatte er immer getan.

Aber inzwischen war mehr als ein Jahrzehnt vergangen. Lisa wollte sicher nicht in aller Herrgottsfrühe von ans Fenster prasselnden Kieseln geweckt werden, und auch wenn Cal bestimmt aufstehen und sich draußen zu ihr setzen würde (immerhin war sie seine Chefin, nicht nur seine Freundin), würde er ihr trotzdem nicht richtig zuhören können. Er hatte jetzt sein eigenes Leben, seine eigene Familie, und obwohl jeder wusste, dass Lisa nicht gut genug für ihn war, liebte er seine Frau und seine Töchter.

Ellie wusste, dass sie allein damit fertig werden musste. Zögernd wandte sie sich um und ging zurück in ihr Haus. Mit einem müden Seufzer setzte sie sich an den Schreibtisch und nahm sich erneut die Berichte über die vermissten Kinder vor. Dort *musste* die Antwort doch zu finden sein.

Das war ihr letzter Gedanke, bevor sie eindöste.

Vom Quäken einer Autohupe wurde sie wieder wach, fuhr hoch und realisierte voller Schrecken, dass sie am Computer eingeschlafen war.

»Scheiße.«

Stolpernd kam sie auf die Füße und ging zur Haustür.

Auf dem Hof stand Peanut und winkte ihrem Ehemann, der gerade wegfuhr, zum Abschied zu.

Ellie warf einen Blick auf ihre Armbanduhr. Fünf Minuten vor acht. »Was zum Teufel machst du denn hier?«, fragte sie mit einer Stimme, die klang, als würde sie mindestens ein Päckchen Zigaretten pro Tag qualmen.

»Ich hab mitgekriegt, dass du dich mit Max um acht im Krankenhaus verabredet hast. Dafür bist du ganz schön spät dran.«

»Wie kommst du auf die Idee, dass du auch eingeladen bist?«

»Oh, ich dachte, du hast vergessen, mir Bescheid zu sagen. Jetzt beweg deinen Hintern.«

Ellie fischte die Autoschlüssel aus der Tasche, warf sie Peanut zu und lief dann schnell noch mal ins Haus. Zum Duschen war keine Zeit mehr, und da sie immer noch in Uniform war, gab es eigentlich auch keinen Grund, sich umzuziehen. Also putzte sie nur die Zähne, wusch das Makeup vom Vortag ab und legte ein paar neue Schichten auf. In der

Küche holte sie eine Packung Schweinekoteletts aus der Gefriertruhe – natürlich waren zwei drin, kein Wunder, dass sie so viel trainieren musste. Das Leben wurde im Doppelpack geliefert. Keine große Hilfe für eine Single-Frau. Sie legte die Packung auf einem Küchentuch in den Kühlschrank.

Punkt acht stieg sie in den Streifenwagen.

Peanut hatte inzwischen eine CD von Aerosmith eingelegt. Ellie stellte die Musik sofort wieder ab. »Es ist zu früh für so was.«

»Warst du die ganze Nacht auf?«

»Wie kommst du denn auf die Idee?«

»Nun, du hast einen Tastaturabdruck auf der Backe.« Unwillkürlich fasste Ellie sich an die Wange. »Mist, verdammter. Sieht man es?«

»Süße, das sieht sogar ein Blinder«, lachte Peanut, wurde aber gleich wieder ernst. »Hast du irgendwas Nützliches gefunden?«

»Ich war die ganze Nacht online und hab jedes Revier in fünf Counties kontaktiert. Nirgends wird ein Mädchen vermisst. Jedenfalls nicht in letzter Zeit. Wenn wir die Suche aufs ganze Land ausdehnen müssen, bedeutet das, wir haben die Akten *sämtlicher* in den letzten fünf Jahren als vermisst gemeldeter Mädchen vor uns.«

Bei diesem Gedanken verstummten sie beide. Ellie versuchte, sich ein unverfängliches Thema einfallen zu lassen. Als sie auf den Parkplatz vor dem Krankenhaus einbogen, sahen sie, dass sich eine Menschentraube vor dem Eingang zusammengefunden hatte.

»Grundgütiger. Was soll der Zirkus?« Ellie parkte auf einem Besucherplatz, schnappte sich ihr Notizbuch und stieg aus. Peanut folgte ihr ganz untypisch still.

Wie Gänse auf dem Flug nach Süden formierte sich die

Menge und flog auf sie zu, angeführt von den Schwestern Grimm – Daisy, Marigold und Violet.

Im Gleichschritt näherten sich die drei alten Damen, die sich ähnelten wie ein Ei dem anderen.

Daisy, die Älteste, ergriff als Erste das Wort. Wie immer hielt sie eine alte schwarze Urne im Arm, welche die Asche ihres verstorbenen Ehemanns enthielt. »Wir wollten hören, ob es was Neues von dem Mädchen gibt.«

»Wer ist denn die arme Kleine?«, wollte Violet wissen und kniff hinter ihren verkratzten Brillengläsern die Augen zusammen.

»Kann sie wirklich fliegen wie ein Vogel?«, fragte Marigold.

»Und springen wie eine Katze?«, erkundigte sich eine Stimme von weiter hinten.

Ellie musste sich ins Gedächtnis rufen, dass diese Menschen ihre Wählerschaft waren. Mehr noch – sie waren auch ihre Freunde und Nachbarn. »Wir haben bislang keine Informationen, aber sobald uns welche vorliegen, lasse ich es Sie alle wissen. Im Augenblick könnte ich aber gut ein bisschen Hilfe brauchen.«

»Was immer Sie wollen!«, rief Marigold und zog ein Notizbuch mit geblümtem Einband aus ihrer violetten Vinyl-Handtasche.

Sofort bot Violet ihrer Schwester einen Stift in Tulpenform an.

»Das Kind braucht Anziehsachen und so. Vielleicht ein paar Kuscheltiere«, sagte Ellie. Kaum waren die Worte aus ihrem Mund, hatten die Schwestern Grimm auch schon die Kontrolle übernommen. Die drei ehemaligen Lehrerinnen trieben die Menge zusammen und begannen sogleich mit der Aufgabenverteilung.

Ellie und Peanut traten beiseite und marschierten den Betonweg zum Krankenhausportal hinauf. Mit einem leisen Surren öffneten sich die automatischen Schiebetüren.

»Hallo, Ellie«, sagte die Rezeptionistin, als sie näher kamen. »Dr. Cerrasin wartet im alten Kindertagesraum auf Sie.«

»Danke!«, rief Ellie.

Schweigend gingen sie und Peanut den Korridor hinunter und stiegen in den Aufzug. Im ersten Stock passierten sie den Röntgenraum und bogen links ab.

Das letzte Zimmer auf der linken Seite war vor Jahren als Hort für die Sprösslinge der Klinikangestellten genutzt worden, geplant und entworfen, als das Geldsäckel der Stadt noch voll war. Seit dieser Zeit hatten der vom Aussterben bedrohte Fleckenkauz, der zurückgehende Lachsaufstieg und die Schutzmaßnahmen für den Wald die Finanzressourcen so strapaziert, dass für Luxusdinge wie Kinderbetreuung nichts mehr übrig war. Über zwei Jahre stand der Raum nun schon leer.

Max stand mit verschränkten Armen im Korridor, das Neonlicht schimmerte in seinen Haaren und ließ seine ansonsten immer gebräunte Haut blass erscheinen. So schlecht hatte er nicht mehr ausgesehen, seit er bei seiner Kletterei einmal gut zwölf Meter abgestürzt war. Und damals hatte er zwei blaue Augen und eine aufgeplatzte Lippe gehabt.

Als er sie kommen hörte, blickte er auf und winkte ihnen zu; ein Lächeln konnte er sich nicht abringen. Aber er rückte ein Stück zur Seite, um den beiden Frauen Platz am Fenster zu machen, durch das man den Raum beobachten konnte.

Der ehemalige Kindertagesraum dahinter war relativ klein und rechteckig, mit leuchtend rot und gelb gestrichenen Wänden und Regalen voller Spielsachen, Brettspiele und Bücher. In einer Ecke gab es ein Waschbecken und eine Arbeitsplatte, die vor Jahren sicher für Kunstprojekte und das tägliche Saubermachen genutzt worden waren. Mehrere kleine, von noch kleineren Stühlen umgebene Tische füllten die Mitte des Raums. An der linken Wand befanden sich ein Krankenhausbett und ein paar leere Kinderbettchen. Von den beiden Fenstern ging eines auf den Flur, wo sie gerade standen, das andere, kleinere auf den Parkplatz hinaus. Links von ihnen war der Eingang, eine jetzt verschlossene Metalltür.

Ellie stellte sich dicht neben Max, sodass ihre Schulter seinen Arm berührte. »Erzähl doch mal, Max.«

»Nachdem wir gestern Abend mit den Tests fertig waren, haben wir ihr eine Windel angezogen und sie ins Bett gepackt. Als sie heute Morgen aufgewacht ist, hat sie erst mal komplett durchgedreht. Man kann es nicht anders ausdrücken – sie ist völlig verrückt geworden, hat geschrien, gekreischt, sich auf den Boden geschmissen, sämtliche Lampen in ihrer Reichweite zertrümmert und den Spiegel über dem Waschbecken kaputtgeschlagen. Als wir ihr noch eine Spritze geben wollten, hat sie Carol Rense so gebissen, dass sie geblutet hat, und ist dann unterm Bett verschwunden. Dort ist sie jetzt seit fast einer Stunde. Habt ihr schon irgendwas über sie?«

Ellie schüttelte den Kopf und wandte sich dann an Peanut. »Warum gehst du nicht mal in die Cafeteria und holst was zu essen für sie, irgendwas, was Kinder gerne mögen?«

»Na klar, die Dicken werden immer zum Essenholen rangezogen«, murrte Peanut mit einem dramatischen Seufzer, konnte sich ein Lächeln aber nicht verbeißen. Es machte ihr solchen Spaß, bei dieser Sache an vorderster Front mit dabei zu sein.

Als sie weg war, sagte Max: »Ich weiß nicht, was ich dir sagen soll, Ellie. So was habe ich noch nie erlebt.«

»Sag mir doch einfach, was du bis jetzt rausgefunden hast.«

»Hmm … Ich denke, sie ist ungefähr sechs Jahre alt.«

»Aber sie ist so klein.«

»Unterernährung. Außerdem hatte sie in ihrem Leben keinerlei medizinische Versorgung, und ihr Körper weist eine Unmenge Narben auf.«

»Narben?«

»Zum größten Teil kleinere, aber eine sieht richtig schlimm aus. Auf der linken Schulter. Vielleicht von einer Stichwunde.« »Himmel.«

»Ich hab ihr Blut abgenommen und einen Abstrich im Mund gemacht, um ihre DNA festzustellen. Wenn es nach mir ginge, wäre sie immer noch sediert und würde am Tropf hängen, doch du wolltest schließlich eine Diagnose …«

»Hat sie etwas gesagt?«

»Nein, ihre Stimmbänder scheinen allerdings intakt zu sein. Ich würde sagen – das ist jetzt natürlich nur eine Spekulation –, dass sie körperlich in der Lage ist zu sprechen, aber ich kann nicht feststellen, ob sie weiß, wie das geht.«

»Sie kann nicht sprechen? Was soll das heißen?«

»Ich weiß bisher nur, dass ihre Schreie unartikuliert und unverständlich sind. Ich hab sie aufgenommen, und wir konnten keine Worte erkennen. Ihre Hirnströme zeigen keine Anomalien. Aber sie könnte taub sein oder unter einer geistigen Behinderung leiden, sie könnte eine Entwicklungsstörung haben oder autistisch sein. Das weiß ich alles nicht. Ich weiß nicht mal, welche Untersuchungen ich anordnen soll, um es festzustellen.«

»Was machen wir jetzt?«

»Erst mal rausfinden, wer sie ist.«

»Oh, danke. Ich meinte allerdings *jetzt*, in diesem Moment.«

Peanut kam mit einem Tablett auf sie zu. »Guter Anfang«, nickte Max.

Ellie sah sich an, was Peanut ausgesucht hatte: ein Stapel Pfannkuchen, zwei Spiegeleier, eine Waffel mit Erdbeeren und Schlagsahne, ein Glas Milch. Augenblicklich überkam Ellie ein starkes Hungergefühl.

»Ich hole einen Pfleger, der unter das Bett krabbelt und sie …«, begann Max, aber Peanut unterbrach ihn.

»Stellen wir das Essen doch einfach auf den Tisch«, meinte sie. »Vielleicht ist sie ja merkwürdig, und trotzdem ist sie ein Kind. Kinder tun, was sie tun, auf ihre eigene Art und in ihrem eigenen Tempo. Herrje, man kann ja nicht mal Zweijährige wirklich zum Essen zwingen, und die sind winzig.«

Ellie lächelte ihre Freundin an. »Noch mehr gute Ratschläge?«

»Keine fremden Gesichter mehr. Dich kennt sie, du solltest ihr das Essen bringen. Sag irgendwas Freundliches, aber bleib nicht bei ihr drin. Vielleicht möchte sie beim Essen lieber alleine sein.«

»Danke.« Ellie nahm das Tablett und ging in den farbenfrohen Raum. Hinter ihr fiel die Metalltür ins Schloss. »Hallo, Kleines. Ich bin's mal wieder. Hoffentlich hast du mir die Sache mit dem Netz nicht allzu übel genommen.« Behutsam setzte sie einen Fuß vor den anderen und stellte das Tablett auf einen der kleinen Tische. Bei der Bewegung klimperten die Schlüssel an ihrem Gürtel, und sie legte schnell die Hand darüber. »Ich dachte, du hast sicher Hunger.«

Von unter dem Bett kam ein Knurren, bei dem sich Ellie die Nackenhaare sträubten. Sie zermarterte sich den Kopf, um die richtigen Worte zu finden, aber es fiel ihr nichts

Passendes ein, und schließlich ging sie rückwärts wieder aus dem Zimmer. Mit einem lauten Klicken fiel die Tür hinter ihr ins Schloss.

Auf dem Korridor stellte sie sich neben Max ans Fenster.

»Ob sie wohl rauskommt und was isst?«

Er schlug das Krankenblatt des Mädchens auf und zückte den Stift. »Vermutlich werden wir das bald erfahren.«

Schweigend standen sie da und starrten in das Zimmer, das leer zu sein schien.

Ein paar Minuten später kam eine winzige Hand unter dem Bett zum Vorschein.

»Na, seht euch das an!«, rief Peanut.

Die Zeit verging.

Schließlich tauchte ein dunkler Haarschopf auf. Langsam kroch das Mädchen aus seinem Versteck. Als die Kleine zum Fenster emporblickte und dort die drei Erwachsenen stehen sah, blähte sie heftig die Nasenflügel.

Aber dann war sie im Nu beim Tisch, wo sie, dicht über das Essen gebeugt, erneut erstarrte und argwöhnisch daran schnupperte. Mit einer blitzschnellen Bewegung schleuderte sie die Sahne auf den Boden, machte sich jedoch über die Pfannkuchen und Eier her. Was sie von den Waffeln und dem Sirup halten sollte, wusste sie offenbar nicht, denn sie ignorierte beides, schnappte sich allerdings die Erdbeeren und verschwand mit ihnen wieder in ihrem Versteck unter dem Bett. Der ganze Vorgang dauerte nicht mal eine Minute.

»Und ich dachte immer, meine Kinder hätten schlechte Tischmanieren«, stellte Peanut trocken fest. »Die Kleine isst ja wie ein wildes Tier.«

»Wir brauchen einen Spezialisten«, meinte Max leise.

»Ich hab bereits die Behörden verständigt«, antwortete Ellie. »Außerdem das FBI und das Zentrum für vermisste

Kinder. Aber die brauchen allesamt eine Identität oder ein Verbrechen, um tätig werden zu können. Ich weiß nicht, wie wir rauskriegen sollen, wer sie ist, wenn sie nicht spricht.«

»Ich meine nicht solche Spezialisten. Sie braucht einen Psychologen.«

Peanut sog hörbar die Luft ein. »Dass wir daran nicht gedacht haben! Ich wüsste da spontan eine Kandidatin, die wäre ideal.«

»Wer?«, fragte Max stirnrunzelnd.

Ellie sah Peanut an. »Nein, so was würde sie nie machen. Ihre Klienten zahlen ihr zweihundert Dollar die Sitzung.«

»Früher vielleicht. Aber das hat sich jetzt garantiert geändert.«

»Qualifiziert wäre sie allemal dafür, so viel steht fest«, meinte Ellie.

»Von wem zum Teufel redet ihr beiden eigentlich?«, hakte Max nach.

Endlich schenkte Ellie ihm ihre Aufmerksamkeit. »Von Julia Cates, meiner Schwester.«

»Ist das die Psychologin, die …?«

»Genau die.« Ellie wandte sich wieder an Peanut. »Gehen wir zurück aufs Revier und rufen sie an.«

~

In den letzten zwölf Stunden hatte Julia mindestens ein Dutzend Projekte angefangen. Sie hatte versucht, ihren Schrank aufzuräumen, die Möbel umzustellen, den Kühlschrank auszuwischen und endlich mal das Badezimmer gründlich zu putzen. Außerdem war sie noch in der Gärtnerei gewesen, um Herbstpflanzen zu holen, und im Baumarkt, wo sie Farbentferner und Beize für die Veranda besorgt hatte. Jetzt war doch ein guter Zeitpunkt, um endlich all das zu erledigen, was sie seit zehn Jahren aufgeschoben hatte.

Das Problem waren ihre Hände.

Wenn sie mit etwas anfing, war alles in Ordnung, mehr als in Ordnung sogar. Sie war richtig optimistisch. Nur war dieser Optimismus leider nicht von Dauer. Sobald ein störender Gedanke auftauchte (beispielsweise: Jetzt wäre eigentlich Joes Termin oder – noch schlimmer – der von Amber), begannen ihre Hände sofort zu zittern, und sie spürte, wie ihr eiskalt wurde. Gestern Nacht, in der finstersten Stunde, als der Verkehr hinter dem Haus so leise geworden war wie eine einzige Mücke und von vorn nur noch das stetige Rauschen des Pazifik zu hören gewesen war, hatte sie sogar versucht, ein Buch zu schreiben.

Warum auch nicht?

Selbst irgendwelche Pseudoberühmtheiten versuchten sich doch heutzutage in diesem Metier. Und sie wollte ihre Seite der Geschichte ja auch erzählen, vielleicht war es tatsächlich notwendig. Also war sie aus ihrem ungemütlichen großen Bett gestiegen, hatte sich eine warme Fleece-Hose und lammfellgefütterte Stiefel angezogen und war auf ihren kleinen Balkon getreten. Von ihrer Wohnung im fünften Stock sah sie den mitternachtblauen Ozean, der sich endlos vor ihr erstreckte, stets in Bewegung. Das Mondlicht zerschnitt ihn in zwei Hälften und verfing sich in der schaumigen Brandung.

Stundenlang hatte sie dort gesessen, den Notizblock auf dem Schoß, den Stift gezückt. Um Mitternacht war sie umgeben von zerknüllten Papierbällchen. Und auf allen stand nur ein kurzer Satz: *Es tut mir leid.*

Gegen vier war sie in einen unruhigen, von Albträumen gequälten Schlaf verfallen.

Bis das Telefon sie weckte.

Sie hörte es wie aus weiter Ferne, blinzelte, setzte sich auf und begriff endlich, dass sie auf dem Balkon eingeschlafen war. Benommen rieb sie sich das Gesicht, stand auf und stieg über die verstreut herumliegenden Papierknöllchen.

Vor dem Telefon blieb sie stehen.

Der Anrufbeantworter sprang an, und sie hörte ihre eigene Stimme, die fröhlich verkündete: »Sie sind mit Dr. Julia Cates verbunden. Sollte es sich um einen medizinischen Notfall handeln, legen Sie auf und wählen Sie die Notrufnummer. Wenn nicht, hinterlassen Sie eine Nachricht, und ich rufe Sie so bald wie möglich zurück. Vielen Dank und auf Wiederhören.«

Es folgte ein langer Piepton.

Julia merkte, wie sie sich anspannte. In den letzten Monaten hatte sie hauptsächlich Anrufe von Reportern, von den Familien der Opfer und von Irren bekommen.

»Hey, Jules, ich bin's, deine große Schwester. Es ist wichtig!«

Rasch hob Julia ab. »Hallo, Ellie.«

Eine unbehagliche Pause trat ein. Aber war das nicht normal zwischen ihnen? Gut, sie waren Schwestern, es trennte sie jedoch mehr als nur der Altersunterschied von vier Jahren, sie hätten auch sonst nicht verschiedener sein können. An Ellie war irgendwie alles überlebensgroß – ihre Stimme, ihre Persönlichkeit, ihre Leidenschaften. Schon immer hatte Julia sich neben ihrer extrovertierten, überall beliebten Schwester schrecklich farblos gefühlt. »Alles klar bei dir?«, fragte Ellie schließlich.

»Ja, alles bestens, danke.«

»Man hat die Klage gegen dich fallen lassen. Das ist gut.«

»Ja.«

Wieder eine Pause, dann sagte Julia: »Danke, dass du anrufst, aber …«

»Hör mal, ich wollte dich um einen Gefallen bitten.«

»Einen Gefallen?«

»Wir haben hier …, na ja, wir befinden uns in einer Notlage. Du könntest uns echt helfen.«

»Du brauchst das nicht zu tun, Ellie. Ich komme schon zurecht.«

»Was soll ich nicht tun?«

»Versuchen, mich zu retten. Ich bin inzwischen erwachsen.«

»Ich hab nie versucht, dich zu retten.«

»Ja, klar. Wie damals, als du Todd Eldreds kleinen Bruder dazu gebracht hast, mich zum Abschlussball einzuladen? Oder als du deine ganzen Freunde zur Party an meinem sechzehnten angeschleppt hast?«

»Ach das? Mom hat mir gesagt, ich soll das machen.«

»Meinst du, ich weiß das nicht? Keiner von deinen Freunden hat bei der Party auch nur ein Wort mit mir gewechselt. Versteh mich nicht falsch, ich war dir sehr dankbar. Damals wie heute. Doch es ist nicht nötig. Das wird schon wieder.«

»Ich dachte, du hast gerade gesagt, alles ist bestens.«

Julia war verblüfft, dass ihre Schwester den Widerspruch wahrgenommen hatte. »Du brauchst dir keine Sorgen um mich zu machen, Ellie. Echt nicht.«

»Für eine Therapeutin bist du eine ziemlich schlechte Zuhörerin. Ich brauche Hilfe, hier in Rain Valley. Genauer gesagt, ich benötige eine Kinderpsychologin.«

»Du bist aber wesentlich älter als die Klienten, die ich gewöhnlich annehme.«

»Sehr komisch. Kannst du kommen? Ich meine damit, jetzt sofort.« Wieder eine Pause, und Julia hörte am anderen

Ende der Leitung Papier rascheln. »Bei Alaska Airlines gibt es einen Flug in zwei Stunden. In drei Stunden den nächsten. Ich kann dir ein Ticket reservieren.«

Julia runzelte die Stirn. Es hörte sich nicht nach dem gewohnten »Superschwester rettet Versagerschwester«-Szenario an, das in ihrer Schulzeit an der Tagesordnung gewesen war. »Erklär mir doch erst mal, was eigentlich los ist.«

»Dafür haben wir keine Zeit. Ich möchte, dass du den Flug um zehn Uhr fünfzehn nimmst. Vertraust du mir?«

Julia blickte aus den riesigen Fenstern und versuchte sich auf den blauen Pazifik zu konzentrieren, aber alles, was sie klar sehen konnte, waren die zerknüllten Papierbälle auf dem Balkon.

»Jules? Bitte!«

»Warum nicht?«, sagte Julia schließlich.

Sie hatte ja nichts Besseres vor.

VIERTES KAPITEL

*J*ulia war seit Jahren nicht mehr in Rain Valley gewesen, und jetzt kehrte sie ausgerechnet in der Stunde ihrer Niederlage zurück.

Vielleicht hätte sie doch in L.A. bleiben sollen. Dort wäre sie einfach untergetaucht. Hier war sie bis in alle Ewigkeit das andere Cates-Mädchen. (*Ihr wisst schon ... die, die ein bisschen seltsam ist ...*) Wenn man im Schatten einer allseits beliebten Schönheitskönigin aufwächst, hat man eigentlich nur zwei Möglichkeiten: Man kann verschwinden oder selbst etwas auf die Beine stellen. Wenn man aber als schlaksiger Bücherwurm in einer beliebten, geselligen Superfamilie groß wird, hat man keine Chance. Schon ganz früh war sie sich deplatziert vorgekommen, das Mädchen, das in jedem Spielplatzstreit vermittelte, aber selbst nie mitmachte. Für jeden Gruppensport wurde sie als Letzte ausgewählt, sie war die Stubenhockerin, die nicht zum Abschlussball, sondern lieber lesen wollte. Sie war die Ausnahmeerscheinung in der kleinen Arbeiterstadt, eine Einzelgängerin.

Nur ihre Mutter hatte stets eine große Zukunft für sie vorhergesehen und Julia dazu ermutigt, Ehrgeiz zu entwickeln. Leider hatte sie nicht mehr erlebt, wie Julia ihren Abschluss gemacht hatte, und dieser Verlust tat gelegentlich immer noch weh, wie ein Phantomschmerz. Je näher sie Rain Valley kam, desto höher war die Wahrscheinlichkeit, dass es schmerzte.

Sie starrte aus dem kleinen Flugzeugfenster. Draußen war alles grau, als hätte ein Wolkenkünstler einen hauchdünnen Schleier über die ganze grüne Landschaft gelegt. In all dem Grau fühlte sie sich plötzlich furchtbar einsam, als könnte sie im Nebel von Washington einfach verschwinden. Die vier großen Vulkane mit den schneebedeckten Gipfeln, die sich vom nördlichen Oregon bis nach Bellingham erstreckten, sahen aus wie das Rückgrat einer schlafenden Märchenbestie. Sie hörte, wie die Frau hinter ihr nach Luft schnappte und beeindruckt murmelte: »Sieh mal, Fred …, ist das Mount Rainier?«

Plötzlich dachte sie an die Zunigas und an die verlorenen Kinder. *Der große Irrtum.* Die Schlagzeile überraschte sie nicht. Im letzten Jahr hatte alles, egal ob Gedanken oder Taten, immer tiefe Reue nach sich gezogen.

Denk nicht daran.

Sie schloss die Augen und konzentrierte sich auf ihren Atem, bis die aufgewühlten Gefühle sich etwas beruhigten. Als das Flugzeug landete, war sie wieder einigermaßen gefasst.

Sie holte ihre Tasche aus dem Gepäckfach über den Sitzen und reihte sich in die Schlange der Passagiere ein, die das Flugzeug verließen.

Als sie schon fast an der Tür war, passierte es.

Eine der Flugbegleiterinnen erkannte sie. Die Zeichen waren unverkennbar – die aufgerissenen Augen, der staunend offenstehende Mund. Indem Julia an ihr vorbeiging, hörte sie die Frau flüstern: »Sie ist es. Diese Psychologin, die ...«

Sie ging weiter. Am Ende der Gangway rannte sie beinahe. Dann entdeckte sie Ellie in der Menge, in ihrer blauen Uniform, umwerfend schön wie eh und je.

Natürlich wusste sie, dass sie stehen bleiben und so tun sollte, als wäre alles in Ordnung, das wäre klug gewesen. Und richtig.

Aber sie marschierte einfach weiter.

Im Laufschritt durchquerte sie die Halle bis zur Damentoilette, schlüpfte hinein, verschwand in einer der Kabinen, knallte die Tür hinter sich zu und setzte sich hin.

Beruhige dich, Jules. Tief durchatmen.

»Bist du da drin, Julia?« Ellies Stimme klang atemlos und ein wenig irritiert.

Langsam und zittrig atmete Julia aus. Eine Panikattacke war schlimm, aber eine Panikattacke vor der Nase ihrer Schwester – das war nahezu unerträglich. Also stand sie mühsam auf und öffnete die Tür. »Ja, ich bin hier.«

Ellie stemmte die Hände in die Hüften und starrte sie an. Eine Polizistin, die sich einen Überblick über die Situation verschafft. »Seit O.J. Simpson hab ich so einen Flughafenspurt nicht mehr gesehen.«

»Ich musste dringend aufs Klo.«

»Vielleicht solltest du mal zum Urologen.«

»Nicht deswegen. Ich ...« Julia kam sich vor wie ein Idiot. »Eine Stewardess hat mich erkannt. Und mich angesehen, als hätte *ich* diese Kinder umgebracht.« Sie spürte, wie ihr Gesicht heiß wurde, und wusste, dass sie noch etwas sagen sollte. Erklären. Aber ihre Schwester würde das sowieso nicht verstehen. Ellie war wie eine von diesen Pionierfrauen, die auf dem Acker ihr Kind zur Welt brachten und dann wieder an die Arbeit gingen. Ihre Schwester hatte keine Ahnung, wie man sich fühlte, wenn man hochsensibel war.

Aber Ellies strenger Blick wurde bereits sanfter. »Die können dir doch allesamt den Buckel runterrutschen. Du darfst dir das nicht so zu Herzen nehmen.«

Julia hätte ihren Rat gern befolgt, aber das ging nicht, weil sie sich immer und überall akzeptiert fühlen musste. Als Psychologin wusste sie natürlich, was der Grund für dieses Bedürfnis war – dass ihre beliebte, strahlende Familie ihr irgendwie das Gefühl vermittelt hatte, unwichtig und eine Außenseiterin zu sein, dass ihr Vater ihr seine Liebe nie gezeigt und sie damit noch in dem Glauben bestärkt hatte, nicht liebenswert zu sein –, aber dieses Wissen machte das Bedürfnis nicht geringer. Sie hätte nicht einmal genau sagen können, wie es eigentlich entstanden war. Sie wusste nur, dass ihr Beruf, die Fähigkeit, anderen zu helfen, diese erschreckende Leere in ihr mit Freude gefüllt hatte. Doch jetzt fürchtete sie sich wieder. »Es ist nicht so leicht für mich. Das verstehst du nicht.«

Ellie lehnte sich an die blassgrün gekachelte Wand. »Warum? Weil du denkst, dass ich kaum gescheiter bin als ein Regenwurm, oder weil ich in meinem Leben sowieso nichts zu verlieren habe?«

Auf einmal wünschte sich Julia, sie hätte ein besseres Gedächtnis. Bestimmt hatten sie doch früher manchmal zusammen gespielt und Geheimnisse statt Sticheleien ausgetauscht. Bestimmt hatte es Zeiten gegeben, als sie miteinander geredet und gelacht hatten, statt bei jeder sich bietenden Gelegenheit in unbehagliches Schweigen zu verfallen. Aber falls es jemals so gewesen war, hatte Julia es vergessen. Sie erinnerte sich nur daran, wahlweise die »Intelligenzbestie« oder der »komische Vogel« gewesen zu sein, die Bohnenstange, die in einer Familie zierlicher Menschen viel zu groß wurde und Dinge wollte, die niemand verstehen konnte. Ein Pilz in einer Orchideenfamilie. Bei Fremden fand sie die richtigen Worte, aber nicht bei ihrer Schwester. Sie seufzte. »Lass uns damit aufhören, Ellie, ja?«

»Du hast recht. Gehen wir.«

Ehe Julia antworten konnte, stolzierte Ellie auch schon aus der Toilette, und Julia blieb nicht viel anderes übrig, als ihr zu folgen.

Bei ihrem Wagen – einem hässlichen weißen Suburban mit Türen in Holzoptik – blieb Ellie gerade lange genug an der hinteren Tür stehen, um ihre Tasche auf den Rücksitz zu werfen, und stapfte dann zur Fahrerseite.

Julia kämpfte mit ihrem Koffer. Nach dem zweiten Versuch schaffte sie es schließlich, ihn zu verstauen, knallte die hintere Tür zu, ging zur Beifahrerseite und stieg ein.

Sobald Ellie den Motor anließ, plärrte die Stereoanlage los. Irgendein Typ mit einer näselnden Stimme sang etwas von der Tasche eines Clowns. So machten sie sich auf den Weg zur Ausfahrt.

Keine wusste etwas zu sagen. Als die Landschaft sich änderte und vom Stadtgrau ins ländliche Grün überwechselte, merkte Julia, wie dumm sie es fand, dass sie sich ständig mit ihrer Schwester stritt. Warum fielen sie nach all den Jahren, die sie nun bereits getrennt voneinander lebten, augenblicklich wieder in ihre Kindheitsrolle zurück? Sie brauchten sich nur anzusehen, und schon waren sie wieder mitten in der Pubertät.

Sie waren eine Familie, und so unwirklich sich diese Verbindung manchmal auch anfühlte, mussten sie doch in der Lage sein, miteinander auszukommen. Hinzu kam, dass sie Psychologin war, also Spezialistin für zwischenmenschliche

Dynamik, und trotzdem benahm sie sich wie die kleine Schwester, die die Großen nicht mitspielen lassen.

»Erklärst du mir, warum ich hier bin?«, fragte sie schließlich.

»Das erzähl ich dir zu Hause. Ich muss dir eine Menge Fotos zeigen, weil du mir sonst wahrscheinlich nicht glauben wirst.«

Julia sah sie an. »Dann geht es also doch um eine Rettungsaktion. Es gibt keinen wirklichen Grund, weshalb ich hier bin.«

»O doch. Wir haben ein kleines Mädchen, das deine Hilfe braucht. Aber es ist … ziemlich kompliziert.«

Julia wusste nicht recht, ob sie ihrer Schwester glauben sollte, allerdings wusste sie, dass Ellie die Dinge auf ihre Art und in ihrem Tempo erledigte. Daher war es sinnlos, weiter in sie zu dringen. Besser, ein neutrales Thema anzuschneiden. Ein bisschen harmlose Konversation zu machen. »Wie geht es deiner Freundin Penelope?«

»Gut. Allerdings meint sie, ihre pubertierenden Kinder seien ein Nagel zu ihrem Sarg.« Kaum waren die Worte aus ihrem Mund, hätte Ellie sie am liebsten wieder zurückgenommen. Keine gute Idee, Kinder und Tod in einem Satz unterzubringen. »Entschuldige.«

»Kein Problem, Ellie. Jugendliche sind schwierig. Wie alt sind sie denn?«

»Sie hat einen vierzehnjährigen Sohn und eine sechzehnjährige Tochter.«

»Schwieriges Alter, beides.«

Ellie lächelte. »Das Mädchen – Tara – will ständig irgendwelche Körperteile piercen und tätowieren lassen. Das treibt Peas Mann halb in den Wahnsinn.«

»Und Penelope? Wie wird sie damit fertig?«

»Großartig. Na ja …, wenn man mal davon absieht, dass sie ziemlich zugenommen hat. Im Laufe des letzten Jahres hat sie so ungefähr jede Diät probiert, die jemals erfunden wurde. Letzte Woche hat sie angefangen zu rauchen, weil das angeblich die Stars so machen.«

»Ja, rauchen und kotzen.«

Ellie nickte. »Wie geht es Philip?«

Überrascht stellte Julia fest, wie stark der Schmerz noch immer war, den dieser Name auslöste. Wenn sie doch nur sagen könnte: *Er liebt mich nicht mehr.* Als Psychologin war ihr klar, dass diese Art Ehrlichkeit ein guter Schritt wäre. Möglicherweise öffnete sich dadurch zwischen ihnen eine Tür, die bisher verschlossen gewesen war. Aber stattdessen antwortete sie nur: »Wir haben uns letztes Jahr getrennt. Ich bin – nein, ich *war* – zu beschäftigt, um noch Zeit für die Liebe zu haben.«

Ellie lachte laut. »Zu beschäftigt für die Liebe! Bist du verrückt?«

Die nächsten zwei Stunden verbrachten sie abwechselnd mit nichtssagender Konversation oder vielsagendem Schweigen. Julia bemühte sich, Fragen zu finden, mit denen sie ihrer Schwester näherkam, und Antworten zu vermeiden, die Barrieren aufbauten. Beide erwähnten ihren Vater möglichst wenig und machten auch einen Bogen um die Erinnerung an ihre Mutter.

Schließlich kamen sie zur Ausfahrt nach Rain Valley und verließen den Highway. Auf der kurvigen Waldstraße, die direkt in ihre Kindheit führte, wurde Julia immer nervöser. Hier unter den riesigen Bäumen fühlte sie sich wieder ganz klein. Klein und unbedeutend.

»Ich wollte das Haus eigentlich verkaufen und näher an die Stadt ziehen, aber jedes Mal, wenn ich kurz davor bin, eine derartige Entscheidung zu fällen, finde ich irgendwas, was dringend repariert werden muss«, sagte Ellie, als sie wieder aus der Stadt herausfuhren. »Und ich brauche keinen Psychologen, der mir sagt, warum ich Angst habe auszuziehen.«

»Es ist bloß ein Haus, Ellie.«

»Vermutlich sind wir da einfach verschieden, Jules. Für dich sind es drei Schlafzimmer, zwei Bäder und eine Wohnküche. Für mich ist es die beste Kindheit, die man sich vorstellen kann. Dort habe ich Libellen in einem Einmachglas gefangen und mir von meiner kleinen Schwester Blumen in die Haare flechten lassen.« Ihre Stimme wurde leiser, sie warf Julia einen bedeutungsvollen Blick zu, dann bog sie in die Auffahrt ein. »Hier haben meine Eltern sich fast drei Jahrzehnte lang geliebt.«

Julia verkniff sich einen Widerspruch, aber sie wussten beide, dass das eine Lüge war. Eine Legende. »Dann hör doch einfach auf, damit zu drohen, dass du es verkaufen willst. Gesteh dir ein, dass du bleiben willst. Gib die Erinnerungen an deine eigenen Kinder weiter.«

»Wie du wahrscheinlich bemerkt hast, hab ich keine Kinder. Aber danke, dass du mich darauf aufmerksam machst.« Ellie fuhr auf den Hof und bremste scharf. »Da sind wir.«

Julia begriff, dass sie mal wieder das Falsche gesagt hatte. »Du brauchst keinen Mann, weißt du. Und schon gar keinen von der Sorte, wie du sie dir immer aussuchst«, sagte sie. »Ein Kind kann man auch allein aufziehen.«

Ellie drehte sich zu ihr um. »In der Großstadt mag das so sein, aber nicht hier, und auch nicht für mich. Ich will das ganze Programm – den Ehemann, das Baby, den Golden Retriever.« Sie grinste. »Immerhin hab ich schon zwei Hunde. Und ich wäre dankbar, wenn du meine Ehemänner nicht erwähnen würdest.«

Julia nickte. Zeit, das Thema zu wechseln. »Wie geht es denn Jake und Elwood überhaupt? Immer noch hinter den Mädchen her?«

»Sie sind Männer, was gibt es da sonst noch zu sagen?« Ellie lächelte, und Julia staunte erneut, wie schön ihre Schwester noch immer war. Obwohl Ellie neununddreißig war, hatte sie kein Fältchen um Augen und Mund. Ihre umwerfenden grünen Augen strahlten, ihr milchiger Teint war klar und rein, sie hatte ausgeprägte Wangenknochen und volle, sinnliche Lippen. Nicht einmal ihr kleinstädtischer, schlecht gestufter Haarschnitt konnte ihrer Schönheit Abbruch tun. Obendrein war sie zierlich, aber erstaunlich kurvenreich, und ihr Lächeln strahlte wie ein Halogenscheinwerfer. Kein Wunder, dass alle sie liebten.

»Komm mit.« Ellie stieg aus und knallte die Tür des Suburban hinter sich zu.

Julia wollte ebenfalls aussteigen, aber aus irgendeinem Grund konnte sie sich nicht von der Stelle rühren. Sie saß einfach da und starrte durch die Windschutzscheibe auf das Haus, in dem sie groß geworden war. In der Spätnachmittagssonne wirkte alles außer dem dunkelgrünen Waldrand golden und angenehm gedämpft.

Seit der Beerdigung ihrer Mutter war sie nicht mehr hier gewesen, und selbst damals war sie nur so lange geblieben, wie es absolut nötig war. Ihr Studium hatte ihr als unanfechtbare Ausrede gedient. Sie sagte nur: *Ich muss zurück, weil ich Klausuren habe*, und niemand hatte das infrage gestellt. Im Rückblick dachte sie allerdings, dass sie hätte bleiben sollen. Vielleicht hätten sie und ihre Schwester dann die Chance gehabt, einander näher zu kommen. Doch genau das Gegenteil war passiert, sie waren getrennt durch die Menge der Trauergäste marschiert. Schon in guten Zeiten wussten die Bürger von Rain Valley nicht recht, was sie mit Julia anfangen sollten, und in schlechten war es noch schwieriger. Aber alle beteuerten ihr, wie stolz ihre Mutter auf ihre Berufswahl gewesen sei. Bei der dritten Wiederholung brach sie in Tränen aus und konnte nicht mehr aufhören. Selbstverständlich war es auch nicht besonders hilfreich gewesen, zu sehen, wie viel Unterstützung Ellie von ihren Freunden bekam, während Julia den ganzen Abend allein dagestanden und darauf gewartet hatte, dass ihr Vater ihr wenigstens ein bisschen Aufmerksamkeit zukommen ließ. Natürlich war sie enttäuscht worden. Er war der Mittelpunkt, der trauernde Witwer. Jeder nahm ihn in den Arm, küsste ihn auf die Wange und tröstete ihn mit der Behauptung, dass Brenda jetzt an einem besseren Ort sei. Nur Julia schien die Lüge zu durchschauen, das ganze Theater. Als ihr Vater irgendwann weinend zusammenbrach, stürzten alle zu ihm – alle außer Julia. Schon als Kind hatte sie gesehen, was sonst keiner wahrgenommen hatte – allen voran Ellie: Dass der Egoismus ihres Vaters die Lebensfreude ihrer Mutter zerstört hatte, genau wie die seiner jüngeren Tochter. Lediglich Ellie hatte vom grellen Licht der Selbstsucht ihres Vaters profitiert.

Julia drückte den Türhebel heftig nach unten und stieg aus. Alles war genau so, wie es sich für den Oktober gehörte. Die Ahornbäume ließen ihre Blätter fallen und steuerten ihren Teil zu dem Herbstlied bei, das ihr genauso vertraut war wie das Rauschen und Plätschern des Flusses. In diesem Lied, dem Rascheln der fallenden Blätter, den knisternden Zweigen, dem Wispern des Windes, hörte sie auch die Stimme ihrer Mutter. Leise flüsterte sie: »Hallo, Mom.« Und tatsächlich wartete irgendetwas in ihr auf eine Antwort. Aber nur der Fluss und der Wind waren zu hören.

Langsam folgte sie Ellie über den morastigen Rasen zum Haus.

Im strahlenden Licht wirkte das alte Haus, als wäre es aus gehämmerten Silberstreifen gebaut worden. Die altersgrauen Schindeln schimmerten in hundert geheimnisvollen Farbschattierungen. Fenster und Türen waren weiß umrahmt; dort, wo die Farbe abblätterte, kam das Holz darunter zum Vorschein. Im Garten wucherten mehrere riesige Rhododendronbüsche.

Ellie öffnete die Tür und ging voraus.

Drinnen sah alles aus wie immer. Das gleiche Mobiliar mit den Rosenmusterbezügen – Rosa und ausgeblichenes Grün – zierte das Wohnzimmer. Ausnahmslos uraltes Kiefernholz – ein Schrank, in dem sich wahrscheinlich immer noch Grandma Whittakers Häkeldeckchen und ihre Tischwäsche stapelten, ein Esstisch mit den Spuren von drei Generationen Cates und Whittakers, eine Kredenz mit einem Strauß staubiger Seidenblumen in einer Keramikvase. Neben dem Kamin gab eine große Tür mit silbern schimmernden Glasscheiben den Blick frei auf den im Sonnenlicht glitzernden Fluss. Ellie hatte nichts verändert. Kein Wunder. In Rain Valley hatten Dinge und Menschen entweder einen festen Platz, oder sie gehörten nicht hierher. Doch wenn sie einen Platz hatten, wurden sie geliebt, und zwar für immer.

Ellie schloss die Tür. Gerade als sie sagte: »Achtung!«, kamen auch schon zwei ausgewachsene Golden Retriever die Treppe heruntergebraust. Unten gerieten sie auf dem glatten Holzboden ins Schlingern, rutschen zur Seite, fassten wieder Fuß, galoppierten quer durchs Zimmer und stießen frontal mit Julia zusammen.

»Jake! Elwood! *Platz*!«, brüllte Ellie mit ihrer besten Polizeistimme.

Doch die Hunde taten so, als wären sie taub.

Julia schubste sie unsanft weg, aber die Hunde wandten ihre Aufmerksamkeit unbeirrt Ellie zu, die sie liebevoll über sich ergehen ließ.

Während sie sich zu dritt auf dem Boden herumwälzten, meinte Julia:»Bitte sag mir, dass sie draußen schlafen, ja?«

Lachend setzte Ellie sich auf und strich sich die Haare aus der Stirn. Die Hunde leckten ihr die Wangen.»Na gut, sie schlafen draußen.« Als Julia einen Seufzer der Erleichterung ausstieß, rief sie schnell:»Nein, das hab ich nur so gesagt! Aber ich werde dafür sorgen, dass sie nicht in dein Zimmer gehen.«

»Mehr kann ich wahrscheinlich nicht erwarten, oder?«

»Richtig.« Ellie befahl den Hunden, Platz zu machen, und beim zwölften Mal gehorchten sie ihr tatsächlich. Doch sobald sie wegschaute, krochen sie unauffällig auf dem Bauch in Richtung Tür.

»Komm mit«, sagte Ellie und ging zur Treppe.

Julia schleppte ihren Koffer die schmalen, ächzenden Stufen hinauf. Oben wandte sie sich nach rechts und folgte ihrer Schwester den Korridor hinunter zu ihrem Kinderschlafzimmer.

Zwei identische Betten, umhüllt von grellrosa Chiffon, zwei identische weiß gestrichene Schülerschreibtische, ein hellgrüner Sitzsack. Auf den weißen Regalbrettern saßen reihenweise Trolle und Barbies, und die Nancy-Drew-Krimis erinnerten Julia an durchwachte Nächte, in denen sie im Schein der Taschenlampe gelesen hatte. An der Wand hing ein vergilbtes Poster von Harrison Ford als Indiana Jones.

Auf Julias Bett lagen zwei schlafende Katzen, so aneinandergekuschelt, dass sie eine Art Yin-Yang-Symbol bildeten.

»Darf ich dich mit Rocky und Adrienne bekannt machen?«, stellte Ellie sie vor und nahm die beiden scheinbar knochenlosen Tiere auf den Arm, wo sie schlaff und gähnend hingen, bis Ellie sie auf den Korridor beförderte. »Geht in Mamas Zimmer«, empfahl sie ihnen und wandte sich dann wieder Julia zu. »Die Laken sind frisch gewaschen, im Bad liegen Handtücher, das Wasser braucht immer noch eine Ewigkeit, bis es heiß wird, und du darfst nicht auf die Klospülung drücken, bevor du duschst.« Sie ging zur Tür. »Danke, Jules. Ich bin wirklich sehr froh, dass du gekommen bist. Ich weiß, dass es ... dass es für dich in letzter Zeit nicht gut gelaufen ist, und ..., na ja, vielen Dank.«

Julia sah ihre Schwester an. Wenn sie eine andere Frau oder wenn ihre Beziehung eine andere gewesen wäre, hätte sie jetzt geantwortet: *Ich wusste sowieso nicht, wohin.* Doch stattdessen sagte sie nur: »Kein Problem« und stellte den Koffer ab. »Jetzt erklär mir aber mal, warum ich hier bin.«

»Gehen wir nach unten. Für diese Story genehmige ich mir lieber ein Bier.« Kurz vor der Treppe drehte sie sich noch einmal um und setzte hinzu: »Du wirst auch eins brauchen, glaub mir.«

~

Julia saß im Lieblingsstuhl ihrer Mutter und lauschte dem Bericht ihrer Schwester mit wachsender Skepsis. »Sie springt von Ast zu Ast wie eine Katze? Ach komm, El. Du lässt dich von irgendeinem Ammenmärchen einwickeln. Wie es sich anhört, habt ihr ein autistisches Kind gefunden, das von zu Hause abgehauen ist und sich verirrt hat.«

»Max glaubt nicht, dass es so einfach ist«, entgegnete Ellie und nippte an ihrem Bier. Inzwischen unterhielten sie sich schon seit fast einer Stunde. Auf dem Couchtisch lagen Papiere, Fotos, Fingerabdrücke und Berichte über vermisste Kinder.

»Wer ist Max?«

»Er hat Doc Fischers Praxis übernommen.«

»Wahrscheinlich übersteigt das Ganze bloß seinen Horizont. Du hättest bei der University of Washington anrufen sollen, die haben jede Menge Autismusspezialisten.«

»Ja, Gott behüte, dass ein intelligenter Mensch in Rain Valley leben könnte«, sagte Ellie, und in ihrer Stimme klang eine gewisse Schärfe an. »Du hörst mir ja nicht mal richtig zu.«

Sofort riss Julia sich am Riemen und nahm sich vor, in Zukunft mit ihren Kommentaren besser aufzupassen. »Entschuldige. Es ist also mehr an der Geschichte dran als dreckige Haare und erstaunliche Kletterkünste. Was haben wir noch?«

»Sie spricht nicht. Wir glauben – oder Max glaubt das jedenfalls –, dass sie es vielleicht gar nicht kann.«

»Das ist bei Autismus nicht ungewöhnlich. Autisten scheinen oft in einer anderen Welt zu leben. Diese Kinder sind …«

»Du hast sie noch nicht gesehen, Jules. Als sie mich angeschaut hat, habe ich auf der Stelle eine Gänsehaut gekriegt. Ich hab noch nie so … so viel Angst in einem Kind gespürt.«

»Dann hat sie dich also angeschaut?«

»Ja, angestarrt, besser gesagt. Ich glaube, sie hat versucht, mir etwas mitzuteilen.«

»Sie hat also ganz bewusst Blickkontakt mit dir aufgenommen?«

»Hallooo, das hab ich doch gerade gesagt!«

Wahrscheinlich hatte es nichts zu bedeuten, vielleicht

hatte Ellie sich auch geirrt. Allerdings sahen Autisten einem anderen Menschen äußerst selten direkt in die Augen. »Was war mit ihren körperlichen Eigenarten? Handbewegungen, Gang, all so was?«

»Sie hat drei Stunden auf dem Baum gesessen, ohne auch nur den kleinen Finger zu bewegen. So wie ein Reptil, etwa in der Art. Nachdem sie runtergesprungen war, ist sie gerannt wie der geölte Blitz – laut Daisy Grimm ist sie schnell wie der Wind. Und sie hat an allem so seltsam herumgeschnüffelt, wie ein Hund.«

Unwillkürlich erwachte Julias Interesse. »Vielleicht ist sie ja stumm. Taubstumm. Das würde dann auch erklären, dass jemand sie verloren hat. Womöglich hat sie überhaupt nicht gehört, wie nach ihr gerufen wurde.«

»Sie ist nicht stumm, sie hat geschrien und geknurrt. Oh, ja, und als sie dachte, wir hätten den Wolf getötet, da hat sie geheult.«

»Welchen Wolf?«

»Hab ich den Teil vergessen? Sie hatte einen Wolfswelpen bei sich. Der ist jetzt draußen im Tierpark. Floyd sagt, er sitzt Tag und Nacht am Tor und heult.«

Julia lehnte sich zurück und verschränkte die Arme. Allmählich reichte es ihr. Was für eine Lügengeschichte ihre Schwester da auftischte, um die arme kleine Julia zu retten! »Das hast du dir ausgedacht.«

»Schön wär's! Aber leider stimmt alles.«

»Sie hat also wirklich einen Wolfswelpen?«

»Ja. Und bist du bereit für den absoluten Hammer?«

»Wie – noch mehr?«

»Sie hat jede Menge Narben.«

»Was denn für Narben?«

»Von Stichverletzungen. Vielleicht auch von einer … Peitsche. Außerdem hat sie Narben auf dem Knöchel, die aussehen, als wäre sie längere Zeit gefesselt gewesen.«

Julia löste die Arme wieder und beugte sich vor. »Du solltest unbedingt bei der Wahrheit bleiben. Was du mir hier erzählst, ist keine Kleinigkeit.«

»Ich weiß.«

Im Kopf hakte Julia verschiedene Möglichkeiten ab. Autismus. Mentale Störungen. Entwicklungsverzögerungen. Frühe Formen der Schizophrenie. Das waren die leichten, inneren Ursachen. Aber es konnte sich auch um etwas viel Bedrohlicheres, Selteneres handeln. Vielleicht war das Kind gequält worden und seinem Peiniger entflohen. Selektiver Mutismus, eine Art freiwilliges Verstummen, war eine häufige Reaktion nach einem derartigen Trauma. Auf alle Fälle brauchte dieses Kind Hilfe. Und nicht jeder Psychologe konnte mit einer solchen Diagnose umgehen, nicht jeder wusste, welche Behandlung angezeigt war. An der Westküste waren nur eine Handvoll Therapeuten für so etwas qualifiziert. Zum Glück war sie eine von ihnen.

»Die Kleine geht mir echt nicht mehr aus dem Kopf, Jules, und ich habe Angst, dass wir sie verlieren, wenn sich die nationalen Großkotzbehörden einmischen. Die werden sie in irgendeine Institution sperren, bis wir die Eltern finden, und ich glaube, das würde ich nicht aushalten. Die Kleine hat so etwas … Zerbrechliches und Trauriges an sich. Ich weiß nicht, ob sich jemals ein anderer Mensch für sie starkgemacht hat. Mit deiner Hilfe können wir sagen, wir behandeln sie und suchen gleichzeitig ihre Angehörigen. Deine Kompetenz kann keiner in Frage stellen.«

Mit einem Schlag landete Julia auf dem Boden der Realität.

»Hast du in letzter Zeit mal die Nachrichten gesehen, Ellie?«, fragte sie leise. »Ich stehe garantiert auf keiner Liste mehr ganz oben. Deine Großkotzbehörden – wie du sie nennst – sind wahrscheinlich nicht allzu erfreut, wenn ich an diesem Fall arbeite.«

Ellie sah sie an. Wie immer war in ihren Augen eine Direktheit, die einen leicht aus dem Konzept bringen konnte. Julias Schwester gehörte zu den Menschen, denen es leichtfiel, eine Entscheidung zu treffen, die bei ihrem Entschluss blieben und bis zum Ende für ihre Ansichten kämpften. Eine der wenigen Eigenschaften, die beide Schwestern gemeinsam hatten. »Seit wann kümmert es mich, was andere Leute denken? Wir wollen, dass du dieses Mädchen rettest.«

»Danke, Ellie.« Julias Stimme war leiser, als sie es beabsichtigt hatte, und klang weniger sicher als sonst. Wenn sie doch nur fähig gewesen wäre, Ellie verständlich zu machen, was diese Situation für sie bedeutete.

Ellie nickte. »Ich hoffe nur, dass du wirklich so gut bist, wie alle immer behaupten.«

»Das bin ich.«

»Sehr gut. Dann geh jetzt unter die Dusche und pack dein Zeug aus. Ich habe Max versprochen, dass wir vor vier im Krankenhaus sind.«

~

Dreißig Minuten später war Julia geduscht, geschminkt und trug zu ihren ausgeblichenen Jeans einen hellgrünen Kaschmirpulli. Sie bemühte sich, der Begegnung mit dem sogenannten Fliegenden Wolfsmädchen nicht allzu sehr entgegenzufiebern, aber sie schaffte es nicht ganz, ihre übliche Ruhe zu bewahren. So lange war sie jetzt schon außen vor, dass ein kurzer Blick in ihr altes Leben genügte, um sie auf Hochtouren zu bringen.

Sie holte sich eine Cola light aus dem Kühlschrank und setzte sich ins Wohnzimmer. Als sie zu dem staubigen Klavier in der Ecke schaute, wurde sie von einer Erinnerung überrascht – plötzlich sah sie ihre Mom auf der schwarzen Bank sitzen, eine Virginia-Slim-Mentholzigarette im Mund, während sie auf die Tasten hämmerte und eine wilde Version von »That Old Time Rock 'n' Roll« zum Besten gab. Um das Klavier herum hatte sich eine Schar von Freunden versammelt, die alle lauthals mitsangen.

»*Los, Mädels!*«, hatte Mom ihnen zugerufen und sie zu sich gewinkt. »*Kommt her und macht mit!*«

Rasch wandte Julia dem Klavier den Rücken zu. Sie wollte nicht an Mom denken – noch nicht –, aber hier, in diesem Haus, löste sich der Zeitbegriff auf. Wenn sie zu lange blieb, würde sie sich wieder in den ungelenken Bücherwurm mit dem schlechten Haarschnitt und den dicken Brillengläsern verwandeln.

In ihrer blauschwarzen Uniform kam Ellie die Treppe herunter. Die drei Sterne auf ihrem Kragen blitzten im Licht. Selbst in diesem unförmigen Aufzug wirkte sie graziös und wunderschön. »Fertig?«

Julia nickte und schnappte sich ihre Handtasche. Auf der kurzen Fahrt zum Krankenhaus unterhielten sie sich überraschend entspannt. Julia kommentierte die Veränderungen, die sie entdeckte – die Ampel, die neue Brücke, die Schließung der Imbissbude –, während Ellie auf alles hinwies, was gleich geblieben war.

Schließlich bogen sie um die Ecke, und hinter einem mittelgroßen Kiesparkplatz kam das Kreiskrankenhaus in Sicht, ein bescheidenes Betongebäude, das durch die Reihe riesiger Nadelbäume noch kleiner wirkte. Davor stand ein einziger Notarztwagen. Gerade gingen die Straßenlaternen an;

alle paar Sekunden pulsierte ein Lichtstrahl über den Parkplatz und erleuchtete die winzigen Nebeltröpfchen, die man nicht wirklich als Regen bezeichnen konnte. Die Luft roch wie frisch gemähtes Gras.

Julia stieg sofort aus. Je näher sie der Tür kamen, desto selbstbewusster fühlte sie sich.

Nebeneinander gingen die Schwestern durch die Doppeltüren und an der Rezeptionistin vorbei, die ihnen freundlich zuwinkte. Schwestern und Pfleger, die an ihnen vorübereilten, trugen Uniformen in blassem Lachsrosa, das wahrscheinlich früher einmal Orange gewesen war. Ihre Kreppsohlen quietschten auf dem Linoleumboden.

Vor einer verschlossenen Tür blieb Ellie stehen, strich sich Uniform und Haare glatt und überprüfte im Handspiegel ihr Make-up.

Julia verzog das Gesicht. »Was ist das denn hier? Ein Fototermin?«

»Du wirst schon sehen.« Ellie klopfte.

Eine Stimme rief: »Herein!«

Hinter Ellie betrat Julia ein kleines, enges Büro mit einem Fenster, durch das man einen gigantischen Rhododendron sah.

In einer Ecke des Raums stand ein Mann, reglos wie ein Grashalm an einem windstillen Tag, in einer ausgebleichten Levi's und einem schwarzen Pullover mit Zopfmuster. Seine Haare waren stahlgrau. Nicht grau gesträhnt, sondern eine perfekte Richard-Gere-Farbe. Er hatte die robuste, sonnengebräunte Ausstrahlung eines Menschen, der viel Zeit im Freien, bei Wind und Wetter verbringt. Doch es waren seine Augen, die sofort die Aufmerksamkeit auf sich zogen. Sie waren von einem leuchtenden Blau, durchdringend und intensiv.

Zweifellos der attraktivste Mann, der Julia je begegnet war.

»Sie müssen Dr. Cates sein«, sagte er und trat auf sie zu.

»Bitte nennen Sie mich Julia.«

Sein Lächeln blendete sie. »Aber nur, wenn Sie mich Max nennen.«

Augenblicklich war ihr klar, welchen Typus Mann sie hier vor sich hatte, einen Spieler, genau wie Philip, einen Mann, der seine Sexualität zur Schau trug wie eine Sporttrophäe. In Los Angeles wimmelte es von solchen Männern. Mehr als einmal war sie einem von ihnen in die Falle gegangen. Gut, sie war damals auch noch jünger gewesen. Nicht sonderlich überrascht nahm sie nun zur Kenntnis, dass eins seiner Ohrläppchen durchstochen war. Sie schenkte ihm ihr Profilächeln. »Erzählen Sie mir doch etwas von Ihrer Patientin. Wenn ich recht verstanden habe, ist das Mädchen ... möglicherweise autistisch?«

Erstaunen huschte über sein markantes Gesicht, und er holte einen Aktenordner von seinem Schreibtisch. »Die Diagnose ist Ihr Job. Was in den Gehirnen von Kindern vorgeht, ist nicht mein Spezialgebiet.«

»Und was ist Ihr Spezialgebiet?«

»Rezepte ausschreiben, wenn ich mir etwas aussuchen dürfte. Ich bin auf eine katholische Schule gegangen.« Wieder dieses Lächeln. »Daher habe ich gelernt, wie man ordentlich schreibt.«

Sie ließ den Blick über die gerahmten Diplome wandern, die die Wände zierten, in der Erwartung, wenig bekannte, abgelegene Universitäten zu entdecken. Doch dem war nicht so: Max hatte in Stanford studiert und seinen medizinischen Abschluss an der University of California in Los Angeles gemacht. Sie runzelte die Stirn.

Was in aller Welt hatte dieser Typ in Rain Valley zu suchen?

Er lief vor etwas weg. Das musste der Grund sein. Neuzugänge in Rain Valley ließen sich in zwei Gruppen unterteilen: Menschen, die sich vor etwas Bestimmtem auf der Flucht befanden, und Menschen, die sich prinzipiell vor allem auf der Flucht befanden. Sie konnte nicht umhin, sich zu fragen, zu welcher Kategorie dieser Mann hier gehörte.

Als sie aufblickte, sah sie, dass er sie eindringlich musterte. »Kommen Sie mit«, sagte er und nahm ihren Arm.

Julia ließ sich den breiten weißen Korridor hinunterführen. Ellie flankierte Max auf der anderen Seite. Nach ein paar Biegungen kamen sie zu einem großen Fenster, durch das man in eine Art Spielzimmer sehen konnte. Dort blieben sie stehen. Max stand so dicht neben Julia, dass sie sich fast berührten, und sie trat einen Schritt zur Seite, um sich etwas Distanz zu verschaffen.

Das Zimmer jenseits der Glasscheibe sah aus wie ein ziemlich gewöhnliches Spielzimmer mit kleinen Tischen und Stühlen, Regalen voller Spielzeug, Brettspiele und Bücher, mit einem Waschbecken, einer Arbeitsplatte, einer Reihe leerer Kinderbettchen und einem Krankenhausbett. »Wo ist sie?«

Max nickte. »Sehen Sie genau hin.«

Schweigend warteten sie. Endlich kam eine Schwester mit einem Tablett, ging an ihnen vorbei in das Zimmer, stellte das Essen auf den Tisch und verließ den Raum schleunigst wieder.

Gerade wollte Julia eine Frage stellen, da sah sie eine blitzartige Bewegung unter dem Bett.

Fasziniert beugte sie sich vor. Das Glas beschlug von ihrem

Atem, sie wischte die Scheibe ungeduldig ab und lehnte sich wieder etwas zurück.

Finger kamen unter dem Bett hervor, dann eine ganze Hand. Nach einigen langen Momenten kroch ein Kind hervor. Es trug ein verschossenes Krankenhaushemd, das ihm viel zu groß war.

Es war ein Mädchen mit langen, verfilzten schwarzen Haaren und tief gebräunter Haut. Selbst aus der Entfernung konnte man das silbrig glänzende Netzwerk von Narben auf Armen und Beinen sehen. Ihr Körper war geduckt, als wäre sie es gewohnt, auf allen vieren zu gehen. Nach jedem Schritt hielt sie inne und verharrte vollkommen regungslos, nur den Kopf legte sie mit einer raschen, verstohlenen Bewegung schief. Dann schnupperte sie in die Luft, als folge sie dem Duft des Essens. Am Tisch angekommen, stürzte sie sich wie ein wildes Tier auf die Speisen. Während sie aß, entspannte sie sich keine Sekunde, sondern ließ die Augen unablässig im Zimmer umherwandern und witterte gelegentlich.

Julia spürte, wie es ihr kalt über den Rücken lief. Vorsichtig öffnete sie ihre Mappe und holte Notizbuch und Stift hervor. Ohne das Kind aus den Augen zu lassen, begann sie Aufzeichnungen zu machen. »Was wissen wir über sie?«

»Nichts«, antwortete Ellie. »Sie ist einfach so in die Stadt gekommen. Daisy Grimm meint, sie hätte was zu essen gesucht.«

»Aus welcher Himmelsrichtung?«

Jetzt antwortete Max. »Aus dem Wald.«

Aus dem Wald. Julia konnte sich gut an den Olympic National Forest erinnern. Hunderttausende Hektar moosige Dunkelheit, zu einem großen Teil unerforscht. Das Reich von Mythen und Legenden, wo es noch Zeichen und Wunder gab. Bigfoot-Territorium.

»Wir glauben, dass sie dort einige Tage herumgeirrt ist«, sagte Ellie.

Julia antwortete nicht. Dieses Kind hatte garantiert nicht nur ein oder zwei Tage allein im Nationalpark zugebracht. »Hat sie mit euch gesprochen?«

Max schüttelte den Kopf. »Nein. Wir glauben, sie versteht uns auch nicht. Sie bleibt die ganze Zeit unter dem Bett. Als sie bewusstlos war, haben wir sie gebadet und ihr eine Windel angezogen, aber seither sind wir ihr nicht nahe genug gekommen, um sie wechseln zu können. Sie hat bislang auch keinen Versuch unternommen, die Toilette zu benutzen.«

»Hmm«, machte Julia, während sie spürte, wie das Adrenalin durch ihre Adern rauschte. »Dann wollen wir doch mal sehen, womit wir es zu tun haben, ja?« Sie wandte sich an ihre Schwester. »Hol mir doch bitte eine Auswahl an Schokolade und Karamell aus der Cafeteria. Und ein Stück Apfel- und Schokokuchen.«

»Sonst noch was?«

»Ja. Puppen. Jede Menge. Am besten solche, die man an- und ausziehen kann. Aber keine Barbies. Schmusepuppen. Und ein Kuscheltier. Du hast gesagt, sie hatte einen Wolfswelpen dabei, richtig? Dann besorg bitte einen Kuschelwolf.«

»Geht klar. Also bis gleich«, versprach Ellie und eilte davon.

Julia wandte sich Max zu. »Erzählen Sie mir doch bitte etwas über die Fesselmale an ihrem Knöchel.«

»Ich glaube ...« Die Sprechanlage unterbrach ihn und rief ihn in die Notaufnahme.

Rasch drückte er Julia die Akte in die Hand. »Hier steht alles drin, Julia, Es ist allerdings keine sehr erfreuliche Lektüre. Wir können uns gern nachher treffen und darüber sprechen, wenn ...«

»Die Akte genügt für den Moment, danke.« Damit schlug sie den Ordner auf und begann zu lesen. Dass Max ging, merkte sie kaum.

Die ganze erste Seite war ein umfassender Katalog über die Narben des Kindes, unter anderem eine schlecht verheilte Stichwunde in der linken Schulter.

Max hatte recht. Zu lesen, was dieses Kind durchgemacht hatte, war alles andere als leichte Kost.

FÜNFTES KAPITEL

*A*ls Ellie das Krankenhaus verließ, hatte sich draußen – wie nicht anders zu erwarten – eine Menschenmenge versammelt. Die Leute standen in Formation, wie ein Landungskommando aus alter Zeit, mit den Schwestern Grimm in einem losen Dreieck an der Spitze. Wie immer hatte Daisy die Führung übernommen. Heute trug sie ein geblümtes Hauskleid unter einem dicken Pullover. Ihre grünen Gummistiefel reichten bis knapp ans Knie und endeten fünf Zentimeter unter dem Saum ihres Kleides. Ihr taubengraues Haar war zu einem derart festen Knoten zurückgesteckt, dass ihre Augen leicht nach oben gezogen wurden. Wie immer war sie mit einer Kette und Ohrringen in Gänseblümchenform geschmückt, wodurch ihr blasses, schrumpliges Apfelgesicht irgendwie noch kleiner wirkte.

»Chief Barton«, sprach sie Ellie an und trat würdevoll auf sie zu – so würdevoll es in Gummistiefeln eben ging, wenn man auch noch die Urne des Gatten tragen musste. Der voluminöse graue Pullover mit dem Indianermuster war ihr mindestens zwei Nummern zu groß. »Wir haben schon gehört, dass Sie auf dem Weg hierher sind.«

»Ja, Ned hat Sie vom Highway abbiegen sehen. Da hat er Sandi angerufen, und die hat mitgekriegt, dass Sie die Bay Road genommen haben«, ergänzte Violet und nickte bei jedem Wort mit dem Kopf, als wäre das die notwendige Interpunktion.

»Was gibt's Neues, Chief?«, rief jemand von hinten.

Ellie war ziemlich sicher, dass es sich um die Stimme von Mort Elzik handelte – er war der Lokalreporter, der die Geschichte in der heutigen Zeitung gebracht hatte.

»Ruhe, Mort«, mahnte Daisy streng und machte Gebrauch von ihrer Direktorinnenstimme, um die angestrebte Wirkung zu erzielen. »Wir haben überall in der Stadt gesammelt, Chief, wie Sie es uns aufgetragen haben. Die Leute waren wirklich großzügig. Wir haben Spielzeug und Bücher und Brettspiele und Anziehsachen. Sogar einen Roller. Der Kleinen wird es an nichts mangeln. Soll ich die Sachen in ihr Zimmer bringen? Wo ist das arme Ding denn eigentlich?«

Jetzt trat Marigold vor. »Auf der Psychiatrischen Station womöglich?«, fragte sie mit gesenkter Stimme und blickte in die Runde. Allgemeines Nicken. »Bei *Emergency Room* holen die *immer* jemanden von der Psychiatrie.«

»Was ist mit dem Wolf?«, meldete sich Mort erneut, während er sich einen Weg nach vorn zu bahnen versuchte.

Plötzlich redeten alle durcheinander, ohne sich von Daisy daran hindern zu lassen. Ellie machte sich erst gar nicht die Mühe, denn sie wusste, dass bald von ganz allein wieder Ruhe einkehren würde. Schließlich war in Kürze Happy Hour. Dann würde einer nach dem anderen verstohlen auf die Uhr schauen, eine Entschuldigung murmeln und sich eilig auf den Weg zum Auto machen. Auch hier war Daisy Grimm die Anführerin, denn dass sie verspätet zur Happy Hour in der Bigfoot Bar erschien, war schlicht unvorstellbar.

Dort würde sie am Tresen sitzen und zum halben Preis ihr Lieblingsgift genießen – einen Boilermaker, Bier mit Whiskey –, die schwarze Urne auf dem Hocker neben sich. Allerdings beharrte sie voller Stolz darauf, dass sie niemals mehr als zwei Gläser von dem Zeug zu sich nahm. Höchstens.

»Wer ist dieses Mädchen?«, erkundigte sich Mort mit lauter, ungeduldiger Stimme.

Sofort waren alle still.

»Genau das ist die große Preisfrage, Mort. Peanut sitzt auf dem Revier und tut alles, um es herauszufinden.«

»Hast du dir meinen Artikel schon angesehen? Direkt auf der Titelseite.«

»Nein, ich hab die Zeitung bisher noch nicht in die Finger gekriegt, Mort. Tut mir leid. Was hast du denn für eine Schlagzeile?«

»Mogli lebt!«, verkündete er mit stolzgeschwellter Brust. »Ich nehme gern Bezug auf Klassiker. Hat mir in diesem Fall sogar einen Anruf vom *National Enquirer* eingebracht.«

Unwillkürlich zuckte Ellie zusammen. Auf den Gedanken, dass es sich bei den Ereignissen um eine echte Sensation handelte, war sie noch gar nicht gekommen. *Fliegendes Wolfsmädchen landet in Regenwaldstädtchen.* Das war mehr als eine Lokalnachricht.

Und jetzt hing auch noch Julia in der Sache mit drin. *Upps.*

»Hast du die Leser auch aufgefordert, mit uns Kontakt aufzunehmen, falls jemand Informationen über das Mädchen besitzt und uns womöglich Hinweise geben kann, wer sie ist?«

Mort machte ein gekränktes Gesicht. »Aber selbstverständlich. Ich bin Profi, das weißt du doch. Ich möchte die Kleine übrigens gern interviewen.«

»Möchten wir das nicht alle? Momentan ist eine Psychologin bei ihr. Falls wir irgendwelche Neuigkeiten haben, lasse ich es dich sofort wissen. Was die gesammelten Sachen angeht ...«

»Das ist bestimmt Julia!«, fiel Violet ihr ins Wort und klatschte aufgeregt in die Hände.

»Natürlich!«, stimmte Marigold mit ein. »Ned hat sich schon gefragt, wer die blonde Frau sein könnte, die er gesehen hat.«

»Unglaublich, dass ich das nicht bemerkt habe. Sie sind zum Flughafen gefahren, um sie aufzugabeln«, rief auch Daisy.

»Heu wird aufgegabelt«, verbesserte sie Marigold mit einem Naserümpfen. Man würde ihr ewig anmerken, dass sie einmal Lehrerin gewesen war.

Mort wurde allmählich ungeduldig und hüpfte wie ein Junge, der in der Kinoschlange steht, um endlich *Fluch der Karibik* zu sehen. »Dann mach ich eben ein Interview mit deiner Schwester.«

»Ich habe nie gesagt, dass wir wegen der Kleinen mit Julia Cates Verbindung aufgenommen haben, und auch nicht, dass Julia hier ist«, entgegnete Ellie und sah Mort fest in die Augen. »Ist das klar? Ich möchte ihren Namen nicht gedruckt sehen.«

»Vielleicht wenn du mir ein Exklusiv...«

»Kein Wort mehr.«

»Aber ...«

Daisy gab ihm eine Kopfnuss. »Mort Elzik, schlagen Sie sich das augenblicklich aus dem Kopf, wenn Ellie das nicht möchte. Ihre Mutter würde sich im Grab umdrehen, wenn Sie sich der Polizeichefin widersetzen. Außerdem würde ich sofort Ihren Vater anrufen, weiß Gott.«

»Lass die Finger davon, Mort«, sagte Ellie und fügte schnell noch ein »Bitte« hinzu, weil sie ja beide wussten, dass er im Prinzip tun konnte, was er wollte. Aber sie und Mort blickten auf eine lange gemeinsame Geschichte zurück, und manchmal waren sie immer noch der langweilige Typ von der Schülerzeitung und die Schönheitskönigin der Highschool, statt ernsthafter Lokalreporter und Polizeichefin. In Kleinstädten verhielt sich die soziale Dynamik wie Beton – sie verfestigte sich schnell und dauerhaft.

»Okay«, antwortete Mort und dehnte das Wort klagend in die Länge.

Ellie lächelte. »Gut.«

»Was sollen wir jetzt mit den ganzen Sachen machen, Chief?«, fragte Daisy.

»Erst mal vielen Dank, Daisy. Am besten stapeln Sie alles vor dem Haus, auf meinem Stellplatz. Und bitte sorgen Sie dafür, dass die Namen der Spender vermerkt sind, ich möchte mich bei allen persönlich bedanken.«

Marigold klopfte auf ihr Notizbuch. »Schon erledigt.«

»Gut.« Ellie nickte. »Ich wusste, dass ich mich auf Sie verlassen kann. Also, dann mache ich mich am besten mal an die Arbeit, schließlich muss ich eine Identität feststellen. Danke für eure Hilfe. Das Mädchen hatte echt Glück, dass es ausgerechnet hier aufgetaucht ist.«

»Ja, wir kümmern uns um sie«, rief jemand.

Ellie machte sich auf den Rückweg über den Parkplatz. Hinter sich hörte sie das Murmeln der Menge, das mit jedem Schritt leiser wurde. Heute Abend würden wahrscheinlich sowohl im Bigfoot als auch im Pour House mehr Spekulationen serviert als Olympia-Bier. Und zwar zu gleichen Teilen über Julia wie über das Wolfsmädchen. Sie hätte es kommen sehen müssen.

Julia war immer etwas Besonderes gewesen in dieser kleinen Stadt, in der Gleichheit so wichtig war. Ein stilles, schlaksiges Mädchen, das irgendwie in die falsche Familie hineingeboren worden war, und sich dann zu allem Überfluss – unvorstellbarerweise – als eine Art Genie herausgestellt hatte. Als sie noch hier lebte, hatten die Stadtbewohner nichts mit ihr anzufangen gewusst, und was sie jetzt von ihr halten sollten, war ihnen weiß Gott erst recht schleierhaft.

Ellie stieg in den alten Suburban ihrer Mutter – »Madge« für die Eingeweihten – und fuhr zurück zur Polizeiwache. Auf dem Weg wurde die Erledigungsliste in ihrem Kopf immer länger. Heute war der Tag, an dem sie herausfinden würde, wer dieses Mädchen war. Das *musste* klappen. Entweder würde jemand die Zeitung lesen und sich melden oder (noch besser) sie fand die Antwort in den als erledigt abgelegten Akten und wurde die Heldin des Tages.

Sie parkte auf ihrem Stellplatz und betrat das Polizeirevier.

In ihrem Büro stand Viggo Mortensen. Natürlich nicht leibhaftig, sondern nur als Papp-Aragorn in voller Herr-der-Ringe-Aufmachung. Jemand hatte ihm eine Sprechblase aus weißem Papier neben den Mund geklebt: *Vergiss Arwen. Ich will lieber dich.*

Ellie lachte laut.

In diesem Moment kam Peanut mit zwei Tassen Kaffee um die Ecke.

»Woher wusstest du, dass wir so was heute brauchen?«, fragte Ellie.

Peanut reichte ihr eine Tasse. »Ich hab eben gut geraten.«

»Und Aragorn? Wo hatte der sich versteckt?«

»Im Vorführraum des Rose Theater. Ned hat ihn mir ausgeliehen.«

»Dann muss ich ihn wohl zurückgeben?«

Peanut grinste. »Erst morgen. Oder vielleicht übermorgen. Ich hab Ned gesagt, es kann eine Weile dauern, denn ich weiß ja, wie dringend du einen Mann im Schlafzimmer brauchst. Und Ned meinte, Pappe ist immer noch besser als gar nichts.«

Ellie konnte sich ein Grinsen nicht verkneifen. »Danke, Peanut.« Dann jedoch fiel ihr die Erledigungsliste wieder ein, und das Grinsen verschwand von ganz alleine. »Tja, am besten machen wir uns jetzt mal an die Arbeit.«

Peanut fischte ein Stück Papier unter dem Chaos auf ihrem Schreibtisch hervor. »So weit sind wir im Moment.« Sie setzte ihre strassbesetzte Lesebrille auf. »Das Zentrum für vermisste Kinder durchsucht seine Datenbank. Der erste Durchlauf hat über zehntausend mögliche Treffer ergeben. Jetzt versuchen sie, die Suche einzugrenzen. Das genaue Alter des Mädchens würde helfen.«

Ellie nahm langsam Platz. Ihr Heldentraum schrumpfte in sich zusammen wie ein alter Luftballon. »Zehntausend vermisste Mädchen. Gott steh uns bei, Peanut. Wir brauchen Jahrzehnte, um die ganzen Informationen auszuwerten.«

»Dann nimm bitte zur Kenntnis, dass es in diesem Land pro Jahr achthunderttausend Fälle mit vermissten Kindern gibt. Das sind fast zweitausend Kinder pro Tag. Statistisch betrachtet sind fünfzig Prozent weiße Mädchen, die von einem ihnen bekannten Menschen entführt werden. Ist die Kleine denn wirklich weiß?«

»Ja.« Mit einem Mal fühlte Ellie sich angesichts der Zahlen und der Aufgabe machtlos. »Hat das FBI sich schon gemeldet?«

»Sie warten auf einen Beweis, dass es sich um eine Entführung handelt, oder auf eine zuverlässige Identifizierung.

Es könnte ja einfach ein Mädchen aus Mystic oder Fork sein, das sich verlaufen hat. Theoretisch haben wir kein Indiz für ein Verbrechen, deshalb sollen wir noch mal in der Stadt herumfragen. Und die Fürsorge setzt uns unter Druck, temporäre Pflegeeltern zu benennen. Da müssen wir uns was einfallen lassen, die Kleine kann ja nicht ewig im Krankenhaus bleiben.«

»Hast du bei den privaten Hilfszentren angerufen?«

»Und beim Fernsehen, *America's Most Wanted*. Und beim Justizministerium. Morgen ist das Mädchen garantiert auf allen Titelseiten.« Peanuts Gesicht bekam Sorgenfalten. »Es wird nicht einfach sein, Julia zu verstecken.«

Die Geschichte würde einen riesigen Wirbel auslösen, daran bestand nun kein Zweifel mehr. Und wieder befand sich Dr. Julia Cates im Auge des Hurrikans.

»Nein«, bestätigte Ellie. »Das wird allerdings nicht leicht sein.«

~

Mädchen rollt sich an dem viel zu weißen Ort zusammen wie eine junge Farnpflanze. Der Boden ist kalt und hart. Manchmal schaudert sie und träumt von ihrer Höhle. Während sie geschlafen hat, haben die Fremden sie verwandelt. Jetzt riecht sie nach Blumen und nach Regen. Sie vermisst ihren eigenen Geruch.

Am liebsten würde sie die Augen zumachen und schlafen, aber es riecht hier so furchtbar falsch. Die meiste Zeit juckt ihre Nase, und ihr Hals ist so trocken, dass es beim Schlucken wehtut. Sie sehnt sich nach ihrem Fluss und nach dem Rauschen des Wassers, das über die Klippe fällt, ganz in der Nähe ihrer Höhle. Sie hört das Atmen von Ihr mit den

Sonnenhaaren, und auch ihre Stimme. Die Stimme ist wie Donner, gefährlich und Angst einflößend. Wenn Mädchen sie hört, flitzt sie weg, dorthin, wo der Ort aufhört. Wenn sie ein Wolf wäre, könnte sie sich durchgraben und verschwinden. Der Gedanke macht sie traurig. Sie denkt an Sie. An Ihn sogar. Und an Wolf.

Ohne sie fühlt sie sich verloren. Sie kann an diesem Ort nicht leben, hier, wo es nichts Grünes gibt und die Luft so stinkt.

Sie hätte nicht weglaufen dürfen. Immerzu hat Er ihr eingeschärft, dass es außerhalb ihres Waldes kalt und böse ist, dass sie sich verstecken muss, denn Dadraußen gibt es Menschen, die kleinen Mädchen noch viel schlimmer wehtun, als Er es je getan hat. Fremde.

Sie hätte auf Ihn hören sollen, aber sie hat so lange Angst gehabt.

Jetzt werden sie ihr noch schlimmer wehtun als mit dem Netz.

Sie warten schon darauf, ihr wehzutun, sobald sie rauskommt, aber sie wird sich so klein machen, dass man sie nicht sehen kann. Wie ein grüner Käfer auf einem Blatt. So wird sie verschwinden.

~

Julia saß auf dem unbequemen Plastikstuhl in dem fröhlichbunten Spielzimmer und starrte in das Notizbuch auf ihrem Schoß. Die ganze letzte Stunde hatte sie auf das Mädchen unter dem Bett eingeredet, aber keine Antwort erhalten. Ihr Notizbuch war weiterhin voller Fragen ohne Antworten.

Zähne – zahnärztliche Behandlungen?
Taub?
Stuhlgang – irgendwelche Hinweise auf Ernährung?
Stubenrein?
Narben – wie alt?
Ethnische Herkunft

Schon zu Anfang ihrer Ausbildung war es für jeden offensichtlich gewesen, dass Julia eine besondere Gabe hatte, mit traumatisierten und depressiven Kindern umzugehen. Nicht nur ihre Kommilitonen, auch ihre Lehrer hatten sich oft um Rat an sie gewandt. Offensichtlich konnte sie den extremen Druck gut nachempfinden, unter dem Kinder und Jugendliche in der modernen Welt standen, all die Belastungen, die viel zu häufig dazu führten, dass junge Menschen auf den dunklen Seitenstraßen der Innenstädte ihren Körper feilboten, um Essen und Drogen bezahlen zu können. Julia wusste, wie Ausbeutung, Missbrauch und Alkohol einem Kind zusetzen konnten, wie Familien ihre Flexibilität verloren, bis sie schließlich auseinanderbrachen und die einzelnen Mitglieder halt- und orientierungslos zurückblieben. Aber am wichtigsten war, dass sie wusste, wie man sich als Außenseiter fühlte, und obwohl sie erwachsen war und sich in das Erwachsenenleben eingeordnet hatte, waren die schmerzlichen Erinnerungen für sie jederzeit abrufbar. Kinder und Jugendliche öffneten sich ihr, brachten ihr instinktiv Vertrauen entgegen, redeten mit ihr und ließen sich von ihr helfen.

Zwar war sie weder auf Autismus noch auf die Rehabilitation von Hirnschädigungen, noch auf geistige Behinderung spezialisiert, aber sie hatte natürlich schon mit solchen Patienten gearbeitet. Sie kannte die besonderen Funktions- und Reaktionsweisen von Autisten.

Sie wusste auch, wie seltsam gehörlose Kinder sich benahmen, wenn sie keine Zeichensprache gelernt hatten. Erstaunlicherweise gab es immer noch Gegenden in diesem Land – beispielsweise abgelegene Waldsiedlungen –, in denen taubstumme Kinder gänzlich ohne Kommunikationsfähigkeiten aufwuchsen.

Aber das alles schien auf das Wolfsmädchen nicht zuzutreffen. Die Gehirnuntersuchung zeigte keine Verletzungen und Abnormalitäten, und so konnte es durchaus sein, dass die Kleine dort unter dem Bett ein ganz normales Kind war, das bei einem Tagesausflug verloren gegangen war und jetzt zu viel Angst hatte, etwas zu sagen.

Ein völlig normales Kind, das mit einem Wolf umherzog, den Mond anheulte – und offenbar nicht wusste, wofür eine Toilette da war.

Julia legte den Stift weg. Sie hatte zu lange geschwiegen. Ihre größte Hoffnung auf Erfolg lag darin, Kontakt zu dem Mädchen herzustellen. Und das bedeutete Kommunikation.

»Schließlich kann ich dich ja nicht verstehen, wenn ich immer nur hier sitze und schreibe, stimmt's?«, sagte sie mir sanfter, beruhigender Stimme.

»Obwohl das eigentlich schade ist, denn ich schreibe gern. Wahrscheinlich malst du lieber. Das ist bei den meisten Mädchen in deinem Alter so. Nicht, dass ich genau wüsste, wie alt du bist. Dr. Cerrasin glaubt, du bist ungefähr sechs. Ich würde sagen, du bist ein bisschen jünger, aber andererseits konnte ich mir bis dato kein wirklich gutes Bild von dir verschaffen, richtig? Ich bin übrigens fünfunddreißig. Habe ich das schon erwähnt? Das kommt dir garantiert ziemlich alt vor. Offen gestanden hat sich das im Lauf des letzten Jahres für mich auch ziemlich alt angefühlt.«

Die nächsten zwei Stunden redete Julia – über alles und

nichts. Sie erklärte dem Mädchen, wo sie waren und warum sie hier waren – dass alle ihr helfen wollten. Es war nicht so wichtig, was sie sagte, es kam hauptsächlich darauf an, wie sie es sagte. Die darunterliegende Botschaft war immer die gleiche: *Komm raus, Schätzchen, bei mir bist du in Sicherheit.* Aber eine Reaktion blieb aus. Nicht mal ein Finger erschien unter dem Bett. Gerade wollte sie anfangen, darüber zu philosophieren, wie einsam man sich auf dieser Welt manchmal fühlte, als ein Klopfen an der Tür sie unterbrach.

Von unter dem Bett kam ein scharrendes Geräusch.

Hatte das Mädchen das Klopfen auch gehört?

»Ich bin gleich wieder da«, sagte Julia sachlich. Dann ging sie zur Tür und öffnete.

Dr. Cerrasin deutete mit dem Kopf auf die beiden weiß gekleideten Pfleger neben ihm. Einer hatte eine große Kiste auf dem Arm, der andere ein Tablett. »Das Essen und die Spielsachen sind hier.«

»Danke.«

»Noch immer keine Reaktion?«

»Nein. Unmöglich, auf diese Weise zu einer Diagnose zu gelangen. Ich muss die Kleine beobachten. Aktion, Reaktion, Bewegung. Aber mit diesem verdammten Bett ist es nicht zu schaffen.«

»Was sollen wir mit dem Zeug machen?«, fragte einer der Pfleger.

»Ich nehme die Kuscheltiere. Den Rest können Sie erst mal wieder wegpacken, damit kann sie noch nichts anfangen. Stellen Sie das Essen bitte auf den Tisch. Ich möchte die Kleine nicht noch mehr verängstigen.« An Max gewandt, setzte sie hinzu: »Ist die Stadtbücherei immer noch ungefähr so groß wie mein Auto?«

»Sie ist klein«, räumte er ein, »aber dank Internet hat man

Zugang zu allem. Letztes Jahr ist die Bibliothek online gegangen.« Er schenkte ihr ein charmantes Lächeln. »Zur Feier des Tages gab es eine Parade.«

In diesem Moment spürte sie plötzlich eine spontane Verbindung zwischen ihnen. Sie waren beide Außenseiter, die sich über die absurden kleinstädtischen Sitten amüsierten. Als sie merkte, dass er ihr ein Lächeln abgerungen hatte, trat sie zurück. »Eine Parade? Die gibt es doch immer.« Ursprünglich wollte sie noch etwas hinzufügen – was eigentlich? –, aber in diesem Moment ging ihr mit einem Mal ein Licht auf.

Das Bett muss weg! Wie hatte sie das Offensichtliche nur so lange übersehen können?

Blitzschnell drehte sie sich um und schloss die Tür, wobei sie erst im letzten Augenblick merkte, dass Max sie fast gegen die Nase bekommen hätte. *Upps.* Na ja, und wenn schon. Sie wandte sich an den Pfleger, der gerade das Tablett auf den Tisch stellte, und sagte: »Bringen Sie das Bett bitte weg, aber lassen Sie die Matratze hier.«

»Häh?«

»Wir sind keine Möbelpacker, Miss«, protestierte der andere Mann.

»Doktor Cates«, korrigierte sie ihn. »Wollen Sie damit andeuten, dass Sie nicht stark genug sind, um mir zu helfen?«

»Natürlich sind wir stark genug«, stammelte der größere Mann und stellte die Kiste mit den Kuscheltieren ab.

»Gut. Wo liegt dann das Problem?«

»Komm schon, Fredo. Schaffen wir das Bett raus, bevor Frau Doktor Cates hier einen Kühlschrank haben will.«

»Danke. Aber seien Sie vorsichtig, unter dem Bett hat sich ein Kind versteckt. Machen Sie ihm bitte möglichst keine Angst.«

Die Männer starrten sie verwundert an. »Warum sagen Sie ihm nicht, es soll rauskommen?«, fragte der eine.

»Nehmen Sie einfach das Bett mit, bitte. Vorsichtig. Und legen Sie die Matratze dort in die Ecke.«

Sie brachten die Matratze zu der Stelle, die sie ihnen zeigte, hoben das Bettgestell hoch und verließen damit das Zimmer. Hinter ihnen fiel die Tür ins Schloss, aber Julia achtete nicht darauf. Sie hatte nur Augen für ihre Patientin.

Zusammengekauert hockte das Mädchen da und öffnete den Mund, um zu schreien.

Komm, lass mich deine Stimme hören, forderte Julia sie im Stillen auf.

Aber kein Ton kam heraus. Das Kind presste sich fest an die Wand und erstarrte. Vollkommen regungslos.

Julia musste an ein Chamäleon denken, das mit seiner Umwelt verschmolz. Natürlich konnte das arme Kind seine Farbe nicht verändern, es konnte also nicht verschwinden, sondern war nur allzu sichtbar vor dem grau gesprenkelten Linoleumboden und der strahlend gelben Wand. Aber ansonsten schien sie wie aus hellem Holz geschnitzt. Das einzige Lebenszeichen war ein gelegentliches Blähen der Nasenflügel. Als würden sie Witterung aufnehmen.

Zum ersten Mal bemerkte Julia, wie schön das Mädchen war. Auch wenn sie zum Erbarmen dünn war, war sie dennoch umwerfend schön. Sie starrte in Julias Richtung, ohne sie jedoch direkt anzusehen, so als stünde links von ihr ein gefährliches Raubtier, das sie im Auge behalten musste. Ihr Gesicht war ausdruckslos und gleichzeitig seltsam leidenschaftlich; es gab nichts preis, aber es entging ihm nicht das Geringste. Der Mund verzog sich nicht, kein Zeichen von Abneigung oder Neugier, und ihre Augen – faszinierende blaugrüne Augen – blickten ernst und wachsam.

Überrascht nahm Julia das Fehlen von Angst in diesen Augen zur Kenntnis. Vielleicht sah sie die andere Seite der Angst vor sich. Was passierte mit einem Kind, für das Angst zum Alltag gehörte ...? Ging die Angst irgendwann in Wachsamkeit über?

»Du siehst mich ja beinahe an«, stellte sie so beiläufig wie möglich fest. Blickkontakt war wichtig. Ohne einschneidende Therapie stellten Autisten ihn so gut wie nie her. In ihr Notizbuch vermerkte sie: *Stumm?* Ihre Schwester hatte zwar gesagt, dass das Mädchen Laute von sich gab, aber davon hatte Julia selbst noch nichts gehört. Außerdem hatte ihre Schwester auch übernatürliche Spring- und Kletterkünste erwähnt. »Ich vermute, dass du Angst hast. Alles, was dir seit gestern passiert ist, war ja auch ziemlich furchterregend. Das würde jeden zum Weinen bringen.«

Keine Reaktion. Nichts.

Die nächsten zwölf Stunden verbrachte Julia still auf einem Stuhl. Sie beobachtete alles, was sie konnte, aber das war nicht viel, um die Wahrheit zu sagen. Anfangs bewegte sich die Kleine so gut wie überhaupt nicht. Um Mitternacht herum schlief sie ein, nach wie vor an die Wand gekauert. Als sie schließlich zu Boden sank, stand Julia vorsichtig auf und ging zu ihr, hob sie behutsam auf und trug sie auf die Matratze.

Die ganze Nacht über sah sie dem Mädchen beim Schlafen zu und registrierte, wie oft sie schlecht träumte. Einmal döste auch Julia eine Weile, aber um sieben am nächsten Morgen war sie wieder wach, bereit zum Weitermachen. Sie rief Ellie an, um ihr mitzuteilen, dass sie den Tag wahrscheinlich im Krankenhaus verbringen würde, und begab sich erneut an ihre Arbeit.

Als das Mädchen endlich aufwachte, war Julia topfit. Mit einem entspannten Lächeln begann sie wieder zu reden. Dabei sorgte sie dafür, dass in ihrer Stimme Akzeptanz und Fürsorge mitschwangen, damit der Sinn klar war, auch wenn das Mädchen die einzelnen Worte vielleicht nicht verstand. Stunde um Stunde redete sie, vom Frühstück bis zum Mittagessen. Beide Mahlzeiten blieben unangetastet. Bis zum späten Nachmittag waren zwei Dinge unbestreitbar: Julia war erschöpft, und das Mädchen *musste* Hunger haben.

Ganz langsam ging Julia zu der Kiste hinüber, die tags zuvor gebracht worden war. Sie achtete sorgfältig darauf, keine abrupten Bewegungen zu machen, und redete dabei gleichmäßig und ruhig weiter, als wäre das Schweigen des Mädchens das Normalste der Welt. »Wollen wir uns mal die Sachen hier ansehen? Vielleicht gefällt dir ja etwas davon.« Sie öffnete die Kiste. Ein kleiner grauer Plüschwolf lag ganz oben auf einigen anderen Stofftieren und einem Stapel zusammengefalteter Kleidung. Julia nahm ihn in die Hand und machte sich daran, die nächste Schachtel auszupacken. »Die Einwohner von Rain Valley haben dir lauter schöne Sachen bringen lassen, weil sie sich Sorgen um dich machen. Bestimmt machen sich deine Eltern auch Sorgen. Vielleicht haben sie dich verloren. Das wäre nicht deine Schuld, weißt du, niemand ist deshalb sauer auf dich.«

Dann sah sie sich nach dem Mädchen um, das jetzt aufrecht und völlig still auf der Matratze saß und an Julia vorbeistarrte.

Das Fenster. Auf einmal merkte Julia, dass die Kleine den Blick nicht vom Fenster abgewandt hatte. Obwohl man nicht viel von der Außenwelt sah, konnte man wenigstens ein Stückchen blauen Himmel und die grüne Spitze eines Tannenzweigs erkennen. »Du überlegst, wie du von hier verschwinden kannst, richtig? Ich würde dir gern helfen, nach Hause zu kommen. Würde dir das gefallen?«

Keine Reaktion. Nicht einmal auf *nach Hause.*

Julia zog ein dickes Buch aus dem Regal und ließ es auf den Boden fallen. Mit einem lauten Knall schlug es auf. Das Mädchen zuckte zusammen, ihre Augen weiteten sich. Einen Herzschlag lang sah sie Julia an, dann flitzte sie in die Ecke und kauerte sich dort wieder zusammen.

»Du kannst also hören. Gut zu wissen. Jetzt muss ich nur noch herausfinden, ob du mich verstehst. Hörst du Worte oder Laute, kleines Mädchen?« Behutsam näherte sie sich dem Kind. Dabei wartete sie die ganze Zeit auf ein Flackern in den Augen, an dem sie sehen konnte, dass das Kind ihre Annäherung zur Kenntnis nahm. Nichts dergleichen geschah, aber als Julia noch ungefähr zweieinhalb Meter entfernt war, blähten sich die Nasenflügel der Kleinen, und ein leises Wimmern kam aus ihrem Mund. Die Anspannung ihrer ineinander verschränkten Finger ließ die gebräunte Haut fast weiß erscheinen.

Sofort blieb Julia stehen. »Das ist nahe genug, ja? Ich mache dir Angst. Eigentlich ist das gut. Du reagierst ganz normal auf die fremde Umgebung.« Langsam bückte sie sich, hob das Plüschtier auf und warf es dem Mädchen zu. Es landete direkt neben ihr. »Manchmal fühlt man sich besser, wenn man ein weiches Kuscheltier im Arm hat. Als ich ein kleines Mädchen war, hatte ich einen rosaroten Teddy namens Tink. Den hab ich überallhin mitgenommen.« Damit ging sie zurück zum Tisch, stellte die Kiste auf den Boden und setzte sich wieder.

Kurz darauf klopfte es an der Tür. Sofort verkroch sich das Mädchen noch weiter in die Ecke und kauerte sich zusammen, so klein wie möglich.

»Das ist bloß dein Essen. Ich weiß, es ist ein bisschen früh, aber du hast bestimmt Hunger. Ich gehe nicht raus, während du isst, nur dass du das weißt.« Sie machte die Tür auf, dankte der Schwester, nahm ihr das Tablett ab und kam zurück zum Tisch.

Mit einem Klicken fiel die Tür ins Schloss. Julia und das Kind waren wieder allein.

Während Julia das Essen auspackte, hielt sie die Konversation ununterbrochen aufrecht. Nichts allzu Persönliches oder Spannendes, einfach nur Worte, jedes davon eine Einladung, die ungeöffnet zurückkam. Schließlich schob sie die Schachtel beiseite. Auf dem Tisch stand jetzt eine Auswahl kinderfreundlicher Speisen. Makkaroni mit Käse – aus der Packung, wie viele Kinder es am liebsten mögen; Donuts mit Zuckerglasur, Brownies, panierte Hühnchenbrustfilets mit Ketchup, Milch, Wackelpudding mit Fruchtstückchen, Käsepizza und ein Hotdog mit Pommes. Verführerische Düfte erfüllten den kleinen Raum. »Ich wusste nicht, was du gerne magst, deshalb habe ich so ziemlich alles holen lassen.«

Julia klaubte ein klebriges Donut von dem roten Plastikteller. »Ich kann mich nicht erinnern, wann ich zum letzten Mal ein glasiertes Donut gegessen habe. Die Dinger sind nicht gesund, aber Junge, Junge, sie schmecken einfach köstlich.« Sie biss kräftig hinein, und der Geschmack explodierte in ihrem Mund. Sie ließ ihn sich auf der Zunge zergehen und sah das Mädchen direkt an. »Tut mir leid. Hast du Hunger? Vielleicht möchtest du auch was.«

Bei dem Wort »Hunger« zuckte das Mädchen zusammen. Einen winzigen Moment huschte ihr Blick durchs Zimmer und kam auf dem Tisch mit dem Essen zur Ruhe.

»Hast du das verstanden?«, fragte Julia und beugte sich kaum merklich vor. »Weißt du, was Hunger bedeutet?«

Für den Bruchteil einer Sekunde sah das Mädchen sie an.

Kürzer als einen Atemzug, aber Julia spürte die Wirkung bis in die Zehenspitzen.

Sie hatte verstanden.

Darauf hätte Julia ihre sämtlichen akademischen Auszeichnungen verwettet.

Langsam griff Julia nach einem zweiten Donut, legte ihn auf einen roten Plastikteller und stand auf. Den Teller in der Hand näherte sie sich dem Mädchen ein Stück weiter als vorhin – diesmal lagen knapp zwei Meter zwischen ihnen. Wieder schniefte und wimmerte die Kleine und versuchte zurückzuweichen, aber die Wand setzte ihren Bemühungen eine unüberwindbare Grenze.

Julia stellte den Teller vor sich hin und gab ihm einen kleinen Schubs, sodass er ein Stück über den Boden schlidderte. Nahe genug bei der Kleinen, dass sie die vanillige Süße riechen konnte, und zugleich weit genug entfernt, dass sie sich in Bewegung setzen musste, um sich den Teller zu angeln.

Unterdessen kehrte Julia zu ihrem Stuhl zurück. »Hol ihn dir«, sagte sie. »Du hast Hunger. Hier ist was zu essen.«

Diesmal blickte das Mädchen sie ganz direkt an. Julia spürte die verzweifelte Intensität der blaugrünen Augen. Sie schrieb *Essen* in ihr Notizbuch.

»Du brauchst keine Angst zu haben«, versprach sie.

Das Mädchen blinzelte. War das etwa eine Reaktion auf das Wort *Angst*? Sie schrieb es auf.

Minuten verstrichen. Sie starrten sich an. Schließlich sah Julia kurz zum Fenster neben der Tür hinüber. Dort stand der unverschämt attraktive Arzt und beobachtete sie.

Doch kaum hatte Julia den Blick abgewandt, rannte das Mädchen zum Teller, schnappte ihn sich und sauste damit zurück in ihre Ecke, wie ein wildes Tier, das sich in seinen Bau zurückzieht, um zu fressen.

Und wie sie aß …

Sie steckte fast den ganzen Donut in den Mund und begann laut zu schmatzen.

Julia konnte sehen, wann sie den Geschmack bemerkte, denn ihre Augen wurden plötzlich ganz groß.

»Es gibt doch nichts Besseres als einen guten Donut. Allerdings hättest du mal die Brownies von meiner Mom probieren müssen. Die waren einfach köstlich.« Noch immer stolperte Julia über die Vergangenheitsform. Seltsamerweise hätte sie schwören können, dass das Kind es auch bemerkte, obwohl sie es nicht hätte erklären können. »Jetzt solltest du aber auch ein bisschen Protein zu dir nehmen, Kleines. Zu viel Zucker ist ungesund.« Damit nahm sie einen Hotdog, gab Ketchup und Senf dazu und stellte ihn ein Stück vom Tisch entfernt auf den Boden.

Das Mädchen schaute auf den leeren Teller, wo der Donut gewesen war. Ganz offensichtlich erkannte sie den Unterschied, und wie es aussah, schätzte sie nun die zusätzliche Entfernung und das zusätzliche Risiko ab.

»Du kannst mir vertrauen«, sagte Julia sanft.

Keine Reaktion.

»Du brauchst keine Angst zu haben.«

Langsam hob das Mädchen das Kinn. Die blaugrünen Augen fixierten Julia.

»Du verstehst mich, stimmt's? Vielleicht nicht alles, was ich sage, aber genug. Ist Englisch deine Muttersprache? Bist du hier aus der Gegend?«

Das Mädchen warf einen Blick auf den Hotdog.

»Neah Bay. Joyce. Sequim. Forks. Sappho. Pysht. La Push. Mystic.« Julia beobachtete das Mädchen genau, doch keiner der Ortsnamen rief eine Reaktion hervor. »Viele Familien gehen im Wald wandern, vor allem am Fall River entlang.«

Hatte das Mädchen geblinzelt? Sie sagte es noch einmal: »Fall River.«

Nichts.

»Wald. Bäume. Dunkelheit.«

Das Mädchen blickte ruckartig auf.

Julia erhob sich und ging langsam auf sie zu. Als sie fast so dicht vor der Kleinen stand, um sie berühren zu können, ging sie vor ihr in die Hocke, um auf gleicher Augenhöhe zu sein. Dann fasste sie mit einer Hand hinter sich und tastete nach dem Teller mit dem Hotdog. Als sie ihn fand, zog sie ihn an seinem Plastikrand zu sich und hielt ihn dem Mädchen hin. »Bist du im Wald verloren gegangen, Schätzchen? Das kann einem fürchterlich Angst machen. Die Dunkelheit, die Geräusche. Bist du von deiner Mommy und deinem Daddy getrennt worden? Falls es so ist, kann ich dir helfen. Ich kann dir helfen, dorthin zurückzukommen, wo du hingehörst.«

Die Nasenflügel des Mädchens bebten, aber Julia konnte nicht wissen, ob ihre Worte oder der Hotdog schuld daran waren. Einen Moment lang – vielleicht bei dem Wort *zurück* oder bei *helfen* – hatte sie Angst in den Augen aufblitzen sehen.

»Du hast Angst, mir zu vertrauen. Möglicherweise haben deine Eltern dir eingeschärft, dass du nicht mit Fremden reden sollst. Im Normalfall ist das auch ein wirklich guter Rat, aber jetzt steckst du in Schwierigkeiten, Schätzchen. Ich kann dir nämlich nur helfen, wenn du mit mir sprichst. Wie soll ich dich sonst wieder nach Hause bringen? Du kannst mir vertrauen. Du brauchst keine Angst zu haben. Keine Angst«, wiederholte sie.

Langsam begann sich das Mädchen zu bewegen. Nicht einen Moment senkte sie den Blick. Sie starrte Julia direkt ins Gesicht, während sie sich unbeholfen kriechend vorwärtsschlich.

»Keine Angst«, sagte Julia wieder.

Die Kleine atmete schwer und schnell, die Nasenflügel blähten sich. Schweißperlen schimmerten auf ihrer Stirn. Da sie die Windel nicht hatten wechseln können, roch sie streng nach Urin. Das Krankenhaushemd hing schlaff an ihrem winzigen Körper herunter, Fuß- und Fingernägel waren immer noch schmutzig. Sie griff nach dem Hotdog.

Zögernd hielt sie ihn sich unter die Nase, schnüffelte daran und runzelte die Stirn.

»Das ist ein Hotdog«, erklärte Julia. »Wahrscheinlich haben deine Eltern so was auch auf euren Ausflug mitgenommen. Erinnerst du dich vielleicht, wo ihr wart? Weißt du noch den Namen der Stadt? Mystic? Forks? Was hat dein Daddy gesagt, wo ihr hinwollt? Vielleicht kann ich ihn herholen.«

Auf einmal griff das Mädchen an. Es geschah so schnell, dass Julia nicht reagieren konnte. Sie saß da und redete leise, und im nächsten Moment spürte sie, wie sie nach hinten kippte und mit dem Kopf auf dem Boden aufschlug. Das Mädchen stürzte sich auf sie, kratzte nach ihrem Gesicht und kreischte unverständliches Zeug.

In Sekundenschnelle war Max zur Stelle und zerrte das Kind von Julia herunter.

Benommen versuchte sie sich aufzusetzen. Erst nahm sie alles nur verschwommen wahr, aber als die Welt langsam wieder scharf wurde, sah sie, dass Max dem Mädchen eine Beruhigungsspritze verpasste.

»Nein!«, schrie Julia und wollte schon aufspringen. Erneut wurde ihr schwindlig, und sie geriet ins Stolpern.

Sofort war Max an ihrer Seite und stützte sie. »Ich hab Sie, keine Sorge.«

Julia riss sich los und fiel auf die Knie. »Das *glaub* ich ja wohl nicht, dass Sie der Kleinen eine Spritze verabreichen! Verdammt. Jetzt wird sie mir nie vertrauen!«

»Das Kind hätte Sie verletzen können«, erwiderte er mit irritierender Nüchternheit.

»Sie wiegt doch bestimmt nicht mehr als fünfundvierzig Pfund.«

Ihre Wangen und ihr Hinterkopf schmerzten. Sie konnte kaum glauben, wie schnell alles gegangen war. Zittrig atmete sie aus und sah sich um. Das Mädchen lag schlafend auf der Matratze, selbst jetzt eng zusammengerollt, als könnte ihr die ganze Welt jederzeit etwas antun. *Verdammt.* »Wie lange wird sie schlafen?«

»Bloß ein paar Stunden. Ich glaube, sie hat nach einer Waffe gesucht, als ich reinkam. Wenn sie eine gefunden hätte, wären Sie vielleicht nicht so glimpflich davongekommen.«

Julia verdrehte die Augen. Bestimmt gehörte dieser Max zu den Leuten, die in ihrem Leben noch nie mit Gewalt konfrontiert worden waren. »Ich bin weiß Gott nicht zum ersten Mal von einem Patienten angegriffen worden. Und wahrscheinlich auch nicht zum letzten Mal. Das gehört zur Stellenbeschreibung. Bitte sedieren Sie das Mädchen das nächste Mal nicht, ohne mich vorher zu fragen. Okay?«

»Sicher.«

Sie runzelte die Stirn. Die Bewegung schmerzte. »Die Frage ist: Was habe ich gesagt?«

»Wie meinen Sie das?«

»Sie haben das Mädchen doch auch gesehen. Es ging ihr gut. Ich dachte sogar, dass sie vielleicht ein bisschen was von dem versteht, was ich ihr erzähle. Und dann – peng! Anscheinend habe ich irgendwas Falsches gesagt. Heute Abend höre ich mir die Aufnahme an, womöglich gibt die mir einen Hinweis.« Sie warf einen Blick auf das Mädchen. »Armes Ding.«

»Wir sollten Sie ein bisschen saubermachen. Die Kratzer auf Ihrer Wange sind ziemlich tief, und Gott weiß, was für Bakterien sich unter den Fingernägeln Ihrer kleinen Patientin tummeln.«

Da konnte Julia kaum widersprechen.

Als sie den Korridor hinuntergingen, merkte sie erst richtig, wie sehr ihr Kopf schmerzte. So sehr, dass ihr immer noch schwindlig und ein bisschen schlecht war. »Ich habe noch nie einen Menschen gesehen, der sich so schnell bewegen kann. Fast wie eine Katze.«

»Daisy Grimm schwört ja auch, dass sie auf den Ahornbaum im Stealth Park geflogen ist.«

»Trägt Daisy immer noch Freds Asche mit sich herum?«

»Ja.«

»Fred ist gestorben, als ich in der siebten Klasse war. Muss ich noch mehr zu diesem Thema sagen?«

Max führte sie in einen freien Untersuchungsraum. »Setzen.«

»Sind Sie im Nebenberuf auch noch Lehrer?«

Er grinste. »Bitte setzen Sie sich. Ich muss mir Ihre Verletzungen ansehen.«

Julia war zu schwach, um Einwände vorzubringen, also nahm sie auf dem Rand des Tischs Platz. Unter ihrem Hinterteil raschelte Papier. Außer ihrem Atem war sonst nichts zu hören.

Seine Berührung war erstaunlich sanft. Sie hatte ihn sich ungeschickter, ein bisschen unsicher vorgestellt. Immerhin war das hier eigentlich Schwesternarbeit.

Sie zuckte zusammen, als er das Antiseptikum auftrug. »Entschuldigung.«

»Sie können nichts dafür.« Er war zu nah. Sie schloss die Augen.

Aber da spürte sie seinen Atem auf ihrer Wange, ein Luftzug, der nach Kaugummi roch.

Schnell machte sie die Augen wieder auf. Er sah sie an und blies dabei sanft weiter auf ihre Kratzer. Ihr Herz setzte einen Schlag aus. »Danke«, sagte sie und zuckte zurück, versuchte allerdings ein Lächeln. *Ach, um Himmels willen, Julia.* In der Gegenwart attraktiver Männer hatte sie sich schon immer unwohl gefühlt. »Tut mir leid.« Er sah überhaupt nicht danach aus. »Ich wollte nur helfen.«

»Danke. Mir geht's gut.«

Er schraubte Tuben und Fläschchen wieder zu und verstaute alles im Arzneischrank. Als er sich ihr erneut zuwandte, hielt er wenigstens ein bisschen mehr Distanz. »Sie sollten den Rest des Tages freinehmen. Ellie soll auf Sie aufpassen. Gehirnerschütterungen ...«

»Ich kenne die Risiken, Max, und auch die Symptome, ich habe bestimmt keine Gehirnerschütterung. Aber ich werde trotzdem vorsichtig sein.«

»Es würde nicht schaden, wenn Sie sich eine Weile hinlegen.«

Sie sah, wie er lächelte, als er *hinlegen* sagte, und das überraschte sie auch nicht. Ganz ohne Zweifel gehörte er zu den Männern, die in jedem Gespräch irgendwelche sexuellen Anspielungen hörten. »Das kleine Mädchen verlässt sich auf mich, Max. Ich muss zur Polizeistation und dann in die Bibliothek, aber ich werde es gemütlich angehen lassen.«

»Wie komme ich nur auf die Idee, dass Sie gar nicht wissen, wie man das macht?«

Sie verzog das Gesicht. Was er gerade gesagt hatte, überraschte sie jetzt doch, denn sie hatte ihn nicht zu der Kategorie Männer gerechnet, die eine Frau wirklich verstanden. Zu denen, die Frauen liebten, ja. Zu denen, die sie ausnutzten, zweifellos. Aber zu denen, die sie verstanden – nein. Philip beispielsweise hatte so gut wie keine Intuition besessen. »Bin ich so leicht zu durchschauen?«

»Durchsichtig wie Glas. Wie kommen Sie denn zur Polizeiwache?«

»Ich rufe Ellie an. Sie kann …«

»Wie wäre es, wenn ich Sie mitnehme?«

Julia rutschte behutsam vom Untersuchungstisch. Inzwischen fühlte sie sich schon wieder etwas stabiler. Gerade wollte sie antworten: »Das ist nicht nötig«, als ihr Blick in den Spiegel fiel.

»Ohh.« Sie ging näher heran. Vier hässliche, nässende Klauenspuren zogen sich über ihre linke Wange. Die Haut begann bereits anzuschwellen, und es sah ganz so aus, als würde sie morgen mit einem blauen Auge aufwachen. »Die Kleine hat mich ja ordentlich erwischt.«

Er drückte ihr eine Tube mit antibiotischer Salbe in die Hand. »Halten Sie die Wunde …«

»Ich weiß. Danke.« Sie steckte die Salbe in die Tasche.

»Kommen Sie. Ich bringe Sie zum Revier.«

Zu guter Letzt gab sie ihren Widerstand auf, folgte ihm aus der Tür und verließ Seite an Seite mit ihm das Krankenhaus.

Ein wenig auf Abstand, versteht sich.

SECHSTES KAPITEL

*B*ist du sicher, dass man das so macht?«, fragte Peanut
wenigstens zum zehnten Mal innerhalb von zehn Minuten.

»Sehe ich aus, als wäre ich Fachmann für so was?«, antwortete Ellie gereizt. Immer wenn sie nervös war, wurde
sie schnippisch, und heute musste sie ihre erste Pressekonferenz geben. Wenn sie nicht alles richtig machte, stand sie da
wie ein Idiot. Und wenn Ellie eins hasste, dann war es, sich
dumm vorzukommen. Deshalb war sie auch vom College
abgegangen; es war besser zu gehen, als zu versagen.

»Ellie? Drehst du gleich durch?«

»Nein, nein, alles in Ordnung.«

Sie hatten die Polizeistation in einen provisorischen Kon-
ferenzraum verwandelt und die Schreibtische ganz an die
Wand geschoben.

In der Mitte hatten sie zwei Reihen mit jeweils fünf Stühlen aufgebaut, davor ein Podium – aus der Rumpelkammer
des Rotarier-Clubs.

Cal saß an seinem Schreibtisch und machte Telefondienst.
Peanut stand im Korridor und begutachtete das Arrange-

ment. Aus irgendeinem seltsamen Grund war sie überzeugt, dass sie mit der Situation umgehen konnte.

Von wegen. Ellie hatte wenigstens ein bisschen Medienerfahrung. Als sie gerade erst bei der Polizei anfing, hatte ihr Onkel Joe einmal eine Pressekonferenz abgehalten. Ihr Exmann Alvin hatte nämlich behauptet, Bigfoot gesichtet zu haben. Ein paar Lokalzeitungen und ein Sensationsblättchen hatten Reporter geschickt, und natürlich war auch Alvin aufgetaucht – blau wie ein Veilchen.

Zum hundertsten Mal kontrollierte Ellie die Stühle. Auf jedem Metallsitz lag ein Flugblatt, beschwert mit einem kleinen Stein. Gerade las sie ihre Erklärung noch einmal durch, als Earl hereinkam. Er trug volle Galauniform, die verbliebenen Haare waren wie an den Kopf gelackt. Irgendwie kam er ihr größer vor als sonst.

Vermutlich hatte er Einlagen in den Schuhen.

Sie musste grinsen. Nicht, dass sie sich über ihn lustig machen konnte, denn sie hatte selbst eine dicke Schicht Makeup aufgetragen. Schließlich war sie zum ersten Mal im Fernsehen, da wollte sie hübsch sein. »Hallo, Earl. Bereit für den Rummel?«

Er nickte, und sein Adamsapfel hüpfte auf und ab. »Myra hat meine Uniform gebügelt. Sie meint, im Fernsehen muss ein Mann messerscharfe Bügelfalten vorweisen können.«

»Sie haben echt eine tolle Frau geheiratet, Earl.«

»Ja, das stimmt.«

Ellie wandte sich wieder ihrer Lektüre zu, konzentrierte sich auf jedes Wort und versuchte sich ihren Text einzuprägen. Als die Reporter hereinströmten und Platz nahmen, blickte sie kaum auf. Bis sechs waren alle Stühle besetzt. Fotografen und Kameraleute hatten hinter den Sitzreihen Stellung bezogen.

»Es ist Zeit«, sagte Peanut und trat neben sie. »Und du hast Lippenstift an den Zähnen.«

Perfekt. Ellie wischte sich die Zähne ab, beugte sich vor und klopfte ans Mikrofon. Es gab eine Rückkopplung, so dass ein kreischendes Geräusch von den Wänden widerhallte. Mehrere Anwesende hielten sich erschreckt die Ohren zu. »Tut mir leid.« Ellie lehnte sich zurück. »Danke, dass Sie gekommen sind. Wie die meisten von Ihnen wissen, brauchen wir Ihre Hilfe. In Rain Valley ist ein kleines Mädchen aufgetaucht. Wir haben keine Ahnung, wer sie ist oder woher sie kommt. Nach unserer Schätzung ist sie zwischen fünf und sieben Jahre alt. Auf Ihren Plätzen finden sie eine Skizze von der Kleinen. Sie hat schwarze Haare und blaugrüne Augen. Gebissdaten liegen noch nicht vor, aber sie scheint weder Füllungen zu haben noch sonst wie behandelt worden zu sein. Natürlich hat sie eine Reihe von Milchzähnen verloren – was mit unserer Altersschätzung übereinstimmt. Wir haben bereits mit allen verfügbaren staatlichen und örtlichen Behörden und auch mit dem Zentrum für vermisste Kinder Kontakt aufgenommen, konnten sie bisher aber noch nicht identifizieren. Wir hoffen, dass Sie alle auf der Titelseite über sie berichten und die Information in Umlauf bringen. Irgendjemand muss schließlich wissen, wer sie ist.«

»Eine Zeichnung? Was zum Teufel soll das denn?«, fragte jemand laut.

»Wir haben leider bis dato kein Foto, die Zeichnung ist das Einzige«, antwortete Ellie.

Mort von der *Rain Valley Gazette* stand auf. »Wie kommt es, dass sie euch nicht einfach ihren Namen sagt?«

»Sie hat noch nicht mit uns gesprochen«, erwiderte Ellie.

»Kann sie denn überhaupt sprechen?«

»Darauf können wir bislang keine verbindliche Antwort geben. Allerdings haben uns einige Anzeichen zu der Überzeugung gebracht, dass keine körperliche Einschränkung vorliegt.«

Ein Mann mit einer Baseballmütze der *Seattle Times* erhob sich. »Dann schweigt sie also absichtlich?«

»Das wissen wir ebenfalls noch nicht.«

»Ist sie verwundet oder krank?«

»Oder verrückt?«

Ellie war noch dabei, ihre Antwort zu formulieren, als Earl ans Mikrofon trat und sagte: »Wir haben eine bekannte Psycho...«

»Unsere besten Ärzte kümmern sich um sie«, fiel ihm Ellie ins Wort und trat ihn heftig vors Schienbein. »Das ist alles, war wir zurzeit haben. Hoffentlich meldet sich jemand, der uns ein paar unserer Fragen beantworten kann.«

»Ich hab gehört, sie hatte einen Wolfswelpen dabei.« Die Frage kam von einer Frau ziemlich weit hinten.

»Und dass sie von einem zwölf Meter hohen Ast gesprungen ist«, fügte eine weitere Stimme hinzu.

Ellie seufzte. »Wir sollten uns nicht von Kleinstadtratsch verrückt machen lassen. Hier geht es um die Identifizierung eines Kindes.«

»Sie haben ja nicht gerade viel, womit wir arbeiten können«, wandte jemand ein.

Ellie hatte gesagt, was sie zu sagen hatte, doch die Fragen hörten einfach nicht auf. Die Frage, die dann alle vorherigen in den Schatten stellte, kam schließlich von Mort: »Seid ihr sicher, dass sie ein Mensch ist?«

Von da ging es nur noch weiter bergab.

~

»Sie haben Glück, dass es heute früh geregnet hat, als ich das Haus verlassen habe. Sonst wäre ich nämlich mit dem Motorrad unterwegs«, sagte Max und öffnete die Beifahrertür seines Pickup für Julia.

»Lassen Sie mich raten«, sagte sie, während er sich ans Steuer setzte und den Motor anließ. »Harley-Davidson.«

»Woher wissen Sie das?«

»Das Ohrloch. Ich bin Psychotherapeutin, erinnern Sie sich? Uns entgeht nicht das kleinste Detail.«

Er fuhr aus dem Parkplatz. »Oh. Mögen Sie Motorräder?«

»Die, mit denen man richtig schnell fahren kann? Nein.«

»Zu schnell, zu frei, oder was?«

Sie starrte aus dem Fenster auf die vorbeiflitzenden Bäume und wünschte sich, er würde langsamer fahren. »Zu viele Organspender.«

Eine Weile fuhren sie schweigend weiter. Schließlich fragte Max: »Haben Sie sich eigentlich schon zu dem einen oder anderen Punkt eine Meinung gebildet?«

Genau diese Art von Fragen stellten Mediziner einem Psychologen am liebsten. Sie hatten schlicht keine Ahnung, wie viel Zeit man für eine akkurate psychologische Diagnose brauchte; dennoch war Julia dankbar für die Rückkehr auf die berufliche Ebene. »Ich kann Ihnen sagen, was ich *nicht* glaube. Das ist immer ein guter Anfang. Also, ich glaube nicht, dass sie taub ist, jedenfalls nicht völlig. Ich glaube auch nicht, dass sie geistig behindert ist, aber das ist nur so ein Gefühl. Was den Autismus angeht, so ist er momentan eindeutig die beste Hypothese, doch wenn das Mädchen wirklich autistisch ist, dann ist sie zumindest hoch funktional.«

»Das klingt, als würden Sie auch an diese Diagnose nicht recht glauben.«

»Ich brauche viel mehr Zeit für Untersuchungen. Als sie

mich angesehen hat …« Sie ließ den Satz unvollendet, denn sie wollte nicht weiter spekulieren, dafür waren ihre Informationen einfach noch zu spärlich. Diese Vorsicht war eine weitere indirekte Folge ihrer jüngsten Probleme. Zum ersten Mal in ihrem Leben hatte sie Angst, sich zu irren.

»Was?«

»Sie hat mich angesehen. Das ist der Punkt. Nicht ein Stückchen daneben oder durch mich hindurch, sondern ganz direkt. Und ab und zu kam es mir vor, als würde sie ein Wort verstehen. Angst. Essen. Hunger. Ich könnte schwören, dass sie wusste, was das bedeutet.«

»Glauben Sie, dass ein Wort sie so in Rage gebracht hat?«

»Ich habe keine Ahnung. Ehrlich, ich erinnere mich gar nicht mehr, was ich gesagt habe.«

»Kann sie sprechen?«

»Bisher habe ich nur Laute gehört. Reinster Gefühlsausdruck. So viel kann ich Ihnen aber sagen: Selektiver Mutismus ist bei einem kindlichen Trauma eine sehr häufige Reaktion.«

»Und sie ist traumatisiert.«

»Das ist sie.«

Das Gewicht der Worte machte die Atmosphäre zwischen ihnen plötzlich bedrückend und traurig.

Dieser Gedanke war Julia schon den ganzen Tag durch den Kopf gegangen, er war der dunkle Schatten hinter all ihren Fragen.

»Davor habe ich auch Angst. Womöglich sind die körperlichen Narben des Mädchens gegenüber ihren emotionalen Verletzungen weiter nichts als Lappalien.«

»Dann hat das Mädchen Glück, dass Sie hier sind.«

»Na ja, eigentlich bin ich diejenige, die Glück hat.« Kaum waren die Worte über ihre Lippen, hätte Julia sie am liebsten zurückgenommen. Warum hatte sie so etwas Persönliches preisgegeben, und noch dazu vor einem Mann, den sie kaum kannte? Gott sei Dank ging er nicht darauf ein.

Er bog nach links in die Azalea Street ein, aber dort stand eine Straßensperre. »Seltsam. Wahrscheinlich wieder mal ein Wasserrohrbruch.« Er setzte zurück, fuhr einen Block die Cascade hinunter und parkte dort. »Ich begleite Sie.«

»Das ist wirklich nicht notwendig.«

»Mir macht es aber nichts.«

Da Julia die Sache nicht unnötig aufblasen wollte, nickte sie. Sie gingen die stille, von Bäumen gesäumte Straße zum Polizeirevier hinunter. »Schön hier«, meinte sie. »Das hatte ich ganz vergessen. Vor allem im Herbst.« Gerade wollte sie noch eine Bemerkung über die bunten Blätter machen, als sie um die Ecke bogen und den Grund für die Barrikade sahen.

Die Straße war von Dutzenden Übertragungswagen blockiert.

»Stopp!«, entfuhr es Julia. Sie merkte einen Moment zu spät, dass sie Max angeschrien hatte, und dann wirbelte sie auch noch so hastig herum, dass sie mit ihm zusammenstieß. Reaktionsschnell legten sich seine Arme um sie und hielten sie fest. Wenn ein Reporter sie heute sah, mit ihrem zerkratzten Gesicht, war das ein gefundenes Fressen. Vor allem wenn man herausfand, dass sie von ihrer eigenen Patientin so zugerichtet worden war.

»Wir sind doch gleich da. Der Eingang ...«

»Ich weiß, wo der verdammte Eingang ist. Aber ich muss hier weg, und zwar sofort.«

Endlich fiel bei ihm der Groschen. Als er sie ansah, war sie für ihn *diese Psychologin*.

»Lassen Sie mich los«, sagte sie und befreite sich aus seinen Armen.

Er deutete auf die andere Straßenseite. »Das ist die evangelische Kirche. Gehen Sie da rein, ich schicke Ellie zu Ihnen.«

»Danke.« Sie war gerade ein paar Schritte weit gekommen, als er ihren Namen rief.

Sie drehte sich um. »Was ist?«

Er machte Anstalten, auf sie zuzugehen, sagte aber nichts. Genervt verdrehte sie die Augen. »Sagen Sie schon, was Sie sagen wollen, Max. Jeder hat eine Meinung zu der Geschichte. Das bin ich inzwischen gewohnt.«

»Möchten Sie, dass ich mitkomme?«

Einen Moment blieb Julia vor Überraschung die Luft weg. Auf einmal wurde ihr klar, wie lange sie schon allein war. »Nein …, aber danke für das Angebot.« Ohne ihn noch einmal anzusehen, ging sie weiter.

~

Max stieg die Betonstufen zum Revier empor. Als er hineinkam, wirbelten die Reporter zu ihm herum wie ein Schwarm Raubfische. Sobald sie zu der Überzeugung gelangt waren, dass er keine lohnenswerte Beute war, wandten sie sich wieder ab.

So blieb er an der Tür stehen, wartete, dass die Pressekonferenz zu Ende ging, und dachte an Julia.

In dem Moment, als sie die ganzen Übertragungswagen gesehen hatte, war eine wilde Mischung von Gefühlen in ihren grünen Augen aufgeblitzt – Angst, Hoffnung, Verzweiflung. Aber diese Verletzlichkeit war nur einen Herzschlag lang sichtbar gewesen, vielleicht sogar weniger. Trotzdem hatte er sie bemerkt und verstanden. Sich daran erinnert, wie es war, wenn die Medien ihre Halogenscheinwerfer auf einen richteten. Dann konnte man sich nirgendwo mehr verstecken.

Schließlich bahnte er sich einen Weg durch die schwindende Menge.

Ellie stand zwischen Earl und Peanut am Podium.

Rasch zog er sie beiseite und flüsterte:»Deine Schwester wartet drüben in der evangelischen Kirche auf dich.«

Ellie zuckte zusammen.»War sie hier?«

»Ja.«

Auf einmal wurde Max wütend.»Ein kleiner Hinweis. Wenn du das nächste Mal die Presse versammelst, könntest du sie warnen.«

»Ich hab nicht gedacht …«

»Ich weiß, dass du nicht gedacht hast.«

»Was hast *du* denn für ein Problem?«

Was sollte er darauf antworten?»Sei einfach das nächste Mal ein bisschen vorsichtiger.«

Ehe sie noch etwas sagen konnte, wandte er sich ab und ging.

Draußen blieb er auf den Stufen stehen. Überall um ihn herum unterhielten sich die Reporter beim Einpacken der Ausrüstung. Über ihren Köpfen flatterte die amerikanische Flagge.

Auf der anderen Straßenseite kuschelte sich die weiße Steinkirche in den Schatten einer riesigen Tanne. Wenn er ganz genau hinschaute, konnte er die Silhouette einer Frau im Fenster erkennen.

Julia.

Früher wäre er hinübergegangen und hätte ihr noch einmal seine Hilfe angeboten.

Jetzt stieg er stattdessen in seinen Pickup und machte sich auf den Heimweg.

Als er den Lakeshore Drive hinunterfuhr, neigte sich die Sonne langsam dem See entgegen. Max holte den üblichen Stapel Wurfsendungen und Rechnungen aus seinem zerbeulten Briefkasten und bog dann in seine Auffahrt ein, die weiter nichts als ein Stück mit Schlaglöchern übersäter Kiesweg im fast undurchdringlichen Wald war. Vor über hundert Jahren hatte sich sein Ururgroßvater auf diesem Land niedergelassen, besessen von der grandiosen Idee, hier eine Weltklasse-Pension für Fischer und Jäger einzurichten. Aber bereits ein Jahr in dieser feuchten, grünen Dunkelheit hatte den alten Mann von seinen Plänen abgebracht. Knapp einen Hektar von den fünfzig, die er besaß, hatte er gerodet, weiter war er nicht gekommen. Er war nach Montana gezogen, hatte dort sein Ferienhotel gegründet, und nach einiger Zeit hatte er dieses wilde Land tief in den Wäldern am Spirit Lake vergessen. Es wurde vom ältesten Sohn auf den jeweils nächsten vererbt, bis es schließlich zu Max gelangte. Die Familie hatte erwartet, dass er damit das Gleiche machte, was alle bisher gemacht hatten, nämlich gar nichts. In jeder Generation hatte man den Wert des Grundstücks geprüft und darüber gestaunt, wie wenig es brachte. Daher hatte man weiter die Steuern dafür bezahlt und es ansonsten ignoriert.

Hätte sich sein Leben erwartungsgemäß entwickelt, dann hätte auch Max zweifellos dasselbe getan.

Er stellte das Auto in der Garage ab, neben der Harley-Davidson »Fat Boy«, seinem Lieblingsspielzeug, und ging ins Haus.

Drinnen betätigte er erst einmal die Lichtschalter.

Die Leere hieß ihn willkommen.

In dem weitläufigen Raum gab es nur sehr wenig Möbel: Links stand ein großer Tisch aus Kiefernholz mit einem einzigen Stuhl am einen Ende. Ein wunderschöner gemauerter Kamin mit schmucklosem Sims nahm die ganze östliche Wand ein. Davor ein Ochsenblut-Ledersofa, ein etwas mitgenommener Couchtisch und ein hübsches Holzschränkchen.

Max warf seine Jacke auf die Couch und tastete unter den Kissen nach der Fernbedienung.

Das maßgefertigte Rosenholzschränkchen barg einen Flachbildfernseher. Max stellte ihn an. Was auf der Mattscheibe erschien, war ihm gleichgültig, Hauptsache, es war nicht mehr so still im Haus. Die Stille war ihm verhasst.

Er ging die Treppe hinauf, duschte kurz und zog sich um. Als er sich vor dem beschlagenen Spiegel rasierte, dachte er wieder an sie.

Das Ohrloch.

Langsam ließ er den Rasierer sinken und starrte auf den winzigen Punkt in seinem Ohrläppchen. Er war schon fast nicht mehr zu sehen, fast zugewachsen, denn er hatte seit über sieben Jahren keinen Ohrring mehr getragen.

Aber sie hatte es gesehen und damit auch einen Blick auf den Mann geworfen, der er früher einmal gewesen war.

~

»Du hast eine Pressekonferenz abgehalten, ohne mich vorher zu warnen?« Julia konnte ihren Ärger nicht unterdrücken. »Warum bindest du mir nicht gleich ein Glöckchen um den Hals und wirfst mich den Löwen zum Fraß vor?«

»Wie kann ich denn riechen, dass du vorbeikommst? Du warst letzte Nacht nicht mal zu Hause, da kann ich meine

Planung schlecht mit dir absprechen. Wofür hältst du mich? Eine Hellseherin?«

Julia lehnte sich im Autositz zurück und verschränkte die Arme. In der plötzlichen Stille hörte man den Regen auf die Windschutzscheibe des Streifenwagens prasseln.

»Vielleicht wäre es ja gut, wenn die Medien wissen, dass du hier bist. Ich erzähle denen, dass wir überzeugt sind ...«

»Du meinst, es wäre gut, wenn ich mein Gesicht in die Kamera halte? In diesem Zustand? Meine Patientin – ein Kind wohlgemerkt – hat mich angegriffen. Das ist nicht gerade ein Gütesiegel für meine Arbeit.«

»Es war nicht deine Schuld.«

»*Ich* weiß das«, fauchte Julia. »Aber glaub mir, wenn ich dir sage, dass diese Leute es nicht glauben werden.«

Das Gleiche hatte sie sich in der letzten halben Stunde schon hundertmal selbst gesagt. Als sie die Reporter gesehen hatte, war sie einen Augenblick lang versucht gewesen, sich als die Psychologin zu erkennen zu geben, die den Fall betreute. Doch es war noch zu früh. Sie vertrauten ihr nicht mehr. Sie musste dafür sorgen, dass sie einen Erfolg verbuchen konnte, sonst würde man sie in der Luft zerreißen. Zum zweiten Mal.

Sie musste das Mädchen zum Sprechen bringen. Und zwar möglichst schnell.

Es sah ganz danach aus, als würde sich die Geschichte mindestens ein paar Tage in den Medien halten, mit Schlagzeilen und Spekulationen über die Identität des Mädchens. Wahrscheinlich würde man annehmen, dass sie entweder wegen eines Hirnschadens nicht normal sprechen *konnte* oder dass sie ein traumatisches Erlebnis hinter sich hatte und aus Angst nicht sprechen *wollte*. Nichts vermochte das öffentliche Interesse so nachhaltig zu fesseln wie ein Geheimnis, ein Rätsel, und das würden die Medien natürlich ausschlachten. Früher oder später, das wusste Julia, würde auch sie in die Geschichte mit hineingezogen werden.

Ellie parkte vor der Bücherei. Dicht neben dem Gebäude, in dem früher einmal ausgestopfte Tiere verkauft worden waren, stand ein Grüppchen hoher Douglasfichten. Da die Dunkelheit nahte, konnte man den Kiesweg zur Tür kaum mehr erkennen. »Ich hab alle nach Hause geschickt«, sagte Ellie, während sie den Schlüssel aus ihrer Brusttasche fischte. »Wie du es wolltest. Und Jules ..., es tut mir leid.«

»Danke.« Julia hörte selbst das Zittern in ihrer Stimme. Es offenbarte mehr, als ihr recht war. Und Ellie bemerkte es natürlich auch.

Wenn die Dinge zwischen ihnen anders gewesen wären, hätte Julia in diesem Moment gesagt: *Ich hab Angst davor, den Medien schon wieder gegenüberzutreten.* Stattdessen räusperte sie sich und erklärte: »Ich brauche ein ruhiges Plätzchen, wo ich ungestört mit der Kleinen arbeiten kann.«

»Sobald wir Pflegeeltern gefunden haben, können wir sie aus dem Krankenhaus holen. Wir suchen ...«

»Ich mach das. Ruf bei der Fürsorge an. Es dürfte kein Problem sein, für mich eine Genehmigung zu bekommen. Den Papierkram erledige ich dann heute Abend.«

»Bist du sicher?«

»Aber ja. Eine Stunde pro Woche reicht nicht aus, um ihr zu helfen, auch nicht eine Stunde am Tag. Sie ist für eine Weile ein Vollzeitjob. Am besten fängst du auch gleich mit dem Papierkrieg an.«

»Okay.«

In diesem Moment tauchten hinter ihnen Autoscheinwerfer auf und erleuchteten das Wageninnere. Kurz darauf klopfte jemand ans Fenster. Es klang wie eine Gewehrsalve.

Julia öffnete die Tür.

Es war Penelope, die ihnen fröhlich zuwinkte. Hinter ihr stand ein verbeulter alter Pickup. Als Julia ausstieg, war Peanut schon mitten im Satz:»… hat gesagt, du kannst die alte Bertha eine Weile geliehen haben. Sein Daddy hat sie als Heuwagen benutzt, als sie noch in Moses Lake gewohnt haben. Die Schlüssel stecken.«

»Danke, Penelope.«

»Nenn mich ruhig Peanut. Himmel, wir sind praktisch verwandt, wo Ellie doch schon so lange meine beste Freundin ist und überhaupt.«

Auf einmal fiel Julia wieder das Begräbnis ihrer Mutter ein. Penelope hatte sich um alles und jeden gekümmert, wie eine Löwenmutter um ihre Jungen. Als Ellie angefangen hatte zu weinen, war Penelope mit ihr aus dem Zimmer gegangen. Später hatte Julia die beiden auf dem Bett ihrer Eltern sitzen sehen, wo Penelope Ellie in den Armen gehalten hatte wie ein kleines Kind.

So eine Freundin hätte Julia im letzten Jahr auch gut gebrauchen können.»Danke, Peanut.«

Ellie stieg aus dem Streifenwagen und kam zu ihnen. Die Absätze ihrer Polizeipumps knirschten im Kies. Auf einmal teilten sich die Wolken und enthüllten einen blassen Mond.

»Steig ein, Pea. Ich bring Julia eben zur Tür.«

Peanut winkte zum Abschied noch mal geziert wie ein Schulmädchen, stieg in den Streifenwagen und knallte die Tür zu. Julia und Ellie gingen den Kiesweg entlang zum Eingang der Bibliothek. Als sie näher kamen, fiel das Mondlicht auf das Poster mit der Aufschrift LESEN MACHT SPASS, das im Fenster hing.

Ellie schloss auf und machte Licht. Dann sah sie Julia an.

»Kannst du dem Mädchen wirklich helfen?«

Julias Ärger verpuffte zusammen mit den Resten ihrer Angst. Jetzt waren sie wieder auf dem richtigen Weg und redeten über das, was wichtig war. »Ja. Gibt es bei der Identifizierung schon irgendwelche Fortschritte?«

»Nein. Wir haben Größe, Gewicht und Haarfarbe ins System eingespeist, um die Suche einzugrenzen. Und wir haben die Narben auf ihren Beinen und ihrer Schulter fotografiert und archiviert. Außerdem hat sie auch noch ein ziemlich ausgefallenes Muttermal hinten auf der linken Schulter. Das einzige Merkmal, von dem man mit Sicherheit sagen kann, dass sie es schon immer hatte. Das FBI hat mir geraten, es geheim zu halten – damit sich nicht die Verrückten auf sie stürzen. Max hat ihr Kleid ins Labor geschickt, um es nach Fasern untersuchen zu lassen, doch ich bin sicher, dass es handgemacht ist und uns keinen Hinweis auf den Hersteller geben wird. Vielleicht findet man DNA, aber die wird zunächst auch nicht viel bringen. Ihre Fingerabdrücke sind jedenfalls nicht identisch mit denen der registrierten vermissten Kinder. Natürlich ist das nicht ungewöhnlich. Kein Mensch lässt seinen Kindern routinemäßig die Fingerabdrücke abnehmen. Wir haben eine Blutprobe, wenn sich also jemand meldet, können wir jederzeit einen DNA-Test machen.« Ellie seufzte. »Mit anderen Worten, wir hoffen, dass die Mutter der Kleinen die morgige Zeitung liest und sich meldet. Oder dass du sie dazu bringst, uns ihren Namen zu verraten.«

»Aber was ist, wenn es ihre Mutter war, die sie gefesselt hat und sterben lassen wollte?«

Ellie sah sie mit festem Blick an. Ganz offensichtlich war ihr der gleiche Gedanke auch schon durch den Kopf gegangen. Sie wussten beide, dass die überwältigende Mehrzahl von Kindesentführungen auf das Konto von Familienangehörigen ging. »Dann solltest du lieber die Wahrheit aus ihr herausbekommen«, sagte sie leise. »Das ist die einzige Möglichkeit, wie wir ihr helfen können.«

»Es gibt doch nichts Besseres als ein bisschen Druck.«

»Auf uns beide, glaub mir. Bis vor ein paar Tagen bestand meine größte Herausforderung darin, den Leuten im Pour House am Freitagabend die Autoschlüssel abzunehmen.«

»Wahrscheinlich sollten wir eins nach dem anderen in Angriff nehmen. Zuerst mal brauche ich einen Raum, wo ich mit ihr arbeiten kann.«

»Ist schon in Arbeit.«

»Gut.« Julia lächelte. »Warte nicht auf mich. Es wird sicher spät werden.« Damit trat sie über die Schwelle auf den strapazierfähigen braunen Teppich.

Aber Ellie berührte ihre Schulter. »Jules?«

Julia wandte sich um. Das Gesicht ihrer Schwester lag halb im Schatten. »Ja?«

»Ich glaube, dass du es schaffst.«

Überrascht nahm Julia zur Kenntnis, wie viel ihr das bedeutete. Da sie jedoch stark bezweifelte, dass ihre Stimme normal klingen würde, sagte sie nicht danke, sondern nickte nur stumm, drehte sich dann auf dem Absatz um und ging in die hell erleuchtete Bibliothek. Allerdings hörte sie noch, wie Ellie tief aufseufzte und murmelte: »Ich glaub auch an dich, große Schwester. Ich weiß, du wirst die Familie des Mädchens finden.« Dann fiel die Tür krachend ins Schloss.

Julia zuckte innerlich zusammen. Es war ihr nie in den Sinn gekommen, ein derartiges Kompliment zu erwidern. Sie hatte ihre Schwester immer für unbesiegbar gehalten, und Ellie hatte Anerkennung nie so dringend gebraucht wie Julia. Ellie erwartete, von der Welt geliebt zu werden, und die Welt erfüllte ihr diesen Wunsch. Irgendwie war es beunruhigend, so viel Verletzlichkeit an ihrer Schwester zu entdecken, eine Zerbrechlichkeit, die ihr Äußeres, diese Mischung aus hartgesottener Karrierefrau und Schönheitskönigin, Lügen strafte. Da hatten sie doch tatsächlich etwas ganz Unerwartetes gemeinsam.

Julia ging um die in Gitterform platzierten Tische herum zur Reihe mit den Computern. Es waren fünf an der Zahl – vier mehr, als sie erwartet hatte –, jeder auf einem einzelnen Schreibtisch unter einer Pinwand aus Kork, die mit Buchhüllen und allerlei Flugblättern für lokale Veranstaltungen gespickt war.

Dann zog sie einen gelben Notizblock und einen schwarzen Stift aus ihrer Mappe und forschte in den Innentaschen nach ihrem Diktiergerät. Als sie es endlich gefunden hatte, legte sie neue Batterien ein, stellte es an und sagte:»Aktennummer eins, Patientenname unbekannt.«

Sie drückte auf die Stopptaste, setzte sich auf den harten Holzstuhl und rutschte näher an den Monitor. Surrend erwachte der Computer zum Leben, der Bildschirm leuchtete auf. Innerhalb von Sekunden surfte sie im Netz und machte sich Notizen. Während sie schrieb, sprach sie auf den Rekorder:

»Fall eins, Patientin: weibliches Kind, Alter unbekannt. Scheint zwischen fünf und sieben Jahre alt zu sein. Name unbekannt.

Das Kind zeigt eingeschränkte bis fehlende Sprachfähigkeit. Körperliche Diagnose: dehydriert und unterernährt. Umfassende Narbenbildung, möglicherweise von Fesseln, deutet auf ein ernstes Trauma in der Vergangenheit hin. Ausgeprägte Beeinträchtigung der Sozialisation, kaum fähig zu altersgemäßer Interaktion. Verharrt stundenlang völlig regungslos, unterbrochen von Perioden hoher Erregbarkeit und Irritation. Außerdem scheint das Mädchen große Angst vor glänzenden Metallobjekten zu haben.

Vorläufige Diagnose: Autismus.

Stirnrunzelnd schaltete sie das Diktiergerät wieder aus. Das fühlte sich alles nicht richtig an. Sie gab *Autismus, Symptome* bei Google ein und las die Liste der dort angegebenen typischen Verhaltensweisen durch. Nichts davon war ihr neu.

- verzögerte Sprachentwicklung
- gelegentlich keinerlei Spracherwerb
- keine Freude an Berührungen
- unfähig/nicht willens, Blickkontakt aufzunehmen
- Ignorieren der Umgebung
- scheinbare Taubheit durch das Ignorieren von Geräuschen/der ganzen Umwelt
- monoton sich wiederholende Körperbewegungen, z.B. Klatschen, Fußwippen
- heftige Wutausbrüche
- unverständliches Plappern
- gelegentlich Ausbildung besonderer Fähigkeiten, beispielsweise Musik oder Malerei
- Unfähigkeit, Beziehungen zu Gleichaltrigen aufzunehmen und zu entwickeln

Die Liste ging weiter. Nach den Kriterien des *Diagnostischen und statistischen Handbuchs psychischer Störungen* konnte ein Patient, der eine bestimmte Anzahl dieser Symptome aufwies, als autistisch diagnostiziert werden. Allerdings hatte Julia das Kind leider nicht ausführlich genug beobachten können, um die Fragen zu seinem Verhalten vollständig zu beantworten. Zum Beispiel: Ließ das Mädchen sich wirklich ungern berühren? Konnte es wechselseitige Emotionen ausdrücken? Darauf hatte Julia keine konkreten Antworten.

Aber ein Bauchgefühl.

Das Mädchen *konnte* sprechen, zumindest ein bisschen, es

konnte hören und verstand auch ein gewisses Maß an Worten. Sonderbarerweise war Julia fest überzeugt, dass die Reaktionen der Kleinen normal waren; was nicht normal war, war die Welt um sie herum.

Es war sinnlos, die verwandten Diagnosen durchzugehen – Asperger-Syndrom, Rett-Syndrom, Disintegrative Störungen der Kindheit oder PDD-NOS. Sie hatte einfach nicht genug Informationen. Stattdessen schrieb sie auf ihren Block: *Morgen – soziale Interaktion beobachten, Verhaltensmuster (falls vorhanden), motorische Fähigkeiten.*

Sie klickte die Mine zurück und klopfte mit dem Kugelschreiber auf den Tisch.

Irgendetwas hatte sie übersehen. Ohne zu wissen, was sie eigentlich suchte, ging sie zurück an den Computer.

Die nächsten zwei Stunden saß sie da und machte sich Notizen über alle kindlichen Verhaltens- und mentalen Störungen, die sie finden konnte. Doch nichts davon führte zu einem wirklichen Aha-Erlebnis. Es war schon fast elf, als sie *vermisste Kinder* bei Google eingab und zunächst zu einer Menge Seiten über Fernsehfilme und Entführungen gelangte. Das gehörte alles zum Arbeitsfeld ihrer Schwester. Dann fügte sie *Wald* als Suchwort hinzu, um zu sehen, wie viele Fälle es gab, die ähnlich gelagert waren und bei denen Kinder im Wald oder in einem Nationalpark verloren gegangen oder verlassen worden waren.

So stieß sie auf den Eintrag *Wilde Kinder*. Ein Ausdruck, dem sie seit ihrer Collegezeit nicht mehr begegnet war. Darunter ein Satzfragment ... *verlorene oder verlassene Kinder, die von Wölfen oder Bären aufgezogen wurden, scheinen vielleicht ...*

Sie bewegte den Cursor und klickte. Auf dem Bildschirm erschien ein Text.

Als Wolfskind oder Wilde Kinder bezeichnet man Kinder, oft Findelkinder, die in jungen Jahren eine Zeit lang isoliert von Menschen aufwuchsen und sich deshalb in ihrem erlernten Verhalten von normal aufgewachsenen Kindern unterscheiden. Es gibt zahlreiche Geschichten und Legenden über Kinder, die von Wölfen oder Bären adoptiert und aufgezogen wurden, aber die Wissenschaftler konnten bisher nur einige wenige reale Fälle studieren. Seit der Mitte des 14. Jahrhunderts sind mindestens 53 Wilde Kinder gefunden worden. Zu den bekannteren Wolfskindern gehören:

– Die drei ungarischen Bären-Jungen (17. Jahrhundert)
– Das Mädchen von Oranienburg (1717)
– Peter, der Wilde Junge von Hameln (1726)
– Victor von Aveyron (1797)
– Kaspar Hauser (1828)
– Kamala und Amala, die Wolfskinder von Midnapore in Indien (1920)
– Genie (Los Angeles 1970)

Der zweitjüngste Fall stammte aus den 1990ern: ein ukrainisches Mädchen namens Oxana Malaya, das angeblich bis zum Alter von acht Jahren mit Hunden zusammengelebt hatte. Sie lernte nie ein normales Sozialverhalten. Heute, mit dreiundzwanzig Jahren, lebte sie in einem Heim für geistig Behinderte. 2004 wurde ein siebenjähriger Junge, der angeblich ebenfalls bei wilden Hunden gelebt hatte, in den tiefen sibirischen Wäldern gefunden. Bis zum heutigen Tag hatte er noch nicht sprechen gelernt.

Julia runzelte die Stirn und druckte sich die Seiten aus.

Es war höchst unwahrscheinlich, dass es sich bei dem Mädchen um ein echtes Wolfskind handelte …

Andererseits ...
Der Wolfswelpe.
Ihr Essverhalten.
Aber wenn es so wäre ...
Dieses Kind war womöglich der am stärksten geschädigte Patient, den sie jemals behandelt hatte, und ohne intensive Hilfe ging es im System womöglich genauso unter und wurde vergessen, wie sie es im Wald gewesen war.

Julia beugte sich über den Drucker und holte die Blätter heraus. Obenauf lag die Seite, die sie zuletzt gedruckt hatte. Ein Mädchens starrte sie aus einem Schwarzweiß-foto an, verängstigt und gleichzeitig seltsam ungerührt. Die Bildunterschrift lautete: *Genie. Nach zwölf Jahren schrecklichen Missbrauchs und Isolation wurde sie zur Mediensensation. Das moderne Äquivalent eines Wolfskinds, aufgewachsen in einer Vorstadt in Kalifornien. Aus ihrem Albtraum gerettet, brachte man sie für kurze Zeit ans Licht, bis sie, wie schon alle übrigen Wolfskinder vor ihr, von Ärzten und Wissenschaftlern vergessen und ihrem finsteren Schicksal überlassen wurde − dem Leben in einem Heim für geistig Behinderte.*

Julia konnte sich nicht vorstellen, jemals ein traumatisiertes Kind für einen Karriereschub zu missbrauchen, aber sie wusste, dass früher oder später solche skrupellosen Menschen bei dem Mädchen auftauchen würden. Wenn die wahre Geschichte halb so schlimm war, wie sie es befürchtete, würde sie Schlagzeilen machen.

»Ich werde nicht zulassen, dass dir jemals wieder jemand wehtut«, schwor Julia dem kleinen Mädchen, das jetzt im Krankenhaus lag und schlief. »Das verspreche ich.«

SIEBTES KAPITEL

*G*egen acht an diesem Abend hörten die Telefone endlich auf zu klingeln. Es hatte Dutzende von Anrufen gegeben, manche hatten mit der Pressekonferenz zu tun, andere wollten die Fakten überprüfen, es kamen Faxe und Anfragen von Reportern, die vor Ort gewesen waren, aber auch von anderen, die nur irgendwie Wind von der Geschichte bekommen hatten. Und natürlich waren bis zur Abendessenszeit auch unablässig die Einheimischen eingetrudelt und hatten um Informationshäppchen über Rain Valleys ungewöhnlichsten Gast gebettelt.

»Die Ruhe vor dem Sturm«, meinte Peanut.

Ellie blickte von den Papieren auf, die sich auf ihrem Schreibtisch häuften, gerade rechtzeitig, um zu sehen, wie sich ihre Freundin eine Zigarette anzündete.

»Ich hab gefragt, und du hast gegrunzt«, sagte Peanut hastig, ehe Ellie ihre Einwände vorbringen könnte.

Aber Ellie hatte gar keine Lust, sich mit ihr zu streiten. »Was ist mit dem Sturm?«

»Es ist so ruhig, weil morgen die Hölle losbrechen wird. Ich sehe mir immer den Gerichtskanal an, ich weiß Bescheid. Heute waren ein paar regionale Sender und Lokalzeitungen vertreten. Aber sobald auch nur eine einzige Schlagzeile vom Fliegenden Wolfsmädchen erscheint, ändert sich das im Nu, und jeder Reporter im ganzen Land ist scharf auf die Geschichte.« Kopfschüttelnd stieß sie den Rauch aus und hustete.»Die arme Kleine. Wie können wir sie beschützen?«

»Genau daran arbeite ich ja.«

»Und was sollen wir tun, wenn jemand kommt und das Mädchen mitnehmen will? Wie können wir solchen Leuten vertrauen?«

Diese Frage trieb auch Ellie um.»Darüber grüble ich schon die ganze Zeit nach, Pea. Ich möchte sie keinesfalls denen aushändigen, die ihr das angetan haben, aber wir haben so verdammt wenig Beweise. Mit Bauchgefühl allein kommt man in unserem Rechtssystem leider nicht besonders weit. Offen gesagt hoffe ich, wir kriegen bald einen Entführungsbericht, auch wenn ich die Erste bin, die zugibt, dass das eine sehr traurige Hoffnung ist. Ich würde wohl einfach gern ein kleines Mädchen in den Schoß der Familie zurückbringen. Wenn es Kidnapping war, dann haben wir vielleicht bald Blutproben und einen Verdächtigen. Falls die Dinge aber komplizierter liegen …« Sie zuckte die Achseln.»Dann bin ich vermutlich doch auf die Hilfe von den großen Jungs angewiesen.«

»Wenn kein Verbrechen vorliegt, halten die sich fern wie der Teufel vom Weihwasser und überlassen die Knochenarbeit lieber dir«, meinte Peanut.»Und der Staat greift garantiert nur ein, wenn es darum geht, das Mädchen in irgendeine Bewahranstalt zu stecken. Das hat man uns ja schon in Aussicht gestellt.«

Ellie hatte schon die ganze Nacht auf dieser emotionalen

Achterbahn zugebracht, und sie war einer Lösung noch keinen Schritt näher. »Ich denke, jetzt kommt alles auf Julia an. Wenn sie etwas aus dem Mädchen herauskriegt, haben wir zumindest einen Ansatzpunkt.«

»Falls das Mädchen überhaupt sprechen kann, meinst du wohl.«

»Das ist Julias Seite des Problems, aber wenn irgendjemand diesem Mädchen helfen kann, dann meine Schwester. Momentan besteht unser Job darin, einen Arbeitsplatz für sie zu finden.« Ellie klopfte mit ihrem Stift auf den Tisch.

Peanut fing schon wieder an zu husten.

»Lass doch die Kippen, Pea. Du bist echt die schlimmste Raucherin, die ich je gesehen habe.«

»Und ich hab diese Woche ein Pfund zugenommen. Ich glaube, ich esse doch lieber wieder Kohlsuppe. Oder vielleicht diesmal Karotten.« Peanut drückte die Zigarette aus.

»Hey, wie wäre es mit dem alten Sägewerk? Da würde sie bestimmt keiner suchen.«

»Zu kalt. Zu schwer zu verteidigen. Irgendein gerissener Paparazzo würde garantiert eine Möglichkeit finden, sich reinzuschleichen. Außerdem führen vier Straßen hin, und wir müssten mindestens sechs Türen bewachen lassen. Und es ist Privatgrund.«

»Bezirkskrankenhaus?«

»Zu viele Angestellte. Früher oder später würde jemand die Geschichte verkaufen.« Ellie runzelte die Stirn. »Was wir brauchen, ist ein geheimer Schlupfwinkel und absolute Verschwiegenheit des direkten Umfelds.«

»In Rain Valley? Du machst Witze. Tratsch ist das Lebenselixier dieser Stadt. Jeder hier will mit der Presse reden.«

Auf einmal fiel es Ellie wie Schuppen von den Augen. Die Antwort war so offensichtlich, wie hatte sie sie übersehen können? Das gleiche Prinzip wie damals in der Highschool, als sie das Klassenbuch geklaut hatten. Ellie hatte das Ganze geplant. »Ruf Daisy Grimm an.«

Peanut warf einen Blick auf ihre Armbanduhr. »Gleich kommt der *Bachelor* im Fernsehen.«

»Das ist mir egal. Ruf sie an. Ich möchte alles, was in der Stadt Rang und Namen hat, morgen früh um sechs in der Kongregationskirche sehen.«

»Eine Stadtversammlung? Aus welchem Anlass denn?«

»Streng geheim.«

»Eine streng geheime Stadtversammlung in aller Herrgottsfrühe. Wie dramatisch.« Peanut zog einen Stift aus ihren locker hochgesteckten kastanienbraunen Haaren. »Was steht auf der Tagesordnung?«

»Das Fliegende Wolfsmädchen natürlich. Wenn unsere Mitbürger Tratsch haben wollen, dann geben wir ihnen doch etwas, woran sie sich abarbeiten können.«

»O ja! Das wird ein Spaß!«

Die nächste Stunde arbeitete Ellie an ihrem Plan, während Peanut ihre Freunde und Nachbarn anrief. Um zehn waren sie fertig.

Ellie blickte auf den Vertrag, den sie entworfen hatte. Er war perfekt.

Ich erkläre mich bereit, jede Information über das Wolfsmädchen absolut vertraulich zu behandeln. Ich schwöre, ich werde niemandem etwas von dem erzählen, was ich bei der Stadtversammlung im Oktober erfahren habe. Rain Valley kann sich auf mich verlassen.

(Unterschrift)

»Vor Gericht wirst du damit aber wahrscheinlich nicht durchkommen«, meinte Peanut und trat neben Ellie.

»Wer bist du denn? Perry Mason?«

»Nein, aber ich sehe mir so oft es geht *Boston Legal* und *Law and Order* an.«

Ellie verdrehte die Augen. »Es muss ja auch nicht juristisch bindend sein. Es reicht, wenn es danach aussieht. Was liebt diese Stadt mehr als alles andere?«

»Eine Parade?«

Der Punkt ging an Peanut. Ellie räumte ein: »Na gut, was liebt sie an zweiter Stelle?«

»Angebote à la ›Nimm-zwei-zahl-eins‹?«

»Ach was, den Tratsch natürlich«, beantwortete Ellie ihre eigene Frage, als sie sah, dass Peanut bis zum nächsten Morgen weiterraten konnte. »Und Geheimnisse.« Sie stand auf und holte ihre Jacke vom Haken. »Das einzige Problem ist Julia.«

»Warum das denn?«

»Ihr wird die Idee mit der Versammlung nicht gefallen.«

»Und weshalb nicht?«

»Du erinnerst dich doch wohl noch, wie es hier früher immer für sie war. Kein Mensch konnte was mit ihr anfangen. Dauernd hat sie die Nase in irgendein Buch gesteckt. Und mit niemandem geredet außer mit unserer Mom.«

»Aber das ist lange her. Jetzt ist es ihr bestimmt egal, was die Leute von ihr denken. Sie ist Psychotherapeutin, um Himmels willen.«

»Nein, es wird ihr ganz sicher was ausmachen«, widersprach Ellie seufzend. »Das war schon immer so.«

~

Er ist tief in grüner Dunkelheit. Über ihm rascheln die Blätter in der unsichtbaren Brise. Wolken verschleiern den silbernen Mond, sodass er nur einen schwachen Lichtschein abgibt. Vielleicht ist es eine Erinnerung.

Das Mädchen kauert auf einem Ast und beobachtet ihn. Sie sitzt so still, dass er sich fragt, wie sein Blick sie überhaupt gefunden hat. Hey, flüstert er und streckt die Hand aus. Lautlos lässt sie sich auf den Blätterteppich fallen. Auf allen vieren läuft sie davon. Er findet sie in einer Höhle, sie ist gefesselt und blutet. Sie hat Angst. Er denkt, er hört sie leise »Hilfe« sagen, dann ist sie weg. An ihrer Stelle sieht er einen blonden Jungen. Er streckt die Hand aus und ruft ...

Mit einem Ruck erwachte Max, und einen Moment hatte er keine Ahnung, wo er war. Um sich herum blassrosa Wände, Rüschen ..., eine Sammlung von Glasfiguren auf einem Regal ..., Elfen und Zauberer ..., eine Vase mit Seidenrosen auf dem Nachttisch, daneben zwei leere Weingläser.

Trudi.

Sie lag neben ihm und schlief. Im Mondlicht sah ihr nackter Rücken fast schneeweiß aus. Er konnte nicht anders, er musste ihn berühren. Als sie seine Hand spürte, drehte sie sich zu ihm um und lächelte ihn an. »Gehst du?«, flüsterte sie mit heiserer Stimme.

Er nickte.

Sie richtete sich auf, sodass über der rosa Decke ihre nackten Brüste zum Vorschein kamen. »Was ist los, Max? Du warst den ganzen Abend schon so ... so abgelenkt.«

»Das Mädchen«, antwortete er schlicht.

Sie streckte die Hand aus und fuhr mit ihrem langen Fingernagel behutsam über seinen Wangenknochen. »Das dachte ich mir schon. Ich weiß, wie sehr dir verletzte Kinder an die Nieren gehen.«

»Ich hab mir echt einen tollen Beruf ausgesucht, was?«

»Manchmal nimmt man sich etwas zu sehr zu Herzen.«

Im schummrigen Licht glaubte er, Traurigkeit in ihrem Gesicht zu erkennen, war aber nicht ganz sicher. »Du kannst mit mir reden. Das weißt du hoffentlich.«

»Reden ist nicht das, worin wir am besten sind. Deshalb kommen wir so gut miteinander zurecht.«

»Wir kommen nur so gut miteinander zurecht, weil ich nicht verliebt sein möchte.«

Er lachte. »Aber ich?«

Sie lächelte vielsagend. »Bis dann, Max.«

Er küsste sie auf die Schulter und bückte sich dann, um seine Kleider vom Boden aufzuheben. Als er angezogen war, beugte er sich über sie, flüsterte »Tschüss« und ging.

Kurz darauf saß er auf seinem Motorrad und raste die schwarze, leere Straße hinunter. Fast wäre er auf den alten Highway abgebogen, da fiel ihm wieder ein, warum er Trudis Haus überhaupt verlassen hatte. Der Traum.

Seine Patientin.

Die arme Kleine, die ganz allein in ihrem Zimmer war. Die meisten Kinder hatten Angst vor der Dunkelheit. Kurz entschlossen machte er eine Kehrtwende und trat aufs Gaspedal. Beim Krankenhaus parkte er neben Penelope Nutters verbeultem rotem Pickup und ging hinein.

Die Korridore waren leer und still, denn die Nachtschicht bestand nur aus wenigen Schwestern. Da die üblichen Geräusche fehlten, hörte er seine eigenen Schritte umso lauter. Vor der Schwesternstation machte er halt, um sich die Akte des Mädchens zu holen,

»Hallo, Doktor«, begrüßte ihn die diensthabende Schwester. Sie klang etwa so müde, wie er sich fühlte.

Max lehnte sich an die Theke und lächelte. »Also, Janet, wie oft habe ich Ihnen schon gesagt, Sie sollen mich Max nennen?«

Sie kicherte und wurde rot. »Viel zu oft.«

Max tätschelte ihre rundliche Hand. Als er Janet vor Jahren kennengelernt hatte, waren ihm nur ihre falschen Wimpern und ihre hochtoupierten Haare aufgefallen. Aber wenn sie ihn jetzt anlächelte, sah er genau das Gute in ihr, an das die meisten Leute nicht glaubten. »Ich gebe die Hoffnung nicht auf.«

Das mädchenhafte Kichern im Ohr, machte er sich auf den Weg zum alten Kindertagesraum. Dort spähte er durchs Fenster, in der Erwartung, das Mädchen zusammengerollt auf der Matratze zu sehen, schlafend in der Dunkelheit. Aber stattdessen brannte Licht, und auf einem winzigen Stuhl neben einem Resopaltisch in Kindergröße saß Julia. Auf dem Schoß hatte sie ein Notizbuch, auf dem Tisch stand ein Diktiergerät. Zwar konnte er nur ihr Profil sehen, doch sie schien vollkommen ruhig. Heiter und gelassen sogar.

Das Mädchen dagegen machte einen ziemlich aufgeregten Eindruck. Sie sauste im Zimmer herum und machte seltsame, immer gleiche Handbewegungen. Dann hielt sie plötzlich inne, wirbelte herum und konfrontierte Julia.

Julia sagte etwas, was Max durch das Glas nicht verstehen konnte.

Das Mädchen schnaubte, so heftig, dass ihr der Rotz aus der Nase kam, und schüttelte den Kopf. Als sie anfing, sich die Wange zu kratzen, in breiten, blutigen Striemen, war Julia wie der Blitz bei ihr und nahm sie in die Arme.

Die Kleine wehrte sich wie eine Katze, aber Julia hielt sie fest. Sie verloren das Gleichgewicht und taumelten auf die Matratze.

Doch Julia ließ nicht los, trotz Rotz und Kopfschütteln. Und dann begann sie zu singen. Von draußen erkannte Max es am veränderten Ton ihrer Stimme, an der Art, wie die Worte ineinander übergingen.

Er trat zur Tür und öffnete sie leise. Nur einen Spalt. Sofort blickte das Mädchen zu ihm herüber und erstarrte vor Angst, schnaubte jedoch immer noch.

Unbeirrt sang Julia weiter.

Und Max stand da und lauschte, gebannt vom Klang ihrer Stimme.

Sie sang, hielt die Kleine fest und streichelte ihr über die Haare. Nicht ein einziges Mal sah sie zur Tür.

Minuten verstrichen. Ein Lied folgte dem anderen.

Stück für Stück schlossen sich die Augen des Kindes und öffneten sich ruckartig wieder.

Das arme Ding strengte sich furchtbar an, wach zu bleiben.

Julia sang weiter, Kinderlieder, Schlager, bekannte Musicals.

Endlich steckte das Mädchen den Daumen in den Mund, begann daran zu nuckeln und schlief ein.

Ganz sanft legte Julia sie ins Bett, deckte sie zu und ging zurück zum Tisch, um ihre Notizen zu holen.

Max wusste, dass er gehen sollte, bevor sie ihn bemerkte, aber er konnte sich nicht von der Stelle rühren. Der Klang ihrer Stimme hatte ihn ebenso in den Bann geschlagen wie das blasse Mondlicht auf ihren Haaren und Schultern.

»Vermutlich bedeutet das, dass Sie gerne zuschauen«, sagte sie, ohne ihn anzusehen.

Er hätte schwören können, dass sie keinen Blick zur Tür geworfen hatte, und doch wusste sie, dass er da war.

Zögernd trat er ins Zimmer. »Ihnen entgeht so leicht nichts, stimmt's?«

Als sie das letzte Blatt Papier in ihrer Mappe verstaut hatte, blickte sie auf. Im schwachen Licht war ihre Haut aschfahl, die Kratzer auf ihrer Wange dunkel und nicht zu übersehen. Auf ihrer Stirn war eine Beule. Aber es waren ihre Augen, die ihn faszinierten. »Mir entgeht eine ganze Menge.«

Ihre Stimme war so leise, dass er einen Moment brauchte, um zu verstehen, was sie sagte.

Mir entgeht eine Menge.

Mit Sicherheit meinte sie ihre Patientin, die jugendliche Amokläuferin, die in Silkwood das Massaker angerichtet und anschließend Selbstmord begangen hatte. Mit dieser Art von Schuldgefühlen kannte er sich aus. »Mir scheint, Sie könnten eine Tasse Kaffee vertragen.«

»Kaffee? Um ein Uhr morgens? Ich glaube eher nicht. Aber danke.« Damit schlängelte sie sich an ihm vorbei, hielt ihm die Tür auf und schloss sie hinter ihm wieder.

»Wie wäre es dann mit einem Stück Kuchen?«, fragte er, als sie den Korridor hinuntereilte. »Kuchen ist zu jeder Tageszeit das Richtige.«

Sie blieb stehen und drehte sich um. »Kuchen?«

Er ging auf sie zu und konnte sich ein Lächeln nicht verkneifen. »Ich wusste doch, dass ich Sie in Versuchung führen kann.«

Sie lachte, und obwohl es müde und nicht ganz echt klang, machte es sein Lächeln breiter. »Der *Kuchen* stellt die Versuchung dar.«

Er ging voran in die Cafeteria und knipste das Licht an. Zu dieser stillen Nachtstunde war kein Mensch da, und auch die Theke war leer. »Nehmen Sie Platz.« Max schlüpfte an der Sandwichtheke vorbei in die Küche, wo er zwei Stück Brombeerkuchen fand und mit Vanilleeis garnierte. Dann kochte er zwei Tassen Kräutertee, trug das Tablett in den Speisesaal und stellte alles vor Julia auf den Tisch.

»Kamillentee. Damit Sie besser schlafen können«, sagte er, während er sich ihr gegenübersetzte. »Und Brombeerkuchen. Eine regionale Spezialität.« Er reichte ihr eine Gabel.

Mit einem leichten Stirnrunzeln starrte sie ihn an. »Danke«, sagte sie nach einer Weile.

»Gern geschehen.«

»Also, Dr. Cerrasin«, sagte sie nach einer weiteren langen Pause, »machen Sie es sich zur Gewohnheit, Ihre Kollegen zu einem frühmorgendlichen Kuchen in die Cafeteria zu locken?«

Er grinste. »Na ja, ich habe hier nicht sonderlich viele Kollegen. Und Doc Fischer hab ich offen gesagt schon seit einer Ewigkeit nicht mehr zum Kuchenessen eingeladen.«

»Was ist mit den Krankenschwestern?«

Der Ton ihrer Stimme ließ ihn aufhorchen. Sie musterte ihn über den Rand ihrer hellbraunen Teetasse. Taxierte ihn. »Das klingt ja, als wollten Sie mich über mein Liebesleben ausfragen.« Er lächelte. »Ist das so, Julia?«

»Über Ihr Liebesleben?« Sie betonte den ersten Teil des Worts. »Haben Sie denn so was? Das würde mich überraschen.«

Er verzog das Gesicht. »Sie glauben tatsächlich, dass Sie mich durchschauen, ja?«

»Sagen wir mal, ich kenne Ihren Typ«, erwiderte sie und steckte eine Gabel Kuchen in den Mund.

»Nein, das sollten wir lieber nicht sagen. Mit wem Sie mich auch immer verwechseln mögen, er sitzt nicht hier am Tisch. Sie haben mich gerade erst kennengelernt, Julia.«

»Das stimmt. Warum erzählen Sie mir dann nicht einfach ein bisschen von sich? Sind Sie verheiratet?«

»Eine interessante Frage für den Anfang. Nein. Und Sie?«

»Nein.«

»Waren Sie schon mal verheiratet?«

»Nein.«

»Schon mal nah dran?«

Eine Sekunde lang senkte sie den Blick. Mehr brauchte er nicht zu wissen. Jemand hatte ihr das Herz gebrochen. Und er wäre jede Wette eingegangen, dass es noch nicht lange her war. »Ja. Und Sie? Waren Sie schon mal verheiratet?«

»Ja, einmal. Vor langer Zeit.«

Das schien sie zu überraschen. »Kinder?«

»Nein.«

Sie sah ihn scharf an, als hätte sie aus seiner Stimme irgendetwas herausgehört. Ihre Blicke trafen sich. Schließlich lächelte sie. »Dann können Sie vermutlich Kuchen essen, mit wem Sie wollen.«

»Stimmt genau.«

»Wahrscheinlich haben Sie schon mit jeder Frau aus der Stadt Kuchen gegessen.«

»Das ist zu viel der Ehre. Verheiratete Frauen backen ihren eigenen Kuchen.«

»Und was ist mit meiner Schwester?«

Sein Lächeln verblasste. Auf einmal schien das Flirten nicht mehr ganz so harmlos. »Was soll mit ihr sein?« »Haben Sie ... mit ihr auch Kuchen gegessen?«

»Ein Gentleman würde eine solche Frage nicht beantworten, oder?«

»Sie sind also ein Gentleman?«

»Selbstverständlich.« Allmählich wurde ihm die Richtung des Gesprächs unbehaglich. »Wie geht es Ihrem Gesicht? Die Beule sieht schlimm aus.«

»Wir Psychologen kriegen manchmal eins aufs Dach. Berufsrisiko.«

»Man weiß nie genau, wozu ein Mensch fähig ist, stimmt's?«

Sie sah ihn an. »Das zu wissen ist mein Job. Obwohl inzwischen die ganze Welt erfahren hat, dass ich etwas Wichtiges übersehen habe.«

Dazu konnte er nichts sagen, keinen Trost anbieten, also schwieg er.

»Keine Binsenweisheiten auf Lager, Dr. Cerrasin? Keinen Vortrag zum Thema ›Gott lädt einem niemals mehr auf, als man tragen kann‹?«

»Sagen Sie Max zu mir. Bitte.« Er sah ihr in die Augen. »Und manchmal bricht einem Gott das Kreuz, ohne auch nur einmal mit der Wimper zu zucken.«

Einen langen Moment später fragte sie: »Und wie hat er es bei Ihnen gemacht, Max?«

Er stand auf und stellte sich neben sie. »So gern ich auch weiterplaudern würde, ich muss um sieben arbeiten, also ...«

Julia stellte das Geschirr auf das Tablett und stand ebenfalls auf.

Max trug alles in die Küche, räumte das Geschirr in die Spülmaschine, und dann gingen sie nebeneinander durch die stillen, leeren Korridore und hinaus auf den Parkplatz.

»Ich fahre mit dem roten Pickup«, sagte Julia, während sie in ihrer Tasche nach den Schlüsseln wühlte.

Max machte die Tür für sie auf.

Sie sah zu ihm empor. »Danke.«

»Gern geschehen.«

Sie zögerte einen Moment und sagte dann: »Für mich übrigens lieber keinen Kuchen mehr. Nur damit Sie Bescheid wissen. Okay?«

»Aber ...«, begann er stirnrunzelnd.

»Noch mal danke«, fiel sie ihm ins Wort, stieg ins Auto, schlug die Tür zu und fuhr davon.

ACHTES KAPITEL

*J*ulia weigerte sich, an Max zu denken. Sie hatte momentan genug andere Sorgen, sie brauchte sich nicht auch noch den Kopf wegen einem kleinstädtischen Schürzenjäger zu zerbrechen. Zugegeben, er war attraktiv – na und? Max war eindeutig ein Spieler, und sie war weder an Spielchen interessiert noch an den Männern, die sie spielten. Diese Lektion hatte sie von Philip gelernt.

Sie bog auf den Olympic Drive ein. Hier war der älteste Teil der Stadt, erbaut in den 1930er Jahren für die Familien der Arbeiter im Sägewerk.

Es war wie eine Zeitreise. An der Kreuzung blieb sie stehen, und da war es, im Licht ihrer Scheinwerfer.

Das Sägewerk. Zu dieser späten Stunde konnte sie nicht lesen, was auf dem orangefarbenen Banner im Fenster stand. Aber sie kannte die Worte ohnehin auswendig. *Diese Gemeinde lebt vom Holz.* Die gleichen Banner gab es seit den Rettungsaktionen für den Fleckenkauz überall in der Stadt.

Dieses Werk war das Herz des West Ends. In den Sommermonaten öffnete es schon um drei Uhr früh die Tore, und Männer wie ihr Vater warteten dann bereits ungeduldig darauf, dass ihr Arbeitstag endlich begann.

Sie nahm den Fuß vom Gaspedal und zuckelte langsam durch den Nebel. So oft hatte sie im Pickup ihres Vaters vor diesem Gebäude auf ihn gewartet.

Ihr Vater war Holzschneider gewesen. Das war im Vergleich zu einem gewöhnlichen Holzarbeiter etwa so wie das Verhältnis Chirurg zu praktischem Arzt. Die Creme de la Creme. Früh am Morgen, lange vor seinen Kumpels, war er allein in den Wald gegangen. Immer allein. So oft kam einer seiner Freunde – ebenfalls Holzschneider – ums Leben, dass es schon fast keine Überraschung mehr war. Doch er liebte es, sich die Steigeisen anzuschnallen, ein Seil zu packen und auf einen sechzig Meter hohen Baum zu klettern. Natürlich war dieser Job nur etwas für einen Abenteurer. Jeden Tag dem Tod ins Auge blicken und dazu die entsprechende Bezahlung.

Sie hatten alle gewusst, dass es nur eine Frage der Zeit war, bis es auch ihn erwischen würde.

Julia trat aufs Gaspedal, viel zu heftig. Die alte Schrottmühle ruckte nach vorn, der Motor stotterte und starb. Sie ließ den Wagen wieder an. Fand den ersten Gang und fuhr weiter in Richtung des alten Highway.

Kein Wunder, dass sie so lange im Krankenhaus geblieben war. Sie hatte sich eingeredet, dass es ihr um das Mädchen ging, darum, ihre Sache richtig gut zu machen, aber das war nur einer von vielen Gründen. In erster Linie hatte sie den Moment hinauszögern wollen, da sie zu dem Haus zurückkehren musste, das für ihren Geschmack viel zu viele Erinnerungen beherbergte.

Sie parkte den Wagen und betrat ihr Elternhaus. Überall empfingen sie vertraute Umrisse und Schatten. Ellie hatte das Treppenhauslicht für sie angelassen, genau wie Mom es früher stets getan hatte, und der Anblick – wie das Licht sanft und golden über die abgenutzten Eichenstufen herabfiel – erfüllte ihr Herz mit Sehnsucht. Ihre Mutter war immer wach geblieben und hatte auf sie gewartet. In diesem Haus war sie nie ohne einen Gutenachtkuss zu Bett gegangen – ganz gleich, wie heftig Mom und Dad sich stritten. Erst mit dreizehn hatte sie den Schleier gelüftet; jedenfalls dachte sie inzwischen so darüber. Von einem Tag zum anderen hatte sie die Wahrheit über ihre angeblich so glückliche Familie erkannt. In dieser Nacht hatte ihre Mutter sie mit rot geränderten Augen und tränennassen Wangen empfangen. Julia hatte nur ein paar Fragen gestellt, da fing ihre Mutter auch schon an zu reden.

Es ist dein Vater, hatte sie geflüstert. *Ich dürfte es dir eigentlich nicht erzählen, aber …*

Die folgenden Worte waren wie gut platzierte Sprengladungen. Sie zerrissen Julias Familie – und ihre ganze Welt. Am schlimmsten war, dass Mom so etwas Ellie nie erzählt hatte.

Julia ging die Treppe hinauf, putzte sich in dem winzigen Bad neben ihrem Mädchenzimmer die Zähne, wusch sich das Gesicht, schlüpfte in den Seidenpyjama, den sie von Beverly Hills mitgebracht hatte, und ging in ihr altes Zimmer.

Auf dem Kopfkissen lag ein Zettel. In Ellies raumgreifender Handschrift stand darauf: *Sechs Uhr morgen früh Versammlung in der Kongregationskirche, um Unterbringung des Mädchens zu besprechen. Bitte sei um Viertel vor fertig.*

Gut. Ihre Schwester war also nicht untätig gewesen.

Julia blieb noch eine Stunde auf und füllte die Formulare aus, die nötig waren, um als temporäre Pflegemutter zugelassen zu werden. Danach kletterte sie ins Bett und machte das Licht aus. Fast sofort war sie eingeschlafen.

Um vier wachte sie mit einem Ruck auf.

Einen Moment wusste sie nicht, wo sie war. Dann sah sie die Spieluhr mit der Ballerina auf dem weißen Schreibtisch, und die Erinnerung kam zurück. Und auch ihr Traum. Sie war wieder ein Kind gewesen – die klapperdürre, schüchterne Tochter von Big Tom Cates.

Kurz entschlossen schlug sie die Decke zurück und stolperte aus dem Bett. In Windeseile war sie in ihre Joggingsachen geschlüpft und rannte den alten Highway entlang, vorbei am Eingang zum Nationalpark.

Viertel nach fünf war sie zurück, außer Atem zwar, aber immerhin fühlte sie sich wieder erwachsen.

Das blasse Licht vor der Morgendämmerung, so wässrig wie alles andere in diesem Regenwaldklima, funkelte durch die Hemlocktannen am Flussufer.

Sie fasste nicht bewusst den Entschluss, sie wollte es auch gar nicht, doch ehe sie sichs versah, marschierte sie durch den Garten zum Lieblingsangelplatz ihres Vaters.

Geh ein Stück zurück, Kleine. Aus dem Weg. Ich kann mich nicht auf die Fische konzentrieren, wenn du da neben mir rumhängst.

Kein Wunder, dass sie von hier weggezogen und nicht mehr zurückgekommen war. Alles war hier voller Erinnerungen – anscheinend gediehen sie genau wie die Bäume in dieser verregneten Gegend besonders gut.

Entschlossen machte sie kehrt und ging zurück ins Haus.

~

Julia und Ellie waren vor allen anderen an der Kirche. Sie parkten möglichst nahe beim Eingang und stiegen aus.

Ellie setzte an, etwas zu sagen, aber im Knirschen der

Reifen auf dem Kies gingen ihre Worte unter. Eine Autoschlange kroch auf den Parkplatz, und ein Wagen nach dem anderen wurde abgestellt. Earl und Myra waren als Erste ausgestiegen, Earl in voller Galamontur, Myra jedoch in einem flauschigen rosa Trainingsanzug, mit unter einem bunten Schal versteckten Lockenwicklern in den Haaren.

Ellie nahm Julia am Arm und eilte mit ihr in die Kirche. Mit einem Knall fiel die Tür hinter ihnen ins Schloss.

Julia merkte, dass sie nervös wurde, und ärgerte sich darüber. Wieso machte ihr dieser ganze alte Mist nur immer noch zu schaffen? Wenn sie im Triumph zurückgekehrt wäre statt in Schande, wäre bestimmt alles anders. »Es ist mir doch inzwischen egal, was die alle denken. Ehrlich. Weshalb ...«

»Ich hab sowieso nie verstanden, warum du dir das so zu Herzen nimmst. Wen kümmert es denn, ob die dich mögen?«

»Menschen wie du verstehen das nicht«, erwiderte Julia, und das stimmte: Ellie war einfach immer beliebt gewesen. Sie wusste nicht, dass manche seelischen Verletzungen sich anfühlten wie ein schlecht verheilter Knochenbruch. Je nach Wetter schmerzten sie ein Leben lang.

Die Türen gingen wieder auf, die Leute strömten herein und nahmen ihre Plätze auf den Eichenbänken ein. Ihre Stimmen schwollen zum Lärmpegel einer Küchenmaschine an, die auf höchster Stufe Eis zerkleinert. Max erschien als einer der Letzten und setzte sich auf eine Bank ganz hinten.

Ellie ging zur Kanzel. Sie wartete bis zehn nach sechs, dann gab sie Peanut ein Zeichen, die Türen zu schließen. Weitere fünf Minuten verstrichen, bis die Menge sich endlich beruhigt hatte.

»Danke euch allen, dass ihr gekommen seid«, hob sie zu sprechen an. »Ich weiß, es ist früh, und ich bin euch sehr dankbar für eure Kooperation.«

»Worum geht es überhaupt, Ellie?«, rief jemand von den hinteren Reihen. »Unsere Schicht beginnt in vierzig Minuten.« »Mund halten, Doug«, rief ein anderer. »Lass sie ausreden!« »Halt du doch den Mund, Al. Es geht um das Fliegende Wolfsmädchen, oder, Ellie?«

Ellie hob die Hand. Es wurde wieder still. »Es geht um das Mädchen, das vor kurzem hier aufgetaucht ist.«

Wieder gab es Unruhe, Zwischenrufe und Fragen.

»Kann sie wirklich fliegen?«

»Wo ist sie überhaupt?«

»Wo ist der Wolf?«

Julia staunte über die Gelassenheit ihrer Schwester. Kein Augenrollen, keine Grimassen, keine Faustschläge auf den Tisch. Sie sagte einfach nur: »Der Wolf ist bei Floyd im Tierpark. Dort wird er gut versorgt.«

»Ich hab gehört, das Mädchen isst mit den Füßen«, rief jemand.

»Und ausnahmslos rohes Fleisch.«

Ellie holte tief Luft, das erste Anzeichen, dass sie bald die Geduld verlor. »Hört mal, wir haben nicht viel Zeit. Der Punkt ist: Wollen wir dieses Kind beschützen?«

Ein lautes, einstimmiges Ja kam zur Antwort.

»Gut.« Ellie wandte sich an Peanut. »Dann teil mal die Verträge aus.« Wieder an ihre Zuhörer gerichtet sagte sie: »Ich werde jetzt eure Namen verlesen, bitte antwortet, damit ich weiß, wer da ist.«

Sie begann mit Herb Adams und ging die Liste in alphabetischer Reihenfolge durch. Einer nach dem anderen bejahte, bis sie zu Mort Elzik kam.

Keine Antwort.

»Der ist nicht hier!«, rief Earl.

»Okay«, sagte Ellie. »Wir erwähnen dieses Treffen weder ihm noch sonst jemandem gegenüber, der jetzt nicht hier ist. Einverstanden?«

»Einverstanden«, antworteten die Anwesenden wie aus einem Munde.

»Aber was sollen wir denn nicht erwähnen, Ellie?«

»Ja, Beeilung! Ich hab in dreißig Minuten einen Kunden.«

»Und das Sägewerk macht auf!«

Wieder hob Ellie Ruhe gebietend die Hand. »In Ordnung. Wie ihr inzwischen sicher alle wisst, ist meine Schwester Julia angereist, um uns zu helfen. Was sie braucht, ist Ruhe und Frieden und einen Platz, wo sie arbeiten kann, ohne dass die Medien sie stören.«

Daisy Grimm stand auf. Heute trug sie eine Jeanslatzhose mit aufgestickten Gänseblümchen. Ihr Make-up war so farbenfroh, als wäre sie in den Schminktopf gefallen. »Kann Ihre Schwester dem armen Mädchen denn wirklich helfen? Ich meine … Nach dem, was da in Kalifornien passiert ist, frage ich mich …«

Es wurde still, alle warteten gespannt.

»Setzen Sie sich, Daisy«, erwiderte Ellie scharf. »Also, hier ist der Plan. Wir veranstalten eine Art Spiel. Ihr – wir alle – werden mit den Medien reden. Wenn uns ein Reporter danach fragt, tun wir ganz geheimnisvoll und erzählen ihm hinter vorgehaltener Hand, wo das Mädchen ist. Dabei könnt ihr sagen, was ihr wollt, nur mein Haus dürft ihr nicht erwähnen, um keinen Preis. Dort wird sie nämlich sein. Auf das Grundstück der Polizeichefin werden die sich nicht trauen, und wenn doch einer die Frechheit hat, werden wir rechtzeitig von Jake und Elwood gewarnt.«

»Wir sollen also die Presse anlügen?«, fragte Violet ehr-furchtig.

»Ja, genau. Hoffentlich können wir sie damit ablenken, bis wir den Namen des Mädchens herausfinden. Und noch et-was. Keiner erwähnt Julia. Auf gar keinen Fall.«

»Wir lügen!«, rief Marigold aufgeregt wie ein kleines Hünd-chen und klatschte in die Hände. »Das wird ein Spaß!«

»Doch denkt daran«, mahnte Ellie, »bis ihr was anderes von mir hört, lügen wir auch bei Mort. Niemand außerhalb dieser vier Wände erfährt die Wahrheit.«

Violet fing an zu lachen. »Auf uns können Sie sich verlas-sen, Ellie. Diese Reporter werden das Mädchen bis rauf nach Yukon suchen. Und ich weiß nicht, wie es bei den anderen ist, aber ich hab noch nie was von Dr. Julia Cates gehört. Ich glaube, die arme Kleine wird von Dr. Welby betreut.«

NEUNTES KAPITEL

*W*ährend Ellie den Wagen parkte, ging Julia schon ins Krankenhaus. Als sie kurz vor dem ehemaligen Kindertagesraum um die Ecke bog, stieß sie frontal mit einem Mann zusammen.

Er stolperte einen Schritt zurück und schimpfte:»Können Sie denn nicht aufpassen, ich bin …«

Julia bückte sich nach der schwarzen Leinentasche, die ihm aus der Hand gerutscht war.»Tut mir leid, ich bin ein bisschen in Eile. Alles okay bei Ihnen?«

Er schnappte sich die Tasche, dann blickte er auf.

Julia runzelte die Stirn. Irgendwie kam der Mann ihr bekannt vor mit seinen kurzen rötlichen Haaren und der dicken Brille.»Kennen wir uns?«

»Nein. Tut mir leid«, brummte er und sah schnell weg. Dann rannte er ohne ein weiteres Wort davon.

Seufzend hob Julia ihre Mappe auf und setzte ihren Weg fort. Seit der Tragödie in Silverwood passierten ihr solche seltsamen Dinge häufiger.

Ein paar Minuten später trudelten Peanut, Max und Ellie ein.

Sie stellten sich an das Fenster und spähten in das ehemalige Spielzimmer. Abgesehen vom Schimmer der Nachtlichter und dem schwachen goldenen Schein einer Deckenlampe, die sie hatten brennen lassen, war der Raum dunkel. Das Mädchen lag auf dem Boden, zusammengerollt, die Arme um die Schienbeine geschlungen. Die Matratze neben ihr war leer, die Laken unbenutzt. Aus dieser Entfernung und ohne gutes Licht sah es aus, als würde sie schlafen.

»Sie weiß, dass wir sie beobachten«, meinte Peanut.

»Ich dachte, sie schläft«, entgegnete Ellie.

»Nein, dafür liegt sie viel zu still«, sagte Julia. »Peanut hat recht.«

Peanut schnalzte besorgt mit der Zunge. »Das arme Ding. Wie können wir sie von hier wegbringen, ohne ihr noch mal so eine Höllenangst einzujagen?«

»Wir haben ihr ein Beruhigungsmittel in den Apfelsaft gemischt«, antwortete Max. Dann wandte er sich an Julia. »Können Sie sie dazu bringen, das Zeug zu trinken?«

»Ich denke schon.«

»Gut, dann probieren wir es aus. Sollte es nicht funktionieren, müssen wir eben auf Plan B zurückgreifen.«

»Was ist Plan B?«, erkundigte sich Peanut mit großen Augen.

»Eine Spritze.«

Dreißig Minuten später knipste Julia das Licht an und betrat den Raum. Obwohl das »Team« sich vom Fenster entfernt hatte, wusste sie, dass die anderen im Schatten standen und sie beobachteten.

Das Mädchen rührte keinen Finger und zuckte auch nicht mit der Wimper. Sie lag einfach nur da, zusammengerollt wie ein Igel, die Beine dicht an die Brust gezogen.

»Ich weiß, dass du wach bist«, stellte Julia im normalen Gesprächston fest und platzierte das Tablett auf dem Tisch.

Darauf standen ein Teller mit Rührei und Toast, die grüne Schnabeltasse aus Plastik enthielt den Apfelsaft.

Sie setzte sich auf den Kinderstuhl und aß ein Stückchen Toast. »Mjamjam. Das ist lecker, aber es macht durstig.« Sie tat so, als würde sie einen Schluck aus dem Strohhalm trinken. Nichts. Keine Reaktion.

Fast eine halbe Stunde saß Julia da, gab vor zu essen und zu trinken und redete mit dem Kind, das aber nicht auf sie reagierte. Mit jeder verstreichenden Sekunde machte sie sich mehr Sorgen. Sie mussten das Mädchen schnell hier herausholen, bevor die Presse am Ende auf die Idee kam, in der Klinik nach ihr zu suchen.

Schließlich schob sie ihren Stuhl zurück. Die Stuhlbeine quietschten auf dem Linoleumboden.

Ehe Julia wusste, was passiert war, schrie das Mädchen laut auf, sprang auf die Beine, zerkratzte ihr Gesicht und schnaubte.

»Es ist alles in Ordnung«, sagte Julia ruhig. »Irgendwas hat dich anscheinend erschreckt. Du hast Angst. Kennst du das Wort? Du hast Angst, weiter nichts. Das war ein lautes, hässliches Geräusch, und es hat dir Angst gemacht. Aber dir geschieht nichts. Es ist nichts passiert, siehst du?« Langsam ging Julia auf das Mädchen zu, das in der Ecke stand und mit der Stirn gegen die Wand schlug.

Bumm. Bumm. Bumm.

Bei jedem Schlag zuckte Julia zusammen. »Du bist erschrocken, du hast Angst. Das ist okay. Der Lärm hat mich auch erschreckt.« Ganz behutsam streckte sie die Hand aus und berührte die magere Schulter des Mädchens. »Schschsch.«

Die Kleine verharrte regungslos. Julia spürte die Anspannung in Schultern und Rücken, die Verkrampfung. »Jetzt ist alles wieder in Ordnung. Okay. Du brauchst keine Angst zu haben. Keine Angst.« Sie berührte auch die andere Schulter des Mädchens und drehte die Kleine um.

Das Mädchen starrte mit seinen wachsamen blaugrünen Augen zu ihr empor. Auf seiner Stirn bildete sich bereits ein blauer Fleck, die Kratzer auf ihren Wangen bluteten. So nahe bei ihr war der Uringeruch geradezu unerträglich.

»Hab keine Angst«, sagte Julia noch einmal. Eigentlich ging sie fest davon aus, dass das Mädchen sich losreißen und weglaufen würde.

Aber das Kind blieb wie angewurzelt stehen, atmete flach und hastig, wie ein Reh im Scheinwerferlicht, und sein ganzer Körper zitterte. Wahrscheinlich versuchte es, die Situation und ihre Optionen abzuschätzen.

»Du versuchst mich zu durchschauen«, sagte Julia überrascht. »Genau wie ich dich zu durchschauen versuche. Ich bin Julia.« Sie zeigte auf sich. »Julia.«

Aber die Kleine wandte desinteressiert den Blick ab. Das Zittern wurde schwächer, der Atem ruhiger.

»Du brauchst keine Angst zu haben«, versprach Julia noch einmal. »Essen. Hunger?«

Das Mädchen schaute auf den Tisch, und Julia dachte: *Volltreffer! Du hast verstanden, was ich gesagt habe. Oder jedenfalls, was ich meinte.*

»Essen«, wiederholte sie, ließ das Mädchen los und trat beiseite.

Vorsichtig schlängelte sich die Kleine an ihr vorbei, ohne die Augen von Julias Gesicht zu nehmen. In sicherer Entfernung stürzte sie sich auf das Essen. Und spülte alles mit dem Apfelsaft hinunter.

Danach brauchte Julia nur noch zu warten.

~

Ihr frühmorgendlicher Ausflug von der Stadt an den Rand des Waldes hatte die leicht verschwommene Atmosphäre eines Traums.

Auf dem Weg vom Krankenhaus zum alten Highway sagte keiner ein Wort. Für Max hatte die heimliche Aktion etwas an sich, was den Luxus von Gesprächen nicht gestattete. Er vermutete, dass es seinen Mitverschwörern genauso erging, denn obwohl sie sich immer wieder vor Augen führten, dass dieser Schritt zum Besten des Mädchens war, hing dennoch eine nagende Sorge in der Luft, ein unerledigtes Problem. In der Klinik war die Kleine in Sicherheit gewesen, denn die Tür ließ sich fest verriegeln, und die Fenster waren aus Panzerglas. Hier, im hintersten Winkel des Tals, bevor die Baumriesen endgültig die Herrschaft übernahmen, war der Wald viel zu nah, und alle wussten, was für eine Verlockung er für das Mädchen darstellen würde.

Max saß auf dem Rücksitz des Streifenwagens, Julia rechts von ihm. Zwischen ihnen lag das Mädchen, den Kopf auf Julias Schoß gebettet, die nackten Füße auf seinem. Ellie fuhr, Peanut saß schweigend neben ihr. Außer ihrem Atem und dem Knirschen der Reifen auf dem Kies hörte man nur das Radio. Aber das war so leise gedreht, dass Max nur ab und zu ein paar Töne mitbekam und einen Song erkannte. Momentan war es »Superman« von den Crash Test Dummies.

Nachdenklich betrachtete er das Mädchen auf ihrem Schoß. Sie war so unglaublich dünn und zerbrechlich. Die frischen Kratzer bluteten noch, und selbst im Halbdunkel erkannte man die leicht glänzende Haut über den Narben älterer Verletzungen – Hinweise auf Verletzungen von eigener oder fremder Hand. Die Beule auf ihrer Stirn war inzwischen verfärbt. Am schlimmsten aber war die Narbe auf ihrem linken Fußknöchel. Wenn Max sie ansah, krampfte sich jedes Mal sein Magen zusammen. Fesselspuren.

»Wir sind da«, sagte Ellie und parkte unter einem alten, klapprigen Anbau. Moos hatte das Dach mit einem grünen Pelz überzogen.

Max nahm das schlafende Kind hoch. Ganz selbstverständlich schlangen sich ihre Arme um seinen Hals, sie barg das geschundene Gesicht an seiner Brust. Ihre schwarzen Haare fielen seitlich herab, fast bis auf seine Oberschenkel.

Er wusste ganz genau, wie er sie halten musste. Wieso war das für ihn nach so vielen Jahren immer noch so selbstverständlich wie Luftholen?

Ellie ging voraus und schaltete das Verandalicht an.

Max trug das Mädchen zum Haus, Julia ging neben ihnen her.

»Du bist in Sicherheit«, sagte sie leise zu dem schlafenden Kind. »Wir sind jetzt draußen im Freien, vor dem Haus meiner Eltern. Du bist in Sicherheit, das verspreche ich dir.«

In diesem Augenblick heulte tief im Wald ein Wolf.

Max blieb stehen, Julia ebenfalls.

Peanut bekreuzigte sich. »Mir ist überhaupt nicht wohl bei der ganzen Sache.«

»Ich hab hier draußen noch nie einen Wolf gehört«, sagte Ellie. »Es kann aber nicht ihrer sein, der ist drüben in Sequim.«

Das Mädchen stöhnte.

Der Wolf heulte erneut, ein lang gezogener Klagelaut. Julia berührte Max an der Schulter »Kommen Sie, Max, bringen wir sie rein.«

Schweigend durchquerten sie das Haus, die Treppe hinauf, ins Schlafzimmer. Max legte das Mädchen aufs Bett und deckte es fürsorglich zu.

Peanut sah nervös zum Fenster, als wäre der Wolf draußen im Garten und wartete auf eine Möglichkeit, zu ihnen einzudringen. »Sie wird versuchen zu fliehen. Das da draußen ist ihr Wald.«

Sie dachten alle das Gleiche. So unmöglich es klang, das Kind gehörte viel eher in die grüne Wildnis als in dieses behagliche Haus.

»Folgendes müssen wir besorgen, und das möglichst schnell«, sagte Julia. »Gitterstäbe am Fenster, und zwar ziemlich eng, sodass sie aus dem Fenster sehen, aber nicht hinausklettern kann, und einen Riegel für die Tür. Außerdem müssen wir jedes Stück glänzendes Metall mit Klebeband abdecken − den Wasserhahn, die Klospülung, die Griffe an der Kommode, alles außer dem Türknauf.«

»Warum?«, fragte Peanut verwundert.

»Ich glaube, sie hat Angst vor glänzendem Metall«, antwortete Julia. »Und wir brauchen eine Videokamera, so unauffällig wie möglich. Ich muss aufzeichnen, wie es ihr geht.«

»Ich dachte, du hast gesagt, wir dürfen keine Bilder machen«, wandte Ellie ein.

»Ja, wegen der Sensationspresse. Aber die Aufnahmen sind für mich, ich muss das Mädchen ja rund um die Uhr beobachten, und zwar sieben Tage die Woche. Außerdem brauchen wir Verpflegung. Und jede Menge große Zimmerpflanzen. Ich möchte eine Ecke des Zimmers in einen Wald verwandeln.«

»*Wo die wilden Kerle wohnen*«, zitierte Peanut.

Julia nickte, ging dann zum Bett hinüber und setzte sich neben das Mädchen.

Max folgte ihr, kniete sich neben dem Bett auf den Boden und kontrollierte Puls und Atmung der Kleinen. »Normal«, stellte er fest und setzte sich auf die Fersen zurück.

»Wenn sich ihre Gedanken und ihr Herz doch auch so einfach ablesen ließen wie ihre Vitalfunktionen«, seufzte Julia.

»Dann wären Sie arbeitslos.«

Zu seiner Überraschung lachte Julia laut.

Sie sahen sich an.

Die Nachttischlampe flackerte, das Mädchen auf dem Bett stieß einen weinerlichen, verzweifelten Laut aus.

»Hier geht etwas sehr Seltsames vor«, sagte Peanut und trat einen Schritt zurück.«

»Lass das bitte«, sagte Julia leise. »Sie ist doch bloß ein Kind, das etwas Schreckliches durchgemacht hat.« Peanut schwieg.

»Wir sollten in die Stadt fahren und uns Holz aus dem Sägewerk besorgen«, schlug Ellie vor.

Max nickte. »Ich kann die Gitterstäbe noch schnell anbringen, bevor meine Schicht im Krankenhaus beginnt.«

»Gut. Danke«, sagte Julia. Als die anderen weg waren, blieb sie noch eine Weile auf dem Bett sitzen. »Hier bist du in Sicherheit, Kleines. Das verspreche ich.«

Sie sagte es immer wieder, und ihre Stimme war dabei so sanft wie ein Streicheln. Aber eines wusste sie ganz genau.

Dieses Mädchen hatte keine Ahnung, was es bedeutete, in Sicherheit zu sein.

~

Der schlechte Geruch und das weiße zischende Licht, das den Augen wehtut, sind weg. Langsam öffnet Mädchen die Augen, voller Angst, was sie sehen wird. In den letzten Tagen hat sich viel zu viel verändert. Es ist, als wäre sie in das dunkle Wasser gefallen, in den Teich im tiefen Wald, von dem Er gesagt hat, dass dort Dadraußen anfängt.

Diese Höhle ist anders. Alles hat die Farbe von Schnee und von den Beeren, die sie im Frühsommer pflückt. Draußen ist es Morgen, das Licht im Raum ist sonnenfarben. Sie will aufstehen, doch es geht nicht. Etwas hält sie fest. Panik ergreift sie, sie schlägt um sich und will sich befreien.

Aber sie ist gar nicht festgebunden.

Langsam kriecht sie aus dem weichen Platz, kauert sich auf den Boden, schnuppert die Gerüche dieses fremden Orts. Holz. Blumen. Noch mehr natürlich, aber das kennt sie alles nicht.

Irgendwo tropft Wasser, es klingt wie der letzte Regen, der von einem Blatt auf den harten Sommerboden fällt. Außerdem ist da ein lautes Klopfen, ein Schlagen. Der Eingang zur Höhle ist wie bei der vorigen ein dickes braunes Ding. Sein Zauber geht von der glänzenden Kugel in der Mitte aus; sie hat Angst, diese Kugel zu berühren. Dann wissen die Fremden, dass ihre Augen offen sind. Und kommen wieder mit ihren Netzen und ihren spitzen Nadeln. Nur in der dunklen Zeit, wenn die Sonne schläft, ist sie vor ihnen sicher.

Ein Windhauch streicht ihr über Gesicht und Haar. Er bringt den Geruch von dort, wo sie herkommt. Sie sieht sich um.

Das ist er. Der Kasten, der den Wind festhält. Aber er ist anders, anders als das trügerische Ding, das dafür gesorgt hat, dass das Draußen draußen bleibt, und durch das man nichts berühren konnte.

Sie bewegt sich vorwärts, hält ihren Bauch ganz fest umklammert.

Süße Luft kommt durch den Kasten. Vorsichtig streckt sie die Hand durch die Öffnung. Langsam, Stückchen für

Stückchen rückt sie weiter vor, jederzeit bereit, sich beim ersten Anzeichen von Schmerz zurückzuziehen.

Aber nichts widersetzt sich ihr. Schließlich ist ihr ganzer Arm Dadraußen, in ihrer Welt, in der die Luft aus Regentropfen zu bestehen scheint.

Sie schließt die Augen. Zum ersten Mal, seit man sie in die Falle gelockt hat, kann sie wieder richtig atmen. Sie stößt ein langes, verzweifeltes Heulen aus.

Kommt und holt mich, bedeutet das Heulen, aber sie bricht mittendrin ab. Sie ist so weit weg von ihrer Höhle. Niemand kann sie hören.

Deshalb hat Er ihr ja immer gesagt, sie soll *bleiben*. Er kannte die Welt jenseits ihrer Kette.

Dadraußen ist voll von Fremden, die Mädchen wehtun wollen.

Und jetzt ist sie allein.

~

Vor vielen Jahren war Ellie mit ihrem damaligen Freund Scott Lauck ins Autokino gegangen, in einen Film mit dem Titel *Der Schwarm*. Vielleicht hatte er auch anders geheißen, aber es war irgendwas in der Art gewesen. Sie konnte sich nur noch an eine Szene erinnern, in der Joan Collins von einem Schwarm Ameisen in Volkswagengröße überfallen wurde. Natürlich hatte sich Ellie nicht so sehr für den Film interessiert als vielmehr dafür, mit Scotty rumzumachen. Trotzdem kamen ihr nun diese uralten Filmbilder in den Kopf, als sie auf dem Korridor vor dem Pausenraum stand, ihren Kaffee schlürfte und auf das Gedränge in der Polizeistation blickte.

Ein unglaublicher Volksauflauf. Von ihrem Platz am Ende des Korridors konnte sie kein Stückchen Boden oder Wand erkennen. Und draußen war es das Gleiche, den ganzen Häuserblock entlang.

Die Geschichte war heute früh mit einer Unzahl von Schlagzeilen unters Volk gebracht worden.

DAS MÄDCHEN VON NIRGENDWO
WER BIN ICH?
ERINNERT IHR EUCH NOCH AN MICH?

Ellies Lieblingsüberschrift stammte mal wieder von Mort: STUMMES FLUGMÄDCHEN LANDET IN RAIN VALLEY hatte er in der *Gazette* getitelt. Im ersten Abschnitt wurden die unglaubliche Sprungkraft des Mädchens und natürlich auch ihr Wolfskamerad beschrieben. Morts Bericht war der einzige, der das Mädchen zutreffend schilderte: verrückt, wild und herzzerreißend.

Um acht Uhr morgens war der erste Anruf eingegangen, und seither hatte Cal keinen ruhigen Moment mehr gehabt. Um eins hatte der erste Übertragungswagen eines nationalen Nachrichtensenders die Stadtgrenze überquert. Innerhalb von zwei Stunden waren die Straßen von Kleinbussen und Reportern verstopft, die eine weitere Pressekonferenz forderten. Alle − Journalisten, Eltern, Spinner und Hellseher − wollten die Details als Erste erfahren.

»Bisher hat sich noch nichts ergeben«, sagte Peanut, die gerade aus dem Pausenraum kam. »Niemand weiß, wer sie ist.«

Cal blickte von seinem Schreibtisch auf und sah seine beiden Kolleginnen an. Er sprach gleichzeitig in sein Headset und wehrte die Fragen des Reporterschwarms ab, der sich vor ihm aufgebaut hatte.

Ellie lächelte ihn an.

Hilfe, formte er lautlos mit den Lippen.

»Cal dreht gleich durch«, stellte Peanut trocken fest.

»Ich mach ihm keinen Vorwurf. Er hat diesen Job ja auch nicht angenommen, um tatsächlich zu arbeiten.«

»Hat das irgendeiner von uns getan?«, lachte Peanut.

»Ja, ich zum Beispiel.« Ellie sah ihre Freundin an, sagte: »Wünsch mir Glück«, und watete zurück in das Meer rufender und lärmender Reporter. Als sie mittendrin war, hob sie die Hände in die Luft. Tatsächlich kehrte nach einer Weile Ruhe ein, und die Aufmerksamkeit wandte sich ihr zu.

»Heute gibt es aus diesem Büro keinen Kommentar mehr – weder offiziell noch inoffiziell, von keinem von uns. Um sechs geben wir eine Pressekonferenz, auf der alle Fragen beantwortet werden.«

Chaos brach aus.

»Aber wir brauchen Fotos!«

»Diese Skizzen sind Mist ...«

»Zeichnungen bringen die Leute nicht dazu, sich eine Zeitung zu kaufen ...«

Genervt schüttelte Ellie den Kopf. »Ich weiß nicht, wie meine Schwester ...«

»Das reicht jetzt!« Peanut warf sich ins Gedränge und setzte ihre Predigerstimme ein, die sie perfektioniert hatte, als ihre Tochter Tara dreizehn geworden war. »Ihr habt gehört, was die Polizeichefin gesagt hat. Raus jetzt. Alle. Und zwar sofort.«

Sie drängte die Menge hinaus und schlug die Tür zu.

Erst als Ellie zu ihrem Schreibtisch gehen wollte, sah sie ihn.

Mort Elzick stand in der Ecke, zwischen zwei grüne Aktenschränke aus Metall gequetscht. Er war bleich und sah verschwitzt aus in seiner braunen Breitkordhose und dem dunkelblauen Golfhemd. Sein rötlicher Bürstenhaarschnitt

war so lang, dass er aussah wie ein Pompadour mit Pony-
fransen. Hinter den dicken Brillengläsern wirkten die wäss-
rigen Augen riesig. Als er merkte, dass Ellie ihn ansah, kam
er aus seinem Schlupfwinkel heraus. Seine abgetragenen
weißgrauen Tennisschuhe quietschten bei jedem Schritt.
»D-Du musst mir die Exklusivrechte verschaffen, Ellie. Das
ist meine große Chance. Dann könnte ich eine Stelle beim
Olympian oder beim *Everett Herald* kriegen.«

»Mit einer Schlagzeile wie ›Mogli lebt‹?« Das wage ich zu
bezweifeln.«

Er wurde rot. »Was weiß denn jemand, der das College
hingeschmissen hat, von den Klassikern? Ich weiß, dass Julia
euch bei dem Fall hilft.«

»Das glaubst du vielleicht. Lass es drucken, und ich bring
dich um.«

Seine Augenbrauen zogen sich zusammen, sein Gesicht
wurde noch röter. »Verschaff mir die Exklusivgeschichte,
Ellie. Das bist du mir schuldig. Sonst …«

»Sonst was?« Sie trat auf ihn zu.

»Sonst …«

»Wenn du meine Schwester erwähnst, sorge ich dafür, dass
du gefeuert wirst.«

Er wich zurück. »Du hältst dich wohl für was Besonderes.
Aber du kannst nicht immer und überall deinen Willen
durchsetzen. Ich hab dir eine Chance gegeben. Vergiss das
nicht.«

Damit zwängte er sich an ihr vorbei und rannte aus der
Polizeistation.

»Gelobt sei Jesus Christus, reicht mir das Eis«, sagte Cal.
Er eilte in den Pausenraum und kam mit drei Bier zurück.

»Du kannst dir hier keinen genehmigen«, sagte Ellie müde.

»Rutsch mir doch den Buckel runter«, entgegnete Cal.

»Und das ist total nett gemeint. Wenn ich einen richtigen Job gewollt hätte, hätte ich mich nicht auf deine Anzeige gemeldet. Die ganze Woche hatte ich nicht ein Mal Zeit, in Ruhe einen Comic zu lesen.« Er reichte Ellie eine Flasche Corona.

»Nein danke«, lehnte Peanut ab, als er auch ihr ein Bier anbot. Sie verschwand im Pausenraum und kam mit einem Becher zurück.

Ellie sah sie fragend an.

»Kohlsuppe«, erklärte Peanut achselzuckend.

Cal setzte sich auf seinen Schreibtisch, baumelte mit den Beinen und trank sein Bier. Sein Adamsapfel hüpfte auf und ab wie eine verschluckte Fischgräte, seine schwarzen Haare reflektierten das Licht in blauen Wellen. »Gut für dich, Pea. Ich hab schon befürchtet, als Nächstes würdest du es mit der Heroin-Diät versuchen.«

Peanut lachte. »Ehrlich gesagt war das Rauchen eine ziemlich blöde Idee. Benji wollte mir nicht mal einen Gutenachtkuss geben.«

»Dabei knutscht ihr beiden doch so gerne«, erwiderte Cal.

In seine Stimme hatte sich ein seltsam rauer Unterton geschlichen, und Ellie schaute ihn verwundert an. Einen Moment sah sie ihn so, wie er früher gewesen war – ein schlaksiger Junge mit viel zu ernsthaften Gesichtszügen für sein Alter. Seine Augen waren immer überschattet, und er war immer auf der Hut gewesen.

Seufzend stellte er sein Bier ab. Zum ersten Mal fiel Ellie auf, wie müde er aussah. Für gewöhnlich hatte sein Mund dieses irritierend jungenhafte Grinsen, aber jetzt war er nur ein dünner bleicher Strich.

Unwillkürlich tat er ihr leid. Sie wusste genau, wo das Problem lag. Inzwischen hatte er zweieinhalb Jahre voll für sie gearbeitet, davor war er Vater und Hausmann gewesen. Seine Frau Lisa war Handelsvertreterin für eine Firma in New York und mehr unterwegs als zu Hause. Als die Kinder in der Schule waren, hatte er den Job in der polizeilichen Telefonzentrale angenommen, um die leeren Stunden zu füllen, wenn sie nicht da waren. Allerdings hatte er den Tag über hauptsächlich Comics gelesen und Actionfiguren auf seinen Skizzenblock gezeichnet. Er war ein guter Telefonist, solange es um nichts Größeres ging als beispielsweise um eine Katze, die auf einem Baum festsaß. Aber die letzten Tage waren wirklich anstrengend gewesen. Schlagartig wurde Ellie klar, wie sehr sie sein Lächeln vermisste. »Ich sag dir was, Cal. Ich übernehme die Pressekonferenz. Und du kannst nach Hause gehen.«

Augenblicklich erschien ein bemitleidenswert hoffnungsvoller Ausdruck auf seinem Gesicht. »Aber du brauchst doch jemanden, der die Notrufe entgegennimmt«, wandte er trotzdem ein.

»Wir lassen sie einfach ins Amt umleiten. Wenn es was Wichtiges ist, rufen die mich per Funk. Es wären sowieso nur die Notrufe.«

»Bist du sicher? Nach Emilys Fußballspiel kann ich zurückkommen.«

»Das wäre toll.«

»Danke, Ellie.« Endlich grinste er und sah gleich wieder aus wie ein Siebzehnjähriger. »Tut mir leid, dass ich heute Morgen so unfreundlich war.«

»Schon gut, Cal. Manchmal muss man seine Meinung deutlich machen.« Das hatte ihr Vater immer gesagt, wenn er mal wieder mit der Faust auf den Küchentisch geschlagen hatte.

Cal schnappte sich seinen Polizei-Regenmantel von dem

Hirschgeweih, das ihm als Garderobenhaken diente, und verließ das Revier.

Ellie kehrte an ihren Schreibtisch zurück und setzte sich. Linkerhand lag ein mindestens fünf Zentimeter hoher Stapel Faxe. Jedes verkörperte ein verlorenes Kind, eine trauernde Familie. Sie hatte sie sorgfältig gelesen, die Ähnlichkeiten und Unterschiede markiert. Sobald die Pressekonferenz überstanden war, würde sie anfangen, die verschiedenen Agenturen und Ämter zurückzurufen. Garantiert würde sie die Nacht am Telefon verbringen.

»Du hast schon wieder diesen abwesenden Blick«, stellte Peanut fest, während sie ihre Suppe schlürfte.

»Ich denke bloß nach.«

Peanut stellte ihren Becher weg. »Du kriegst das hin, glaub mir. Du bist eine großartige Polizistin.«

Am liebsten hätte Ellie ihr aus tiefstem Herzen beigepflichtet, und an jedem anderen Tag hätte sie es auch vorbehaltlos getan. Aber heute konnte sie nicht umhin, zu dem kleinen Stapel mit »Beweisen« zu blicken, die sie bisher über die Identität des Mädchens gesammelt hatten. Vier Fotos – von vorn, im Profil, zwei Ganzkörperaufnahmen. Auf allen war das Mädchen so stark sediert, dass es aussah wie tot. Unter den Fotos eine Liste der Narben des Mädchens, Leberflecken und natürlich das Muttermal auf dem Schulterblatt. Auf dem Foto, das die Liste ergänzte, sah es einer Libelle bemerkenswert ähnlich. Außerdem waren da die Röntgenaufnahmen; Max schätzte, dass das Mädchen noch ganz klein gewesen war, als es sich den linken Arm gebrochen hatte, und dass die Knochen ohne angemessene medizinische Behandlung zusammengewachsen waren. Jede Verletzung, Narbe und alle Leberflecken und Muttermale waren auf einem Diagramm ihres Körpers verzeichnet. Während das Mädchen bewusstlos war, hatte man ihm auch Fingerabdrücke und Blut abgenommen – es hatte Blutgruppe AB – und eine Röntgenaufnahme seiner Zähne gemacht. Das Blut war zu einer DNA-Analyse ins Labor geschickt worden, aber noch nicht wieder zurückgekommen. Auch das Kleid, das es getragen hatte, wurde derzeit untersucht.

Jetzt konnten sie nur noch warten. Und beten, dass sich jemand meldete, der das Mädchen identifizieren konnte.

»Ich weiß nicht, Pea. Das ist wirklich eine harte Nuss.«

»Aber du bist ihr gewachsen.«

Ellie lächelte ihre Freundin an. »Weißt du eigentlich, was die beste Entscheidung war, die ich je in diesem Job getroffen habe?«

»Das Programm ›Bring einen Betrunkenen nach Hause‹?«

»Knapp daneben. Nein, meine beste Entscheidung war, dich einzustellen, Penelope Nutter.«

»Ja, jeder Star braucht einen guten Kumpel«, grinste sie.

Lachend machte Ellie sich wieder an die Arbeit.

Wenig später klopfte es an die Tür. Peanut blickte auf. »Wer klopft denn bei der Polizei an?«

Ellie zuckte die Achseln. »Bestimmt kein Reporter. Herein«, sagte sie laut. Vor der Tür stand ein Paar und spähte schüchtern herein. »Sind Sie Chief Barton?«

Die beiden waren ganz sicher keine Reporter: ein großer, weißhaariger Mann, so schlank, dass er schon fast ausgemergelt wirkte. Er trug einen hellgrauen Kaschmirpullover und eine schwarze Hose mit messerscharfen Bügelfalten. Und Großstadtschuhe. Die Frau war von Kopf bis Fuß in Schwarz gekleidet. Schwarzes Mantelkleid, schwarze Strumpfhose, schwarze Pumps. Ihre Haare, in einem teuren Dreierlei von Blondtönen, waren streng aus dem bleichen Gesicht gekämmt und zur Banane hochgesteckt.

Ellie stand auf. »Kommen Sie doch herein.«

Der Mann berührte den Ellbogen der Frau und führte sie zu Ellies Schreibtisch. »Chief Barton, ich bin Dr. Isaac Stern. Das ist meine Frau Barbara.«

Ellie schüttelte den beiden die Hände, wobei ihr auffiel, wie kalt sie waren. »Freut mich, Sie kennenzulernen.«

Ein Windstoß riss die Tür auf und knallte sie heftig gegen die Wand.

»Entschuldigen Sie.« Ellie schloss die Tür. »Wie kann ich Ihnen helfen?«

»Ich bin hier wegen meiner Tochter Ruthie«, antwortete Dr. Stern. »Wegen *unserer* Tochter«, verbesserte er sich und sah seine Frau an. »Sie ist 1996 verschwunden. Es sind eine Menge Leute mit uns hergekommen. Alles Eltern vermisster Kinder.«

Ellie machte die Tür wieder auf und warf einen Blick nach draußen. Auf der Straße standen immer noch die Reporter, unterhielten sich in kleinen Gruppen miteinander und warteten auf die bevorstehende Pressekonferenz. Aber jetzt interessierte Ellie sich viel mehr für die Menschenschlange, die sich vor der Tür gebildet hatte.

Eltern.

Bestimmt an die hundert Menschen.

»Bitte«, sagte ein Mann auf der Treppe. »Sie haben uns zusammen mit den Presseleuten rausgeschmissen, aber wir müssen mit Ihnen reden. Ein paar von uns haben eine lange Anreise hinter sich.«

»Natürlich rede ich mit Ihnen«, sagte Ellie. »Aber einer nach dem anderen. Sagen Sie das bitte weiter. Wenn nötig, bleiben wir die ganze Nacht hier.«

So sacht sie konnte, schloss sie die Tür wieder. Dann wappnete sie sich innerlich und ging zurück an ihren Schreibtisch. »Nehmen Sie doch bitte Platz«, sagte sie und deutete auf die beiden Stühle vor dem Tisch.

»Penelope«, wandte sie sich dann an ihre Freundin, »du kannst dich ruhig auch um die Leute kümmern. Name, Telefon, alles was an Infos aufzunehmen ist.«

»Geht klar, Chief«, rief Peanut und ging sofort zur Tür.

»Nun«, sagte Ellie und beugte sich vor. »Erzählen Sie mir doch bitte von Ihrer Tochter.«

Unermesslicher Kummer starrte ihr entgegen, nicht zu übersehen, wie Blut im Schnee.

Dr. Stern fand als Erster seine Stimme. »Unsere Ruthie ist eines Morgens zur Schule gegangen, doch sie ist nie dort angekommen. Sie liegt nur zwei Häuserblocks von uns entfernt. Ich habe schon den Polizisten angerufen, der uns in dieser Sache geholfen hat, aber er hat mir gesagt, dass das Mädchen, das Sie gefunden haben, nicht meine – unsere – Ruthie sein kann. Ich hab ihm gesagt, dass man bei uns an Wunder glaubt, deshalb bin ich zu Ihnen gekommen.« Er griff in die Tasche und holte ein kleines, abgegriffenes Foto heraus. Darauf war ein hübsches kleines Mädchen mit hellbraunen Locken zu sehen, das eine pinkfarbene Power-Rangers-Frühstücksdose im Arm hielt. In der Ecke stand das Datum: 7. September 1996. Heute wäre Ruthie also dreizehn oder vierzehn.

Ellie holte tief Luft. Unmöglich, die Reihe der hoffnungsvollen Eltern vor der Tür zu vergessen, die alle auf ein Wunder warteten. Es würde der längste Tag ihres Lebens werden. Schon jetzt hätte sie am liebsten geheult.

Sie nahm das Foto und fuhr vorsichtig mit dem Finger darüber. Als sie wieder aufblickte, sah sie, dass Mrs Stern weinte. »Welche Blutgruppe hat Ruthie?«

»Null«, antwortete Mrs Stern, wischte sich die Augen und wartete.

»Es tut mir leid«, sagte Ellie. »Es tut mir wirklich sehr, sehr leid.«

Unterdessen hatte Peanut die Tür geöffnet und ein weiteres Paar hereingelassen, das nun vor ihrem Schreibtisch stand, ein Farbfoto an die Brust gedrückt.

Bitte, lieber Gott, betete Ellie im Stillen und schloss für einen Moment, einen Herzschlag lang, die Augen. *Bitte gib mir Kraft, sonst steh ich das nicht durch.*

Unvermittelt begann Mrs Stern zu erzählen. »Pferde«, verkündete sie mit kehliger Stimme. »Sie hat Pferde geliebt, unsere Ruthie. Wir dachten, sie wäre noch nicht alt genug, um Reitunterricht zu nehmen. Nächstes Jahr, haben wir immer gesagt. Nächstes Jahr …«

Dr. Stern legte die Hand auf ihren Arm. »Und dann … das.« Er nahm Ellie das Foto wieder ab und starrte darauf. Tränen traten ihm in die Augen. Schließlich blickte er wieder auf. »Haben Sie Kinder, Chief Barton?«

»Nein.«

Eigentlich hatte sie erwartet, er würde etwas dazu sagen, aber stattdessen half er wortlos seiner Frau beim Aufstehen.

»Danke, dass Sie sich Zeit für uns genommen haben, Chief.«

»Es tut mir leid«, sagte sie noch einmal.

»Ich weiß«, erwiderte er, und auf einmal wurde Ellie bewusst, wie geschwächt er war, wie sehr er sich bemühte, Haltung zu bewahren. Er nahm den Arm seiner Frau, geleitete sie zur Tür, dann waren die beiden verschwunden.

Einen Augenblick später kam der nächste Mann herein. Er trug einen ramponierten verwaschenen Overall und ein Flanellhemd und hatte eine Baseballkappe mit dem Logo der Stihl-Kettensägen tief in die Stirn gezogen. Die untere

Hälfte seines Gesichts verschwand unter einem grauen Bart. Auch er hielt ein Foto an die Brust gepresst.

Das Foto eines blonden Cheerleader-Mädchens, das sah Ellie schon von fern.

»Chief Barton?«, sagte er mit hoffnungsvoller Stimme.

»Ja, das bin ich«, antwortete sie. »Bitte, nehmen Sie doch Platz ...«

ZEHNTES KAPITEL

*J*n der vergangenen Nacht hatte Julia ihr Mädchenschlafzimmer in eine Sicherheitszone für sich und ihre kleine Patientin verwandelt. Noch immer standen die beiden Betten an der linken Wand, aber sie hatte alles Mögliche daruntergestopft, damit sich das Mädchen dort nicht verstecken konnte. In der Ecke beim Fenster hatte sie fast ein Dutzend großer Topfpflanzen aufgestellt, die eine Art Miniaturwäldchen bildeten. Ein langer Resopaltisch mit zwei Stühlen nahm die Mitte des Raums ein und diente als Schreibtisch und Lernbereich. Nun fiel ihr allerdings noch etwas ein, was sie vergessen hatte, nämlich ein gemütlicher Sessel.

Die letzten sechs Stunden hatte das Mädchen mit ausgestreckten Armen an dem vergitterten, offenen Fenster zugebracht. Ob es regnete oder die Sonne schien, sie ließ die Arme draußen. Um die Mittagszeit hatte sich ein Rotkehlchen auf dem Fensterbrett niedergelassen, und jetzt, im blassgrauen Sonnenlicht, das den Regen der vorangegangenen Stunde abgelöst hatte, landete ein bunter Schmetterling auf ihrer ausgestreckten Hand, blieb flatternd einen Atemzug lang dort sitzen und flog dann weiter.

Wenn Julia es nicht aufgeschrieben hätte, wäre es ihr schwergefallen zu glauben, dass sie es wirklich gesehen hatte. Immerhin war es Herbst, also kaum die Jahreszeit für Schmetterlinge, und selbst im warmen Sommer landeten sie äußerst selten auf der Hand eines kleinen Mädchens, nicht mal für einen kurzen Moment.

Aber sie *hatte* es aufgeschrieben, eine Aktennotiz gemacht, und da stand es jetzt. Eine Tatsache, die in Betracht gezogen werden musste, eine weitere Auffälligkeit.

Vielleicht war es die Reglosigkeit des Mädchens. Sie hatte sich seit Stunden nicht gerührt.

Keine Verlagerung des Gewichts, kein Wechsel der Armhaltung, keine Drehung des Kopfes. Keine wiederkehrenden monotonen oder zwanghaften Bewegungsabläufe, nein, sie war einfach still, wie ein Chamäleon. Die Sozialarbeiterin, die am Morgen gekommen war, um festzustellen, ob Julia als temporäre Pflegemutter geeignet war, hatte schockiert reagiert, es aber zu verbergen versucht. Als sie ihr Notizbuch zuklappte, hatte sie noch einen letzten besorgten Blick auf das Mädchen geworfen und Julia zugeflüstert: »Sind Sie sicher?«

»Ja, ich bin ganz sicher«, hatte Julia geantwortet. Und das stimmte auch. Diesem Kind zu helfen war zu ihrer ganz persönlichen Aufgabe geworden.

Nachdem sie gestern Abend das Zimmer hergerichtet hatte, war sie noch lange aufgeblieben, hatte am Küchentisch gesessen, sich Notizen gemacht und alles gelesen, was sie über Wilde Kinder finden konnte. Ein zugleich faszinierendes und herzzerreißendes Thema.

Die Fälle folgten alle einem bestimmten Muster, ganz gleich ob sie sich vor dreihundert Jahren in den dichten Wäldern oder in diesem Jahrhundert in der afrikanischen Wildnis ereignet hatten. Alle diese Kinder waren – meist von Jägern – in tiefen, dunklen Wäldern entdeckt worden. Mehr als ein Drittel der Kinder bewegte sich nur auf allen vieren vorwärts. Kaum eines konnte sprechen. Einige von ihnen – darunter beispielsweise Peter, der Wilde Junge von 1726, Memmie, das sogenannte Wilde Mädchen aus Frankreich, und der wahrscheinlich bekannteste Wolfsjunge Victor von Aveyron 1797 – waren zu Mediensensationen ihrer Zeit geworden. Wissenschaftler, Ärzte und Sprachforscher strömten herbei, in der Hoffnung, das Wilde Kind würde die elementarsten Fragen der menschlichen Natur beantworten.

Könige und Prinzessinnen brachten die Kinder als Kuriositäten und zur Unterhaltung an den Hof. Der jüngste Fall – ein Mädchen namens Genie, das nicht in der Wildnis, sondern in einem kalifornischen Vorort aufgewachsen und dort so systematischen und grässlichen Misshandlungen ausgesetzt gewesen war, dass es nicht sprechen, nicht gehen und auch nicht spielen konnte – war ein weiteres Beispiel für die Sensationsgier der Medien.

Die meisten dokumentierten Fälle hatten zwei Dinge gemeinsam. Erstens besaßen die Kinder die körperlichen Voraussetzungen, um zu sprechen, hatten die Sprache jedoch nicht umfassend erlernt. Zweitens fristeten fast alle früheren Wilden Kinder den Rest ihres Lebens in einem Heim, einsam und vergessen. Nur zwei Fälle, nämlich Memmie und ein Junge aus Uganda, den man 1991 in einer Affenhorde gefunden hatte, lernten sprechen und in der Gesellschaft zu funktionieren. Dennoch starb Memmie allein und völlig verarmt. Sie hatte ihren Mitmenschen nie erzählen können, was ihr in ihrer Jugend zugestoßen und wie sie in den Wald gekommen war.

Für Wissenschaftler und Ärzte stellten diese Kinder eine

Herausforderung dar, zu der sie sich unwiderstehlich hingezogen fühlten. Sie wollten dieses menschliche Wesen, das so anders war als alle anderen, kennenlernen, wollten es verstehen – und retten. Sie hielten die Wilden Kinder für reiner und ursprünglicher als gewöhnliche Menschen, da sie unberührt waren von gesellschaftlichen Zwängen und Konventionen. Und dennoch war einer nach dem anderen gescheitert. Warum? Weil ihnen ihre Patienten letztlich zu wenig am Herzen lagen.

Aber Julia würde diesen Fehler nicht begehen. Sie würde nicht so handeln wie die Ärzte vor ihr, die ihren Schützlingen die Seele geraubt hatten, um die eigene Karriere voranzutreiben. Die irgendwann das Interesse verloren und sich von ihren stillen, zerbrochenen Patienten abgewandt hatten, die als Gefangene in irgendwelchen Institutionen zurückblieben, verwirrter und einsamer, als sie es je zuvor gewesen waren.

»Auf das Herz kommt es an, nicht wahr, Kleines?«, sagte sie, als sie wieder aufblickte. Vor ihren Augen landete ein zweiter Vogel auf dem Fensterbrett, gleich neben der ausgestreckten Hand des Mädchens, legte den Kopf schief und gab ein kleines Lied zum Besten.

Das Mädchen antwortete ihm mit einer perfekten Imitation.

Der Vogel schien zu lauschen, dann sang er wieder.

Und das Mädchen antwortete.

Julia warf einen Blick zu der Videokamera in der Ecke. Das rote Licht leuchtete. Die bizarre »Unterhaltung« wurde also aufgezeichnet.

»Sprichst du mit ihm?«, fragte Julia, während sie das Geschehen notierte. Natürlich war ihr bewusst, dass es in den Ohren anderer Menschen lächerlich klingen würde, aber sie sah es vor sich. Das Mädchen und der Vogel schienen einander zu verstehen. Zumindest war die Kleine eine begnadete Stimmenimitatorin.

Andererseits, wenn sie im Wald aufgewachsen war, allein oder in einem Tierrudel, würde sie nicht unbedingt die Unterscheidung zwischen Mensch und Tier machen, wie es in unserer zivilisierten Welt selbstverständlich und üblich war. »Kennst du überhaupt den Unterschied zwischen Mensch und Tier?« Sie klopfte mit dem Stift aufs Papier. Das leise Geräusch vertrieb den Vogel.

Julia griff nach den Büchern, die auf dem provisorischen Schreibtisch lagen. Es waren vier Kinderbuchklassiker: *Der geheime Garten, Andersens Märchen, Alice im Wunderland, Der kleine Kuschelhase.* Nur eine bescheidene Auswahl aus dem riesigen Stapel, den die großzügigen Bürger des Städtchens gespendet hatten. Heute Morgen, als das Mädchen noch schlief, hatte Julia ihm die Windel gewechselt und dann die Kisten nach etwas durchsucht, was ihr dabei helfen konnte, mit der Kleinen in Kontakt zu kommen. Sie hatte sich für Stifte und Papier, zwei alte Barbiepuppen in Diskokleidung entschieden – und für diese Bücher.

Jetzt schlug sie das oberste auf – *Der geheime Garten* – und begann laut vorzulesen: »Als Mary Lennox zu ihrem Onkel nach Misselthwaite Manor geschickt wurde, sagten alle, sie wäre das hässlichste Kind auf der ganzen Welt ...«

Die nächste Stunde las Julia die wunderschöne Kindergeschichte laut vor, wobei sie sich Mühe gab, sanft und melodisch zu sprechen. Ihr war ganz klar, dass ihre kleine Patientin die meisten Worte nicht kannte und daher auch der Geschichte nicht wirklich folgen konnte, doch wie alle Kinder, die nicht sprechen konnten, schien dem Mädchen trotzdem der Klang zu gefallen.

Am Ende eines Kapitels klappte Julia das Buch leise zu. »Hier mache ich mal eine kleine Pause. Aber ich komme gleich zurück. *Zurück*«, wiederholte sie für den Fall, dass der Kleinen das Wort vertraut vorkam.

Langsam stand sie auf und streckte sich. Sie hatte den Plastiktisch ans Fußende ihres Mädchenbetts geschoben, was allerdings zur Folge hatte, dass sie auf ihrem ohnehin nicht sehr bequemen Stuhl recht beengt sitzen musste und sich auf die Dauer leicht einen steifen Hals holte. Ihren Stift nahm sie mit – er konnte schließlich als Waffe benutzt werden – und ging zum Bad, das vor vielen Jahren für sie und Ellie eingerichtet worden war. Man erreichte es durch die Tür neben der Kommode.

Sie ging hinein und schloss die Tür so weit, dass sie sich einigermaßen ungestört fühlte, das Mädchen ihre Stimme aber weiterhin hören konnte. Langsam zog sie die Hose herunter, setzte sich auf die Toilette und sagte: »Ich gehe nur schnell aufs Klo, Schätzchen. Bin gleich zurück. Ich möchte nämlich auch gern wissen, was mit Mary passiert. Glaubst du, sie hört wirklich jemanden weinen? Weinst du auch manchmal? Weißt du, was ...«

Sie unterbrach sich, denn in diesem Moment erschien das Mädchen im Türrahmen, bremste ungeschickt ab und schubste die Tür dabei so heftig weg, dass diese gegen die Wand knallte. Offensichtlich erschreckte sie sich furchtbar, denn sie fuhr zurück und begann sofort wieder, sich auf die Wangen zu schlagen, den Kopf zu schütteln und zu schnauben.

»Du bist nur erschrocken«, sagte Julia besänftigend. »Du hast einen Schreck gekriegt, und jetzt ärgerst du dich. Hast du gedacht, ich gehe weg?«

Beim Klang von Julias Stimme beruhigte sich das Mädchen erstaunlich rasch. Aber sie sah immer noch nervös zur Tür, während sie sich langsam von ihr entfernte.

»Dann lassen wir die Tür eben von nun an offen. Aber ich muss wirklich aufs Klo. Kennst du das Wort? Klo?«

Hatte sie das Wort erkannt? Oder doch eher nicht?

Das Mädchen stand da und beobachtete Julia.

»Ich muss mal einen Moment alleine sein. Du könntest ... ach, was soll's ...« Die ganzen sozialen Verhaltensregeln spielten hier und jetzt ohnehin keine Rolle!

Die Kleine runzelte die Stirn und kam einen Schritt näher, den Kopf schief gelegt wie vorhin der Vogel, als bemühte sie sich, die Dinge aus einer anderen Perspektive zu betrachten.

»Ich pinkle«, erklärte Julia sachlich und griff nach dem Klopapier.

Das Mädchen beobachtete sie, aufs Äußerste konzentriert – und wieder vollkommen reglos.

Als Julia fertig war, zog sie die Hose hoch und betätigte die Spülung.

Entsetzt schrie das Mädchen auf und wollte weglaufen, aber sie stolperte und fiel hin. Alle viere von sich gestreckt, blieb sie auf dem Boden liegen und heulte.

»Es ist okay«, sagte Julia. »Hab keine Angst. Du brauchst keine Angst zu haben. Das versprech ich dir.« Sie ließ die Spülung immer wieder rauschen, bis das Kind sich schließlich aufsetzte. Dann wusch sich Julia die Hände und ging langsam auf ihre kleine Patientin zu. »Möchtest du, dass ich weiter vorlese?« Sie kniete sich auf den Boden, sodass sie auf einer Augenhöhe mit dem Mädchen war, und sehr nah. Sie sah in die blaugrünen Augen der Kleinen. Die Iris hatte bernsteinfarbene Sprenkel, die dichten schwarzen Wimpern senkten sich langsam und öffneten sich wieder.

»Buch«, wiederholte Julia und deutete zu der Geschichte auf dem Tisch.

Das Mädchen ging zum Tisch und ließ sich daneben auf den Boden nieder.

Julia holte tief Luft, reagierte aber sonst nicht, sondern ging zum nächsten Stuhl und setzte sich. »Ich finde, Ellie und ich sollten Moms altes Sofa hier reinstellen. Was meinst du dazu?«

Das Mädchen kam ein bisschen näher heran. Im Schneidersitz saß sie da und sah zu Julia empor.

In diesem Augenblick war sie trotz ihres verschmierten Gesichts und trotz der verfilzten Haare nicht von einem ganz normalen Vorschulkind in der Vorlesestunde zu unterscheiden.

»Ich wette, du wartest darauf, dass ich anfange.«

Wie immer bekam sie als Antwort nur Schweigen. Die unheimlichen blaugrünen Augen starrten sie an. Diesmal vielleicht mit einer Spur von Erwartung, womöglich sogar Ungeduld. Ein gewöhnliches Kind hätte wahrscheinlich mit gebieterischer Stimme »Jetzt lies doch endlich!« gesagt. Aber die Kleine hier beobachtete nur.

Julia kehrte zu der Geschichte zurück. Sie las und las, von Mary und Dicken und Colin und dem geheimen Garten, der Marys Mutter gehört hatte. Sie las ein Kapitel nach dem anderen, bis sich vor dem Fenster in rosa und lila Streifen die Nacht herabsenkte. Als sie sich dem letzten Kapitel näherte, klopfte es an der Tür. Die Hunde schlugen an.

Sofort rannte das Mädchen zu seinem Schlupfwinkel und versteckte sich hinter den Topfpflanzen.

Langsam öffnete sich die Tür, und die beiden Hunde versuchten sich hereinzudrängeln. »Platz, Jake, Platz, Elwood! Was ist denn los mit euch?« Ellie schlängelte sich an ihnen vorbei und schubste die Tür mit der Hüfte wieder zu. Jämmerlich heulend blieben die Hunde auf dem Korridor zurück und kratzten an der Tür.

»Du musst sie echt besser erziehen«, sagte Julia und klappte das Buch zu.

Ellie stellte das Tablett mit Essen, das sie mitgebracht hatte, auf dem Tisch ab. »Ich dachte, wenn ich sie kastrieren lasse, werden sie lammfromm. Aber nichts dergleichen. Es muss wohl am Schwanz liegen.« Sie setzte sich auf das Fußende ihres alten Betts. »Wie geht es der Kleinen? Anscheinend hält sie mich immer noch für die böse Stationsschwester aus *Einer flog über das Kuckucksnest*.«

»Ich glaube, es geht ihr mittlerweile besser. Wie es aussieht, mag sie es, wenn ich ihr vorlese.«

»Hat sie versucht zu fliehen?«

»Nein. Sie traut sich nicht mal in die Nähe der Tür. Ich vermute, es liegt am Knauf. Glänzendes Metall bringt sie total aus der Fassung.«

Ellie beugte sich vor und stützte sich mit den Unterarmen auf die Schenkel. »Ich wollte, ich hätte auch Fortschritte vorzuweisen.«

»Hast du doch. Die Geschichte macht Schlagzeilen. Bestimmt wird sich bald jemand melden.«

»Es melden sich jetzt schon eine ganze Menge. Heute hatte ich sechsundzwanzig Leute bei mir im Büro. Alle haben in den letzten Jahren eine Tochter verloren. Ihre Geschichten …, die Fotos …, es war schrecklich.«

»Ja, es ist unglaublich schwer, wenn man mit so viel Kummer konfrontiert wird.«

»Wie schaffst du das bloß? Ich meine, dir den ganzen Tag traurige Geschichten anzuhören?«

So hatte Julia ihren Beruf noch nie betrachtet. »Eine Geschichte ist nur dann traurig, wenn sie kein Happyend hat. Ich schätze mal, daran glaube ich immer.«

»Eine verkappte Romantikerin! Wer hätte das gedacht?« Julia lachte. »Nein, ich würde mich nicht gerade als romantisch bezeichnen! Wie war die Pressekonferenz?«

»Lang. Öde. Jede Menge blöde Fragen. Und die überregionalen Sender sind genauso schlimm. Eines habe ich inzwischen jedenfalls kapiert: Wenn eine Frage zu lachhaft ist für eine Antwort, dann wird ein Reporter sie garantiert ein weiteres Mal stellen. Mein persönlicher Favorit stammt vom *National Enquirer*. Da hat man gehofft, das Mädchen hätte Flügel anstelle von Armen. Ach ja, und bei *The Star* fragt man sich, ob sie vielleicht in einem Wolfsrudel gelebt hat.«

Zum Glück waren beides Boulevardblättchen, denen würde sowieso niemand glauben. »Wie weit seid ihr mit der Identifizierung?«

»Noch nichts. Aber durch die Röntgenaufnahmen, die Muttermale, die Narben und die Altersangabe konnten wir die Möglichkeiten schon deutlich eingrenzen. Ach ja, von der Fürsorge ist übrigens die Genehmigung für dich gekommen. Du bist jetzt offiziell die temporäre Pflegemutter der Kleinen.«

In diesem Moment merkten sie, dass das Mädchen langsam aus seinem Versteck gekrochen kam. Mit geblähten Nasenflügeln hielt sie inne, schnupperte in die Luft und sauste dann plötzlich tief geduckt durchs Zimmer. Noch nie hatte Julia ein Kind gesehen, das sich so schnell bewegen konnte. Die Kleine verschwand im Badezimmer.

Ellie stieß einen Pfiff aus. »Das hat Daisy also gemeint, als sie gesagt hat, das Mädchen ist schnell wie der Wind.« Behutsam näherte sich Julia dem Bad.

Ellie folgte ihr.

Das Mädchen saß auf der Toilette. Die Höschenwindel für Kleinkinder, die sie ihr angezogen hatte, hing ihr lose um die Knöchel.

»Herr im Himmel«, flüsterte Ellie. »Hast du ihr das beigebracht?«

Julia konnte es selbst kaum glauben. »Sie ist heute zu mir reingekommen, als ich gerade auf dem Klo war. Aber die Spülung hat sie zu Tode erschreckt. Ich hätte geschworen, dass sie noch nie eine Toilette gesehen hat.«

»Meinst du, sie hat es sich selbst beigebracht? Nachdem sie dir ein einziges Mal zugesehen hat?«

Julia antwortete nicht. Jedes Geräusch konnte den Augenblick kaputtmachen. Ganz vorsichtig, Schritt für Schritt, ging sie zum Klo, riss ein paar Blätter Toilettenpapier ab, zeigte dem Mädchen, was man damit machte, und reichte sie ihr dann. Lange betrachtete die Kleine das zusammengeknäulte Papier mit gerunzelter Stirn. Aber schließlich nahm sie es und benutzte es wie angewiesen. Als sie fertig war, rutschte sie vom Klositz herunter, zog die Windelhose hoch und drückte auf den mit Klebeband verkleideten Hebel der Spülung. Als das Rauschen einsetzte, stieß sie einen Schrei aus und rannte weg, zwischen Julias und Ellies Beinen hindurch.

»Du meine Güte!«, staunte Ellie.

Beeindruckt starrten sie auf das Mädchen, das sich wieder im Wald der Topfpflanzen versteckt hatte.

In der Stille, die im Raum eingekehrt war, hörte man die Kleine laut und schnell atmen.

»Die Geschichte wird echt immer seltsamer«, stellte Ellie fest.

Julia widersprach ihr nicht.

»Also«, meinte Ellie schließlich. »Ich muss wieder zurück

ins Büro. Ich weiß nicht, wann ich heimkomme.« Sie zog einen Zettel aus der Gesäßtasche und gab ihn Julia. »Das sind Peanuts und Cals Privatnummern. Ruf sie an, wenn du mal wieder in die Bibliothek musst, dann passen sie hier so lange für dich auf die Kleine auf.«

»Danke.«

Julia verabschiedete sich von ihrer Schwester, ließ sie hinaus, machte sich aber nicht die Mühe, die Tür zu verriegeln. Bisher schien das Mädchen immer noch Angst vor dem Türknauf zu haben.

Dann ging sie zurück an den Tisch, machte sich noch ein paar Notizen und legte Stift und Papier anschließend beiseite. »Zeit fürs Abendessen.«

Das Mädchen blieb zwischen den Pflanzen hocken und beobachtete Julia.

»Essen.« Julia klopfte auf das Tablett, das Ellie dagelassen hatte.

Und tatsächlich kam Bewegung in die Kleine. Sie kroch hinter den grünen Blättern hervor und wollte sich auf ihre gewohnte Weise über das Essen hermachen.

Aber Julia packte sie am Handgelenk. »Nein.«

Ihre Blicke trafen sich.

»Dafür bist du zu klug, oder?« Julia stand auf, ohne das vogelartig magere Handgelenk loszulassen, und ging um das Mädchen herum, bis sie nebeneinander standen. »Setz dich.« Dabei zog sie einen Stuhl heraus und klopfte auf den Sitz. »Setz dich.«

Die nächste halbe Stunde blieben sie stehen, in einen Kampf verwickelt, dessen Text zwei Worte umfasste.

Setz dich.

Zuerst heulte und schnaubte das Mädchen, schüttelte den Kopf und versuchte sich loszureißen.

Doch Julia hielt sie einfach fest, schüttelte ebenfalls den Kopf und wiederholte stur: »Setz dich.«

Als das übliche Theater nichts half, beruhigte sich das Mädchen allmählich. Regungslos starrte sie Julia an, mit zusammengekniffenen, wütenden Augen.

»Setz dich«, sagte Julia unbeirrt und klopfte auf den Stuhl. Schließlich stieß das Mädchen einen dramatischen Seufzer aus und setzte sich hin.

Sofort ließ Julia sie los. »Gut gemacht.« Dann wischte sie die Hände des Mädchens mit ein paar Feuchttüchern ab, ging auf die andere Seite des Tischs und ließ sich ebenfalls nieder.

Das Mädchen fiel über das Essen her wie über frisch erlegte Beute.

»Immerhin sitzt du am Tisch«, sagte Julia. »Das ist schon mal ein Anfang. An deinen Manieren arbeiten wir morgen. Nachdem du gebadet hast.« Sie griff nach ihrem Notizbuch, legte es auf den Schoß und blätterte darin, während das Mädchen aß. Vielleicht gab es hier eine Antwort. Aber sie bezweifelte es. In diesem Fall gab es in erster Linie Fragen.

Doch da fiel ihr ein Absatz ins Auge, den sie nachmittags geschrieben hatte.

Die Kleine ist eine perfekte Stimmenimitatorin und kann Ton für Ton ein Vogellied nachsingen. Es scheint fast so, als würde sie mit dem Vogel kommunizieren, obgleich das ja wahrscheinlich unmöglich ist.

»Ist das die Antwort, Kleines? Hast du gesehen, wie ich die Toilette benutzt habe, und mich einfach nachgemacht? War das eine Fähigkeit, die du in der Wildnis lernen musstest? Imitieren?«

Sie schrieb: *Wenn keine Menschen um uns herum sind, keine Gesellschaft, wie lernen wir dann? Durch Versuch und Irrtum?*

Durch Nachahmung anderer Spezies? Vielleicht hat dieses Mädchen gelernt, zu beobachten und nachzuahmen.

Sie ließ den Stift sinken.

Das fühlte sich höchstens wie eine halbe Antwort an. Ein Kind, das in der Wildnis aufgewachsen war, in einem Wolfsrudel oder in Gesellschaft anderer Tiere, hätte gelernt, sein Territorium mit Urin zu markieren. Eine Toilette zu benutzen würde unter diesen Umständen keinen Sinn ergeben. Es sei denn, sie hatte schon früher ein Klo gesehen. Ganz gleich, wie lange das her war. Oder sie erkannte in Julia einen neuen Rudelführer und wollte sich ihm anpassen.

»Wer bist du, Kleines? Woher kommst du?«

Natürlich erhielt sie darauf keine Antwort.

~

Während das Mädchen aß, verließ Julia das Zimmer und ging nach unten.

Es war ganz still im Haus.

Auf dem Unterstellplatz fand sie die zwei Pappkartons.

Einer war voll mit Kleidung, der andere enthielt alle möglichen Bücher und Spielsachen.

Sorgfältig ging sie noch einmal alles durch und packte die besten, nützlichsten Teile in einer Kiste zusammen, die sie ins Zimmer hinaufschleppte und mit einem dumpfen Laut auf dem Boden absetzte.

Ruckartig sah das Mädchen auf.

Bei ihrem Anblick hätte Julia fast aufgelacht. Offensichtlich war annähernd die Hälfte ihres Essens auf ihrem Gesicht und dem Krankenhauskittel gelandet. Der Obstsalat mit Kokosnuss und Schlagsahne klebte wie ein weißer Bart an ihrer Nase, ihren Wangen und ihrem Kinn.

»Ich finde, du siehst aus wie ein Miniaturweihnachtsmann.«
Julia beugte sich über die Kiste und öffnete den Deckel.
Obenauf lagen drei Sachen: ein wunderschönes weißes Spitzennachthemd mit Lochstickerei und rosa Schleifchen, eine Puppe mit Windel und bunte Plastikbauklötze.
Sie trat zurück. »Spielsachen. Kennst du das Wort?« Keine Reaktion.
»Spielen. Spaß.«
Ohne zu blinzeln, starrte das Mädchen sie an.
Als Erstes holte Julia das Nachthemd heraus. Die häufig getragene und gewaschene Baumwolle fühlte sich ganz weich an.
Die Kleine machte große Augen, und aus ihrer Kehle kam ein leiser, knurrender Laut. Mit einer unvorstellbar schnellen, lautlosen Bewegung hüpfte sie vom Stuhl, rannte um den Tisch herum und entriss Julia das Nachthemd, drückte es sich fest an die Brust und verschwand damit im Topfpflanzendickicht.
»So, so«, sagte Julia. »Da mag jemand wohl hübsche Sachen.«
Das Mädchen begann zu summen. Ihre Finger berührten eine winzige rosa Seidenschleife und streichelten sie zärtlich.
»Wenn du das hübsche Kleidchen anziehen möchtest, musst du dich aber erst mal sauber machen lassen.«
Julia ging ins Bad, drehte den Hahn an der Badewanne auf und setzte sich auf den Rand. »Als ich so alt war wie du, habe ich schrecklich gern gebadet. Meine Mom hat immer Lavendel ins Badewasser getan. Das roch so gut. Oh, schau mal, da ist ja noch ein Fläschchen im Schrank! Ich gebe was davon für dich ins Wasser.«
Als sie sich wieder umdrehte, stand das Mädchen auf der Schwelle und schaute herein.

Julia streckte ihr die Hand entgegen. »Keine Angst«, sagte sie leise und stellte das Wasser ab. »Keine Angst.« Dann: »Komm.«

Keine Reaktion.

»Es ist ein schönes Gefühl, sauber zu sein.« Sie tunkte die andere Hand ins Wasser. »Schön. Komm!« Die Schritte des Mädchens waren so winzig, dass man sie kaum sah, aber sie bewegte sich immerhin vorwärts. Ihr Blick wanderte zwischen dem mit Klebeband umwickelten Wasserhahn und Julia hin und her.

»Hast du so was schon mal gesehen? Wasser aus dem Hahn?« Julia ließ sich das Wasser über die Finger laufen. »Wasser. Wasser.«

Jetzt stand die Kleine am Wannenrand. Mit einer Mischung aus Angst und Faszination starrte sie das Wasser an.

Ganz langsam beugte Julia sich zu ihr, um sie auszuziehen, und sie leistete zu Julias Überraschung keinerlei Widerstand. Was bedeutete es, dass das Kind plötzlich so bereitwillig folgte? Sie hängte den Krankenhauskittel über die Handtuchstange, umfasste dann wieder das magere Handgelenk und zog das Mädchen sacht zur Wanne. »Fass mal das Wasser an. Probier es einfach.« Sie machte vor, was sie meinte, und hoffte, die Kleine würde es nachahmen.

Es dauerte eine Weile, aber schließlich tauchte sie wirklich die Hand ins Wasser.

Ihre Augen weiteten sich, und sie stieß einen Laut aus, der halb ein Seufzer und halb ein Knurren war.

Kurz entschlossen zog Julia sich bis auf Slip und BH aus und stieg in die Wanne. »Siehst du?«, sagte sie lächelnd. »Das kannst du jetzt auch machen.« Als das Mädchen näher kam, stieg Julia wieder aus dem Wasser und setzte sich auf den kühlen Wannenrand. »Du bist dran. Steig rein.«

Vorsichtig kletterte das Mädchen über den Wannenrand und ließ sich ins Wasser sinken. Als es sie bis zum Hals bedeckte, gab sie ein Geräusch von sich, das klang wie ein Schnurren, und blickte zu Julia auf. Dann klatschte sie mit den Händen aufs Wasser, strampelte mit den Beinen, planschte und machte sich daran, die Wanne zu erforschen. Sie leckte die Kacheln ab, berührte die Fugen und schnüffelte am Hahn. Dann schöpfte sie Wasser in die Hand und trank es (natürlich musste man ihr das abgewöhnen, aber später).

Schließlich griff Julia nach der Lavendelseife im Seifenhalter und reichte sie dem Mädchen. Die Kleine roch daran, steckte sie in den Mund und versuchte sie zu essen.

Julia musste lachen. »Nein, nein! Das ist bäh, eklig.« Sie verzog das Gesicht. »Bäh.«

Das Kind runzelte die Stirn und versuchte, das glitschige Ding zu packen.

Aber Julia behielt die Seife und rieb sie zwischen den Fingern, um Schaum zu erzeugen. »Okay, jetzt wasche ich dich. Sauber. Seife.« Ganz langsam nahm sie die Hand des Mädchens in ihre und begann damit, sie einzuseifen.

Das Mädchen beobachtete sie mit der Konzentration eines Zauberlehrlings, der einen neuen Trick lernt. Schon während Julia ihr die Hände rubbelte, fing sie an, sich etwas zu entspannen, dann ließ sie sich problemlos in der Wanne umdrehen und die Haare waschen. Als Julia ihr die Kopfhaut massierte, begann sie sogar leise und wohlig vor sich hin zu summen.

Es dauerte einen Moment, bis Julia merkte, dass die Töne eine Melodie bildeten.

Weißt du, wie viel Sternlein stehen.

Julia richtete sich auf. Von all den unerwarteten Ereignissen heute war das eindeutig das wichtigste. »Wer hat dir das vorgesungen, Kleines? Wer?«

Mit geschlossenen Augen summte das Mädchen weiter.

Julia spülte die langen Haare aus, die so dicht und lockig waren, dass sich einzelne Strähnen wie Ranken um ihre Finger legten. Jetzt sah sie die Narben auf dem schmalen Rücken deutlich vor sich, ein ganzes Netz. Eine davon – dicht unter der Schulter – war besonders hässlich.

Wo bist du nur gewesen?

Das Kinderlied war wie ein winziges Fenster auf die wahre Herkunft des Mädchens – ein erster kleiner Hinweis. Doch wenn Julia jetzt nachfragte, würde sie aller Wahrscheinlichkeit nach keine Antwort bekommen. Sie wusste, dass sie auf viel grundlegendere, direktere Methoden zurückgreifen musste.

Fürs Erste beschloss sie, einfach mitzusingen. »Weißt du, wie viel Wolken gehen, weithin über alle Welt?«

Das Mädchen wälzte sich im Wasser herum, bis es Julia direkt ansehen konnte. Seine blaugrünen Augen schienen viel zu groß für das kleine, spitze Gesicht.

Julia sang das Lied zu Ende, legte sich dann die Hand auf die Brust und sagte: »Julia. Ju-li-a. Das bin ich.« Dann nahm sie vorsichtig die Hand des Mädchens. »Und wer bist du?«

Als Antwort bekam sie lediglich ein intensives Starren.

Seufzend griff Julia nach einem Handtuch. »Na, dann komm.«

Zu ihrer Verwunderung stand das Mädchen sofort auf und stieg aus der Wanne.

»Hast du mich etwa verstanden? Oder hast du mich nur nachgemacht?« Julia hörte selbst das Staunen in ihrer Stimme. Das war alles andere als professionelle Neutralität! Aber dieses kleine Mädchen überraschte sie in einem fort. »Weißt du, wie man spricht? Wörter? Reden?« Sie berührte wieder ihre Brust. »Julia. Ju-li-a.« Dann legte sie die Hand auf die Brust des Mädchens. »Wer bist du? Wie lautet dein Name? Ich muss dich doch irgendwie nennen.«

Nur weiter ein Starren.

Julia trocknete die Kleine ab und zog sie an. »Ich mach dir lieber wieder die Windel um. Nur zur Sicherheit. Dreh dich um, bitte, ich will dir die Haare flechten. Das hat meine Mom bei mir auch immer gemacht. Aber ich bin vorsichtiger als sie, das verspreche ich. Bei Mom hat es so geziept, dass ich manchmal weinen musste. Meine Schwester hat immer gesagt, deshalb sind meine Augen schräg geworden. Hier. Schon fertig.« In der Bewegung stieß sie aus Versehen gegen die Badezimmertür, die sich schloss, sodass im Spiegel auf ihrer Rückseite in einem perfekten rechteckigen Rahmen die Reflexion des Mädchens erschien.

Die Kleine schnappte so heftig nach Luft wie ein Fisch auf dem Trockenen. Dann streckte sie die Hand nach dem Spiegel aus und versuchte, das kleine Mädchen darin anzufassen.

»Hast du dich am Ende selbst noch nie gesehen?«, fragte Julia, aber schon als sie die Frage stellte, kannte sie die Antwort.

Nichts passte zusammen. Der Wolf. Die Essgewohnheiten. Das Lied. Das Töpfchentraining. Das waren winzige Teilchen, die den Rand des Puzzles bildeten, doch das zentrale Bild, der Zusammenhang – nichts davon war bisher zu erkennen. Wenigstens im Wasser musste sie ihr Spiegelbild schon einmal gesehen haben.

»Das bist *du*, Schätzchen. *Du.* Sieh mal, die wunderschönen blaugrünen Augen. Die langen schwarzen Haare. Du siehst so hübsch aus in deinem Nachthemd.«

Das Mädchen boxte sein Spiegelbild. Als ihre Knöchel unsanft auf das Glas trafen, jaulte sie laut auf.

Julia kniete sich neben sie. Jetzt waren sie beide im Spiegel zu sehen, Seite an Seite, die Gesichter dicht beieinander. Das Mädchen war atemberaubend schön. Es erinnerte Julia an die junge Elizabeth Taylor. »Siehst du? Das bin ich. Julia. Und du.«

Sie konnte sehen, als das Mädchen zu verstehen begann. Ganz langsam berührte sie ihre Brust und machte einen Laut. Ihr Spiegelbild tat das Gleiche.

»Hast du etwas gesagt? Vielleicht deinen Namen?«

Aber das Mädchen streckte die Zunge heraus. Die nächste Dreiviertelstunde, in der Julia ein T-Shirt und eine Trainingshose anzog und sich die Zähne putzte, spielte das Kind vor dem Spiegel. Schließlich holte Julia ihr Notizbuch und ihre Digitalkamera aus dem Nebenzimmer, und als sie wieder ins Bad kam, war die Kleine gerade dabei, in die Hände zu klatschen und im Gleichklang mit ihrem Spiegelbild vor dem Spiegel auf und ab zu hüpfen.

Sie machte ein paar Fotos – Nahaufnahmen vom Gesicht des Mädchens – und legte die Kamera anschließend beiseite. In ihr Notizbuch schrieb sie: *Entdeckung des Selbst.* Und dann dokumentierte sie jeden weiteren Augenblick.

Die Stunden vergingen. Noch lange nachdem es dunkel geworden war und die Sterne herauskamen, starrte das Kind in den Spiegel.

Schließlich konnte Julia den Stift nicht mehr halten, weil sie allmählich einen Schreibkrampf bekam. »Das reicht jetzt. Komm. Zeit fürs Bett.« Sie verließ das Bad, und als das Mädchen ihr nicht folgte, nahm sie eins der Bücher zur Hand. Da sie mit *Der geheime Garten* fertig waren, griff sie jetzt nach *Alice im Wunderland.*

»Passend, oder nicht?«, bemerkte sie zu sich selbst. Es war ja sonst niemand im Zimmer, und auch als sie vorzulesen begann, war sie allein. »Alice saß neben ihrer großen Schwester im Gras und langweilte sich. Ein paarmal hatte sie in das Buch geschaut, das ihre Schwester las, aber es waren keine Bilder drin, und die Leute unterhielten sich nicht. Alice fragte sich: ›Wozu macht man eigentlich Bücher ohne Bilder und in denen die Leute nicht miteinander reden?‹«

Plötzlich hörte das Hüpfen im Nebenzimmer auf.

Julia schmunzelte in sich hinein und las unbeirrt weiter.

Als das weiße Kaninchen auftauchte, kam das Mädchen aus dem Bad. In seinem hübschen weißen Nachthemd mit den rosa Schleifchen und mit den geflochtenen, gezähmten Haaren sah es aus wie ein x-beliebiges kleines Mädchen. Die einzige Spur von Wildheit lag in ihren Augen, die zu groß waren für ihr Gesicht und zu ernst für ihr Alter. Und die Julia fixierten, während sie ganz ruhig weiterlas.

Das Mädchen kam zu ihr und schlängelte sich dicht an sie heran.

Julia schaute sie an. »Hallo, Kleines. Magst du es, wenn ich vorlese?«

Auf einmal schlug das Mädchen mit der Hand heftig auf das Buch.

Vor Schreck konnte Julia nicht gleich reagieren. Es war das erste Mal, dass das Mädchen wirklich zu kommunizieren versuchte, und sie machte das ziemlich heftig.

Die kleine Hand landete noch einmal auf dem Buch, und die blaugrünen Augen sahen Julia fest an. Dann berührte die Kleine ihre Brust.

Mit dieser Bewegung hatte Julia im Bad ihren Namen und ihre Identität demonstriert.

Wieder klopfte das Mädchen auf das Buch. Als Julia nicht reagierte, schlug sie noch einmal zu.

Julia schloss das Buch. Auf dem Umschlag der alten, abgegriffenen Ausgabe war ein Bild von einer hübschen blonden Alice und einer großen, grell gekleideten Herzkönigin. Sie berührte das Bild des Mädchens. »Alice«, sagte sie und legte dann die Hand auf die Brust des kleinen Mädchens neben ihr. »Bist du das? Alice?«

Das Mädchen grunzte, schlug das Buch wieder auf und klopfte auf eine Seite.

Genau dort hatte Julia zu lesen aufgehört.

Erstaunlich.

Natürlich wusste sie nicht, ob das Mädchen nun auf den Namen oder das Vorlesen reagiert hatte, aber das war im Grunde gleichgültig. Warum auch immer – das Mädchen hatte endlich Kontakt mit dieser Welt aufgenommen. Fast hätte Julia vor Freude laut gelacht, so gut fühlte sie sich plötzlich.

Das Mädchen schlug wieder auf das Buch.

»Okay, okay, ich lese ja schon weiter, aber du heißt von jetzt ab Alice. Also, Alice, du musst jetzt ins Bett. Wenn du unter der Decke liegst, dann lese ich dir die Geschichte weiter vor.«

Genau eine Stunde später war das Kind eingeschlafen und Julia klappte das Buch zu.

Dann drückte sie der Kleinen einen Kuss auf die duftende rosa Wange. »Gute Nacht, kleine Alice. Schlaf gut im Wunderland!«

ELFTES KAPITEL

Ellie saß allein auf dem Polizeirevier und ging ihre Notizen vom Nachmittag durch.

Alle diese trauernden Eltern und ihre vermissten Kinder zählten jetzt auf sie.

Sie hatte fürchterliche Angst, sie zu enttäuschen. Diese Angst trieb sie an und sorgte dafür, dass ihr Hintern auf dem Stuhl blieb und ihre müden Augen sich weiter auf den Stapel Berichte vor ihr konzentrierten.

Aber sie saß schon zu lange hier. Sie war nicht mehr objektiv, sie konnte nichts mehr über Blutgruppen und Zahnarztunterlagen und Entführungsdaten zu Papier bringen. Wenn sie die Augen zumachte, sah sie nur noch zerbrochene Familien, Menschen, die immer noch Jahr für Jahr den Weihnachtsstrumpf für ihre Kinder an den Kamin hängten.

»Ich hab dich draußen weinen hören.«

Ellie fuhr hoch und schniefte heftig. »Ich hab nicht geweint. Mir ist bloß irgendwas ins Auge gekommen. Was hast du hier überhaupt verloren?«

Cal stand vor ihr und lächelte, die Hände tief in den Taschen. In seinem schwarzen Dark-Knight-T-Shirt und verwaschenen Jeans sah er viel eher aus wie ein Teenager als wie ein verheirateter Vater von drei Kindern.

Er zog einen Stuhl heran und setzte sich neben Ellie.

»Alles klar?«

Sie wischte sich die Augen. Das Lächeln, das sie auf ihr Gesicht zauberte, war pure Fiktion, und das wussten sie beide. »Ich bin dem allem nicht gewachsen, Cal.«

Er schüttelte den Kopf, und eine schwarze Haarsträhne fiel wie ein Komma über seine Augen.

Ohne nachzudenken, strich Ellie sie ihm aus der Stirn.

»Was soll ich jetzt bloß tun?«

Er zuckte vor ihrer Berührung zurück und lachte verlegen. »Das, was du immer tust, Ellie.«

»Und das wäre?«

»Du tust einfach das, was nötig ist. Du findest die Familie dieses Mädchens.«

»Kein Wunder, dass ich dich in der Nähe haben will.«

Diesmal war das Lächeln schon fast echt.

Er stand auf. »Komm, ich spendier dir ein Bier.«

»Was ist mit Lisa und den Mädchen?«

»Tara passt auf die Mädchen auf.« Er griff nach seiner Regenjacke und schlüpfte hinein.

»Ich brauch kein Bier, Cal. Ehrlich. Außerdem sollte ich nach Hause gehen. Du brauchst nicht …«

»Es wartet niemand mehr auf dich, Ellie.«

»Ich weiß, aber …«

»Geh doch mit.«

Wie er das sagte, so völlig selbstverständlich, rührte ihr Herz. Er hatte recht. Es war lange her, dass sich jemand um sie gekümmert hatte. »Na gut, gehen wir.« Sie schnappte sich ihre schwarze Lederjacke und folgte ihm aus dem Revier.

Die Straßen waren wieder leer und still.

Am Nachthimmel leuchtete der Vollmond und erhellte die Straßen, die noch vom spätabendlichen Regen nass waren, ein unheimliches Glänzen, das Bäume und Straßen versilberte.

Beim Fahren versuchte Ellie nicht an den Fall zu denken, sondern konzentrierte sich auf die dunkle Straße und das tröstliche Licht der Scheinwerfer hinter ihr. Wenn sie ehrlich mit sich war, fühlte es sich gut an, jemanden zu haben, der ihr nach Hause folgte.

Sie bog auf den Hof ein und parkte. Ehe sie den Zündschlüssel herausziehen konnte, hörte sie den Song im Radio.

»Leaving on a Jet Plane«.

Erinnerungen stiegen auf. Mom und Dad spielten das Lied auf Klavier und Fiddle und forderten ihre Mädchen auf, mitzusingen. *Meine Ellie hat eine Stimme wie ein Engel*, sagte ihr Dad immer.

Sie sah sich als kleines Mädchen auf die provisorische Bühne laufen, wo sie sich dicht an ihren Vater drängte. Später, als Sammy Barton den Song für sie spielte, hatte sie sich Hals über Kopf in ihn verliebt. In dieser Liebe wäre sie fast ertrunken. Nur mit knapper Not hatte sie überlebt.

»Den Song mochtest du doch immer so gern«, sagte Cal. Er stand neben Ellies Autotür und sah durchs offene Fenster auf sie herab.

»Ja, früher mal«, antwortete Ellie und schob die Erinnerungen beiseite. »Jetzt muss ich dabei hauptsächlich an Ehemann Numero zwei denken. Na ja, er ist nicht mit dem Flugzeug abgerauscht, sondern mit dem Greyhound-Bus. Man muss schon wirklich dringend von jemandem weg wollen, wenn man den Bus nimmt.« Sie stieg aus.

»Er war ein Idiot.«

»Vermutlich trifft das in deinen Augen auf alle Männer

zu, die ich je geliebt habe. Und das waren nicht gerade wenig.«

»Aber nie der Richtige«, bemerkte er leise und musterte sie.

»Danke für die Erkenntnis, Sherlock. War mir noch gar nicht aufgefallen.«

»Da suhlt sich aber jemand heute Abend ganz schön im Selbstmitleid.«

Unwillkürlich musste Ellie grinsen. »Ich sorge dafür, dass es nicht lange anhält. Danke für dein offenes Ohr.«

Er legte einen Arm um ihre Schulter und zog sie an sich. »Komm schon, Chief. Wir können das Bier ja auch bei dir trinken.«

Sie wanderten über den federnden Rasen und stiegen die Verandatreppe hinauf. Zu Ellies Überraschung war ihre Schwester noch auf und bei der Arbeit.

Julia saß am Küchentisch, um sich herum ein Meer von Papieren. »Hallo!«, sagte sie und blickte zu ihnen empor.

»Julia?«, fragte Cal, und ein Lächeln erschien auf seinem Gesicht.

Julia starrte ihn an. »Cal? Cal Wallace? Bist du das wirklich?«

Er breitete die Arme aus. »Ja, ich bin es.«

Julia lief zu ihm und ließ sich drücken. Schließlich ließ Cal sie los und sah sie an. »Ich hab dir doch gesagt, du wirst mal eine Schönheit.«

»Und du kannst einen von allen Männern, die ich kenne, immer noch am besten umarmen«, gab Julia lachend zurück.

Ellie runzelte die Stirn. Flirteten die beiden etwa miteinander? Auf einmal musste sie an die Partys von früher denken. Während Ellie auf der Bühne stand und sich das Herz aus dem Leib sang, saß Julia neben Cal auf der Treppe und lauschte, unauffällig, im Schatten.

Julia hielt ihn ein Stück von sich weg. »Du siehst aus wie ein Rockstar.«

»Heroinschick. So nennt man heutzutage eine Bohnenstange wie mich.« Er strich sich die Haare aus den Augen. »Schön, dich endlich mal wiederzusehen, Jules. Tut mir nur leid, dass es unter so beschissenen Umständen passiert. Übrigens steht deine Schwester kurz vor dem Nervenzusammenbruch.«

»Darauf kannst du lange warten«, entgegnete Ellie und öffnete eine Bierdose. Dann hakte sie ihren Pistolengürtel und das Funkgerät ab und legte alles auf die Anrichte. »Möchtest du auch eins?«

»Nein danke.« Julia ging zum Tisch und wühlte in dem Papierchaos. Als sie fand, was sie suchte, streckte sie Ellie ein paar Fotos entgegen. »Hier, Ellie. Die sind für dich.«

Ellie stellte ihr Bier auf den Tisch. »Herr im Himmel – ist das unsere Kleine?«

»Ja.« Julia lächelte wie eine stolze Mutter. »Übrigens nenne ich sie Alice. Wie Alice im Wunderland. Sie hat auf die Geschichte reagiert.«

Ellie starrte auf das Foto in ihrer Hand. Darauf war ein hübsches kleines Mädchen in einem weißen Nachthemd zu sehen. »Wie hast du das bloß hingekriegt?«

»Das Schwierigste war, sie zum Stillhalten zu bringen.« Julias Lächeln wurde noch breiter. »Wir hatten einen schönen Tag zusammen. Ich erzähle dir morgen alles. Jetzt muss ich aber los. Kannst du bitte so lange auf sie achtgeben?«

»Ich soll babysitten? Ausgerechnet ich?«

Cal verdrehte die Augen. »Es geht ums Babysitten, Ellie. Nicht um eine Gehirnoperation.«

»Ich würde dir eher den Schädel aufbrechen und wieder zusammennähen, als auf das Wolfsmädchen aufpassen. Echt, ich meine es ernst.« Sie sah ihre Schwester an. »Wo gehst du denn hin?«

»In die Bücherei. Ich muss etwas über ihre Ernährung herauskriegen.«

»Dann solltest du dich an Max wenden«, schlug Cal vor. »Der Kerl führt über so was absolut gewissenhaft Buch und wird dir deine Fragen bestimmt beantworten können.«

Julia lachte. »Dr. Casanova? Noch dazu an einem Freitagabend? Lieber nicht.«

»Keine Sorge, Julia«, warf Ellie ein. »Du bist wohl kaum sein Typ.«

Julias Lächeln erstarb. »Das hab ich zwar nicht gemeint, aber danke für den Hinweis.« Sie griff nach ihrer Tasche und wollte zur Tür. »Und danke fürs Babysitten, Ellie. War nett, dich zu sehen, Cal.«

»Sag mal, bist du eigentlich total bescheuert, Ellie?«, fragte Cal, als die Tür sich hinter Julia geschlossen hatte.

»Ich glaube, es gibt ein Gesetz, dass man den Polizeichef nicht bescheuert nennen darf.«

»Falsch, es gibt ein Gesetz, dass der Polizeichef sich nicht total bescheuert *benehmen* darf. Hast du denn nicht das Gesicht deiner Schwester bemerkt, als du behauptet hast, sie wäre nicht Max' Typ? Das hat sie echt getroffen.«

»Ach komm, Cal. Ich hab ein Foto von ihrem letzten Freund gesehen. Mister Weltberühmter Wissenschaftler. Und ganz bestimmt nicht die geringste Ähnlichkeit mit Max.«

Cal seufzte und stand auf. »Du wirst es wohl nie begreifen.« »Was soll ich begreifen?«

Stumm blickte er auf sie herunter, so lange, dass sie sich irgendwann fragte, was er eigentlich sah. Schließlich schüttelte er den Kopf. »Ich geh jetzt lieber. Wir sehen uns dann morgen auf der Arbeit.«

»Geh nicht weg, solange du so sauer bist.«

An der Tür blieb er stehen und drehte sich noch einmal um. »Sauer?« Seine Stimme senkte sich. »Ich bin überhaupt nicht sauer, Ellie. Aber woher sollst du das auch wissen? Die einzigen Gefühle, die du wirklich verstehst, sind deine eigenen.«

Dann war er weg.

Ellie trank ihr Bier aus und machte ein zweites auf. Als auch das leer war, hatte sie Cals dramatischen Abgang bereits vergessen. Sie hatten im Lauf ihrer Freundschaft schon viele Auseinandersetzungen und Debatten ausgefochten. Wichtig war nur, dass morgen wieder alles in Ordnung war. Cal würde sie anlächeln, als wäre nichts passiert. So war es zwischen ihnen schon immer gewesen.

Schließlich begab sie sich nach oben. Vor dem alten Mädchenzimmer blieb sie stehen, machte dann zögerlich die Tür auf und ging hinein.

Das Mädchen schlief friedlich, und obwohl sie jetzt aussah wie ein ganz gewöhnliches Kind, hatte sie sich doch immer noch so eng zusammengerollt, als müsste sie sich vor der grausamen Welt schützen.

»Wer bist du, Kleines?«, flüsterte Ellie und spürte wieder die ganze Last der Verantwortung. »Ich finde deine Familie, das schwöre ich dir.«

~

Vor vierzig Jahren, als das Rose Theater gebaut wurde, hatte es am Stadtrand gestanden. Die Älteren nannten die Gegend immer noch »Back East«, und als der Spitzname aufgekommen war, schien die Azalea Street wirklich weit weg zu sein. Aber inzwischen lag sie praktisch mitten in der Stadt. Um das Kino herum gab es kleine eingeschossige Wohnhäuser, die man in den holzreichen Jahren für die Arbeiter im Sägewerk errichtet hatte. Gegenüber befand sich die Bücherei und ein Stückchen die Straße hinunter die neue Eisenwarenhandlung. Der Sealth Park, wo das Mädchen das erste Mal gesichtet worden war, lag nur einen Katzensprung von hier.

Jeden Freitagabend ging Max allein ins Kino. Zuerst war viel über diese sonderbare Gewohnheit getuschelt worden, und häufig waren ganz »zufällig« Frauen aufgetaucht, die ihm gern Gesellschaft geleistet hätten, aber mit der Zeit hatte man sich daran gewöhnt. Wenn etwas den Anschein von Routine hatte, waren die Einwohner von Rain Valley zufrieden.

Max winkte dem Kinobesitzer zu, der an der winzigen Süßwarentheke stand und die Päckchen und Schachteln neu arrangierte. Zum Plaudern blieb er lieber nicht stehen, denn er wusste, dass jedes Gespräch unweigerlich bei der Schleimbeutelentzündung landen würde, an der der Mann seit Längerem litt.

»Hey, Doc, wie hat Ihnen der Film gefallen?«

Max drehte sich nach links und entdeckte Earl und seine Frau Myra. Auch sie waren jeden Freitag im Kino und kuschelten sich auf ihren Sitzen aneinander wie Teenager.

»Hallo, Earl, hallo Myra. Schön, Sie zu sehen.«

»Das war ein toller Film«, stellte Earl fest.

»Dir gefällt doch jeder Film«, lachte Myra. »Vor allem die Liebesgeschichten.«

Sie gingen nebeneinander nach draußen. »Wie geht die Suche voran?«, fragte Max.

»Es ist kein Kinderspiel, so viel ist sicher. Das Telefon klingelt in einer Tour, und es gibt so viele Hinweise, dass wir kaum nachkommen. Es gibt so viele verlorene kleine Seelen da draußen, dass es einem das Herz brechen könnte. Aber wir werden rausfinden, wer die Kleine ist. Chief Barton ist fest entschlossen.«

»Ja, Ellen Barton ist eine tolle Frau«, sagte Myra.

Max musste unweigerlich grinsen, denn Myra ließ keine Gelegenheit aus, um Ellie zu erwähnen. Anscheinend hatte die ganze Stadt erwartet, dass Ellie und Max sich ineinander verlieben würden. Für die kurze Dauer ihrer Affäre hatte die Gerüchteküche den Atem angehalten. Und noch jetzt glaubten ein paar hartnäckige Romantiker wie Myra, dass es eine Fortsetzung geben würde. »Ja, das ist sie, Myra.«

Inzwischen standen sie auf dem Weg, der vom Kinoportal zum Gehweg führte. Der Abend war unerwartet trocken, und die Kinobesucher schlenderten gemütlich plaudernd zu ihren Autos.

Langsam löste sich die Menge auf. Ein paar Grüppchen fanden sich noch auf dem Gehweg zusammen, Nachbarn, die sich noch ein bisschen unterhielten. Der Klang ihrer Stimmen erfüllte die ruhige, saubere Luft. Auch Earl und Myra machten sich auf den Heimweg.

Ein Auto nach dem anderen fuhr davon, bis ein alter weißer Suburban und Max' Pickup als Einzige übrig waren.

Er war bereits auf halbem Weg zu seinem Wagen, als er gegenüber eine Bewegung wahrnahm: Eine Frau verließ die Bibliothek, einen großen Bücherstapel unter dem Arm. Eingehüllt in den Lichtschein der Straßenlaterne sah sie aus wie ein Engel in dunkler Nacht.

Julia.

Sie warf die Bücher auf den Beifahrersitz des Suburban und war schon fast auf der Fahrerseite, als Max sie beim Namen rief.

Sofort hielt sie inne und blickte sich um.

»Hallo Julia«, sagte er und ging auf sie zu. »Sie arbeiten aber noch sehr spät.«

Sie lachte. Es klang nervös. »Zwanghaft ist ein Wort, das oft im Zusammenhang mit mir verwendet wird.«

»Wie geht es Ihrer Patientin?«

»Eigentlich würde ich mich gern gelegentlich mit Ihnen über sie unterhalten. Irgendwann später. Im Krankenhaus oder so.«

»Wie wäre es mit jetzt sofort? Wir könnten zu mir fahren.«

Verwirrt sah Julia ihn an. »Oh. Ich glaube ...«

»Jetzt ist doch genauso gut wie irgendwann.«

»Ja, ich hab auch tatsächlich einen Babysitter.«

»Na, dann machen wir's doch so. Fahren Sie mir einfach hinterher.« Ehe sie ablehnen konnte, ging er zu seinem Pickup hinüber und stieg ein. Als er den Motor anließ, beobachtete er sie im Rückspiegel.

Sie stand da, starrte zu ihm herüber und kaute nachdenklich auf der Unterlippe, aber am Ende stieg sie doch ein und setzte sich ans Steuer.

~

Auf beiden Seiten der Straße standen dichte schwarze Bäume Wache, die Wipfel hoch ins sternenglitzernde Firmament gereckt. Das Mondlicht verwandelte den Asphalt in ein silbern glänzendes Band, das sich zwischen den dunklen Baumreihen hindurchschlängelte. An der Abzweigung wies ein altes braungelbes Schild der Forstbehörde den Weg zum Spirit Lake.

Hier war Julia seit Jahren nicht mehr gewesen, und trotz der rapiden Entwicklung, die in den letzten zwei Jahrzehnten auf der Halbinsel stattgefunden hatte, sagten sich in dieser Gegend weiterhin Fuchs und Hase gute Nacht. Bei den Einheimischen hieß sie »Das Ende«, nicht nur wegen der Lage an sich, sondern vor allem, weil man hier so isoliert war.

Es war ein unfassbar schönes, majestätisches Eckchen des Regenwalds, aber Julia brachte die Szenerie irgendwie nicht unter einen Hut mit Dr. Casanova. In ihren Augen war er eindeutig ein Großstadtmensch. Was hatte er hier draußen in der grünen Dunkelheit zu suchen?

Als sie auf den Kiesweg einbog, veränderte sich die Landschaft. Die Bäume hielten den silbernen Mondschein ab, und kein Lichtstrahl durchdrang die rabenschwarze Nacht. Der Nebel, der vom See aufstieg, verlieh dem Wald eine Atmosphäre, die überirdisch, ja geradezu magisch zu sein schien.

Auf einmal wurde ihr klar, dass sie einem Mann, den sie kaum kannte, in diese abgelegene Gegend folgte. Und dass niemand wusste, wo sie war.

Du bist ein Idiot.

Er ist Arzt.

Der Serienmörder Ted Bundy war Jurastudent.

Sie fischte ihr Mobiltelefon aus der Tasche. Erstaunlicherweise gab es hier sogar ein Netz. Sie tippte Ellies Nummer ein, bekam aber nur die Mailbox. »Hallo, Ellie. Ich bin bei Dr. Cerrasin, wir wollten uns noch über die Kleine unterhalten.« Sie warf einen Blick auf ihre Uhr. »Gegen Mitternacht müsste ich wieder zu Hause sein.«

Sie legte auf. *Jetzt weiß Ellie wenigstens, wo sie anfangen müssen, meine Leiche zu suchen.*

Im Grunde war das kein bisschen komisch.

Wenn sie ehrlich war, wusste sie überhaupt nicht, warum sie eigentlich mitgekommen war. Genau genommen war sie noch gar nicht auf ein Beratungsgespräch eingestellt, und was sie an Hypothesen anzubieten hatte, würde sie als Verrückte dastehen lassen.

Leider hatte das letzte Jahr sie weit mehr gekostet als ihren Ruf. Unter anderem hatte sie ihr Selbstvertrauen verloren. Sie wollte wohl unbedingt hören, dass sie auf dem richtigen Weg war. Das war der wahre Grund, warum sie jetzt hier war. Max war der einzige Kollege, den sie in Rain Valley hatte, und er hatte Alice untersucht.

Sie hasste es, so unversehens erneut mit ihrer Schwäche konfrontiert zu werden, aber sie wollte sich auch nicht in die Tasche lügen.

Vor ihr bog Max nun auf eine Zufahrt ein, die offensichtlich vor nicht allzu langer Zeit frisch mit Kies aufgefüllt worden war. Der schmale Weg beschrieb eine Serpentine nach links und endete abrupt auf einer Lichtung.

Max fuhr seinen Wagen in die Garage und verschwand. Julia parkte neben dem Gebäude, atmete tief durch, nahm ihre Mappe und stieg aus.

Die Schönheit des Orts machte sie sprachlos. Sie befand sich mitten auf einer riesigen Wiese, die an drei Seiten von gigantischen Nadelbäumen umringt war. An die vierte Seite grenzte der Spirit Lake. Nebel stieg wabernd vom Wasser auf und verlieh allem eine surreale, märchenhafte Aura. Ganz in der Nähe rief ein Käuzchen.

Sie fuhr erschreckt zusammen.

»Der berüchtigte Fleckenkauz«, sagte Max und trat neben sie.

Sie wich einen Schritt zur Seite. »Der Feind eines jeden Holzfällers.«

»Und der Liebling aller Umweltschützer. Kommen Sie.«

Er führte sie an der Garage vorbei zum Haus. Als sie näher kam, sah sie, wie schön es war, auf eine robuste bodenständige Art. Die Seiten waren mit Zedernholz verkleidet, die Regenrinnen ebenso liebevoll gestaltet wie die große umlaufende Veranda. Sogar die Stühle waren aus sauberem Fichtenholz selbst gezimmert. Solche Häuser sah man in Rain Valley sonst eher selten. Teuer und handwerklich einwandfrei, aber ohne Schnörkel. Dergleichen erwartete man eher in Aspen oder Jackson Hole.

Max öffnete die Haustür und ließ Julia den Vortritt. Als Erstes stieg ihr würziger Lorbeergeruch in die Nase; Max hatte wohl irgendwo eine Duftkerze brennen. Aus den Lautsprechern ertönte leise, verführerische Musik. Offenkundig sorgte er dafür, dass er jederzeit Frauenbesuch empfangen konnte.

Julia drückte ihre Mappe fester an sich und trat ein.

Ein wunderschöner gemauerter Kamin beherrschte die linke Wand. Aus den Fenstern sah man hinter der zweiflügligen Glastür die Veranda und im Anschluss den See. Die Küche war klein, aber perfekt eingerichtet, jedes Schränkchen glänzte im sanften Schein einer Lichterleiste, während das Esszimmer geräumig und auf zwei Seiten von Panoramafenstern zum See flankiert war. Eine große Tischplatte auf zwei Böcken beanspruchte den meisten Platz, sonderbarerweise stand jedoch nur ein einziger Stuhl davor. Im Wohnzimmer gab es nur eine Ledercouch – keine Sessel – und einen großen Plasmafernseher. Vor dem Kamin lag ein dicker Teppich aus Alpakawolle auf dem Dielenboden.

Neben dem Hintereingang türmte sich ein ziemliches Chaos von Seilen und Rollen, daneben lagen ein Eispickel und ein Rucksack.

»Kletterausrüstung«, stellte sie fest. Das war doch nun

wirklich das absolute Klischee.»Hier liebt jemand die Gefahr, wie ich sehe. Ein Mann, der Extrembedingungen braucht, um sich lebendig zu fühlen.«

»Versuchen Sie bitte nicht, mich zu analysieren, Julia! Möchten Sie etwas trinken?« Er wandte sich ab, ging zum Kühlschrank, öffnete ihn und verkündete:»Ich habe alles, was Sie wollen.«

»Wie sieht es aus mit einem Glas Weißwein?«

Es dauerte nur wenige Augenblicke, bis er mit zwei Gläsern zurückkam. Weißwein für sie, Scotch auf Eis für ihn. Sie nahm ihr Glas entgegen und setzte sich in die Sofaecke, direkt neben die Armlehne.»Danke.«

Er lächelte.»Machen Sie doch kein so ängstliches Gesicht, Julia. Ich werde schon nicht über Sie herfallen.«

Einen Moment schlugen die tiefe, sanfte Stimme und die blauen Augen sie vollkommen in ihren Bann. Nur eine Sekunde, kaum spürbar, aber sie ärgerte sich trotzdem. Sie brauchte unbedingt wieder festen Boden unter den Füßen.

»Lassen Sie mich noch mal raten, Dr. Cerrasin. Wenn ich in die Garage gehen würde, würde ich dort einen Porsche oder eine Corvette vorfinden.«

»Nein. Tut mir leid, Sie enttäuschen zu müssen.«

»Im Obergeschoss steht ein großes Bett mit teuren Seidenlaken, vielleicht einer Decke aus Kunstpelz, und in der Nachttischschublade stapeln sich die Kondome, natürlich mit Noppen, den Damen zuliebe.«

Er runzelte die Stirn. Sie hatte deutlich das Gefühl, dass er mit ihr spielte.»Selbstverständlich ist es mir immer besonders wichtig, dass die Damen sich wohlfühlen.«

»Das glaube ich gern. Solange das Wohlgefühl von Ihrer Seite nicht irgendwelche echten Emotionen erfordert oder gar eine Verpflichtung voraussetzt. Glauben Sie mir, Max, ich kenne Männer wie Sie. So anziehend das Peter-Pan-Syndrom auf manche Frauen wirken mag – für mich hat es seinen Charme verloren.«

»Wer war er?«

»Wer?«

»Der Mann, der Sie so verletzt hat.«

Wieder war Julia überrascht über die Einfühlsamkeit seiner Frage. Noch erstaunlicher war allerdings, was das bei ihr auslöste. Sie hatte beinahe das Gefühl, dass er sie kannte. Aber das stimmte garantiert nicht. Er fischte nur im Trüben, warf seine Netze aus, wie das Männer seines Typs so gut konnten. Sein Talent bestand darin, ehrlich zu wirken, Tiefe vorzugaukeln. Doch aus irgendeinem Grund sah sie, als sie ihn anschaute, in seinen Augen etwas wie Einsamkeit und ein Verständnis, das ihr den Wunsch einflößte, ihm zu antworten.

Aber damit würde sie ihm ja in die Falle gehen.

»Können wir bitte zum eigentlichen Thema kommen?«

»Nun gut. Gehen wir also zu den beruflichen Fragen über. Erzählen Sie mir von dem Mädchen.« Er ging zum Kamin, fachte ein Feuer an, kam dann zurück zur Couch und setzte sich.

»Ich nenne sie vorläufig Alice«, begann Julia. »Wie *Alice im Wunderland*. Auf das Buch hat sie nämlich eindeutig reagiert.«

»Scheint mir eine gute Wahl zu sein.«

Er wartete.

Plötzlich wünschte Julia, sie wäre nicht hergekommen. Vielleicht war er ein Frauenheld, aber außerdem war er auch ein Kollege, und als solcher konnte er sie mit einem einzigen Wort zugrunde richten.

»Julia?«

Sie riss sich zusammen und fuhr langsam fort. »Als Sie

die Kleine zum ersten Mal untersucht haben, haben Sie da irgendeinen Hinweis auf ihre Nahrung gefunden?«

»Sie meinen, abgesehen von der Dehydrierung und der Unterernährung?«

»Ja.«

»Faktisch nicht. Aber ich habe ein paar Ideen dazu. Ich würde sagen, Fleisch, Fisch und Obst. Ich schätze, dass sie keine Milchprodukte und auch keine Getreideprodukte zu sich genommen hat.«

Julia sah ihn an. »Mit anderen Worten, der Speiseplan von jemandem, der sich lange Zeit mit allem über Wasser halten muss, was er in der freien Natur findet.«

»Vielleicht. Was glauben Sie, wie lange das Mädchen da draußen in der Wildnis gelebt hat?«

Da war es also heraus. Die Frage, deren Antwort sie entweder bestätigen oder vernichten würde.

»Sie werden mich für verrückt halten«, sagte sie nach einer viel zu langen Pause.

»Ich dachte, ihr Therapeuten benutzt dieses Wort nicht.«

»Verraten Sie es niemandem.«

»Bei mir sind Sie in Sicherheit.«

»Wohl kaum«, lachte sie.

»Kommen Sie zur Sache, Julia«, mahnte er und nippte an seinem Drink. Die Eiswürfel klackten.

»Okay.« Sie begann mit den einfacheren Hypothesen. »Ich bin sicher, dass sie nicht taub ist, und auch die Autismus-Theorie scheint mir fragwürdig. Eigentlich kommt Alice mir vor wie ein ganz normales Kind, das auf eine fremde und feindselige Umwelt reagiert. Ich denke, dass sie Sprache teilweise versteht, aber ich bin mir noch nicht sicher, ob sie sprechen kann und es absichtlich nicht tut, oder ob sie es tatsächlich nie gelernt hat. Wie dem auch sei – sie ist noch nicht in der Pubertät und damit zumindest theoretisch auch nicht zu alt, um sprechen zu lernen.«

»Und?« Er trank etwas von seinem Whiskey.

Auch sie nippte an ihrem Wein – besser gesagt kippte sie hastig einen großen Schluck hinunter. In diesem Moment empfand sie ihre Verletzlichkeit so stark, dass sie spürte, wie ihr das Blut ins Gesicht stieg. Aber es blieb ihr nichts anderes übrig, als entweder ins kalte Wasser zu springen oder wegzulaufen. »Haben Sie jemals einen dieser Berichte über die Wilden Kinder gelesen?«

»Sie meinen beispielsweise über den französischen Jungen, über den Truffaut den Film gedreht hat?«

»Ja.«

»Kommen Sie …«

»Lassen Sie mich ausreden, Max, bitte.«

Er lehnte sich in die Kissen zurück, verschränkte die Arme und musterte Julia aufmerksam. »Na, dann schießen Sie mal los.«

Sie begann, Sachen aus ihrer Mappe zu zerren. Papiere, Bücher, Notizen – sie legte das ganze Sammelsurium auf das Polster zwischen sich und Max, und während er die Dinge einzeln in Augenschein nahm, umriss sie ihre Gedanken. Sie erzählte ihm von den eindeutigen Zeichen der Wildnis – dem offensichtlichen Mangel an Selbstgefühl, dem Mechanismus, sich zu verstecken, den Essgewohnheiten, dem Heulen. Dann erwähnte sie die Dinge, die nicht dazu passten – das Summen, das Nachahmen des Vogelgezwitschers, wie schnell sie gelernt hatte, die Toilette zu benutzen. Als sie ihm alles erklärt hatte, lehnte sie sich zurück und wartete auf seinen Kommentar.

»Dann meinen Sie also, dass die Kleine den größten Teil ihres Lebens da draußen im Wald zugebracht hat.«

»Ja.«

»Und der Wolf, mit dem man sie gefunden hat … Was war er denn dann – so etwas wie ihr Bruder?«

Verärgert griff Julia nach ihren Papieren. »Ach, vergessen Sie's. Ich hätte wissen müssen …«

Lachend ergriff er ihre Hand. »Immer mit der Ruhe! Ich will mich nicht über Sie lustig machen, Sie müssen allerdings selbst zugeben, dass Ihre Theorie ziemlich abgefahren ist.«

»Aber denken Sie doch mal darüber nach. Bringen Sie unsere Erkenntnisse mit den bekannten Fakten und Mustern in Verbindung.«

»Das sind alles Anekdoten, Julia. Kinder, die von Wölfen, und Bären großgezogen wurden …«

»Vielleicht wurde Alice eine Weile gefangen gehalten, und dann hat man sie freigelassen, und sie musste auf sich allein gestellt überleben. Irgendwann war sie einmal in menschlicher Gesellschaft, das ist eindeutig.«

»Warum kann sie dann nicht sprechen?«

»Ich glaube, sie ist selektiv stumm. Mit anderen Worten, sie *kann* sprechen, aber sie hat sich dafür entschieden, es nicht zu tun.«

»Wenn das auch nur teilweise zutrifft, sind jedenfalls therapeutische Superkräfte nötig, um sie in diese Welt zurückzuholen.«

Julia hörte den zweifelnden Unterton, und er überraschte sie nicht. Zurzeit hielt die ganze Welt sie für inkompetent, warum sollte es bei Max anders sein? Aber es überraschte sie, wie sehr es sie verletzte. »Ich bin eine gute Therapeutin. Jedenfalls war ich das früher.« Wieder griff sie nach den Papieren, begann sie einzusammeln und zurück in die Mappe zu stecken.

Max beugte sich zu ihr und berührte vorsichtig ihr Handgelenk. »Ich glaube an Sie, wissen Sie das? Falls das irgendeine Rolle spielt.«

Sie schaute ihn an, obwohl sie sofort wusste, dass es ein Fehler war. Jetzt war er so nahe, dass sie die unregelmäßige Narbe an seinem Haaransatz und eine weitere unter seiner Kehle sehen konnte. Der Feuerschein machte sein Gesicht weicher, und sie sah winzige Flämmchen im blauen Meer seiner Augen. »Danke. Ja, für mich spielt das eine Rolle.«

Als sie später wieder allein im Auto saß und nach Hause fuhr, dachte sie an diesen Augenblick zurück und fragte sich, warum sie diesem Mann so viel offenbart hatte.

Die einzige Antwort lag unter einem Berg von Selbstzweifeln begraben.

Ich glaube an Sie.

Die Ironie an der Sache war, dass sie sich in diesem Raum mit der leisen Musik und der Treppe, die zweifellos zu einem riesigen Bett führte, ausgerechnet von seinen Worten hatte verführen lassen.

ZWÖLFTES KAPITEL

Ellie brütete immer noch über dem Stapel Polizeiberichte und nippte an ihrem inzwischen schal gewordenen Bier, als sie Julia heimkommen hörte.

Langsam hob sie den Kopf. »Hallo.«

Julia schloss die Tür hinter sich. »Hallo.« Schwungvoll warf sie ihre Mappe auf den Küchentisch, ging zum Kühlschrank und holte sich ein Bier heraus. »Wo sind Jake und Elwood?«

»Siehst du? Wenn sie dir plötzlich nicht mehr zwischen den Beinen rumschnüffeln, dann vermisst du sie. Sie liegen vor deiner Schlafzimmertür. Da rühren sie sich kaum noch weg. Ich glaube, es ist das Mädchen, die beiden sind ganz verrückt nach ihr.« Sie grinste breit. »Du hast also Max besucht.«

Julia setzte sich neben ihre Schwester aufs Sofa. »Warum überrascht es mich nicht, seinen Namen in einem Atemzug mit ›zwischen den Beinen rumschnüffeln‹ zu hören. Also, spuck's aus, was ist mit ihm los?«

»Diese Frage hat wahrscheinlich schon jede Frau in unserer Stadt gestellt.«

»Ich wette, er hat auch mit allen geschlafen.«

»Nein, das nicht.«

Julia runzelte die Stirn. »Aber er benimmt sich so.«

»Ich weiß. Er flirtet wie verrückt, doch viel weiter geht es für gewöhnlich nicht. Versteh mich nicht falsch – er war schon mit einigen im Bett. Aber er war nie richtig mit einer zusammen. Jedenfalls nicht für lange.«

»Was ist mit dir?«

Ellie lachte. »Als er hierher gezogen ist, war ich schwer hinter ihm her. So bin ich nun mal – wie du ja weißt. Nicht sonderlich subtil …, ich warte nicht lange. Wenn ein gut aussehender Mann hier auftaucht, schlage ich zu.« Sie trank ihr Bier aus und stellte die Flasche weg. »Wir hatten unseren Spaß. Tequila, Tanzen, Knutschen vor den Toiletten … Als wir im Bett gelandet sind, waren wir schon ziemlich blau. Der Sex war … Wenn ich ganz ehrlich bin, erinnere ich mich nicht wirklich daran. Woran ich mich erinnere, ist, dass ich ihm gesagt habe, wie leicht ich mich verlieben könnte.«

»Bei der ersten Verabredung?«

»Du kennst mich doch. Ich verliebe mich immer, und normalerweise gefällt das den Männern. Aber Max nicht. Er konnte gar nicht schnell genug wegkommen. Danach hat er mich behandelt, als hätte ich eine ansteckende Krankheit.« Ellie warf ihrer Schwester einen schnellen Seitenblick zu und erwartete, in den grünen Augen, die ihren eigenen so ähnelten, Missbilligung zu entdecken. Julia hatte keine Ahnung, wie es war, wenn man sich grundsätzlich den falschen Männern an den Hals warf, wie es sich anfühlte, wenn man sich so verzweifelt nach Liebe sehnte, dass man bereit war, es mit jedem zu versuchen, der einen auch nur nett anlächelte. Aber was sie in den Augen ihrer Schwester sah, überraschte sie. Julia wirkte …, nun ja, sie wirkte auf einmal sehr zerbrechlich, als würde sie dieses Gespräch über die Liebe mächtig durcheinanderbringen. »Alles klar?«

»Sicher.«

Doch Ellie erkannte in ihrem Gesicht, dass sie log, und zum ersten Mal begriff sie, dass auch ihre Schwester an der Liebe zerbrochen war. Womöglich nicht so oft wie Ellie – und vielleicht auch nicht so öffentlich –, aber sie war verletzt worden. »Was ist mit ihm passiert? Mit Philip, meine ich. Ihr wart doch so lange zusammen. Ich dachte, ihr würdet heiraten.«

»Das dachte ich auch. Aber ich war so in ihn verliebt, dass ich die Warnzeichen nicht sehen wollte. Deshalb habe ich zu spät bemerkt, dass er den größten Teil unseres letzten gemeinsamen Jahres durch die Betten gezogen ist. Jetzt ist er mit einer Zahnhygienikerin verheiratet und lebt in Pasadena. Das Letzte, was ich von ihm gehört habe, war, dass er sie ebenfalls betrügt. Ich bin eine echt tolle Psychologin, was? Vollkommen blind für die Probleme in meiner eigenen Beziehung!«

»Klingt nach einem echten Arschloch.«

»Es wäre leichter für mich, wenn es so einfach wäre.«

»Tut mir leid.« Zum ersten Mal hatte Ellie das Gefühl, ihre Schwester zu verstehen. Vielleicht war sie klug und brillant, aber wenn es um Liebe ging, war das kein Schutz. Jedes Herz konnte gebrochen werden. »Von Max solltest du dich lieber fernhalten, weißt du.«

Julia seufzte. »Das weiß ich, glaub mir. Ein Typ wie er …«

»Ja. Er kann Frauen wie dir sehr wehtun.«

»Frauen wie uns«, korrigierte Julia leise.

Dann spürte sie es also auch, diese neue Verbindung. »Ja«, stimmte Ellie zu. »Frauen wie uns.«

~

Am nächsten Morgen parkte Ellie gerade vor dem Kaffee-kiosk Ancient Grounds, als ihr Funkgerät piepte. Statisches Rauschen drang aus den alten schwarzen Lautsprechern, dann erkannte sie Cals Stimme.

»Chief? Bist du da? Over.«

»Ja, ich bin da, Cal. Was gibt's?«

»Komm her, Ellie. Over.«

»Sally macht mir gerade einen Mokka. Ich bin in …«

»Nein, Ellie, jetzt gleich. Over.«

Ellie blickte zu der Frau am Fenster des Kiosks empor. »Tut mir leid, Sally. Ein Notfall.« Dann legte sie den Gang ein und trat aufs Gaspedal. Zwei Häuserblocks später bog sie in die Cates Avenue ab und hätte fast einen Übertragungswagen gerammt.

Ungefähr ein Dutzend weiterer Wagen parkte kreuz und quer auf und neben der Straße. Weiße Satellitenschüsseln reckten sich in den grauen Himmel. Reportergrüppchen unter schwarzen Regenschirmen säumten den Gehweg. Sie war noch keine drei Schritte weit gekommen, als sich die ersten auf sie stürzten.

»… Kommentar zu dem Bericht …«

»… niemand sagt uns, wo …«

»… der genaue Aufenthaltsort …«

Sie bahnte sich einen Weg durch die Menge bis zur Tür der Polizeistation, riss sie auf, schlüpfte hinein, knallte die Tür hinter sich zu und lehnte sich mit dem Rücken dagegen. »Scheiße.«

»Und das ist noch längst nicht alles«, sagte Cal. »Die waren schon da draußen, als ich um acht zur Arbeit gekommen bin. Jetzt warten sie auf die neuesten Neuigkeiten, die du ihnen um neun zukommen lassen wirst.«

»Was denn für neueste Neuigkeiten?«

»Ich hab den Termin angesetzt, um sie hier rauszuscheuchen. Ich konnte nicht ans Telefon, weil sie ständig palavert haben.«

In diesem Moment kam Peanut mit einem Plastikbecher von der Größe eines Farbeimers um die Ecke. Inzwischen war sie wieder zu ihrer Grapefruitsaft-Diät zurückgekehrt. Unter ihrem Arm klemmte eine zusammengerollte Zeitung. »Setz dich lieber hin«, meinte sie.

Ellie sah zu Cal.

Der nickte und formte mit dem Mund die Worte: Tu es. Also setzte sich Ellie hinter den Schreibtisch und blickte ihre Freunde nervös an. Was sie zu sagen hatten, konnte nichts Gutes sein.

Peanut warf die Zeitung auf den Schreibtisch. Die ganze obere Hälfte war ein Foto des Mädchens, mit wild funkelnden, wahnsinnigen Augen, die schwarzen, mit toten Blättern gespickten Haare in einer Art Heiligenschein vom Kopf abstehend. Verrückt und dreckig, wie eins von den Kindern aus *Mad Max − Jenseits der Donnerkuppel*. In der Verfasserzeile stand der Name des Urhebers: Mort Elzick.

Ellie fühlte sich, als hätte ihr jemand einen Schlag in den Magen verpasst. Das also hatte Mort mit seiner Drohung gemeint, als er das Interview verlangte. »Ich könnte schreien.«

»Die gute Nachricht ist, dass er Julia nicht erwähnt hat«, sagte Cal. »Ohne offizielle Bestätigung traut er sich das anscheinend nicht.«

So schnell sie konnte, überflog Ellie den Artikel. *Wildes Kind kommt aus dem Wald in die moderne Welt, hat als einzigen Gefährten einen Wolf, springt von Ast zu Ast und heult den Mond an.* So weit die Quintessenz des Ganzen.

»Allmählich glauben die Leute, es ist ein schlechter Scherz«, fuhr Cal fort.

Ellies Wut verwandelte sich in Sorge. Wenn die Medien zu dem Schluss kamen, dass die Geschichte ein Schwindel war, würden sie sich aus der Stadt zurückziehen. Aber ohne Publicity wurde die Familie des Mädchens wahrscheinlich nie gefunden. Ellie wühlte in ihrer Leinentasche und fischte das Foto heraus, das Julia tags zuvor geschossen hatte. »Bringt das hier in Umlauf.«

Peanut nahm das Bild. »Nicht schlecht. Deine Schwester kann zaubern.«

»Wir nennen sie Alice«, sagte Ellie. »Gebt das auch zu Protokoll. Vielleicht lässt ein Name sie realer erscheinen.«

~

Langsam wird Mädchen wach. Hier ist es still und friedlich, obwohl sie den Ruf des Flusses und das Flüstern der Blätter nicht hören kann. Auch die Sonne ist nicht zu sehen. Aber die Luft ist hell.

Mädchen hat keine Angst.

Einen Augenblick lang kann sie es selbst nicht glauben.

Vorsichtig berührt sie ihre Gedanken, stochert in der Dunkelheit herum.

Es ist wahr. Sie hat keine Angst. Sie kann sich nicht erinnern, sich jemals so gefühlt zu haben. Gewöhnlich ist ihr erster Gedanke: *Verstecken!* So lange hat sie versucht, sich so klein wie möglich zu machen.

Hier kann sie sogar atmen. In dieser seltsamen, eckigen Welt, in der man mit einer Berührung Licht herbeizaubern kann und der Boden hart und eben ist, kann sie frei atmen. Der schlechte Geruch von Ihm ist weg.

Ihr gefällt es hier. Wenn Wolf bei ihr wäre, würde sie für immer in diesem Viereck bleiben, würde ihr Territorium im wirbelnden Wasser markieren und dort schlafen, wo man es ihr gesagt hat, dort, wo es ganz weich ist und nach Blumen riecht.

»Dubistjawachkleines.«

Die sonnenhaarige Sie hat gesprochen. Sie sitzt am Essplatz, hat wieder den dünnen Stock in der Hand, das Ding, das blaue Spuren hinterlässt.

Mädchen steht auf und geht zum Reinigungsplatz. Der Zauberteich ist nun leer. Sie zieht die Hose nach unten und setzt sich auf den kalten Kreis. Als sie fertig gepinkelt hat, drückt sie auf das weiße Ding.

Im anderen Raum steht Sie jetzt auf und schlägt die Hände zusammen, ein Geräusch wie von einem Jäger, und sie lächelt.

Dem Mädchen gefällt dieses Lächeln. Es gibt ihr ein Gefühl von Geborgenheit.

Aus dem Plappern verbotener Laute hört das Mädchen: »Komm.«

Langsam und geduckt bewegt sie sich, hält ihr Inneres ganz fest. Sie weiß ja, wie gefährlich ein solcher Moment sein kann, vor allem, wenn man gerade nicht aufpasst. Sie sollte immer Angst haben, aber das Lächeln und die Luft und der weiche Schlafplatz machen, dass sie die Höhle vergisst. Und Ihn.

Sie setzt sich an die Stelle, die Sonnenhaar will. *Ich werde brav sein*, denkt sie, schaut auf und versucht, das fröhliche Gesicht zu machen.

Sonnenhaar bringt ihr Essen.

Mädchen erinnert sich an die Regeln, und sie kennt den Preis, den man bezahlt, wenn man sie nicht befolgt. Das hat Er ihr oft genug eingebläut. Sie wartet, dass Sonnenhaar lächelt und nickt, etwas sagt. Dann isst das Mädchen das süße, klebrige Essen. Als sie fertig ist, bringt Sonnenhaar den Rest weg. Mädchen wartet.

Schließlich setzt sich Sonnenhaar ihr gegenüber. Sie berührt ihre Brust und sagt immer wieder das gleiche Wort. »Dschul Ja.« Dann berührt sie Mädchen.

»Äl liss. Äl liss.«

Mädchen möchte brav sein, sie möchte hier bleiben, an diesem Ort, mit Ihr, die lächelt. Mädchen weiß, dass jetzt *irgendetwas* von ihr erwartet wird, aber sie hat keine Ahnung, was es sein könnte. Fast sieht es so aus, als möchte Sonnenhaar, dass Mädchen die bösen Laute macht, aber das kann nicht wahr sein. Ihr Herz schlägt so schnell, dass ihr ganz schwindlig wird, und übel.

Schließlich zieht Sonnenhaar die Hand zurück, fasst in das viereckige Loch neben ihr und fängt an, Sachen herauszuholen und auf den Tisch zu legen.

Mädchen ist fasziniert. Noch nie hat sie so etwas gesehen. Sie möchte die Sachen anfassen, schmecken, riechen.

Sonnenhaar holt einen von den spitzen Stöckchen heraus und berührt damit das Buch mit den Linien. Dort, wo sie es berührt hat, ist alles rot. »Bundstift. Malbuch.«

Mädchen staunt und gibt einen überraschten Ton von sich.

Sonnenhaar blickt auf. Jetzt redet sie mit Mädchen. In dem Lautplappern erkennt Mädchen eine Wiederholung.

»Äl liss spiel enn.«

Spiel enn.

Mädchen runzelt die Stirn und versucht zu verstehen. Irgendwie ist ihr der Klang vertraut.

Aber Sonnenhaar redet weiter, fischt alle möglichen Sachen aus dem geheimen Platz, bis Mädchen sich nicht mehr erinnern kann, woran sie sich erinnern will. Jedes neue Ding bringt Mädchen zum Staunen und macht, dass sie die Hand danach ausstrecken will.

Dann, als Mädchen fast so weit ist, dass sie es tut, dass sie das spitze rote Stöckchen berührt, legt Sonnenhaar Es auf den Tisch.

Mädchen schreit und weicht zurück, aber dieser Käfig, auf dem sie sitzt, hält sie fest. Sie fällt nach hinten, schlägt sich den Kopf an, schreit wieder und krabbelt, so schnell sie kann, auf Händen und Knien zu den Bäumen, in ihr Versteck.

Sie hat *gewusst*, dass sie nicht so zutraulich werden darf. Was bedeutet es schon, dass sie hier atmen kann? Das ist eine unwichtige Kleinigkeit, ein Trick.

Sonnenhaar sieht sie mit gerunzelter Stirn an, stößt einen Schwall von Lauten aus. Mädchen kann nichts davon erkennen. Ihr Herz schlägt so schnell, dass es klingt wie die Trommeln der Menschen, die am Fluss fischen gehen.

Jetzt ist fast kein Platz mehr zwischen ihnen.

Sonnenhaar hält Es zu ihr hin.

Mädchen schreit wieder und krallt die Finger in ihre Haare. Sie schnaubt. Er ist hier! Er weiß, dass sie Sonnenhaar gern hat, und jetzt wird Er ihr wehtun. Alles, woran sie denken kann, ist der Laut, den sie am besten kennt von allen.

Neeeeeein …

~

Plötzlich fing Alice an, sich die Haare zu raufen, wild den Kopf zu schütteln und zu schnauben. Ein tiefes, kehliges Knurren entrang sich ihrer Kehle.

Julia erkannte die Echtheit dieser Gefühle. Sie stiegen direkt aus Alices Herz auf, aus einem dunklen, beängstigenden Ort.

Kurz entschlossen öffnete sie die Tür, warf den Traumfänger hinaus auf den Korridor und schloss die Tür wieder. »So«, sagte sie leise und bewegte sich ganz langsam auf die Kleine zu. »Es tut mir leid, Schätzchen. Es tut mir wirklich leid.« Sie ging vor Alice auf die Knie, sodass sie ungefähr auf gleicher Augenhöhe waren.

Alice rührte sich nicht, ihre Augen waren groß und voller Furcht.

»Du hast Angst«, sagte Julia. »Du denkst, du wirst bestraft, stimmt's?« Ganz langsam streckte sie den Arm aus und berührte Alices Handgelenk, sachte wie ein Flüstern. »Es ist alles gut, Alice. Du brauchst keine Angst zu haben.«

Doch bei der Berührung stieß Alice einen erstickten Verzweiflungslaut aus und stolperte zurück. Sie versteckte sich hinter den Topfpflanzen und begann leise zu heulen.

Ganz offensichtlich hatte die Kleine keine Ahnung, was es bedeutete, getröstet zu werden. Auch das gehörte zu den vielen schrecklichen Dingen, die dieses Kind erlebt hatte.

»Hmmm«, machte Julia und blickte sich demonstrativ im Zimmer um. »Was machen wir denn jetzt?« Ein Weilchen später nahm sie das alte, zerfledderte Exemplar von *Alice im Wunderland*. »Wo haben wir die kleine Alice denn verlassen?«

Sie ging zum Bett, setzte sich, legte das Buch offen auf ihren Schoß und sah zu Alice hinüber.

Zwischen zwei großen grünen Wedeln spähte ein kleines ernstes Gesicht hervor. »Komm«, sagte Julia sanft. »Du brauchst keine Angst zu haben.«

Alice gab einen kläglichen Ton von sich, eine Art Wimmern.

Julia verspürte einen Stich in der Brust. Irgendwie klang dieses Jammern gleichzeitig viel zu alt und viel zu jung für dieses Kind. Es war wie eine Quintessenz der Angst, eine unsägliche Sehnsucht. »Komm«, sagte sie wieder und klopfte neben sich aufs Bett. »Ich tu dir nichts, du musst keine Angst haben.«

Doch Alice blieb in ihrem Winkel.

Also begann Julia zu lesen. »›Schäm dich‹, sagte Alice. ›So ein großes Mädchen wie du (und das stimmte ja wirklich) heult doch nicht wie ein Baby! Hör sofort auf damit, verstanden!‹ Aber sie hörte nicht auf und vergoss literweise Tränen, bis um sie herum ein ganzer See war.«

Von der anderen Seite des Zimmers kam ein Geräusch, ein Scharren wie von kleinen Füßen.

Julia lächelte leise in sich hinein und las weiter.

~

Es ist ein Trick.

Mädchen weiß es. Sie *weiß* es.

Und doch …

Die Klänge tun so gut.

Sie sitzt so lange im Wald, bis ihr die Beine wehtun. Obwohl sie immer gut regungslos verharren konnte, bewegt sie sich sehr gern in diesem Raum. Vielleicht nur, weil sie es kann.

Tu es nicht, denkt sie und verlagert das Gewicht von einem Fuß auf den anderen.

Es ist ein Trick.

Wenn Mädchen in Ihre Nähe kommt, wird Sie sie schlagen.

»Kommälliss.«

Aus dem Durcheinander von Lauten, die Sonnenhaar hervorbringt, hört Mädchen wieder diese besonderen Klänge. Von irgendwoher kommt die Erinnerung, dass das Worte sind.

Ein Trick.

Natürlich hat sie keine Wahl, als zu gehorchen. Früher oder später – wahrscheinlich eher früher – wird Sonnenhaar genug haben vom Warten. Das Spiel wird keinen Spaß mehr machen, und dann kriegt Mädchen die Strafe dafür.

Ganz langsam kommt sie aus ihrem Versteck hervor. Ihr Herz hämmert. Sie hat Angst, dass es ihren Brustkorb sprengt und herausfällt, auf den Boden.

Sie schaut hinunter auf ihre Hände und Füße. Hier an diesem seltsam hellen Ort besteht der Boden aus harten Streifen in der Farbe von Schmutz. Keine Blätter oder Tannennadeln, die die Füße abfedern. Jede Bewegung tut weh, aber bestimmt längst nicht so sehr wie das, was ihr bevorsteht.

Sie war böse.

Schreien ist sehr böse. Das weiß sie.

Dadraußen sind Fremde und böse Menschen. Laute Geräusche locken sie an.

Sei bloß still, verdammt, das kennt sie. Als sie sich dem Bett nähert, senkt sie den Kopf und fällt auf Hände und Knie. Von den Wölfen hat sie gelernt, dass es am besten ist, so klein und schwach wie möglich auszusehen.

»Äl liss?«

Mädchen zuckt zusammen und schließt die Augen. *Hoffentlich kein Stock.* Sie hört das Wimmern in ihrem Mund.

Zuerst ist die Berührung so sanft, dass sie es nicht bemerkt. Das Wimmern bleibt ihr in der Kehle stecken. Sie blickt auf.

Sonnenhaar ist jetzt noch näher und lächelt auf sie herab. Sie redet – sie redet immer mit ihrer Sonnenstimme; es klingt wie ein Fluss in den letzten Sommertagen, weich und tröstlich. Ihre Augen sind weit offen, so grün wie frische Blätter. Auf ihrem Gesicht ist keine Wut.

Und sie streichelt Mädchen übers Haar, berührt sie sanft.
»Alles isgut. Inordnung. Nurkeine Angst.«
Mädchen beugt sich vor, ein ganz kleines bisschen. Sie möchte so gern, dass Sonnenhaar sie weiter streichelt. Das fühlt sich so gut an.
»Kommherälliss.«
Sonnenhaar klopft auf den weichen Platz neben sich. Mit einer einzigen Bewegung springt Mädchen auf und rollt sich neben Ihr zusammen. So geborgen hat sie sich seit Langem nicht mehr gefühlt.
Als Sonnenhaar wieder anfängt zu sprechen, schließt Mädchen die Augen und hört zu.

~

Julia saß ganz still da, obwohl ihre Gedanken sich mit Lichtgeschwindigkeit bewegten.
Was war das für eine Geschichte mit dem Traumfänger?
Hat Alice *Komm her* verstanden?
Oder hat sie auf das Klopfen reagiert?
Egal was zutrifft, war ihre Reaktion eine Art Kommunikation ..., es sei denn, sie wollte sowieso aufs Bett springen.
Julia juckte es in den Fingern, sie wollte sich Notizen machen, aber jetzt war nicht der richtige Zeitpunkt. Stattdessen wandte sie ihre Aufmerksamkeit wieder dem Buch zu und begann dort weiterzulesen, wo sie aufgehört hatte.
Als sie mit dem Kapitel fertig war, spürte sie eine Bewegung auf dem Bett. Sie hielt inne und sah zu Alice hinunter, die ihre Lage leicht verändert hatte. Jetzt lag sie wie eine Katze neben Julia, die Stirn dicht an ihren Schenkel gedrückt.
»Du weißt gar nicht, was Geborgenheit ist, oder?«, sagte

Julia und ließ das Buch einen Augenblick sinken. Auf einmal hatte sie einen Kloß im Hals, und es dauerte ein paar Sekunden, bis sie ihre Emotionen so weit unter Kontrolle hatte, dass sie weitermachen konnte. »Ich kann dir helfen, wenn du mich lässt. Das ist ein guter Anfang, dass du so neben mir liegst. Vertrauen ist am allerwichtigsten.«

In dem Moment, als die Worte über ihre Lippen kamen, erinnerte sich Julia, wann sie das zum letzten Mal gesagt hatte. Es war an einem kühlen, grauen Tag in der Jahreszeit gewesen, die in Südkalifornien als Winter durchging. Sie saß in ihrem Zweitausend-Dollar-Ledersessel in ihrer Praxis, machte sich Notizen und lauschte einer anderen Mädchenstimme. Auf dem Sofa ihr gegenüber saß Amber Zuniga, ganz in Schwarz, und kämpfte gegen die aufsteigenden Tränen an.

Vertrauen ist am allerwichtigsten, hatte Julia gesagt. *Du kannst mir sagen, was du gerade fühlst.*

Julia schloss die Augen. Die Erinnerung gehörte zu denen, die sie richtiggehend körperlich schmerzten. Die Sitzung hatte zwei Tage vor Ambers Amoklauf stattgefunden. Warum hatte sie nicht …

Stopp.

Sie weigerte sich, diesen Gedanken weiterzuverfolgen. Er führte nur ins Dunkel, in die abgrundtiefe Hoffnungslosigkeit. Wenn sie sich dorthin begab, würde sie womöglich nicht mehr zurückkommen können, und Alice brauchte sie. Vielleicht mehr, als irgendjemand sie je zuvor gebraucht hatte. »Wie ich gesagt habe …«

Alice berührte sie. Zu Beginn war es wie ein Hauch, eine zögernde Bewegung wie von einem Schmetterlingsflügel. Julia sah es mehr, als dass sie etwas spürte.

»Das ist gut, Schätzchen«, flüsterte sie. »Trau dich in unsere

Welt. Es war einsam in deiner Welt, oder nicht? Beängstigend.«

Nichts rührte sich außer der Hand. Ganz langsam streckte Alice sie aus und tätschelte ungeschickt, mit einer fast spastischen Bewegung Julias Oberschenkel.

»Manchmal macht es einem Angst, einen anderen Menschen zu berühren«, sagte Julia und überlegte dabei, ob ihre Worte wohl verstanden wurden. »Vor allem wenn man verletzt worden ist. Dann fürchtet man sich davor, die Hand nach jemandem auszustrecken.«

Die Bewegungen wurden geschmeidiger und schließlich zu einem sanften Streicheln. Dazu brachte Alice einen Laut hervor, tief aus der Kehle, wie ein Schnurren. Langsam hob sie das Kinn und sah zu Julia empor, die faszinierenden blaugrünen Augen voller Furcht und Sorge.

»Du brauchst keine Angst zu haben«, sagte Julia und hörte das leise Zittern in ihrer Stimme. Gefühle drohten sie zu übermannen, und das war gefährlich. Wenn man eine gute Therapeutin sein wollte, musste man sich verhalten, als würde man mit vierzig – und schon leicht weitsichtig – einen Roman lesen: Man musste die Seiten eine Armlänge von sich weg halten, sonst verschwamm alles. Sanft strich sie über Alices seidige schwarze Haarmähne. »Keine Angst.«

Es dauerte eine Weile, doch irgendwann hörte Alice auf zu zittern. Den Rest des Vormittags las und redete Julia abwechselnd. Zum Mittagessen gingen sie gemeinsam an den Tisch, aber sofort danach kehrte Alice zum Bett zurück und schlug mit der Handfläche auf das Buch.

Julia räumte das Geschirr weg, kam auch wieder aufs Bett und las weiter. Gegen zwei hatte Alice sich noch enger zusammengerollt und war eingeschlafen.

Vorsichtig stand Julia auf und starrte hinunter auf das seltsame Mädchen, das sie Alice nannte. In den letzten zwei Tagen hatten sie so viele bahnbrechende Forschritte gemacht, aber vielleicht enthielt keiner davon so viel Potenzial wie der Traumfänger. Alice hatte so heftig auf ihn reagiert, er musste irgendeine wichtige Bedeutung für sie besitzen.

Jetzt war es Julias Aufgabe, Alice die Angst vor dem Traumfänger zu nehmen und sie gleichzeitig zu erforschen. Natürlich ohne Alice so zu ängstigen, dass sie sich selbst verletzte. Momentan war das ihre beste Chance – denn der Traumfänger war das einzige Objekt, das bisher eine starke emotionale Reaktion hervorgerufen hatte. Es gab keine andere Alternative, sie musste ihn einsetzen.

»Kannst du weinen, Alice? Kannst du lachen? Du bist in deinem Innern gefangen, nicht wahr? Aber warum?« Julia ging zurück zu ihren Notizen und schrieb alles auf, was seit dem Frühstück geschehen war. Dann las sie sich das Geschriebene noch einmal durch: *Heftige Reaktion auf Traumfänger. Extremer Ausbruch von Wut und/oder Angst. Typischerweise sind die Gefühle der Patientin vollständig nach innen gerichtet. Sie weiß nicht, wie sie ihre Gefühle gegenüber anderen zum Ausdruck bringen soll. Vielleicht aufgrund des selektiven Mutismus. Vielleicht wurde es ihr auch so antrainiert. Hat jemand – oder etwas – ihr beigebracht, immer still zu sein? Wurde sie misshandelt, wenn sie sich frei geäußert hat? Oder wenn sie überhaupt nur gesprochen hat? Ist sie als Gefühlsausdruck nur Kratzen und Haareraufen gewohnt? Drücken Rudeltiere so ihre Emotionen aus, wenn sie außer Sicht sind? Ist es ein Symptom von Wildheit? Von Isolation? Oder von Missbrauch?*

Irgendeine Erkenntnis dämmerte am Rand ihres Bewusstseins, zeigte sich kurz, verschwand aber jedes Mal so rasch wieder, dass sie nicht wirklich sichtbar wurde.

Julia legte den Stift weg und stand wieder auf. Ein schneller Blick zur Videokamera zeigte, dass sie noch aufnahm. Also konnte sie sich den Vorfall mit dem Traumfänger am Abend noch einmal anschauen. Vielleicht hatte sie ja etwas übersehen.

Nachdem sie sich noch einmal vergewissert hatte, dass Alice schlief, verließ sie das Zimmer. Draußen im Korridor lagen die Hunde und schliefen ebenfalls. Julia stieg über sie hinweg und hob den Traumfänger auf. Es war ein schlecht gearbeitetes Ding, wie man es in den Souvenirläden fand. Nicht größer als eine Untertasse, der innere Kreis aus dünnen Zweigen – wie konnte so etwas Läppisches eine solche Angst auslösen? An ein paar verwobenen Fäden glitzerten ein paar billige Glasperlen. Vermutlich hing für gewöhnlich noch ein Schildchen daran, auf dem beschrieben wurde, welche Bedeutung ein Traumfänger für die Indianerstämme aus der Gegend hatte, die Quinalt und die Hoh.

Welcher Zusammenhang bestand zwischen diesem Ding und Alice? War sie doch indianischer Herkunft? War das ein Teil des Puzzles? Oder hatte ihr nicht der Traumfänger als solcher Angst gemacht, sondern vielmehr einer seiner Bestandteile – die Perlen, die Zweige, der Bindfaden?

Bindfaden. Schnur.

Fesselspuren.

Vielleicht war das die Verbindung. Die Schnur könnte Alice daran erinnert haben, dass man sie gefesselt hatte.

Keiner außer Alice würde diese Frage beantworten können.

In einer gewöhnlichen Therapie, die sich nach den Vorgaben von Zeit und Geld richtete, konnte es Monate dauern, bis ein Kind sich solchen Ängsten stellte. Oft sogar Jahre.

Aber Alice war alles andere als ein gewöhnlicher Fall. Je länger sie in ihrer einsamen, isolierten Welt verweilte, desto unwahrscheinlicher wurde es, dass sie jemals wieder herauskam. Daher konnten sie sich nicht wirklich Zeit lassen. Julia musste eine Konfrontation zwischen den beiden Alices forcieren – dem Mädchen, das im Wald verloren gewesen war, und dem, das der »normalen« Welt zurückgegeben worden war. Diese beiden Hälften mussten zu einer einzigen Persönlichkeit zusammenfinden, sonst sah Alices Zukunft finster aus.

Heiligte der Zweck wirklich die Mittel?

Ihr blieb keine andere Wahl. Aber es würde ganz sicher kein Spaziergang werden.

Sie ging ins Erdgeschoss, um ihre Schwester anzurufen. Fünfzehn Minuten später marschierten Ellie und Peanut durch die Haustür.

»Hallo«, sagte Peanut, grinste breit und wedelte mit ihren leuchtend rosa Fingernägeln.

Julia holte den Traumfänger heraus. »Kennt ihr das hier?«

»Na klar, das ist ein Traumfänger«, antwortete Peanut und zog eine Plastiktüte mit Karottenstäbchen aus der Tasche. »Mein Sohn hatte mal einen am Bett hängen. Ich glaube, er hat ihn bei einem Schulausflug nach Neah Bay gekauft. Traumfänger sind eine indianische Tradition und sollen Kinder vor Albträumen schützen. Die schlechten Träume verfangen sich in dem Netz, die guten schlüpfen durch das Loch in der Mitte.« Sie grinste. »Bildungsfernsehen. Woche der indianischen Ureinwohner Amerikas.«

»Warum willst du das denn wissen, Julia?«, fragte Ellie.

»Alice hat sehr heftig auf das Ding reagiert, hat wieder mal geschnaubt, sich gekratzt und geschrien. Wie es aussah, hatte sie eine Höllenangst.«

Ellie nahm den Traumfänger in die Hand und inspizierte ihn. »Meinst du, es hängt irgendwie mit den bösen Träumen zusammen?«

»Nein, ich glaube, es ist etwas Persönlicheres. Vielleicht hing eins von den Dingern in einem Raum, wo sie misshandelt wurde, vielleicht hat ihr jemand wehgetan, der solche Sachen herstellt. Vielleicht hat die Schnur sie auch an ihre Fußfessel erinnert. Ich weiß es noch nicht. Aber irgendwas daran hat sie zumindest total aus der Fassung gebracht.«

»Ich kümmere mich darum«, sagte Ellie. »Wir müssen jeden Hinweis nutzen. Ich schicke Earl ins Reservat, möglicherweise haben wir ja Glück.«

»Ein bisschen Glück haben wir allmählich echt verdient«, stimmte Julia ihr zu und nahm ihre Tasche vom Sofa. »Wo kann ich in der Nähe solche Teile kaufen, möglichst billig?«

»In Swain's General Store«, antwortete Peanut. »Die haben ein Regal mit Souvenirs.«

»Wunderbar. Ich bin zurück, sobald ich kann.«

»Du solltest eine Maske tragen«, brummte Peanut. Sie und Ellie wechselten besorgte Blicke.

Julia runzelte die Stirn. »Was soll das heißen?«

»Erinnerst du dich noch an Mort Elzick?«, fragte Ellie.

Dann ging es also um kleinstädtischen Tratsch. Sie hätte es wissen müssen. »Nein.« Julia blickte auf ihre Armbanduhr. Sie wollte gern mit den Traumfängern zurück sein, wenn Alice von ihrem Mittagsschlaf erwachte. »Für so was hab ich jetzt echt keine Zeit, ich weiß nicht, wie lange Alice noch schläft.« Sie wandte sich zur Tür.

»Er hat ein Foto von Alice in der *Rain Valley Gazette* veröffentlicht.«

»In der Schlagzeile hat er sie als ›Wolfsmädchen‹ bezeichnet«, fügte Peanut, vernehmlich auf ihren Karotten kauend, hinzu.

Julia hielt inne. Auf einmal erinnerte sie sich wieder an Mort, von der Highschool ... und von dem Zusammenstoß im Krankenhaus. Er war der Mann gewesen, der sie auf dem Korridor umgerannt hatte! *Natürlich.* In der Tasche, die er hatte fallen lassen, war seine Kameraausrüstung gewesen. Deshalb war er auch nicht zu der Versammlung in der Kirche gekommen – er hatte die Zeit genutzt, um sich ins Krankenhaus zu schleichen. Langsam drehte sie sich um. »Hat er mich in dem Artikel auch erwähnt?«

Die beiden Frauen schüttelten den Kopf. »Die Stadt beschützt dich«, ergänzte Ellie. »Er weiß, dass du hier bist, aber niemand wird bestätigen, dass du Alice hilfst.«

»Ich wusste, dass es eine undichte Stelle geben würde. Das ist doch immer so. Aber wir sind aus dem Schneider, wenn ...« Peanut unterbrach sich.

Wieder tauschten sie und Ellie besorgte Blicke.

»Was? Da ist noch mehr?« Julia war entsetzt.

»Einige von den Reportern verlassen die Stadt, weil sie glauben, das Ganze war bloß ein Schwindel.«

Julia fluchte leise vor sich hin. Genau das konnten sie sich überhaupt nicht leisten. Wenn die Medien sich jetzt zurückzogen, würden sie vielleicht nie erfahren, wer Alice wirklich war. »Die neuen Fotos – die, die ich gestern gemacht habe – könnten doch was nützen. Und bringt ein bisschen Information in Umlauf. Etwas Wissenschaftliches. Lasst jemanden in Uniform vor der Kamera über die Suche berichten. Mit reichlich statistischen Daten über vermisste Kinder. Jedes Wort muss offiziell klingen. Das müsste uns Zeit verschaffen.«

»Du musst Alice zum Reden bringen, Jules.«

»Ach tatsächlich?«, gab sie ironisch zurück. In früheren Zeiten hätte ihr Wort genügt, um die Medien zu überzeugen. Jetzt hatte es keinerlei Gewicht mehr.

»Soll ich die Traumfänger für dich besorgen?«, erbot sich Peanut freundlich.

Julia hasste es, dem Druck nachzugeben, aber ihr blieb keine andere Wahl. Sie durfte nicht zulassen, dass Mort ein Foto von ihr bekam. Also schleuderte sie ihre Tasche zurück aufs Sofa. »Danke, Pea. Das ist wirklich nett von dir.«

DREIZEHNTES KAPITEL

Eine Stunde später saßen Ellie und Peanut wieder im Streifenwagen, unterwegs in die Stadt.

»Sie muss unbedingt anfangen zu sprechen«, sagte Ellie leise. Unabhängig davon, wie viel Beweismaterial sie zusammentrugen, es lief immer auf das Gleiche hinaus. »Julia tut ihr Bestes, aber …«

»Es könnte eine Weile dauern, ich weiß. Und was, wenn Morts Foto jetzt alles kaputtmacht? Wenn die seriösen Medien zu dem Schluss kommen, dass wir nichts weiter sind als ein paar Hinterwäldler, die auch mal ihr Kaff im Rampenlicht sehen wollen, dann ist es vorbei.«

»Mal den Teufel nicht an die Wand, Ellie. Mein Benji sagt immer …«

Das Funkgerät piepste. »Ellie? Bist du da?«

»Ich geh nicht dran«, sagte Ellie. »Es gibt zurzeit sowieso keine guten Neuigkeiten.«

»Sehr verantwortungsvoll. Wahrscheinlich ist es sowieso nur eine Massenkarambolage. Oder eine Geiselnahme.«

Wieder statisches Knistern. »Chief? Julia sagt, du bist im Auto. Wenn du nicht antwortest, dann erzähle ich allen, dass du in der achten Klasse Rick Springfield einen Brief geschrieben hast. Over.«

Ellie drückte den Knopf. »Zwing mich nicht, die Fotos von dir mit Dauerwelle in Umlauf zu bringen, Cal.«

»Ach, da bist du ja, Ellie, Gott sei Dank. Du musst sofort herkommen. Over.«

»Was ist denn los?«

»Die Irren sind gelandet. Ich schwöre es.«

Ellie fluchte. Dann trat sie aufs Gaspedal und stellte die Sirene an. Wenige Minuten später waren sie auf der Wache und stiegen aus. Überall standen Leute herum, zwar nicht ganz so viele wie am Vortag, aber immer noch eine ganze Menge. Übertragungswagen verstopften die Straße vor dem Revier, und eine Menschenschlange reichte von der Tür bis hinunter auf den Gehweg. Es waren nicht die gleichen Leute wie sonst. Keine Kollegen von anderen Polizeistationen, keine Privatdetektive, keine Reporter und keine Eltern, die ihre Kinder suchten. Diese Leute sahen aus wie eingefleischte Fans der *Rocky Horror Picture Show.*

Sie huschten an ihnen vorbei, ignorierten die lauten Stimmen und verschwanden im Gebäude. Cal saß am Schreibtisch und sah etwas benommen und verwirrt aus.

Am anderen Schreibtisch thronte Earl. Als Ellie hereinkam, lächelte er müde und sagte: »Ich habe gerade die Aussage von einem Mann aufgenommen, der auf dem Planeten Rebar zu Hause ist.«

»Was?« Ellie runzelte die Stirn.

»Er hat das Mädchen gesucht. Ein Mann – nein, ein Botschafter – von Rebar. Er hatte einen Hut aus Alufolie auf und die Lippen schwarz angemalt.«

Seufzend ließ sich Ellie an ihrem eigenen Schreibtisch nieder. »Lass sie rein, Earl. Einen nach dem anderen.«

»Du willst tatsächlich mit denen reden?«, fragte Cal.

»Nur weil sie verrückt sind, heißt das noch lange nicht, dass sie nichts wissen, was uns weiterhelfen könnte.«

Earl ging zur Tür und öffnete sie. Die Frau, die als Erste hereinkam, trug ein wallendes Blumenkleid, Cowboystiefel und ein blaues Wildlederstirnband. In den Händen hielt sie eine Kristallkugel von der Größe eines Baseballs.

Schon wieder eine Hellseherin.

Ellie lächelte und griff nach ihrem Stift.

Die nächsten zwei Stunden lauschten sie, Earl und Peanut einem Spinner nach dem anderen, und alle erzählten ihnen, wer Alice wirklich war. Ellies Lieblingsantwort war: die wiedergeborene Zarentochter Anastasia.

Als endlich der Letzte seine Geschichte zum Besten gegeben hatte und verschwunden war, lehnte Ellie sich in ihrem Stuhl zurück und seufzte. »Wo sind die denn alle plötzlich hergekommen?«

»Morts Foto hat sie auf den Plan gerufen«, antwortete Cal. »Vor allem, weil er Worte wie Wolfsmädchen benutzt und behauptet hat, sie könnte fliegen. In seinem Artikel hat er außerdem durchblicken lassen, dass sie nur lebende Insekten isst und mit den Füßen Zeichensprache spricht. Soweit ich weiß, hat CNN die Stadt inzwischen verlassen.«

»Das ist aber gar nicht gut«, sagte Peanut und griff nach ihrem Grapefruitsaft.

Cal hüpfte vom Schreibtisch, auf dessen Rand er sich niedergelassen hatte. Sein Tennisschuh kam mit einem dumpfen Schlag auf dem Holzboden auf.

»Benutzen wir sie«, sagte er. »Das ist wohl unsere einzige Chance.«

Ellie brauchte nicht zu fragen, wen Cal meinte. Sie hatte den gleichen Gedanken schon selbst gehabt.

»Julia?«, fragte Peanut spitz. »Aber dann geht es doch nur darum, was in Silverwood passiert ist.«

»Die werden sie kreuzigen«, meinte Ellie und sah Cal an. »Wolfsmädchen arbeitet mit in Ungnade gefallener Psychologin‹.«

»Was für eine andere Möglichkeit haben wir denn?«

»Ich weiß nicht ...« Ellie zögerte. »Als sie heute von Morts Foto erfahren hat, sah sie so zerbrechlich aus wie eh und je.«

»Sie wird es tun, für Alice«, sagte Cal.

~

Julia war noch dabei, einen Plan für den Einsatz des Traumfängers auszuformulieren, als Ellie hereinplatzte. Bei jedem Schritt klapperten ihre Schlüssel und die Handschellen, hinter ihr heulten die Hunde, kratzten an der Tür und bellten empört, als sie sie aussperrte.

Alice rannte zu den Topfpflanzen und versteckte sich. Ellie legte die Hand auf Schlüssel und Handschellen und erstickte den Lärm. »Ich muss mit dir reden.«

Julia widerstand dem Impuls, die Augen zu verdrehen. Der Zeitpunkt für eine Unterbrechung war extrem ungünstig. »Na gut.«

Noch einen Moment stand Ellie so da, dann sagte sie: »Ich warte in der Küche auf dich«, und verließ den Raum.

Julia packte Stifte, Papier und Notizblock weg. »Ich bin gleich wieder da, Alice.«

Alice blieb in ihrem Versteck, als Julia jedoch nach dem Türknauf griff, fing sie an zu wimmern.

»Du hast Angst, dass ich nicht zurückkomme«, stellte Julia leise fest. »Aber ich komme wieder, versprochen.« Mehr konnte sie nicht tun. Alice konnte nur dadurch Vertrauen zu ihr gewinnen, dass sie ihre Versprechen auch hielt. Zu den fundamentalen Grundsätzen der Psychologie gehörte es ja leider nun mal, dass man gelegentlich einen Menschen allein lassen musste, obwohl dieser einen brauchte.

Sie ging aus dem Zimmer und schloss die Tür hinter sich. Alices leises, jammervolles Heulen verfolgte sie die Treppe hinunter. Die Hunde saßen im Korridor auf den Hinterbeinen und stimmten in das Heulen ein.

Rasch ging Julia ins Erdgeschoss und fand Ellie draußen auf der Veranda, was sie wenig überraschte, denn solange sie eine Familie waren, hatten sie wichtige Dinge oder auch Feierlichkeiten stets draußen erledigt. Bei Regen und bei Sonnenschein.

Ellie saß im Lieblingsstuhl ihres Vaters. Natürlich. Schon früher war er es gewesen, von dem sie Kraft bekam, während Julia ihrer Mutter immer viel näher gestanden hatte. Dass Ellie diesen Stuhl ausgewählt hatte, konnte nur bedeuten, dass ihr etwas Wichtiges durch den Kopf ging.

Julia nahm im Schaukelstuhl Platz. Eine leichte Brise ließ die trockenen Blätter über die Wiese tanzen. Das gurgelnde Rauschen des Fall River erfüllte die Luft. »Ich kann nicht lange bleiben«, sagte Julia und sah ihre Schwester an. »Was gibt es denn?«

Ellie wirkte blass und irgendwie erschüttert.

Beunruhigend, dieses Energiebündel so niedergeschlagen zu sehen. Julia beugte sich zu ihr. »Was ist denn los, Ellie?«

»Die Reporter verlassen die Stadt. Sie glauben, dass die ganze Geschichte mit dem Wilden Kind ein Schwindel ist. Morgen werden wahrscheinlich nur noch die *Gazette* und der *Olympian* darüber berichten.«

Plötzlich dämmerte Julia, was das bedeutete und was Ellie daran so nervös machte.

»Du musst mit der Presse sprechen«, fuhr Ellie leise fort, als könnte sie die Ungeheuerlichkeit dadurch abschwächen. »Weißt du überhaupt, was du da von mir verlangst?« »Was für eine Wahl haben wir denn? Wenn die Geschichte aus den Medien verschwindet, erfahren wir vielleicht nie, wer Alice wirklich ist. Und du weißt ja, was mit verlassenen Kindern geschieht. Der Staat wird sie in irgendein Heim stecken und vergessen.«

»Ich kann sie zum Sprechen bringen.«

»Ich weiß. Aber was, wenn sie ihren Namen nicht weiß? Wir müssen ihre Familie finden.«

Das konnte Julia nicht bestreiten. So schmerzlich es sein mochte – was hier auf dem Spiel stand, war klar. Es lief auf eine Entscheidung zwischen ihren eigenen und Alices Interessen hinaus. »Ich wollte etwas in der Hand haben, was ich den Medienleuten sagen kann. Einen Erfolg, der mein Versagen aufwiegt. Sie werden ...«

»Sie werden was?«

Sie werden mir nicht glauben. »Ach nichts.« Julia sah weg. Ihr Blick wanderte zum Fluss, auf dem jenseits der grünen Wiese immer wieder Lichtreflexe glitzerten. Auf einmal musste sie an das Blitzlichtgewitter und das Kreuzfeuer hässlicher Fragen denken. Wenn die Presse sich auf einen Menschen stürzte, gab es für diesen kein Entrinnen mehr – nicht einmal die Wahrheit schützte ihn dann noch. Julias Ruf war ein für allemal beschädigt, man würde ihre professionelle Meinung nicht mehr ernst nehmen, ganz gleich, worum es ging. Aber sie hatte die Chance, sich – und damit auch Alice – wieder auf die Titelseiten zu katapultieren. »Wahrscheinlich können die mich sowieso nicht noch mehr kaputtmachen«, sagte sie schließlich und schauderte. Hoffentlich hatte ihre Schwester es nicht bemerkt.

Doch Ellie sah alles, das war schon immer so gewesen. Dass sie zur Polizei gegangen war, hatte ihre natürliche Beobachtungsgabe nur noch verstärkt. »Ich werde bei dir sein, die ganze Zeit. Direkt neben dir.«

»Danke.« Vielleicht würde es tatsächlich ein bisschen leichter sein, wenn sie vor laufender Kamera nicht so verdammt allein war. »Setz eine Pressekonferenz für heute Abend an. Sagen wir ... um sieben.«

»Was willst du denen erzählen?«

»Alles, was ich bisher über Alice weiß. Ich zeige ihnen die Fotos, beschreibe ein paar interessante Beobachtungen ihres Verhaltens und lasse sie ihre Fragen stellen.«

»Es tut mir leid«, sagte Ellie.

Julia versuchte zu lächeln. »Ich hab das schon mal durchgemacht, also werde ich es vermutlich auch ein zweites Mal überleben. Für Alice.«

~

Julia, Ellie, Cal und Peanut standen zusammengepfercht wie die Ölsardinen im Pausenraum und lauschten dem Lärm, den die Reporter, Fotografen und Kameraleute vor der Polizeistation veranstalteten, während sie ihre Ausrüstung aufbauten, Soundchecks machten, Kameras überprüften.

»Du kriegst das hin«, versicherte Ellie ihrer Schwester im Minutentakt.

Wie aufs Stichwort stimmte Cal ihr jedes Mal eifrig zu.

»Ich mach mir Sorgen um Alice«, entgegnete Julia.

»Myra sitzt direkt vor der Tür. Sie ruft an, wenn Alice auch nur einen Piep macht«, beruhigte sie Ellie. »Du kriegst das hin.«

Auf einmal sagte Peanut: »Die werden dich einen Quacksalber schimpfen, Julia.«

»*Peanut!*« Ellie schnappte vor Entsetzen nach Luft.

Aber Peanut grinste Julia an. »Die Technik wende ich bei meinen Kindern an. Umgekehrte Psychologie nennt man das unter Fachleuten. Jetzt kann das, was die dir gleich unter die Nase reiben, nur noch besser sein.«

»Kein Wunder, dass deine Kinder sich dauernd irgendwelche Körperteile piercen lassen wollen«, stellte Cal fest.

Peanut wedelte abschätzig mit der Hand. »Wenigstens gehe ich nicht kostümiert zu irgendwelchen Kongressen.«

»Ich hab mich schon seit mindestens zwanzig Jahren nicht mehr kostümiert.«

In diesem Moment erschien Earl an der Tür, geschniegelt und gebügelt, von den über die Glatze gekämmten rotgrauen Haarsträhnen bis zu seinen polierten Schuhen. Die Bügelfalten an seiner Hose waren scharf wie Laserstrahlen.

»Die Meute ist bereit für Sie, Julia.« Dann wurde er rot und verbesserte sich: »Dr. Cates, meine ich.«

Im Gänsemarsch verließen sie den Pausenraum, gruppierten sich aber im Korridor noch einmal um Julia.

»Ich gehe als Erste rein und stelle dich vor«, sagte Ellie. Julia nickte. *Für Alice*, dachte sie.

Ellie ging den Korridor hinunter und um die Ecke.

Für Alice.

Dann war Earl neben ihr und nahm ihren Arm.

Sie folgte ihm durch die Halle, um die Ecke und hinein in den Trubel, den sie aus ihrem alten Leben so gut kannte.

Die Menge begann zu toben, Fragen wurden auf sie geschleudert wie Handgranaten.

»Ruhe!«, brüllte Ellie und hob die Hände. »Lassen Sie Dr. Cates reden!«

Nach und nach kehrte Ruhe ein.

Julia spürte unzählige Augenpaare auf sich ruhen. Vermutlich waren die meisten im Raum einhellig der Meinung, dass es ihr sowohl an Urteilsvermögen als auch an Talent mangelte. Sie holte tief Luft und ließ den Blick über die Menge wandern. War irgendwo ein freundliches Gesicht? In der hinteren Reihe, hinter den Reportern und Fotografen, standen ein paar Einheimische. Die Schwestern Grimm (inklusive Urne), Barbara Kurek, Lori Forman und ihre Strahlekinder, einige von Julias Highschool-Lehrern. Und Max. Er nickte ihr zu und reckte ermutigend den Daumen in die Höhe. Überraschenderweise beruhigte diese Demonstration seiner Unterstützung tatsächlich ihre Nerven. In Los Angeles hatte sie sich immer vollkommen allein gefühlt, wenn sie der Presse gegenübertrat.

»Wie Sie ja alle wissen, bin ich Dr. Julia Cates. Man hat mich nach Rain Valley geholt, um eine ganz besondere Patientin zu behandeln, ein Mädchen, das wir Alice nennen. Ich weiß, dass viele von Ihnen am liebsten nur über meine Vergangenheit reden würden, aber ich möchte Sie bitten, sich auf das zu konzentrieren, was hier wichtig ist. Dieses Kind ist namenlos und allein auf der Welt. Wir brauchen Ihre Hilfe, um die Familie der Kleinen zu finden.« Sie hielt ein Foto in die Höhe. »Das hier ist das Mädchen. Alice. Wie Sie selbst sehen, hat sie schwarze Haare und blaugrüne Augen ...«

»Dr. Cates, was würden Sie den Eltern der Kinder gern sagen, die in Silverwood sterben mussten?«

Nach dieser ersten Unterbrechung war der Bann gebrochen, das Feuer der Fragen eröffnet.

»Wie kommen Sie mit der Schuld zurecht ...?«

»Wussten Sie, dass Amber eine Waffe gekauft hatte ...?«

»Haben Sie schon den Text von Death Knell gehört ...?«

»Und das Doomsday-Videospiel ausprobiert?«

»Haben Sie Amber eigentlich auf Unverträglichkeit hinsichtlich Prozac getestet?«

Julia versuchte sich nicht darum zu kümmern und redete weiter, bis ihre Stimme schließlich versagte. Als es vorbei war und die Reporter sich zurückgezogen hatten, war sie völlig geschafft. Allein stand sie auf dem Podium und sah zu, wie einer nach dem anderen den Raum verließ.

Nach einer Weile kam Ellie zu ihr. »Herrgott, Jules, das war ja schrecklich«, sagte sie und sah dabei fast so erledigt aus, wie Julia sich fühlte. »Das tut mir so leid. Ich habe ja nicht ahnen können ...«

»Wie hättest du auch?«

»Kann ich irgendwas für dich tun?«

»Ja, du könntest auf Alice aufpassen, ich muss jetzt dringend eine Weile allein sein.«

Ellie nickte.

So gut es ging, vermied Julia den Blickkontakt mit Peanut und Cal, die an Cals Schreibtisch standen und sich an den Händen hielten, beide ziemlich bleich und mitgenommen. Auf Peanuts rosa geschminkten Wangen waren Tränenspuren zu erkennen.

Langsam ging Julia die Treppe hinunter und hinaus in die kalte, lavendelfarbene Nacht. Ohne besonderen Grund wandte sie sich auf dem Gehweg nach links.

»Julia?«

Sie drehte sich um.

Er stand auf der Straße, fast unsichtbar unter dem Schatten eines riesigen Nadelbaums. »Ich hab das Motorrad gekauft, als ich in der Nähe von Watts gearbeitet habe. Manchmal muss man dafür sorgen, dass man einen klaren Kopf kriegt, und bei hundertzwanzig Sachen schafft man das.«

Sie hätte weglaufen sollen, einfach über ihn lachen. Aber

sie konnte nicht. In ganz Rain Valley war er wahrscheinlich der einzige Mensch, der wirklich verstand, wie sie sich gerade fühlte. Woher sie das so genau wusste, hätte sie nicht sagen können, es ergab eigentlich keinen Sinn, und trotzdem spürte sie es mit absoluter Sicherheit. »Ich glaube, mir reichen schon sechzig. Mein Kopf ist kleiner.«

Lächelnd streckte er ihr einen Helm entgegen.

Sie setzte ihn auf, stieg hinter ihm auf den Sozius und legte fest die Arme um seine Taille.

So fuhren sie durch die kalten grauen Straßen, vorbei an den Übertragungswagen, vorbei an dem Parkplatz, auf dem die Schulbusse standen. Der Wind zupfte an Julias Ärmeln und zerrte an ihren Haaren, als sie auf den Highway einbogen. Sie fuhren und fuhren, durch die Nacht, über den schmalen, unebenen Highway. Julia klammerte sich an Max.

Als sie vom Highway abfuhren und auf Max' Auffahrt einbogen, war ihr das einerlei. Wenn sie ehrlich war, hatte sie von Anfang an gewusst, wo sie landen würden. Morgen würde sie ihre Vernunft in Frage stellen – oder vielmehr die Unvernunft –, aber jetzt fühlte es sich so gut an, die Arme um ihn zu legen. Es war gut, nicht allein zu sein.

Er stellte das Motorrad in der Garage ab.

Wortlos gingen sie ins Haus. Sie setzte sich aufs Sofa, während Max ihr ein Glas Weißwein holte, ein Feuer im Kamin anfachte und die Stereoanlage einschaltete. Der erste Song war etwas Sanftes, Jazziges.

»Sie brauchen sich die ganze Mühe nicht zu machen. Um Himmels willen, fangen Sie jetzt bloß nicht auch noch an, die Kerzen anzuzünden.«

Er setzte sich neben sie. »Warum denn nicht?«

»Ich gehe nicht mit Ihnen nach oben.«

»Ich kann mich auch nicht daran erinnern, Sie darum gebeten zu haben.«

Unwillkürlich musste sie lächeln. Etwas entspannter lehnte sie sich in die weichen Kissen zurück und sah Max über den Rand ihres Weinglases hinweg an. Im Feuerschein sah er atemberaubend gut aus. Ein Gedanke schoss ihr durch den Kopf, ein verführerischer Gedanke. *Warum eigentlich nicht?* Sie könnte ihm doch die Treppe hinauf folgen, in sein großes Bett steigen und sich von ihm lieben lassen. Dann könnte sie eine Zeit lang alles andere vergessen. So was taten Frauen doch andauernd.

»Woran denken Sie?«

Sie war sicher, dass er ihre Gedanken lesen konnte. Ein Mann wie er kannte jede Nuance des Verlangens im Gesicht einer Frau. Sie spürte, wie ihr das Blut in die Wangen stieg.

»Genau genommen habe ich daran gedacht, Sie zu küssen.«

Er beugte sich zu ihr. Sein Atem roch ganz leicht nach Whiskey. »Und?«

»Wie meine Schwester bereits richtig festgestellt hat, bin ich nicht Ihr Typ.«

Er wich zurück. »Glauben Sie mir, Julia, Ihre Schwester hat keine Ahnung davon, was für eine Frau ich mir wünsche.«

Sie hörte die Schärfe in seiner Stimme und sah etwas in seinen Augen, das sie überraschte. »Ich habe mich in Ihnen getäuscht, glaube ich«, sagte sie, mehr zu sich selbst als zu ihm.

»Jedenfalls haben Sie voreilige Schlüsse gezogen.«

»Berufsrisiko«, lächelte sie. »Ich neige dazu, zu glauben, dass ich die Menschen kenne.«

»Sie sind also Spezialistin für Beziehungen, ja?«

»Wohl kaum.« Sie lachte wehmütig.

»Lassen Sie mich raten: Sie sind eine Frau, die nur den einen will. Eine Romantikerin, alles nur Herzen und Blumen.«

»Na, wer zieht denn jetzt voreilige Schlüsse?«

»Irre ich mich denn?«

Sie zuckte die Achseln. »Ich weiß nicht, wie romantisch ich bin, aber ich kenne nur eine Art zu lieben.«

»Und die wäre?«

»Mit vollem Einsatz.«

»Gefährliche Sache«, meinte er stirnrunzelnd.

»Sagt der Bergsteiger. Wenn Sie klettern, setzen Sie Ihr Leben aufs Spiel. Wenn ich liebe, riskiere ich mein Herz. Alles oder nichts. Bestimmt klingt das in Ihren Ohren ziemlich dumm.«

»Nein, überhaupt nicht«, erwiderte er, und seine Stimme war so sanft, dass ihr ein wohliger Schauer über den Rücken lief. »Mit der gleichen Leidenschaft machen Sie Ihre Arbeit, das habe ich längst gemerkt.«

»Ja«, sagte sie, überrascht von seiner Beobachtung. »Deshalb war das heute auch besonders hart.«

Einen langen Augenblick starrten sie einander an. Max schien in ihren Augen etwas zu suchen oder etwas zu sehen, was er nicht verstand. Schließlich sagte er: »Als ich in L.A. gearbeitet habe, wurden fast jede Nacht Opfer von Bandenschießereien eingeliefert. Anfangs bin ich noch lange nach meiner Schicht in der Klinik geblieben und habe mit den Brüdern und Schwestern der Verletzten geredet. Ich habe versucht, ihnen begreiflich zu machen, wie ihr Leben aller Wahrscheinlichkeit nach verlaufen würde, wenn sie sich nicht änderten. Aber am Ende meines ersten Jahres habe ich aufgehört, Vorträge zu halten und die ganze Nacht an einem Bett zu stehen. Ich konnte unmöglich alle retten.«

Ihre Blicke trafen sich und hielten einander fest. Auf einmal hatte sie das Gefühl, in die endlose Tiefe seiner Augen zu fallen. »An guten Tagen weiß ich das. Heute war kein so guter Tag. Genau genommen war das ganze letzte Jahr nicht besonders gut.«

»Morgen wird es besser.« Er streckte die Hand aus und strich ihr eine Haarsträhne aus der Stirn.

Es wäre ganz einfach gewesen, ihn jetzt zu küssen, nur eine winzige Bewegung auf ihn zu. »Das können Sie gut«, sagte sie mit zittriger Stimme und zog sich zurück.

»Was?«

»Frauen verführen.«

»Ich verführe Sie nicht.«

O doch. Sie stellte ihr Weinglas weg und stand auf. Sie brauchte ein bisschen Distanz. »Danke für alles, Max. Sie haben mich heute Abend gerettet, ehrlich. Aber jetzt muss ich zurück zu Alice. Ich bin schon viel zu lange weg.«

Langsam erhob er sich ebenfalls, begleitete sie zur Tür und von dort wortlos in die Garage. Sie stiegen aufs Motorrad, und er fuhr sie nach Hause.

VIERZEHNTES KAPITEL

*D*as Motorrad knatterte durch die stille Nacht, so laut, dass die Bäume erzitterten. In Los Angeles hätte der Lärm ein Dutzend Autoalarmanlagen ausgelöst, hier stieß er nur auf die unendliche Stille der dunklen Straße. Am Ende der Auffahrt bremste Max ab, blieb stehen und blickte zurück.

Im Dunkeln wirkte das Haus zwischen den Bäumen noch kleiner als sonst – nur eine Reihe erleuchteter Fenster, weiter nichts.

Ich kenne nur eine Art zu lieben.

Alles oder nichts.

Wie konnten ihn ein paar leise gesprochene Worte derart treffen?

Er nahm den Helm ab und knallte ihn auf die gepolsterte Rückenlehne hinter sich.

Luft. Freiheit. Das war es, was er jetzt brauchte. Dann würde er den Kopf wieder klar bekommen und diesen seltsamen Augenblick vergessen.

Er gab Gas und raste los.

Um ihn herum nur verschwommene Schatten. Er wusste, dass er viel zu schnell fuhr – es gab hier Rotwild und Elche, außerdem jede Menge Schlaglöcher, und bei diesem Tempo konnte ihn schon ein Stein aus der Bahn werfen und womöglich das Leben kosten – aber das war ihm in diesem Moment egal. Solange er diese Geschwindigkeit beibehielt, musste er wenigstens nicht an Julia denken.

Doch sobald er in seine Auffahrt einbog und das Tempo drosselte, war sofort alles wieder da.

Er stellte die Maschine in die Garage und ging in sein dunkles, stilles Haus, wo er sofort alle Lichter und die Stereoanlage anmachte.

Lärm und Licht sind nicht das Leben, Max.

Susis Stimme. Obwohl sie nicht hier war, nie hier gewesen war, sah er trotzdem manchmal sein Leben durch ihre Augen. Alte Gewohnheiten waren eben nicht so leicht abzulegen.

Keine Esszimmerstühle, Max? Keine Bilder an der Wand? So was ist doch kein Zuhause.

Aber er hatte es sich absichtlich so spartanisch eingerichtet. Möbel waren ihm nicht wichtig, genauso wenig wie Nippes oder Komfort. Er wollte ja so wohnen, dass er all das vergessen konnte, was aus einem Haus ein Zuhause machte. Hier konnte er seinen Whiskey trinken, auf dem großen Fernseher seine Sportsendungen verfolgen und in seiner Holzwerkstatt arbeiten.

Alles oder nichts.

Er hätte nicht auf sie zugehen sollen heute Abend, er hätte es besser wissen müssen. Nach der Pressekonferenz hatte er die Polizeiwache so schnell wie möglich verlassen, mit der Absicht, sich aufs Motorrad zu setzen und heimzufahren. Aber stattdessen hatte er draußen gewartet und war in der Dunkelheit umhergeirrt wie ein liebeskranker Teenager.

Das Problem war, dass er aus Erfahrung wusste, wie heiß

das grelle Licht des Scheinwerfers sein konnte. Als er sie dort gesehen hatte, hinter all den Mikrofonen, wie sie sich so bemüht hatte, stark zu sein, hatte er etwas Gefährliches getan. Er hatte ihre zitternde Unterlippe, ihr totenbleiches Gesicht und die Tränen in ihren Augen bemerkt, und sein erster Gedanke war gewesen, dass er diese Tränen wegküssen wollte. Zum ersten Mal seit sieben Jahren hatte er wirklich Angst gehabt, und das nicht etwa, weil er mit dem Fuß falsch auf einem Felsvorsprung aufgekommen oder weil er zu lange im freien Fall geblieben war, bevor er die Reißleine gezogen hatte. All diese Augenblicke, die er in den letzten Jahren angesammelt hatte, waren bloß Nachbildungen von Gefühlen. Er hatte gedacht – ehrlich geglaubt –, dass er nichts mehr empfinden konnte, solange nicht sein Leben in Gefahr war. Das war es, was ihn dazu getrieben hatte, Felswände und schroffe Gipfel emporzuklettern: das Bedürfnis, endlich wieder zu *fühlen*, selbst wenn es nur einen Moment anhielt.

Jetzt fühlte er wieder etwas. Er brauchte nur in Julias traurige Augen zu schauen.

~

Julia ging ins Haus.

Ellie saß im Wohnzimmer auf dem Sofa, die Hunde quer über dem Schoß. »Wurde aber auch Zeit«, sagte sie etwas irritiert.

»Ich war doch gar nicht so lange weg.«

»Ich hab mir Sorgen um dich gemacht. Die Pressekonferenz war brutal.«

Julia ließ sich auf dem Polster nieder und legte die Füße auf den Couchtisch. Sie spürte Ellies Blick auf sich ruhen, wandte sich ihr jedoch nicht zu. »Kann man wohl sagen.«

Eine lange Pause trat ein. Julia wusste, dass ihre Schwester überlegte, was sie sagen sollte.

»Mach dir nichts draus«, sagte Julia schließlich. »Ich muss das durchstehen. Noch mal. Aber wenigstens hab ich diesmal Alice.«

»Und mich.«

In ihrer Stimme erkannte Julia einen verletzten Unterton. »Und dich«, wiederholte sie und spürte im gleichen Moment, wie sich etwas in ihrer Brust entspannte.

»Wo warst du denn?«

Sofort stieg Julia das Blut ins Gesicht, sie senkte den Blick und sah die Hunde an. »Bei Max. In seinem Haus.«

Ellie richtete sich auf. »Ach wirklich? Max nimmt Frauen *nie* mit nach Hause.«

»Ich glaube, ich hab ihm leid getan.«

Mit gerunzelter Stirn starrte Ellie sie an. »Habt ihr ...«

»Nein«, fiel ihr Julia hastig ins Wort. Sie wollte es nicht einmal hören. »Natürlich nicht.«

»Nimm dich in Acht vor ihm«, sagte Ellie nach einer Weile. »Ich mache keine Witze, Jules. Und ich bin auch nicht eifersüchtig. Sei einfach vorsichtig.«

Julia war gerührt von ihrer Fürsorglichkeit. »Klar«, versprach sie, stand dann auf und fügte hinzu: »Aber momentan bin ich total fertig. Am besten geh ich jetzt gleich ins Bett. Danke, dass du aufgeblieben bist.«

»Danke, dass du für uns durchs Feuer gegangen bist.«

Julia ging zur Treppe. Gerade legte sie die Hand aufs Geländer, als Ellie ihren Namen rief. Sie blieb stehen und drehte sich um: »Ja?«

»Alles wird gut, vertrau mir. Früher oder später wächst Gras über die Sache, und die Leute werden wieder wissen, wie gut du in deinem Beruf bist.«

Julia, die die Luft angehalten hatte, atmete langsam aus.

»Das hätte Mom auch gesagt.«

Ellie lächelte.

Während sie die Treppe hinaufstieg, versuchte Julia, sich an diesen Worten festzuhalten, sie als Rüstung zu sehen. Das hatte sie als Kind immer getan. Wenn irgendeine Gemeinheit in der Schule − oder die mangelnde Aufmerksamkeit ihres Vaters − sie verletzt hatte, lief sie in Tränen aufgelöst zu ihrer Mutter. *Alles wird gut*, sagte Mom dann, wischte ihr die Tränen ab und nahm sie in den Arm. Sie roch stets nach Pfirsichshampoo und Zigaretten.

Im Zimmer angekommen, ging sie direkt zum Bett am Fenster.

Sie deckte die Kleine zu, beugte sich zu ihr hinunter und gab ihr behutsam einen Kuss auf die zarte Wange.

Statt aufzustehen, kniete sie sich, einer plötzlichen Eingebung folgend, neben das Bett. Ohne richtig zu merken, was sie tat, senkte sie den Kopf und schloss die Augen.

Gib mir Kraft.

Noch einmal küsste sie Alices Wange, dann kletterte sie in ihr eigenes schmales, einsames Bett und schlief ein.

~

Etwas stimmt nicht.

Mädchen spürt es, sobald sie die Augen aufgeschlagen hat. Sie steht ganz still und wittert. Viele Dinge kann man spüren, wenn man ganz still ist, das hat sie gelernt. Wenn bald Schnee kommt, riecht es nach Äpfeln, und ihr kleinster Finger schwillt an; ein Bär auf der Jagd macht ein Geräusch wie Schnarchen. Gefahr kann man rechtzeitig ahnen, wenn man ganz still ist. Diese Lektion hat Sie nie gelernt. In den trägen anderen Tagen, die sie manchmal im Traum besucht, erinnert sie sich daran, wie Sie versucht hat, mit Mädchen zu sprechen. Und an den Ärger, den das zur Folge hatte.

Aus ihrem Versteck hinter den kleinen Bäumen starrt sie jetzt durch die Blätter zu der sonnenhaarigen Sie, die so still ist auf einmal.

Hat Mädchen etwas falsch gemacht?

Sonnenhaar blickt auf. Sie sieht traurig aus, so, als würde aus ihren Augen vielleicht bald wieder Wasser kommen. Und müde. So hat Sie damals auch ausgesehen, bevor Sie tot war.

»Kommherälliss.« Sonnenhaar klopft aufs Bett.

Mädchen kennt diese Geste. Es heißt, dass Sonnenhaar die Zauberbilder aufschlagen und reden wird, reden und reden. Mädchen liebt das. Den Klang von Sonnenhaars Stimme, aber auch, dass sie Mädchen so nahe bei sich sein lässt, die Geborgenheit, wenn Mädchen sich neben ihr zusammenrollt.

»Kommherälliss.«

Mädchen schlängelt sich von den Pflanzen weg und versucht, so klein und still wie möglich zu sein, für den Fall, dass sie wirklich etwas Böses getan hat. Sie wünscht sich so, Sonnenhaar würde wieder das Glücksgesicht machen. Dann fühlt sich Mädchen immer ganz leicht. Sie hält den Kopf gesenkt und vermeidet ihren Blick. Vor Sonnenhaars Füßen fällt sie auf die Knie.

Die Berührung auf ihrer Stirn ist sanft und zart. Mädchen blickt auf.

»Eswirdnichtleichtwerdenälliss.« Sie seufzt. »Vertraumirbitteja?«

Mädchen weiß nicht, was sie tun soll, wie sie Sonnenhaar ihre Bereitschaft zeigen soll, gut zu sein. Ein kleiner Laut entfährt ihr.

»Estutmirleid.« Sonnenhaar fasst in eine Schachtel, die auf dem Boden steht und holt Es heraus.

Für den Bruchteil einer Sekunde ist Mädchen starr vor Schreck. Sie blickt sich hektisch im Zimmer um. Jeden Moment kann Er in diesen viel zu hellen Raum hereinstürmen! Voller Entsetzen weicht sie zurück.

Schließlich schreit sie. Wenn sie damit einmal anfängt, kann sie nicht so schnell wieder aufhören. Sie weiß, das ist falsch. Böse. Dumm, so viel Lärm zu machen, denn dann kommen die Fremden und tun ihr weh. Aber Regeln kümmern sie nicht mehr, sie kann auch nicht mehr denken. Auf einmal stößt sie gegen einen von den Babybäumen, und er fällt um, knallt seitlich auf den Boden.

Sie schreit weiter, schnappt nach Luft, versucht wegzukommen, aber die weiße Höhlenwand hält sie zurück. Sie schlägt mit dem Kopf dagegen und spürt den Schmerz bis ganz hinten.

Sonnenhaar spricht mit ihr, reiht Laute aneinander, so schön wie Muscheln, aber Mädchen hört sie nicht richtig. Ihr Herz schlägt so rasend schnell, und Es ist immer noch da, dort in Sonnenhaars Hand.

Als Es näher kommt, fängt Mädchen an, sich zu kratzen, bis Blut kommt.

Jetzt ist Sonnenhaar bei ihr und hält Mädchen so fest, dass sie sich nicht kratzen kann.

»Okayokayokay. Ichweißdassduangsthast. Aberdubrauchstkeineangsthaben. Allesistgut.« Endlich dringt Sonnenhaars Stimme zu ihr durch.

Das Schreien lässt nach. Mädchen atmet schwer und schnell und versucht stark zu sein, aber sie hat so viel Angst.

Sonnenhaar lässt sie los. Langsam, als wäre sie diejenige, die Angst hat, hebt die schöne Frau Es auf.

Mädchen reißt die Augen auf. Ihr ist übel, sie ist verzweifelt. Die Luft im Zimmer wird dunkel, alles riecht nach Rauch und Blut.

Im Licht glitzert Es. Mädchen schließt die Augen, erinnert sich an Seine dunklen, haarigen Finger, die die Fäden flechten …, die Zweige biegen …, die Perlen auffädeln. Sie wimmert.

»Älliss. Älliss.«

Die Hand auf ihrer Wange ist so sanft, dass sie zuerst denkt, sie hat es sich nur eingebildet … und dass Sie zurückgekommen ist.

»Ällissmachdieaugenauf.«

Die Berührung tut so gut. Sie kann wieder atmen. In ihrer Brust wird das Herz allmählich langsamer.

»Allesistgutälliss. Machdieaugenauf.«

Nach und nach erkennt Mädchen vertraute Laute in dem Durcheinander von Klängen. Sie rütteln an ihrer Erinnerung, lassen sie an eine Zeit denken, die so lange vorbei ist, dass sie sich in Nebel auflöst, wenn sie danach greift. Langsam öffnet sie die Augen.

Sonnenhaar rückt ein Stückchen weg. »Dasisteintraumfänger«, sagt sie, jetzt ohne zu lächeln. »Soeindingkennstdu.«

Traumfänger.

Sie spürt, wie ihr Bauch anfängt zu zittern.

Aber da bricht Sonnenhaar mit einer einzigen fließenden Bewegung den Traumfänger in der Mitte durch, reißt die Fäden entzwei, dass die Perlen durch die Gegend fliegen und über den Boden kullern.

Mädchen schnappt nach Luft. *Oneinoneinonein.* Das ist schlimm. Jetzt wird Er kommen, und Er wird ihnen beiden wehtun.

Sonnenhaar greift in die Kiste und holt noch einen heraus. Auch ihn bricht sie in Stücke und wirft ihn weg. Ehrfürchtig sieht Mädchen ihr zu. Sonnenhaar macht noch einen kaputt, und noch einen. Sie nimmt etwas vom Tisch und knallt es auf die Stücke, die vor ihr liegen. Schließlich lächelt sie wieder und streckt Mädchen einen Traumfänger hin. »Machihnkaputt. Nur keine Angst. Keine Angst.«

Mädchen versteht. Sonnenhaar möchte, dass *sie* Sein Spielzeug kaputtmacht.

Aber Er wird ihr wehtun.

Er ist nicht hier. Er ist weg. Ist es das, was Sonnenhaar ihr zeigen möchte?

»Kommschonälliss. Du brauchst wirklich keine Angst vor dem Ding zu haben.«

Sie sieht Sonnenhaar an. Die feuchten grünen Augen machen sie ganz unsicher und schwummerig innen drin.

Langsam streckt sie die zitternden Hände aus, um Es zu berühren.

Es wird dich verbrennen …

Aber nichts dergleichen passiert. Was sie in der Hand hält, fühlt sich an wie nichts, nur Bindfaden und Zweige. Kein Blut, keine Spur von Seinen großen, wütenden Händen.

Sie reißt das Ding auseinander, und bei der Bewegung spürt sie, wie etwas Neues in ihr heranwächst, eine Art Donner, der tief in ihrem Bauch beginnt und in ihrer Kehle hängen bleibt. Es ist so ein gutes Gefühl, Sein Spielzeug kaputtzumachen, es zu zerstören, in die Schachtel zu greifen und sich gleich noch eins vorzunehmen.

Mädchen zerfetzt sie alle, und zu guter Letzt auch noch die Kiste. Während sie reißt und fetzt, denkt sie an Ihn, an all die Arten, wie Er ihr wehgetan hat, an all die Male, als sie schreien wollte.

Schließlich ist die Schachtel leer und zerrissen. Mädchen blickt auf und ringt nach Luft, als wüsste sie nicht mehr, wie man atmet.

Sonnenhaar nimmt sie in die Arme und hält sie ganz fest. Mädchen weiß nicht, wie ihr geschieht. Ihr ganzer Körper zittert.

»Allesokayokayokay. Keine Angst.«

Mädchen spürt, wie sie sich überall entspannt. Ein warmes Gefühl entsteht in ihrer Brust und breitet sich aus, ihre Arme hinunter, bis in ihre Finger.

»Jetztbistduinsicherheit.«

Mädchen hört es, und sie *fühlt* es.

Sie ist in Sicherheit.

~

Mitten im Schreiben hielt Julia inne, um ihre Notizen noch einmal durchzulesen.

Einen großen Teil des Tages steht sie hinter den Pflanzen und starrt abwechselnd zu mir oder aus dem Fenster. Besonders der Sonnenschein erweckt ihre Aufmerksamkeit, ebenso glänzende Plastikobjekte und Geschirr. Viele Dinge machen ihr Angst – laute Geräusche, Donner, die Farbe Grau, glänzende Metallobjekte, Traumfänger und Messer. Wenn die Hunde bellen, rennt sie sofort zur Tür. Sonst hält sie sich von dieser Seite des Zimmers fern. Oft heult sie auch als Antwort auf das Bellen.

Momentan sitzt sie zu meinen Füßen und sieht mich an. Das ist ihr neuer Lieblingsplatz. Seit sie die Traumfänger zerstört hat, ist die Isolationsgrenze der vorangehenden Tage durchbrochen, und Alice bleibt meist in meiner Nähe. Oft betatscht sie meine Füße und Beine. Wenn sie müde ist, rollt sie sich neben mir auf dem Fußboden zusammen und legt die Wange auf meinen Fuß.

Julia sah auf das Mädchen hinunter. »Was denkst du, Alice?«

Sie war so konzentriert, dass sie erst gar nicht merkte, dass es an der Tür geklopft hatte. »Herein!«, rief sie zerstreut.

Die Tür öffnete sich einen Spalt, und Ellie schlüpfte ins Zimmer. Wie üblich spielten die beiden Golden Retriever verrückt, bellten, kratzten, winselten. Aber sie schloss die Tür fest hinter sich. Bei ihrem Eintreten floh Alice in ihr Versteck.

»Du musst den Hunden wirklich mal Manieren beibringen«, sagte Julia, ohne aufzublicken, während sie notierte: *Auf die Hunde reagiert sie gewöhnlich mit einem leisen Heulen. Heute hat sie sich zur Tür bewegt.*

»Jules?«

Der Ton ihrer Schwester brachte sie jetzt doch dazu, aufzuschauen. »Was?«

»Ein paar Leute sind hier, die dich sehen wollen. Ärzte von der staatlichen Psychiatrie, ein Forscher von der University of Washington und eine Frau von der Fürsorge.«

Damit hätte sie rechnen müssen. Die Medien hatten angedeutet, dass Alice »wild« war. Schon allein dieser Hinweis lockte Ärzte und Wissenschaftler herbei. In früheren Zeiten hätte niemand gewagt, sich in Julias Fall einzumischen. Aber diese Zeiten waren endgültig vorbei. Jetzt, wo sie schwach zu sein schien, kreisten die Geier über ihr. Langsam stand sie auf und packte systematisch Notizen, Schaubilder und Stifte weg.

Mit besorgtem Gesicht sah Alice ihr zu.

»Ich komme gleich zurück, Alice«, versprach sie dem im Blattwerk verborgenen Mädchen und folgte dann ihrer Schwester ins Erdgeschoss.

Auf den ersten Blick schien der Raum furchtbar voll zu

sein, aber bei näherem Hinsehen zählte Julia nur drei Männer und eine Frau. Sie schienen sehr viel Platz zu beanspruchen.

»Dr. Cates«, sprach der Mann, der ihr am nächsten stand, sie an. Er war groß, dünn wie eine Bohnenstange, und seine Nase hätte man gut als Garderobenhaken verwenden können. »Ich bin Simon Kletch. Von der staatlichen Psychiatrischen Klinik, und das sind meine Kollegen: Byron Barrett und Stanley Goldberg vom Labor für Verhaltensforschung an der University of Washington. Miss Wharton von der Jugendfürsorge kennen Sie ja bereits.«

»Hallo«, sagte Julia.

Ellie zog sich in den offenen Küchenbereich zurück und stellte sich dort an die Anrichte.

Schweigend starrten alle sich an, bis Ellie sie schließlich aufforderte, Platz zu nehmen.

Aber es blieb weiterhin zu still.

Schließlich räusperte sich Simon Kletch. »Gerüchten zufolge handelt es sich bei dem Mädchen in Ihrer Obhut um ein sogenanntes Wildes Kind, oder zumindest einen ähnlich gelagerten Fall. Wir würden es gerne in Augenschein nehmen.« Er warf einen Blick zur Treppe, und seine Augen glitzerten aufgeregt.

»Nein.«

Julias klare Ablehnung schien Kletch zu überraschen. »Sie wissen doch, warum wir hier sind.« Seiner Stimme war der Übereifer nur allzu deutlich anzuhören.

»Warum erklären Sie es mir nicht erst einmal?«

»Sie kommen bei dem Kind offensichtlich nicht weiter, es sind keine Fortschritte zu verzeichnen.«

»Das stimmt nicht. Tatsache ist vielmehr, dass wir sehr große Fortschritte machen. Inzwischen kann sie allein essen, sich anziehen und zur Toilette gehen. Außerdem beginnt sie zu kommunizieren – auf ihre Weise. Ich denke ...«

»Sie sozialisieren das Mädchen also«, unterbrach der Verhaltensforscher sie scharf und starrte sie durch seine schmale ovale Brille an. Auf seiner Oberlippe schimmerte ein Schweißfilm. »Aber wir müssen es erst einmal untersuchen und dann ausführlich beobachten, Dr. Cates. So, wie sie ist. Seit Jahrzehnten hofft die Wissenschaft auf einen solchen Fall. Wenn sie lernt zu sprechen, kann sie eine Goldgrube an Information werden. Stellen Sie sich das vor! Wer sind wir ohne unsere Mitmenschen? Was ist die wahre Natur des Menschen? Geschieht der Spracherwerb instinktiv? Und wo liegt die Verbindung zwischen Sprache und Mensch? Erlauben Worte uns, zu träumen – zu denken –, oder ist es umgekehrt? All diese Fragen kann dieses Mädchen uns beantworten. Das müsste doch sogar für Sie einzusehen sein.«

»Sogar für mich? Wie meinen Sie das?«, fragte Julia, obwohl sie die Antwort kannte.

»Silverwood«, sagte Dr. Kletch nur.

»Haben Sie etwa noch nie einen Patienten verloren?«, fuhr sie ihn an.

»Aber natürlich. Das haben wir alle. Doch Sie haben in der Öffentlichkeit versagt. Ich werde derzeit von allen Seiten gedrängt, den Fall des Mädchens zu übernehmen.«

»Nun, ich bin nicht nur ihre Therapeutin, sondern auch ihre Pflegemutter«, erklärte Julia ruhig, obwohl sie sich sehr zusammenreißen musste, Dr. Kletch nicht ins Gesicht zu sagen, wie widerlich sie ihn fand. Natürlich wollte er Alice »helfen« – aus Karrieregründen!

»Dr. Kletch glaubt, dass dieses minderjährige Mädchen in eine therapeutische Einrichtung gehört«, mischte sich jetzt die Frau vom Jugendamt ein. »Wenn Sie uns nicht glaubhaft versichern können, dass Sie die Kleine zum Sprechen bringen und ihren Namen herausfinden, dann …«

»Ich werde sie zum Sprechen bringen«, fiel Julia ihr ins Wort.

»Wir müssen sie beobachten«, meldete sich der Verhaltensforscher wieder zu Wort.

»Und von ihr lernen«, ergänzte Dr. Kletch.

Aber Julia stand auf. »Sie sind wie all die anderen Ärzte, die in der Vergangenheit etwas mit Kindern wie diesem zu tun hatten. Das Mädchen soll für Sie als Versuchstier herhalten, damit Sie eine wissenschaftliche Abhandlung über sie schreiben und berühmt werden können. Wenn Sie sie dann nicht mehr brauchen, kommt hoffentlich die nächste Sensation, und Sie können die Kleine vergessen. Die kann dann ruhig hinter Gittern in einem Heim aufwachsen, so mit Medikamenten vollgestopft, dass man sie nicht mehr erkennt. Aber das werde ich nicht zulassen. Sie ist *mein* Pflegekind und *meine* Patientin. Der Staat hat mich autorisiert, mich um sie zu kümmern, und genau das werde ich auch tun.« Sie rang sich ein dünnes Lächeln ab. »Vielen Dank für Ihr Interesse.«

Einen Moment lang sagte keiner etwas. Dann wandte sich Julia an die Sozialarbeiterin. »Lassen Sie sich nicht von den Männern hier an der Nase herumführen, Miss Wharton. *Ich* bin diejenige, die sich um dieses Kind kümmert und der es am Herzen liegt.«

Miss Wharton biss sich nervös auf die Unterlippe und sah erst die drei Männer, dann Julia an. »Bringen Sie das Kind zum Sprechen, Dr. Cates. Der Fall zieht viel Interesse auf sich. Unser Büro bekommt eine Menge Druck, das Kind in eine therapeutische Einrichtung zu überführen. Ihre Vergangenheit, Dr. Cates, und der Medienrummel sind meinem

Vorgesetzten ein Dorn im Auge. Niemand möchte, dass es noch einmal einen unangenehmen Vorfall gibt.«

Jetzt trat Ellie vor. »Damit wäre dann wohl alles gesagt. Danke, dass Sie gekommen sind.« Freundlich, aber bestimmt komplimentierte sie die ungebetenen Gäste aus dem Zimmer.

Die drei Wissenschaftler protestierten, stotterten, gestikulierten. »Aber sie schafft das nicht«, behauptete einer. »Dr. Cates ist nicht die beste Therapeutin für dieses Kind.«

Doch Ellie lächelte nur, schob sie aus der Tür und schloss sie hinter ihnen.

Als es wieder still wurde, begannen die Hunde oben zu jaulen, und man hörte sie vor dem Schlafzimmer auf und ab laufen. »Alice ist ziemlich durcheinander«, sagte Julia. »Die Hunde reagieren immer auf ihre Gefühle. Ich muss wieder zu ihr.«

Ellie trat rasch auf sie zu und legte ihr die Hand auf den Arm. »Alles klar mit dir?«

»Alles bestens. Ich hätte damit rechnen müssen. Morts Foto, die Pressekonferenz über meine Vergangenheit ... Es gibt eben eine Menge Wissenschaftler, die Alice gern für ihre Karriere einsetzen möchten.« Ihre Stimme versagte.

»Nimm es dir nicht so zu Herzen«, sagte Ellie. »Du hilfst der Kleinen.«

Julia sah ihre Schwester an. »Ich ... ich hab bei Amber Hinweise übersehen. Wichtige Hinweise. Vielleicht ...«

»Tu das nicht«, unterbrach Ellie sie. »Genau das wollen die doch – dass du dich in Frage stellst, dein Selbstvertrauen verlierst. Lass sie nicht die Oberhand gewinnen.«

Julia seufzte. Plötzlich kam sie sich vor, als würde sie schrumpfen. »Es ist kein Spiel. Es geht um Alices Leben. Falls ich wirklich nicht die beste Therapeutin für sie bin ...«

»Geh wieder rauf, Jules. Tu das, was du am besten kannst.«
Ellie lächelte. »Hörst du das Heulen? Das ist Alice, die dir sagt, dass sie dich braucht. *Dich*.«

»Ich hab Angst ...«

»Wir haben alle Angst.«

Dem hatte Julia nichts entgegenzusetzen. Mit einem tiefen Seufzer verließ sie das Wohnzimmer und ging nach oben. Auf dem Korridor jaulten und heulten die Hunde, rannten kopflos umher und stießen ständig zusammen. Durch die geschlossene Tür war Alices leises, durchdringendes Knurren zu hören.

Einen Moment blieb Julia stehen und versuchte ihr Selbstvertrauen zurückzugewinnen. Aber an seiner Stelle fand sie nur ein aufgesetztes Lächeln und zittrige Hände. Schließlich drängte sie die Hunde beiseite und ging trotzdem hinein. Sofort hörte Alice auf zu jaulen.

»Sprich mit mir. Bitte.« Zu ihrem Entsetzen kam das letzte Wort so verzweifelt heraus, dass ihr erneut die Stimme versagte. Alle Gefühle, die sie verdrängt und weggepackt hatte, kamen gleichzeitig an die Oberfläche. Auf einmal konnte sie nur noch daran denken, wie grässlich sie bei Amber versagt hatte.

Auch wenn sie gar nicht geweint hatte, wischte sie sich über die Augen. »Entschuldige, Alice. Ich hab heute einfach einen schlechten Tag, weißt du.«

Sie ging zum Tisch und setzte sich, denn sie brauchte die Sicherheit ihrer Arbeit. Angestrengt versuchte sie sich auf ihre Notizen zu konzentrieren.

Die Berührung war so sanft, dass Julia sie zuerst gar nicht registrierte.

Sie sah nach unten.

Die Augen fest auf Julias Gesicht gerichtet, streichelte die

Kleine Julias Arm. Obwohl sie nicht weinte, wischte sie sich mit der anderen Hand die Augen.

Mitgefühl. Alice zeigte Mitgefühl. Sie hatte erkannt, dass Julia traurig war, und wollte sie trösten. Sie nahm Kontakt auf, sie reagierte auf die einzige Art, die sie kannte.

Mit einem Mal war alles andere unwichtig.

Eine Woge der Dankbarkeit durchströmte Julia – diesem kleinen seltsamen Mädchen gegenüber, das gerade mit ihr diese Verbindung hergestellt und sie daran erinnert hatte, dass sie gebraucht wurde. Das konnten ihr keine hässlichen Schlagzeilen, keine ehrgeizigen Wissenschaftler und auch kein gefühlloses Wohlfahrtssystem wegnehmen. Sie legte die Hand auf Alices weiche, narbige Wange. »Danke.«

Alice zuckte zusammen und wollte sich zurückziehen, wahrscheinlich in ihr Versteck hinter den Topfpflanzen.

»Bleib«, sagte Julia rasch und ergriff ihr dünnes, zartes Handgelenk. »Bitte.« Wieder brach ihre Stimme.

Alice holte tief Luft und sah sie an.

»Du kennst dieses Wort, nicht wahr? *Bleib*. Aber ich brauche auch etwas von dir, Alice. Du musst dir von mir helfen lassen.«

So saßen sie lange da und sahen einander an.

»Du bist nicht autistisch, nicht wahr?«, sagte Julia schließlich. »Du machst dir Gedanken über meine Gefühle. Wie wäre es, wenn ich den Gefallen erwidere? Du verrätst mir ein Geheimnis, und ich bin für dich da.«

FÜNFZEHNTES KAPITEL

$\mathcal{D}$ie nächsten zwei Wochen sorgte die Geschichte von der in Ungnade gefallenen Psychologin und dem namenlosen stummen Mädchen für reichlich Schlagzeilen. In der Polizeistation liefen die Telefone heiß, mit Anrufen von Ärzten, Psychologen, Therapeuten, Verrückten und Wissenschaftlern. Anscheinend gab es eine Menge Leute, die Alice vor Julias Unfähigkeit bewahren wollten. Dr. Kletch und Dr. Goldberg erkundigten sich jeden Tag nach ihr. Die Jugendfürsorge verlangte, zweimal pro Woche auf den neuesten Stand gebracht zu werden. Aus allen Ecken meldeten sich Stimmen, die Alice in einem Heim unterbringen wollten.

Julia arbeitete achtzehn Stunden am Tag. Von Sonnenaufgang bis Sonnenuntergang war sie bei Alice. Wenn das Kind eingeschlafen war, ging sie in die Bücherei, saß stundenlang am Computer und recherchierte im Internet.

Alles für Alice. Regelmäßig mittwochs und freitags erschien sie zu einer Pressekonferenz auf dem Polizeirevier. Sie stand auf dem Podium, dicht vor den Mikrofonen, berichtete in allen Einzelheiten von Alices Behandlung und gab jedes Detail, welches ein Hinweis auf ihre Identität sein konnte, sofort weiter. Aber das alles interessierte die Reporter gar nicht.

Stattdessen stellten sie endlose Fragen über Julias Vergangenheit, wollten wissen, was sie bedauerte, wo sie versagt und wie viele Patienten sie verloren hatte. Ihnen waren die Meilensteine in Alices Therapie gleichgültig. Aber Julia gab nicht auf. *Heute hat sie mich berührt ... Sie hat ihre Bluse zugeknöpft ... Sie hat auf einen Vogel gedeutet ... Sie hat eine Gabel benutzt.*

Für die Reporter zählte einzig und allein, dass Alice noch nicht sprach. Dieser Umstand war für sie ein zusätzlicher Beweis dafür, dass man Julia nicht einmal mehr die Sorge für ein einzelnes Kind anvertrauen konnte.

Doch mit der Zeit wurde sogar das ständige Aufwärmen von Julias Fehlern langweilig. Die Artikel über sie und das Wolfskind wanderten von der Titelseite auf die nachfolgenden Seiten und reduzierten sich schließlich auf ein, zwei Absätze im Lokalteil oder unter Vermischtes. Bald war das unbekannte kleine Mädchen nicht mehr Gesprächsthema Nummer eins, sondern die Leute hatten jetzt die Mini-Erdbeben vom Mount St. Helens im Kopf.

Von ihrem Podium starrte Julia auf die wenigen noch in der Wache verbliebenen Reporter. *CNN, USA Today,* die *New York Times* und die nationalen Sender waren bereits verschwunden. Nur noch Vertreter von ein paar Lokalblättern ließen sich sehen, die meisten davon aus kleinen Ortschaften in der Gegend, wie Rain Valley. Nach wie vor waren ihre Fragen pointiert und gehässig, aber sie wurden in gelangweiltem Ton vorgebracht. Niemand erwartete mehr, dass irgendetwas davon noch eine Rolle spielte.

»Das war alles für diese Woche«, sagte Julia und merkte plötzlich, dass es im Raum ganz still geworden war. »Die große Neuigkeit ist, dass sie sich selbst anziehen kann. Und sie zeigt eine klare Vorliebe für Dinge aus Plastik. Fernsehen interessiert sie nicht – ich glaube, die Bilder sind zu schnell für sie –, aber sie könnte sich den ganzen Tag Kochsendungen anschauen. Vielleicht bringt das jemanden auf eine Idee ...«

»Ach kommen Sie, Dr. Cates«, sagte ein Mann ganz hinten im Raum. Er war auffallend dünn, mit strähnigen Haaren und einem Mund, der für Zigaretten wie gemacht schien. »Keiner vermisst dieses Mädchen.«

Von den Anwesenden kam ein zustimmendes Gemurmel, ein paar lachten.

»Das ist nicht wahr. In dieser Welt taucht ein Kind nicht einfach auf und verschwindet wieder. Irgendjemand vermisst Alice.«

Ein Mann von KIRO-TV trat vor. Das Mitgefühl in seinen dunklen Augen war fast schwerer zu ertragen als die Gleichgültigkeit seiner Kollegen. »Ich weiß nicht, was dran ist an dem, was die Medien über Sie verbreiten, Dr. Cates, aber ich halte Sie für eine intelligente Frau. Mit diesem Kind stimmt doch was nicht. Damit meine ich, dass sie nicht nur eine kleine Macke hat, sondern einen richtigen Schaden. Ich glaube, deshalb hat ihre Familie sie im Wald ausgesetzt.«

Julia kam hinter dem Podium hervor und ging auf den Mann zu. »Sie haben keinerlei Beweise für Ihre Theorie. Es ist genauso wahrscheinlich, dass sie schon vor langer Zeit entführt wurde und dass ihre Familie irgendwann aufgegeben und aufgehört hat, nach ihr zu suchen.«

Er hielt ihrem Blick stand. »Aufgehört, nach ihr zu suchen? Nach ihrer Tochter?«

»Wenn ...«

»Ich wünsche Ihnen viel Glück, ehrlich, aber KIRO zieht

sich zurück. Das Gerumpel im Mount St. Helens ist momentan wichtiger.« Er griff in die zerknitterte Tasche seines weißen Hemds und zog eine Visitenkarte hervor. »Meine Frau ist auch Therapeutin, und ich möchte fair zu Ihnen sein. Rufen Sie mich an, wenn Sie etwas herausfinden, was Hand und Fuß hat.«

Sie sah auf die Karte. JOHN SMITH, TV NEWS. Sie wusste, dass KIRO ein erstklassiges Rechercheteam und Zugang zu Menschen und Orten hatte, von denen sie nur träumen konnte. »Wie intensiv haben Sie und Ihre Kollegen sich eigentlich darum bemüht herauszufinden, wer das Mädchen ist?«

»In den ersten zwei Wochen haben vier Leute Vollzeit daran gearbeitet.«

Julia nickte. Genau das hatte sie befürchtet.

»Viel Glück.«

Während sie ihm nachsah, dachte sie: *Da geht der Letzte von den Guten.* Nächsten Mittwoch würde sie ihre Informationen nur noch vor Vertretern der Lokalpresse zum Besten geben können, die geringere Auflagen hatten als die meisten Highschool-Zeitungen, und – wenn sie Glück hatte – vor ein paar unterbezahlten Teilzeitkräften der Revolverblätter.

Peanut kam herein, schlängelte sich durch die Reihen der metallenen Klappstühle und hob die achtlos weggeworfenen Pressemitteilungen auf, die sie vor der Konferenz verteilt hatten. Bei jedem Schritt donnerten ihre Gummiclogs auf den Boden. Hinter ihr klappte Cal die Stühle zusammen.

Innerhalb weniger Momente erinnerte nur noch das Podium an die Pressekonferenz. Bald würde es auch keine Zuhörer mehr geben. Schon eine Weile spürte Julia den Druck dieser Erkenntnis, der sich in ihren Lungen ausbreitete wie eine schleichende Lungenentzündung.

Aber die Meilensteine, über die sie heute berichtet hatte, waren wichtig! In einer gewöhnlichen Therapie hätte man die Fortschritte, die Alice in drei Wochen gemacht hatte, als großen Erfolg verbucht. Inzwischen konnte die Kleine mit Messer und Gabel essen und problemlos die Toilette benutzen. Sie hatte gelernt, Mitgefühl für andere zu empfinden und zu äußern, doch nichts von alldem beantwortete die zentrale Frage nach ihrer Identität. Nichts davon würde sie zu ihrer Familie und in ihr normales Leben zurückbringen. Nichts davon garantierte, dass Julia mit ihr weiterarbeiten konnte. Mit jedem Tag, an dem Alice stumm blieb, fühlte Julia, wie ihr Selbstvertrauen schwand. Wenn sie nachts im Bett lag und Alices mal stillen, mal lauten Albträumen lauschte, fragte sich Julia: *Bin ich gut genug?*

Oder noch schlimmer: *Was habe ich diesmal übersehen?*

»Du hast das toll gemacht heute«, sagte Peanut und rang sich ein Lächeln ab. Das Gleiche sagte sie nach jeder Pressekonferenz.

»Danke«, war Julias Standardantwort. »Dann geh ich wohl mal lieber wieder«, meinte sie und bückte sich nach ihrer Mappe.

Peanut nickte und rief Cal zu: »Ich fahr Julia schnell nach Hause.«

Langsam folgte Julia ihr in das bleigraue Licht der Abenddämmerung. Im Auto starrten sie beide stumm geradeaus, während Garth Brooks sich im Radio über Freunde in schlechten Kreisen beklagte.

»Dann ... dann läuft es wohl nicht so besonders, was?«, sagte Peanut schließlich an einer Kreuzung, während sie mit den Fingernägeln, die heute ein schwarzweißes Schachbrettmuster hatten, aufs Lenkrad trommelte.

»Alice hat gigantische Fortschritte gemacht, aber ...«

»Sie spricht immer noch nicht. Bist du wirklich sicher, dass sie es überhaupt kann?«

Der gleiche Fragenkatalog ging auch Julia wie ein endloser Monolog durch den Kopf. Tag und Nacht dachte sie: *Kann sie? Wird sie? Wann?* »Ich glaube es von ganzem Herzen«, antwortete sie langsam. Dann lächelte sie wehmütig. »Aber mein Kopf zweifelt allmählich daran.«

»Als unsere Kinder noch ganz klein waren«, erwiderte Peanut nachdenklich, »da hab ich von allem am meisten das Windelwechseln gehasst. Deshalb hab ich an dem Tag, als Tara zwei wurde, mit dem Töpfchentraining angefangen. Ich hab alles genau so gemacht, wie die Bücher es sagen. Und weißt du, was passiert ist? Tara hat aufgehört zu kacken. Einfach aufgehört. Nach fünf Tagen hab ich sie zu Doc Fischer gebracht, weil ich mir schreckliche Sorgen gemacht habe. Der hat mein kleines Mädchen untersucht und mich dann über den Rand seiner Brille hinweg angeschaut. ›Penelope Nutter‹, hat er gesagt, ›dieses Kind will Ihnen etwas mitteilen. Sie möchte noch nicht aufs Klo.‹« Peanut lachte, setzte den Blinker und bog auf den alten Highway ein. »Auf der ganzen Welt gibt es kein Metall, das stärker ist als der Wille eines Kindes. Vermutlich wird Alice sprechen, wenn sie dazu bereit ist.« Sie hatten die Auffahrt erreicht, und sie hielt laut hupend vor dem Haus.

Fast sofort kam Ellie herausgelaufen, so schnell, dass sich Julia der Verdacht aufdrängte, sie könnte schon an der Tür gewartet haben.

»Danke fürs Mitnehmen, Peanut.«

»Dann also bis Mittwoch.«

Julia stieg aus und warf die Autotür hinter sich zu. Auf halbem Weg zur Tür kam Ellie ihr entgegen.

»Sie heult schon wieder«, berichtete sie traurig.

»Wann ist sie aufgewacht?«

»Vor fünf Minuten. Sie war früh dran. Wie ist es gelaufen?«

»Schlecht«, antwortete Julia und versuchte, sich stark anzuhören, was ihr nicht gelang. »Die DNA-Ergebnisse werden bald da sein. Vielleicht geben die uns einen Hinweis. Wenn sie ein Entführungsopfer ist, bekommen wir Informationen, mit denen wir arbeiten können.«

Die letzten Tage hatten sie diese Idee immer wieder wie einen Rettungsring hin und her geworfen, obwohl sie inzwischen viel von ihrem Schwung verloren hatten. »Ich weiß. Hoffentlich ist sie im System.« Das sagte Julia jedes Mal.

»Ja, hoffen wir's.«

Sie sahen einander an. Auch das Prinzip Hoffnung hatte sich mittlerweile abgenutzt.

Langsam ging Julia ins Haus und die Treppe hinauf. Mit jedem Schritt wurde das Heulen lauter. Sie wusste, was sie vorfinden würde. Alice würde hinter ihrem Pflanzendickicht kauern, mit gesenktem Kopf, das Gesicht in den Händen, schaukelnd und leise heulend. Das war ihre einzige Möglichkeit, Traurigkeit oder Angst auszudrücken. Jetzt hatte sie Angst, weil sie allein aufgewacht war. Für ein gewöhnliches Kind war das vielleicht frustrierend, für Alice dagegen war es beängstigend.

Julia redete bereits, als sie die Tür aufmachte. »Also, was soll denn die Aufregung, Alice? Es ist alles in Ordnung! Du hast nur Angst. Das ist ganz normal.«

Wie ein Wirbelwind, ein Blitz aus schwarzen Haaren, gelbem Kleid und mageren Armen und Beinen, kam sie zu Julia gesaust, drückte sich an sie, von der Taille bis zu den Unterschenkeln.

Und sie steckte die Hand in Julias Tasche.

So war es in letzter Zeit immer. Alice wollte in Julias Nähe sein, ununterbrochen mit ihr in Verbindung. Sie lutschte am Daumen, sah Julia an und wirkte so schutzlos, dass es kaum auszuhalten war.

»Komm, Alice«, sagte Julia und tat so, als wäre es das Normalste der Welt, dass ihr eine menschliche Klette an der Hüfte klebte. Dann holte sie ihr Denver Kit heraus, eine Sammlung von Spielzeug, die Psychologen verwendeten, um die Entwicklung eines Kindes einzuschätzen.

Sie legte die Glocke, den Klotz und die Puppe auf den Tisch. »Setz dich, Alice«, sagte sie, obwohl sie wusste, dass Alice sich sowieso setzen würde, sobald sie selbst es tat. Die Stühle waren nahe genug zusammen, dass die Kleine Körperkontakt halten konnte.

Nebeneinander nahmen sie Platz, Alices Hand noch immer in Julias Tasche. Die Sachen lagen vor ihnen auf dem Tisch, und Julia wartete geduldig ab, was Alice machen würde.

»Komm«, sagte sie schließlich. »Du musst sprechen, Kleines. Ich weiß, dass du es kannst.«

Nichts. Nur das leise Atmen des Mädchens.

Verzweiflung nagte an ihrem Selbstvertrauen.

»Bitte.« Ein Flüstern, das einer Therapeutenstimme kein bisschen mehr ähnelte. Sie dachte daran, wie die Zeit verstrich. Das Medieninteresse ging von Tag zu Tag zurück, die Telefonleitungen der Polizeistation wurden immer kühler.

»Bitte. Komm schon …«

~

Als Ellie und Peanut in der Wache eintrafen, war es im Gebäude ganz still. Cal saß an seinem Schreibtisch, Kopfhörer auf den Ohren, und zeichnete irgendeine seltsame geflügelte Kreatur. Sobald er seine beiden Kolleginnen wahrnahm, drehte er das Blatt hastig um.

Als hätte sich Ellie für diese absurden Kritzeleien interessiert, die er schon seit der sechsten Klasse produzierte. Der einzige Unterschied zwischen ihm und allen anderen Jungs war, dass er nie aus dieser Phase herausgewachsen war. Auch auf seinen Memos waren immer irgendwelche Bildchen.

»Earl hat sich abgemeldet«, verkündete Cal und strich sich eine Haarsträhne aus der Stirn. »Mel wollte noch mal zum See, um nach der Dorfjugend zu sehen, dann macht auch er sich vom Acker.«

Mit anderen Worten, das Leben in Rain Valley verlief wieder in den gewohnten Bahnen. Die Telefone klingelten nicht mehr, und die beiden Streifenbeamten waren unterwegs, wenn nicht gerade jemand vorbeikam.

»Ach ja, die Ergebnisse der DNA-Tests sind da. Ich hab sie dir auf den Tisch gelegt.«

Ellie hielt inne. Alle sahen sich an. Dann ging sie an ihren Schreibtisch und setzte sich. Der Stuhl quietschte.

Sie nahm den offiziell aussehenden Brief und öffnete ihn. Darin befand sich ein Bericht mit einer Menge wissenschaftlichem Jargon, nichts davon von Bedeutung. Ungefähr in der Mitte stand der Satz: *Es wurden keine Übereinstimmungen nachgewiesen.*

Auf der zweiten Seite stand der Laborbericht über die Fasern an Alices Kleid. Wie erwartet war nur festgestellt worden, dass das Kleid aus billigem weißem Baumwollstoff genäht worden war, der aus einem Dutzend Textilfabriken stammen konnte. Im Gewebe waren keine Spuren von Blut oder Sperma festgestellt worden, keine DNA.

Der letzte Abschnitt des Berichts umriss die Vorgehensweise, falls man die von Alice gewonnene DNA mit einer anderen Probe vergleichen wollte.

Ellie war am Boden zerstört. Was nun? Sie hatte alles getan, sie hatte sogar ihre Schwester den Wölfen vorgeworfen – und wofür? Sie waren einer Identifizierung keinen Schritt näher als vor drei Wochen, und die Leute von der Fürsorge saßen ihr im Nacken.

Cal und Peanut zogen sich zwei Stühle heran und setzten sich auf die andere Seite des Schreibtischs.

»Keine Identifizierung?«, fragte Peanut.

Ellie schüttelte den Kopf, sie konnte die Niederlage nicht einmal laut aussprechen.

»Du hast dein Bestes getan«, sagte Cal leise.

»Keiner hätte das besser machen können«, pflichtete Peanut ihm bei.

Danach sagte keiner mehr ein Wort. Eine Seltenheit.

Schließlich schob Ellie die Papiere über den Tisch. »Schickt die Ergebnisse den Leuten, die darauf warten. Wie viele Anforderungen haben wir?«

»Dreiunddreißig. Vielleicht stimmt ja eine davon überein«, meinte Peanut hoffnungsvoll.

Ellie zog die Schreibtischschublade auf und holte den Stapel Papiere heraus, den sie vom Zentrum für vermisste Kinder bekommen hatten. Sie hatte das Ganze mindestens hundertmal durchgelesen, denn es war die einzige Erklärung, die sie hatte finden können. Vor allem der letzte Abschnitt hatte sich in ihr Gedächtnis eingeprägt. *Sollte nichts davon zu einer positiven Identifizierung führen, muss der soziale Dienst gerufen werden. Dann wird das Kind höchstwahrscheinlich in einer*

permanenten Pflegefamilie oder einer Therapieeinrichtung unter-
gebracht oder zur Adoption freigegeben.

»Was machen wir denn jetzt?«, fragte Peanut.

Ellie seufzte. »Erst mal beten wir, dass eine Übereinstimmung gefunden wird.«

Natürlich wussten sie alle, wie unwahrscheinlich das war.
Keine der dreiunddreißig Möglichkeiten machte einen viel-
versprechenden Eindruck. Die meisten waren von Menschen
eingereicht worden – von Eltern, Anwälten und Polizisten –,
die glaubten, dass das von ihnen gesuchte Kind bereits tot
war. Und nirgends war Alices Muttermal beschrieben.

Müde rieb Ellie sich die Augen. »Machen wir Schluss für
heute. Du kannst die DNA-Berichte morgen verschicken,
Pea. Ich muss gleich noch mal mit der Sozialarbeiterin tele-
fonieren, das wird bestimmt lustig.«

Peanut stand auf. »Ich treffe mich mit Benji im Big Bowl.
Hat jemand Lust mitzukommen?«

»Es gibt nichts Schöneres, als mit fetten Männern in
Einheits-Polyesterhemden rumzuhängen«, sagte Cal. »Ich
bin dabei.«

Peanut funkelte ihn wütend an. »Soll ich Benji erzählen,
dass du ihn fett genannt hast?«

»Das überrascht ihn wahrscheinlich nicht sonderlich, Pea«,
lachte Cal.

»Fangt jetzt bloß nicht an, euch zu streiten, ihr zwei«, sagte
Ellie matt. Sie hatte überhaupt keine Lust, sich eine lächer-
liche Debatte über nichts anzuhören. »Ich gehe lieber heim.
Das solltest du auch, Cal. Es ist Freitagabend, deine Mädchen
werden dich vermissen.«

»Die Mädchen sind mit Lisa nach Aberdeen gefahren, zu
irgendwelchen Verwandten. Demzufolge bin ich dieses Wochenende Strohwitwer. Sprich, ich geh ins Big Bowl.« Er

sah sie an. »Früher bist du doch immer total gern bowlen gegangen, Ellie.«

Auf einmal erinnerte sich Ellie an den Sommer, in dem sie und Cal an der Theke des Big Bowl gearbeitet hatten. Es war ihr letztes magisches Kindheitsjahr gewesen, noch ohne die unvermeidlichen Ecken und Kanten der Pubertät. In diesem Sommer waren sie beide zusammen Außenseiter gewesen, beste Freunde, wie es eben nur zwei sozial Geächtete sein konnten. Und im Sommer darauf war sie dann schon viel zu cool fürs Big Bowl gewesen.

»Das ist lange her, Cal. Ich kann's kaum glauben, dass du dich überhaupt noch daran erinnerst.«

»Oh, ich erinnere mich sehr gut.« In seiner Stimme lag eine seltsame Schärfe. Er ging zur Garderobe und holte seine Jacke.

»Heute ist Karaoke-Abend«, verkündete Peanut grinsend.

Damit hatte sie Ellie am Haken, das wusste sie. »Wahrscheinlich würde mir eine Margarita nicht schaden«, meinte sie. Immer noch besser, als nach Hause zu fahren. Der Gedanke, Julia von den DNA-Ergebnissen zu berichten, war im Augenblick unerträglich.

～

Auf beiden Seiten der River Road erhoben sich die riesigen Douglastannen wie ein schwarzes Sägeblatt mit scharfen Spitzen und Zacken. Der Himmel darüber war von Baumwipfeln und Berggipfeln in kleine Bereiche unterteilt, wo die Sterne glitzerten. Einige von ihnen leuchteten so hell und nah, dass man sich fast vorstellen konnte, ihr Licht würde bis in die feuchte Erde vordringen. Aber wenn Ellie auf ihre Füße schaute, war dort nur dunkler Kies zu erkennen.

Sie kicherte. Eine Sekunde hatte sie erwartet, dort unten schwarzen Nebel zu sehen.

»Nicht so schnell«, sagte Cal und kam um das Auto herum, nahm Ellies Arm und stützte sie.

Sie konnte den Blick einfach nicht vom Himmel abwenden. Ihr Kopf war schwer, ihre Lider ebenfalls. »Siehst du den Großen Wagen?« Er stand direkt links über ihrem Haus. »Mein Dad hat immer gesagt, dass Gott damit angefahren kommt und Magie in unseren Schornstein kippt.« Ihre Stimme versagte, sie war selbst überrascht von dieser Erinnerung und hatte gar keine Zeit mehr gehabt, sich dagegen zu wappnen. »Deshalb trinke ich auch nicht.«

Cal legte den Arm um sie. »Ich dachte immer, du trinkst nicht wegen des Abschlussballs. Weißt du noch, wie du Direktor Haley direkt vor die Füße gekotzt hast?«

»Ich brauche unbedingt neue Freunde«, brummte Ellie, ließ sich aber ins Haus führen, wo die Hunde sich so übermütig auf sie stürzten, dass sie erneut um ein Haar umgefallen wäre.

»Jake! Elwood!« Sie beugte sich hinab, umarmte die beiden und ließ sich ausführlich das Gesicht lecken, bis es sich so triefnass anfühlte, als wäre sie schwimmen gewesen.

»Du musst die Hunde wirklich mal erziehen«, sagte Cal und wich den schnüffelnden Nasen aus.

»Bei Kreaturen, die einen Penis besitzen, fruchtet Erziehung nichts.« Sie grinste ihn an. »Und du hast gedacht, ich hätte aus meinen Ehen nichts gelernt, was?« Dann deutete sie zur Treppe. »Rauf mit euch, Jungs. Ich komme gleich nach.«

Bis sie gehorchten, musste sie die Anweisung ungefähr fünfzehnmal wiederholen. Als die Hunde endlich weg waren, meinte Cal: »Du solltest lieber ins Bett.«

»Ich habe es so satt, allein zu schlafen. Bitte tu so, als hätte ich das gerade nicht gesagt.« Sie wollte sich abwenden, hielt jedoch mitten in der Bewegung inne. »Hast du das gehört? Jemand spielt Klavier. ›Delta Dawn‹.« Sie begann zu singen. »*Delta Dawn, what's that flower you have on?*« Leichtfüßig tanzte sie durchs Zimmer.

»Quatsch, hier spielt niemand Klavier«, entgegnete Cal und warf einen Blick auf das Piano von Ellies Mom, das in der Ecke Staub ansammelte. »Den Song hast du heute Abend beim Karaoke gesungen. Unter anderem.«

Schwankend kam Ellie zum Stillstand und sah Cal an. »Ich bin die Polizeichefin.«

»Ja.«

»Ich hab mich mit Margaritas volllaufen lassen und Karaoke gesungen …, in der Öffentlichkeit. In meiner *Uniform*.«

Cal versuchte sich ein Grinsen zu verkneifen. »Sieh's mal von der positiven Seite – du hast dich weder nackt ausgezogen noch betrunken hinters Steuer gesetzt.«

Sie schirmte mit einer Hand die Augen gegen das grelle Licht ab. »Das findest du positiv? Dass ich mich nicht ausgezogen oder ein Verbrechen begangen habe?!«

»Na ja …, es gab eine Zeit …«

»Ich muss mir *unbedingt* neue Freunde suchen. Du kannst nach Hause gehen. Ich will dich nicht mehr sehen.« Doch dann wandte sie sich zu schnell ab, geriet aus dem Gleichgewicht und fiel um wie ein gefällter Baum. Es fehlte eigentlich nur noch, dass jemand »Baum fällt!« gerufen hätte.

»Hoppsa. Das tat weh, oder?«

Sie rollte sich zur Seite, blieb aber liegen. »Willst du faul rumstehen oder erst einen Flaschenzug holen, um mich hochzuhieven?«

Jetzt grinste Cal übers ganze Gesicht. »Ich möchte lieber rumstehen, ja. Wir sind ja keine Freunde mehr und so.«

»Ach, hol's der Teufel. Dann sind wir eben wieder Freunde.« Sie streckte die Hand aus. Er schüttelte sie, half ihr dann allerdings auf die Füße. »Das tat echt weh«, stellte sie fest und klopfte sich den Staub von der Hose.

»Sah auch so aus.«

Cal hielt immer noch ihre Hand. »Das reicht, großer Bruder«, sagte Ellie. »Ich fall nicht noch mal um.«

»Sicher?«

»Halbsicher.« Sie machte sich los. »Danke fürs Heimbringen. Ich seh dich dann morgen Punkt acht auf dem Revier. Die DNA findet eine Entsprechung. Das hab ich im Urin.«

»Könnte auch der Tequila sein.«

»Alter Schwarzseher. Gute Nacht.« Sie torkelte zur Treppe und erwischte gerade noch rechtzeitig das Geländer.

Im Nu war Cal an ihrer Seite.

»Hey.« Sie runzelte die Stirn, als er sie am Arm packte. »Ich dachte, du bist schon weg.«

»Nein, ich bin hier.«

Sie sah ihn an. Da sie bereits die erste Stufe erreicht hatte, während er noch unten stand, waren sie jetzt etwa auf einer Augenhöhe, so nah, dass sie sehen konnte, wo er sich morgens beim Rasieren geschnitten hatte. Und sie erkannte auch die Narbe am Kinn. Die stammte aus dem Sommer, als sie zwölf geworden waren. Sein Vater war mit einer kaputten Bierflasche auf ihn losgegangen. Ellies Vater hatte ihn daraufhin ins Krankenhaus gebracht.

»Warum bist du eigentlich so nett zu mir, Cal? Ich hab dich in der Highschool wie Dreck behandelt.« Das stimmte. Als sie einen Busen bekommen, sich die Augenbrauen gezupft und ihre Akne überwunden hatte, war alles anders geworden. Auf einmal hatten die Jungs sie bemerkt, sogar die

Footballspieler, und im Handumdrehen hatte sie Cal hinter sich gelassen. Er hatte ihr deswegen nicht mal ein schlechtes Gewissen gemacht.

»Alte Gewohnheiten sind schwer abzulegen. Vermutlich deswegen.«

Sie trat einen Schritt zurück, eine Stufe höher. Das reichte, um etwas Distanz zwischen ihnen zu schaffen. »Warum trinkst du eigentlich nie mit uns?«

»Ich trinke doch.«

»Ich weiß. Aber ich hab dich gefragt, warum *nie mit uns*.«

»Jemand muss euch doch heimfahren.«

»Aber das bist immer du. Macht es Lisa nichts aus, dass du unsretwegen die ganze Nacht unterwegs bist?«

Er sah ihr unverwandt ins Gesicht. »Ich hab dir doch gesagt, sie ist dieses Wochenende nicht da.«

»Sie ist immer weg.«

Er antwortete nicht. Aber nach einer Minute hatte sie sowieso vergessen, worüber sie geredet hatten.

Stattdessen dachte sie auf einmal wieder an Alice und dass sie nicht vorwärtskamen. »Ich werde ihre Familie wahrscheinlich nicht finden, oder?«

»Du hast doch immer Mittel und Wege gefunden, das zu kriegen, was du willst, Ellie. Damit hattest du nie ein Problem.«

»Ach ja? Und was ist dann mein Problem?«

»Dass du immer die falschen Sachen wolltest.«

»Oh, vielen Dank.«

Er sah enttäuscht aus. Als hätte er sich gewünscht, dass sie etwas anderes sagen würde. Sie konnte sich aber überhaupt nicht vorstellen, was das sein konnte. Wenn sie nüchtern gewesen wäre, hätte sie es vielleicht erraten.

»Bitte sehr. Soll ich dich morgen früh abholen?«

»Ist nicht nötig. Ich lasse mich von Jules oder Peanut fahren.«

»Okay. Bis dann.«

»Bis dann.«

Sie sah ihm nach und hörte, wie die Haustür hinter ihm ins Schloss fiel.

Wieder wurde es ganz still im Haus. Mit einem tiefen Seufzer brachte sie die schmale, viel zu steile Treppe hinter sich. Oben wollte sie eigentlich nach links abbiegen, zum Elternschlafzimmer – das jetzt ihres war –, aber ihr Kopf funktionierte per Autopilot und steuerte sie direkt in ihr altes Zimmer. Erst als sie sah, dass beide Betten belegt waren, merkte sie, dass sie die falsche Tür genommen hatte.

Das Mädchen war wach und beobachtete sie. Als die Tür geöffnet wurde, hatte sie geschlafen, da war Ellie ganz sicher. »Hallo, Kleines«, flüsterte sie und zuckte zusammen, weil sie als Antwort ein leises Knurren bekam.

»Ich würde dir nie wehtun«, sagte sie und zog sich rückwärts zur Tür zurück. »Ich wollte nur helfen. Ich wünschte ...«

Ja, was wünschte sie sich? Sie wusste es nicht. Wenn sie darüber nachdachte, war das das eigentliche Problem ihres Daseins, jetzt und schon immer – sie hatte nie gewusst, was sie sich für ihr Leben wünschen sollte, bis es zu spät war.

Sie wollte zu gern versprechen, dass sie die Familie des Mädchens finden würden, aber sie glaubte nicht daran. Nicht mehr.

~

Wie die Frühjahrsschneeschmelze ein Flussufer langsam auswäscht, so wurde auch Julias Selbstbewusstsein allmählich, in einem fast unsichtbaren Prozess, stetig weiter untergraben. Es geschah nichts Spektakuläres, doch im Lauf der Zeit veränderte sich etwas und wurde in eine neue Richtung gedrängt. Immer öfter erwischte sie sich dabei, dass sie sich in die sichere Welt ihrer Notizen zurückzog. Auf den dünnen blauen Linien ihres Notizblocks versuchte sie angestrengt, alles zu analysieren. Zwar glaubte sie nach wie vor, dass Alice sie zumindest auf Kleinkindniveau verstand – hier und dort ein paar einzelne Wörter –, aber mit dem Sprechen ging es einfach nicht voran. Die Behörden saßen ihr im Nacken. Jeden Tag hinterließ Dr. Kletch eine Nachricht auf ihrem Anrufbeantworter. Es war immer das Gleiche. *Sie helfen dem Kind nicht angemessen, Dr. Cates. Überlassen Sie die Kleine endlich uns.*

Als sie Alice heute zum Mittagsschlaf ins Bett gebracht hatte, war Julia noch bei ihr geblieben, hatte die seidigen schwarzen Haare und den schmalen Rücken gestreichelt und dabei gedacht: *Wie kann ich dir nur helfen?*

Auf einmal brannten ihr die Augen, und ehe sie wusste, wie ihr geschah, rollten ihr die Tränen über die Wangen.

Für die Pressekonferenz musste sie im Bad erst einmal die Wimperntusche erneuern. Gerade war sie fertig, als draußen ein Auto vorfuhr. Auf halbem Weg die Treppe hinunter stieß sie mit Ellie zusammen.

»Alles okay bei dir?«, fragte Ellie stirnrunzelnd.

»Ja, alles bestens. Sie schläft.«

»Peanut wartet im Auto. Ich bleib heute hier.«

Julia nickte, nahm ihre Mappe und verließ das Haus.

Auf den gut zwei Kilometern zur Polizeistation goss es in Strömen, und das Trommeln der Regentropfen auf Windschutzscheibe und Dach war so laut, dass eine Unterhaltung nahezu unmöglich war.

Während Peanut den Wagen abstellte, spannte Julia rasch

ihren Schirm auf und rannte zur Wache hinüber. Als sie ihre Jacke aufgehängt hatte und zum Podium ging, merkte sie es. Kein Mensch war da.

Niemand war gekommen.

Cal saß am Telefon und sah sie mitleidig an.

Julia warf einen Blick auf die Uhr. Eigentlich hätte die Pressekonferenz vor fünf Minuten beginnen sollen. »Vielleicht …«

Die Tür wurde aufgerissen, und Peanut stürmte herein, in ihrer Polizeiregenjacke, das Gesicht triefnass. »Wo sind die denn alle?«

»Es ist gar keiner aufgetaucht«, antwortete Cal.

Peanuts rundes Gesicht schien einzufallen, ihre Augen wurden groß, erst mitleidig, dann resigniert. Sie ging zu Cal und stellte sich dicht neben ihn. Er nahm ihre Hand. »Das ist ja blöd.«

»Ja, ganz blöd«, bestätigte Julia.

Die nächste halbe Stunde warteten sie in bedrückender Stille und sprangen jedes Mal elektrisiert auf, wenn das Telefon klingelte. Um Viertel vor fünf ließ sich nicht mehr leugnen, dass es vorbei war.

Julia stand auf. »Ich muss zurück, Peanut. Bestimmt wacht Alice bald auf.« Sie holte ihre Tasche und folgte Peanut zum Wagen.

Draußen regnete es nicht mehr, aber der Himmel war grau und schwer. Genauso fühlte Julia sich auch. Natürlich war ihr bewusst, dass sie sich ein bisschen mit Peanut hätte unterhalten oder wenigstens ihre endlosen Fragen beantworten sollen, aber ihr war einfach nicht danach.

Peanut bog in die Main Street ein. Nach einem kurzen »Aha!« parkte sie auf einem der schrägen Stellplätze vor dem Rain Drop Diner. »Ich hab Cal versprochen, ihm was zu essen zu holen. Dauert nur eine Minute.« Ehe Julia protestieren konnte, war sie schon weg.

Sie stieg ebenfalls aus. Eine Tasse Kaffee wäre nicht schlecht gewesen, aber irgendwie konnte sie sich nicht aufraffen. Direkt auf der anderen Straßenseite begann der Sealth Park, in dem Alice damals aufgetaucht war. Der Ahornbaum, der inzwischen kahl war, streckte seine leeren Äste in den dunkel werdenden Himmel. Der Wald in der Ferne war in der Dämmerung nicht zu erkennen.

Wie lange warst du da draußen?

Plötzlich spürte sie jemanden neben sich, holte ihre Gedanken in die Gegenwart zurück und drehte sich um, in der Erwartung, Peanuts lächelndes Gesicht vor sich zu sehen.

Aber es war Max, in einer schwarzen Lederjacke, Jeans und weißem T-Shirt. Sie hatte ihn wochenlang nicht mehr zu Gesicht bekommen, und zwar aus voller Absicht. Aber jetzt stand er vor ihr, sah sie an, nahm zu viel Platz in Anspruch und auch zu viel Luft zum Atmen.

»Lange nicht gesehen.«

»Ich hatte zu tun.«

»Ich auch.«

Sie standen da und starrten einander an.

»Wie geht's Alice?«

»Sie macht Fortschritte.«

»Spricht sie immer noch nicht?«

Unwillkürlich zuckte sie zusammen. »Nein, noch nicht.«

Er runzelte die Stirn, nur eine Sekunde, so kurz, dass sie schon dachte, sie hätte es sich nur eingebildet. Aber da sagte er: »Lassen Sie sich nicht frustrieren. Sie helfen ihr.«

Erstaunt registrierte sie, wie viel diese schlichten Worte ihr bedeuteten. »Wieso wissen Sie eigentlich immer so genau, was ich gerne hören möchte?«

»Das ist meine Geheimstärke«, grinste er.

Neben ihnen klingelte ein Türglöckchen, und Peanut kam aus der Tür.

»Hallo, Dr. Cerrasin. Wie geht es Ihnen?«, sagte Peanut und sah von ihm zu Julia. Anscheinend glaubte sie, etwas Wichtiges verpasst zu haben.

»Danke, gut. Und Ihnen?«

»Auch gut«, antwortete Peanut.

Max starrte wieder Julia an, und sie spürte, wie ein Schauer sie durchlief. Wahrscheinlich von der Kälte. »Tja«, sagte sie und hätte gern noch etwas Geistreiches hinzugefügt. Aber sie konnte ihn nur anstarren.

»Ich muss los«, sagte er schließlich.

Später, als Julia wieder neben Peanut saß und sie nach Hause fuhren, meinte Peanut: »Dieser Dr. Cerrasin ist wirklich ein attraktiver Mann.«

»Ach ja?«, erwiderte Julia und starrte aus dem Fenster. »Ist mir gar nicht aufgefallen.«

Peanut wollte sich ausschütten vor Lachen.

Sechzehntes Kapitel

Als Julia heimkam, saß Ellie im Wohnzimmer und studierte die Berichte über die vermissten Kinder.

An Julias enttäuschtem Gesichtsausdruck konnte man unschwer ablesen, wie die Pressekonferenz gelaufen war. Es war einer jener Momente, in denen Ellie sich eine weniger ausgeprägte Beobachtungsgabe gewünscht hätte, aber sie sah jedes kleine Fältchen in Julias Gesicht, ihre blasse Haut. Außerdem hatte sie abgenommen und war im Grunde nur noch Haut und Knochen.

Auf einmal hatte Ellie ein schlechtes Gewissen. Es war ihre Schuld, dass Julia so dünn war. Wenn sie ihren Job besser erledigt hätte, würde jetzt nicht die ganze Last der Identifizierung auf Julias mageren Schultern liegen. Eigentlich erstaunlich, dass Julia ihr deswegen nie Vorwürfe gemacht hatte.

Allerdings sahen sie sich zurzeit auch selten. Seit die Pressekonferenzen begonnen hatten, war Julia nur noch eine Arbeitsmaschine. Sie kam praktisch gar nicht mehr aus dem Zimmer da oben raus, das sie mit Alice teilte.

»Es ist keiner gekommen«, erklärte Julia und warf ihre Tasche aufs Sofa. In ihrer Stimme war ein kaum hörbares

Zittern, der Erschöpfung oder der Niederlage. Sie setzte sich auf Moms Lieblingsschaukelstuhl, aber ohne sich zu entspannen. Ellie musste an ein zu dünn gehobeltes Brett denken, das jede Flexibilität verloren hatte und beim nächsten Druck, statt sich zu biegen, durchbrechen würde.

Schweigen senkte sich herab, unterbrochen nur vom Knistern des Feuers im Kamin.

»Was machen wir jetzt?«, fragte Ellie schließlich mit einem Blick zur Treppe.

Julia schaute auf ihre Hände hinunter, die zu Fäusten geballt in ihrem Schoß lagen. Der Gedanke stimmte sie traurig, wie zerbrechlich sie auf andere wirken musste. »Sie macht wirklich erstaunliche Fortschritte, aber ...«

Ellie wartete, doch der Satz blieb unvollendet zwischen ihnen in der Luft hängen, verschluckt von der Stille. »Aber was?«

Endlich hob Julia den Kopf. »Vielleicht ... bin ich tatsächlich nicht gut genug.«

Ellie sah, wie schutzlos ihre Schwester in diesem Augenblick war, und sie wusste, dass sie jetzt die richtigen Worte finden musste. Leider gehörte das nicht zu ihren Stärken. »Dad hat ständig davon geredet, wie brillant du bist und wie du die Welt mit deiner Klugheit heller machst. Wir alle haben das so gesehen. *Natürlich* bist du gut genug.«

Julia machte ein seltsames Geräusch, fast wie ein Schnauben. »Dad? Das soll wohl ein Witz sein. Er hat doch immer nur an sich selbst gedacht.«

Diese Behauptung verblüffte Ellie so, dass sie eine Weile brauchte, um überhaupt eine Erwiderung zustande zu bringen. »Dad? Er hatte große Zukunftspläne für uns. Na ja, mich hat er nach meiner zweiten gescheiterten Ehe aufgegeben, aber du – du warst sein ganzer Stolz.«

»Reden wir hier von Big Tom Cates, der die ganze Luft im Raum für sich beansprucht und seine Frau schlichtweg erdrückt hat?«

Das war dermaßen lächerlich, dass Ellie losprustete. »Willst du mich auf den Arm nehmen? Er hat Mom abgöttisch geliebt. Ohne sie konnte er nicht mal atmen.«

»Und sie hat an seiner Seite keine Luft bekommen. Einmal hat sie ihn verlassen, zwei Tage. Wusstest du das? Damals war ich vierzehn.«

»Als sie zu Grandma Dotty gegangen ist?«, fragte Ellie stirnrunzelnd. »Da ist sie doch gleich wieder zurückgekommen.« Sie wedelte wegwerfend mit der Hand. »Der Punkt ist, dass sie beide an dich geglaubt haben, und es würde ihnen das Herz brechen, wenn sie sehen könnten, wie du an dir zweifelst. Was würdest du denn tun, wenn du wieder wärst wie früher und dieses Mädchen da oben deine Hilfe brauchen würde?«

Julia zuckte die Achseln. »Wahrscheinlich würde ich raufgehen und irgendwas Radikales ausprobieren. Sehen, ob ich sie ein bisschen aufrütteln kann.«

»Dann tu das!«

»Und wenn es nicht funktioniert?«

»Probierst du eben etwas anderes. Sie wird sich ja nicht gleich umbringen, wenn du dich irrst.« Eine Sekunde zu spät wurde Ellie klar, was sie gesagt hatte. Als sie Julia anschaute, ihr bleiches Gesicht und die Tränen in ihren Augen sah, begriff sie schlagartig. »Das ist es also, hab ich recht? Es geht um das, was in Silverwood passiert ist. Ich hätte es mir eigentlich denken können.«

»Manche Dinge … hinterlassen eben Narben.«

Ellie konnte sich kaum vorstellen, wie schwer diese Last wog und wie ihre Schwester sie bewältigte. Trotzdem gab es nur eines dazu zu sagen. »Du musst es weiter versuchen.«

»Und was ist, wenn ich ihr nicht genug helfe? Die Ärzte in dieser Therapieeinrichtung ...«

»... sind Arschlöcher.« Ellie beugte sich vor und sah ihrer Schwester fest in die Augen. »Erinnerst du dich, wie du zu Dads Beerdigung nach Hause gekommen bist? Du warst mitten in der Ausbildung. Damals hab ich dich gefragt, wie du es nur aushältst ..., dieses Wissen, jederzeit könnte sich jemand das Leben nehmen, wenn du einen Fehler machst.«

»Ja.«

»Du hast wortwörtlich gesagt: ›Das gehört nun mal zu meinem Beruf.‹ Und du hast gesagt, manchmal machst du einfach nur deshalb weiter, weil du musst.«

Julia schloss die Augen und seufzte. »Ja, ich erinnere mich an dieses Gespräch.«

»Tja, jetzt ist der Zeitpunkt gekommen, an dem du einfach weitermachen musst. Du musst an dich selbst glauben – für das Mädchen da oben.«

Julia blickte zur Treppe. Nach einer Weile sagte sie: »Wenn ich tatsächlich etwas Radikales machen will, brauche ich aber auf jeden Fall deine Hilfe.«

»Was soll ich tun?«

Julia runzelte die Stirn, dann stand sie auf. »Such dir einen Platz im Dunkeln, versteck dich da und verhalte dich ganz still.«

»Und?«

»Und warte einfach.«

~

Julia fühlte sich erstaunlich beschwingt, als sie die Treppe hinaufging. Bis zu dem Gespräch mit ihrer Schwester war ihr gar nicht bewusst gewesen, dass sie heimlich, still und leise im Begriff gewesen war aufzugeben. Nicht Alice, nein, sich selbst. Immer häufiger hatte sie in ihren schwärzesten Stunden an ihren Fähigkeiten gezweifelt und sich gefragt, ob sie dem Mädchen wirklich etwas Gutes tat oder ihr womöglich nur noch mehr zusetzte. Sie hatte wieder angefangen, über Amber und die anderen Opfer zu grübeln, und je mehr sie darüber nachdachte, desto schwächer wurde sie, und je schwächer sie wurde, desto mehr geriet sie ins Grübeln. Es war ein Teufelskreis, der sie zerstören konnte.

Sie nahm die Schultern zurück und reckte das Kinn – eine Siegerpose. Zusammen mit der aufkeimenden Hoffnung, dass sie vielleicht doch immer noch ganz vernünftige Arbeit leistete und dem Mädchen helfen konnte, gab es ihr die Kraft, die alte Schlafzimmertür zu öffnen.

Alice lag im Bett, zusammengerollt wie eine Zimtschnecke. Wie gewöhnlich lag sie nicht unter, sondern auf der Decke. Ganz gleich, wie kalt es im Zimmer war, sie zog die Decke nie über sich.

Julia blickte zur Uhr. Fast sechs. Jede Minute würde die Kleine jetzt aufwachen. Alice hielt an ihren täglichen Gewohnheiten mit der Pünktlichkeit eines japanischen Pendlerzugs fest. Jeden Morgen wachte sie um halb sechs auf, machte von halb fünf bis sechs einen Nachmittagsschlaf und schlief abends um Viertel vor elf ein. Julia hätte die Uhr nach ihr stellen können. Dieser zuverlässige Zeitplan hatte es ihr ermöglicht, die Pressekonferenzen abzuhalten.

Sie zog die Tür hinter sich zu. Mit einem Klicken fiel sie ins Schloss. Julia holte ihre Notizbücher aus der Kiste im obersten Fach des Wandschranks und ging zum Tisch, wo sie sich die Beobachtungen durchlas, die sie am Morgen niedergeschrieben hatte.

Heute hat Alice unser Exemplar von Der geheime Garten *hervorgeholt und mit bemerkenswerter Geschicklichkeit darin geblättert. Jedes Mal, wenn sie auf ein Bild gestoßen ist, hat sie ein Geräusch von sich gegeben und mit der flachen Hand auf die Seite geschlagen. Dann hat sie mich gesucht. Anscheinend ist es ihr am liebsten, wenn ich sie die ganze Zeit über beobachte.*

Noch immer folgt sie mir überallhin, wie ein Schatten. Häufig steckt sie ihre Hand unter meinen Gürtel oder in meinen Hosenbund und drückt sich an mich. Aus irgendeinem Grund kann sie schon im Voraus ziemlich gut erraten, wo ich hingehe.

Nach wie vor zeigt sie keinerlei Interesse an anderen Menschen. Wenn jemand hereinkommt, rennt sie sofort in ihren »Dschungel« und versteckt sich. Ich glaube, sie denkt, wir können sie da nicht sehen.

Ihre Besitzansprüche mir gegenüber werden immer ausgeprägter, vor allem wenn wir nicht alleine sind. Das zeigt mir, dass sie die Fähigkeit besitzt, Bindungen einzugehen und zu pflegen. Unfähig — oder nicht willens — diesen Besitzanspruch zu verbalisieren, sobald andere Leute sich mit mir unterhalten, nutzt sie das, was ihr gerade zur Verfügung steht, um Lärm zu machen — sie schlägt an die Wand, schnaubt, scharrt mit den Füßen, heult. Ich hoffe, dass ihre Frustration über die Beschränktheit solcher Kommunikationsformen sie irgendwann dazu bringt, ihre Gefühle in Worte zu fassen — und zwar möglichst bald.

Julia nahm ihren Stift und fügte hinzu:

In den letzten Wochen hat sie sich gut in ihrer neuen Umgebung eingewöhnt. Sie steht oft lange am Fenster, aber nur, wenn ich ihr Gesellschaft leiste. Deutlich zu merken ist auch eine zunehmende Neugier ihrer Welt gegenüber. Sie hebt Gegenstände hoch, um zu schauen, was sich darunter befindet, zieht Schubladen heraus, öffnet

Schränke. Sie berührt nach wie vor nichts aus Metall – und schreit,
wenn sie aus Versehen damit in Kontakt kommt –, aber langsam
arbeitet sie sich zur Tür vor. Heute hat sie mich schon zweimal zur
Tür bugsiert und dann gezwungen, mich dort neben ihr auf den
Boden zu legen. So haben wir fast eine Stunde in absoluter Stille
verbracht und auf den Lichtstreifen gestarrt, der vom Korridor he-
reinkommt. Auf der anderen Seite haben die Hunde gejault und an
der Tür gekratzt, weil sie hereinwollten. Offensichtlich beginnt Alice
sich zu fragen, was dort draußen ist. Das ist ein gutes Zeichen – aus
Angst ist Neugier geworden. Deshalb denke ich, es ist Zeit, ihre
Grenzen ein wenig zu erweitern. Aber wir müssen sehr vorsichtig
sein, ich bin nämlich überzeugt, dass der Wald eine enorme Anzie-
hungskraft auf sie ausüben wird. Irgendwo da draußen, in der großen
Dunkelheit, ist schließlich der Ort, wo sie zu Hause war.

Vom Bett war eine Bewegung zu hören. Das alte Holz-
gestell knarrte, als Alice aufstand. Wie immer führte ihr erster Weg sie sofort ins Bad. Flink und fast geräuschlos flitzte
sie über den Holzboden und verschwand in dem kleineren
Raum. Wenige Augenblicke später wurde die Spülung be-
tätigt. Dann rannte Alice zu Julia, schmiegte sich an sie und
steckte ihre winzige Hand in Julias Hosentasche.

Julia legte den Stift beiseite, sammelte ihre Hefte und
Notizbücher ein und verstaute alles wieder ganz oben im
Schrank. Lautlos ging Alice neben ihr her, ohne den Kontakt
zu verlieren.

Danach gingen sie zur Kommode, und Julia holte eine
blaue Latzhose und einen hübschen rosaroten Pulli heraus.
»Zieh das an«, sagte sie und drückte Alice die Sachen in die
Hand. Für den Pullover brauchte sie mehrere Anläufe, weil
sie immer wieder Hals- und Armausschnitt verwechselte.
Als sie schließlich frustriert wurde und heftig zu atmen und
zu schnauben anfing, kniete sich Julia neben sie.

»Es ärgert dich, dass es nicht klappt. Das ist völlig in Ordnung. Hier. Da musst du den Kopf durchstecken.«

Sofort beruhigte sich Alice und ließ sich von Julia helfen. Doch sie wollte um nichts in der Welt Schuhe anhaben, und am Ende musste Julia sich geschlagen geben.

»Komm mit mir«, sagte sie. »Aber du kriegst bestimmt kalte Füße.« Sie streckte der Kleinen die Hand hin.

Alice kam zu ihr und vergrub wieder die Hand in ihrer Hosentasche.

Ganz sachte löste Julia sich von ihr und streckte ihr erneut die Hand entgegen. »Nimm meine Hand, Alice.« Seidenweich klang ihre Stimme.

Alice atmete schneller, und sie verzog verwirrt und beunruhigt das Gesicht.

»Alles in Ordnung.«

Minuten verstrichen. Sie standen beide absolut reglos da. Zweimal versuchte Alice noch, in Julias Tasche zu fassen, und wurde sanft abgewiesen.

Schließlich, gerade als Julia anfing, sich Gedanken zu machen, ob ihr Plan überhaupt durchführbar war, machte Alice einen Schritt auf sie zu.

»Gut so«, lobte Julia. »Nimm meine Hand.«

Langsam und unsicher streckte Alice die Hand aus. Möglicherweise hatte Julia nie etwas Mutigeres gesehen. Ihre Furcht war unverkennbar – sie atmete schwer, sie zitterte, in ihren Augen stand das nackte Entsetzen –, und dennoch ging sie das Wagnis ein.

Julia nahm die winzige, zitternde Hand und hielt sie fest. »Du brauchst keine Angst zu haben«, sagte sie und sah zu ihr hinab.

Alice seufzte.

Hand in Hand gingen Julia und das Mädchen zur Tür.

Ein Stück davor blieb Alice stehen. Näher hatte sie sich noch nie an die Tür herangewagt. Voller Furcht starrte sie auf den glänzenden Knauf.

Julia drückte ihre Hand und sagte beschwichtigend:»Alles ist gut. Du hast Angst, doch das brauchst du nicht.« Langsam drehte sie den Knauf und schob die Tür auf. Der Korridor kam zum Vorschein. Lang und gerade, von Wandlampen erhellt, keine Schatten, keine Schlupfwinkel. Aber die Hunde waren da. Sobald sie Alice bemerkten, bellten sie laut auf und tänzelten auf sie zu.

Alice drückte sich an Julia. Als die Hunde näher kamen, streckte sie ihre andere kleine, blasse Hand aus und machte tief in der Kehle ein gurgelndes Geräusch.

Die Hunde blieben abrupt stehen, setzten sich auf die Hinterpfoten und warteten.

Alice blickte zu Julia empor.

Julia hatte keine Ahnung, was passiert war.»In Ordnung, Alice«, sagte sie, ohne zu wissen, was eigentlich in Ordnung war, nur als Antwort auf die Frage in den Augen des Mädchens.

Ganz langsam ließ Alice Julias Hand los und ging auf die Hunde zu. Sie verharrten vollkommen reglos, doch als Alice bei ihnen stand, war es, als hätte jemand einen Schalter umgelegt. Schlagartig kam Leben in sie, sie leckten Alice und berührten sie mit den Pfoten.

Alice ließ sich alles gefallen und gluckste laut, als sie mit den Schnauzen ihren Hals stupsten.

Julia konnte sich an dem Anblick gar nicht sattsehen.

Die Minuten verstrichen. Schließlich zog sich Alice von den Hunden zurück, kam wieder zu Julia und steckte die Hand in ihren Hosenbund.»Komm, Alice«, sagte Julia erneut.

Alice ließ sich langsam auf den Korridor ziehen. Aber dort wurde sie nervös. Sehnsüchtig sah sie sich nach den Pflanzen im Schlafzimmer um. Doch als sie einen Schritt rückwärts zu machen versuchte, sagte Julia fest:»Nein, nein, hier entlang.«

So führte sie Alice zur Treppe. Wieder blieben sie stehen. Die Hunde folgten ihnen leise.

Am liebsten hätte Julia die Kleine auf den Arm genommen und die Treppe hinuntergetragen, aber das wagte sie nicht. Wenn Alice sich entsprechend heftig wehrte, konnte Julia sie womöglich nicht halten.

Stattdessen stieg sie, die kleine Hand fest in ihrer, vorsichtig eine Stufe hinunter.

Alice musterte sie lange und eindringlich, offensichtlich in dem Versuch, diese neue Entwicklung einzuschätzen. Schließlich folgte sie Julias Beispiel. Schritt für Schritt legten sie so den Weg bis hinunter ins Wohnzimmer zurück. Als sie zum Sofa gelangten, war es bereits Nacht geworden.

Julia öffnete die Verandatür und ließ die Dunkelheit herein. Die Luft roch nach dem kommenden Winter, nach sterbenden Blättern, nach regennassem Gras und den letzten Rosen an den Büschen beim Haus. Die Hunde rannten auf den Hof und tollten umher.

Alice stieß einen leisen, japsenden Laut aus und machte erst einen, dann noch einen Schritt alleine, bis sie auf der Veranda waren. Die alten Zedernbretter hießen sie mit einem freundlichen Ächzen willkommen. Der Wind erfasste Moms alten Schaukelstuhl und setzte ihn in Bewegung.

Inzwischen war es ganz einfach, Alice zu führen, die Treppe hinunter, um die Ecke zur Wiese. Der Fluss rauschte, Blätter flüsterten und segelten zu Tausenden, alle auf einmal, zu Boden.

Plötzlich ließ Alice Julias Hand los, krallte sich stattdessen in ihr Hosenbein und fiel auf die Knie. Mit gesenktem Kopf kauerte sie da, vollkommen regungslos. Anfangs war das Geräusch so leise, dass Julia dachte, es wäre der Wind, der auflebte.

Doch es war Alice, die ihr Gesicht zum Nachthimmel emporhob und ein Heulen ausstieß, so traurig und einsam, dass Julia am liebsten geweint oder in das Geheul eingestimmt hätte. Unwillkürlich dachte sie an alle, die sie je geliebt hatte, an alles, was sie verloren hatte, an all die Liebe, die sie jemals erfahren hatte.

»So ist es gut, Alice«, sagte Julia und bemerkte selbst, wie heiser ihre Stimme klang. Es war unprofessionell, so gerührt zu sein, aber sie konnte nichts dagegen machen. »Lass alles raus. Das ist deine Art zu weinen, nicht wahr?«

Dann wurde das Heulen leiser und hörte schließlich ganz auf. Alice kniete im Gras, so reglos, als wäre sie mit der Natur verschmolzen. Doch plötzlich kam Bewegung in sie, sie bückte sich und riss in der Dunkelheit einen winzigen gelben Löwenzahn aus. Julia hatte die Blume nicht einmal gesehen. Mit einer einzigen Bewegung trennte sie die Wurzel vom Stiel und steckte sie in den Mund.

»Das ist also die Welt, die du kennst, ja?« Julia versuchte, Alice dazu zu bewegen, dass sie ihr Hosenbein losließ und frei herumlaufen konnte, doch Alice wollte ihren Griff partout nicht lockern.

»Ich lass dich nicht allein, aber das kannst du ja nicht wissen, stimmt's? Jemand hat dich da draußen im Wald ausgesetzt, richtig?«

In der Stille, die auf die Frage folgte, krächzte erst eine Krähe, dann rief eine Eule. Innerhalb weniger Sekunden hörte man überall vom Waldrand, der die Grenze des

Grundstücks markierte, Vogelstimmen. Unsichtbare Zweige knarzten und ächzten, die Tannennadeln raschelten. Alice imitierte die Vogelrufe perfekt, und die Vögel antworteten ihr.

In der Dunkelheit dauerte es einen Moment, bis Julias Augen wahrnahmen, was passierte.

Dann sah sie, dass der Garten voller Vögel war, die einen weiten Kreis um das Kind bildeten.

»Großer Gott ...« Es war Ellies Stimme, die irgendwo aus den Schatten kam.

Das Geräusch erschreckte die Vögel, und sie flogen weg, ihr Flügelschlag schnell und wie ein Hauch.

In der Ferne heulte ein Wolf. Alice antwortete.

Ein Schauer lief Julia über den Rücken, mit einem Mal fröstelte sie.»Beweg dich jetzt bloß nicht«, sagte sie zu Ellie, als sie Blätter rascheln hörte.

»Aber ...«

»Und kein Wort.«

Alice zupfte an Julias Hand. Zum ersten Mal wollte sie führen. Julia lächelte.»Das ist gut, Kleines. Ich folge dir.«

Eine Wolke löste sich vom Mond und trieb über den Himmel. Hinter ihr beschien der Mond das Gras und schimmerte auf dem Fluss. Plötzlich war alles in silbernes Licht getaucht, einfach magisch.

Alice deutete zu den Rosenbüschen mit den nackten Trieben, die unbedingt zurückgeschnitten werden mussten. Auf einmal machte sie sich los und näherte sich den Pflanzen mit einem Selbstvertrauen, das Julia noch nie an ihr gesehen hatte. Sie richtete sich auf, reckte das Kinn, statt wie sonst die Schultern hochzuziehen und einen Arm über den Bauch zu legen. Das Mondlicht glänzte auf ihrem Haar, das schwarz war wie eine Krähenschwinge, mit einem bläulichen Schimmer.

Die Nacht war verzaubert, Sterne funkelten am Himmel. Julia hätte schwören können, dass sie das Meer rauschen hörte. Langsam wich sie zurück, um Alice diesen Bereich ihrer Welt frei erkunden zu lassen. Dann spürte sie, dass ihre Schwester sich ihr näherte.

Neben ihr blieb sie stehen. »Woher weißt du, dass sie nicht wegläuft?«

»Ich weiß es nicht. Allerdings setze ich darauf, dass ihre Bindung an mich sie zurückhält. Da draußen gibt es für sie zu viele schlechte Erinnerungen.«

»Die Untertreibung des Jahres.«

Julia sah zu, wie Alice auf den Rosenbusch zuging, und überlegte, wie das Mädchen wohl reagieren würde, wenn sie sich an einem Dorn verletzte. Würde sie bei ihr Trost und Hilfe suchen? Hatte sie inzwischen begriffen, dass sie nicht mehr alleine war, oder würde sie sich von diesem fremden Ort betrogen fühlen und sich wieder in die Welt zurückziehen, die sie kannte?

»Sei vorsichtig, Alice«, sagte Julia. »Da sind Dornen.« Das Mädchen griff nach einer einzelnen rosaroten Knospe und pflückte sie ab.

Sie streichelte die Blüte mit einer unglaublichen Zärtlichkeit, wandte sich dann langsam ab und ging hinunter zum Fluss. Als sie eine kleine Landzunge erreichte, blieb sie wieder stehen.

Julia und Ellie folgten ihr, beide bereit, Alice sofort zu retten, falls sie Anstalten machte, ins Wasser zu springen.

Doch sie ging nur weiter am Ufer entlang, bis zu der Stelle, wo das Gras zertrampelt und braun war. Dort fiel sie erneut auf die Knie und begann leise zu heulen.

»Sie ruft ihren Wolf«, stellte Julia fest. »Sie erzählt ihm ihre Geschichte und dass sie ihn vermisst.«

Mit angehaltenem Atem warteten sie auf eine Antwort, aber sie hörten nur das Rauschen der Bäume über ihren Köpfen und das kehlige Murmeln des Flusses.

»Er ist bei den anderen Wölfen im Tierpark«, sagte Ellie schließlich. »Das ist zu weit weg, er kann sie nicht hören.« Julia ließ Ellie stehen, ging zu Alice und berührte sacht ihre Schulter.

Das Mädchen drehte sich um und sah Julia an, und ihre Augen waren so dunkel und unergründlich, als reflektierten sie den endlosen Nachthimmel.

Julia kniete sich ins feuchte Gras. »Sprich mit mir, Alice. Was fühlst du in diesem Augenblick? Du brauchst keine Angst zu haben. Du bist hier in Sicherheit.«

~

Die Nacht ist voll von Geräuschen. Manchmal sind sie so laut, dass Mädchen Schwierigkeiten hat, die Stille zu hören, die darunterliegt. So war es schon immer. Sie muss hart arbeiten, um die Tiere, die Insekten, den Wind, die Blätter nicht zu hören. Sie muss die Augen schließen und ihren eigenen Herzschlag hören, bis nichts anderes mehr da ist. Selbst in der Dunkelheit sieht sie zu viel – eine Spinne, die auf der Erde neben ihren Füßen vorbeikrabbelt, ein Krähenpärchen, das sie von dem violetten Baum beobachtet, einen Nachtfalter, der am Fluss entlangflattert. In der Ferne hört sie die raschelnde Bewegung einer Katze auf der Jagd.

Wenn die beiden Sie doch aufhören würden, so laut zu sprechen, dann könnte Mädchen wieder atmen. Die spürt eine Enge in der Brust, die ihr Angst einflößt. Hier draußen am Waldrand müsste sie sich sicher fühlen. Jetzt könnte sie weglaufen. Wenn sie wachsam ist und dem Fluss folgt, könnte sie ihre Höhle wiederfinden.

So viele Male hat sie an dem trügerischen Kasten gestanden, den Arm in die grün duftende Luft gehalten und sich eine solche Gelegenheit ausgemalt. Den Augenblick, wenn Sonnenhaar wegschauen und Mädchen weglaufen würde.

Aber jetzt möchte sie nicht mehr weg.

Sie sieht auf ihre Füße hinunter. Die stehen so fest gepflanzt wie Baumwurzeln. Hier möchte sie bleiben. Bei Sonnenhaar.

»Sprichmitmirälliss.«

Da ist sie, Sonnenhaar. Vor ihr, streckt Mädchen die Hand hin. Im Licht des rundgesichtigen Mondes ist alles an Sonnenhaar weiß.

Mädchen hat Angst und ist verwirrt. Was, wenn Sonnenhaar gar nicht will, dass Mädchen bleibt? Vielleicht will Sonnenhaar sie jetzt gehen lassen?

Aber sie möchte nicht zurück in die kalte hungrige Dunkelheit ihrer Höhle. Vielleicht ist Er dort …

Sonnenhaar beugt sich zu ihr herunter. »Kannstdumitmirsprechenälliss?«

Die andere Sie, die große, nachthaarige Sie, sagt etwas aus dem Schatten. Diese Sie hat keine Farbe um sich, keinen Geruch. Mädchen spürt nicht, was sie fühlt oder denkt, aber sie weiß, dass es nichts Gutes ist.

Irgendwas stimmt nicht.

»Lasses. Vielzugruslig«, sagt Nachthaar. Dann schaudert sie, als wäre ihr kalt, dabei ist die Kälte noch viele, viele Monde entfernt.

»Gehruhig. Ichbleibe.« Sonnenhaar sieht Mädchen an und lächelt. »Dumusstmitmirsprechenälliss. Verstehstduirgendwasvondemwasichsage?«

Mädchen hört etwas. Es schleicht sich an sie heran wie ein jagender Wolf. Sie runzelt die Stirn und versucht es zu verstehen.

Du musst.

Sprechen.

Möchte Sonnenhaar, dass Mädchen Töne macht, die Dinge bedeuten?

Nein.

Das kann nicht sein. Das ist böse.

Langsam verschwindet Sonnenhaars Lächeln. Die Farbe ihrer Augen scheint sich von Grün in ein blasses Grau zu verwandeln. Die Farbe des Verlorenseins, des Wassers, das einem aus den Augen läuft. Schließlich macht Sonnenhaar einen traurigen, einsamen Ton und richtet sich auf.

»VielleichthatteichdochrechtEllie. Vielleichtbinichnicht-dierichtigediediesemkindhelfenkann.«

Jetzt sieht es aus, als sei Sonnenhaar ganz weit weg von Mädchen und entferne sich immer mehr. Bald ist sie so weit weg, dass Mädchen sie nicht mehr finden kann.

»Dumusstmitmirsprechenkleines.« Sonnenhaar holt tief Luft. »Bitte.«

Bitte.

Von irgendwoher erinnert sich Mädchen an diesen Klang. Er ist etwas Besonderes, wie die erste Knospe im Frühling.

Sonnenhaar *möchte*, dass Mädchen die verbotenen Laute macht.

Langsam steht Mädchen auf. Vor lauter Angst ist ihr ganz schwindlig.

Jetzt geht Sonnenhaar weg.

Sie wird Mädchen verlassen.

Die Angst treibt Mädchen voran. Sie folgt Sonnenhaar, packt ihre Hand und hält sie so fest, dass es wehtut.

Sonnenhaar dreht sich zu ihr um und geht auf die Knie. »Inordnungälliss. Inordnungälliss. Ichwilldichnichtverlassen.«

Verlassen. Aus dem Chaos der Laute hört Mädchen das heraus. So deutlich wie das Rauschen eines Flusses. Mädchen sieht Sonnenhaar an. Sie hält ihre Hand fest. Eigentlich möchte sie wegschauen oder die Augen zumachen, denn wenn Sonnenhaar sie schlägt, möchte sie es nicht kommen sehen. Aber Mädchen zwingt sich, die Augen offen zu lassen und hinzuschauen. Es wird ihr ganzes Herz brauchen, alles, was sie in sich hat, um an die verbotenen Laute zu denken und sich an sie zu erinnern.

»Wasistlos? Gehtsdirgut?« Sonnenhaars Stimme klingt so weich, dass Mädchens Herz wehtut. Sie blickt empor in diese schönen grünen Augen. Mädchen möchte gut sein. Sie leckt sich über die Lippen und sagt dann leise: »Bleib.«

Sonnenhaar macht einen Laut wie ein Stein, der in tiefes Wasser fällt. »Hastdugeradebleibgesagt?«

Mädchen gibt ihr die besondere Rose. »Bitte.«

Sonnenhaars Augen fangen wieder an zu tropfen, aber diesmal ist ihr Mund auf eine Art verzogen, die Mädchen innen drin ein ganz warmes Gefühl macht. Dann schließt sie Mädchen in die Arme und zieht sie an sich.

Dieses Gefühl hat Mädchen noch nie gehabt, dieses Gefühl, dass sie von oben bis unten festgehalten wird. Sie schließt die Augen und lässt ihr Gesicht in Sonnenhaars weichen Hals sinken, der nach den Blumen riecht, die wachsen, wenn die Sonne durch die Nacht heranschleicht.

»Bleib«, flüstert sie, und jetzt lächelt sie.

SIEBZEHNTES KAPITEL

*I*n eine dicke Wolldecke gewickelt saß Ellie im alten Stuhl ihres Vaters auf der Veranda. Neben ihr stiegen Dampfschwaden von einer Tasse Tee auf.

Obwohl es schon drei Stunden her war, dass sie mit Alice draußen gewesen waren, hatte sie das klagende Auf und Ab ihres Heulens immer noch im Ohr, eine traurige Nachtmusik.

So viel hatte sich heute ereignet. Doch die Frage war: Hatte sich dadurch irgendetwas grundlegend verändert? Alice *konnte* sprechen. Das wussten sie jetzt immerhin, und vielleicht war das ja die Tür, hinter der endlich ihre Identität zum Vorschein kommen würde.

Aber aus irgendeinem Grund glaubte Ellie nicht daran. Sie glaubte nicht, dass Alice irgendwohin oder zu irgendwem gehörte, sie dachte eher, dass man sie – warum auch immer – ausgesetzt und ihrem Schicksal überlassen hatte. Wie die Eskimofrauen in alten Zeiten, die frierend und allein, von allen unerwünscht, auf einer Eisscholle ausgeharrt und irgendwann einfach ihr Leben aufgegeben hatten.

Ellie schloss die Hände um die warme Teetasse. Der

Dampf bildete einen feuchten Film auf ihrem Gesicht, der Duft von Orangen stieg ihr in die Nase.

Hinter ihr öffnete sich quietschend die Verandatür. Julia nahm auf Moms Schaukelstuhl Platz.

»Schläft sie?«, fragte Ellie.

»Wie ein Baby.«

Angestrengt versuchte Ellie ihre Gedanken im Zaum zu halten, doch sie waren wie Mustangs in freier Wildbahn und gingen durch, wenn sie sich ihnen näherte. »Hat sie noch was gesagt?« Hoffentlich markierten die beiden Wörter den Anfang einer Entwicklung.

»Nein. Und das könnte auch noch eine Weile dauern. Sicher, heute Abend war eine Riesensache, aber hast du gehört, wie sie gesprochen hat? Wie eine Zweijährige! Sie hat die beiden Wörter nicht zu einem Satz zusammengefügt. Ich glaube, für Alice waren sie getrennte Einheiten.« Trotzdem strahlte Julia, und Ellie konnte sich nicht erinnern, wann sie ihre Schwester das letzte Mal so entspannt gesehen hatte.

»Was hat das zu bedeuten?«

Julia brauchte einen Moment, um zu antworten. »Das ist ziemlich kompliziert und wissenschaftlich, und ich brauche auch noch viel mehr Informationen, um mir eine richtige Meinung bilden zu können, aber kurz gesagt ist Alice entweder selektiv stumm – das heißt, sie hat sich aufgrund ihrer Traumatisierung dafür entschieden, nicht zu sprechen –, oder sie ist in ihrer Sprachentwicklung sehr weit zurück. Persönlich halte ich das Letztere für wahrscheinlicher, und zwar aus einer ganzen Reihe von Gründen. Erstens scheint sie bestimmte, einfache Wörter zu verstehen, aber keine Sätze, die aus diesen Wörtern zusammengesetzt sind. Zweitens hat sie heute Abend zwei Wörter unabhängig voneinander benutzt, was darauf hindeutet, dass sie sich in punkto Satzbau auf dem Niveau einer Zweijährigen befindet. Denk doch nur mal daran, wie Kinder sprechen lernen. Erst werden einfache Wörter identifiziert. Mama. Papa. Ball. Wauwau. Nach und nach werden Zweiwortsätze gebildet, um einen komplexeren Gedanken zu vermitteln, dann werden drei Wörter aneinandergereiht. Mit der Zeit lernen die Kinder auch negative Aussagen wie ›Nicht spielen‹ oder ›Kein Mittagsschlaf‹ und fangen an, Pronomen zu benutzen. Mit etwas mehr Erfahrung bilden sie ihre Sätze schließlich zu Fragen um. Die meisten Wissenschaftler glauben, dass ein Kind sich noch bis zur Pubertät diese komplexen, unausgesprochenen Regeln aneignen und damit Sprache lernen kann. Deshalb fällt es Kindern auch viel leichter, eine Fremdsprache zu erlernen, als Erwachsenen.«

Ellie hielt die Hand hoch. »Langsam, langsam, Einstein. Willst du damit sagen, dass Alice sprechen *kann*, aber dass man ihr nicht viel beigebracht hat, sodass sie jetzt nur über die Ausdrucksmöglichkeiten eines Kleinkinds verfügt?«

»Ja, genau das vermute ich. Ich glaube, sie ist in den ersten anderthalb oder zwei Jahren in einer verbalen, vielleicht sogar fürsorglichen Umgebung aufgewachsen. Da hat sie ein paar Wörter gelernt und eine körperliche Verbindung mit jemandem aufgebaut. Aber danach … danach ist irgendetwas ganz Schreckliches passiert, und sie hat ihre Sprachfertigkeit nicht mehr weiterentwickelt.«

Etwas ganz Schreckliches.

Die Worte hinterließen ein belastendes Gefühl der Schwere. »Und ein Kleinkind kennt seinen Namen nicht. Jedenfalls nicht den Nachnamen.«

»Ja, ich weiß.«

Mit einem tiefen Seufzer lehnte Ellie sich zurück. »Anscheinend sucht niemand dieses Mädchen, Jules. Im FBI-

Computer war nichts zu finden über vermisste oder entführte Kinder, auf die ihre Beschreibung passt. Die DNA hat nichts gebracht, die Medien interessieren sich nicht mehr für den Fall. Und jetzt sagst du mir, selbst wenn du die Kleine dazu bringst, wie ein Wasserfall zu reden, hat sie womöglich nicht die leiseste Ahnung, wie sie heißt. Oder wer ihre Eltern sind, geschweige denn in welcher Stadt sie wohnt.«

»Himmel, Ellie. Ich hab mich eigentlich ziemlich gut gefühlt. Wir waren mit ihr draußen, *und* sie hat gesprochen.«

»Entschuldige. Du hast das toll hingekriegt mit Alice, Jules. Wirklich. Aber ich habe auch meine Verantwortung. Die Jugendfürsorge findet, wir sollten uns allmählich um eine endgültige Unterbringung kümmern.«

»Noch nicht, Ellie. Bitte. Ich habe eine Chance bei Alice. Es geht nicht mehr nur darum, ihre Familie zu finden. Es geht darum, dieses Kind zu retten, es in die Welt zurückzuholen. Du hast mich an all das erinnert – daran, wie viel Gutes ich für Alice bewirken kann.«

»Das hört sich an, als würdest du hier bleiben wollen, solange sie dich braucht.«

»Warum nicht? In L.A. gibt es für mich nichts mehr zu holen. Wenn man keinen Mann, keine Kinder und keinen Job hat, ist es leicht, ein neues Leben anzufangen. Man schließt einfach die Wohnung ab und geht.« Endlich hob sie den Blick. »Ehrlich gesagt brauche *ich* Alice im Moment vielleicht genauso wie sie mich. Ich bin bereit, alles zu tun, um ihr zu helfen. Genügt das für den Augenblick? Können wir es einstweilen beim vorläufigen Sorgerecht belassen?«

»Selbstverständlich.« Zwar wusste Ellie nicht, wie sie die Aussicht fand, dass ihre Schwester den ganzen Winter hier verbringen würde, aber darüber konnte sie sich später Sorgen machen, irgendwann nachts, wenn sie mal wieder nicht schlafen konnte. Auf alle Fälle wusste sie, dass sie dankbar war, dass jemand die Last auf sich nahm, für Alices verletzte Seele zu sorgen. »Aber wie erklärst du dir die … die ganzen Absonderlichkeiten? Du weißt schon, die Vögel und so.«

Julia starrte über den Rand ihrer Teetasse zum Fluss, der im Mondlicht schimmerte. »Dafür habe ich leider keine Erklärung. Sie hat in einer anderen Welt gelebt, nach anderen Regeln. Als ich die dokumentierten Fälle von Wilden Kindern recherchiert habe, ist mir klar geworden, dass diese Kinder in den meisten Jahrhunderten hemmungslos romantisiert und als Beispiele unverdorbener Natur angesehen wurden. Unkorrumpiert, unzivilisiert, wie sie waren, verkörperten sie die Reinheit eines ursprünglichen Menschen, der nicht in einer Gesellschaft existieren konnte, in der bestimmte Verhaltensregeln festgelegt sind.«

»Was willst du damit sagen?«

»Dass Alice vielleicht eher ein Teil der Natur als der Menschen ist, mehr in Kontakt mit Gerüchen, Pflanzen, Tieren.«

Auch damit konnte Ellie anscheinend nicht viel anfangen.

»Für mich sah das eher nach Magie als nach Naturwissenschaft aus.«

»Das wäre natürlich auch eine Erklärung.«

»Was machen wir jetzt also? Ich meine, wie kriegen wir sie zum Reden?«

Julia sah sie an. »Alice muss erst einmal begreifen, dass sie hier in Sicherheit ist. Ich glaube, wir sollten ihr zeigen, wie eine Familie funktioniert. Vielleicht ruft das etwas in ihr wach und hilft ihrer Erinnerung auf die Sprünge. Aber wir sollten es ihr so beibringen, wie man es einer Zweijährigen beibringen würde: Ein Wort nach dem anderen.«

~

Später, nachdem Ellie in ihrem Zimmer verschwunden war, ging auch Julia zu Bett. Aber an Schlafen war nicht zu denken, dafür war sie viel zu aufgedreht – sie lag da und starrte an die Decke, während ihr Körper vor Aufregung über das, was geschehen war und was sich daraus entwickeln konnte, kribbelte und prickelte.

Bleib.

Der Moment ging ihr nicht aus dem Kopf. Jedes Mal, wenn sie daran dachte, überlief sie ein Schauer der Ehrfurcht angesichts der Bedeutung dieses einen Wortes.

Bis heute Abend, bis zu dem Augenblick, als Alice ihr erstes Wort gesprochen hatte, war Julia nicht klar gewesen, wie verloren, wie niedergeschlagen sie war. Ihr Selbstvertrauen war angeknackst, ja kaum noch greifbar gewesen. Aber jetzt war sie wieder da. Sie hatte ihr altes Selbst wiedergefunden.

Und sie würde nie wieder aufgeben. Als Erstes würde sie morgen früh das Team der Ärzte und Wissenschaftler anrufen, die Alice studieren wollten, und ihnen sagen, sie sollten ein für allemal die Finger von ihr lassen. Dann würde sie die Fürsorge überzeugen, dass das Mädchen bei ihr gut aufgehoben war.

Vielleicht war das die Lektion, die sie aus der Tragödie mit Amber lernen musste, vielleicht war das der fehlende Hinweis, den sie so verzweifelt gesucht hatte.

In ihrem Beruf gab es Fehlschläge. Herzzerreißende Verluste. Aber um ihr Bestes geben zu können, musste sie stark bleiben in ihrem Glauben, dass sie dennoch etwas bewirken konnte.

Sie war wieder stark. Keine Anrufe von Wissenschaftlern oder sogenannten Kollegen, keine übergriffigen Fragen irgendwelcher Medienvertreter würden sie je wieder kleinkriegen. Niemand konnte ihr Alice wegnehmen.

Plötzlich hatte sie das unwiderstehliche Bedürfnis, mit jemandem zu reden, ihren Triumph mit jemandem zu teilen. Und es gab nur einen einzigen Menschen, der sie verstehen würde.

Du bist verrückt, Julia.

Sie schlug die Decke zurück und stieg aus dem Bett. Rasch schlüpfte sie in eine abgetragene schwarze Trainingshose und ein blaues T-Shirt, küsste Alices samtige Wange und verließ den Raum.

Vor Ellies Zimmer blieb sie kurz stehen. Unter der Tür war kein Licht zu sehen, von innen kamen keine Geräusche. Sie wollte ihre Schwester nicht wecken. Außerdem wusste Ellie die Bedeutung der heutigen Ereignisse sowieso nicht richtig zu schätzen.

Ohne weiter nachzudenken, ging sie geradewegs zum Auto, stieg ein und fuhr zum alten Highway. Um diese Nachtzeit gab es keine Autos auf der Straße, die Welt war still und dunkel. Sterne sprenkelten den Himmel, dass er aussah wie ein Bild von Jackson Pollock.

Kurz vor dem Eingang zum Nationalpark bog sie auf den holprigen Kiesweg ab. Bei der letzten Biegung schaltete sie die Scheinwerfer aus und rollte im Schutz der Dunkelheit auf den Hof.

Eigentlich wusste sie gar nicht, weshalb sie hier war, vor seinem Haus, wie ein pubertierendes Mädchen an einem einsamen Samstagabend.

Nein, das stimmte nicht. Sie wollte sich nur nicht eingestehen, warum sie hier war. In Wirklichkeit wusste sie es genau.

Egal wie oft sie sich einzureden versucht hatte, dass ihr Verhalten einfach dumm war − eine Fliege, die direkt ins Spinnennetz flog −, sie konnte nichts dagegen machen.

Langsam stieg sie aus und überquerte den dunklen Hof, das sanfte Plätschern des Sees im Ohr.

~

Max hörte, wie ein Auto vorfuhr, und hoffte, dass es sich nicht um einen medizinischen Notfall handelte. Heute war der einzige Abend in dieser Woche, an dem er keine Bereitschaft hatte, und er war inzwischen beim zweiten Scotch angelangt.

Dann hörte er Schritte auf der Veranda. Kurz darauf klopfte es an der Haustür.

»Ich bin hier draußen!«, rief er. »Auf der Terrasse!« Schweigen. Langes Schweigen. Gerade wollte er noch einmal rufen, als er wieder Schritte vernahm.

Es war Julia. Als sie ihn im Whirlpool sitzen sah, blieb sie wie angewurzelt stehen.

Sie stand unter der orangefarbenen Lampe, die die überdachte Terrasse beleuchtete. Seit sie sich vor dem Imbiss begegnet waren, hatte er sie nicht mehr gesehen, doch oft an sie gedacht. Ihm fiel sofort auf, wie blass sie aussah, wie schmal und erschöpft. Ihre tolle Figur wirkte kantig und hart, ihr Kinn spitzer.

Aber ihre Augen hielten ihn fest wie ein Kind sein Lieblingsspielzeug.

»Sie haben einen Whirlpool, Doktor? Was für ein Klischee!«

»Ich war heute klettern. Mein Rücken bringt mich um. Kommen Sie doch rein.«

»Ich hab keinen Badeanzug dabei.«

»Kein Problem, ich mache das Licht aus.« Schon drückte er auf den Knopf, und es wurde dunkel. »Im Kühlschrank ist Wein. Und Gläser finden Sie über der Spüle.«

Lange stand sie unschlüssig da. So lange, dass er fast sicher war, sie würde ablehnen. Schließlich drehte sie sich um und ging. Er hörte die Haustür auf- und wieder zugehen. Kurz darauf kam sie zurück, mit einem Weinglas und einem Handtuch.

»Machen Sie die Augen zu«, sagte sie.

»Ich kann Ihre BH-Träger sehen, Julia.«

»Machen Sie jetzt die Augen zu oder nicht?«

»Sind wir vielleicht in der achten Klasse oder was? Spielen wir nachher Flaschendrehen? Ich bezweifle …«

Sie wandte sich um.

»Okay, okay«, lachte er. »Meine Augen sind geschlossen.«

Er hörte sie zurückkommen, hörte, wie das Handtuch auf einen Stuhl gelegt wurde, hörte das leise Plätschern, als sie in die Wanne stieg. Das Wasser schwappte sanft gegen seine Brust, und für den Bruchteil einer Sekunde dachte er, Julia hätte ihn berührt.

Er schlug die Augen wieder auf.

Die Arme an den Seiten, saß sie ganz an ihre Seite der Wanne gepresst. Der weiße Spitzen-BH war von der Nässe durchsichtig; die Wölbung ihrer Brüste war ebenso zu erkennen wie die dunklen Brustwarzen.

»Sie glotzen«, sagte sie und nippte an ihrem Wein.

»Sie sind schön«, erwiderte er, selbst verwundert über den heiseren Ton seiner Stimme und darüber, wie sehr er sie auf einmal begehrte.

»Ich frage mich, wie oft Sie das schon zu einer Frau gesagt haben, die töricht genug war, zu ihnen in diese Wanne zu steigen.«

»Sind Sie auch töricht?«

Sie sah ihn an. »Oh ja, und wie. Aber ich bin nicht dumm. Wenn ich dumm wäre, hätte ich mich ausgezogen.«

»Genau genommen sind Sie die erste Frau, die jemals in diesen Whirlpool gestiegen ist.«

»Angezogen, meinen Sie.«

Er lachte. »Mit diesem durchsichtigen Teil kann man Sie wohl kaum als angezogen bezeichnen. Aber nein. Ich meine, Sie sind die Erste, die außer mir je in diesem Whirlpool war, angezogen oder nackt.«

»Echt?«, hakte sie stirnrunzelnd nach.

»Echt.«

Sie wandte sich leicht zur Seite und sah auf den See hinaus. In der grauen Ferne trieben zwei Trompeterschwäne gemächlich auf dem Wasser. Das Mondlicht brachte ihre Federn zum Glänzen.

Nach einer Weile wurde Max die Stille unbehaglich. Auch Julia hatte es anscheinend bemerkt, denn sie wandte sich ihm wieder zu und sagte: »Erzählen Sie mir etwas Reales, ich weiß gar nichts über Sie.«

»Was wollen Sie denn wissen?«

»Warum sind Sie in Rain Valley?«

Er gab ihr die Antwort, die er allen servierte. »In L.A. gibt es zu viele Bandenschießereien, das hat mir gereicht.«

»Warum denke ich, dass das nur ein Teil der Geschichte ist?« »Ich vergesse immer, dass Sie Psychologin sind.«

»Und auch noch eine gute.« Sie grinste. »Obwohl ich gelegentlich voreilige Schlüsse ziehe. Also, erzählen Sie.«

Er zuckte die Achseln. »Ich hatte ein paar persönliche Probleme und wollte deshalb einige Dinge verändern. Ich habe daraufhin meine Stelle gekündigt und bin hierher gezogen. Ich liebe die Berge.«

»Persönliche Probleme?«

Natürlich pickte sie gleich das Wichtigste heraus. »Das ist mir jetzt zu real«, entgegnete er leise.

»Manchmal muss man alles hinter sich lassen.«

Er nickte. »Es war nicht schwer, von Los Angeles fortzugehen. Meine Familie ist verrückt, einer wie der andere. Meine Eltern – Ted und Georgia, ehe Sie weiterfragen – haben gegenwärtig eine Auszeit von ihren Jobs an der Uni in Berkeley. Sie reisen in einem Wohnmobil namens Dixie durch Mittelamerika. Das Letzte, was ich von ihnen gehört habe, ist, dass sie irgendeinen Käfer suchen, der schon seit Jahrtausenden ausgestorben ist.«

Julia lächelte. »Was unterrichten sie denn?«

»Biologie und Organische Chemie. Meine Schwester Ann ist zurzeit in Thailand, Tsunamihilfe. Mein Bruder Ken arbeitet für irgendeine brillante Expertenkommission in den Niederlanden. Seit fast einem Jahrzehnt hat ihn hier keiner mehr zu Gesicht bekommen. Jedes Jahr an Weihnachten kriege ich eine Karte von ihm, auf der steht: ›Mit den besten Wünschen für Sie und Ihre Familie, Dr. Kenneth Cerrasin.‹«

Inzwischen lachte Julia so heftig, dass sie quietschte, was zu einem noch schlimmeren Lachanfall führte, und zu seiner eigenen Überraschung stimmte Max ganz entspannt mit ein.

»Und ich dachte, meine Familie wäre sonderbar.«

»Von wegen, die sind bestenfalls Anfänger«, erwiderte er grinsend.

»War Ihre Familie für Sie da, als … als Sie damals diese persönlichen Probleme hatten?«

Max' Lächeln erlosch. »Sie wissen wirklich, wie man jemandem einen Schuss vor den Bug verpasst, was?«

»Berufskrankheit. Es ist nur … Ich weiß, wie allein ich mich während der ganzen Sache in L. A. gefühlt habe.«

»So eine Familie sind wir nicht.«

»Dann waren Sie also auch allein damit.«

Er stellte sein Whiskeyglas ab. »Und warum sind *Sie* hier, Julia?«

»In Rain Valley? Das wissen Sie doch.«

»Nein, *hier*«, wiederholte er mit noch sanfterer Stimme.

»Alice hat heute Abend gesprochen. Sie hat ›bleib‹ zu mir gesagt.«

»Ich wusste, dass Sie es schaffen.«

Ein Lächeln erschien auf ihrem Gesicht, plötzlich und von ganz allein, als hätte sie selbst nicht damit gerechnet. Das Verandalicht schimmerte auf ihrer Haut, ihren Haaren, ihren Wimpern. Sie bewegte sich leicht, und wieder schwappten kleine Wellen gegen seine Brust. »Die Sache ist die … Ich hab wochenlang tagtäglich darauf gewartet …«

»Und?«

»Und als es dann endlich passiert ist, konnte ich an nichts anderes denken, als es Ihnen zu erzählen.«

Selbst wenn er es versucht hätte, hätte er sich nicht bremsen können – und er versuchte es erst gar nicht. Mit einer raschen Bewegung überwand er die winzige Entfernung und küsste Julia auf den Mund. Es war ein Kuss von der Art, wie er sie schon ganz vergessen hatte. Leise flüsterte er ihren Namen, ließ seine rechte Hand über ihren glatten, nackten Rücken gleiten, zu ihrer Brust. Doch er hatte sie noch nicht richtig erspürt, als sie ihn wegschob.

»Tut mir leid«, sagte sie, bleich und geschockt. »Ich muss gehen.«

»Da ist etwas zwischen uns«, sagte er. Die Worte waren schon aus seinem Mund, ehe er wusste, was er sagen würde.

»Ja«, antwortete sie. »Deshalb gehe ich jetzt lieber.«

Sie starrten einander an, und plötzlich hatte er das seltsame Gefühl, etwas sehr Wertvolles zu verlieren.

Endlich kletterte sie aus der Wanne, ging ins Haus, holte

ihre Kleider und ließ ihn ohne ein Wort des Abschieds allein.

Noch lange blieb er reglos sitzen und starrte ins Leere.

~

Die ganze Nacht träumte Julia von Max. So gefangen war sie in dem Netz ihrer Träume, dass sie, als es an der Tür klopfte, erst gar nicht begriff, was los war.

Es klang wie eine vorrückende Armee.

Erschrocken setzte sie sich auf. Natürlich war an der Tür keine Armee.

Sondern nur ein kleines, wild entschlossenes Mädchen.

Julia lächelte. *Das* war es doch, was zählte, nicht irgendeine sexuelle Begegnung, die gestern um ein Haar stattgefunden hätte.»Wie es scheint, möchte hier jemand gern wieder nach draußen gehen.« Sie schwang die Beine aus dem Bett und stand auf.

Nachdem sie im Bad fertig war, kam sie in einer verwaschenen Jeans und einem alten grauen Sweatshirt ins Schlafzimmer zurück.

Alice stampfte mit dem Fuß, boxte mit der Faust gegen die Tür und grunzte.

Julia wanderte zu ihrem Arbeitstisch, wo die Bücher, Bauklötze und Puppen lagen. Dort setzte sie sich und legte die Füße auf den Tisch.»Wenn die kleine Alice raus möchte, dann sollte sie es mal mit Reden versuchen.«

Alice runzelte die Stirn und schlug wieder gegen die Tür.

»So funktioniert das nicht, Alice. Immerhin weiß ich jetzt, dass du sprechen kannst.« Sie stand wieder auf, ging zum Fenster und zeigte hinaus auf den Garten, der sich in der Morgendämmerung gerade rosarot zu färben begann.

»Draußen.« Immer wieder sagte sie es, trat dann zu Alice, nahm ihre Hand und führte sie ins Badezimmer.

Sie deutete auf sich selbst im Spiegel. »Ju-li-a«, sagte sie. »Kannst du das sagen? Ju-li-a.«

»Sie«, flüsterte Alice.

Beim Klang ihrer Stimme, so leise und zögernd sie auch war, machte Julias Herz einen Sprung. »Ju-li-a«, wiederholte sie und drückte die Hand auf ihre Brust. »Ju-lia.«

Sie sah, dass Alice sie verstand, denn sie gab einen Laut des Verstehens von sich, ihr Mund formte ein O. »Dschulie.«

Julia grinste. So ähnlich musste es den Leuten gehen, die den Everest ohne Sauerstoff erklommen. Ein schwindelerregendes Triumphgefühl. »Ja. Ja. Julia.« Jetzt deutete sie auf Alices Spiegelbild. »Der Ja-Laut am Ende ist ein bisschen schwierig, stimmt's? Also, wer bist du?« Sie berührte Alices Brust, wie sie es vorher bei sich selbst gemacht hatte.

Alices Stirnrunzeln verstärkte sich. »Mädchen?«

»Ja! Ja! Du bist ein Mädchen.« Wieder legte sie die Hand auf ihre Brust. »Wer bist du? Julia. Das bin ich. Und du?«

»Mädchen«, wiederholte sie, und das Stirnrunzeln wurde noch grimmiger.

»Kennst du auch deinen Namen, Kleines?«

Diesmal kam keine Antwort. Alice wartete, noch immer mit gerunzelter Stirn, dann rannte sie wieder zur Tür und schlug erneut mit der Faust dagegen.

Julia musste lachen. »Vielleicht hast du keinen sehr großen Wortschatz, Kleines, aber du weißt, was du willst, und du lernst schnell. In Ordnung. Gehen wir erst mal nach draußen.«

~

Was als frischer, klarer Morgen begonnen hatte, ging langsam, aber sicher in einen trüben Nachmittag über. Schwere graue Wolken stießen aufeinander und bildeten eine Masse, die aussah wie Stahlwolle. Die blasse Sonne, die Max an diesem kalten Herbsttag in die Berge gelockt hatte, war so gut wie verschwunden. Ab und zu drang ein Lichtstrahl durch die Wolkendecke, aber in der letzten Stunde waren selbst solche goldenen Momente selten geworden.

Bald würde es regnen.

Er wusste, dass er sich beeilen musste, aber eine Felswand hinunterzuklettern brauchte eben Zeit. Das war einer der Gründe, warum er das Klettern so liebte: Man konnte es nicht kontrollieren.

Er kam zu einem Steilabfall. Unter ihm ragte ein Felsvorsprung aus der Klippe, etwa von der Größe eines Kinderschlittens. Heftig schwitzend stieg er langsam weiter hinunter und leicht nach links, wobei er sorgfältig den Halt für Hände und Füße wählte. Er näherte sich dem Ende seiner Klettertour. Die Abenddämmerung war immer eine gefährliche Zeit für Bergsteiger. Nur allzu leicht wanderten die Gedanken schon vor zum nächsten Schritt, zum Einpacken des Proviants, zum Rückweg, zu …

Zu *Julia*.

Er schüttelte den Kopf, um ihn frei zu bekommen. Der Schweiß lief ihm in die Augen, und einen Moment lang sah der Granit aus wie eine glatte Fläche. Er wischte sich die Augen und blinzelte, bis die Tönungen, Simse und Moose wieder klar vor ihm erschienen.

Ein Regentropfen traf ihn so hart auf die Stirn, dass er zusammenzuckte. Innerhalb weniger Augenblicke öffnete der Himmel seine Schleusen, Donnergrollen dröhnte über die Bergkette, und der Regen trommelte auf ihn herab.

Er kam zum nächsten Vorsprung, hielt inne und spähte hinunter. Jetzt trennten ihn nur noch rund zwölf Meter vom Boden. Für diese Entfernung brauchte er sich nicht abzuseilen. Es würde dauern, die Ausrüstung anzulegen und sich bereitzumachen, und inzwischen befand er sich mitten in einem regelrechten Unwetter. Der Wind rüttelte an den Bäumen und fuhr Max heftig ins Gesicht.

Vorsichtig hangelte er sich weiter. Dann ließ er sich über einen Sims hinunterbaumeln.

Augenblicklich wurde ihm klar, dass er einen Fehler gemacht hatte. Der Fels knirschte, rutschte und begann sich zu drehen. Winzige Steinbröckchen und feuchter Staub regneten auf ihn herab, trafen ihn im Gesicht und machten ihn blind.

Er würde abstürzen.

Instinktiv schob er sich zurück und versuchte von den Vorsprüngen und Kanten unter ihm wegzukommen.

Aber dann verlor er den Kontakt, war in der Luft und fiel. Schnell. Ein Felsbrocken schlug ihm gegen den Wangenknochen, ein anderer traf ihn am Schenkel. Der Stein, der sein Sims gewesen war, stürzte neben ihm ab und schlug gleichzeitig mit ihm auf dem Boden auf. Es war ein Gefühl, als hätte ihm jemand mit einer schweren Schaufel einen Schlag gegen die Brust versetzt.

Benommen blieb er im Schlamm liegen, fühlte, wie der Regen auf sein Gesicht prasselte und in kleinen Bächen über seinen Hals lief.

Schließlich quälte er sich auf die Füße und zog Bilanz. Keine Knochenbrüche, keine schlimmen Kratzer.

Glück gehabt.

Nur – so fühlte er sich nicht. Wie er da so neben dem Felsklotz stand, der ihn hätte erschlagen können, und zu der jetzt nassen, glitschigen Felswand emporsah, wurde ihm noch etwas anderes klar.

Er fühlte sich nicht richtig lebendig, er hatte nicht die geringste Lust, vor Freude über den glimpflichen Ausgang zu jubeln und erleichtert zu lachen.

Er fühlte sich ... dumm.

Langsam hob er seine Gerätschaften auf, verstaute sie in seinem Rucksack und machte sich auf dem langen, gewundenen Pfad auf den Rückweg zu seinem Auto.

Die ganze Zeit – und auch noch auf der Heimfahrt – verdrängte er alle Gedanken, so gut es ging. Weil ihm das nicht gelingen wollte, versuchte er, Freude darüber zu empfinden, dass er noch mal mit einem Schrecken davongekommen war.

Aber er konnte an nichts anderes mehr denken als an Julia, wie sie im Whirlpool gesessen hatte. Wie ihre Stimme geklungen hatte, als sie neulich ihr Motto verkündete: *Alles oder nichts.*

Und wie er sich bei diesen Worten gefühlt hatte.

Kein Wunder, dass er heute beim Klettern nicht den üblichen Adrenalinstoß verspürt hatte.

Denn die wahre Gefahr lauerte anderswo.

Alles oder nichts.

ACHTZEHNTES KAPITEL

In den zwei Wochen, die vergangen sind, seit ich Alice ein bisschen von der Außenwelt gezeigt habe, ist sie ein ganz anderes Kind geworden. Alles fasziniert sie. Dauernd greift sie nach meiner Hand und zieht mich irgendwohin, um auf etwas zu deuten und zu fragen »Was?« Jedes neue Wort hält sie fest und erinnert sich mit einer Leichtigkeit und einer Willenskraft daran, die mich immer wieder überraschen. Ich kann nur vermuten, dass ihr eifriges Streben nach Kommunikation so stark ist, weil sie früher daran gehindert worden ist. Jetzt scheint sie förmlich darauf zu brennen, Teil dieser neuen Welt zu werden, die sie nun endlich betreten hat.

Langsam beginnt sie auch, ihre Gefühle zu erforschen. Solange sie nicht gesprochen hat, war ihre Wut meist auf sie selbst gerichtet. Jetzt kann sie es hin und wieder schon angemessen ausdrücken, wenn sie sich über etwas ärgert. Als ich ihr gestern gesagt habe, dass es Zeit ist, ins Bett zu gehen, hat sie mich geschlagen. Sozialisierung kommt später. Momentan freue ich mich, wenn sie einfach nur wütend wird.

Außerdem entwickelt sie allmählich einen Sinn für Besitz, was ebenfalls ein Schritt auf dem Weg zur Selbstfindung ist. Sie hortet alles, was rot ist, und hat eine Stelle, wo »ihre« Bücher aufbewahrt werden.

Noch immer hat sie keinen Namen für sich genannt, aber auch
»Alice« akzeptiert sie nicht. Anscheinend ist hier noch mehr Ar-
beit vonnöten. Der Name ist integraler Bestandteil eines sich ent-
wickelnden Selbst.
Was ihre Vergangenheit angeht, mache ich kaum Fortschritte. Bis
sie umfassender kommunizieren kann, ist es natürlich schwer, hier
etwas zu entdecken. Ich habe Gott sei Dank viel Geduld. Für den
Augenblick bin ich ihre Lehrerin, und das ist eine immens dank-
bare Aufgabe.

~

Julia strich die letzten beiden Sätze, weil sie ihr zu persönlich
vorkamen, und legte den Stift beiseite.

Alice saß am Tisch und »las« eine Bilderbuchfassung von
Der kleine Kuschelhase. Seit fast einer Stunde hatte sie sich
nicht gerührt. Sie schien vollkommen fasziniert.

Julia packte ihre Notizen weg, ging zum Tisch und nahm
neben Alice Platz. Sofort ergriff die Kleine ihre Hand und
drückte sie. Mit der freien Hand deutete sie auf das Buch
und grunzte.

»Benutz deine Wörter, Alice.«

»Lesen.«

»Was lesen?«

»Buuu.«

»Wer möchte, dass ich das Buch lese?«

Alice runzelte die Stirn. »Mädchen?«

»Alice«, korrigierte Julia sanft. Den größten Teil der letzten
zwei Wochen hatte sie der Aufgabe gewidmet, Alice dazu
zu bringen, ihren wahren Namen zu offenbaren. Doch mit
jedem Tag, der verging, und mit jedem Augenblick, in dem
sich die angeborene Intelligenz des Mädchens zeigte, wurde

Julia sicherer, dass die Kleine sich nicht daran erinnerte. Was für ein schrecklicher Gedanke. Denn er bedeutete auch, dass niemand dieses Kind beim Namen genannt hatte, zumindest nicht in den ersten anderthalb bis zwei Lebensjahren.

»Alice«, wiederholte sie freundlich. »Möchte Alice, dass Julia das Buch vorliest?«

Alice schlug mit der Handfläche auf das Buch, nickte und lächelte. »Lesen. Mädchen.«

»Ich sag dir was: Wenn du noch ein paar Minuten mit den Klötzen spielst, lese ich dir vor. Abgemacht?«

Alice zog ein enttäuschtes Gesicht.

»Ich weiß.« Lächelnd bückte sich Julia, holte die Kiste mit den Bauklötzen heraus und arrangierte sie sorgfältig auf dem Tisch. Es waren große Plastikteile mit Zahlen auf der einen und Buchstaben auf der anderen Seite. Oft benutzte Julia sie, um Alice das Alphabet beizubringen, aber heute wollte sie mit ihr zählen. »Nimm den Klotz mit der Eins, Alice. Eins.«

Sofort nahm Alice den roten Klotz und zog ihn zu sich.

»Gut gemacht. Jetzt Nummer vier.«

So ging es fast eine Stunde weiter. Alices Fortschritte waren erstaunlich. In nicht einmal zwei Wochen hatte sie sich alle Zahlen bis fünfzehn gemerkt, und sie machte so gut wie keine Fehler.

Gegen drei jedoch wurde sie müde und nörgelig. Allmählich wurde es Zeit für den Mittagsschlaf. Sie schlug wieder auf das Buch. »Lesen.«

»Okay, okay.« Julia zog Alice auf ihren Schoß, nahm sie in den Arm und strich ihr die seidigen schwarzen Haare aus dem Gesicht. Nach einer Weile steckte Alice den Daumen in den Mund.

Julia begann zu lesen. Sie hatte kaum den ersten Abschnitt

fertig, als Alice plötzlich erstarrte und ein leises Knurren ausstieß.

Einen Augenblick später klopfte es an der Tür.

Wieder knurrte Alice, unterbrach sich aber, als wäre ihr soeben eingefallen, dass sie ja jetzt in der Welt der Wörter lebte. »Angst«, flüsterte sie.

»Ich weiß, Schätzchen.«

Ellie kam herein.

Alice stieß einen halb erstickten Laut aus, rutschte von Julias Schoß herunter und rannte in ihr Versteck hinter den Topfpflanzen.

»Ob sie wohl irgendwann mal aufhört, sich vor mir zu fürchten?«, seufzte Ellie.

»Lass ihr Zeit«, meinte Julia und lächelte.

Ellie sah sich um. »Wie macht sie sich?«

»Sie benimmt sich wie jedes Kleinkind, das sich in rasendem Tempo entwickelt. Sie lernt neue Wörter, sie lernt, Mimik und Körpersprache zu verstehen und alles miteinander zu verknüpfen.«

»Wie kann ich ihr sagen, dass es mir leid tut? Dass sie versteht, dass ich sie damals nur zu ihrem eigenen Besten in dieses Netz gelockt habe?«

»So einen komplexen Zusammenhang kann sie noch nicht verstehen.«

»Da bin ich neununddreißig Jahre alt und kann nicht mal ein kleines Mädchen dazu bewegen, mich zu mögen. Kein Wunder, dass ich steril bin. Gott hat mein Potenzial als Mutter durchschaut.«

»Du bist nicht steril.«

»Wenn nicht, dann ist es trotzdem bald vorbei. Meine Eierstöcke vertrocknen schneller als ein Fisch auf dem Grill.«

»Das ist jetzt ungefähr das fünfte Mal, dass du mir gesagt hast, du willst Kinder«, stellte Julia leise fest.

»Ja, es überfällt mich ab und zu, ganz plötzlich, in den seltsamsten Momenten.«

»So sind Träume eben. Man kann sie nicht ewig unterdrücken. Ich sag dir was, Ellie. Warum versuchst du nicht, eine Beziehung zu Alice aufzubauen? Ich zeige dir, wie es funktionieren könnte.«

»Ja, ja.« Ellie seufzte abgrundtief. »Ich kann ja nicht mal meinen Hunden beibringen, bei Fuß zu gehen, das weißt du doch.«

»Alice wird dir eine Chance geben. Du musst einfach Zeit mit ihr verbringen.«

»Sie erträgt es ja kaum, im gleichen Raum mit mir zu sein.«

»Klemm dich mehr dahinter. Heute Abend nach dem Abendessen kannst du ihr eine Geschichte vorlesen. Ich gehe so lange nach unten und lasse euch allein.«

Ellie überlegte. »Sie bleibt bestimmt in ihrem Pseudowäldchen.«

»Dann versuchst du es morgen Abend eben noch einmal. Früher oder später gibt sie dir eine Chance.«

»Glaubst du das wirklich?«

»Ich weiß es sogar.«

Wieder zögerte Ellie. »Na gut. Ich probiere es aus.« Sie sah Julia an. »Danke.«

Julia nickte.

Auf dem Weg zur Tür blieb Ellie noch einmal stehen und drehte sich um. »Jetzt hätte ich doch fast vergessen, weshalb ich eigentlich gekommen bin. Donnerstag ist Thanksgiving. Kannst du was kochen?«

»Ich könnte einen Salat machen. Und du?«

»Nur Gerichte, die mit Käse überbacken werden. Am liebsten mit Schmelzkäse.«

»Was sind wir doch für ein jämmerliches Gespann!«

»Stimmt.«

»Wir könnten eins von Moms alten Rezepten ausprobieren«, schlug Julia vor. »Ich bestelle heute einen Truthahn und geh ein bisschen einkaufen. Das kann doch alles nicht so schwer sein.«

»O ja, das wird wie früher mit Mom und Dad. Wir könnten Leute einladen.«

»Cal und seine Familie?«, meinte Julia.

»Klar. Fällt dir sonst noch jemand ein, den du gerne hier haben würdest?«

»Wie wäre es mit Max? Er hat keine Familie.«

Ellies Blick war wie ein Laserstrahl. »Nein«, antwortete sie langsam. »Stimmt.«

»Dann ... dann kann ich ihn ja mal anrufen.«

»Du spielst mit dem Feuer, kleine Schwester, und du gerätst leicht in Brand.«

»Ist doch bloß eine Einladung zum Essen.«

»Ja, richtig.«

~

»Hast du gesehen, wie viel Butter in Moms Truthahnfüllung soll? Das kann doch nicht stimmen!«

Ellie machte sich nicht die Mühe, ihrer Schwester zu antworten, denn sie hatte ihre eigenen Probleme. Irgendwo in diesem Truthahn (was hatte sich ihre Schwester bloß dabei gedacht, diesen Riesenvogel zu kaufen, von dem man eine ganze Armee ernähren konnte?) befand sich eine Plastiktüte mit Körperteilen, die sie nicht essen, aber anscheinend auch nicht mitkochen sollte. »Meinst du, der Beutel mit den Innereien löst sich auf, wenn das Vieh im Ofen ist? Wenn ich meinen Arm noch weiter in den Hintern dieses Vogels stecke, seh ich gleich meine eigenen Finger.«

Julia sah auf ihr eigenes Rätsel hinunter und runzelte die Stirn. »Hast du vielleicht einen tragbaren Defibrillator im Haus?«

Ellie lachte. »Aha!«, rief sie eine Minute später und zog triumphierend den Innereienbeutel heraus. Dann bepinselte sie den Truthahn (zu Julias Entsetzen) reichlich mit Butter und platzierte ihn auf Grandma Dottys Bratenpfanne. »Stopfen wir auch was von der Füllung in ihn rein?«

»Ich denke schon.«

Als der Truthahn gestopft und im Ofen war, sah Ellie sich in der Küche um. »Was kommt als Nächstes?«

Julia strich sich die Haare aus der Stirn und seufzte. Es war erst neun Uhr morgens, und sie sah jetzt schon so fertig aus, wie Ellie sich fühlte. »Wahrscheinlich könnten wir es jetzt mal mit Tante Vivians Rezept für die grünen Bohnen probieren.«

»Das hab ich immer gehasst. Grüne Bohnen und Pilzsuppe? Warum machen wir nicht einfach Salat – wir haben noch einen abgepackten im Kühlschrank.«

»Du bist ein Genie.«

»Das versuche ich dir schon seit Jahren klarzumachen.«

»Ich fang dann mal mit den Kartoffeln an«, sagte Julia und ging zur Veranda. Als sie die Tür öffnete, kam ein Schwall kalter Luft herein und vermischte sich mit der Wärme, die von dem munteren Feuer im offenen Kamin aufstieg. Eine perfekte Mischung. Julia setzte sich auf die oberste Treppenstufe. Auf dem Boden zu ihren Füßen stand eine Tüte mit Kartoffeln, daneben lag ein Schälmesser.

Ellie mixte zwei Mimosas und folgte ihrer Schwester auf die Veranda. »Hier, ich glaube, wir können ein bisschen Alkohol vertragen. Letztes Jahr hat eine Frau in Portland bei einer Dinnerparty Pilze serviert und alle Gäste damit umgebracht.«

»Keine Sorge. Ich bin Ärztin.«

Lachend drückte Ellie ihr das Glas in die Hand und setzte sich neben sie.

Zusammen schauten sie auf den Garten hinaus.

In einem hübschen Kleid und einer rosaroten Strumpfhose saß Alice auf einer Wolldecke im Gras, umgeben von Vögeln, hauptsächlich Rotkehlchen und Krähen, die sich darum stritten, ihr aus der Hand zu fressen. Neben ihr lag eine Tüte mit Kartoffelchips, deren Haltbarkeitsdatum abgelaufen war, sodass sie fast endlos Krümel zur Verfügung hatte.

»Willst du ihr nicht ein Glas Saft oder so was bringen? Wenn die Vögel sie besuchen, ist sie immer ganz entspannt. Das könnte ein guter Zeitpunkt sein, um mit dem Beziehungsaufbau zu beginnen.«

»Ich komme mir vor wie in einem Hitchcockfilm. Was, wenn die Vögel mir die Augen aushacken?«

Julia lachte. »Quatsch, die fliegen weg, wenn du dich näherst.«

»Aber ...«

Julia berührte Ellies Arm. »Sie ist doch bloß ein kleines Mädchen, das schreckliche Dinge erlebt hat. Bürde ihr nicht noch was anderes auf.«

»Sie wird vor mir weglaufen.«

»Dann versuchst du es eben erneut.« Julia griff in die Schürzentasche und holte einen roten Messbecher heraus. »Gib ihr das hier.«

»Ist sie immer noch so verrückt nach roten Sachen?«»Ja.«
»Was glaubst du, woher das kommt?«
»Bisher hab ich keinen blassen Schimmer.« Julia stand auf.
»Ich decke den Tisch. Du wirst das schon machen.«
»Okay.« Ellie spürte Julias Blick im Rücken, als sie die
Stufen hinunterging und die Wiese betrat.
Dann ging die Fliegengittertür auf und knallte wieder zu.
Der Lärm erschreckte die Vögel, und sie suchten krächzend
das Weite. So viele waren es, dass sie eine Sekunde lang den
grauen Himmel mit schwarzen Sprenkeln übersäten.
Ellie trat auf einen Zweig, der knackte und zerbrach.
Sofort sprang Alice auf und wirbelte herum. Obwohl der
Garten so groß war, sah sie plötzlich aus wie ein in die Enge
getriebenes Tier, geduckt und wachsam. Ihre Augen waren
vor Angst geweitet, was Ellie äußerst unangenehm berührte.
Sie war es nicht gewohnt, um Zuneigung kämpfen zu
müssen, ihr Leben lang hatten die Menschen sie gemocht.
»Hey«, sagte sie und blieb stehen.»Kein Netz. Keine Spritze.« Um ihren Worten Nachdruck zu verleihen, streckte sie
die Hände mit den Handflächen nach oben vor sich aus,
sodass der leuchtend rote Messbecher zum Vorschein kam.
Alice entdeckte ihn sofort und runzelte die Stirn. Nach
ungefähr einer Minute deutete sie darauf und gab ein grun-
zendes Geräusch von sich.
Auf einmal spürte Ellie, wie sich eine märchenhafte Viel-
falt von Möglichkeiten zwischen ihnen ausbreitete. Zum
ersten Mal war Alice nicht vor ihr weggelaufen!»Benutz
deine Wörter, Alice.« Das sagte Julia immer.
Da die Kleine beharrlich schwieg, versuchte Ellie es auf
einer anderen Schiene. Sie begann zu singen, erst leise, dann,
als auf Alices Gesicht statt des Stirnrunzelns ein interessier-
ter Ausdruck erschien, ein klein wenig lauter. So sang sie

ein Lied nach dem anderen (das Mädchen konnte *ewig* so dastehen, ohne sich zu rühren). Aber bei »Weißt du, wie viel Sternlein stehen« veränderte sich Alices Verhalten plötzlich vollkommen, und ihre Lippen verzogen sich zu etwas, das fast aussah wie ein Lächeln.

»Sternlein«, flüsterte sie genau an der richtigen Stelle des Lieds.

Ellie verkniff sich mit aller Kraft ein Lächeln. Als das Lied zu Ende war, kniete sie sich hin und gab Alice den Messbecher.

Erst streichelte sie ihn und drückte ihn an die Wange, aber dann sah sie Ellie erwartungsvoll an.

Was nun?

»Sternlein.«

»Möchtest du, dass ich weitersinge?«

»Sternlein. Bitte.«

Ellie tat es. Mitten im dritten Durchgang bewegte Alice sich vorsichtig auf sie zu.

Am liebsten hätte Ellie einen Jubelschrei ausgestoßen. Es war ein Gefühl wie sechs Richtige im Lotto. Aber sie sang unbeirrt weiter.

Irgendwann kam Julia zu ihnen nach draußen. Unter dem immer dunkler werdenden Novemberhimmel saßen sie zu dritt im Gras, während der Thanksgiving-Truthahn im Ofen brutzelte, und sangen das ganze Liederrepertoire ihrer Kindheit.

~

Max wusste, dass er das Haus schon vor einer halben Stunde hätte verlassen müssen. Stattdessen schenkte er sich ein Bier ein und stellte den Fernseher an.

Er hatte Angst, Julia wiederzusehen.

Alles oder nichts.

Geh zu ihr, Max.

Wieder hörte er Susans Stimme im Kopf, die ihn sanft ermahnte. Wenn sie da gewesen wäre, hier neben ihm, hätte sie ihn mit ihrem schiefen Lächeln angesehen, das bedeutete: Mir kannst du nichts vormachen. Sie wusste, dass er weglaufen konnte, soviel er wollte – am Ende holte ihn die Realität doch wieder ein. Die Feiertage. Er nahm das Telefon und wählte eine Nummer in Kalifornien.

Susan hob schon beim ersten Klingeln ab. Er überlegte, ob sie womöglich auf seinen Anruf gewartet hatte.

»Hallo«, sagte er.

»Hallo. Happy Thanksgiving.«

»Dir auch.«

Er wartete, dass sie weitersprach. Die Stille, die durch die Leitung geisterte, erinnerte ihn daran, wie leicht es ihnen einmal gefallen war, miteinander zu reden.

»Harter Tag für dich, was?« Ihre Stimme klang sanft und traurig. Im Hintergrund hörte er Stimmen. Ein Mann. Ein Kind.

»Ich bin zu einem Thanksgiving-Essen eingeladen.«

»Schön. Gehst du hin?«

Die Zweifel in ihrer Stimme waren nicht zu überhören.

»Ja.«

»Gut.«

Noch ein paar Minuten unterhielten sie sich über Lappalien, dann trat wieder eine Pause ein. Schließlich sagte Susan: »Ich muss aufhören, wir haben Besuch.«

»Okay.«

»Pass auf dich auf.«

»Du auch«, erwiderte er. »Und grüß deine Familie von mir.«

»Das werde ich.« Sie schwieg einen Moment, dann fügte sie mit leiser Stimme hinzu: »Lass gut sein, Max. Es ist zu lange her.«

Sie ließ es ganz leicht klingen, aber sie wussten es besser, beide. »Ich weiß nicht, wie das geht, Susan.«

»Du setzt also nach wie vor dein Leben aufs Spiel. Warum versuchst du nicht mal, ein *echtes* Risiko einzugehen?« Sie seufzte und verstummte.

»Vielleicht tu ich das ja«, antwortete er ebenso leise.

Am Ende legte Max wie immer als Erster auf. Dann saß er da und starrte auf seine Armbanduhr. Die Minuten verstrichen.

Zeit zu gehen. Es gab keinen Grund dafür, dass er sich hier draußen verkroch und sich Sorgen machte. Die Wahrheit war, dass er zu dieser Einladung gehen wollte. Viel zu lange hatte er keinen Feiertag mehr genossen.

Wenn eine Krähe dem Fluss gefolgt wäre, hätte sie nur gut einen Kilometer zu Julias Haus fliegen müssen. Aber Krähen flogen nun mal hoch über dem Dickicht der Bäume, und auf dem alten Highway und der River Road kam man nur langsam voran. Der Regen der vergangenen Woche hatte riesige Pfützen auf der holprigen Straße hinterlassen.

Max parkte ein Stück vom Haus entfernt, stellte den Motor und die Scheinwerfer aus. Dann angelte er den Wein vom Rücksitz, warf die Autotür mit der Hüfte zu und drehte sich um. Das hübsche kleine Farmhaus mit seiner umlaufenden Veranda lag etwas erhöht auf einer Wiese, die sanft zum Fluss hin abfiel. Alte Rosenpflanzen mit dicken Stämmen wucherten auf einer Seite, um diese Jahreszeit ohne Blüten, nur dunkle Dornen und schwärzlich verfärbte Blätter. Riesige Bäume, deren Wipfel hoch in den samtgrauen Himmel ragten, schützten die Westseite.

Susan hätte dieses Haus geliebt. Sie wäre durch den Garten gelaufen und hätte auf Dinge gezeigt, die nur sie sehen konnte. *Da kommt der Obstgarten hin ..., die Schaukel steht am besten hier.* Zwei Jahre lang hatten sie ihr Traumhaus gesucht. Warum hatten sie nicht gesehen, dass sie aus einem *beliebigen* Haus das hätten machen können, wonach sie suchten?

Er überquerte den Vorplatz und stieg langsam die Stufen hinauf. Als er sich der Haustür näherte, hörte er Musik. John Denver sang: »*Coming home to a place he'd never been before*«. Auch er hatte das Gefühl heimzukommen, obwohl er noch nie hier gewesen war.

Durch das ovale Glasfenster in der Tür konnte er hineinsehen.

Julia und Ellie tanzten, stießen mit den Hüften zusammen, taumelten zur Seite und lachten. Alice stand am Kamin, beobachtete die beiden mit großen Augen und aß eine Blume. Ab und zu huschte ein jähes Lächeln über ihr Gesicht, als hätte es sie überrumpelt.

Hinter Max fuhr ein weiteres Auto vor. Der Motor wurde abgestellt, Türen öffneten und schlossen sich. Dann näherten sich knirschende Schritte über die gekieste Auffahrt, begleitet von hohem Kindergeplapper.

»Hallo Doc!«

Es war Cals Stimme.

Ehe Max sich umdrehen und antworten konnte, ging die Haustür auf, Ellie erschien und starrte zu ihm empor. Durchdringend, mit ihrem Polizistenblick.

»Freut mich, dass du es geschafft hast«, sagte sie und trat einen Schritt zurück, um ihn hereinzulassen. Mit ihrer smaragdgrünen Samthose und dem schwarzen Glitzerpulli war sie von Kopf bis Fuß das Inbild einer kleinstädtischen Schönheitskönigin.

Er überreichte ihr die Weinflaschen, die er mitgebracht hatte. »Vielen Dank für die Einladung.«

Als sie seine Stimme hörte, blickte Julia auf, die neben Alice im Wohnzimmer kniete.

Ellie nahm Max' Arm und lenkte ihn hinüber zu Julia. »Schau mal, wer hier ist, kleine Schwester!«, sagte sie und ließ die beiden allein.

Max sah auf Julia hinunter und fragte sich, ob sie in diesem Moment wohl genauso atemlos war wie er.

Langsam stand sie auf. »Happy Thanksgiving, Max. Ich freue mich, dass Sie kommen konnten. Ich hatte schon seit Jahren kein richtiges Familienessen mehr.«

»Ich auch nicht.«

Allem Anschein nach reagierte sie auf sein Geständnis genau wie er auf ihres – die Worte schufen eine Verbindung zwischen ihnen. »Na dann«, sagte er schnell. »Wie geht es denn unserer kleinen Wilden?«

Dankbar nahm Julia das Thema auf und hob zu einem Monolog über Alices Therapie an. Während sie erzählte, sah sie immer wieder zu Alice hinunter, mit einer Liebe, die so offensichtlich war, dass Max nicht anders konnte, als zu lächeln. Ihr Enthusiasmus und ihre Fürsorge waren mitreißend, und sofort fiel es ihm wieder ein: *Alles oder nichts.*

Hier hatte er das Alles vor sich.

»Max?« Sie blickte ihn stirnrunzelnd an. »Ich quassle Sie in Grund und Boden, stimmt's? Tut mir leid, manchmal weiß ich einfach nicht mehr, wo Schluss ist. Aber ich werde ...«

Er berührte ihren Arm, merkte, dass er einen Fehler gemacht hatte, und zog seine Hand ruckartig wieder zurück.

Sie starrte ihn an.

»Ich hab an Sie gedacht.« Die Worte waren aus seinem Mund, ehe er sie aufhalten konnte.

»Ja«, erwiderte sie. »Ich weiß, was Sie meinen.«

Da er keine Ahnung hatte, was er als Nächstes sagen sollte, schwieg er lieber, und als das Schweigen schließlich unbehaglich wurde, nuschelte er eine lahme Entschuldigung und ging zu der provisorischen Bar, die im Küchenbereich aufgebaut war.

Ein paar Minuten vor vier verkündete Ellie, das Essen – »oder wie man es nennen möchte« – sei fertig. Sofort verfielen alle in eifrige Betriebsamkeit, eilten ins Bad und kamen wieder heraus, drängten sich in der winzigen Küche und boten ihre Hilfe beim Servieren an.

Die ganze Zeit über kniete Julia neben Alice, die sich hinter einem Ficus im Wohnzimmer versteckt hatte. Offensichtlich hatte sie Angst, aber wenn man zusah, wie Julia damit umging, konnte man wirklich an Zauberei glauben. Als sie das Mädchen schließlich zum Tisch führte und sie auf einen Platz mit Stuhlaufsatz setzte, hatten sich alle anderen bereits niedergelassen.

Nun war nur noch ein einziger Platz für Max frei – der neben Julia.

Ellie, die am Kopfende des Tisches saß, blickte über das Meer von Speisen. »Ich bin sehr froh, dass ihr alle hier seid. Es ist lange her, seit an diesem Tisch ein Thanksgiving-Essen stattgefunden hat. Jetzt möchte ich gern eine alte Familientradition der Cates auffrischen. Fasst ihr euch bitte alle an den Händen?«

Mit der rechten Hand ergriff Max Amandas Hand, mit der linken die von Julia, ohne sie dabei anzusehen.

Als alle miteinander verbunden waren, lächelte Ellie Cal zu. »Fängst du bitte an?«

Einen Moment schaute er nachdenklich drein, dann lächelte er. »Ich bin dankbar für meine wunderschönen Töchter. Und dafür, zu Thanksgiving mal wieder in diesem Haus zu sein. Bestimmt vermisst Lisa uns alle sehr. Es gibt doch nichts Schlimmeres als eine Geschäftsreise an einem Feiertag.«

Dann waren seine drei Töchter an der Reihe.

»Ich bin dankbar für meinen Daddy …«

»… meinen kleinen Hund …«

»… meine tollen neuen Stiefel …«

Als Nächste kam Ellie. »Ich bin dankbar, dass meine Schwester wieder hier ist.«

Julia lächelte. »Und ich bin dankbar für die kleine Alice hier, von der ich so viel gelernt habe.« Sie küsste die Kleine auf die Wange.

Max konnte nur daran denken, wie warm sich Julias Hand in seiner anfühlte, wie gut ihm ihre Nähe tat.

»Max?«, fragte Ellie schließlich.

Alle schauten ihn an und warteten. Er sah Julia an. »Ich bin dankbar dafür, dass ich hier sein darf.«

NEUNZEHNTES KAPITEL

Der Winter brach über den Regenwald herein wie eine Horde gieriger Verwandter, die jeden verfügbaren Platz beanspruchen und alles Licht wegnehmen. Der Regen machte ernst in dieser dunklen Zeit des Jahres, und aus dem sanften, geheimnisvollen Nebel wurde ein beständiges Nieseln. Doch mitten in diesem trüben Wetter blühte Alice auf. Man konnte es nicht anders ausdrücken. Wie eine zarte Orchidee gedieh sie in diesem Haus, das sich Tag für Tag mehr wie ein Zuhause anfühlte. Zielstrebig und mit unermüdlichem Eifer widmete sie sich dem Erlernen der Sprache. Inzwischen reihte sie regelmäßig zwei Wörter aneinander – manchmal sogar drei. Sie wusste genau, wie sie den beiden Frauen, die ihre Welt geworden waren, ihre Gedanken und Wünsche vermitteln konnte.

So bemerkenswert Alices Veränderung auch war, konnte man die von Julia fast als noch erstaunlicher bezeichnen. Sie lächelte leichter und öfter, sie erzählte beim Essen entsetzlich schlechte Witze und tanzte beim geringsten Anlass ausgelassen herum. Irgendwann hörte sie auf, jeden Morgen zu joggen, und legte ein paar Pfunde zu, die sie dringend nötig hatte. Am wichtigsten aber war, dass sie ihr Selbstbewusstsein wiedergefunden hatte. Sie war ungeheuer stolz auf Alices Errungenschaften. Noch immer verbrachten die beiden nahezu jeden wachen Moment gemeinsam – sie stürzten sich in künstlerische Projekte, arbeiteten mit Buchstaben und Zahlen, machten lange Spaziergänge im Wald. Fast schien es so, als kommunizierten sie telepathisch, so nahe waren sie sich. Alice folgte Julia wie ein Schatten, und sie steckte nach wie vor ihre kleine Hand gern in Julias Hosentasche oder unter ihren Gürtel. Doch immer häufiger wagte sie selbstständig kleine Ausflüge. Ab und zu ging sie auch zu »Lellie«, um ihr etwas zu zeigen, was sie gemacht oder gefunden hatte. Beinahe jeden Abend las Ellie ihr eine Gutenachtgeschichte vor, während Julia ihre Beobachtungen notierte. In letzter Zeit hatte Alice sich angewöhnt, sich beim Vorlesen gemütlich an Ellie zu kuscheln. An besonders guten Abenden tätschelte sie Ellies Bein und sagte: »Mehr, Lellie, mehr.«

Das alles hätte Ellie glücklich machen sollen, das wusste sie. So etwas hatten sich Mom und Dad immer für ihre Töchter erträumt, und dass diese familiäre Verbundenheit nun endlich in das Haus an der River Road zurückkehrte – nun, was konnte man sich Schöneres wünschen?

Es machte Ellie glücklich.

Aber dann auch wieder nicht.

Die Traurigkeit war blass und selten zu sehen, wie ein Spinnennetz im tiefen Wald. Nur wenn man danach Ausschau hielt oder vom Weg abkam, stieß man darauf. Die neue und zärtliche Verbindung zu den beiden anderen unterstrich manchmal die Einsamkeit, die sie empfand. Eine Frau, die sich so oft verliebt hatte, rechnete doch nicht damit, ganz allein auf die vierzig zuzugehen. Obwohl sie sich für Julia freute, beobachtete Ellie manchmal das immer stärker werdende Band zwischen ihr und Alice, und das Herz tat ihr weh. Ob Julia es wusste oder nicht – oder ob sie es sich eingestand –, sie wurde für Alice mehr und mehr eine Mutter. Eines Tages würden die beiden das Haus verlassen, sich eine eigene Bleibe suchen, und Ellie würde wieder allein sein, wie zuvor. Nur würde es dann anders sein, weil sie zwischendurch wieder Teil einer Familie gewesen war. Sie wollte nicht zurück in ihr früheres Leben, in dem Arbeit und Freunde und Träume von der Liebe die Hauptrollen gespielt hatten. Sie wusste einfach nicht mehr, ob ihr das reichte.

Nachdem sie in einem Haus gelebt hatte, in dem ein Kind spielte und einem nachlief und einen Gutenachtkuss gab – konnte sie da jemals wieder alleine leben?

»Du siehst nicht besonders gut aus«, bemerkte Cal von seinem Schreibtisch aus.

»Echt? Na ja, du bist auch keine Schönheit.«

Cal lachte gutmütig, nahm sein Headset ab, legte den Stift weg und verließ das Büro. Wenig später kam er mit zwei Tassen Kaffee zurück. »Vielleicht brauchst du ja ein bisschen Koffein«, meinte er und reichte ihr eine davon.

Sie blickte zu ihm auf und fragte sich, warum sie Männer wie ihn eigentlich nicht attraktiv finden konnte – Männer, die Versprechen einhielten, ihre Kinder großzogen und nicht aufhörten, ihre Frauen zu lieben. O nein. Sie musste sich Hals über Kopf in Kerle verlieben, die »Schwierigkeiten« hatten. In Typen mit zu langen Haaren, Typen, die keinen Job länger behalten konnten und verdammt schnell das »Ich will« mit »Ich wollte« verwechselten.

»Was ich brauche, ist ein neues Leben.«

Er zog einen Stuhl von seinem Schreibtisch neben ihren und setzte sich. »Wir sind im entsprechenden Alter dafür.«

»Früher hast du mir immer gesagt, ich wäre verrückt, wenn ich so was von mir gegeben habe.«

Er lehnte sich zurück und legte die Füße auf ihren Schreibtisch, sodass sie nicht umhin konnte zu bemerken, dass der Name seiner Tochter mit lila Tinte auf die weißen Gummisohlen seiner Tennisschuhe geschrieben war, umgeben von rosa Herzen und Sternen.

Sofort wurde ihr Herz schwer. »Sieht aus, als hätte jemand Daddys Schuhe verschönern wollen.«

»Sarah fand meine Schuhe doof. Ich hätte ihr wohl keine Filzstifte schenken dürfen.«

»Du kannst dich so was von glücklich schätzen, dass du deine Mädchen hast, Cal.« Sie seufzte. »Dabei dachte ich immer, ich würde diejenige mit den drei Töchtern sein. Kaum dass ich verheiratet war, hab ich beide Male umgehend die Pille abgesetzt und angefangen zu beten.« Sie versuchte zu lächeln. »Sieht aus, als würde ich eher Scheidungsanwälte kriegen als Babys.«

»Du bist neununddreißig, Ellie, nicht neunundfünfzig. Du bist noch lange nicht aus dem Rennen.«

»Es fühlt sich also nur so an, was?«

Er verdrehte die Augen. »Mein Gott, Ellie. Musst du denn immer die gleiche Geschichte erzählen?«

Sie setzte sich auf. Warum hörte er sich an, als wäre er wütend auf sie? Das war doch Unsinn! Auf Cal hatte sie sich stets verlassen können. »Was meinst du denn damit?«

»Wir gehen inzwischen hart auf die vierzig zu, und du benimmst dich immer noch, als wärst du die Schönheitskönigin, die nur darauf wartet, vom Kapitän des Footballteams erwählt zu werden. Aber so läuft das nicht. Die Liebe zerreißt einen und setzt einen neu wieder zusammen wie ein kaputtes Spielzeug, mit Rissen und Ecken und Kanten. Sich zu verlieben ist nicht schwer. Doch die Liebe will gehegt und gepflegt werden. Es geht darum, das einzuhalten, was man versprochen hat, dort zu bleiben, wo man hingehört, daran zu arbeiten, dass die Liebe stark bleibt. Das hast du nie begriffen.«

»Du hast leicht reden, Cal. Du hast eine Frau und Kinder, die dich lieben. Lisa ...«

»Hat mich verlassen.«

»Was?«

»Im August«, sagte er leise. »Wir haben den alten Trick versucht, im gleichen Haus getrennt zu leben – wegen der Mädchen. Aber sie sind zu klug dafür. Vor allem Amanda. Sie ist wie Julia in dem Alter. Sie sieht alles und hat keine Angst davor, Fragen zu stellen. Vor dem Valentinstag ist Lisa aus dem Schlafzimmer ausgezogen. Kurz vor Schulanfang ist sie dann endgültig weg.«

»Und die Mädchen?« Ellie brachte die Frage kaum über die Lippen.

»Die bleiben bei mir. Lisa arbeitet zu viel. Ab und zu fühlt sie sich plötzlich einsam und ihr fällt wieder ein, dass sie Kinder hat. Dann ruft sie an oder kommt vorbei. Aber jetzt hat sie sich verliebt, und wir haben seit Wochen nichts mehr von ihr gehört. Mal abgesehen von den Scheidungspapieren. Sie möchte, dass ich das Haus verkaufe und den Erlös mit ihr teile.«

»Ich kann nicht glauben, dass du mir nie was davon erzählt hast. Wir arbeiten jeden Tag zusammen. *Jeden Tag!*«

Er warf ihr einen Blick zu, den sie nicht recht deuten konnte. »Wann hast du dich denn das letzte Mal nach meinem Leben erkundigt, Ellie?«

Die Frage versetzte ihr einen Stich. »Ich frage dich doch ständig, wie es dir geht.«

»Und lässt mir genau fünf Sekunden Zeit für die Antwort, bevor du dich etwas Interessanterem zuwendest. Für gewöhnlich deinem eigenen Leben.« Er seufzte und fuhr sich mit der Hand durch die Haare. »Ich urteile nicht über dich, Ellie. Ich sag dir nur die Wahrheit.«

In Cals Augen war Mitgefühl zu erkennen, und vielleicht ein wenig Enttäuschung.

Langsam stand er auf. »Vergiss es. Ich hätte das alles nicht sagen sollen. Du hast mich nur an einem schlechten Tag erwischt. Ich bin deprimiert und hab mir wahrscheinlich bloß gewünscht, dass ein guter Freund mir ein bisschen Mut macht.« Er ging zur Tür und holte seine Jacke von der Garderobe. »Bis morgen dann.«

Sie stand immer noch da und starrte auf die geschlossene Tür, als endlich der Groschen fiel.

Lisa hat mich verlassen.

Ich kann nicht glauben, dass du mir nie was davon erzählt hast.

Sie hatte getan, als ginge es allein um sie! Cal hatte ihr von seinem Kummer erzählt – und das war ein gigantischer Kummer, den sie nur allzu gut kannte –, und sie hatte ihn nicht getröstet. Kein Sterbenswörtchen war ihr über die Lippen gekommen.

Ich hab mir wahrscheinlich bloß gewünscht, dass ein guter Freund mir ein bisschen Mut macht.

Und genau das hatte sie nicht getan.

Schon seit Jahren sagten ihr die Leute nach, sie sei egoistisch. Aber Ellie hatte das immer mit einem charmanten Lächeln abgetan. Das stimmte doch nicht! Wer so etwas behauptete, war entweder neidisch oder kein wahrer Freund.

Du bist wie ich, Ellie, hatte ihr Vater einmal zu ihr gesagt, *du musst immer im Rampenlicht stehen. Wenn du noch mal heira-*

*test, dann such dir am besten einen, dem es nichts ausmacht, dir die
Bühne zu überlassen.*

Ellie hatte das als Kompliment verstanden. Sie fand es toll,
dass ihr Vater sie für einen Star hielt.

Doch jetzt entdeckte sie in seinen Worten plötzlich eine
ganz andere Bedeutung, und als sie diese Tür aufstieß, als sie
sich ernsthaft fragte, ob das stimmte, wurde sie von Erinnerungen, Augenblicken, Fragen geradezu überschwemmt.

Zwei kaputte Ehen. Beide waren gescheitert, weil ihre
Ehemänner sie nicht genug geliebt hatten – jedenfalls hatte
Ellie das bisher geglaubt.

War der Grund womöglich ein anderer, nämlich dass sie
zu viel Liebe verlangte – zu viel Liebe brauchte? War sie in
der Lage, das zurückzugeben, was sie bekam? Sie hatte ihre
beiden Ehemänner geliebt, abgöttisch geliebt. Aber offensichtlich nicht genug, um Alvin nach Alaska zu folgen …
oder mit dem Geld, das sie bei der Polizei verdiente, Sammy
bei seiner Ausbildung zum Lastwagenfahrer zu unterstützen.

Kein Wunder, dass die beiden Ehen gescheitert waren.
Entweder ging alles nach ihrer Nase, oder die Männer
konnten sich trollen. Und so hatte einer nach dem anderen –
Ehemänner, Affären, Liebhaber – das Weite gesucht.

All die Jahre hatte sie nie auch nur einen Moment daran
gezweifelt, dass die Kerle einfach Nieten waren.

Aber womöglich hatte es die ganze Zeit an ihr gelegen!
Als Mel zur Nachtschicht erschien, nickte Ellie ihm zu, er-
kundigte sich nach seiner Familie und rannte dann zu ihrem
Auto.

Keine halbe Stunde, nachdem Cal die Polizeiwache verlassen hatte, parkte sie unter einem riesigen, kahlen Ahornbaum vor Cals Haus. Ein hübsches kleines Vogelhäuschen
hing am untersten Ast und schaukelte leise in der Herbstbri-

se. Auf seinem Dach aus naturbelassenem Zedernholz war eins der letzten braunen Blätter hängen geblieben.

Ellie ging zur Haustür und klopfte.

Cal machte auf. Sein sonst so jungenhaftes, fröhliches Gesicht wirkte gealtert und erschöpft. Erschrocken fragte Ellie sich, wie lange das schon so war, wie oft sie es nicht gemerkt hatte.

»Ich bin eine dumme Kuh«, sagte sie traurig. »Kannst du mir verzeihen?«

Ein winziges Lächeln zuckte in seinem Mundwinkel. »Die Entschuldigung einer hysterischen Tussi, oder was?«

»Ich bin nicht hysterisch.«

»Nein, du bist eine dumme Kuh.« Sein Lächeln erreichte den anderen Mundwinkel und ging nun bis fast zu den Augen. »Es liegt daran, dass du so hübsch bist. Frauen wie du sind eben daran gewöhnt, immer im Mittelpunkt zu stehen.«

Sie kam näher. »Ich bin eine Kuh. Aber es tut mir leid.«

Er sah sie an. »Danke.«

»Es wird alles wieder gut, Cal«, sagte sie und hoffte, dass spät wirklich besser war als nie.

»Meinst du?«

Sie hatte das Gefühl, in der dunklen Traurigkeit zu ertrinken, die sie in seinen Augen sah. Das ging ihr so an die Nieren, dass sie kaum wusste, was sie sagen sollte. »Lisa liebt dich«, stammelte sie schließlich. »Irgendwann wird sie sich wieder daran erinnern und zurückkommen.«

»Das hab ich auch lange gedacht, Ellie. Peanut meinte das Gleiche. Aber jetzt bin ich nicht mal mehr sicher, ob ich das will.«

Ellies erster Gedanke war: *Peanut wusste also die ganze Zeit Bescheid?* Aber sie hatte sich geschworen, diesen Fehler nicht noch einmal zu machen. Hier ging es nicht um ihr angeschlagenes Ego. Sie setzte sich neben Cal aufs Sofa. »Und was willst du?«

»Nicht die ganze Zeit so allein sein. Versteh mich nicht falsch. Ich liebe meine Töchter, sie sind mein Leben, aber nachts, wenn ich im Bett liege, dann möchte ich mich gern zu jemandem umdrehen, mich einfach an jemandem festhalten und festgehalten werden. Lisa und ich haben schon seit Jahren nicht mehr miteinander geschlafen. Ich dachte, ich wäre vielleicht weniger einsam, wenn sie weg ist, oder es würde zumindest keinen großen Unterschied machen, aber so ist es nicht.« Er sah Ellie an, und in seinen Augen, die sie so gut zu kennen glaubte, sah sie wieder diese unendliche Traurigkeit. »Wie kann es besser sein, wenn man eine Frau hat, die in einem anderen Zimmer schläft, als wenn man gar keine Frau hat?«

Diese Art von Einsamkeit kannte Ellie schon so lange, dass sie gar nicht mehr darüber nachdenken wollte.

»Wird es leichter mit der Zeit?«

Sie seufzte. An der gleichen Stelle hatte ihr Gespräch angefangen. »Sei dankbar für deine Kinder, Cal. Wenigstens wirst du immer jemanden haben, der dich liebt.«

~

Um sechs war Max mit der Visite fertig. Um halb sieben hatte er die Krankenblätter ausgefüllt und sich abgemeldet. Er war schon fast an der Tür, als er ausgerufen wurde. »Dr. Cerrasin bitte in den Kreißsaal, Station zwei.« »Mist.«

Im Kreißsaal lag Crystal Smithson, seine Patientin, im Krankenhauskittel auf dem Bett und brüllte ihren Mann an, der sich völlig verschreckt in einer Ecke verkrochen hatte.

Dann setzte die nächste Wehe ein, Crystal begann zu hecheln und drückte auf ihren riesigen Bauch, bis die Kontraktion vorüber war.

Neben ihr stand Trudi und hielt ihre Hand. Als Max hereinkam, lächelte sie.

»Na, Crystal, ich hab Ihnen doch gesagt, dass ich Freitagabend frei habe«, sagte er und streifte sich rasch sterile Handschuhe über.

Crystal lächelte, ziemlich schwach und müde. »Sagen Sie das *ihr*.« Sie rieb ihren Bauch.

»Am besten finden Sie sich gleich damit ab«, meinte Trudi. »Kinder hören nie auf ihre Eltern.«

Die nächste Wehe setzte ein, und Crystal schrie auf. »Wird sie das durchstehen?«, fragte ihr Mann und kam vorsichtig einen Schritt näher.

Max ging ans Fußende des Betts. »Sehen wir mal, was wir hier haben.«

»Sie ist vollständig eröffnet«, sagte Trudi, während sie neben ihn trat und ihm Gleitmittel auf die Hände gab.

Die Untersuchung dauerte nicht lange. Max hatte genug Babys entbunden, um zu erkennen, dass es hier schnell gehen würde. Er spürte schon das Köpfchen.

»Sind Sie bereit, Mutter zu werden, Crystal?«

Noch eine Wehe, noch ein Schrei. »Ja!«, keuchte sie.

»Ich sehe das Köpfchen«, sagte Max zu Trudi. »Okay, Crystal, Sie können jetzt anfangen zu pressen.«

Crystal gab ein Grunzen von sich, keuchte und schrie wieder auf. Jetzt stürzte ihr Mann zu ihr. »Ich bin da, Chrissie«, beteuerte er und ergriff ihre Hand.

Der Kopf des Kindes erschien.

»Noch ein bisschen pressen für die Schultern, Crystal, dann haben Sie es geschafft«, versprach Max.

Vorsichtig drückte er den Kopf des Babys leicht nach unten und gab dann nach, sodass das Baby herausglitt und sanft in Max' Händen landete.

»Sie haben ein wunderschönes kleines Mädchen«, sagte er und sah die stolzen Eltern an. Crystal und ihr Mann weinten beide.

»Möchte der frischgebackene Vater die Nabelschnur durchschneiden?«, fragte Max. So oft er diesen Satz auch sagte, irgendwie ging er ihm immer nahe.

Als sie fertig waren, fühlte er sich völlig ausgelaugt. Er nahm eine lange heiße Dusche und machte sich auf den Weg zur Schwesternstation.

Dort saß Trudi, ganz allein. Als sie ihn kommen sah, kam sie hinter dem Schreibtisch hervor und lächelte ihn an. »Sie wollen die Kleine Maxine nennen.«

»Das arme Baby«, antwortete er und verstummte sofort wieder.

»Du warst eine Weile nicht mehr bei mir.«

Natürlich wäre es leicht gewesen, das Thema zu wechseln, aber das hatte Trudi nicht verdient. »Ich denke, wir sollten uns mal unterhalten.«

Trudi lachte. »Du hast immer gesagt, das wäre nicht das, was wir am besten können.« Sie beugte sich näher zu ihm. »Lass mich raten: Es geht um eine bestimmte Psychologin, die dich zum Thanksgiving-Essen im Haus der Polizeichefin eingeladen hat. Da ich weiß, dass du dich nicht für Ellie interessierst, muss es wohl ihre Schwester Julia sein.«

Er schüttelte den Kopf. »Ich weiß nicht mal, was mit ihr eigentlich los ist. Wir sind ...«

»Du brauchst es mir nicht zu erklären, Max.«

»Ich möchte dir ganz bestimmt nicht wehtun ...«

Sie legte ihm die Hand auf den Arm und unterbrach ihn:

»Ich freue mich für dich. Wirklich. Du bist schon viel zu lange allein gewesen.«

»Du bist ein guter Mensch, Trudi Hightower.«

»Das gilt auch für dich, Max. Und jetzt sei nicht so ein Schisser und geh mit ihr aus. Soweit ich weiß, ist heute Freitag, und ich kenne da einen Arzt, der nicht mehr allein ins Kino gehen sollte.«

Er beugte sich zu ihr hinab und küsste sie. »Tschüss, Trudi.«

»Mach's gut, Max.«

Er stieg in seinen Pickup und fuhr in Richtung Kino. Obwohl er zu keinem Zeitpunkt bewusst die Absicht verfolgte, zu Julia zu gehen, bog er an der Magnolia Street links statt rechts ab und nahm den alten Highway 101.

Den ganzen Weg zu ihrem Haus sagte er sich, dass er verrückt sein musste. *Alles oder nichts.*

Es hatte einmal eine Zeit gegeben, da hatte er alles gehabt, und es hätte ihn um ein Haar das Leben gekostet.

Vor ihrem Haus parkte er, blieb jedoch sitzen und starrte durch die Windschutzscheibe. Schließlich stieg er aus, ging zur Haustür und klopfte.

Julia öffnete. Sogar in ihrer abgetragenen Jeans und ihrem schlichten weißen Strickpulli, der ihr zwei Nummern zu groß war, sah sie wunderschön aus. »Max«, sagte sie, offensichtlich überrascht. Sie machte einen Schritt auf ihn zu und schloss dabei die Tür hinter sich, sodass sie ihm den Weg versperrte.

»Haben Sie vielleicht Lust, ins Kino zu gehen?«

Idiot. Er hörte sich an wie ein Teenager.

Ihre Antwort war ein Lächeln, das langsam begann und schließlich ihr ganzes Gesicht zum Strahlen brachte. »Cal und Ellie sind hier und spielen Scrabble, also ... also könnte ich gut mitkommen. Was läuft denn?«

»Keine Ahnung.«

Sie lachte. »Das ist mein Lieblingsfilm.«

~

Wie sich herausstellte, wurde *Haben und Nichthaben* gezeigt. Julia saß neben Max im dunklen Kinosaal und genoss es, eins der größten Filmpaare aller Zeiten zu sehen, Lauren Bacall und Humphrey Bogart. Als sie danach durch die geschmackvoll renovierte Lobby des Rose Theater schlenderten, hatte Julia plötzlich das Gefühl, dass sie angestarrt wurden.

»Man redet über uns«, sagte sie, ohne jedoch von seiner Seite zu weichen.

»Willkommen in Rain Valley.« Er nahm ihren Arm, führte sie aus dem Kino und über die Straße, wo er den Pickup abgestellt hatte. »Ich würde Sie gern zu einem Stück Kuchen einladen, aber ich fürchte, es ist alles geschlossen.«

»Sie essen gern Kuchen, was?«

Er grinste. »Und Sie sagen immer, Sie wissen nichts über mich.«

Sie wandte sich um und schaute ihn an. Das Lächeln war verschwunden. »Jedenfalls nicht viel.«

Er starrte sie an, und sie wartete auf eine schlagfertige Retourkutsche. Aber stattdessen küsste er sie. Als er sich zurückzog, meinte er leise. »So, das wissen Sie jetzt.«

Da sie nichts erwiderte, öffnete er die Autotür, und sie stieg ein.

Den ganzen Weg nach Hause sprachen sie über Nebensächlichkeiten. Den Film. Das Baby, das Max wenige Stunden zuvor entbunden hatte. Die sinkende Lachspopulation, den bedrohten Urwald und Max' Pläne für Weihnachten.

Vor der Haustür ließ sie sich von ihm in den Arm nehmen.

Erstaunlich, wie geborgen sie sich fühlte. Als er sich über sie beugte, um sie zu küssen, kam sie ihm mehr als den halben Weg entgegen, und als sie sich voneinander lösten, wollte sie eigentlich noch mehr. »Danke für den Film, Max.«

Er küsste sie ein zweites Mal, so sanft, dass sie kaum Zeit hatte, sich darauf einzulassen, ehe es schon wieder vorbei war. »Gute Nacht, Julia.«

~

Im Dezember waren natürlich für alle die Feiertage Thema Nummer eins. Das Städtchen hatte seinen Weihnachtsschmuck angelegt, und an jeder Ecke gab es Stände mit Christbäumen. Pfadfindergruppen zogen von Tür zu Tür und verkauften Geschenkpapier.

Es war kurz vor dem Fest; der Tag dämmerte hell und klar herauf, der Himmel war eisblau, ohne die kleinste Wolke.

Am Flussufer, wo der Boden wärmer war, stieg eine Schicht rosa Dunst auf, bis in die unteren Äste der Bäume, und verwandelte alles in seiner direkten Umgebung in verschwommene Unbestimmtheit. Es war leicht, sich vorzustellen, dass ein Zauber am Werk war, dass Feen und Geister und Tiere unterwegs waren, die sonst nirgendwo auf der Erde lebten.

Wie gewohnt hatte Julia die ganze Zeit mit Alice verbracht, viel davon draußen im Garten.

Doch nun bereitete sie das Mädchen auf den nächsten großen Schritt vor. Einen Ausflug in die Stadt.

Bestimmt kein leichtes Unterfangen. Die erste Hürde war das Auto.

»Stadt«, sagte Julia und sah auf Alice hinunter, die sich an sie schmiegte. »Erinnerst du dich an die Bilder in den Büchern? Ich möchte, dass wir in die Stadt gehen, dorthin, wo die anderen Menschen leben.«

Alices Augen wurden groß. »Draußen?«, flüsterte sie zittrig.

»Ich bleibe die ganze Zeit bei dir.«

Aber Alice schüttelte den Kopf.

Vorsichtig löste sich Julia aus Alices Umklammerung und nahm die kleinen Hände in ihre. Sie hätte Alice gern gefragt, ob sie ihr vertraute, aber Vertrauen war ein zu komplexes Konzept für ein Kind mit so begrenzten verbalen Fähigkeiten. »Ich weiß, dass du Angst hast, Schätzchen. Die Welt da draußen ist so groß, und du hast sie von ihrer schlimmsten Seite erlebt.« Sie legte die Hand auf Alices samtweiche, warme Wange. »Aber du kannst dich nicht immer hier bei mir und Ellie verstecken. Irgendwann musst du in die Welt hinausgehen.«

»Bleib.«

Gerade wollte Julia antworten, aber noch ehe das erste Wort heraus war, wurde das Gespräch von lautem Hupen unterbrochen.

Alice strahlte. »Lellie!« Sie ließ Julias Hand los und rannte zum Fenster an der Haustür. Die Hunde folgten ihr, bellten und stolperten in der Eile übereinander. Elwood warf Alice um, und ihr vergnügtes Kichern drang aus dem Chaos der Körper, die sich auf dem Fußboden wälzten. Jake leckte Alices Wange und stupste sie mit der Schnauze.

Die Haustür ging auf, und da stand Ellie, grinsend, einen Tannenbaum im Schlepptau.

Die nächste Stunde bemühten sich Julia und Ellie, den Baum einigermaßen gerade aufzustellen. Als sie es endlich geschafft hatten, waren beide in Schweiß gebadet.

»Kein Wunder, dass Daddy sich immer ordentlich einen

hinter die Binde gießen musste, bevor er sich mit dem Baum rumgeschlagen hat«, meinte Ellie, während sie ihr Werk begutachtete.

»Er wird einfach nicht hundertprozentig gerade«, stellte Julia resigniert fest.

»Sind wir vielleicht NASA-Ingenieure? Er ist gerade genug, finde ich.«

Da die Hunde spürten, dass Ellie ihre Arbeit erledigt hatte, stürzten sie sich auf sie.

»Aus, Jungs! Aus!«, rief Ellie, kurz bevor sie mit ihr zusammenstießen und sie umwarfen.

Alice kicherte und legte sich schnell die Hand auf den Mund. Mit der anderen deutete sie auf Ellie und sah Julia an.

»Deine Lellie muss ihre Tiere besser in den Griff bekommen«, sagte Julia mit einem sarkastischen Grinsen.

Ellie befreite sich aus dem Getümmel und strich sich lachend die Haare aus den Augen. »Ich hätte sie erziehen müssen, als sie noch Welpen waren, das stimmt.« Gelassen stieg sie über die Hunde und ging zur Treppe.

»Wo willst du hin?«, rief Julia ihr nach.

»Das wirst du gleich sehen!«

Kurz darauf kam Ellie wieder herunter, auf dem Arm mehrere mit Weihnachtssternen verzierte Schachteln, die sie neben dem Tannenbaum auf den Boden stellte.

Julia erkannte die Kisten sofort. »Unser alter Weihnachtsschmuck?«

»Ja, und zwar vollständig.«

Julia kam näher. Vorsichtig hob sie den Deckel von der ersten Schachtel – sie war bis obenhin voll mit Lichterketten, allesamt mit weißen Birnchen, denn Mom hatte immer gesagt, das sei die Farbe der Engel und der Hoffnung. Zusammen mit Ellie legte sie die Ketten so um den Baum, wie man es ihnen beigebracht hatte. Es war das erste Mal seit der Highschool, dass sie gemeinsam einen Weihnachtsbaum schmückten.

Als die Lichter an Ort und Stelle und das Kabel angeschlossen war, knipste Ellie den Schalter an.

Alice schnappte nach Luft.

»Meinst du, sie hat noch nie einen Weihnachtsbaum gesehen?«, fragte Ellie leise.

Julia schüttelte den Kopf. Sie ging zu der Schachtel, fischte einen glänzenden roten Pappmachéapfel heraus und ließ ihn an seinem dünnen Goldfaden von ihrem Finger baumeln. Dann ging sie zu Alice und hielt ihn ihr hin. »Häng das an den Baum, Alice. Mach den Weihnachtsbaum schön.«

Alice runzelte die Stirn. »Bau?«

»Denk mal an das Buch, das wir gelesen haben. *Wie der Grinch Weihnachten gestohlen hat.*«

»Ginch.« Sie nickte, aber das Stirnrunzeln blieb.

»Erinnerst du dich an den Baum? Schöner Baum, hast du gesagt.«

»Oh«, sagte Alice und atmete lange aus. Jetzt hatte sie verstanden.

Julia nickte.

Behutsam, als wäre der Apfel aus Zuckerwatte und nicht aus lackierter Pappmaché, nahm Alice ihn in die Hand, durchquerte bedächtig das Zimmer, stieg über die Hunde und blieb vor dem Baum stehen. Lange stand sie dort und starrte ihn an, bis sie schließlich den Goldfaden über den höchsten Zweig legte, den sie erreichen konnte. Dann drehte sie sich langsam um und sah die beiden Frauen besorgt an.

Ellie klatschte in die Hände. »Perfekt!«

Sofort erschien ein Lächeln auf Alices Gesicht und verwandelte sie einen wundervollen Augenblick lang in ein ganz normales kleines Mädchen. Sie rannte wieder zu der Schachtel, wählte ein weiteres Ornament aus und trug es vorsichtig zu Ellie. »Lellie. Schööön.«

Ellie beugte sich zu ihr hinab. »Wer gibt mir diesen schönen Schmuck?«

»Mädchen. Gib.«

Ellie legte die Hand auf Alices Haar und strich eine lose Strähne hinter ihr kleines rosa Ohr. »Kannst du Alice sagen?«

Aber die Kleine deutete nachdrücklich auf den Baum. »Mach.«

»Du erziehst hier einen kleinen Tyrannen, Jules«, sagte Ellie, während sie zum Baum ging.

»Einen Tyrannen ohne Namen«, ergänzte Julia leise. Dass Alice ihnen ihren wahren Namen nicht sagen konnte und auch den nicht annahm, den sie ihr gegeben hatten, machte ihr ziemlich zu schaffen.

Inzwischen rannte die Kleine schon wieder zu der Kiste und holte eine weitere Dekoration heraus. Nachdem sie Ellies Schmuck gebührend bewundert hatte und vor Begeisterung eine Weile auf und ab gehopst war, eilte sie damit zu Julia. »Dschulie. Schööön.«

Alice strahlte. So hatte Julia sie noch nie erlebt. Sie schloss die Kleine in die Arme und drückte sie an sich.

Alice gluckste fröhlich und hielt sie fest. »Weinackbau. Schööön.«

Julia schwang sie übermütig im Kreis durch die Luft, bis sie beide ganz atemlos waren. Dann machten sie sich lächelnd wieder ans Werk.

~

»Das ist der schönste Baum, den wir je hatten«, sagte Ellie. Sie saß mit einem Glas Bailey's in der Hand auf dem Sofa, eine Webpelzdecke über den Knien.

»Das kommt nur daher, dass Dad immer den größten Baum gekauft hat, den er finden konnte, und dann die Spitze abgeschnitten hat, damit er ins Zimmer passt.«

Ellie lachte. Das hatte sie vollkommen vergessen: den riesigen Baum, der eine ganze Zimmerecke in Anspruch nahm, ohne Spitze, Mom, die mit gerunzelter Stirn Dads Arm tätschelte. *Du hörst nie zu, Tom,* sagte sie jedes Jahr aufs Neue, *ein Baum soll oben nicht abgeschnitten werden. Eigentlich müsstest du uns einen neuen holen.*

Aber es dauerte nicht lange, da hatte er sie wieder so weit um den Finger gewickelt, dass sie lächelte und sogar lachte. *Also wirklich, Bren,* erwiderte er mit seiner heiseren Stimme, *warum muss unser Baum denn so sein wie alle anderen? Ich hab ihm nur ein bisschen Pep verliehen, hab ich nicht recht, Mädels?*

Ellie hatte immer als Erste geantwortet und ihre Zustimmung heraustrompetet. Dann war sie zu ihrem Daddy gelaufen, um sich ihre Umarmung abzuholen.

Jetzt betrachtete sie diese Erinnerung aus einem ganz neuen Blickwinkel. Aus dem des anderen kleinen Mädchens, das neben ihr gestanden, aber nie seine Zustimmung kundgetan hatte – und dessen Meinung auch für niemanden eine Rolle zu spielen schien.

Ellie sah Julia über den Rand ihres Glases an. »Warum hat er das jedes Jahr gemacht? Die Spitze vom Weihnachtsbaum abgesägt, meine ich.«

»Du weißt doch, wie unser Dad war«, meinte Julia und grinste. »Er hat sich nur um das gekümmert, was ihn interessiert hat. Der Baum war nicht wichtig, also hat er nicht weiter darüber nachgedacht.«

»Ich bin so wie er«, stellte Ellie nüchtern fest. Zeit ihres Lebens war sie stolz darauf gewesen.

»Das warst du schon immer. Die Menschen lieben dich, genau wie sie ihn geliebt haben.«

Ellie nippte an ihrem Bailey's. »Cal hat mir vorgeworfen, ich sei egoistisch«, sagte sie leise.

»Wirklich?«

»Die korrekte Reaktion wäre Überraschung gewesen. Vielleicht sogar ein leichter Schock. Etwas von der Art: Wie konnte er so was nur denken?«

»Oh«, entgegnete Julia und versuchte sich ein Lächeln zu verkneifen.

»Sag mir, was dir durch den Kopf geht«, fauchte Ellie.

»Als ich klein war, war ich mal furchtbar in Cal verschossen. Er hat all das für mich verkörpert, wovon ich mit elf Jahren geträumt habe. Aber er hatte immer nur Augen für dich. Jedes Mal, wenn du dich davongeschlichen hast, um dich mit ihm zu treffen, bin ich fast gestorben vor Eifersucht.«

»Du wusstest, dass ich mich mit ihm getroffen habe?«

»Wir haben in einem Zimmer geschlafen. Bin ich vielleicht taub? Dass ich dich nie verpetzt habe, heißt noch lange nicht, dass ich nichts davon wusste! Der Punkt ist, ich weiß noch, wie du ihn abserviert hast. Den Rest des Sommers ist er trotzdem weiter vorbeigekommen und hat Steinchen ans Fenster geworfen, aber du hast einfach nicht reagiert.«

»Wir haben uns auseinanderentwickelt.«

Julia warf ihr einen abschätzigen Blick zu. »Ach komm. Als diese Football-Knaben deine Brüste gesehen haben, hast du dich nur noch für die interessiert. Der arme Cal war abgeschrieben. Und als du Cheerleader geworden bist, na ja ...«

Julia zuckte die Achseln. »Da warst du ein Star und hast es

in vollen Zügen genossen. In dieser Hinsicht warst du wie Dad. Du ... du hast Cal nicht mehr wirklich beachtet, aber irgendwie trotzdem in deiner Nähe gehalten, wie einen Satelliten in der Umlaufbahn. Das ist dieser Zauber, den du und Dad ausstrahlt. Die Leute können nicht anders, sie müssen euch lieben – selbst wenn ihr manchmal total von eurem eigenen Kram vereinnahmt seid.«

»Dann findest du also auch, dass ich egoistisch bin? Sind meine beiden Ehen deshalb in die Brüche gegangen?«

»Denkst du das?«

»Gehört das zu den Fragen, die du in zehn Jahren College gelernt hast?«

Julia lachte. »Genau. Hier ist noch eine: Wie fühlst du dich damit?«

Darauf wusste Ellie keine richtige Antwort. Dieses neue Bild von sich kam ihr nicht vor wie ein Spiegelbild, sondern eher wie eine Alternativversion, die sie noch ändern oder aus der sie sich herausreden konnte, wenn sie sich entsprechend Mühe gab. Schließlich hatte sie sich selbst immer für einen guten Menschen gehalten, für einen, der sich wirklich um andere kümmerte. »Es tut mir leid«, sagte sie leise.

»Was tut dir leid?«

»Dass ich dich den Medien zum Fraß vorgeworfen habe. Es ging mir nur darum ...« Eigentlich wollte sie sagen: *Alices Namen herauszufinden*, aber die hübsche kleine Lüge blieb ihr im Hals stecken. Denn das stimmte bestenfalls teilweise. »Ich wollte nicht als Versager dastehen. An deine Gefühle hab ich dabei kaum gedacht.«

Zu ihrer Überraschung lächelte Julia. »Lass dir mal deswegen keine grauen Haare wachsen.«

»Ich wusste nicht, wie schlimm es für dich werden würde – falls das jetzt noch eine Rolle spielt. Wenn ich das geahnt hätte, wäre ich vielleicht ...« Als sie Julias Blick sah, musste Ellie lachen. »Okay, das hätte nichts geändert. Aber es tut mir leid.«

»Das ist nicht nötig. Wirklich. Alice ist meine zweite Chance. Was ich ohne sie getan hätte, weiß ich nicht.«

Sie schwiegen lange.

»Ich möchte sie adoptieren«, sagte Julia schließlich. »Alice muss wissen, dass sie zu jemandem gehört, auch wenn sie das noch nicht ganz versteht. Und ich brauche sie.«

»Und was, wenn jemand auftaucht und sie für sich beansprucht?«

»Dann brauche ich meine Schwester, richtig?«, antwortete Julia leise.

Ellie spürte einen Kloß im Hals. In diesem Moment wurde ihr klar, was sie alles versäumt hatte, als sie und Julia getrennte Wege gegangen waren, und wie wichtig es für sie war, dass sie wieder zusammengefunden hatten. »Du kannst dich auf mich verlassen.«

~

»Alice, du passt gar nicht richtig auf. Wir spielen jetzt mit den Klötzen.«

Das kleine Mädchen schüttelte den Kopf und reckte trotzig das Kinn vor. »Nein. Schöön.« Damit sprang sie vom Stuhl auf und rannte zum Weihnachtsbaum hinüber. Die Ornamente faszinierten sie alle, aber am wichtigsten waren die roten.

Julia konnte sich ein Lächeln nicht verkneifen. So war es nun schon, seit sie den Baum aufgestellt hatten. Sie mussten am Wohnzimmertisch arbeiten, damit Alice den Baumschmuck wenigstens sehen konnte. »Komm schon, Alice. Noch fünf

Minuten mit den Klötzen. Dann hab ich eine Überraschung für dich.«

Sofort wandte Alice sich ihr zu. »Raschung?«

Julia nickte. »Aber erst die Klötze.«

Mit einem tiefen Seufzer stapfte Alice zum Tisch zurück, wo sie sich auf ihren Stuhl fallen ließ und die Arme vor der Brust verschränkte.

Diesmal musste Julia den Kopf wegdrehen, um ihr Grinsen zu verstecken. Alice lernte ihre Gefühle zu zeigen, daran bestand kein Zweifel. »Zeig mir mal sieben Klötze.«

Alice verdrehte die Augen, sagte jedoch nichts, während sie sieben Klötze von dem Haufen neben ihrem Ellbogen einsammelte. »Sieben.«

»Jetzt zeig mir vier Klötze.«

Alice entfernte drei Klötze von der Reihe, die sie gerade ausgelegt hatte, und schob sie zurück in den allgemeinen Haufen.

Erstaunt runzelte Julia die Stirn. »Moment mal. Hast du gerade die Klötze *subtrahiert*?« Das konnte doch nicht sein!

Das Mädchen hatte bislang nur bis zwanzig gezählt. Addition und Subtraktion waren viel zu kompliziert.

Alice starrte sie mit ausdruckslosem Gesicht an.

Bisher hatte sie immer neu angefangen, hatte alle Klötze zum Haufen zurückgeschoben und dann die neue Anzahl ausgewählt. »Hast du es so eilig wegen der Überraschung? Oder war es nur ein Glückstreffer?«

»Raschung?«

»Zeig mir einen Klotz.«

Zwar verschwand Alices Lächeln, aber sie entfernte gewissenhaft weitere drei Klötze aus ihrer Reihe, sodass einer übrig blieb.

»Wie viel Klötze musst du dazu tun, damit du sechs hast?«

Alice hielt fünf Finger in die Höhe.

»Und wenn ich zwei wieder wegnehme, wie viele sind dann übrig?«

Alice bog zwei der fünf Finger um. »Rei.«

»Du addierst und subtrahierst tatsächlich.« Ungläubig schüttelte Julia den Kopf. »Meine Güte.«

»Fettig?«

Julia fragte sich, was für Tricks Alice noch in petto hatte. Vielleicht war es Zeit für einen Intelligenztest. Gerade wollte sie Alice noch eine Frage stellen, als das Telefon klingelte. Julia ging in die Küche und hob dort ab. »Hallo?«

»Schönen Heiligabend!«, sagte Ellie.

»Schönen Heiligabend.«

»Kommt ihr?«

»Hoffentlich. In ein, zwei Minuten blase ich zum Aufbruch.«

»Meinst du, sie wird eine Szene machen?«

»Möglicherweise.«

»Wir warten jedenfalls auf euch.«

»Okay.« Julia verabschiedete sich von ihrer Schwester und legte auf.

Dann ging sie zurück zu Alice. »Julia würde Alice niemals wehtun, das weißt du, oder?«

Alice verzog das Gesicht.

»Ich möchte dich an einen besonderen Ort mitnehmen. Begleitest du mich?« Julia streckte der Kleinen die Hand entgegen.

Alice nahm sie, aber das Stirnrunzeln blieb. Sie war verwirrt, und wie so oft machte ihr das Angst.

»Zuerst mal musst du deine Stiefel und deine warme Jacke anziehen. Es ist kalt draußen.«

»Nein.«

Julia seufzte. Der Kampf um die Schuhe schien nicht enden zu wollen. »Es ist kalt draußen«, wiederholte sie, während sie nach den mit Kunstpelz gefütterten Gummistiefeln und dem schwarzen Wollmantel griff, den sie neben die Tür gehängt hatte. »Na los, wenn du das anziehst, bekommst du deine Überraschung.«

»Nein.«

»Keine Überraschung? Also gut.«

»Halt!«, rief Alice, als Julia Anstalten machte wegzugehen. Noch immer stirnrunzelnd schlüpfte sie mit bloßen Füßen in die Stiefel, zog den Mantel über und stapfte über den Holzboden. »Schuhe riechen.«

Julia lächelte. Wenn Alice etwas nicht mochte, behauptete sie, es würde riechen. »Du bist so ein liebes Mädchen.« Sie ergriff Alices Hand. »Kommst du mit?«

Langsam nickte Alice.

Julia führte sie aus dem Haus und zu Peanuts Pickup. Als sie die Tür öffnete, hörte sie, wie Alice ein Geräusch von sich gab – das typische leise, kehlige Knurren.

»Benutz deine Wörter, Alice.«

»Bleib.« Sie sah verängstigt aus.

Natürlich war das für Julia keine Überraschung, sie hatte nichts anderes erwartet. Irgendwann in ihrem Leben war Alice von irgendjemandem in einem Auto irgendwohin gebracht worden. Vielleicht hatte ihre Leidenszeit mit dieser Fahrt begonnen.

»Ich tu dir nicht weh, Alice. Und ich werde auch nicht zulassen, dass jemand anderes dir wehtut. Du brauchst keine Angst zu haben.«

Ihre blaugrünen Augen wirkten riesig in dem winzigen weißen Oval ihres Gesichts, während sie sich furchtbar anstrengte, tapfer zu sein. »Nich allein Mädchen?«

»Niemals. Nein. Ich lasse dich nicht allein.« Julia drückte Alices Hand fester. »Wir fahren zu Ellie.«

»Lellie?«

Julia nickte und zog ein bisschen an der Hand. »Komm, Alice. Bitte.«

Alice schluckte schwer. »Okay.« Ganz langsam kletterte sie auf den Beifahrersitz. Julia half ihr auf den Kindersitz, den sie eigens für diesen Zweck letzte Woche gekauft hatten. Als sie den Sicherheitsgurt befestigte, begann Alice zu wimmern, und als die Tür zuknallte, wurde aus dem Wimmern ein verzweifeltes Heulen.

So schnell sie konnte, lief Julia um den Wagen herum und setzte sich ans Steuer. Inzwischen hyperventilierte Alice bereits und versuchte sich mit aller Kraft aus dem Gurt zu befreien.

»Alles in Ordnung, Alice. Du hast Angst. Das ist okay.« Immer wieder sagte Julia das Gleiche, bis Alice schließlich ruhig genug war, um sie zu hören.

»Ich hab auch einen Sicherheitsgurt, siehst du? Jetzt bin ich angeschnallt wie du.«

Alice wimmerte und zerrte an ihrem Gurt.

»Benutz deine Wörter, Alice.«

»Los. Bitte. Mädchen los.«

In diesem Moment fiel es Julia wie Schuppen von den Augen. *Idiot.* Sie hätte es vorhersehen müssen. Die Erinnerung an die bleichen Narben an Alices Knöchel. Fesselspuren. »O Alice«, sagte sie und spürte, wie ihr die Tränen in die Augen stiegen. Vielleicht sollten sie zurückgehen und es ein andermal versuchen.

Nein.

Irgendwann musste Alice in die Welt hinausgehen, und in dieser Welt saßen Kinder nun einmal auf Autositzen. Ein

Zugeständnis war allerdings möglich. Vorsichtig bewegte Julia Alice mitsamt ihrem Sitz in die Mitte der Sitzbank des alten Autos und nahm ihre Hand. »Ist es so besser?«

»Angst. Mädchen Angst.«

»Ich weiß, Liebes. Aber ich lass dich nicht allein. Du bist in Sicherheit. Okay?«

Mit festem Blick sah Alice sie an, voller Vertrauen. »Okay.« Julia ließ den Motor an.

Alice schrie auf und umklammerte Julias Hand fester. »Alles in Ordnung, Schätzchen«, sagte Julia immer wieder, bis Alice sich einigermaßen beruhigte.

Sie brauchten annähernd zehn Minuten, bis sie die Auffahrt hinter sich hatten, und als sie den Highway erreichten, war Julias rechte Hand fast taub. Doch sie ignorierte den Schmerz und redete weiter beruhigend auf Alice ein.

Rückblickend konnte Julia genau den Moment benennen, in dem Alices Gemütsverfassung sich änderte − nämlich an der Ecke von Azalea Street und West End Avenue.

Vor Earls und Myras Haus. Wie jedes Jahr hatten die beiden Haus und Garten so reich geschmückt, als gäbe es einen Preis zu gewinnen. Auf jeder verfügbaren Oberfläche glitzerten Lichterketten, ein riesiger Weihnachtsmann samt Schlitten zierte den Hausgiebel mit roten und grünen Lichtern. An der Eingangstür blinkte ein grüner Kranz, und der Weg von der Straße zum Haus war von kleinen, ebenfalls grün erleuchteten Bäumchen gesäumt.

Da die Polizeistation nur einen Häuserblock entfernt war, beschloss Julia, hier zu parken. Sie hielt am Bordstein, ging zu Alices Tür und öffnete sie. Ehe sie die Kleine richtig abgeschnallt hatte, war sie auch schon aus dem Auto geklettert.

Am Rand des Gehwegs blieb sie stehen und starrte auf das Haus. »Schön«, hauchte sie.

Julia stellte sich neben sie.

Sofort ergriff Alice ihre Hand.

Julia wartete geduldig, da sie ja wusste, dass das Mädchen gern alles in Ruhe studierte. Gut möglich, dass sie eine Stunde hier bleiben würden.

Nach einer Weile öffnete sich die Haustür, und Myra kam in einem langen schwarzen Samtrock und einem roten Strickpulli auf Julia und Alice zu, in der Hand einen großen Teller mit Keksen.

Julia spürte, wie Alice sich anspannte. »Keine Angst, Schätzchen. Myra ist nett.«

Trotzdem ging Alice hinter Julia in Deckung, ohne ihre Hand loszulassen.

»Magst du ein paar Weihnachtsplätzchen?«, fragte Myra. »Meine Margery mochte am liebsten Spritzgebäck, als sie in deinem Alter war.«

Julia drehte sich ein wenig um und sah zu Alice hinab.

»Schau mal, Myra bringt uns Plätzchen.«

»Plätze?«

»Ich habe sie selbst gebacken«, erklärte Myra und zwinkerte Julia zu.

Vorsichtig spähte Alice aus ihrem Versteck hervor. Dann schnappte sie sich mit einer blitzschnellen Bewegung ein Plätzchen in Form eines roten Kranzes und stopfte es sich in den Mund. Beim dritten Keks war sie hinter Julia hervorgekommen und stand jetzt neben ihr, allerdings eng an ihre Seite geschmiegt.

»Das hier ist auch noch für dich«, sagte Myra und hielt Alice ein leuchtend rotes Plastiktäschchen hin. »Das war immer Margerys Lieblingstasche. Als sie mir neulich in die Finger gekommen ist, musste ich gleich an dich denken.«

Alices Augen wurden groß, ihre Lippen formten ein großes O. »Rot«, flüsterte sie andächtig, nahm die Tasche entgegen und drückte ihre Wange daran.

»Woher wussten Sie, dass Alice Rot liebt?«, fragte Julia.

»Das wusste ich nicht«, erklärte Myra achselzuckend. »Oh. Bitte sagen Sie Earl einen schönen Gruß. Fröhliche Weihnachten.«

»Er ist noch bei der Chorprobe, doch ich richte es ihm aus. Ihnen auch fröhliche Weihnachten.«

Hand in Hand wanderten Julia und Alice die Main Street hinunter und bogen dann nach links ab. Wie an diesem ultimativen Familienabend nicht anders zu erwarten, parkten auf den Straßen überall Autos, aber niemand war unterwegs.

Julia führte Alice die Treppe hinauf. »Jetzt holen wir Ellie ab, und dann gehen wir in die Stadt. Ich zeige dir die Lichter.«

Alice war so damit beschäftigt, ihre Tasche zu streicheln, dass sie kaum Zeit hatte zu nicken.

Julia öffnete die Tür.

In der Polizeiwache tanzten Cal, seine drei Töchter, Peanut, Benji, ihre beiden Teenager und Ellie zu einer ohrenbetäubenden Version von »Jingle Bell Rock«. Mel und seine Familie deckten gerade den Tisch.

Alice schrie auf und begann zu heulen.

Sofort rannte Ellie zur Anlage und stellte sie ab. Stille trat ein, alle erstarrten. Cal war der Erste, der mit seinen drei Mädchen auf die beiden Neuankömmlinge zukam. Alice wimmerte leise und steckte den Daumen in den Mund.

Nah, aber nicht zu nah, kniete sich Cal vor sie auf den Boden. »Hallo, Alice. Wir sind die Wallaces. Du erinnerst dich doch bestimmt an uns, oder nicht? Ich bin Cal, und das sind meine Töchter. Amanda, Emily und Sarah.«

Alice zitterte am ganzen Leib und hielt Julias Hand fest umklammert.

Nun kam auch Peanut mit ihrer Familie. Benji, ihr Ehemann, war ein großer, stämmiger Kerl mit blitzenden Augen, der gern und oft lachte. Offensichtlich ließ er die Hand seiner Frau nur äußerst ungern los. Ihre beiden Teenager gaben sich alle Mühe, cool zu wirken, doch gelegentlich grinsten sie wie kleine Kinder.

In aller Ruhe ging auch Benji vor Alice auf die Knie, stellte sich, seinen Sohn und seine Tochter vor und wünschte Alice fröhliche Weihnachten. Dann führte er die Teenager zum Baum hinüber.

Aber Peanut blieb stehen. »Ich kann da nicht hin«, erklärte sie Julia. »Eierpunsch. Manche Menschen können ein Glas davon trinken, ich dagegen möchte sofort eine Infusion.« Sie lachte.

Beim Klang ihrer Stimme blickte Alice auf und lächelte.

»Du hast bei ihr wirklich ein Wunder bewirkt, Julia«, sagte Peanut, während sie Alice ihre langen roten Fingernägel vorführte. Auf jedem prangte ein winziger grüner Kranz.

»Danke«, sagte Julia.

»Dann geh ich mal wieder zu meiner Familie. Aber vorher ...« Sie beugte sich dicht zu Julia und flüsterte: »... vorher wollte ich dir noch schnell den neuesten Tratsch erzählen.«

Julia lachte. »Vermutlich bist du da bei mir nicht an der richtigen Adresse.«

»O doch, du bist die einzig Richtige! Aus zuverlässiger Quelle – mindestens so zuverlässig wie das FBI – habe ich erfahren, dass ein gewisser Arzt aus dieser Stadt im Kino nicht wie sonst allein, sondern in Begleitung gesichtet worden ist. Das ist ungefähr so eine Sensation, als würde Paris

Hilton in ein Fertighaus ziehen. Manche Dinge passieren einfach nicht. Aber das mit dem Kino ist amtlich.«

»Es war bloß ein Film.«

»Ach ja?« Peanut zwinkerte, tätschelte Julia den Arm und ging. Die darauffolgende Viertelstunde feierten alle weiter, doch es war, als hätte jemand den Ton leiser gedreht. Es wurde nur noch gedämpft gelacht und noch gedämpfter gesprochen. Im Hintergrund lief eine Weihnachts-CD von Vince Guaraldi, die Musik aus dem Film *A Charlie Brown Christmas*. Die hatte Julias und Ellies Mom immer besonders gemocht. Nach einer Weile erschienen Earl und Myra und brachten noch mehr Essen mit.

Alice war fasziniert vom Auspacken der Geschenke, und schließlich kam sie sogar hinter Julia hervor, um besser sehen zu können. Außer mit Ellie sprach sie mit keinem, schien jedoch ganz zufrieden, alles zu beobachten. Nach einer Weile gesellte sie sich zu Sarah, die nur ein paar Jahre älter war als sie. Zwar spielten die beiden nicht zusammen, aber Alice ahmte jede Bewegung des älteren Mädchens nach, und als alle langsam aufbrachen, konnte sie Disco Barbie ohne fremde Hilfe an- und ausziehen. Nach der Feier gingen Ellie, Julia und Alice noch in die Stadt. Alice konnte gar nicht aufhören, auf die Lichter und den Schmuck zu zeigen – ständig zerrte sie an Julias Hand und zog sie vorwärts. Insgesamt lief das Ganze deutlich besser, als Julia erwartet hatte.

Während Alice sich mit der Weihnachtsdekoration beschäftigte, gingen die Schwestern plaudernd nebeneinander her.

»Sie erinnert mich an dich, Ellie«, sagte Julia. »Du warst auch immer so ein Weihnachtsfan.«

»Du doch genauso.«

»Aber ich war stiller. In jeder Hinsicht.«

»Dann bin ich also das Großmaul?«

Julia grinste. »Ja, und ich die feine Dame.«

Sie schlenderten weiter.

Schließlich meinte Julia in möglichst beiläufigem Ton: »Anscheinend brodelt es in der Gerüchteküche ja mächtig wegen Max und mir.«

»Ich hab mich schon gefragt, wann du das Thema wohl anschneidest. Was ist denn mit euch beiden?«

»Ich weiß nicht«, antwortete Julia wahrheitsgemäß. »Eigentlich ... eigentlich nichts.«

Ellie wandte sich ihr zu. »Ich möchte nicht, dass er dir wehtut.«

»Ja«, erwiderte Julia nachdenklich. »Das hab ich selbst auch schon gedacht.«

Vor der katholischen Kirche blieb Alice stehen und deutete auf die hell erleuchtete Krippe, die im Hof aufgebaut war. »Schön!«

In diesem Augenblick begannen die Glocken zu läuten. Ellie schaute Julia an. »Der Gottesdienst müsste seit einer Stunde vorbei sein. Ich hab Father James extra angerufen ...«

Doch noch ehe sie den Satz vollenden konnte, öffneten sich die großen Doppeltüren mit einem Schlag und ein munter plaudernder Strom von Gläubigen ergoss sich auf den Kirchplatz. Von allen Seiten kamen Menschen auf sie zu.

Alice schrie und riss sich los, um sich die Ohren zuzuhalten.

Julia hörte den Schrei, dann das verzweifelte Heulen und drehte sich zu Alice um.

»Keine Angst, Schätzchen. Du brauchst keine ...«

Aber Alice war verschwunden, untergegangen im Meer von Gesichtern und Körpern.

Zwanzigstes Kapitel

Es sind nur Fremde um Mädchen herum, sie lachen, reden und singen.

Sie stolpert zur Seite und fällt beinahe hin.

Dschulie hat es versprochen, denkt sie.

Aber es überrascht sie nicht, auch wenn sie einen stechenden Schmerz in der Brust spürt, auch wenn ihr etwas Dickes, Hartes im Hals steckt.

Irgendwas stimmt nicht mit Mädchen. Etwas Schlimmes. So war es schon immer. Das hat Er auch die ganze Zeit gesagt. Warum hat sie das vergessen? Noch schlimmer – warum hat sie Dschulie *geglaubt*? Jetzt hat Mädchen wieder Angst. Diesmal sind viele, viele Leute um sie herum, sie ist nicht allein wie früher, aber das macht keinen Unterschied. Ein paar Wörter kennt sie inzwischen, und verloren ist verloren. Verloren ist, wenn man sich wünscht, dass jemand einen festhält, doch es ist keiner da, der einen festhalten kann. Verloren ist verloren, auch wenn um einen herum lauter Menschen sind.

Sie drängt sich durch die Menge der Fremden. Jeder von ihnen könnte ihr wehtun. Ihr Herz schlägt so schnell, dass ihr schwindlig wird. Die Fremden strecken die Hände nach ihr aus und wollen sie wegzerren. Sie rennt, bis die Stimmen komisch und weit weg sind, wie das Rauschen der Wasserfälle an ihrem geliebten Fluss, wenn der Schnee zu schmelzen beginnt.

Sie starrt über die Grenzen dieses Ortes, der Stadt heißt, hinaus, hält Ausschau nach ihren Bäumen. Da sind sie, dunkel jetzt, spitz vor dem Himmel. Sie würden Mädchen wieder willkommen heißen, das weiß sie. Sie könnte dem Fluss zu ihrer Höhle folgen und wieder dort leben.

Kalt.

Hungrig.

Allein.

Sogar Wolf ist weg.

Sie wäre viel zu allein dort draußen.

Jetzt wo sie Dschulie und Lellie kennt, kann sie da ins Nichts zurück? Sie wird das Kuscheln vermissen, die schöne Geschichte von dem kleinen Hasen, der echt werden will. Damit kennt Mädchen sich aus. Dass man echt sein möchte.

Der Schmerz in ihrer Brust ist wieder da. Es ist wie ein Anschwellen, und sie hofft, dass ihre Knochen nicht davon zerbrechen. In ihrer Kehle steckt etwas, macht sie eng. Das alles spürt sie wie aus großer Entfernung, und sie fragt sich, ob ihr jetzt auch Wasser aus den Augen kommen wird. Das wünscht sie sich. Dann wird der Schmerz in der Brust aufhören.

Da entdeckt sie den Baum.

Hier hat sie sich am ersten Tag versteckt. Bäume haben sie schon immer beschützt. Sie rennt zu dem Baum, klettert hinauf, höher und höher, bis ein alter, kahler Ast ihr Halt und Sicherheit gibt.

Sie versucht nicht daran zu denken, wie anders – wie viel besser – es sich angefühlt hat, wenn Dschulie sie im Arm gehalten hat.

Nich. Allein. Mädchen.
Wenn sie das bloß nie geglaubt hätte.

~

Julia wirbelte herum, suchte in den Gesichtern, streckte die Hand aus. Die Menschen um sie her bewegten sich, lachten, unterhielten sich, sangen Weihnachtslieder. Am liebsten hätte sie sie angeschrien, sie sollten still sein und ihr bitte, *bitte* helfen, ihr kleines Mädchen zu finden. Wie weißes Rauschen dröhnten die Stimmen in ihrem Kopf.

»Was ist passiert?«, fragte Ellie und schüttelte Julia an den Schultern, um sie aus ihrer Trance zu holen.

»Sie ist weg.« Fast hätte Julia angefangen zu weinen. »Gerade war sie noch da, an meiner Hand …, dann kamen die Menschenmassen aus der Kirche, und plötzlich war alles voller Leute. Das muss sie zu Tode erschreckt haben. Sie ist weggelaufen.«

»Okay. Rühr dich nicht vom Fleck. Verstanden?«

Es war tatsächlich nicht ganz leicht, Ellie zu verstehen, denn Julias Herz raste, und sie konnte nur an vorhin denken, als Alice solche Angst gehabt hatte, sich im Auto festschnallen zu lassen. Aber sie hatte es schließlich geschafft. Dieses tapfere, verletzte Kind hatte sich anbinden lassen, hatte sie mit traurigen Augen angeschaut und gesagt: *Nich allein Mädchen?*

Sie hatte versprochen, sogar *geschworen*, Alice nicht alleinzulassen. Julia drängte sich durch die Menge, rief nach Alice, blickte sich hektisch nach ihr um. Wahrscheinlich wirkte sie wie eine Verrückte, aber das war ihr vollkommen egal.

Eine Brise kam auf, trieb Blätter über die Straße und übers Gras. Es roch vage nach dem nahen Ozean, und Julia war überzeugt, wenn sie jetzt tief Luft holte, würde sie Tränen schmecken. Sie blieb stehen und versuchte, die aufsteigende Panik niederzuringen. Plötzlich hörte sie auch Ellie nach Alice rufen, sah Taschenlampen überall im Park aufblitzen.

Denk nach. Was könnte Alice dazu bringen zurückzukommen? Auf einmal ging ihr ein Licht auf. *Musik!* Alice konnte stundenlang vor den Lautsprechern stehen und Musik hören. Sie liebte Disney-Songs. Doch von all den Liedern, die sie gerne hörte, war eines ihr klarer Favorit.

Julia holte tief Luft und begann zu singen: »Weißt du, wie viel Sternlein stehen …?«

Singend ging sie durch den verlassenen Park.

»… an dem blauen Himmelszelt …?«

Ein Vogel zwitscherte sein eigenes Lied. Einen Moment bemerkte Julia es nicht, aber dann fiel ihr plötzlich auf, dass das Vogellied ihre Stimme imitierte.

»Alice?«, flüsterte sie.

»Dschulie?«

Julias Knie wurden weich, als sie in die kahlen Äste des Ahornbaums hinaufblickte. Da saß Alice, schaute zu ihr herunter, das Gesicht voller Furcht und Sorge. »Nich allein?«

»O Schätzchen, nein, ich lasse dich nicht allein!«

Sofort sprang Alice herunter.

Julia schloss sie in die Arme und hielt sie fest. Sie spürte, wie das kleine Mädchen bebte, und wusste, wie viel Angst sie ausgestanden hatte.

»Es tut mir so leid, Alice.«

Auf Alices Gesicht erschien ein zittriges Lächeln. »Bleib?«

»Ja, Schätzchen. Ja, ich bleibe bei dir.«

Alice berührte Julias Gesicht und wischte ihr die Tränen ab. »Kein Wasser«, sagte sie besorgt.

»Das sind nur Tränen, Alice. Tränen. Und sie bedeuten, dass ich dich liebe.«

In diesem Moment kam Ellie und hockte sich neben die beiden. »Da ist ja unser Mädchen!«, rief sie mit einem lauten Seufzer der Erleichterung.

Julia sah ihre Schwester durch einen Tränenschleier an. »Wie heißt eigentlich der hiesige Anwalt?«

»John MacDonald. Warum?«

»Ich möchte sofort nach Weihnachten die Adoption in die Wege leiten.«

»Bist du sicher?«

Julia zog Alice noch enger an sich. »In meinem ganzen Leben war ich mir noch nie über etwas so sicher.«

~

Am ersten Weihnachtsfeiertag hatte Max bis Mittag im Krankenhaus seine Patienten und die wenigen Kinder besucht, fünfundzwanzig Kilometer auf dem Fahrrad zurückgelegt, hatte in der katholischen Kirche eine Spende abgegeben und jedes Mitglied seiner Familie angerufen.

Jetzt stand er in seinem stillen Wohnzimmer und starrte auf den verwaschen grauen See hinaus. Es regnete so heftig, dass alles im Garten farblos wirkte, sogar die Bäume.

Er hätte einen Weihnachtsbaum aufstellen sollen. Vielleicht hätte das seine Stimmung ein wenig gehoben, obwohl er selbst nicht wirklich davon überzeugt war. Seit sieben Jahren hatte er schon keinen Baum mehr gekauft.

Er ging zum Sofa und setzte sich, wusste aber sofort, dass das ein Fehler war, denn unverzüglich scharten sich Geister und Erinnerungen um ihn. Er sah seine Mutter in ihrem Lieblingsstuhl sitzen und durch die Lupe Insekten betrachten … und seinen Vater im Sessel schlafen, eine Hand an die faltige Wange gedrückt … und Susan, die an einer hellblauen Decke strickte …

Er nahm das Telefon und rief im Krankenhaus an. »Hier ist es ganz still«, sagte man ihm. »Sie brauchen nicht zu kommen.«

Er legte auf und erhob sich. Er konnte hier nicht herumsitzen und an vergangene Weihnachten denken. Er musste etwas tun. Irgendwo hingehen. Vielleicht auf einen Berg steigen oder …

Julia besuchen.

Mehr brauchte es nicht – ein Gedanke an sie, und schon setzte er sich in Bewegung.

Er zog sich rasch an, sprang in seinen Pickup und fuhr zu ihrem Haus. Obwohl er wusste, dass er sich benahm wie ein Idiot, konnte er nichts dagegen machen. Er musste sie einfach sehen.

Er klopfte.

Julia kam zur Tür, lachend, mitten im Satz. Als sie Max sah, verblasste ihr Lächeln. »Oh. Ich dachte, du wolltest über Weihnachten nach L.A.«

»Ich bin hier geblieben«, antwortete er leise. »Aber wenn du keine Zeit hast …«

»Natürlich hab ich Zeit. Komm rein. Möchtest du was trinken? Wir haben ziemlich leckeren Punsch.«

»Das hört sich doch gut an.«

Sie führte ihn ins Wohnzimmer und ging dann in die Küche. Ihr zahnlückiger kleiner Schatten folgte ihr auf Schritt und Tritt. Sie sahen aus, als wären sie zusammengewachsen.

In einer Ecke des Raums stand ein wunderschön geschmückter Weihnachtsbaum.

Erinnerungen stürmten auf ihn ein.

Komm, Dan, kleiner Mann, lass uns den Stern für Mommy aufhängen.

Entschlossen drehte er sich weg und ließ sich auf dem Sofa vor dem Kamin nieder. Das Feuer knisterte hinter ihm und wärmte ihm den Rücken. Sehr lange würde er es hier zwar nicht aushalten, aber wenigstens musste er sich so den Baum nicht ansehen. Zu seinen Füßen lagen, gemütlich aneinandergekuschelt, zwei Hunde.

»Na so was!«

Beim Klang von Ellies Stimme blickte er auf. Sie stand hinter dem Sofa, die Hände in die Hüften gestemmt. »Nett, dich wiederzusehen, Max.«

»Gleichfalls, Ellie.«

Sie setzte sich neben ihn. »Weißt du, was ich gehört habe?«

»Trevor McAully trinkt wieder?«

»Das ist doch ein alter Hut.« Sie sah ihn an. Keine Spur von einem Lächeln, sondern ihr Polizistengesicht. »Ich hab gehört, dass du mit meiner Schwester im Kino warst.«

»Kam das über den Polizeifunk?«

»Ich hab an Thanksgiving nichts gesagt, weil es ein Feiertag war und so, aber …« Ellie beugte sich zu ihm. So nah, dass er ihren Atem im Nacken spürte. »Wenn du ihr wehtust, schneid ich dir die Eier ab.« Lächelnd lehnte sie sich zurück. »Und du legst bekanntlich großen Wert auf deine Eier.«

»Allerdings.«

»Dann verstehen wir uns ja. Gut. Ich bin froh, dass das geklärt wäre.«

»Was, wenn …«

Ellie runzelte die Stirn. »Wenn was?«

»Ach nichts.«

In diesem Moment kamen Julia und Alice zurück.

Sofort sprang Ellie auf. »Ich gehe rüber zu Cal. Seid schön

brav, ihr zwei.« Sie schnappte sich eine Kiste mit Päckchen und verschwand.

Julia reichte Max eine Tasse.

Dann saßen sie nebeneinander auf dem Sofa. Keiner sagte etwas. Alice kniete zu Julias Füßen und schlug mit der flachen Hand auf das Buch in ihrem Schoß.

»Benutz deine Wörter, Alice«, sagte Julia ruhig.

»Lesen. Mädchen.«

»Jetzt nicht. Ich unterhalte mich gerade mit Dr. Max.«

»Jetzt.« Alice schlug erneut auf das Buch.

»Nein. Später.«

»Bitte.«

Julia lächelte und strich Alice über den Kopf. »Warte noch eine Weile, okay?«

Enttäuscht ließ die Kleine die Schultern sinken, steckte den Daumen in den Mund und begann in dem Buch zu blättern.

Julia wandte sich wieder Max zu.

»Du bist wunderbar«, meinte er leise.

»Danke.«

Er hörte, wie heiser ihre Stimme klang, und wusste plötzlich, wie viel sein Kompliment ihr bedeutete.

Obwohl sie nahe genug war, um ihn zu küssen, und obwohl er sich nichts sehnlicher wünschte, rutschte er ein kleines Stück weg, als müsste er sich in Acht nehmen.

Sie bemerkte es. Natürlich.

»Was ist los mit dir, Max?«

Eigentlich hätte die Frage ihn überraschen sollen, doch sie tat es nicht. »Spielt keine Rolle.«

»Ich glaube aber schon.«

Noch immer war er ihr so nah, dass er den winzigen Leberfleck auf ihrem Hals sehen konnte. Ihr Atem, der leicht nach Zimt duftete, strich über sein Kinn. »Liebe«, sagte er nur.

»Ja«, antwortete sie nach einem langen Schweigen. »Die kann einen fix und fertig machen, ohne Frage. Warum bist du nicht zu Hause?«

»Wegen dir.«

Ihr Blick suchte seinen, als läge darin die Antwort auf ihre Fragen, und sie lächelte so traurig und wissend, dass er sich fragte, was sie wohl zu wissen glaubte. »Wollen wir ein bisschen Karten spielen, Max?«, fragte sie schließlich.

»Karten?« Er musste lachen.

Auch sie lächelte. »Das ist eine der Beschäftigungen, der ein Mann und eine Frau außerhalb des Betts nachgehen können.«

»Kein Wunder, dass ich verwirrt bin.«

Sie lachte. »Hol doch bitte mal die Karten, Alice.«

Die Kleine blickte auf. »Dschulie gewinnt?«

»Genau, Schätzchen. Dr. Max wird noch Hören und Sehen vergehen.«

~

Es war das erste Weihnachten seit langer Zeit, an dem das Haus ein richtiges Zuhause war. Nichts ist effektiver als die Anwesenheit eines Kindes, um aus Weihnachten ein großes Ereignis zu machen. Obwohl Alice natürlich nicht verstand, worum es ging.

Ellie und Julia waren schon in aller Herrgottsfrühe wach gewesen und hatten ihr noch ganz verschlafenes Mädchen aus dem Bett geholt, um gemeinsam nach unten zu gehen.

Nach alter Familientradition wurde ein Geschenk nach dem anderen ausgepackt und dann sorgfältig wieder unter dem Baum arrangiert. Alice dagegen war absolut begeistert von ihren Päckchen und schleppte sie den ganzen Tag mit sich herum, an ihre schmale kleine Brust gepresst. Alle Versuche, sie zum Auspacken zu bewegen, führten nur zu hysterischen Anfällen. Also blieben die Spielsachen darin erst einmal verborgen. Für Alice waren die Päckchen als solche das Geschenk.

Eigentlich hatte Ellie überhaupt keine Lust, das Haus zu verlassen, aber der Besuch bei Cal gehörte zu ihren wenigen eigenen Gepflogenheiten. Sie hatte bislang nicht ein Jahr ausgelassen. So machte man das in Rain Valley. Nachbarn besuchten sich an Feiertagen, und sei es auch nur auf ein Glas Wein oder einen Becher heiße Schokolade. Seine ganze Kindheit war Cal an Weihnachten zu den Cates gekommen, wo am Kaminsims eigens für ihn ein Strumpf mit seinem Namen hing und unter dem Baum ein Stapel mit Geschenken für ihn lag. Niemand verlor je ein Wort darüber, warum das so war, aber alle wussten es. Für Cal, der allein mit seinem alkoholkranken Vater lebte, fand Weihnachten ausschließlich in anderen Häusern statt.

Solange Brenda und Big Tom Cates noch am Leben gewesen waren, hatte sich diese Tradition gehalten. Jahr für Jahr hatte Cal seine Frau und seine Töchter eingepackt und sie zum Weihnachtsessen jenseits der Wiese und des Flusses gebracht. Sogar nachdem Ellies Mom gestorben war und mit ihr auch ein Teil der Tradition, hatten für Cal Weihnachten und die Cates rein gedanklich immer zusammengehört.

Erst mit dem Tod von Big Tom hatten sich nach und nach Veränderungen eingeschlichen. Ein paar Jahre hatten Cal und Lisa Ellie zum Essen zu sich eingeladen. Sie versuchten, eine neue Tradition zu begründen, aber es wollte nicht recht gelingen, nichts konnte sich etablieren. Lisa kochte das »falsche« Essen und legte die »falsche« Musik auf. Für Ellie fühlte sich das nicht nach Weihnachten an, und sie empfand sich immer irgendwie als Außenseiterin. Dieses Jahr nun hatte es gar keine Einladung mehr gegeben. Offenbar war Cal davon ausgegangen, dass Ellie, Julia und Alice – die neue Cates-Familie – allein feiern wollten. Aber Ellie wusste, dass ihm die Feiertage ohne Lisa garantiert nicht leichtfallen würden.

Sie verstaute alle Geschenke in einer großen Tüte und eilte die Auffahrt hinunter. Zu beiden Seiten standen große, aufrechte Zedern, die grünen Wipfel hoch in den dunstigen grauen Himmel gereckt. Obwohl der Regen mittlerweile aufgehört hatte, tropfte es noch von Blättern, Zweigen und Dachrinnen, ein stetiges Geräusch, das sich dem Rhythmus ihrer Schritte anzupassen schien. Auch die anderen Laute in der Natur drangen an ihr Ohr: Wasserplätschern, Rascheln im Unterholz, rauschende Tannenwipfel, Eichhörnchen, die von einem Ast zum anderen huschten. Gelegentlich krächzte eine Krähe, oder ein Käuzchen rief.

Für Ellie waren diese Geräusche so vertraut wie das Knistern des Feuers im Kamin, und so machte sie sich gutgelaunt auf den Weg durch den Wald.

Wie oft sie diese Brücke überquert hatte und von einem Haus zum anderen gegangen war, konnte sie längst nicht mehr nachvollziehen. Jedenfalls so oft, dass sich auf dem Weg nie Gras oder Unkraut breitmachte. Selbst in den letzten Jahren, als Autos und Telefone normaler als ein Ausflug zum Haus des Nachbarn geworden waren, hatte sich der Trampelpfad gehalten.

Sie folgte ihm durch den Obstgarten, am alten Teich vorbei, wo sie als Kinder geangelt hatten. Als sie durch das Schilf stapfte und ihre Stiefel durch den Matsch patschen hörte,

war ihr plötzlich, als hörte sie das Echo eines lang verges-
senen Kinderlachens. *Da ist eine Schlange im Wasser, Cal, komm lieber raus! Das ist
doch bloß ein alter Ast. Du brauchst eine Brille. Nein, du brauchst
eine Brille ...*
Sie erinnerte sich an ihr Lachen ..., wie sie stundenlang
am schlammigen Ufer gesessen und geredet hatten, über
Gott und die Welt.

Sie folgte dem Weg um die Kurve, und schon erblickte
sie das Haus vor sich. Eine Sekunde lang erwartete sie, dass
es aussah wie damals: eine windschiefe Hütte mit falschen
Schindeln, die Fensterläden schräg vor den rissigen, dreckigen Fenstern hängend, ein Rudel knurrender Pitbulls im
Hof angekettet.

Sie blinzelte, und das Bild verschwand. Jetzt stand sie vor
dem Haus, das Cal in den Jahren zwischen Schulabschluss
und der Heirat mit Lisa eigenhändig gebaut hatte. Damals
hatte er für eine Baufirma gearbeitet, nach den üblichen
fünfundvierzig Wochenstunden weitergeschuftet und sein
eigenes Haus mit viel Liebe buchstäblich um seinen ständig
betrunkenen, nutzlosen Vater herum errichtet.

Es war ein kleines Haus, das in scharfen Winkeln und
ungeschickten Krümmungen nach außen gewachsen zu sein
schien. Immer wenn Geld hereinkam, hatte Cal ein Zimmer
angebaut, mehr oder weniger ohne übergreifenden Plan.
Aber er hatte seine ganze Energie in dieses Projekt gesteckt
und versucht, seiner Familie ein Heim zu schaffen, wie er es
selbst nie gehabt hatte. Das Resultat war ein seltsam male-
risches Schindelhäuschen auf einem samtgrünen Rasen, umgeben von zweihundertjährigen Nadelbäumen.

Wie immer war die Weihnachtsdekoration Weltklasse.
Wahrscheinlich schlug Cal etwas über die Stränge, um all

die Jahre wettzumachen, in denen nicht mal ein Baum im Wohnzimmer gestanden hatte.

Die Veranda war dicht mit Lichterketten behängt, das Geländer mit Tannenzweigen verkleidet. An der Haustür hing ein riesiger, selbst gemachter Kranz.

Eigentlich hatte Ellie erwartet, Musik nach draußen dringen zu hören, aber es war ungewöhnlich still. Eine Sekunde fragte sie sich, ob Cal und die Mädchen überhaupt zu Hause waren. Doch als sie sich umblickte, entdeckte sie sofort Cals Baby – den 1969er GTO, den er perfekt restauriert hatte.

Sie klopfte. Da niemand reagierte, versuchte sie es noch einmal.

Schließlich näherten sich laute Schritte.

Die Tür ging auf, und Cals Töchter standen vor ihr, eng aneinandergekuschelt, lächelnd. Amanda, die Elfeinhalbjährige, sah in ihren Hüftjeans, einem mit silbernen Nieten beschlagenen Gürtel und einem rosa T-Shirt schon unglaublich erwachsen aus. Ihre langen schwarzen Haare waren zu einem ziemlich unkonventionellen Zopf geflochten, der eigentlich nur das Werk ihres ungeschickten Vaters sein konnte. Die neunjährige Emily trug ein grünes Samtkleid, das ihr mindestens eine Nummer zu groß war, und die achtjährige Sarah – die als Einzige die rotblonden Haare und die sommersprossige Haut ihrer Mutter geerbt hatte – hatte sich nicht die Mühe gemacht, etwas anderes als ihren Prinzessin-Fiona-Schlafanzug anzuziehen.

Bei Ellies Anblick verblasste ihr Lächeln rasch.

»Es ist bloß Tante Ellie«, stellte Amanda enttäuscht fest.

»Fröhliche Weihnachten«, murmelten sie, dann rief Emily ihren Vater.

»Oh, danke«, sagte Ellie und sah ihnen nach.

Cal kam die Treppe herunter, langsam, als wäre er gerade erst aufgewacht. Seine schwarzen Haare waren zerzaust, auf einer Wange waren Kissenabdrücke zu sehen. Beide Knie seiner Jeans waren durchgescheuert und die Säume ausgefranst. Auch sein Metallica-T-Shirt hatte schon bessere Zeiten gesehen.

»Hallo Ellie«, sagte er und versuchte ein Lächeln. Im Vorbeigehen umarmte er die Mädchen, die sich gleich wieder aus dem Staub machten.

»Du siehst schrecklich aus«, sagte Ellie, als sie weg waren.

»Und ich wollte dir gerade sagen, wie schön du bist.« Ellie schloss die Tür hinter sich und folgte Cal ins Wohnzimmer, wo ein großer, prächtig geschmückter Weihnachtsbaum stand. Sie stellte ihre Geschenktüte darunter.

Cal ließ sich aufs Sofa fallen und legte die Füße auf den Couchtisch aus gehämmertem Kupfer. Dabei seufzte er so laut, dass eins der winzigen Ornamente anfing, sich zu drehen und zu klimpern.

Ellie setzte sich neben ihn. Es verwirrte sie, Cal so zu sehen. Er hatte so viele schwierige Situationen mit einem Lachen durchgestanden, er konnte doch jetzt nicht schlappmachen. Wenn Cal zusammenklappte, dann war auf nichts mehr Verlass. »Was ist los?«

Er sah sich um und vergewisserte sich, dass keins der Mädchen in der Nähe war. »Lisa ist nicht mal heute, am Weihnachtsmorgen, bei uns aufgekreuzt ..., und auch nicht zum Essen. Sie hat auch keine Geschenke geschickt. Ich hab den Mädchen immer wieder gesagt, dass sie bestimmt noch auftaucht, doch allmählich bin ich mir da nicht mehr so sicher.«

»Geht es ihr gut?«, erkundigte sich Ellie stirnrunzelnd.

»Oh ja. Ich hab ihre Eltern angerufen. Sie ist mit ihrem neuen Freund weggefahren.«

»Das klingt überhaupt nicht nach Lisa.«

Cal sah sie an. »Und ob.«

Ellie hörte den Schmerz in diesen zwei Wörtern. Aber sie wusste, dass Cal nicht mehr über seine gescheiterte Ehe preisgeben würde. »Das tut mir leid.«

»Tja, du kennst ja das Gefühl. Eine Scheidung ist wie eine Wunde – sie verheilt mit der Zeit. Das sagst du zumindest immer.«

Doch in Wahrheit war sie nie in seiner Situation gewesen. Sie war nie länger als zwei Jahre verheiratet gewesen, sie war nie bis zu dem Stadium gekommen, in dem sich Verliebtsein in Liebe verwandelte. Und sie hatte keine Kinder. »Ich glaube eigentlich nicht, dass man meine Ehen mit deiner vergleichen kann, Cal. Möglicherweise ist es schon überwiegend eine ganz schöne Qual.«

»Aber sie nicht zu lieben kann doch nicht schlimmer wehtun, als sie zu lieben.« Er starrte ins Feuer.

Ellie ließ ihn in Ruhe nachdenken. In gewisser Weise war es wieder wie früher, als sie noch Kinder gewesen waren. Da hatten sie manchmal den ganzen Tag auf der Brücke gesessen und nichts gesagt außer: *Hast du noch einen Kaugummi?*

»Wie war Weihnachten bei dir?«, fragte er schließlich.

»Großartig. Wir haben Dads Eintopf und Grandma Dottys Maisbrot gemacht. Alice hat die ganze Geschichte, dass der Weihnachtsmann durch den Schornstein kommt, überhaupt nicht begriffen, und sie wollte auch ihre Geschenke nicht auspacken, sondern hat lieber die eingewickelten Päckchen mit sich rumgeschleppt.«

»Nächstes Jahr ist sie bestimmt schon Expertin. Feiertage mit Geschenken – so was lernen Kinder schnell. Ich weiß noch, wie ich mit Amanda zum ersten Mal an Halloween für ›Süßes oder Saures‹ losgezogen bin.«

»Ja, da wart ihr auch bei mir.«

Er wollte lächeln, das merkte sie. »Stimmt. Sie hat überhaupt nicht verstanden, warum sie nun unbedingt als Kürbis durch die Gegend laufen sollte. Erst als du ihr die Schokolade gegeben hast, war alles wieder in Butter.«

»Sie hatte den grünen Filzhut von meiner Mutter auf, weißt du noch?«

Cal sah sie an. In seinen Augen erkannte sie eine so tiefe Sehnsucht und grenzenlose Verletzlichkeit, dass sie ihn am liebsten auf der Stelle in den Arm genommen und getröstet hätte. »Ich dachte, du hättest das alles vergessen.«

»Wie könnte ich? Wir sind seit Jahrzehnten die besten Freunde.«

Er seufzte und sah zum Baum hinüber. Auf einmal hatte sie das Gefühl, ihn wieder einmal enttäuscht zu haben. Wie ihr schien, passierte das in letzter Zeit ziemlich oft, aber sie hatte keine Ahnung, warum. Andererseits wusste sie über ein richtig gebrochenes Herz wahrscheinlich nicht mehr als über Kinder. Vermutlich war es am besten, das Thema zu wechseln und Cal auf andere Gedanken zu bringen. »Julia hat übrigens vor, Alice zu adoptieren. Sie glaubt, dass die Kleine unbedingt Stabilität braucht.«

»Gute Idee. Wie geht das eigentlich vonstatten?«

»Als Erstes reichen wir einen Antrag ein zur Aufhebung der Elternrechte. Wenn niemand Einspruch erhebt und Alice in der dafür vorgesehenen Zeit für sich beansprucht, dann ist für Julia die Bahn frei.«

Cal überlegte kurz und fragte dann: »Aber was geschieht, wenn Alices Familie sich doch meldet? Wenn sie bisher gar nicht mitgekriegt haben, dass man Alice gefunden hat?«

Genau diese Frage mieden Ellie und Julia wie die Pest. Denn sie konnte alles zerstören. »Das wäre schlecht.«

»Washington reißt sich zurzeit ein Bein aus für die biologischen Eltern. Sogar wenn die der absolute Abschaum sind.

»Ja«, antwortete Ellie. »Ich weiß.«

»Dann hoffen wir jetzt also nicht mehr, dass jemand auftaucht, sondern eher, dass niemand auftaucht.«

»So ist es.« Ellie hielt inne und sah ihn an. Wieder schwiegen sie eine Weile. »Es war gar nicht richtig Weihnachten ohne dich.«

»Ja«, meinte er mit einem halbherzigen Lächeln. »Die Dinge ändern sich.«

Die Richtung, die das Gespräch zu nehmen drohte, gefiel Ellie ganz und gar nicht. Denn wenn sie ehrlich war, hatte sie Angst, dass sie dann über ihre eigene Einsamkeit nachdenken musste. Manchmal passierte ihr das, wenn sie mit Cal zusammen war – sie erinnerte sich ganz plötzlich daran, wie viel sie im Leben verpasst hatte. Kurz entschlossen stand sie auf, marschierte in die Küche, schenkte zwei Tequila ein und stellte die Gläser mitsamt einem Salzstreuer auf ein Tablett. Damit kehrte sie ins Wohnzimmer zurück, lud das Tablett auf dem Couchtisch ab und schubste Cals Füße beiseite.

»Was zum … Tequila pur? An Weihnachten?«

»Manchmal bessert sich die Laune von ganz allein«, erklärte Ellie achselzuckend. »Aber manchmal braucht sie auch einen kleinen Schubs.« Sie ließ sich neben ihn aufs Sofa plumpsen. »Prost! Auf ex!«

»Wofür ist das Salz?«

»Dekoration.« Sie stießen an. »Auf ein besseres nächstes Jahr«, sagte Ellie und kippte ihr Glas.

»Das kannst du laut sagen.« Auch Cal trank aus und stellte das Glas auf den Couchtisch zurück. Dann wandte er sich Ellie wieder zu und musterte sie so eindringlich, als suchte er etwas. »Du warst ziemlich oft verliebt.«

»Und bin ziemlich oft ernüchtert worden«, lachte sie. »Wie schaffst du es … weiter an die Liebe zu glauben? Wie sagt man jemandem, dass man ihn liebt?«

Sie merkte, wie ihr Lächeln zittrig wurde. »Es zu sagen ist leicht, Cal. Es wirklich ernst zu meinen ist praktisch unmöglich. Mir tun die Typen leid, die sich in mich vergucken.« Sie wollte wieder grinsen, schaffte es aber nicht. Dieses Gespräch deprimierte sie maßlos. Und wie Cal sie anschaute, machte es auch nicht gerade besser. »Genug Trübsal geblasen. Immerhin ist heute Weihnachten.«

Schnell räumte sie die alkoholischen Beweismittel weg, ging zur Anlage, legte eine CD ein und drehte die Lautstärke so hoch, dass die Mädchen aus dem Fernsehzimmer angelaufen kamen, wo sie sich wahrscheinlich gerade den neuesten Film mit Hilary Duff angeschaut hatten.

»Was ist denn hier los?«, fragte Amanda und zupfte an ihrem sich auflösenden Zopf herum. Die Mädchen standen ganz nahe beisammen, und auch ihre Augen waren an diesem magischsten Tag des Jahres traurig.

»Erstens habt ihr Geschenke auszupacken«, antwortete Ellie.

Das brachte sie zum Lächeln, aber noch nicht zum Strahlen.

»Und anschließend nehme ich euch mit zum Bowlen.«

Amanda machte ein furchtbar erwachsenes Gesicht. »Wir bowlen nicht. Mom sagt, das ist was für Asoziale.«

Ellie sah Cal an. »Heißt das etwa, deine Töchter wissen nichts vom Geheimbowlen?«

Sarah trat einen Schritt vor und lispelte: »Was ist Geheimbowlen?«

Ellie beugte sich zu ihr hinunter. »Das ist, wenn man bowlt, obwohl die Halle eigentlich schon zu hat, ganz allein,

mit lauter Musik und so viel Junkfood, wie man in sich rein-
stopfen kann.«

»Mom würde das nie erlauben«, verkündete Amanda.

»Ihr solltet wissen«, fuhr Ellie fort, »dass euer Dad und ich
früher im Big Bowl gearbeitet haben. Deshalb seid ihr die
einzigen Kinder in ganz Rain Valley, die ins Geheimbowlen
eingeweiht werden. Also los, zieht euch an.«

Sarah zupfte Ellie am Ärmel und flüsterte aufgeregt: »Darf
ich als Prinzessin Fiona gehen?«

»Unbedingt«, erwiderte Ellie. »Beim Geheimbowlen kann
man anziehen, was man will.«

Amanda blickte auf. »Darf ich mich schminken?«

Ehe Cal antworten konnte, sagte Ellie: »Na klar.«

Lachend liefen die Mädchen die Treppe hinauf.

Cal musterte Ellie nachdenklich. »Wir haben uns seit fünfundzwanzig Jahren nicht mehr ins Big Bowl geschlichen.«

»Ich rufe schnell Wayne an und sag ihm Bescheid. Er versteckt den Schlüssel immer noch unter dem Gartenzwerg.
Wir legen einfach fünfzig Dollar in die Kasse, bevor wir
gehen.«

»Danke, Ellie.«

Sie lächelte. »Denk dran, wenn ich mich das nächste Mal
scheiden lasse – Tequila und Bowling um Mitternacht.« »Ist
das eine Art Zaubermittel?«

Ihr Lächeln verblasste und sie sah ihn an. »Nein. Aber
manchmal ist es alles, was man hat.«

EINUNDZWANZIGSTES KAPITEL

*D*er Januar neigte sich dem Ende entgegen, der Monat, in dem der Himmel stahlgrau war und die Menschen genauso schnell die Fassung verloren wie ihre Autoschlüssel. Überall in der Stadt standen die Kinder am Fenster und starrten in regennasse Gärten hinaus, und ihre Mütter mussten wegen der Nasen- und Fingerabdrücke dauernd die Fenster putzen.

Es wurde eigentlich nur hell, wenn man das elektrische Licht anmachte, und das Trommeln des Regens, der vom Dach tropfte, klang wie Herzklopfen, das sich nicht beruhigen ließ.

Ellie fühlte sich sehr unbehaglich.

Aber es war nicht das Wetter, das ihr die Nerven raubte, es war die Gesellschaft, in der sie sich befand.

Die Frau von der Jugendfürsorge thronte steif auf dem Sofa, als versetzte sie allein der Gedanke eines verirrten Hundehaars auf ihrer grauen Wollhose in milde Panik.

Neben ihr saß Julia, ruhig und entspannt in winterlichem Weiß. »Was möchten Sie denn noch gerne wissen, Miss Wharton?«

Das Lächeln der Frau war genauso nervös wie alles andere an ihr, es kam und ging, als ließe es sich aus- und anschalten. Eigentlich sah Ellie nur das Aufblitzen schiefer Zähne. »Nennen Sie mich Helen. Und ich habe nur noch ein paar abschließende Fragen.«

Julia lächelte kameratauglich. »Schießen Sie los.«

Helen legte den Stift beiseite und spähte zu Alice hinüber, die in einer Ecke saß und spielte. Nicht ein einziges Mal hatte sie Blickkontakt mit Helen aufgenommen. Als sie der Frau vorgestellt worden war, hatte sie sogar angefangen zu heulen und war weggelaufen. Nachdem sie dann fast eine Stunde hinter dem Ficus gekauert hatte, war sie aus ihrem Versteck hervorgekommen, aber nur, um das Blumenarrangement zu verspeisen. »Offensichtlich ist diese Umgebung absolut akzeptabel für sie. Man hat Ihrem Antrag auf temporäre Pflegschaft für ... für das minderjährige Kind stattgegeben, und ich kann keine Verschlechterung feststellen, die einen Widerruf unserer Empfehlung anzuraten scheint. Wie Sie wiederholt betont haben, gedeiht das Kind in Ihrer Obhut gut. Meine Sorge gilt eigentlich eher Ihnen, Dr. Cates. Darf ich offen sprechen?«

»Mir liegt sehr viel daran, Ihre Meinung zu hören«, antwortete Julia.

»Fraglos ist das Kind grundlegend geschädigt. Vielleicht haben Sie recht, und die Kleine ist weder autistisch noch auf andere Weise geistig behindert, aber sie weist doch starke Defizite auf. Ich bezweifle, dass sie jemals normal werden wird. Leider erleben wir allzu oft, dass Eltern großherzig und voller Hoffnungen ein Kind mit besonderen Bedürfnissen adoptieren, nur um später festzustellen, dass sie sich zu viel zugemutet haben. Der Staat hat eine Vielzahl wunderbarer Pflegeeinrichtungen für Kinder wie ... wie dieses.«

»Es gibt keine Kinder wie Alice«, entgegnete Julia. »Meiner Ansicht nach ist das, was sie erlebt hat, absolut einmalig, daher haben wir auch keine Möglichkeit, ihre Zukunft vorherzusagen. Wie Sie wissen, bin ich durchaus qualifiziert, sie als meine Patientin zu behandeln, aber ich bin auch bereit und fähig, sie wie eine Mutter zu lieben. Was könnte besser sein für dieses Kind?«

Helens Lächeln kam spät und war dünn wie fettfreie Milch. »Die Kleine hat wirklich Glück, Sie gefunden zu haben.« Sie warf Alice, die jetzt am Fenster stand und mit einem Eichhörnchen »redete«, wieder einen raschen Blick zu. Schließlich stand sie auf und streckte Julia die Hand entgegen. »Ich sehe keinen Grund, weshalb die Situation noch einmal überprüft werden müsste. Ich werde daher in meinem Bericht die Unterbringung bei Ihnen ohne jede Einschränkung empfehlen.«

»Danke.«

Als die Sozialarbeiterin endlich gegangen war, verschwand auch Julias Lächeln.

Alice rannte zu ihr und warf sich in ihre Arme. »Angsss«, wisperte sie.

»Ich weiß, Schätzchen.« Julia hielt sie fest und strich ihr zärtlich übers Haar. »Du magst keine Leute mit Brille. Und sie hat auch noch eine Menge Glitzerschmuck getragen, stimmt's? Trotzdem hättest du sie mal anlächeln können.«

»Frau riecht.«

Ellie lachte. »Da muss ich Alice allerdings recht geben.« Sie ging zum Garderobenhaken neben der Haustür und schnappte sich ihre Jacke. »Ich rufe John an und sage ihm, dass dein Bericht fertig ist. Dann kann er einen Termin für die Anhörung suchen und mit der Vorladung zur Aufhebung der Elternrechte anfangen.«

Ohne Alice abzusetzen, ging Julia zu ihr. »Einmal pro Woche in allen regionalen Zeitungen, drei Wochen lang, ja? So machen wir es überall bekannt.«

»Sie haben eine Frist von sechzig Tagen, um eine Klageeinlassung einzureichen. Danach steht dir nichts mehr im Wege.«

Sie.

Alices biologische Familie.

Obwohl sie nicht darüber sprachen, wussten Julia und Ellie beide, dass Alice nicht mit anderen Kindern zu vergleichen war, die verloren gegangen oder ausgesetzt worden waren. Möglicherweise träumte irgendwo irgendjemand von ihr, erinnerte sich an sie, suchte aber nicht mehr nach ihr. Selbst nach vielen Jahren konnte noch jemand auftauchen und einen berechtigteren Anspruch auf das Herz des Kindes erheben als Julia.

Ellie war klar, dass Julia darüber nachgedacht, sich den Kopf zermartert und schließlich beschlossen hatte, das Risiko einzugehen. Denn ihrer Meinung nach war es immer noch besser, Alice – ungeachtet ihrer eigenen Zukunftssorgen – so bald wie möglich ein stabiles Zuhause zu verschaffen, als sie im Ungewissen zu lassen, weil vielleicht irgendwann ihre biologischen Eltern auftauchen könnten.

»Tja, ich muss arbeiten«, meinte Ellie. »Tschüss, Alice.«
Alice umarmte sie. »'süss, Lellie.«

Ellie drückte sie an sich. »Cal hat gesagt, dass Sarah heute nur halbtags Schule hat und er sie nach dem Mittagessen vorbeibringt.«

»Sag ihm einen schönen Dank von mir. Vielleicht redet Alice ja heute mal mit ihr.« Sie schmiegte das Gesicht an Alices Nacken. »Stimmt's, mein kleines Mädchen?«

Alice antwortete mit einem hohen Kichern.

Ellie verließ das Haus und setzte sich in den Streifenwagen. Mit einem kurzen Hupen – Alice liebte das Geräusch – fuhr sie davon.

In den Wochen seit den Feiertagen hatte Rain Valley wieder ganz in seine Winterroutine zurückgefunden. Meistens waren die Straßen leer, und weder Autos noch Menschen ließen sich sehen. Die Kneipen wurden mehr und auch länger frequentiert. Ellie, Earl und Mel fingen abwechselnd auf der Ausfahrt vom Highway Autofahrer ab, die es völlig in Ordnung fanden, sich erst mit Bier volllaufen zu lassen und sich anschließend ans Steuer zu setzen. Die Matineevorstellungen am Wochenende im Kino waren gerappelt voll mit Kindern, und es war unmöglich, bei der Bowlingbahn einen Parkplatz zu ergattern.

Die Schlagzeilen über das Fliegende Wolfsmädchen waren inzwischen ganz aus den Zeitungen verschwunden. Sogar Mort hatte zurzeit über Besseres zu berichten, sei es nun über den grummelnden Mount St. Helens oder die vom Gericht sanktionierte Waljagd der Makah-Indianer.

Auch die Tage in der Polizeistation glitten zurück in ihre tröstliche Eintönigkeit. In Rain Valley war wieder Ruhe eingekehrt, und alle, die damit zu tun hatten, diesen Frieden zu erhalten, waren froh darüber. Cal hatte wieder mehr Zeit für seine Comics und seine Zeichnungen, denn das Telefon klingelte nur noch äußerst selten. Peanut erstellte den Zeitplan so, dass jeder seinen familiären Verpflichtungen nachkommen konnte, und zahlte jedem pünktlich seinen korrekten Lohn aus.

Kurz gesagt, das Leben war schön.

Ellie fuhr zum Kaffeekiosk Ancient Grounds, orderte einen großen Mokka Latte und fuhr dann weiter zur Polizeistation. Dort parkte sie auf ihrem Platz hinter dem Gebäude und betrat die Wache durch die rückwärtige Tür. Gerade war sie im Pausenraum, um nachzusehen, was der Kühlschrank zu bieten hatte, als Peanut hereinstürzte und die Tür hinter sich zuknallte.

»Ellen!«, flüsterte sie weithin hörbar. Wenn sie ihre Freundin mit korrektem Vornamen ansprach, musste es ganz besonders wichtigen Tratsch geben.

Ellie nahm einen Schluck Kaffee und warf einen Blick zur Uhr. Halb zwölf war ziemlich früh für große Neuigkeiten. »Lass mich raten: Man hat bei *Survivor* den Falschen rausgeschmissen.«

Peanut versetzte ihr einen freundschaftlichen Knuff. »*Survivor* läuft überhaupt nicht mehr.«

Ellie schloss den Kühlschrank. »Aha, was sagen die Buschtrommeln denn dann, meine Liebe?«

»Es ist wichtig, dass du bei Verstand bleibst. Cal und ich machen uns echt Sorgen.«

»Über meinen Verstand? Wirklich nett von euch.«

»Du weißt doch selbst, wie bescheuert du dich manchmal in Gegenwart einer bestimmten Sorte Mann benimmst.«

»Das würde ich so nicht unterschreiben. Aber der einzige attraktive Mann in der Stadt ist sowieso hinter meiner Schwester her.«

»Nicht mehr.«

»Max ist nicht mehr hinter Julia her?«

Peanut schlug ihr auf die Schulter. »Sperr die Ohren auf.«

Ellie runzelte die Stirn. »Was zum Teufel faselst du denn da eigentlich?«

»Draußen wartet ein Typ auf dich.«

»Und? Was soll die Panik?«

»Er sieht absolut super aus. Und er will nur mit dir persönlich sprechen.«

»Echt?«

»Du solltest mal sehen, wie du jetzt schon grinst. Genau davor hatte ich Angst.«

Ellie drängte sich an Peanut vorbei und spähte auf den Korridor. Von hier konnte sie nur erkennen, dass ein schwarz gekleideter Mann mit dem Rücken zu ihr auf einem Stuhl an ihrem Schreibtisch saß. »Wer ist das denn?«

»Er wollte uns seinen Namen nicht verraten. Und auch seine Sonnenbrille nicht abnehmen.« Peanut schnaubte. »Ist bestimmt aus Kalifornien.«

Ellie zog sich wieder in den Pausenraum zurück und schnappte sich ihre Handtasche. Fünf Minuten später hatte sie im Bad ihr Make-up aufgefrischt und sich die Zähne geputzt. Zurück im Pausenraum fragte sie Peanut: »Wie seh ich aus?«

»Das ist so was von abartig. Du bist jetzt schon im Tussi-Modus.«

»Ach, rutsch mir doch den Buckel runter. Ich hatte seit Monaten kein Date mehr.« Ellie strich sich die Uniform glatt, rückte die drei goldenen Sterne auf ihrem Kragen zurecht und ging entschlossen ins Büro hinaus. Peanut lief hinter ihr her.

Cal blickte auf. Natürlich bemerkte er die Schminke, warf einen Blick zu dem geheimnisvollen Mann hinüber und schüttelte den Kopf. »Was für eine Überraschung«, brummte er.

Unbeirrt marschierte Ellie weiter. »Hallo, ich bin Chief Barton«, stellte sie sich vor. »Ich habe gehört ...«

Der Fremde wandte sich ihr zu.

Ellie vergaß, was sie sagen wollte. Sie hatte nur noch Augen für die gemeißelten Wangenknochen, die vollen Lippen, den wilden schwarzen Wuschelkopf. Dann nahm der Besucher auch noch die Sonnenbrille ab und enthüllte ein Paar stahlblaue Augen.

Herr des Himmels.

Ohne ihm die Hand zu schütteln, sank Ellie auf ihren Stuhl.

»Ich war lange unterwegs, um Sie zu sehen«, sagte er mit müder, heiserer Stimme.

Ein Akzent. Nur eine Spur, aber genug. Sie konnte ihn nicht ganz einordnen. Vielleicht australisch? Oder Cajun? Ellie liebte Männer mit Akzent.

»Ich bin George Azelle.« Er griff in die Tasche, zog ein Stück Papier heraus und legte es auf Ellies Schreibtisch.

Der Name sagte ihr etwas.

»Ich sehe, Sie erinnern sich an mich.« Er beugte sich vor und schob das Papier näher zu ihr. »Sie brauchen sich nicht zu genieren, weil Sie mich so anstarren. Mit der Zeit gewöhnt man sich daran. Ich bin ihretwegen hier.«

»Ihretwegen?«

Er faltete das Papier auseinander. Es war ein Bild von Alice. »Ich bin ihr Vater.«

~

»Alice, wie oft müssen wir diese Diskussion denn noch führen?« Julia musste über ihre eigene Frage lachen. Zwar machten sie und Alice viel zusammen, aber nichts davon konnte man im engeren Sinne als Diskutieren bezeichnen.

»Zieh deine Schuhe an.«

»Nein.«

Julia ging zum Fenster und deutete hinaus. »Es regnet.«

»Nein.« Alice ließ sich auf dem Boden nieder.

»Wir wollen essen gehen. Erinnerst du dich an den Diner,

das kleine Restaurant? Da waren wir letzte Woche und haben leckeren Kuchen gekriegt. Zieh deine Schuhe an.«

»Nein. Schuhe riechen.«

Theatralisch warf Julia die Hände in die Luft. »Na gut, dann bleibst du eben hier bei Jake und Elwood, und ich bringe dir ein Stück Kuchen mit.« Sie ging in die Küche, sammelte mit demonstrativen Bewegungen ihren Schlüssel und ihre Handtasche ein und schlüpfte in die Jacke. Als sie fast bei der Tür war, hörte sie, wie Alice aufstand.

»Mädchen gehn?«

Julia verkniff sich ein Lächeln und drehte sich um. Da stand Alice, ihr kleines Gesicht von Wut und Sorge gleichermaßen verzerrt. Ihre Latzhose war vom letzten gemeinsamen Projekt noch mit Farbklecksen übersät. Julia stieg hastig in ihre Stiefel. Bei einem normalen störrischen Kind wäre sie wahrscheinlich hart geblieben und hätte sich mit dem Hinweis: *Tut mir leid, aber ohne Schuhe kannst du nicht in ein Restaurant mitkommen*, allein auf den Weg gemacht.

Nun jedoch kniete sie sich zu Alice, so dass sie auf gleicher Augenhöhe waren. »Erinnerst du dich an unser Gespräch über Regeln?«

»Mädchen gut. Mädchen böse.«

Unwillkürlich zuckte Julia bei dieser Beschreibung zusammen, aber Verhaltensregeln waren eben eine komplexe Angelegenheit. Sie waren Kennzeichen der Sozialisation, es dauerte Jahre, sie zu verinnerlichen und zu verstehen. Gesellschaften konnten nur mithilfe von allgemeinen Verhaltensvorschriften funktionieren, an die sich die Menschen hielten. »An manchen Orten müssen kleine Mädchen Schuhe anhaben.«

»Mädchen mag nicht.«

»Das weiß ich, Schätzchen. Aber wie wäre es denn, wenn

du die Schuhe im Auto auslässt? Du ziehst sie erst an, wenn wir in der Stadt sind, und kannst sie wieder ausziehen, sobald wir heimfahren. Okay?«

Alice runzelte nachdenklich die Stirn. »Keine Socken.«

»Einverstanden.«

Pflichtbewusst holte Alice die Stiefel aus der Kiste bei der Tür und ging nach draußen, ohne sich eine Jacke überzuziehen.

Als sie auf die Veranda trat, zog eine Wolke am Himmel vorüber und verdunkelte den Garten. Aus dem Nieselregen wurden winzige Schneeflocken, die sich sacht auf Alices dunklen Kopf und ihr nach oben gewandtes Gesicht legten, wo sie sofort schmolzen und kleine Tröpfchen bildeten.

»Schau, Dschulie! Schööön!«

Es schneite, und Alice hatte keine Schuhe an den Füßen. Perfekt.

Im Vorbeigehen holte Julia Alices Jacke vom Haken, nahm das Mädchen auf den Arm und trug sie zum Auto. Auf halbem Weg hörte sie das Telefon klingeln.

»Das ist wahrscheinlich Tante Ellie, die uns sagen will, dass wir den Schnee anschauen sollen.« Sie schnallte Alice an.

»Bah. Eng. Böse.« Alice holte alle ihre Wörter hervor, mit denen sie ihr Missfallen ausdrücken konnte. »Riecht.«

»Der Gurt riecht nicht, aber er beschützt dich.«

Julia legte eine CD ein und fuhr los.

Siebenmal hintereinander hörten sie Alices Lieblingssong aus *Elliot, das Schmunzelmonster,* ohne Pause. Jedes Mal, wenn das Lied zu Ende war, rief die Kleine »Noch mal!«, bis Julia ihren Wunsch erfüllte.

Schließlich fanden sie einen Parkplatz vor dem Diner. Der Song hörte auf.

»Noch mal?«

»Nein, Alice. Jetzt nicht.« Julia beugte sich zu ihr und versuchte, Alices kalte Füßchen in die Stiefel zu stecken. Es war, als versuchte man, Gummihandschuhe über nasse Hände zu ziehen. »Das nächste Mal lasse ich mich in der Auseinandersetzung über die Socken nicht so leicht unterkriegen.« Sie stieg aus und kam auf Alices Seite. Lächelnd machte sie die Tür auf. »Alles klar?«

Angst blitzte in Alices Augen auf, aber sie nickte.

»Du bist so ein tapferes Mädchen.« Julia half Alice aus dem Sitz.

Langsam schlurfte die Kleine auf das Restaurant zu, den Blick unverwandt auf ihre Füße gerichtet.

»Hab keine Angst, Alice. Ich bin bei dir, ich lasse dich nicht allein.«

Alice klammerte sich so fest an ihre Hand, dass es wehtat, sagte jedoch kein Wort.

Julia öffnete die Tür. Das Glöckchen bimmelte. Alice kreischte vor Schreck laut auf und krallte sich an Julias Bein, die sich sofort zu ihr hinunterbeugte und sie an sich drückte.

An der Kasse standen, Schulter an Schulter, die Schwestern Grimm. Offensichtlich hatten sie sich gleichzeitig nach dem Lärm umgewandt, denn sie starrten alle drei auf Alice. Hinter ihnen steckte Rosie Chicowski einen Stift in ihre rosa gefärbten, hochtoupierten Haare. Linkerhand saß ein alter Holzfäller ganz allein an einem Tisch.

Und alle glotzten Julia und Alice an.

Es wäre besser gewesen, wenn sie schon vor einer Stunde hergekommen wären, zwischen Frühstück und Mittagessen. So hatten sie es letzte Woche gemacht und das ganze Restaurant für sich gehabt. Langsam richtete Julia sich wieder auf.

In einer Dreierfront steuerten die Schwestern Grimm auf sie zu, und Julia musste unwillkürlich an die drei apokalyptischen Reiter denken. Heutzutage diente dem Tod anscheinend eine verbeulte Urne in den Armen einer alten Frau als Fortbewegungsmittel.

Die Schwestern sahen erst Julia an, dann Alice.

Julia erwiderte ihren Blick.

Alice schnaubte nervös und zerrte an Julias Hand.

Da fasste Violet in ihre Tasche und zog ein leuchtend violettes Plastikportemonnaie heraus. »Das ist für dich«, sagte sie und beugte sich zu Alice hinunter. »Meine Enkelin liebt diese Dinger.«

Alices Augen leuchteten auf, als sie das Geschenk sah. Ehrfürchtig berührte sie es, nahm es in ihre kleine Hand und strich sich damit über die Wange. Dann zögerte sie einen Moment, blinzelte zu Violet empor und sagte: »Dannke.«

Die drei Frauen stießen einen Laut des Erstaunens aus und wandten sich Julia zu. »Sie haben die Kleine gerettet«, sagte Daisy steif, offensichtlich beunruhigt von dem großen Gefühl hinter ihren Worten.

»Ihre Mutter wäre sehr stolz auf Sie gewesen«, fügte Violet hinzu und sah ihre Schwestern an, die synchron mit den Köpfen nickten.

»Danke«, lächelte Julia. »Aber ohne Sie alle hätte ich das nicht geschafft. Die Stadt hat uns den notwendigen Schutz geboten.«

»Sie sind schließlich eine von uns«, erwiderte Daisy schlicht.

Geschlossen machte das Trio kehrt und verließ das Restaurant.

Julia umfasste Alices Hand fester und führte sie zu einem

Ecktisch. Dort bestellten sie bei Rosie gegrilltes Käsesandwich, Pommes und Milchshakes. Das Essen war noch nicht serviert, als die Türglocke erneut bimmelte.

Alice schaute auf und verkündete nüchtern: »Max.« Zunächst bemerkte er sie gar nicht und gab seine Bestellung auf. Erst als er sich zum Gehen wandte, fiel sein Blick auf Julia. Ihr Herz machte einen Sprung.

»Hallo«, sagte er.

Sie lächelte ihn an. »Keine Verabredung zum Mittagessen, Herr Doktor?«

»Noch nicht.«

»Dann könntest du dich ja zu uns gesellen.«

Er sah zu Alice hinunter und fragte höflich: »Darf ich mich neben dich setzen?«

Ihr kleines Gesicht verzog sich nachdenklich. »Dschulie nicht wehtun?«

»Nicht mal im Traum«, antwortete er überrascht, doch als er Alices Verwirrung bemerkte, verbesserte er sich rasch: »Ich tu Julia bestimmt nicht weh, nein.«

Da rutschte die Kleine zur Seite, um neben sich Platz zu machen.

Max ließ sich auf dem Vinylsitz nieder. Kaum hatte er sich hingesetzt, erschien auch schon Rosie, von einem Ohr zum andern grinsend. »Es ist genauso spannend wie damals bei der Mondlandung. Ich wusste doch, dass es stimmt, was man sich von euch beiden erzählt.« Sie legte ein Gedeck für Max auf den Tisch.

»Alice ist meine Patientin«, entgegnete Max ruhig.

Rosie zwinkerte mit einem dick geschminkten Auge mit angeklebten Wimpern. »Aber sicher doch.«

Als sie wieder weg war, sagte Max: »Noch bevor ich mein Sandwich aufgegessen habe, wird die ganze Stadt Bescheid wissen. Sämtliche Patienten, die ich in der nächsten Woche behandle, werden mich nach dir ausquetschen.«

Ein paar Minuten später tauchte Rosie mit dem Essen auf.

»Dannke«, sagte Alice und lächelte die Kellnerin an. Rosie kehrte in die Küche zurück.

Gerade wollte Julia Alice ermahnen, immer nur einen Kartoffelschnitz auf einmal in den Mund zu stecken, als sie merkte, dass Max sie unverwandt ansah.

Sie begegnete seinem Blick und sah die Angst in seinen blauen Augen, eine Angst, die sie nur allzu gut nachvollziehen konnte – ebendiese Angst hatte einen großen Teil ihres Lebens bestimmt. Leidenschaft war gefährlich und Liebe noch viel gefährlicher. Meistens war es die Liebe, die ihren Patienten zusetzte – sei es nun zu viel oder zu wenig davon. Aber Alice hatte ihr etwas über Liebe beigebracht ... und über Mut.

»Was ist?«, fragte Max ernst.

Auf einmal spürte Julia etwas ganz Neues, eine Art wundersames Öffnen. Sie hatte keine Angst mehr.

»Komm her«, sagte sie leise.

Er beugte sich zu ihr. Sie küsste ihn, und für den Bruchteil einer Sekunde leistete er Widerstand. Aber dann gab er nach. Alice kicherte. »Kuss.«

Als sie sich voneinander lösten, war Max ganz bleich. Julia lachte. »Jetzt haben die Leute wenigstens etwas, worüber sie tratschen können.«

Danach widmeten sie sich ganz ihrem Essen, als wäre nichts geschehen. Als sie später an der Tür standen und sich die Jacken überzogen, legte Julia die Hand auf Max' Arm. Nachdem sie ihn nun schon in aller Öffentlichkeit auf den Mund geküsst hatte, machte das die Sache garantiert auch nicht mehr schlimmer.

»Ich fahre mit Alice zum Tierpark nach Sequim. Hast du vielleicht Lust mitzukommen?«

Er zögerte gerade lange genug, um auf die Uhr zu schauen. »Gut, ich fahre euch nach«, sagte er dann.

Julia führte Alice aus dem Restaurant und zurück zum Auto. Als sie den Eingang zum Tierpark erreichten, hatte es richtig angefangen zu schneien – große, weiche Flocken rieselten herab. Auf dem Zaun und auf dem Gras hatte sich bereits eine dünne Schneeschicht gebildet.

Julia blieb neben dem kleinen Holzhaus stehen, wo der Eigentümer wohnte. Auf der Veranda saßen zwei Schwarzbär-Junge und kauten auf großen Holzstücken herum.

»Du brauchst deine Stiefel, deine Handschuhe und deine Jacke«, ordnete Julia an.

»Nein.«

»Dann bleib im Auto.« Julia packte sich warm ein und stieg aus. Max stand bereits neben seinem eigenen Auto. Inzwischen war die Luft voller Schnee, der mit kleinen Nadelstichen auf ihren Nasen und Wangen landete.

»Worauf warten wir?«, fragte Max.

»Das wirst du gleich sehen.«

Die Autotür ging auf, Alice kletterte heraus, warm angezogen, wie Julia es ihr gesagt hatte. Nur die Stiefel hatte sie verkehrt herum an den Füßen.

In diesem Moment kam Floyd in einem dicken Daunenanorak aus dem Haus. Mit raschen Schritten lief er an den Jungbären vorbei, die Verandatreppe hinunter und über den verschneiten Hof. »Hallo Dr. Cates, hallo Dr. Cerrasin.«

Dann beugte er sich zu Alice hinunter. »Und du musst wohl Alice sein. Ich kenne einen Freund von dir.«

Alice ging hinter Julia in Deckung.

»Schon gut, Schätzchen. Das ist die Überraschung.«

Alice blickte auf. »Raschung?«

»Kommt alle mit«, sagte Floyd.

Sie waren noch keine drei Schritte weit gekommen, als das Heulen einsetzte.

Alice sah Julia an, die nickte.

Wie der geölte Blitz flitzte die Kleine los. Das Geheul, das der Wind zu ihnen trug, war herzzerreißend, und Alice antwortete im gleichen Ton.

Am Maschendrahtzaun trafen sie sich, das kleine Mädchen im schwarzen Wollmantel mit den vertauschten großen Stiefeln an den Füßen und der Wolf, der inzwischen fast ausgewachsen war.

Floyd ging zum Tor. Augenblicklich war Alice neben ihm, auf und ab hüpfend vor Aufregung.

»Aufmachen. Spielen. Mädchen.«

Er steckte den Schlüssel ins Schloss, und als es klickte, wandte er sich an Julia. »Sind Sie sicher, dass es ungefährlich ist?«

»Ganz sicher.«

Langsam öffnete er das Tor.

Alice schlüpfte hinein, und sofort begannen sie und der Wolf wie zwei Welpen aus demselben Wurf im Schnee herumzutollen. Jedes Mal, wenn das Tier ihr über die Wange leckte, gluckste Alice laut und vergnügt.

Floyd schloss die Tür wieder, blieb aber stehen und sah den beiden nachdenklich zu. »Das ist das erste Mal, dass er aufgehört hat zu heulen, seit ich ihn bekommen habe.«

»Sie hat ihn auch vermisst«, sagte Julia.

»Was meinen Sie …?«

»Ich habe keine Ahnung, Floyd.«

Sie schwiegen und schauten dem Mädchen und dem Wolf zu. »Es ist wirklich erstaunlich, was du aus ihr gemacht hast«, sagte Max zu Julia.

Sie lächelte. »Kinder sind eben unverwüstlich.«

»Nicht immer«, erwiderte er so leise, dass sie es um ein Haar nicht mitbekommen hätte.

Doch ehe sie nachfragen konnte, was er damit meinte, drang plötzlich der Klang von Sirenen an ihr Ohr. »Hörst du das auch?«, fragte sie.

Er nickte.

Anfangs war das Geräusch noch sehr weit weg, aber es kam beständig näher.

Als man die ersten Strahlen des Blaulichts durch den dunstigen Schnee blitzen sah, kam Bewegung in Floyd. Er packte Alice am Mantel, zog sie aus dem Gehege und knallte die Tür hinter ihr zu.

Alice fiel auf die Knie und heulte erbärmlich.

Unterdessen fuhr der Streifenwagen auf den Hof und hielt, während das Licht weiter in abgehacktem Rhythmus zuckte. Ellie stieg aus und steuerte direkt auf das wartende Grüppchen zu. »Er ist gekommen«, sagte sie.

»Wer?«, fragte Julia, aber als Ellie Alice ansah, wusste sie sofort Bescheid.

»Alices Vater.«

~

Max trug Alice ins Haus. Sie war leicht wie eine Feder.

Er versuchte nicht daran zu denken, wie selbstverständlich es ihm noch immer vorkam, ein Kind zu tragen, aber manche Erinnerungen waren einfach zu tief eingegraben, sie ließen sich nicht auslöschen, und manche Bewegungen waren so normal wie Luftholen.

Er ging zum Sofa, wo er sie zum Feuermachen absetzen wollte.

Doch sie ließ ihn nicht los, ihre Arme hielten seinen Hals unerbittlich fest umschlungen. Die ganze Zeit, während er im Haus umherging und das Feuer entfachte, heulte sie ununterbrochen leise vor sich hin, dass es ihm fast das Herz brach. Schließlich setzte er sich mit ihr aufs Sofa. Sie hatte die Augen fest geschlossen, ihre Wangen waren noch von der Kälte gerötet. Der Laut, den sie hervorbrachte und der inzwischen eher ein Wimmern als ein Heulen war, war der reinste Ausdruck eines unendlichen Verlusts. Zu viel Gefühl, zu wenig Worte.

Schau weg, dachte er. *Leg einen Film ein oder dreh die Musik auf.*

Er lehnte sich zurück und schloss die Augen. Sofort wusste er, dass das ein Fehler war. Er hörte ein anderes Kind weinen, das große Krokodilstränen vergoss. *Mein Fisch schwimmt nicht mehr, Daddy. Mach ihn wieder heil.*

Max umfasste Alice fester. »Alles wird gut, Kleines. Lass es raus. Das ist am besten.«

Beim Klang seiner Stimme sog sie heftig die Luft ein und sah zu ihm empor. Mit einem Mal begriff er, dass er kein Wort gesprochen hatte, seit sie vom Tierpark aufgebrochen waren. »Julia musste mit Ellie zur Polizeiwache. Die beiden sind bald wieder da.«

Mit vollkommen trockenen Augen blinzelte sie ihn an. Er fragte sich, ob sie eigentlich weinen konnte. Der Gedanke, dass sie womöglich nicht in der Lage war, ihrem Kummer auf diese Art Ausdruck zu verleihen, versetzte ihm einen Stich.

»Dschulie nicht Mädchen allein?«

»Nein, sie lässt dich nicht allein. Sie kommt bald zurück.«

»Mädchen heim?«

»Ja.« Er strich ihr eine widerspenstige, noch feuchte Locke hinters Ohr.

»Wolf?« Ihre Lippen zitterten. Die Frage war so vielschichtig, und doch genügte ihr ein einziges Wort.

»Wolf geht es auch gut.«

Sie schüttelte den Kopf, und plötzlich schien sie viel zu alt, zu erfahren für ihr Gesicht zu sein. »Nein. Faile. Böse.«

»Er braucht seine Freiheit«, erwiderte Max, der sie problemlos verstand.

»Wie Vögel.«

»Du weißt, wie es ist, gefangen zu sein, nicht wahr?« Er starrte in ihr kleines herzförmiges Gesicht. Sosehr er auch wegschauen wollte – wegschauen musste –, er konnte es einfach nicht. Erinnerungen überfielen ihn, an Augenblicke, die für immer verloren waren. Überraschenderweise waren es jedoch meist gute Erinnerungen. Aus einer Zeit, als er noch in der Lage gewesen war stillzustehen …, einer Zeit, als er sich gefreut hatte, ein Kind im Arm zu halten, und nicht traurig geworden war.

»Lesen Mädchen?« Sie deutete auf das Buch, das aufgeschlagen auf dem Couchtisch lag.

Er nahm es in die Hand.

Ohne zu zögern setzte sie sich auf, dicht an ihn gekuschelt. Er legte den Arm um sie und platzierte das Buch so, dass sie beide hineinsehen konnten.

Sie deutete oben auf die Seite, wie immer absolut sicher, wo sie aufgehört hatten.

Max begann zu lesen: »›Echt wird man nicht *gemacht*‹, erklärte das kluge alte Stoffpferd. ›Das ist etwas, was dir passiert. Wenn ein Kind dich ganz lange lieb hat und nicht nur mit dir spielt, sondern dich wirklich liebt, dann wirst du ECHT.‹ – ›Tut das weh?‹, fragte der Kuschelhase. ›Manchmal‹, antwortete das Pferd, denn es war immer ehrlich.«

Lies mir vor, Daddy.

Er fühlte Alices Hand an seiner Wange. Erst jetzt merkte er, dass er weinte.

»Aua?«, sagte sie.

Er sah sie an. Wann hatte er sich das letzte Mal Tränen erlaubt?

»Wieder gut?«

Er bemühte sich zu lächeln. »Ja, wieder gut.«

Sie kuschelte sich noch dichter an ihn. Er klappte das Buch zu und begann eine andere Geschichte zu erzählen, eine Geschichte, die er lange zu vergessen versucht hatte. Aber manche Erinnerungen lassen sich nicht für immer verdrängen. Es fühlte sich gut an, sie jemandem mitzuteilen, auch wenn Alice, als er zum traurigen Teil kam – zu dem Teil, bei dem er erneut weinen musste –, bereits fest eingeschlafen war.

ZWEIUNDZWANZIGSTES KAPITEL

*U*nd der DNA-Test ist eindeutig?«, fragte Julia. In der Stille des Autos klang ihre Stimme viel lauter als beabsichtigt. Wegen des Schnees und der hereinbrechenden Dunkelheit fühlte es sich an, als wären sie in einem Raumschiff, ohne jeden Kontakt zur Außenwelt.

»Ich bin keine Expertin auf dem Gebiet«, antwortete Ellie, »aber der Laborbericht schien schlüssig. Und er kannte Alices Muttermale. Ich muss das FBI kontaktieren. Morgen früh wissen wir mehr. Allerdings ...«

»Wie heißt sie wirklich?«

»Brittany.«

»Brittany.« Julia probierte den Namen aus und suchte in ihrem Inneren nach einem Echo. Wenn sie sich auf solche Kleinigkeiten konzentrierte – Lappalien, die erledigt werden mussten –, dann musste sie vielleicht nicht so viel an die großen Probleme denken. Alice – Brittany – war nicht ihre Tochter, sie war nie ihre Tochter gewesen. Die ganze Zeit über hatte sie gewusst, dass es für das Mädchen das Beste wäre, wieder in ihre Familie zurückkehren zu können. Dass sie sich dummerweise in dieses Kind verliebt hatte, war unerheblich. Wichtig war einzig und allein Alice. An diesen Gedanken klammerte sich Julia wie an einen Rettungsring. »Warum hat es so lange gedauert, bis er hier aufgetaucht ist?« Ellie fuhr auf den Parkplatz mit der Markierung POLIZEI-CHEF.

Julia starrte auf das Schild. Im Licht der Scheinwerfer schien es zu glühen, gleichzeitig war es vom fallenden Schnee verschleiert. Anscheinend war an diesem Abend alles irgendwie widersprüchlich. »Ich verstehe, dass du deinen Job machen musst, Ellie. Das müssen wir beide. Wir haben uns zu sehr auf Alice eingelassen. Stimmt schon. Aber ich bin ein Profi. Glaub mir, ich habe das Risiko, das ich eingegangen bin, immer im Blick gehabt, und ich habe auch nicht aus den Augen verloren, was für Alice am besten ist.«

»Du redest Blödsinn, aber ich weiß, warum du es sagst.« Ellie drehte sich zu ihr um, und im Wechselspiel von Licht und Schatten wirkte ihr Gesicht älter und ernster als sonst. »Es gibt da leider ein Problem.«

»Sag's mir.«

»Weißt du, wer George Azelle ist?«

Julia runzelte die Stirn, und es dauerte einen Moment, bis es ihr einfiel. »O ja. Der Typ, der seine Frau und seine kleine Tochter ermordet hat? Sicher. Er ...«

»Er ist ihr Vater.«

»Nein.« Entsetzt schüttelte sie den Kopf. Das musste ein Irrtum sein. Der Fall Azelle war eine Sensation gewesen. Wegen des Internet-Imperiums, das der Mann aufgebaut hatte, war er immer als Mördermillionär bezeichnet worden. Jeder Aspekt des verwirrenden Prozesses war von den Medien ausgeschlachtet worden. Eigentlich stand nur eines fest, nämlich dass der Mann schuldig war. »Aber er ist doch verurteilt worden. Wie ...?«

»Das kann ich dir auch nicht beantworten, da musst du ihn fragen.«

Julia konnte sich nicht von der Stelle rühren.

Schließlich legte Ellie ihr die Hand auf den Arm und sagte:»Ich kann alleine reingehen und ihm sagen, dass ich dich nicht erreicht habe.«

»Nein.«

Als Julia in die eiskalte Nacht hinaustrat, gab sie sich alle Mühe, die aufsteigende Panik niederzukämpfen. Vielleicht hätte sie sich nach einer Zeit damit abfinden können, Alice an eine liebevolle Familie zu verlieren. Aber George Azelle! »Ein Mörder!«, murmelte sie mehrfach ungläubig auf dem Marsch über den Parkplatz und die Treppe hinauf, wobei sie sich an die Fakten des Prozesses zu erinnern versuchte. In erster Linie war ihr im Gedächtnis geblieben, dass die Geschworenen den Mann für schuldig befunden hatten.

Riesige Schneeflocken segelten gemächlich vom Nachthimmel herab und glitzerten in den Lichtkegeln der Straßenlaternen und Fenster.

Auf der Wache war es still.

Julia blinzelte und wartete, bis sich ihre Augen an das Licht gewöhnten. Der Hauptraum schien größer als sonst, aber das rührte wahrscheinlich daher, dass sie ihn in erster Linie von den Pressekonferenzen kannte. Cal saß mit Kopfhörern an seinem Schreibtisch, Peanut stand neben ihm. Beide sahen Julia mit sorgenvoller Miene entgegen.

Ellies Schreibtisch war leer, auch der Stuhl davor.

»Er ist in meinem Büro«, erklärte Ellie.

»Oh.«

Ellie sah erst zu Peanut, dann zu Cal. »Ihr beiden bleibt bitte hier.«

Peanuts Augen füllten sich mit Tränen. »Wir wollen es auch gar nicht hören.«

Cal nickte und griff nach Peanuts Hand.

Seite an Seite durchquerten die Schwestern den Hauptraum, passierten die beiden offenen, leeren Arrestzellen und kamen schließlich zu der Tür mit dem Messingschild: POLIZEICHEF.

Ellie ging vor und begrüßte den Mann, der ihr mit heiserer, tiefer Stimme antwortete.

Julia holte tief Luft und folgte ihrer Schwester. Natürlich gab es noch andere Dinge in dem Raum, die Julia hätten auffallen können, aber sie hatte nur Augen für George Azelle.

Auf der Straße oder in einer Menschenmenge hätte sie ihn vielleicht gar nicht erkannt, doch als sie ihn da sitzen sah, erinnerte sie sich sofort wieder an ihn. Groß, dunkel, tödlich. So hatte die Presse ihn beschrieben, und es fiel nicht schwer, zu verstehen, warum. Er war über einsachtzig groß, mit breiten Schultern und schmalen Hüften. Sein Gesicht war kantig und gut geschnitten, wirkte allerdings irgendwie finster – als könnte es schnell zornig werden. Die schwarzen, von grauen Strähnen durchzogenen Haare reichten ihm fast bis auf die Schultern, und obwohl er im Augenblick ziemlich mitgenommen wirkte, besaß er eine Ausstrahlung, die eine Frau leicht zum Träumen brachte.

»Sie sind Psychologin?«, fragte er anstelle einer Begrüßung. Er sprach mit einem leichten Akzent, einer Dehnung der Silben, die Julia an Louisiana und die Bayous erinnerte, an schwüle, dekadente Orte, an Gespräche nach Mitternacht. »Ich möchte Ihnen für alles danken, was Sie für mein kleines Mädchen getan haben. Wie geht es ihr?«

Julia machte einen schnellen Schritt nach vorn, beinah

ruckartig, und streckte die Hand aus. Sein Händedruck war fest, vielleicht ein bisschen fester als nötig.

»Und Sie sind also der Mörder«, sagte sie und zog die Hand zurück. Plötzlich hatte sie das Bedürfnis, seine Berührung ungeschehen zu machen. »Sie sind wegen Mordes verurteilt worden, wenn ich mich recht erinnere.«

Sein Lächeln verblasste. Er griff in die Gesäßtasche seiner Jeans, zog einen Umschlag heraus und warf ihn auf Ellies Schreibtisch. »Um eine extrem lange Geschichte kurz zu machen – das Berufungsgericht hat die Ablehnung des Klageabweisungsantrags widerrufen. Aus Mangel an Beweisen. Der Oberste Gerichtshof hat zugestimmt. Ich bin letzte Woche entlassen worden.«

»Aufgrund einer Formsache.«

»Wenn sie meine Unschuld als Formsache bezeichnen wollen, ja. Ich bin eines Tages nach Hause gekommen, und meine Familie war verschwunden.« Seine Stimme versagte. »Ich habe nie herausgefunden, was mit ihnen geschehen ist. Die Cops sind einfach zu dem Schluss gelangt, dass ich ein Mörder bin, und das war's dann. Alle anderen Beweise wurden schlichtweg ignoriert.«

Darauf wusste Julia keine Antwort. Verzweifelt versuchte sie, ihre Gefühle außen vor zu lassen, aber die Panik saß ihr im Nacken. »Sie kann ohne mich nicht überleben.«

»Sehen Sie, ich war mehrere Jahre hinter Gittern. Ich habe ein großes Haus am Lake Washington und genug Geld, um die beste Pflege für sie zu engagieren, also reden wir nicht lange um den heißen Brei herum. Ich muss der Welt zeigen, dass sie noch lebt, deshalb will ich sie. Und zwar sofort.«

Julia starrte ihn schockiert an. »Wenn Sie glauben, ich überlasse Alice einem Mörder, dann sind Sie verrückt.« »Wer zum Teufel ist Alice?«

»So haben wir sie genannt. Wir wussten ihren richtigen Namen nicht.«

»Na ja, jetzt wissen Sie ihn. Sie ist meine Tochter, und ich bin hier, um sie nach Hause zu holen.«

»Sie können das unmöglich ernst meinen. Soweit wir wissen, stecken Sie doch hinter der ganzen Geschichte. Sie wären beileibe nicht der Erste, der sein Kind opfert, um seine Frau loszuwerden.«

Sie sah etwas in seinen Augen aufblitzen. Er beugte sich zu ihr. »Ich weiß auch, wer Sie sind, Frau Psychologin. Ich bin hier nämlich nicht der Einzige mit einer dunklen Vergangenheit, nicht wahr? Legen Sie wirklich Wert auf eine Auseinandersetzung in aller Öffentlichkeit?«

»Jederzeit«, antwortete sie fest. »Sie machen mir keine Angst.«

Er baute sich bedrohlich vor ihr auf und flüsterte: »Sagen Sie Brittany, dass ich sie holen komme.«

»Das werde ich nicht zulassen.«

Inzwischen stand er so dicht vor ihr, dass sie seinen heißen Atem an der Wange spürte. »Wir wissen doch beide, dass Sie mich nicht aufhalten können. Die Gerichte in Washington sind in jedem Fall für Familienzusammenführung. Wir sehen uns also vor Gericht.«

~

Als er endlich weg war, sank Julia auf einen kalten, harten Stuhl. Sie bebte am ganzen Körper. George Azelle hatte recht – im Staat Washington entschieden die Richter fast immer zugunsten der biologischen Familie.

»Möchtest du darüber reden?«, fragte Ellie.

»Reden wird auch nichts helfen.«

Aber nachdenken.

Sie holte tief Luft. »Ich benötige Informationen über seinen Fall.«

»Das hier hat er mir gegeben.« Ellie schob einen Papierstapel über den Tisch.

Julia nahm ihn und versuchte zu lesen. Aber ihre Hände zitterten so, dass die Buchstaben in heillosem Durcheinander über das weiße Papier tanzten.

»Jules …«

»Ich brauch mal einen Moment«, entgegnete Julia und hörte selbst den verzweifelten Unterton in ihrer Stimme. Sie musste ihre ganze Selbstbeherrschung aufbringen, um nicht zu schreien oder zu weinen, und wenn sie zu tief in die traurigen Augen ihrer Schwester blickte oder tröstende Worte hörte, versank sie womöglich völlig in der Hoffnungslosigkeit. »Bitte.«

Sie konzentrierte sich auf die Dokumente, die das Skelett der ganzen Geschichte darstellten. Das Original des Antrags auf Klageabweisung, den Azelles Anwalt nach Ende der Beweisaufnahme eingereicht hatte, die Ablehnung des Antrags, die Aufhebung der Ablehnung durch das Berufungsgericht, die Erklärung des Obersten Gerichtshofs, dass die Ablehnung und die Klageabweisung angenommen wurden. Für Julia aber war der Entscheid über hinreichenden Tatverdacht am wichtigsten, denn hier wurden die Fakten des Falls umrissen.

Am 13. April 2002 um etwa 9.30 Uhr am Vormittag tätigte George Azelle einen Anruf bei der Polizeibehörde von King County, um zu melden, dass seine Frau, Zoë Azelle, sowie seine anderthalbjährige Tochter Brittany seit über vierundzwanzig Stunden vermisst wurden. Die Polizeibehörde von Seattle reagierte unverzüglich und schickte zwei Streifenbeamte zum Haus der Familie Azelle, 16 402 Lakeside Drive auf Mercer Island. Zunächst wurde nur das County durchsucht, dann wurde die Suche auf den ganzen Bundesstaat ausgeweitet. Gruppen freiwilliger Helfer bildeten sich, Suchtrupps und Nachtwachen wurden organisiert.

Die in diesem Zeitraum durchgeführten Ermittlungen ergaben, dass Mrs Azelle zum Zeitpunkt ihres Verschwindens eine außereheliche Affäre hatte. Sie hatte bereits die Scheidung eingereicht. Auch Mr Azelle unterhielt eine Liaison mit seiner persönlichen Assistentin Corinn Johns.

Im Zuge der Ermittlungen stellte die Polizei Folgendes fest: Etwa im November 2001 reagierte die Polizei auf einen Anruf wegen nächtlicher Ruhestörung, anscheinend verursacht durch einen Ehestreit. Da die Beamten bei Mrs Azelle Prellungen und blaue Flecke feststellten, nahmen sie Mr Azelle fest. Die Anklage wurde fallengelassen, als Mrs Azelle sich weigerte, gegen ihren Mann auszusagen.

Am Abend des 11. April 2002 berichtete der Nachbar Stanley Seaman von einer weiteren lautstarken Auseinandersetzung im Haus der Azelles, rief aber nicht die Polizei. Er sagte lediglich zu seiner Frau, die Azelles hätten sich »mal wieder in den Haaren«. Seaman nannte als Zeitpunkt des Streits 23.15 Uhr.

Azelle versichert, gegen ein Uhr früh am 12. April mit seinem Wasserflugzeug ohne weitere Passagiere von Lake Washington abgeflogen zu sein. Laut Zeugenaussage von Familienmitgliedern kam er knapp zwei Stunden später im Haus seiner Schwester auf Shaw Island an. Experten bestätigten der Polizei, dass die durchschnittliche Flugzeit für diese Distanz etwas unter zwei Stunden beträgt. Gegen 19 Uhr am selben Tag kehrte Azelle zu seinem Haus am Lake Washington zurück.

Ein örtlicher Blumenlieferant, Mark Ulio, lieferte am Sonntag um 16.45 Uhr Blumen zum Haus der Azelles; sie waren um 13 Uhr von Azelle telefonisch bestellt worden. Zur Zeit der Lieferung reagierte dort jedoch niemand auf sein Klingeln. Ulio berichtete, dass er einen Mann Mitte dreißig, weiß, in einer gelben Regenjacke und mit einer Batman-Baseballkappe in einen weißen Lieferwagen habe steigen sehen, der auf der gegenüberliegenden Straßenseite geparkt war.

Am Montagmorgen rief Azelle mehrere Freunde und Verwandte an und befragte sie zum möglichen Aufenthaltsort seiner Frau und seiner Tochter. Mehrere Zeugen sagten aus, er habe ihnen mitgeteilt, Zoë Azelle sei »mal wieder abgehauen«. Als Brittany am selben Tag um 10.30 Uhr nicht zur Tagesbetreuung gebracht worden war und Zoë ihren Termin bei ihrem Therapeuten nicht wahrnahm, verständigte Azelle die Polizei und meldete die beiden als vermisst.

Nachdem Azelle als Verdächtiger identifiziert worden war, erschien die Polizei mit einem Durchsuchungsbefehl in seinem Haus. Auf einem Teppich im Wohnzimmer fanden die Beamten Blutspuren. Außerdem konnten Haarproben aus dem Schlafzimmer des Paars gesichert werden – die laut DNA-Befund von Mrs Azelle stammten –, an denen noch die Wurzeln waren, was auf einen Kampf hindeutete. Auf der Frisierkommode war eine Lampe zerbrochen.

Während der gesamten Dauer der Suchaktion fiel den Beamten wiederholt auf, dass George Azelle plötzlich nicht mehr da war oder sich benahm, als wäre ihm das Verschwinden seiner Familie vollkommen gleichgültig. Dieses Verhalten führte dazu, dass die Polizei Azelle als Verdächtigen ansah.

Basierend auf den zur Verfügung stehenden Informationen nahm Sergeant Gerald Reeves Azelle wegen Mordes an seiner Frau und seiner Tochter fest und belehrte ihn über seine Rechte. Die Staatsanwaltschaft beantragt, dass in diesem Fall keine Kaution gewährt wird, denn es handelt sich um ein brutales, sorgfältig geplantes und kaltblütig durchgeführtes Verbrechen. Azelles beträchtlicher persönlicher Reichtum und die Tatsache, dass er einen Pilotenschein besitzt, stellen ein hohes Fluchtrisiko dar.

Im Bewusstsein der im Gesetz des Staates Washington festgelegten Strafe für Meineid bezeuge ich, dass dieser Bericht wahr und korrekt ist.

Darunter waren die Unterschrift des zuständigen Detective und das Datum.

Als Julia alles gelesen hatte, seufzte sie tief und legte die Papiere zurück auf den Schreibtisch.

Auf dem Korridor waren Schritte zu hören.

Peanut und Cal versuchten sich gleichzeitig durch die Tür zu drängeln. Peanut setzte sich durch. »Und?«

»Er ist Abschaum«, sagte Julia. »Ein Ehebrecher, der mit fast neunundneunzigprozentiger Sicherheit seine Frau geprügelt hat. Aber dem Gericht zufolge ist er kein Mörder. Und er kann für ein und dasselbe Verbrechen auch kein zweites Mal angeklagt werden.« Sie sah in die sorgenvollen Gesichter um sie herum. »Außerdem ist er zweifelsfrei Alices Vater. Die DNA-Analyse ist eindeutig – sie ist Brittany Azelle. Die Gerichte in Washington State ...«

»Mich kümmern diese ganzen blöden Gerichte nicht«, fiel ihr Peanut ins Wort. »Was können wir tun, um sie zu schützen?«

»Ja, wir brauchen einen Plan«, stimmte Cal ein.

»Ich würde mich für sie vor den Bus werfen«, sagte Julia, und plötzlich wurde sie ganz ruhig.

Sogar ihre Hände hörten endlich auf zu zittern.

Ich würde mich für sie vor den Bus werfen.

Das war die Wahrheit.

»Zeit, uns an die Arbeit zu machen«, sagte sie. Obwohl sie sich kein Lächeln abringen und sich nicht einmal vorstellen konnte, jemals wieder zu lächeln, fühlte sie sich stark. Sie würde nicht daran denken, *was wäre, wenn,* denn das raubte ihr lediglich Kräfte, die sie anderswo dringend benötigte. Sie würde nur an Alice denken, an Alice und wie sie die Kleine beschützen konnte.

»Engagier einen Privatdetektiv«, sagte sie zu Ellie. »Geh Azelles Akte noch einmal durch, seine ganze Vergangenheit, wenn es sein muss, bis zurück in die Grundschule. Irgendwo, irgendwann hat der Mistkerl garantiert jemanden verprügelt oder Drogen verkauft oder ist betrunken Auto gefahren. Find es raus. Wir müssen nicht beweisen, dass er ein Mörder ist, sondern nur, dass er sich nicht als Vater eignet.«

~

Als sie heimkamen, war es erst kurz nach fünf Uhr, doch es fühlte sich an, als wäre es mitten in der Nacht. Wolken verdunkelten den Himmel. Alles war von einer dünnen Schneeschicht bedeckt – die Wiese, das Dach, das Verandageländer. In der weißen Umgebung schien das Haus förmlich zu glühen.

Ellie parkte nah beim Haus. Keine der beiden Frauen machte Anstalten auszusteigen.

»Ich werde es ihr nicht sagen«, stellte Julia schließlich fest, starrte dabei aber weiter geradeaus.

Ellie seufzte. »Wie willst du es ihr je beibringen? Sie hasst es ja schon, wenn du rausgehst, um Frühstück zu machen.«

So weit wollte Julia nicht denken.

Mädchen nicht alleinlassen, Dschulie.

Sie öffnete die Autotür und trat in den Schnee hinaus, doch sie spürte die Kälte kaum.

Langsam stieg sie die Stufen hinauf, aus dem Schnee aufs nasse Holz, und machte die Haustür auf. Licht und Wärme schlugen ihr entgegen. Dann sah sie Alice, zusammengerollt auf Max' Schoß. Als Julia hereinkam, blickte sie auf und lächelte breit.

»Dschulie!«, kreischte sie, schlüpfte aus Max' Armen und rannte ihr entgegen.

Julia fing sie auf und drückte sie fest an sich. »Hallo, mein Kleines«, sagte sie leise und versuchte zu lächeln. Hoffentlich sah es nicht so bemüht aus, wie es sich anfühlte.

Alice sah sie stirnrunzelnd an. »Traurig?«

»Froh, wieder zu Hause zu sein«, antwortete Julia ausweichend.

Erleichterung leuchtete in Alices Augen auf. Sie umarmte Julia noch einmal und küsste sie auf den Hals.

Jetzt kam auch Ellie auf sie zu und strich Alice übers Haar. »Hallo, kleines Mädchen.«

»Hallo, Lellie«, sagte sie mit leiser, glücklicher Stimme.

Mittlerweile war Max aufgestanden. Im Gegenlicht des Feuerscheins sah sein Gesicht dunkel aus. »Julia?«, sagte er. Man konnte kaum überhören, dass er sich Sorgen machte.

Um ein Haar verlor sie die Fassung. Sie wich seiner Berührung so geschickt aus, dass es ein bloßer Zufall hätte sein können, merkte aber sofort, dass sie ihn nicht an der Nase herumführen konnte. Eins wusste sie inzwischen über Max: Er erkannte, wenn einem das Herz wehtat, er verstand, wie sich das anfühlte, wie es schmeckte – einfach alles. Und jetzt las er es in ihrem Gesicht. Sie konnte es nicht verbergen – nicht mit Alice auf dem Arm und George Azelles Umschlag in der Jackentasche.

Aber wenn Max sie nun anfasste, würde sie in Tränen ausbrechen, und das wollte sie nicht. Weiß Gott, sie brauchte ihre ganze Kraft für das, was ihr noch bevorstand.

»Er will sie zurückhaben.«

Das traurige Verständnis in seinen Augen war nahezu unerträglich. Langsam kam er auf sie zu, und eine Sekunde lang dachte sie, er würde sie küssen. Stattdessen sagte er nur: »Ich warte heute Abend auf dich.«

»Aber ...«

»Es ist egal, um wie viel Uhr du kommst. Aber ich glaube, du brauchst mich.«

Das konnte sie nicht abstreiten.

»Ich werde aufbleiben«, fügte er noch hinzu, und diesmal wartete er keine Antwort ab, sondern sagte allen auf Wiedersehen und ging.

Schweigen senkte sich herab.

»'süss, Max«, sagte Alice schließlich. »Dschulie nich gehn?«

Julia schluckte schwer und spürte die aufsteigenden Tränen. Aber sie hielt Alice ganz fest. »Nein, ich lass dich nicht allein, Alice«, sagte sie und betete, dass es wahr werden würde.

~

Den Rest des Abends bewegte sich Julia wie durch einen Nebel. Alice schien zu spüren, dass etwas nicht stimmte, und blieb ihr noch dichter auf den Fersen als gewöhnlich.

Um neun waren sie beide völlig erschöpft. Julia badete das kleine Mädchen, flocht ihr die Haare und deckte sie warm zu. Als sie jedoch zusammengekuschelt auf der schmalen

Matratze lagen und Julia vorlesen wollte, verschwammen ihr ständig die Wörter vor den Augen.

»Dschulie traurig?«, fragte Alice immer wieder, das kleine Gesicht sorgenvoll verzogen.

»Nein, nein, alles in Ordnung«, sagte Julia, klappte das Buch zu und gab Alice einen Gutenachtkuss. »Ich hab dich lieb«, flüsterte sie an der weichen, nach Kleinkind duftenden Wange.

»Bleib«, murmelte Alice, der schon die Augen zufielen.

»Nein. Es ist Nacht. Jetzt schläft Alice.«

Die Kleine nickte und steckte den Daumen in den Mund. Julia blickte auf sie hinunter.

Mein kleines Mädchen.

Ein Schmerz durchzuckte ihre Brust. Sie wandte sich vom Bett ab und ging nach unten.

Ellie saß am Küchentisch und las, vor sich einen dicken Stapel Papiere. Zu ihren Füßen lagen die Hunde, ungewohnt brav. »Das Gericht hat verfügt ...«

Julia hob die Hand, als wollte sie einen Schlag abwehren. »Ich kann jetzt nicht darüber reden. Ich brauche ein bisschen ... Zeit. Kannst du auf Alice aufpassen?«

»Natürlich.«

Julia holte ihren Autoschlüssel und ihre Handtasche. Für jeden einzelnen Schritt musste sie ihre ganze Kraft zusammennehmen. »Bis nachher, ich bleib nicht lange weg.«

Draußen holte sie tief und zittrig Luft. Die Nacht roch nach feuchtem Holz. Auf halbem Weg zum Auto fiel ihr auf, dass sie ihre Jacke vergessen hatte.

Frierend fuhr sie zu Max. Die Heizung wurde erst warm, als sie schon in seine Auffahrt einbog.

Als sie den verschneiten Hof überquert hatte und bei der Verandatreppe angekommen war, stand er bereits vor der

Tür und wartete auf sie. Blasses Licht fiel durch ein offenes Fenster und umgab ihn mit einem goldenen Schein.

Bei seinem Anblick war ihr, als ginge von einem Ort tief in ihrem Innern ein Ruck aus, von einem Ort, der für gewöhnlich ganz still war, den sie so gut wie nie wahrnahm. Aber nun fühlte es sich an, als käme sie nach Hause.

Sie stieg die Treppe hinauf und ging zu ihm. Doch als er ansetzte, etwas zu sagen, merkte sie, dass sie nichts hören wollte. Seine Stimme, seine Fragen waren zu konkret, irgendwie zu schwer. Und im Moment konnte sie keine zusätzliche Last mehr tragen.

Sacht legte sie den Finger auf seine Lippen. »Geh mit mir ins Bett, Max.«

Er starrte sie an, und einen Augenblick – nur ganz kurz – sah sie den Mann hinter dem Lächeln, den Mann, der viel Erfahrung hatte mit Kummer und Verlust. »Bist du sicher?«

»Du verschwendest unnötig Zeit. Alice …« Ihre Stimme versagte, sie musste sich ein Lächeln abringen. »Ich kann nicht lange wegbleiben, womöglich hat sie einen Albtraum.«

Da hob er sie schwungvoll hoch und trug sie die Treppe hinauf. Sie klammerte sich an ihn, das Gesicht an seine Schulter gedrückt. Sekunden später waren sie in seinem Zimmer. Sie glitt aus seinen Armen und trat einen Schritt zurück. Obwohl sie nichts weniger wollte als Distanz, fühlte sie sich plötzlich unbehaglich. Erschöpft.

Trotzdem knöpfte sie sich die Bluse auf. Der Büstenhalter folgte.

So standen sie voreinander, nur ein paar Zentimeter getrennt und doch Lichtjahre voneinander entfernt. Langsam zogen sie sich aus. Schließlich, als sie beide nackt waren, sahen sie einander an.

Als er die Arme nach ihr ausstreckte, sagte sie nichts. Sie atmete kaum, aber er legte die Hand in ihren Nacken und zog sie an sich. Aus dem Gleichgewicht gebracht, stolperte sie und taumelte gegen seine Brust.

Ganz langsam küsste er sie, zuerst mit überraschender Zartheit, dann immer gieriger. Sie legte die Arme um ihn, streichelte ihn und wollte ihn näher, noch näher.

Kurz schoss ihr der Gedanke durch den Kopf, ihn wegzuschubsen, es sich anders zu überlegen, zu sagen: *Stopp, ich hab mich geirrt, du wirst mir das Herz brechen*, aber ihre Angst hielt nicht länger als einen Augenblick, dann gewann die Leidenschaft die Oberhand. Langsam näherten sie sich dem Bett, und Julia beobachtete wie aus weiter Ferne, wie sie seine Kleider wegschob. Dann lag sie mit ihm auf dem zerwühlten weißen Laken, unter ihm, die Hände voller Verlangen auf seiner nackten, heißen Haut. Ihr Atem ging so schnell und heftig, dass ihr schwindlig wurde, sein Name schlüpfte von ihren Lippen auf seine, ohne dass einer von ihnen es wahrnahm. Seine Hände überwanden ihre Abwehr, besiegten sie, führten sie über die Lust hinaus in den Schmerz und wieder zurück in die Lust. Irgendwann hörte sie, wie er ein Päckchen aufriss, dann übernahmen ihre Hände die Aufgabe, das Kondom sanft an Ort und Stelle zu bringen.

Er stöhnte auf, bedeckte ihren Körper mit seinem und rieb sich an ihr, bis sie nichts mehr denken, sondern nur noch fühlen konnte.

Als er in sie eindrang, mit einem Stoß, der mitten in ihr Innerstes zielte, schrie sie auf, einen Moment halb verrückt vor Angst, dass sie sich in all dieser Sehnsucht selbst verloren hatte.

Als es vorbei war, hielt er sie fest und küsste sie wieder.

Lang und sanft, so sanft, dass sie am liebsten geweint hätte.

»Du bist ein guter Mann, Max Cerrasin«, sagte sie heiser.

»Das war ich einmal.«

Sie zog sich so weit zurück, dass sie ihn anschauen konnte.

Im blassen Licht einer einzigen Lampe sah sie das, was sie sich bisher nicht einzugestehen gewagt hatte: Von dem Augenblick an, als sie ihn gesehen hatte, und erst recht seit ihrem ersten Kuss, war sie ein für alle Mal verloren gewesen. Sie hatte sich nicht auf die Liebe eingelassen, sie war Hals über Kopf hineingestürzt wie ihre geliebte Alice in ihr Kaninchenloch, in dem nichts mehr wirklich einen Sinn ergab. Wichtig war nur die Liebe selbst, das Gefühl, mit einem anderen Herzen in Verbindung zu treten. Sie konnte sehen, dass auch Max sich Sorgen machte. Sie waren an einen Ort gelangt, den keiner von ihnen vorausgesehen hatte, und sie konnten nicht wissen, wie es enden würde. Früher − gestern noch! − hätte ihr das Angst gemacht. Doch inzwischen hatte sie eine Menge gelernt. »Gestern habe ich mir über so vieles den Kopf zerbrochen, aber heute habe ich begriffen, was wichtig ist.«

»Alice.«

»Ja«, erwiderte sie leise. »Alice und du.«

~

Max lag neben ihr, ihren nackten Körper eng an sich gepresst, und starrte zur Decke hinauf. Es war lange her, dass er sich so gefühlt hatte. Er wollte die Nacht mit Julia verbringen, wollte neben ihr aufwachen, sie am Morgen wachküssen und über alles reden, was ihm gerade einfiel.

Unter gewöhnlichen Umständen wäre das auch möglich gewesen, aber leider waren die Umstände alles andere als gewöhnlich. Ein Teil von ihr war dabei, auseinanderzubrechen, nur die schiere Willenskraft bewahrte sie davor.

Er rollte sich auf die Seite und sah sie an. »Du bist so schön«, sagte er und fuhr mit dem Zeigefinger ihre volle Unterlippe nach.

»Du auch«, antwortete sie. Ihre Nase berührte sein Kinn. Wenn sie lächelte, erinnerten ihre hellgrünen Augen ihn an einen nebelverhangenen Morgen im Regenwald. Kühl und tief und irgendwie magisch.

»Du machst noch einen Romantiker aus mir«, meinte er.

»Du bist doch längst einer.«

Er grinste. »Ihr Psychologen müsst immer das letzte Wort haben, oder?«

Bevor sie antwortete, sah sie ihn lange und durchdringend an. »Lüg mich nicht an, Max. Mehr verlange ich nicht von dir, okay? Mach mir nicht vor, du würdest etwas empfinden, was du nicht empfindest.«

»Ich hab dir nie etwas vorgemacht, Julia.«

»Dann erzähl mir was Richtiges.«

»Zum Beispiel?«

Sie sah zu der Kommode hinüber, auf der mehrere gerahmte Bilder standen. Bilder aus seinem früheren Leben.

»Zum Beispiel von deiner Ehe.«

»Sie hieß Susan O'Connell. Wir haben uns auf dem College kennengelernt. Ich hab mich auf den ersten Blick in sie verliebt.«

»Und dann?«

Eine Sekunde wandte er den Blick ab, dann begriff er, dass es nichts nützte. Ihre Augen sahen alles, er konnte seinen Schmerz ganz sicher nicht dadurch verbergen, dass er wegschaute. »Glaub mir, jetzt ist nicht der richtige Zeitpunkt für dieses Gespräch.«

»Wird der richtige Zeitpunkt denn jemals kommen?« »Das wird er«, antwortete er leise.

Sie gab ihm einen zarten Kuss und richtete sich anschließend auf. »Ich gehe jetzt lieber. Alice schläft schlecht zurzeit. Wenn sie aufwacht und ich nicht da bin, kriegt sie womöglich Panik.« Beim Namen des Mädchens zitterte ihre Stimme. »Vor Gericht werden alle erkennen, dass du am besten für sie geeignet bist.«

»Vor Gericht«, wiederholte sie seufzend.

»Du glaubst nicht, dass man dort die richtige Entscheidung treffen wird?«

»Ich fürchte, ich kann im Augenblick nicht darüber nachdenken. Wenn ich es tue, mache ich schlapp. Momentan will ich mich darauf konzentrieren, zu beweisen, dass er als Vater nichts taugt. Einen Schritt nach dem anderen.«

»Du wirst mich brauchen.«

Ruhig lächelte sie ihn an. Etwas in ihrer Brust löste sich und machte ihr das Atmen leichter. »Ja, ganz bestimmt.«

~

Die Nacht verging für Ellie in einem Strom dunkler Träume und schrecklicher Bilder. Als sie in der Morgendämmerung erwachte, war sie gereizt und nervös. Zuallererst zog sie die Akte wieder heraus – sie hatte den Text inzwischen so oft gelesen, dass sie ihn schon beinah auswendig konnte. In den vergangenen vierundzwanzig Stunden hatte sie mit jedem Polizeirevier gesprochen, das je mit dem Fall Azelle zu tun gehabt hatte. Außerdem hatte sie noch fast eine Stunde mit dem besten Privatdetektiv von King County telefoniert.

Jeder, mit dem sie sprach, und auch sämtliche Berichte, die sie gelesen hatte, liefen auf das Gleiche hinaus.

Azelle war schuldig.

Aber der Staat hatte es nicht beweisen können.

Ellie wanderte unruhig im Wohnzimmer auf und ab, gefolgt von den Hunden, die jedes Mal, wenn sie kehrtmachte, mit ihr zusammenstießen. Jetzt lag es an ihr, zu beweisen, dass Azelle unfähig war, für ein Kind zu sorgen, doch bisher stieß sie immer nur auf eine dicke Schicht von Andeutungen, einen Nebel von Vorwürfen.

Fakt war, dass er seine Frau betrogen hatte. Das war das Einzige, was eindeutig nachgewiesen werden konnte. Die Nachbarn *glaubten*, dass er gewalttätig war. Die Geschworenen *glaubten*, dass er seine Frau getötet hatte. Aber eben nicht auf der Grundlage stichhaltiger Beweise. Und die Medien …

Alle Journalisten, mit denen sie gesprochen hatte, waren sicher, dass er das Verbrechen begangen hatte, dessen er bezichtigt wurde. Doch bislang hatte keiner etwas zutage gefördert, was Azelle sich in der Vergangenheit hatte zuschulden kommen lassen. Keine Drogen, kein Alkohol am Steuer, nicht einmal Erregung öffentlichen Ärgernisses wegen Trunkenheit.

Fluchend schnappte Ellie sich ihre Akten und verließ das Haus.

Sie fuhr direkt zum Rain Drop, denn sonst hatte so früh nichts offen. Wie gewöhnlich um diese Zeit war das kleine Schnellrestaurant voll besetzt mit Holzarbeitern, Fischern und Angestellten des Sägewerks, die hier frühstückten. Auf dem Weg zur Kasse blieb Ellie an jedem Tisch stehen und unterhielt sich mit den Gästen.

Rosie Chicowski stand hinter der Theke und rauchte eine Zigarette. Blauer Rauch stieg auf und gesellte sich zu den Schwaden, die bereits unter der Decke waberten.

»Hallo, Ellie, du bist heute aber früh dran«, sagte sie, nahm die Zigarette aus dem Mund und drückte sie im Aschenbecher aus. Seit fünfzig Jahren wurde im Rain Drop geraucht, daran konnte kein Gesetz etwas ändern.

»Ich brauche dringend Koffein.«

Rosie lachte. »Aber gerne. Wie wäre es mit einem von Barbs Brombeermuffins dazu?«

»Wunderbar. Aber nur eins. Erschieß mich, wenn ich noch eins bestelle.«

»Fleischwunde oder gleich tot?«

»Lieber gleich tot.« Lachend wandte Ellie sich um und machte sich auf den Weg in den menschenleeren Nichtraucherbereich.

Da entdeckte sie ihn.

Er lümmelte auf der dunkelroten Vinylbank, vor sich eine leere Kaffeetasse. Als er Ellie sah, nickte er nur.

Ellie ging zu ihm. »Hallo, Mr Azelle«, sagte sie.

»Hallo, Chief Barton.« Er sah nicht aus, als würde er sich freuen, sie zu sehen. Argwöhnisch glitt sein Blick über die dicke braune Akte, die sie bei sich trug.

»Darf ich mich zu Ihnen gesellen? Ich habe noch ein paar Fragen, die ich Ihnen gerne stellen möchte.«

Er seufzte. »Das habe ich schon erwartet.«

Sie setzte sich auf die Bank ihm gegenüber und musterte ihn, versuchte ihn *richtig* zu sehen, erkannte aber nur müde Augen und tiefe Falten. Während sie ihre Fragen im Kopf vorformulierte, sagte er unvermittelt: »Drei Jahre.«

»Drei Jahre was?«

Er beugte sich über den Tisch und schaute ihr tief in die Augen. »Drei Jahre war ich im Gefängnis wegen eines Verbrechens, das ich nicht begangen habe. Himmel, ich wusste ja nicht mal was davon. Ich dachte, Zoë ist bei ihrem neuen Liebhaber, sie hat mich sitzen lassen und unser Kind mitgenommen.« Die Intensität seiner Augen ging ihr an die Nieren. »Stellen Sie sich doch mal vor, wie Sie sich fühlen würden, wenn man Sie für den Rest Ihres Lebens einsperren würde, weil Sie angeblich etwas Entsetzliches verbrochen haben. Und warum? Weil Sie ein paar falsche Entscheidungen getroffen haben und Ihr Leben von der Leidenschaft bestimmen lassen. Gut, ich hatte Affären. Gut, ich hab meine Frau und meine Familie deswegen angelogen. Gut, ich hab Zoë nach einem Streit Blumen geschickt. Aber das macht aus mir doch noch lange keinen Mörder.«

»Die Geschworenen …«

»Die *Geschworenen*«, unterbrach er sie verächtlich. »Für die war doch von vornherein alles klar. Jede Zeitung und jeder Fernsehsender hat mich innerhalb von fünf Minuten für schuldig erklärt. Niemand hat sich die Mühe gemacht, Zoë und Brittany auch nur ernsthaft zu suchen. *Zwei* Augenzeugen haben an dem Tag, an dem meine Familie verschwunden ist, einen fremden Lieferwagen in meiner Straße gesehen – und keiner hat sich darum gekümmert. Die Polizei hat es nicht mal für nötig befunden, nach einem Mann mit einer gelben Regenjacke und einer Batmankappe zu fahnden, der einen hellgrauen Chevy-Van fährt. Als ich schließlich eine Belohnung für Hinweise zu seiner Peson ausgesetzt habe, hat man mich mit O.J. Simpson verglichen. Den ganzen letzten Monat habe ich auf die Ergebnisse der DNA-Analyse gewartet, die mir wenigstens meine Tochter zurückgeben wird. Ich musste mir einen Gerichtsbeschluss beschaffen, um ihre DNA mit dem Blut zu vergleichen, das man in meinem Haus gefunden hat. Und als ich den endlich hatte, bin ich in Windeseile hierher gekommen …, nur um zu erfahren, dass Ihre Schwester mir das Sorgerecht streitig machen will.«

Rosie kam an den Tisch. »Hier, dein Kaffee und dein Muffin, Ellie. Ich schreib es für dich an.« Sie grinste. »Samt einem ordentlichen Trinkgeld natürlich.«

Als Rosie wieder weg war, fragte Azelle: »Und – glauben Sie mir?«

Ellie hörte eine Unsicherheit in seiner Stimme, die sie beunruhigte. »Sie wollen, dass ich in Ihnen einen unschuldigen Mann sehe«, sagte sie langsam, ohne ihn aus den Augen zu lassen.

»Ich *bin* unschuldig. Es wäre leichter für uns alle, wenn Sie mir das glauben würden.«

»Vor allem leichter für Sie.«

»Wie geht es Brittany? Können Sie mir das wenigstens sagen? Lutscht sie immer noch am Daumen? Kann sie …«

Hastig stand Ellie auf. Sie benötigte dringend Distanz zwischen ihnen, sie wollte nicht hören, was er über das Mädchen zu sagen hatte. »Alice braucht Julia. Verstehen Sie das?«

»Es gibt keine Alice.«

Ellie stand auf und ging davon, ohne sich umzudrehen – sie wagte es nicht. Als sie schon fast an der Tür war, hörte sie ihn rufen: »Sagen Sie Ihrer Schwester, dass ich komme, Chief Barton. Ich werde meine Tochter nicht ein zweites Mal verlieren.«

~

Die darauffolgenden achtundvierzig Stunden verliefen wie in Zeitlupe. Es hörte auf zu schneien, aber die Welt blieb glitzernd weiß. Julia arbeitete wie besessen. Tagsüber war sie mit Alice zusammen, lehrte sie neue Wörter, ging mit ihr in den Garten und zeigte ihr, wie man Schneeengel macht. Ein paar Mal fragte Alice nach ihrem Wolf und deutete zum

Auto. Doch Julia lenkte ihre Aufmerksamkeit sanft auf das zurück, womit sie sich gerade beschäftigten. Falls Alice sich wunderte, dass Julia sie so oft küsste oder ihre Hand hielt, zeigte sie es zumindest nicht.

Aber im Moment kam es vor allem auf die Abend- und Nachtstunden an. Julia, Ellie, Peanut, Cal und der Privatdetektiv wühlten sich unermüdlich durch Polizeiberichte, Zeitungsartikel und archiviertes Videomaterial, und auch Max gesellte sich nach einer langen Schicht im Krankenhaus zu ihnen. Sie lasen und sichteten alles, was sie über George Azelle finden konnten. Bis Montagmorgen kannten sie jeden Aspekt seines Lebens.

Nichts davon half ihnen jedoch weiter.

»Lesen Mädchen!«

Julia holte sich in die Gegenwart zurück und warf einen Blick zur Uhr. Schon fast zwei. »Nein, jetzt lesen wir nicht«, entgegnete sie leise. »Cal bringt gleich Sarah vorbei, dann könnt ihr zusammen spielen. Erinnerst du dich noch an Sarah?«

Alice runzelte die Stirn. »Dschulie bleib?«

So eine normale Frage. »Ich muss kurz weg, Schätzchen, aber ich komme bald zurück.«

Alice lächelte sie an. »Dschulie wieder da.«

Julia kniete sich neben sie. Ehe sie wusste, was sie eigentlich sagen wollte, ging die Haustür auf, und Ellie, Cal und Sarah kamen herein.

Niemand machte sich die Mühe zu reden.

Sarah zeigte Alice ihre Barbiepuppen.

Alice reagierte zwar nicht, konnte allerdings auch nicht die Augen abwenden. Ein Weilchen später wanderten die beiden Mädchen zusammen ins Wohnzimmer, wo sie Seite an Seite ihrem jeweiligen Spiel nachgingen. Noch immer wusste Alice nicht, wie man mit anderen Kindern interagiert, aber Sarah schien es nichts auszumachen.

Ellie legte die Hand auf Julias Arm. »Kann's losgehen?«

Julia rang sich ein Lächeln ab und nahm ihre Mappe. Auf dem Weg nach draußen wollte sie Cal noch sagen, dass Alice sicher mit Sarah reden würde, wenn sie so weit war, doch sie brachte kein Wort heraus.

»Viel Glück«, sagte Cal leise und drückte ihren Arm.

Mit einem Nicken folgte Julia ihrer Schwester zum Streifenwagen.

Schweigend saßen sie nebeneinander, nur das *Wuschwusch* der Scheibenwischer war zu hören. Das große graue Gerichtsgebäude stand auf einem Hügel über dem Hafen, dahinter bot sich die wilde Kulisse des Pazifik. Heute verhüllten graue Wolken den Horizont, alles wirkte seltsam verwässert und unscharf.

Das Familiengericht befand sich im Erdgeschoss ganz am Ende des Korridors. Von allen Gerichtshöfen, mit denen Julia bisher zu tun gehabt hatte, war ihr das Familiengericht der unangenehmste. Hier wurden Tag für Tag Herzen gebrochen.

Sie blieb stehen, strich ihr dunkelblaues Kostüm glatt, öffnete dann die Tür und betrat den Saal. Ihre Absätze klackten auf dem Marmorboden; Ellie ging neben ihr her und machte in ihrer Uniform mit den goldenen Sternen einen überaus selbstbewussten Eindruck. Sie kamen an Max und Peanut vorbei, die in der hintersten Saalreihe Platz genommen hatten.

George Azelle wartete bereits auf seinem Platz ganz vorn, neben ihm sein Anwalt.

Als Azelle Ellie und Julia kommen sah, stand er auf und ging auf sie zu. Er trug einen anthrazitfarbenen Anzug und ein makelloses weißes Hemd. Seine Haare waren zu einem ordentlichen Pferdeschwanz zusammengebunden. »Guten Tag, Dr. Cates. Guten Tag, Chief Barton.«

»Guten Tag, Mr Azelle«, antwortete Ellie förmlich.

In diesem Moment wurden hinter ihnen die Türen aufgerissen, und Julias Anwalt John MacDonald hastete in den Saal, in der Hand eine Aktentasche aus abgewetztem Kunstleder. Er sah müde aus, was kein Wunder war, da sie ja alle bis vier Uhr aufgewesen waren. »Bitte entschuldigen Sie die Verspätung.«

Aufmerksam musterte Azelle den gegnerischen Anwalt, wobei ihm zweifellos weder Johns brauner Cordsamtanzug noch sein unmodernes grünes Hemd entging. »Ich bin George Azelle«, sagte er und streckte die Hand aus.

»Oh. Hallo«, erwiderte John nur und führte Julia und Ellie unbeirrt an ihren Tisch.

Die Richterin betrat den Saal, nahm am Pult Platz und betrachtete die Anwesenden. Dann kam sie ohne Umschweife zur Sache: »Ich habe Ihren Antrag gelesen, Mr Azelle. Wie Sie wissen, war Dr. Cates fast vier Monate temporäre Pflegemutter Ihrer Tochter und hat vor kurzem das Adoptionsverfahren eingeleitet.«

»Zu diesem Zeitpunkt war die Identität des Kindes noch nicht geklärt, Euer Ehren«, sagte Azelles Anwalt.

»Ich bin mir über den zeitlichen Ablauf durchaus im Klaren, und ich kenne auch die Vorgeschichte des Falls. Die Frage an dieses Gericht ist die Unterbringung des minderjährigen Kindes. Der Staat Washington unterstützt soweit möglich die Wiedervereinigung der biologischen Familien, doch hier liegen alles andere als gewöhnliche familiäre Bedingungen vor.«

»Mr Azelle hat in der Vergangenheit eine Neigung zu

häuslicher Gewalt gezeigt, Euer Ehren«, gab John zu bedenken.

»Einspruch!« Azelles Anwalt sprang auf.

»Setzen Sie sich, Herr Anwalt. Ich weiß, dass Ihr Klient nie deswegen vor Gericht gestanden hat.« Die Richterin nahm die Lesebrille ab und legte sie vor sich auf den Richtertisch. Dann sah sie Julia an. »Der weiße Elefant in diesem Gerichtssaal sind Sie, Dr. Cates. Sie sind keine gewöhnliche Pflegemutter, die um das permanente Sorgerecht für ein Kind ersucht. Sie gehören zu den bekanntesten Kinderpsychologen in diesem Land.«

»Ich bin hier nicht in dieser Funktion zugegen, Euer Ehren.«

»Das weiß ich, Miss Cates. Das würde auch einen Interessenkonflikt darstellen. Sie sind hier, weil Sie Ihren Adoptionsantrag nicht zurückziehen wollen.«

John machte Anstalten aufzustehen, aber Julia hielt ihn zurück. Niemand konnte besser für Alice einstehen als sie selbst. Sie sah der Richterin fest in die Augen und begann: »In jedem anderen Fall, Euer Ehren, hätte ich mich zurückgezogen, wenn ein Familienmitglied aufgetaucht wäre. Aber ich habe die Akten zum Fall Azelle durchgelesen und bin zutiefst besorgt um die Sicherheit des Kindes. Der Leichnam der Mutter wurde nie gefunden, und es gibt keinen Beweis, dass Mr Azelle unschuldig ist. Zwar behauptet er das, aber meiner Erfahrung nach tun das die meisten Schuldigen. Ich möchte einfach das Beste für dieses arme Kind, das schon so viel durchmachen musste. Wie Sie meinem Bericht entnehmen können, ist sie schwer traumatisiert. Bis vor kurzem war sie vollständig stumm. Ich mache Fortschritte mit ihr, weil sie mir vertraut. Das Kind jetzt aus meiner Obhut zu nehmen würde irreparable Schäden nach sich ziehen.«

»Kommen Sie, Euer Ehren«, warf Azelles Anwalt ein. »Die Frau ist Psychologin. Mein Klient kann es sich jederzeit leisten, einen Ersatz für sie einzustellen. Er war schon so lange von seiner Tochter getrennt. Die Gerechtigkeit verlangt, dass er umgehend das Sorgerecht bekommt.«

Die Richterin setzte die Brille wieder auf und sah die Versammelten an. »Ich werde mir das alles durch den Kopf gehen lassen. Für die Prozessdauer benenne ich einen Vormund, der die speziellen Bedürfnisse des Kindes und seine derzeitige Verfassung beurteilen kann, und lasse es Sie wissen, sobald ich zu einer Entscheidung gekommen bin. Bis dahin verbleibt das Kind in der Obhut von Dr. Cates. Mr Azelle bekommt das Besuchsrecht unter Beaufsichtigung.«

Wieder sprang der Anwalt auf. »Aber Euer Ehren ...«

»Das ist mein Beschluss, Herr Anwalt. Wir werden hier mit größter Sorgfalt vorgehen. Das Kind hat genug gelitten. Und ich bin sicher, dass auch Ihr Klient nur das Beste für seine Tochter will.« Sie schlug mit dem Hammer auf den Tisch. »Nächster Fall.«

Julia brauchte einen Moment, um zu begreifen, was soeben passiert war. Sie hatte das Sorgerecht für Alice behalten, zumindest vorläufig.

Sie hörte, wie John und Ellie sich über die Logistik des Besuchsrechts austauschten.

Das kannte sie alles, denn sie war selbst unzählige Male zum Vormund *ad litem* ernannt worden, um die Interessen eines Kindes zu schützen.

Langsam stand sie auf und ging zum Ausgang. An der Tür wartete Max bereits auf sie.

Auf einmal packte jemand sie am Arm. Ein bisschen zu fest.

George Azelle zog sie beiseite. Verschwunden war sein

Hollywood-Lächeln, verblasst dank seiner heutigen Niederlage. In seinen Augen erkannte sie stattdessen eine Trauer, die sie dort nicht vermutet hätte. »Ich muss sie sehen.«

Ihr blieb nichts anderes übrig, als zuzustimmen. »Morgen. Aber ich werde ihr nicht sagen, wer Sie sind. Sie würde es sowieso nicht verstehen. Wir wohnen in der River Road Nummer 1617. Kommen Sie um eins.« Sie machte sich los und wollte weitergehen.

Aber er packte sie erneut.

Sie blickte auf seine langen, gebräunten Finger, die sich besitzergreifend um ihren Oberarm krampften. Offensichtlich war er es gewohnt, sich zu nehmen, was er wollte, und sich dabei wenig um die Grenzen anderer Menschen zu scheren.

»Lassen Sie mich los, Mr Azelle.«

Sofort gehorchte er.

Doch wenn sie erwartet hatte, dass er sich zurückziehen würde – wie es Feiglinge normalerweise taten, wenn man sie erwischte, und Männer, die ihre Frauen schlugen, waren immer Feiglinge und Tyrannen –, hatte sie sich getäuscht. Er blieb stehen, hoch aufgerichtet und gleichzeitig eingeschüchtert, geduckt.

»Wie geht es ihr?«, fragte er endlich.

Julia hätte schwören können, dass man seiner Stimme anhörte, wie es ihn schmerzte, diese Frage zu stellen. Aber dann rief sie sich ins Gedächtnis, dass Mörder und Soziopathen oft sehr gute Schauspieler waren. »Es wurde allmählich Zeit, dass sie sich nach ihr erkundigen.«

»Sie glauben wohl, Sie kennen mich, Dr. Cates. Das glauben sowieso alle.« Mit einem Seufzer trat er zurück, fuhr sich mit der Hand durch die Haare und schob das Gummi von seinem Pferdeschwanz. »Himmel, ich bin es so leid, einen Kampf auszufechten, den ich nicht gewinnen kann.

Also sagen Sie mir einfach, wie es meiner Tochter geht. Was zum Teufel hat es zu bedeuten, dass sie in ihrer Entwicklung zurückgeblieben ist?«

»Sie hat furchtbare Dinge durchgemacht, aber sie erholt sich peu à peu. Sie ist ein starkes, liebevolles kleines Mädchen, das noch viel Therapie und Stabilität braucht.«

»Und Sie glauben, ich bin nicht stabil?«

»Wie Sie bereits selbst gesagt haben, kenne ich Sie nicht.« Julia griff in ihre Mappe und zog eine Reihe von Videokassetten hervor, die sie ihm reichte. »Die habe ich für Sie überspielt. Es sind Aufnahmen unserer Sitzungen. Die werden sicher einige Ihrer Fragen beantworten.«

Er nahm die Kassetten vorsichtig entgegen, als hätte er Angst, sich am Plastik zu verbrennen. »Wo ist sie gewesen?«, fragte er nach einer Weile. Diesmal klang seine Stimme samtweich, und Julia erinnerte sich daran, dass er ursprünglich aus Louisiana kam. Dem Prozessprotokoll zufolge war er in bettelarmen Verhältnissen im Bayou aufgewachsen.

»Das wissen wir nicht. Irgendwo in den Wäldern vermutlich.« Julia ließ sich nicht von seinem besorgten Ton irreführen. Er spielte mit ihr, da war sie ziemlich sicher. Er wollte sie glauben machen, dass auch er ein Opfer war. »Aber ich nehme an, das wissen Sie.«

Jetzt trat Ellie zu ihnen und legte die Hand auf Julias Arm. »Alles in Ordnung?«

»Mr Azelle hat sich endlich nach Alice erkundigt.« »Nennen Sie mich ruhig George. Und meine Tochter heißt Brittany.«

Julia zuckte zusammen. »Wir nennen sie schon sehr lange Alice.«

»Was das angeht …« Er unterbrach sich und sah die beiden Frauen an. »Ich möchte Ihnen danken, dass Sie sich so gut um sie gekümmert haben. Sie haben ihr buchstäblich das Leben gerettet.«

»Ja, das stimmt«, antwortete Julia. »Wir sehen uns dann morgen, Mr Azelle. Bitte seien Sie pünktlich.«

Julia nickte und ging. Einen Augenblick später merkte sie, dass Ellie ihr nicht folgte.

Sie schaute sich um und sah, dass Ellie sich mit Azelle unterhielt.

Peanut trat zu ihr und deutete mit einer Kopfbewegung auf die beiden. »Das gibt Ärger«, sagte sie und verschränkte die Arme. »In Anwesenheit eines attraktiven Mannes verwandelt sich deine Schwester in Wackelpudding.«

»Hoffentlich nicht«, seufzte Julia und fühlte sich plötzlich furchtbar erschöpft. »Aber vielleicht solltest du hingehen und lauschen.«

»Aber gern«, erwiderte Peanut. Und weg war sie. Seufzend ging Julia zu Max, der noch immer an der Tür stand und auf sie wartete.

DREIUNDZWANZIGSTES KAPITEL

$\mathcal{N}$achmittagssonnenlicht, so diffus wie der morgige Tag, schien durch das kleine vergitterte Fenster und landete in einer Pfütze auf den Holzdielen.

Das Mädchen auf dem schmalen Bett jammerte wie jedes andere Kind, das keine Lust auf den Mittagsschlaf hatte. »Nicht schlafen. Lesen.«

Max, der vor der Schlafzimmertür wartete, hörte Julia sagen: »Jetzt wird nicht gelesen, Schätzchen. Es ist Zeit zum Schlafen.«

Ganz leise begann sie zu singen, ein Lied, das Max nicht erkannte.

Es rief ihm ein anderes Leben in Erinnerung, und auch eine Frau, die am Bett eines Kindes saß, aber diese hatte dunkelbraune Haare und das Kind war ein kleiner Junge namens Danny.

Noch eine Geschichte, hätte er wahrscheinlich gebettelt, dieser kleine Junge, den sie Noch-mal-Dan oder Kleiner Mann nannten.

Langsam ging Max nach unten, sah sich in der Küche um, bis er den Kaffee fand, kochte eine Kanne voll und ging dann ins Wohnzimmer, um das Feuer im Kamin anzufachen.

Er war schon bei der zweiten Tasse Kaffee, als Julia endlich die Treppe herunterkam. Sie sah erschöpft aus, und er hätte schwören können, auf ihren Wangen Tränenspuren zu erkennen. Am liebsten wäre er sofort zu ihr gegangen, um sie in die Arme zu nehmen, wie sie es bei Alice tat, und ihr zu versprechen, dass alles gut werden würde. Aber sie sah so unendlich zerbrechlich aus. »Möchtest du auch eine Tasse Kaffee?«, fragte er stattdessen.

»Kaffee wäre toll. Mit viel Milch und Zucker.«

Er ging in die Küche, schenkte noch eine Tasse ein, fügte die gewünschten Beigaben hinzu und kehrte ins Wohnzimmer zurück.

Sie saß am Kamin, den Rücken zum Feuer. Ihre blonden Haare, die zurückgesteckt gewesen waren, hatten sich gelöst und hingen ihr wirr ums Gesicht. Der Bereich unter ihren Augen war geschwollen, die Lippen ganz blass.

»Hier.« Er reichte ihr den Kaffee.

Sie sah ihn kurz an und versuchte zu lächeln. »Danke.« Er setzte sich vor ihr auf den Boden.

»Ich möchte, dass er schuldig ist.«

»Ach ja? Wirklich?«

Ihr Gesicht zog sich zusammen, sie seufzte und schüttelte den Kopf. »Wie kann ich so etwas wollen?«, flüsterte sie. »Das würde ja bedeuten, dass ihr Vater ein Monster ist. So was hat kein Kind verdient. Als ihre Therapeutin wünsche ich mir, dass er ein liebevoller Vater ist, der zu Unrecht verurteilt wurde. Aber als ihre Mutter …«

Wieder seufzte sie.

Er wusste keine Antwort. Ihnen war beiden bewusst, dass Alice – Brittany – leiden würde, egal wie die Sache ausging.

Entweder würde sie die Frau verlieren, die ihre Mutter geworden war, oder man würde ihr den biologischen Vater wegnehmen. Vielleicht würde ihr das jetzt nichts ausmachen, denn sie verstand ja nicht, was es bedeutete, aber eines Tages würde sie den Verlust spüren. Womöglich würde sie Julia deswegen sogar Vorwürfe machen. »Sie braucht dich, das ist alles, was ich weiß. Und du brauchst sie.«

Ihre Blicke begegneten sich. Sie kniete sich vor ihn. »Ich möchte aufwachen und feststellen, dass alles nur ein böser Traum war.«

»Ich weiß.«

Sie beugte sich vor und küsste ihn. Ihm war, als würde sein Innerstes nach außen gekehrt.

Jetzt, wo er wieder angefangen hatte zu fühlen, konnte er gar nicht mehr damit aufhören. Und wollte es auch nicht. Er zog sich gerade so weit von ihr zurück, dass er sie anschauen konnte, und flüsterte: »Du hast mir einmal gesagt, ich könnte von dir alles haben – oder nichts. Ich hab mich für alles entschieden.«

Wieder versuchte sie zu lächeln. »Du hast ziemlich lange gebraucht.«

~

Als Mädchen wach wird, geht sie zum Fenster und starrt in den Garten hinaus. *Garten.* Sie liebt diese neuen Wörter, vor allem, wenn sie *mein* davorsetzt. Dieses Wort bedeutet nämlich, dass etwas ihr gehört.

In ihrem Garten sind jetzt viele viele Vögel, wenn auch noch nicht so viele, wie kommen werden, wenn der Schnee weg ist und die Sonne wieder wärmer scheint. Dort unten, auf dem schmelzenden Schnee, ist eine rosarote Blume.

Vielleicht sollte Mädchen sie reinholen. Dann würde Dschulie lächeln, vielleicht, und Mädchen wünscht sich, dass Dschulie wieder öfter lächelt.

Sie versucht nicht daran zu denken, aber es ist zu spät. Sie erinnert sich an gestern Abend, als Dschulie Mädchen so eng an sich gedrückt hat, dass Mädchen sie wegschieben musste ..., und wie viel Wasser deswegen aus Dschulies Augen gekommen ist.

In letzter Zeit kommt dauernd Wasser aus Dschulies Augen. Das ist schlecht. Mädchen weiß es. Obwohl es lange her zu sein scheint, dass Mädchen im tiefen Wald war, denkt sie manchmal an Ihn. Und an Sie.

Aus Ihren Augen kam immer mehr Wasser ..., und dann war Sie eines Tages TOT.

Die Erinnerung daran macht ihr Angst. Früher hätte Mädchen jetzt heulen können, ihre Freunde im tiefen Wald herbeirufen.

Benutz deine Wörter.

Das ist es, was sie jetzt tun muss. Wörter benutzen ist gut und macht Dschulie froh, aber welche Wörter? Und wie kann sie sie zusammensetzen? Wie kann sie Dschulie sagen, wie es sich anfühlt, wenn man nicht friert ... und keine Angst hat? Vielleicht sollte sie Dschulie heute Abend ganz besonders fest halten und sie auf die Wange küssen. Mädchen liebt es, wenn Dschulie das bei ihr tut, bevor sie schlafen geht. Es ist wie ein bisschen Zauber, der macht, dass Mädchen von schönen Dingen in ihrem Garten träumt, statt so zu schlafen wie früher in ihrer Höhle, eiskalt und ganz allein.

Sie hört, wie die Tür auf- und wieder zugeht. Sie hört Schritte.

»Du stehst schon sehr lange am Fenster, Alice. Was siehst du da draußen?«

Ist das böse? Hier gibt es so viele Regeln. Manchmal kann sie sich nicht alle merken.

Sie dreht sich zu Dschulie um, die aussieht wie eine Prinzessin aus einem der Bücher, die sie lesen. Aber Mädchen kann trotzdem die Wasserspuren auf Dschulies Wangen sehen, und das macht sie innen ganz traurig, wie den kleinen Hasen, der in der Geschichte von seinem Jungen vergessen worden ist. »Böse?«, fragt sie. »Nich Fenster stehn?«

Dschulie lächelt, und auf einmal ist Mädchen wieder froh. »Du kannst den ganzen Tag dort stehen, wenn du magst.« Sie geht zu dem Bett, in dem sie schläft, und setzt sich hin, streckt die Beine auf der Decke aus.

»Buchzeit?«, fragt Mädchen hoffnungsvoll und greift nach der Geschichte von gestern Abend. Sie rennt zu Dschulies Bett. »Zähne erst?«, sagt sie, stolz, dass sie sich daran erinnert hat. Es ist schwer, an solche Dinge zu denken, wenn Geschichtenzeit ist.

»Und Schlafanzug.«

Mädchen nickt. Sie kann das alles – aufs Klo gehen, sich die Zähne putzen und den rosa Schlafanzug mit den steifen weißen Füßen anziehen. Dann ist sie wieder auf dem Bett neben Dschulie, eng an sie gekuschelt.

Dschulie zieht sie zur Seite, setzt Mädchen auf ihren Schoß, sodass ihre Nase dicht an Mädchens Nase ist. Mädchen kichert und wartet auf einen Kuss.

Aber Dschulie küsst sie nicht. Sie lächelt auch nicht. Stattdessen sagt sie ganz leise: »Brittany.«

Das Wort trifft Mädchen wie ein Donnerschlag. Das hat Er immer gesagt, wenn er gemein und wacklig war von dem Zeug, das Er getrunken hat. Was meint Dschulie denn damit? Mädchen spürt, wie Panik in ihr aufsteigt. Sie kratzt sich über die Wange und schüttelt den Kopf.

Dschulie hält Mädchens Hände in ihren und sagt das Wort noch einmal. »Brittany.«

Diesmal hört Mädchen die Frage in dem Wort. Dschulie möchte etwas von ihr wissen.

»Bist du Brittany?«

Waren die anderen Wörter die ganze Zeit über da, übertönt von Mädchens Herzschlag?

Bist du Brittany?

Brittany. Die Frage ist wie ein Fisch, der flussabwärts schwimmt. Sie packt seinen Schwanz und lässt sich von ihm voranziehen. Ein Bild taucht auf, von einem kleinen Mädchen – winzig – mit kurzen schwarzen Locken und einer riesigen weißen Unterhose aus Plastik. Dieses Baby lebt in einer weißen Welt, überall Licht und weicher Fußboden. Es spielt mit einem leuchtend roten Ball. Jemand holt ihn immer für es zurück, wenn es ihn fallen lässt.

Wo ist Brittanys Ball? Wo ist er?

Sie schaut Dschulie an, die jetzt so traurig ist, dass Mädchens Herz wehtut.

Wie kann Mädchen ihr sagen, wie glücklich sie hier ist, dass das hier ihre Welt ist, all das, was sich richtig anfühlt? Das fühlt sie nirgendwo sonst.

»Bist du Brittany?«

Endlich versteht sie. *Bist du Brittany?* Ganz langsam beugt sie sich zu Dschulie und gibt ihr einen Kuss. Als sie sich wieder zurücklehnt, sagt sie: »Ich Alice.«

»O Schätzchen …« Wieder kommt Wasser aus Dschulies Augen, sie scheint zu schrumpfen. Sie zieht Alice an sich und hält sie so fest, dass Alice kaum Luft bekommt. Aber sie lacht dabei. »Ich hab dich lieb, Alice.«

Alice sagt es noch einmal, weil sie es kann und weil es ihr

das Gefühl gibt, sie kann fliegen. Sie ist nicht mehr bloß Mädchen. »Ich Alice.«

~

An ihrem Schreibtisch im Polizeirevier starrte Ellie auf den riesigen Papierberg, der sich vor ihr auftürmte. Die winzigen schwarzen Buchstaben tanzten über die Seiten und verschwammen ineinander. Frustriert schob sie alles beiseite und verspürte eine alberne Genugtuung, als das Zeug auf den Boden segelte.

Schließlich stand sie auf, verließ ihr Büro und wanderte eine Weile im Hauptraum zwischen den leeren Schreibtischen und den stummen Telefonen auf und ab.

Was nun?

Ihre Nachforschungen hatten rein gar nichts ergeben. Wie sollten sie das Gericht bloß davon überzeugen, dass George Azelle als Vater nicht geeignet war?

Julia – und Alice – würden verlieren.

Langsam schlenderte Ellie zu dem geheimen Schränkchen hinten im Raum und holte eine Flasche Scotch heraus, die einmal ihrem Onkel gehört hatte. »Danke, Joey«, sagte sie und goss sich etwas davon ein. Sicherheitshalber nahm sie die Flasche mit an ihren Schreibtisch, knipste im Hauptraum das Licht an, ließ sich nieder und nippte nachdenklich an ihrem Whiskey.

Was nun?

Die Frage kreiste in ihrem Kopf wie Schmutzpartikel im Abfluss.

Gerade wollte sie sich den nächsten Drink einschenken, als die Tür aufging.

Da stand George Azelle, in verwaschenen Designerjeans

und einem schwarzen Wildlederhemd, weit genug aufgeknöpft, dass man einen guten Ausblick auf ein Dreieck dichter schwarzer Brustbehaarung hatte.

»Chief Barton«, sagte er und trat ein. »Ich hab gesehen, dass hier noch Licht brennt.«

»Das ist in einer Polizeistation nichts Besonderes.«

»Ah. Dann sind Sie also immer um Mitternacht hier anzutreffen, ja? Und trinken Whiskey?«

»Außergewöhnliche Umstände erfordern manchmal außergewöhnliche Maßnahmen.«

Er deutete mit einer Kopfbewegung auf ihren Drink. »Haben Sie vielleicht ein zweites Glas?«

»Na sicher.« Zwar war das nicht unbedingt professionell, aber sie war ja auch nicht im Dienst, und momentan war ihr sowieso alles gleichgültig. Sie ging in die Küche, holte ein weiteres Glas und Eis für ihn und kehrte damit an den Schreibtisch zurück. In ihrer Abwesenheit hatte er einen Stuhl herangezogen, sodass er ihr jetzt gegenübersaß. Sie gab ihm das Glas. Die Eiswürfel klimperten leise.

Sie musterte ihn, bemerkte die Schatten um die Augen, die von schlaflosen Nächten erzählten, die dünnen Narben an seinem linken Handgelenk. Irgendwann, vor langer Zeit, hatte er versucht, sich umzubringen. »Ich liebe meine Tochter, wissen Sie. Ganz egal was Sie vielleicht in den Berichten da auf dem Boden gelesen haben.«

Seine Worte trafen eine weiche Stelle in Ellies Herzen, nisteten sich dort ein, und das ganz gewiss nicht unbeabsichtigt. Sie lehnte sich zurück, um etwas mehr Distanz zwischen ihnen zu schaffen. »Erzählen Sie mir etwas über Ihre Ehe.«

Er winkte ab, aber auch diese Bewegung wirkte seltsam verführerisch. Ellie fühlte sich an einen mittelalterlichen Herrscher erinnert. »Es war schrecklich. Sie ist fremdgegangen. Ich bin fremdgegangen. Wir haben uns permanent gestritten. Sie wollte die Scheidung. Es wäre meine dritte gewesen.« Er lächelte entwaffnend. »Auf meine Art bin ich ein Romantiker.«

Das kam Ellie bekannt vor. *Er glaubt an die Liebe,* dachte sie. *Genau wie ich.* Schnell verdrängte sie den Gedanken. »Und wo ist Ihre Frau jetzt?«

»Das weiß ich nicht. Falls Sie sich wundern, dass meine Antwort so gefühllos klingt, möchte ich Sie daran erinnern, dass ich diese Frage schon seit Jahren zu hören bekomme. Niemandem gefällt meine Antwort. Ich dachte, sie hat Brittany mitgenommen und ist mit einem anderen Mann abgehauen.«

Ellie musterte ihn beim Sprechen. Seiner ganzen Persönlichkeit haftete etwas ausgesprochen Verführerisches an. Vielleicht war es seine Stimme, so leise und selbstbewusst, oder der Südstaaten-Singsang, der jedes Wort klingen ließ, als wäre es sorgfältig gewählt. »Haben Sie selbst Ihre Verteidigung übernommen?«

»Nein, natürlich nicht. Die Anwälte haben gemeint, es gäbe zu viele Themen, bei denen ein Kreuzverhör lohnt. Ich wollte mich verteidigen und wäre bestimmt überzeugend gewesen. Darüber habe ich im Gefängnis viel nachgedacht. Da drin hat man viel Zeit, Dinge zu bereuen. Ich habe ein Vermögen für Privatdetektive ausgegeben. Der beste Hinweis kam von diesem Blumenmenschen, der ausgesagt hat, dass er einen Mann in einem gelben Regenmantel und einer Batmankappe in einem Lieferwagen auf der anderen Straßenseite vor meinem Haus hat sitzen sehen.«

»Und?«

»Wir haben ihn nie gefunden.«

»Dann wünschen Sie sich also, Sie hätten ausgesagt?« »Ich

weiß natürlich nicht, wie es ... wie es angekommen wäre. Die Leute halten mich bekanntlich für ein Monster.« »Sind Sie deshalb hier? Wollen Sie Alice – Entschuldigung, Brittany – dafür benutzen, Ihre Unschuld zu beweisen?«

Er sah sie an, ohne den Ansatz eines Lächelns. Er wirkte so ehrlich, wie man es sich von einem Mann mit einer so problematischen Vergangenheit nur vorstellen konnte. »Wenn die Welt sieht, dass sie lebt, dann müssen doch alle ihre vorgefasste Meinung infrage stellen.«

»Aber sie hat so viel durchgemacht.«

»Ja«, meinte er leise und traurig. »Ich auch.«

»Aber sie ist ein Kind.«

»*Mein* Kind«, betonte er, und auf einmal sah sie durch das Bedauern, durch die Traurigkeit hindurch einen verletzten Mann, der bereit war, alles zu tun, um seinen Willen zu bekommen.

»Ich glaube, Sie verstehen nicht ganz, wie traumatisiert sie ist. Als wir sie gefunden haben, war sie praktisch wie ein wildes Tier. Sie konnte nicht sprechen und ...«

»Ich habe die Zeitungsberichte gelesen und mir die Videos angeschaut. Was glauben Sie, warum ich mit Ihnen spreche? Ich weiß, dass Ihre Schwester Brittany gerettet hat. Und trotz allem ist das Mädchen meine Tochter. Sie wissen doch selbst, was das bedeutet. Ich werde die besten Therapeuten für sie finden. Das verspreche ich Ihnen.«

»Meine Schwester ist die Beste, genau das versuche ich Ihnen klarzumachen. Wenn Sie Alice wirklich lieben ...«

Er stand auf. »Ich sollte jetzt gehen. Ich dachte, Sie sind eine richtige Polizistin und wissen, wie sehr ich meine Tochter liebe. Aber Sie sind hauptsächlich Julias Schwester, stimmt's? Anscheinend werde ich auch hier keine Gerechtigkeit finden.«

Ellie wusste, dass es zu weit ging, seine Liebe zu seiner Tochter infrage zu stellen. »Sie werden das Kind zerstören«, sagte sie leise.

»Tut mir leid, dass Sie so empfinden, Chief Barton. Ehrlich.« Er ging zur Tür und riss sie auf. Dann hielt er plötzlich inne und sah sich noch einmal um. »Dann sehe ich Sie – und Brittany – also morgen.«

Ellie stieß einen Seufzer aus. Seine Worte – *ich dachte, Sie sind eine richtige Polizistin* – klangen ihr noch lange in den Ohren.

In dem ganzen Chaos von Fakten und Gefühlen und Ängsten der letzten Tage hatte sie sich ganz auf Alice und Julia konzentriert und vergessen, dass sie auch einen Job zu erledigen hatte. Sie war Polizeichefin. Ihre Aufgabe war es, für Gerechtigkeit zu sorgen.

~

Die Nacht erschien Julia endlos. Schließlich, gegen drei Uhr, gab sie es auf, einschlafen zu wollen, und machte sich an die Arbeit. Stundenlang saß sie am Küchentisch, im Schein einer einzigen Lampe, und las über George Azelle.

Sein Leben war ein Geflecht aus Andeutungen und Spekulationen. Nichts war jemals bewiesen worden.

Frustriert schob sie die Papiere beiseite, schlüpfte in ihre Joggingschuhe und ging nach draußen, in der Hoffnung, die kühle Luft würde ihr guttun und ihren Kopf klarer machen. Schließlich musste sie heute auf Draht sein. Sie lief ein paar Meilen durch die Straßen, bis ihr alles wehtat und sie ganz außer Atem war. Es dämmerte schon fast, als sie wieder auf ihrer eigenen Auffahrt ankam, zu Hause.

Gemächlich schlenderte sie zum Lieblingsangelplatz ihres

Vaters, blieb dort eine Weile schwer atmend stehen und beobachtete, wie die Sonne langsam über die Baumwipfel stieg.

Obwohl die Welt noch dunkel und kalt war, konnte sie sich gut daran erinnern, wie sie im Sommer hier mit ihm gewesen war, wie ihre kleine Hand fast in seiner großen, schwieligen Pranke verschwand und wie sicher sie sich gefühlt hatte, wie geborgen.

Auf einmal hörte sie Schritte hinter sich.

»Hallo«, sagte Ellie und trat zu ihr. »Du bist aber schon früh unterwegs.« Sie drückte Julia einen Becher Kaffee in die Hand.

»Ich konnte nicht schlafen.« Sie nahm den Becher und legte die Finger um das warme Porzellan.

Schweigend blickten sie über die silbern glänzende Wiese zum schwarzen Waldrand hinüber. Im Morgennebel blinkten die Lichter in Cals Haus golden zu ihnen herüber.

»Er bekommt das Sorgerecht, Jules.«

»Ich weiß.« Julia starrte zum Fluss hinunter, der in der rosa Dämmerung schimmerte.

»Wir müssen *beweisen*, dass er schuldig ist.« Sie hielt inne.

»Oder unschuldig.«

»Du siehst zu viel *CSI*. Der Staat hat Millionen in den Fall gesteckt und konnte trotzdem nichts beweisen.«

»Aber wir haben Alice.«

Eine Gänsehaut lief Julia über den Rücken. Langsam drehte sie sich zu ihrer Schwester um. »Sie erinnert sich an nichts. Oder sie kann es uns jedenfalls nicht sagen.«

»Vielleicht könnte sie uns dorthin führen, wo sie gefangen gehalten worden ist.«

Führ uns zurück.

»Du meinst … Mein Gott, Ellie, kannst du dir vorstellen, welche Folgen das für sie haben könnte?«

»Möglicherweise finden wir dort aber die Beweise, die wir brauchen.«

»Aber … vielleicht würde Alice den Stress nicht aushalten. Sich wieder in sich selbst zurückziehen. Wie könnte ich damit leben?«

»Und was würde erst mit ihr passieren, wenn Azelle sie mitnimmt? Wird sie je verstehen, dass du sie nicht im Stich gelassen hast?«

Julia schloss die Augen. Genau dieses Bild war es, was sie verfolgte. Wenn Alice sich erneut verlassen fühlte, würde sie womöglich überhaupt nie wieder ein Wort sagen und sich für immer in die Welt des Schweigens zurückziehen.

»Ich hab alles durchdacht, aus jedem Blickwinkel. Ich war die ganze Nacht auf. Das ist mein Job, Jules. Wenn wir die Wahrheit herausfinden wollen, ist das unsere einzige Hoffnung.«

Julia verschränkte die Arme, als könnte sie sich damit schützen. Dann ging sie mit ihrer Schwester zurück zum Haus. Ellie verstand offenbar die Tragweite ihres Vorschlags nicht. Sie wusste nicht, wie zerbrechlich Kinder waren, wie schnell sich die Dinge ins Tragische verkehrten.

Aber Julia wusste es. In Silverwood hatte sie es am eigenen Leib erfahren.

»Jules?«

»Ich glaube, ich würde es nicht überleben, wenn Alice … sich wieder von der Welt abschottet.«

»Viele Wege führen nach Rom«, sagte Ellie ruhig.

Julia drehte sich zu ihr um. »Was meinst du damit?«

»Ganz gleich was wir tun oder wie wir es tun – Alice wird darunter leiden. Kein Kind sollte ohne seinen Vater aufwachsen, aber dich zu verlieren wäre schlimmer. Du musst deinem Instinkt trauen. Wir müssen rausfinden, was passiert ist.«

Darauf gab es keine Antwort. Ellie legte den Arm um Julia und zog sie an sich.

»Komm«, sagte sie schließlich, »gehen wir rein und machen Frühstück.«

~

Max stieg gerade aus der Dusche, als er die Türklingel hörte. Schnell rubbelte er sich ab, schlüpfte in eine alte Jeans und ging hinunter. »Ich komme!«

Er öffnete die Tür.

Da stand Julia, und er konnte sehen, wie sehr sie sich um ein Lächeln bemühte. »Ellie möchte mit Alice in den Wald gehen, um zu sehen, ob …« Ihre Stimme schwankte. »… ob sie die Stelle findet …«

Er zog sie an sich und hielt sie fest, bis sie aufhörte zu zittern. Dann führte er sie ins Wohnzimmer. Auf dem Sofa nahm er sie erneut in die Arme.

»Was soll ich tun?«

Er berührte sanft ihr Gesicht. »Du kennst die Antwort darauf. Deshalb hast du geweint.« Er wischte ihr die Tränen von den Wangen.

»Möglicherweise fällt sie zurück. Oder noch schlimmer.«

»Und was, wenn Azelle das Sorgerecht bekommt?«

Sie setzte an, etwas zu sagen, unterbrach sich aber und holte nur tief Luft.

Eine Weile schwiegen sie beide. Schließlich sagte Max: »Jetzt braucht sie ihre Mutter, nicht ihre Therapeutin.«

Julia sah zu ihm auf. »Woher weißt du eigentlich immer, was du zu mir sagen musst?«

Er versuchte den Blick abzuwenden, konnte es aber nicht. Ganz langsam löste er sich von ihr und ging nach oben. Auf der Kommode fand er, wonach er suchte: ein gerahmtes Bild von einem kleinen Jungen in einem Baseballtrikot, der in die Kamera lächelte und eine große Zahnlücke entblößte. Max nahm das Bild mit nach unten und setzte sich wieder zu Julia auf die Couch.

Erschrocken richtete Julia sich auf. »Max? Was ist los?« Er drückte ihr das Foto in die Hand. »Das ist Danny.« Interessiert studierte sie das kleine, strahlende Gesicht und sah dann Max wieder an, abwartend.

»Er war mein Sohn.«

Sie schnappte hörbar nach Luft. »War?«

»Das ist das letzte Bild, das wir von ihm haben. Eine Woche später hat ein Betrunkener ihn auf dem Heimweg von einem Spiel überfahren.«

Julias Augen füllten sich mit Tränen. Eigentlich hätte der Anblick ihn niederschmettern müssen, ihn auf seinen Verlust zurückwerfen, aber stattdessen gab er ihm Kraft. Zum ersten Mal seit Jahren hatte er Dannys Namen laut ausgesprochen, und es fühlte sich gut an.

»Ich würde alles tun …« Er starrte auf sie hinunter, und es war ihm gleich, dass seine Stimme zitterte und dass auch ihm die Tränen kamen. »Alles, um noch einen einzigen Tag mit ihm verbringen zu dürfen.«

Eine ganze Weile betrachtete Julia das Bild nur, dann nickte sie langsam und voller Verständnis. »Ich liebe dich, Max.«

Er schloss sie in die Arme und drückte sie an sich. »Und ich liebe dich auch.« Er sagte das so leise, dass sie sich fragte, ob sie es sich am Ende nur eingebildet hatte. Aber dann sah er ihr in die Augen, und sie wusste, dass sie sich nicht geirrt hatte.

»Eines Tages wirst du mir von ihm erzählen …, von Danny«, sagte sie.

Er küsste sie. »Ja, eines Tages, ganz bestimmt.«

VIERUNDZWANZIGSTES KAPITEL

»Alice, Schätzchen, hörst du mir zu?«

»Lesen Alice.«

»Wir können jetzt nicht lesen. Erinnerst du dich, worüber wir heute Morgen und beim Mittagessen geredet haben?« Julia gab sich alle Mühe, ruhig zu klingen. »Ein Mann wird Alice besuchen.«

»Nein. Spielen Dschulie.«

Julia stand auf. »Ich gehe jetzt nach unten. Wenn du möchtest, kannst du allein hier oben bleiben.«

Sofort stieß Alice ein Wimmern aus. »Nich weggehn.« Sie stand von ihrem Stuhl auf, rannte zu Julia und steckte die Hand in ihre Rocktasche.

Julias Herz wurde schwer. »Komm«, sagte sie leise.

Seite an Seite gingen sie die Treppe hinunter, Alice mit der Hand fest in Julias Tasche.

Ellie stand neben dem Kaminfeuer und gab vor, die Zeitung zu lesen. Leider hielt sie sie verkehrt herum. »Hallo«, begrüßte sie die beiden, als sie hereinkamen. Obwohl sie geschminkt war und sich die Haare aufgedreht hatte, wirkte sie müde und ängstlich.

»Hallo Lellie«, sagte Alice und zog Julia zu ihrer Schwester. »Lesen Alice?«

Ellie lächelte. »Dieses Kind ist wie ein Jagdhund auf frischer Fährte.« Sie zerzauste Alices schwarze Haare. »Später.«

Julia kniete sich hin und sah Alice an, die über das ganze Gesicht strahlte.

»Lesen jetzt?«

»Wenn dieser Mann kommt, brauchst du keine Angst zu haben. Ich bin hier. Und Ellie auch. Du bist bei uns in Sicherheit.«

Alice runzelte die Stirn.

Es klingelte an der Tür.

Julia zuckte schreckhaft zusammen.

Wie aufs Stichwort begannen die Hunde, die im oberen Stock in Ellies Zimmer eingesperrt waren, wild herumzuspringen und zu bellen.

Langsam richtete Julia sich auf.

Ellie ging zur Tür. Einen Augenblick hielt sie inne, lange genug, um die Schultern zu straffen, dann machte sie auf.

George Azelle hielt einen riesigen Teddybären im Arm.

»Hallo, Chief Barton«, sagte er, während er versuchte, an ihr vorbeizuschielen.

Ellie trat beiseite.

Wie aus großer Entfernung beobachtete Julia die Szene, wie der Geist eines vor kurzem Verstorbenen, der mit dabei sein will, wenn sich seine Familie nach der Beerdigung trifft. Ein wenig ratlos standen alle in der Gegend herum.

Schließlich ging Azelle an Ellie vorbei ins Wohnzimmer. Heute waren seine schwarzen Locken wieder zu einem Zopf zurückgebunden. Außerdem trug er eine gewöhnliche Jeans und ein teures weißes Hemd, die Ärmel bis zu den Ellbogen aufgekrempelt.

Wenn man Vater und Tochter jetzt im gleichen Raum sah – diesen Mann mit den dunklen Locken und den markanten Gesichtszügen und das kleine Mädchen, das beinah sein Ebenbild war –, ließ sich die Verbindung zwischen ihnen nicht leugnen.

Er ließ den Teddy über die Hüfte nach unten rutschen und hielt ihn nachlässig an einem Arm fest. »Brittany.« Ganz leise sagte er den Namen, und das Staunen in seiner Stimme war nicht zu überhören.

Alice versteckte sich hastig hinter Julia.

»Schon gut, Alice«, sagte Julia und versuchte erfolglos, sich etwas von ihr zu lösen. »Sie hat einen starken Willen«, meinte sie, an Azelle gewandt.

»Den hat sie von mir«, antwortete er.

Die nächste Stunde hätte sich gut als Szene in einem dieser grässlichen modernen französischen Filme verwerten lassen. Azelle bemühte sich, mit seiner Tochter Kontakt aufzunehmen, er redete über alles Mögliche, vermied schnelle Bewegungen – aber nichts fruchtete. Nicht einmal mit Vorlesen konnte er Alice hervorlocken. Irgendwann verzog sie sich hinter die Blumentöpfe und beobachtete ihn durch die glänzend grünen Blätter.

»Sie hat keine Ahnung, wer ich bin«, sagte er schließlich, klappte das Buch zu und warf es beiseite.

»Es ist sehr lange her.«

Er stand auf und begann im Zimmer umherzuwandern. Dann blieb er plötzlich stehen und wandte sich an Julia. »Spricht sie überhaupt?«

»Sie lernt es gerade.«

»Wie kann sie dann den Leuten erzählen, was mit ihr geschehen ist?«

»Ist es das, worauf es Ihnen am meisten ankommt?«

»Sie können mich mal«, erwiderte er, aber die Worte klangen nicht aggressiv, sondern eher verzweifelt. Vorsichtig ging er um die Couch herum und auf die Pflanzen zu, so behutsam, als näherte er sich einem wilden Tier.

Aus dem Miniwäldchen erklang ein leises Knurren.

»Das bedeutet, sie fürchtet sich«, erklärte Ellie, die sich in den Küchenbereich verzogen hatte.

Im Obergeschoss begannen die Hunde zu heulen.

Inzwischen war Azelle keine anderthalb Meter mehr von den Pflanzen entfernt. Er ging in die Hocke, sodass er fast auf Augenhöhe mit seiner Tochter war. Stumm und mit gerunzelter Stirn starrte er sie an, sie knurrte voller Angst.

Schließlich streckte er die Hand aus, um Alice zu berühren.

Sie wich so heftig zurück, dass sie sich beinahe verletzt hätte: Eine Pflanze stürzte um, fiel auf sie und krachte dann zu Boden.

Augenblicklich zog Azelle die Hand zurück. »Tut mir leid, ich wollte dich nicht erschrecken.«

Alice kauerte auf allen vieren, spähte zwischen den Blättern hervor und atmete schwer.

Azelle holte tief Luft und stieß sie langsam wieder aus. Julia hörte die Resignation. Es war vorbei. Zumindest für heute. Gott sei Dank. Vielleicht würde er aufgeben.

Aber dann begann er zu singen: »Weißt du, wie viel Sternlein stehen?«

Julia schnappte hörbar nach Luft. Seine Stimme war wunderschön.

Und Alice beruhigte sich umgehend, setzte sich erst in die Hocke und stand schließlich auf. Sie summte sogar schüchtern mit.

»Du kennst mich, nicht wahr, Brittany?«

Als sie den Namen hörte, sprang Alice mit einem Satz auf und rannte die Treppe hinauf ins Obergeschoss. Kurz darauf hörte man die Tür zu ihrem Zimmer zuschlagen.

Azelle erhob sich und steckte die Hände in die Hosentaschen.»Das Lied hab ich für sie gesungen, als sie noch ein Baby war«, erklärte er und trat auf Julia zu.

Gerade wollte sie etwas erwidern, als sie ein Auto vorfahren hörte.»Wer ist da, Ellie?«

Ellie ging zur Tür und öffnete sie.»Ach du Scheiße!« So schnell sie konnte, knallte sie die Tür wieder zu und drehte sich um.»KIRO TV, CNN ... und die *Gazette*.«

Julia fuhr zu Azelle herum.»Haben Sie die Medien informiert?«

Er zuckte die Achseln.»Verbringen Sie erst mal drei Jahre im Gefängnis, Frau Psychologin, ehe Sie sich ein Urteil über mich erlauben. Ich bin genauso ein Opfer wie Brittany.«

»Erzählen Sie das jemandem, der Ihnen glaubt, Sie Mistkerl.« Sie strengte sich an, ihre Wut zu unterdrücken, denn sie wollte ihn nicht vor versammelter Presse anschreien.»Sie haben Alice gesehen. Wenn die Medien sich auf sie stürzen, könnte sie das zerstören. Sie und ich wissen beide, wie es ist, wenn man in die Schlagzeilen gerät. Man kann sich nirgends mehr verstecken. Tun Sie das Alice bitte nicht an.«

»Brittany.« Auf einmal wurde sein Blick sanfter, und sie las echte Sorge in seinen Augen. Vielleicht war auch ihr Wunsch der Vater des Gedankens, denn diese Hoffnung war alles, woran sie sich noch festhalten konnte.»Und Sie haben mir keine andere Wahl gelassen.«

Es klingelte.

»Wollen Sie wirklich Ihre Unschuld beweisen?«, fragte Julia und hörte selbst, wie verzweifelt ihre Stimme klang. *Gott steh mir bei*, dachte sie. *Gott steh ihr bei*. Dann sah sie ihre Schwester an, die nickte.

»Ja, allerdings. Ich hab schon ein Vermögen dafür ausgegeben.«

Ellie kam ein Stück näher. »Jetzt haben Sie etwas, was Sie vorher nicht hatten.«

»Dass sich eine Kleinstadtpolizeichefin um den Fall kümmert? Das ist wahrscheinlich keine große Hilfe.«

»Nein, nicht mich«, entgegnete Ellie und ging weiter auf ihn zu.

Es klingelte erneut.

»Sondern Brittany«, sagte Julia. Der Name schmeckte bitter auf ihrer Zunge. Vielleicht war es auch mehr als das, vielleicht war es der Geschmack von Angst. »Ich glaube, sie hat sehr lange im Wald gelebt. Vielleicht sogar mehrere Jahre. Wenn das so ist, wird Ihre Frau dort möglicherweise auch festgehalten. Wer immer sie entführt hat, könnte dort Beweise hinterlassen haben.«

Azelle erstarrte. »Sie glauben, dass Brittany uns an diesen Ort führen kann?«

»Vielleicht«, antwortete Ellie, während Julia nur mit Mühe ein Nicken zustande brachte.

»Ist das ... ist das nicht gefährlich? Für Brittany, meine ich.«

Nicht einmal für Alice hätte Julia diese Frage beantworten können, der Tränenkloß in ihrem Hals war viel zu dick. *Das ist falsch, selbst wenn es aus den richtigen Gründen geschieht.*

»Julia wird sich so um sie kümmern, dass sie den Ort ihrer Gefangenschaft nicht unbedingt noch einmal ansehen muss ... Vorausgesetzt natürlich, wir finden ihn überhaupt.«

Ellies Blick war fest. »Sie haben mich gebeten, dass ich meine Arbeit machen soll, George. War das etwa auch eine Lüge?«

Julia sog scharf die Luft ein. Unausgesprochene Worte erfüllten den Raum, uneingestandene Ängste. Wenn Azelle schuldig war, würde er das Angebot ablehnen ...

»Okay«, antwortete er nach einer Weile. »Aber wir machen uns gleich morgen auf den Weg. Keine unnötigen Verzögerungen.«

Julia wusste nicht, was sie empfand. »Okay.« Das Wort war kaum mehr als ein Flüstern.

»Und keine Medien«, fügte Ellie hinzu.

Als überlegte er sich immer noch, ob ihre Motive ehrlich waren, sah Azelle von einer zur anderen. »Einverstanden. Für den Augenblick.«

Wieder läutete die Türglocke, und es wurde heftig geklopft.

»Verstecken Sie sich, George«, befahl Ellie scharf, und Azelle stolperte in den Küchenbereich, wo er sich hinter den Schränken verbarg. »Komm mit«, sagte Ellie dann an Julia gewandt.

Zusammen gingen sie zur Tür und machten auf.

Auf der Treppe standen mehrere Reporter, unter ihnen auch Mort von der *Gazette*. Noch bevor die Tür offen war, begannen sie ihre Fragen abzufeuern.

»Wir sind hier, um George Azelle zu interviewen.«

»Wir wissen, dass das da draußen sein Wagen ist.« »Können Sie bestätigen, dass das Wolfsmädchen seine vermisste Tochter ist?«

»Dr. Cates – haben Sie das wilde Kind inzwischen geheilt? Kann es jetzt sprechen?«

Julia starrte in die Gesichter und fühlte sich plötzlich weit weg, ohne Bezug zu dem, was hier vor sich ging. Noch vor ein paar Monaten hätte sie alles gegeben, um diese Frage gestellt zu bekommen und sie mit Ja beantworten zu können.

Damals hatte ihr die Wiederherstellung ihres Rufs alles bedeutet, aber jetzt hatte sich ihre Welt grundlegend verändert. Sie spürte Ellies Blick auf sich ruhen. Zweifellos dachte ihre Schwester das Gleiche.

Nachdenklich betrachtete Julia die Reporter, die sie erwartungsvoll anstarrten, die Mikrofone gezückt. Jetzt würden sie ihr wieder glauben, und sie hatte die Chance, wieder die Eine zu sein, die Psychologin, auf die alle hörten. Das wusste sie. Alice war auch für sie ein lebendiger Beweis, genau wie für Azelle. Sie musste ihre Trümpfe nur richtig ausspielen – die Videoaufnahmen zeigen, das Mädchen holen, es den Versammelten vorstellen. Die Fortschritte, die sie erzielt hatte, waren schlicht ein Wunder. Auch die Fachzeitschriften würden sich um Artikel über ihre Therapiemethode reißen.

Aber am Ende war es, obwohl sie so oft davon geträumt hatte, im Triumph zurückzukehren, erstaunlich leicht, zu lächeln und zu sagen: »Kein Kommentar.«

~

Ellie, Cal, Earl, Julia und Alice hatten sich im Park eingefunden. Da es keine Zeugen für ihre Unternehmung geben durfte, mussten sie schon vor Sonnenaufgang aufbrechen. Wenn die Medien ihnen auf die Schliche kamen, war alles verloren. George Azelle stand ein bisschen abseits und unterhielt sich leise mit seinem Anwalt.

»Kann sie das denn auch wirklich?«, fragte Cal und fasste damit all ihre Bedenken in Worte.

Darauf hatte niemand eine Antwort. »Ich weiß nicht mal, worauf wir hoffen sollen«, meinte Ellie und griff nach Cals Hand. Die warme Vertrautheit seiner Berührung erleichterte ihr das Atmen.

Sie war fast die ganze Nacht auf gewesen, hatte Verfahrenshandbücher gewälzt und mit Kollegen überall im Land E-Mails ausgetauscht. Schließlich hatte sie auch noch ein Set zum Sammeln von Beweisen zusammengestellt und Cal eingeladen, als amtlicher Fotograf mitzukommen. Alles musste haargenau nach Vorschrift ablaufen. Wenn sie tatsächlich etwas fanden, musste sie außerdem dafür sorgen, dass der Tatort für die Ermittler aus dem County – und womöglich sogar aus dem ganzen Land – unverändert blieb.

Hier draußen war es dunkel und still. Kalt. Der eisige Atem des Spätjanuars brannte auf Wangen und Lippen. Seit fast einer halben Stunde standen sie jetzt schon unter dem Ahornbaum. Julia kniete vor Alice und sprach leise mit ihr. In der Finsternis sahen sie alle aus wie Gespenster, vor allem Alice mit ihren schwarzen Haaren, dem schwarzen Mantel und den roten Stiefeln.

»Angss.« Sie stieß ein halbherziges Knurren aus.

»Ich weiß, Schätzchen. Ich hab auch Angst. Und Tante Ellie genauso. Aber wir müssen uns ansehen, wo du gewesen bist. Erinnerst du dich noch, dass wir darüber gesprochen haben? Über dein Versteck im Wald?«

»Dunkel«, flüsterte Alice.

Als Ellie Alices Wimmern und ihre zittrige Stimme hörte, hätte sie am liebsten die ganze Aktion auf der Stelle abgeblasen. Wie sollten sie das bloß durchziehen?

»Alice nich allein?«

»Nein«, versprach Julia. »Ich werde die ganze Zeit deine Hand festhalten.«

Alice seufzte, ein schrecklicher, herzzerreißender Laut. »Okay.«

Hinter ihnen hielt ein Auto – das letzte Mitglied der Gruppe.

Ellie ging hinüber zum Gehweg, wo Peanut und Floyd jetzt neben einem Laster von der Tierfarm standen. Floyd hielt den Wolf an der Leine; das Tier trug einen Maulkorb.

»Sind Sie sicher?«, fragte Floyd.

»Ja, ich bin sicher«, antwortete Ellie und nahm ihm die Leine ab.

»Wolf!«, rief Alice und rannte zu ihm.

Der Wolf sprang an ihr hoch, so stürmisch, dass sie glatt umfiel.

»Werden Sie ihn zurückbringen?«, fragte Floyd, während er zuschaute, wie die beiden auf dem eisigen Gras herumtollten.

»Ich glaube eher nicht. Er gehört hinaus in die Wildnis.«

Floyds Blick wanderte zu Alice. »Ich frage mich, ob er da der Einzige ist.« Damit ging er zurück zu seinem Laster und fuhr davon.

Ellie schaute auf ihre Uhr und gesellte sich wieder zu ihrer Schwester, die jetzt allein dastand und in den Wald starrte. »Es ist Zeit.«

Einen Moment schloss Julia die Augen und atmete tief ein und langsam wieder aus; dann holte sie Alice und kniete sich vor ihr auf den Boden. »Wir müssen jetzt los, Alice.«

Alice zeigte auf den Maulkorb und die Leine. »Böse. Falle. Riecht.«

Ellie warf ihrer Schwester einen besorgten Blick zu. Am Vorabend hatten sie beschlossen, den Wolf mitzunehmen, damit er Alice half, den Weg zurück in ihr altes Leben zu finden. In der Theorie hatte es sich wesentlich weniger gefährlich angefühlt.

»Sie braucht ihn«, sagte Julia.

»Okay, aber ich muss den Maulkorb dranlassen.« Ellie

bückte sich und machte den Wolf von der Leine los. Sofort drängte er sich mit der Schnauze an Alice.

»Höhle, Wolf«, flüsterte das Mädchen, und schon waren die beiden unterwegs in Richtung Wald.

»Das kann doch wohl kein *Wolf* sein«, sagte George Azelle ungehalten und trat zu Ellie.

»Gehen wir«, erwiderte Ellie nur, seine Bemerkung ignorierend.

Als die Sonne über die Baumwipfel stieg, waren sie so weit von der Stadt entfernt, dass sie nur noch ihre Schritte hörten, die im Unterholz knackten und raschelten, sowie das Murmeln und Rauschen des Flusses, an dessen Uferböschung sie entlangwanderten.

Seit über einer Stunde hatte niemand ein Wort gesprochen. Mit Julia, Alice und dem Wolf an der Spitze drangen sie immer tiefer in den Wald vor.

Hier wuchsen die Bäume höher und dichter, sodass sie das meiste Licht abhielten. Nur ab und zu fiel ein Sonnenstrahl auf den Waldboden und wirkte dabei so massiv, durchsetzt von so vielen Schwebeteilchen, dass man oft nicht sicher war, ob er einem nicht vielleicht den Weg versperrte.

Und immer weiter wanderten sie, ins Zentrum des alten Waldes, wo der Boden nachgiebig und stets feucht war, wo Bärlapp von den kahlen Ästen hing, als hätten sie lange, gespenstische Ärmel. Blasser Dunst waberte über dem Boden und hüllte ihre Füße ein, dass sie manchmal fast nicht mehr zu sehen waren.

Gegen Mittag machten sie auf einer kleinen Lichtung Rast, um etwas zu essen.

Ellie wusste nicht, ob die anderen auch so empfanden, sie jedenfalls fühlte sich extrem unbehaglich. Die Gruppe erschien ihr so klein; viel zu leicht konnte es passieren, dass sie sich verirrten und einfach verschwanden. Das einzige Geräusch war jetzt das Lüftchen, das durch die Millionen von Tannennadeln über ihren Köpfen ging. Lange bevor sie den Wind im Gesicht spürten, war sein Rauschen zu hören.

Sie saßen im Kreis am Fuß einer Zeder, die so riesig war, dass sie ihren Stamm nicht hätten umspannen können, selbst wenn sie sich alle an den Händen gehalten hätten.

»Wo sind wir eigentlich?«, fragte Azelle und streckte die Beine aus.

Cal faltete seine Karte auf. »Soll ich mal raten? Vorbei an der Hall of Mosses im Naturpark. Nicht weit von Wonderland Falls, denke ich. Genauer kann ich es leider nicht sagen – ein großer Teil dieser Gegend ist nämlich nicht vermessen.«

»Haben wir uns etwa verlaufen?«, wollte Azelle wissen.

»Sie offenbar nicht«, antwortete Ellie mit Blick auf Alice und stand auf. »Gehen wir weiter.«

So wanderten sie noch ein paar Stunden, kamen aber nur sehr langsam vorwärts. Dichtes Unterholz und Vorhänge aus herabhängendem Moos blockierten den Weg. Auf einer Lichtung unter vier Baumriesen schlugen sie ihr Nachtlager auf und bauten die orangefarbenen Igluzelte dicht um das Feuer herum.

Während sie ihr Abendessen kochten, sprach kaum einer ein Wort. Bei Einbruch der Nacht waren die Geräusche des Waldes überwältigend, ein unablässiges Huschen und Springen und Krächzen. Lediglich Alice und ihr Wolf schienen sich wohlzufühlen. Hier in der grünen Ungewissheit bewegte sich Alice freier und wirkte irgendwie größer, was allen eine Vorstellung davon vermittelte, was aus ihr werden konnte, wenn sie sich in der Welt der Menschen erst einmal zurechtgefunden hatte.

Lange nachdem alle anderen sich schon schlafen gelegt hatten, war Ellie noch wach. Sie saß am Ufer des Flusses, starrte in den schwarzen Wald und grübelte, wie Alice diesen Weg damals wohl ganz allein bewältigt hatte. Auf einmal hörte sie hinter sich einen Zweig knacken und drehte sich um.

Es war Julia. Sie wirkte erschöpft und sehr müde. »Ist das hier der Treffpunkt für alle, die nicht schlafen können?«

Ellie rutschte ein Stück, um auf dem dicken, moosbewachsenen Baumstamm Platz für ihre Schwester zu machen. Der Schwertfarn, der zu beiden Seiten wuchs, zitterte bei jeder ihrer Bewegungen.

So saßen sie nebeneinander, während der Fluss an ihnen vorbeirauschte, in der Dunkelheit fast unsichtbar. Die Nachtluft roch üppig und grün. Über ihren Köpfen schimmerte die Milchstraße zwischen Baumwipfeln und Wolken hervor.

»Wie geht es Alice?«, fragte Ellie. Dabei fiel ihr ein, dass sie die Kleine wahrscheinlich bald Brittany nennen mussten. Noch etwas, das sie nicht wahrhaben wollte.

»Sie schläft tief und fest. Hier draußen ist sie absolut entspannt.«

»Vermutlich ist es so etwas wie ihre Heimat. Ihr eigener Garten.«

»Ob sie uns wohl tatsächlich irgendwohin führt ... oder einfach nur in der Gegend herumwandert?«

»Keine Ahnung.«

»Ich hoffe so, dass wir das Richtige tun.« Julias Stimme brach.

Sie schwiegen, und beide zweifelten im Stillen an ihrer Entscheidung. Eigentlich wollte Ellie ein Gespräch über George Azelle vermeiden, aber hier draußen, wo es nur sie und ihre Schwester und den Nachthimmel gab, sah man die

Dinge klarer.»Hast du bemerkt, wie George sie anschaut?«
Sie fragte es ganz leise, falls er noch wach war und womöglich lauschte. Hoffentlich würde der Fluss ihre Stimmen übertönen.

»Ja«, antwortete Julia. Nach einer Pause fuhr sie fort:»Er schaut sie an wie ein Mann, dem das Herz gebrochen wurde. Jedes Mal, wenn sie ihn ignoriert oder sich abwendet, zuckt er zusammen.«

»Das macht mich total nervös. Was, wenn wir herauskriegen …«

»Ich weiß.« Julia lehnte sich an sie.»Was immer auch passiert, Ellie, ich hätte das Ganze ohne dich nie im Leben durchgestanden.«

Ellie legte den Arm um ihre jüngere Schwester und zog sie an sich.»Ja, ich ohne dich genauso wenig.«

Wieder knackte ein Zweig.

Ellie fuhr herum.

Diesmal war es wirklich der Vater des Mädchens, die Hände tief in den Taschen vergraben.»Ich konnte nicht schlafen«, erklärte er und kam langsam auf sie zu.

Ellie musterte ihn.»Anscheinend kann das nur Alice.«

Azelle starrte in den Wald. Leise, ohne die beiden Schwestern anzusehen, sagte er:»Ich habe Angst vor dem, was wir finden werden.«

Wenn dieser Satz nicht von Herzen kam, hatte Azelle wahrlich einen Oscar verdient. Ellie schaute Julia an und erkannte die Sorge in ihren Augen. Also hatte sie das Gleiche wahrgenommen.»Ja«, antwortete sie schließlich und umfasste Julia fester.»Angst haben wir alle.«

~

Ellie wachte in der Morgendämmerung auf und fachte ein neues Feuer an. Schweigend aßen sie ihr Frühstück und brachen im Anschluss das Lager ab. Mit dem ersten Tageslicht waren sie wieder unterwegs, kämpften sich durch immer dichteres Unterholz und Spinnweben, die so robust waren wie Angelschnüre. Es war schon kurz nach Mittag, als Alice plötzlich abrupt stehen blieb.

In der schattigen Welt der hohen, jahrhundertealten Bäume und des allgegenwärtigen Nebels sah das Mädchen unbeschreiblich klein und verängstigt aus. Sie blickte Julia an, deutete flussaufwärts und sagte: »Nich gehn Alice.« Julia nahm sie auf den Arm und hielt sie fest. »Du bist so ein tapferes kleines Mädchen.« Zu Ellie gewandt, fügte sie hinzu: »Bitte mach reichlich Notizen und Fotos. Ich muss alles wissen. Aber sei vorsichtig.«

Dann trug sie Alice zum Fuß einer gigantischen Zeder, und sie setzten sich auf den weichen Moosteppich. Der Wolf kam zu ihnen und legte sich neben sie.

Ellie spähte in die grünen und schwarzen Schatten vor ihnen. Cal, Earl, George Azelle und sein Anwalt traten einer nach dem anderen zu ihr. Keiner sagte ein Wort. Sie musste all ihren Mut aufbringen, um weiterzugehen und die anderen tiefer in den Wald zu führen, doch sie tat es.

So folgten sie dem Flusslauf um eine Kurve und über einen Hügel, bis sie auf eine gerodete Lichtung kamen, begrenzt von Baumstümpfen und abgeholzten Stämmen. Verstreut auf dem harten Boden lagen leere Blechdosen, von Moos und Schimmel überzogen, Hunderte von ihnen – jahrelang angesammelter Müll. Mittendrin türmte sich ein riesiger Haufen alter Zeitschriften und Bücher. Nicht weit davon, in einem Wäldchen aus Roten Zedern, stand ein windschiefer, behelfsmäßiger Schuppen ohne Tür.

Links gähnte ein dunkler Höhleneingang, fast zugewuchert von Farnen, die in allen möglichen und unmöglichen Winkeln sprossen, die fein gezahnten Wedel leise im Wind wippend. Davor steckte ein glänzender Metallpflock im Boden. Um den Pflock war eine Nylonschnur geschlungen, am einen Ende durch einen Eisenhaken mit dem Pfosten verbunden.

Ellie kniete nieder. Am anderen Ende der Nylonschnur hing ein Lederband, das abgenagt worden war, so kurz, dass es gerade um den Knöchel eines Kindes passte. Schwarze Flecken verfärbten das Leder. *Blut.* In der Dunkelheit ihrer Gedanken sah sie die kleine Alice, die hier angebunden war. Die nackten Füße des Mädchens hatten um den Pflock eine kreisrunde Vertiefung in der Erde hinterlassen. Wie lange war sie hier gewesen, wie oft war sie an ihrer Leine hier im Kreis getrottet?

Cal beugte sich zu Ellie hinunter und legte ihr die Hand auf den Arm. Sie wartete, dass er etwas sagte, aber er drückte nur ermutigend ihre Schulter.

Langsam richtete Ellie sich auf. »Bitte alle Handschuhe überziehen!« Dann beging sie den Fehler, George Azelle anzuschauen.

»O Gott«, stammelte dieser, und seine Lippen bebten. »Jemand hat sie angebunden wie einen verdammten *Hund*? Wie ...«

»Nicht ...« Ellie spürte, wie ihr die Tränen über die Wangen liefen, unprofessionell, aber unaufhaltsam. »Gehen wir«, sagte sie zu Cal.

Das Schweigen lastete so schwer auf ihnen, dass jede Bewegung eine fast übermenschliche Anstrengung erforderte, vom Luftholen ganz zu schweigen. So führte Ellie ihre erste richtige Tatortuntersuchung durch. Sie fanden einen

Stapel mit Frauenkleidern, einen einzelnen hochhackigen roten Schuh, ein blutbespritztes Messer, eine Schachtel mit halbfertigen Traumfängern und eine schäbige kleine Babydecke, die so schmutzig war, dass sich ihre ursprüngliche Farbe nicht mehr erkennen ließ. Am Saum hingen, völlig ausgefranst, aufgenähte Gänseblümchen.

Als Azelle die Decke sah, kam nur ein erstickter, verzweifelter Laut über seine Lippen. »O mein Gott …«

Ellie vermied es, ihn anzusehen. Sie konnte sich ohnehin nur mit Müh und Not aufrecht halten, und wenn Azelles Gesicht auch nur ansatzweise zum Klang seiner Stimme passte, würde sie endgültig die Fassung verlieren. »Bitte schreiben Sie jedes Detail auf, Earl«, war alles, was sie hervorbrachte.

Hinter dem Schuppen war ein weiterer Metallpflock in die Erde getrieben worden, ebenfalls mit einer blutbefleckten Lederfessel ausgestattet, die jedoch länger war als die vorige. Hier war jemand anderes angebunden gewesen. Eine Erwachsene.

Zoë.

»Sie konnte ihre Tochter nicht mal *sehen*«, flüsterte Ellie. Zoës Leine war länger und reichte bis zu der Matratze in dem Schuppen.

Cal legte ihr erneut die Hand auf die Schulter. »Bleib in Bewegung.«

Sie nickte, aber sie hörte, wie belegt seine Stimme klang. Der Kloß in seinem Hals entsprach genau dem Brennen in ihren Augen. Langsam ging sie weiter, inspizierte alles von dem Abfallhaufen neben einem alten moosbewachsenen Baumstumpf bis zu der dreckigen, fleckigen Matratze, die zwischen zwei Douglastannen lag. Überall waren Tierspuren – das Lager musste schon lange verlassen sein, die Aasfresser hatten ihr Werk bereits getan.

Zwischen den Bäumen, nicht weit von der Matratze, fand Ellie eine alte Truhe, beinahe zugerostet. Erst nach mehreren Versuchen schaffte sie es endlich, sie zu öffnen. Darin fand sie Ausschnitte aus einer Zeitung, die in Spokane erschien – das meiste waren Berichte über Prostituierte, die von der Straße weg verschwunden und nie gefunden worden waren. Der letzte Artikel stammte vom 7. November 1999. Außerdem waren mehrere Pistolen und eine blutverkrustete Armschlinge in dem Kasten.

Am Boden der Truhe, unter Binden und Zeitungsausschnitten und schmutzigem Silberbesteck, lagen eine gelbe Regenjacke aus Plastik und eine schmuddelige Batman-Baseballkappe.

Azelle, der dicht hinter Ellie stand, stieß einen entsetzten Schrei aus. »Er hat es gesehen! Dieser Blumenlieferant hat den Entführer gesehen, direkt vor meinem Haus!«

Ellie drehte sich bewusst nicht um, sie konnte Azelle nach wie vor nicht ansehen. Sie hörte nur, wie er auf die Knie fiel.

»Wenn sie doch nur auf den Blumenmann gehört hätten, dann hätte man sie vielleicht gefunden, bevor er … das hier anrichten konnte. O mein Gott.«

Als er in Tränen ausbrach, schloss Ellie die Augen. Sie hatte ihren Job erledigt, sie hatte die Wahrheit herausgefunden.

Doch es war nicht die Wahrheit gewesen, die sie sich gewünscht hatte.

~

Alices Herz klopft heftig in ihrer Brust. Sie weiß, dass es besser wäre WEGZULAUFEN. Aber sie kann doch Dschulie nicht alleinlassen.

Trotzdem, sie hört auch die Stimmen hier. Die Blätter und

die Bäume und den Fluss. Das sind die Geräusche, an die sie sich erinnert, und obwohl sie die Angst spürt, ist da noch etwas anderes, etwas, das sie dazu bringt aufzustehen. Wolf streicht an ihr vorbei, er hat sie lieb. Nicht weit entfernt wartet sein Rudel schon auf seine Rückkehr. Das weiß Alice. Sie hört die Schritte, das Knurren, das sind die leiseren Geräusche, sanfter als die raschelnden Blätter und das Rauschen des Wassers. Die Laute des Lebens, die diese Dunkelheit füllen.

Sie bückt sich. Es dauert lange, aber schließlich schafft sie es, Wolf von dem ekligen Ding zu befreien, das sein Gesicht und seinen Nacken zudeckt und riecht.

Voller Verständnis blickt er zu ihr auf.

Sie ist traurig, ihn noch einmal zu verlieren, doch ein Wolf braucht seine Familie.

»Los«, flüstert sie.

Er heult und leckt ihr das Gesicht.

»'süss«, sagt sie.

Dann ist er weg.

Alice schaut zu Dschulie, und ihr Herz wird so groß, dass es beinahe wehtut. Sie weiß, was sie Dschulie sagen möchte, aber ihre Wörter reichen nicht. Also nimmt sie Dschulies Hand und führt sie in einem großen Bogen um die Stelle herum (sie möchte die Höhle nicht wiedersehen, o nein). Sie klettern über einen der Bäume, die Er gefällt hat, und bahnen sich vorsichtig einen Weg durch ein Brennnesselfeld.

Da ist es.

Ein Hügel, mit Steinen bedeckt.

»Mommy«, sagt Alice und deutet auf die Steine. Eigentlich hat sie gedacht, sie hat das Wort vergessen. Früher einmal, vor langer Zeit, da hat ihre Mommy Alice geküsst, genauso

wie Dschulie es jetzt macht ... Mommy hat sie warm zu-
gedeckt, mit einer Decke, die nach Blumen roch.

Vielleicht sind das auch nur Träume. Sie ist nicht sicher.
Sie erinnert sich an einen Augenblick: Wie sie sich zu Alice
herunterbeugt, ihr einen Kuss gibt und flüstert *Sei lieb. Für
Mommy. Vergiss sie nicht.*

»O Baby ...« Dschulie nimmt Alice in die Arme und
drückt sie fest an sich, wiegt sie hin und her.

Alice wünscht sich, es würde Wasser aus ihren Augen
kommen wie bei einem echten kleinen Mädchen, aber irgendwas stimmt nicht mit ihr. Das Herz tut ihr so schrecklich weh, dass sie es kaum aushalten kann. »Liebe Dschulie«,
sagt sie.

Dschulie küsst Alice, so, wie es Mommy früher gemacht
hat. »Ich hab dich auch lieb.«

Alice lächelt. Jetzt ist sie in Sicherheit. Sie schließt die Augen und schläft ein. Im Traum ist sie zwei Mädchen – die
große Alice, die mit den Fingern zählen kann und ihre Wörter benutzt, sodass andere Menschen sie verstehen. Auf der
anderen Seite des Flusses aber ist Brittany, das Baby, in den
Unterhosen, die man Windel nennt, und spielt mit dem roten
Ball. Bei ihr ist die alte Mommy und winkt zum Abschied.

Alice weiß, dass sie schläft. Sie weiß auch, dass sie in der
Welt, in der sie nur Alice ist, in Dschulies Armen liegt, sicher
und geborgen.

~

Julia stand unter dem Ahornbaum im Sealth Park, auf dem
Arm die schlafende Alice. Der Such- und Rettungsdienst
hatte sie zusammen mit George Azelle vor der Feuerwache
abgesetzt, aber niemand hatte ihr gesagt, wohin sie jetzt ge-

hen oder was sie als Nächstes tun sollte. Doch irgendwie waren Azelle und sie hier gelandet, an der Stelle, wo die Wanderung begonnen hatte – wie Muscheln, die an den Strand gespült werden. Allmählich verklang das Wupp-wupp-wupp der Hubschrauber, das Heulen der Sirenen verhallte.

»Was nun?«, fragte Azelle mit benommenem, verwirrtem Gesichtsausdruck, als erwartete er eigentlich gar keine Antwort von ihr.

»Ich weiß es auch nicht. Ellie geht morgen mit allen möglichen Experten zum Tatort zurück.«

»Haben Sie mitbekommen, was er meinem Baby angetan hat? Dass er sie angebunden hat wie einen Hund …«

»Bitte hören Sie auf.« Julia drehte sich zu ihm um und sah den Schmerz in seinen Augen, die Tränen. Noch verfügten sie längst nicht über alle Fakten – Tests mussten durchgeführt, Ergebnisse abgewartet werden –, aber im Grunde kannte jeder die Wahrheit.

George Azelle war nicht derjenige, der seiner Familie das angetan hatte.

»Es tut mir leid, George.« Sie hätte gern mehr gesagt, doch es ging nicht. Sie fühlte sich viel zu schwach.

»Vielleicht können wir uns später mal unterhalten. Wenn wir ein wenig … ein wenig Distanz dazu haben.«

»Ich kann mir nicht vorstellen, dass wir jemals Distanz dazu haben werden, George. Aber ja, unterhalten können wir uns später, das wäre besser. Jetzt bringe ich erst mal mein kleines Mädchen nach Hause.« Obwohl sie sich bemühte, stolperte sie darüber. *Mein kleines Mädchen.* »Unser kleines Mädchen, meine ich natürlich«, korrigierte sie sich.

Behutsam streckte er die Hand aus und berührte Alices Rücken. Zwischen ihren Schulterblättern wirkte seine große dunkle Hand riesig. »Ich habe nie aufgehört, sie zu lieben.«

Julia schloss die Augen.

Wenn sie jetzt darüber nachdachte, würde sie zusammenbrechen. Mit einer gemurmelten Entschuldigung wandte sie sich ab und ging mit energischen Schritten zu ihrem Pickup. Sie war fast dort angekommen, als sie Max entdeckte. Im Licht der Straßenlaterne schimmerten seine Haare silberweiß. Sein Gesicht war überschattet.

Langsam lief er über die Straße und auf sie zu. Seine Absätze klackten laut auf dem Asphalt, und jeder Schritt schien sich dem Rhythmus ihres Herzens anzupassen.

Er trat ganz nahe zu ihr, wie Liebende es tun. »Ist alles in Ordnung mit dir?«

Sosehr sie sich auch anstrengte, sie konnte die Tränen nicht mehr zurückhalten. »Nein.«

Er nahm ihr Alice ab und legte das schlafende Kind in den Autositz. Dann tat er das Einzige, was er tun konnte: Er schloss Julia in die Arme und ließ sie weinen.

~

Als Ellie ihren Bericht geschrieben und die notwendigen Faxe und E-Mails an die entsprechenden Stellen abgeschickt hatte, war sie völlig am Ende.

Mit einem tiefen Seufzer schob sie ihren Schreibtischstuhl zurück. Es war erst zehn Uhr, fühlte sich jedoch an wie mitten in der Nacht.

Heute Abend konnte sie nichts mehr tun, also stand sie auf, wanderte langsam durch die Wache und knipste unterwegs die Lichter aus. Der Notruf wurde wahrscheinlich mit Fragen bestürmt, aber darum konnte sie sich erst morgen kümmern.

Die Nacht war still, nichts rührte sich. Nur eine leichte

Brise zupfte an ihren Haaren und ließ die Blätter auf dem Gehweg tanzen.

Sie war schon fast bei ihrem Streifenwagen, als sie George Azelle entdeckte. Er lehnte an einer Straßenlaterne, ohne Jacke, wahrscheinlich halb erfroren.

Sie ging zu ihm.

Er blickte nicht auf.

Mit Worten hatte Ellie schon immer ihre Probleme gehabt, und auch jetzt wollten ihr die richtigen nicht in den Sinn kommen.

Er sah sie an. »So viele Cops aus der Großstadt sind mir überallhin gefolgt, aber am Ende haben *Sie* die Wahrheit herausgefunden.«

»Ich hatte Alice.« Einen Augenblick zu spät verbesserte sie sich. »Ich meine Brittany.«

Unvermittelt beugte er sich über sie und küsste sie auf den Mund. Es war kein romantischer Kuss, doch Ellie spürte trotzdem seine Wirkung.

Unter anderen Umständen hätte ihr dieses Gefühl ausgereicht, diesen Mann an sich zu ziehen und den Kuss zu erwidern, etwas Größeres daraus zu machen. Und jetzt zog sie sich stattdessen zurück.

»Danke«, flüsterte er.

»Dadurch wird aber jetzt nicht alles anders«, sagte sie und hörte, wie brüchig ihre Stimme klang. »Alice braucht meine Schwester. Ohne sie ...«

»Es geht hier um meine Tochter. Verstehen Sie das denn nicht?«

Als Ellie ihre Stimme wiederfand, war sie kaum noch vorhanden. An diesen Punkt hatte die Wahrheit sie also gebracht. »Ja. Ich weiß.«

FÜNFUNDZWANZIGSTES KAPITEL

$\mathcal{U}$m drei Uhr nachmittags am nächsten Tag unterbrachen alle großen Sender und Kabelkanäle das laufende Programm, um bekannt zu machen, dass in den Wäldern von Washington State Zoë Azelles Leiche gefunden worden war. Die Laboranalysen hatten ihre Identität eindeutig bestätigt und auch die des Mannes, der sie dort festgehalten hatte. Sein Name war Terrance Spec, und er war mehrmals mit dem Gesetz in Konflikt geraten. Zweimal war er wegen Vergewaltigung verurteilt worden. Man hatte ihn auch im Zusammenhang mit dem Verschwinden der Prostituierten in Spokane verdächtigt, ihm aber nichts eindeutig nachweisen können. Im vergangenen September war er bei einem Unfall mit Fahrerflucht auf dem Highway 101 ums Leben gekommen.

Jede Zeitung, jede Radiostation und jeder Fernsehsender verkündete, dass George Azelle unschuldig war.

Viele waren der Ansicht, dass das Geschworenensystem versagt hatte – ein Mann, den jeder, von der Kellnerin bis zum Senator, als »schuldigen Mistkerl« abgetan hatte, war unschuldig gewesen. Experten von CNN und Court TV –

allen voran Nancy Grace, die ihn als einen »bösartigen Soziopathen mit einem Killerlächeln« bezeichnet hatte – waren damit beschäftigt, ihre Schamröte unter dem Make-up zu verstecken.

Azelle stand mit seinem Anwalt auf dem Podium in der Polizeiwache. Den ganzen Nachmittag schon hatten sie die immer gleichen Fragen beantwortet. Die Tatsache, dass das Wolfsmädchen seine Tochter war – was noch vor wenigen Wochen als Sensationsmache abgetan worden war –, goss zusätzlich Öl ins Feuer. Die Schlagzeile LEBENDER BEWEIS ging auf Millionen von Zeitungen in Druck.

Ellie stand zwischen Cal und Peanut ganz hinten an der Wand und sah sich das Schauspiel an.

Auf einmal spürte sie Cals Blick auf sich ruhen. Genau genommen hatte er sie schon den ganzen Tag so seltsam gemustert. Wo immer sie hinging, ging auch er hin, sagte jedoch nichts. »Was?«, fragte sie.

»Was was?«

Peanut lachte. »Bitte nicht schon wieder diese hochphilosophischen Diskussionen. Das ist echt zu kompliziert für mich.«

Ellie ignorierte ihre Freundin. »Was ist los, Cal?«, wiederholte sie irritiert.

»Nichts.«

»Wenn du irgendwas auf dem Herzen hast, dann spuck's aus. Wir sind lange genug befreundet, dass ich merke, wenn du wegen irgendwas sauer bist. Also, was hab ich getan?«

Eigentlich hatte sie erwartet, dass er grinsen und sie mit irgendeiner superschlauen Antwort abfertigen würde, aber er starrte sie nur unverwandt an. Nach einer weiteren Sekunde wurde es ihr ausgesprochen unbehaglich.

Schließlich lächelte er, doch das Lächeln reichte nicht bis

zu den Augen. »Ich glaube nicht, dass du das merkst, Ellie. Ich glaube sogar, dass du mich überhaupt nicht kennst.« Damit wandte er sich ab, ging zurück an seinen Schreibtisch und nahm daran Platz. Dann setzte er das Headset auf, holte den Skizzenblock heraus und begann zu zeichnen.

Ellie verdrehte die Augen.

Aber auch Peanut lächelte nicht.

»Soso, da macht der Herr also wieder einen auf Prinzessin auf der Erbse«, stellte Ellie verärgert fest.

»Es geht da ein Gerücht in der Stadt rum«, sagte Peanut. »Ich hab es heute Vormittag selbst gehört. Von Rosie aus dem Diner, die es ihrerseits von Ed aus dem Pour House hat.«

»Vermutlich über mich?«

»Anscheinend hat eine gewisse Polizeichefin einen gewissen momentan ziemlich berühmten Mann geküsst, der nicht aus dieser Stadt ist. Auf dem Parkplatz. Vor aller Augen. Oh, und hab ich schon erwähnt, was seine Akte über seinen bisherigen Umgang mit Frauen sagt?« Sie schnalzte mit der Zunge. »Nichts Gutes.«

Ellie zuckte zusammen. »Eigentlich hat er mich geküsst, nicht ich ihn.«

»Na, das ändert natürlich alles.« Peanut seufzte und schüttelte den Kopf. Genauso reagierte sie auch, wenn eins ihrer Kinder sie wahnsinnig machte. »Ellie, du bist eine solche Idiotin. Da, jetzt ist es raus. Wir warten schon so lange darauf, dass du endlich aufwachst und siehst, was sich direkt vor deiner Nase abspielt, aber es schaut nicht danach aus, als würde etwas Derartiges passieren. Kaum taucht ein attraktiver Gauner hier auf, hast du für nichts anderes mehr Augen. Ich höre schon die Hochzeitsglocken. Wen kümmert es, dass er Alice von Julia wegreißen und uns allen das Herz brechen wird? Wo er doch so ein tolles Lächeln und so einen großen Pimmel hat – und genau weiß, wie er beides am besten zur Geltung bringt.«

»Erstens war es nur ein Kuss, ich war nicht an seiner Hose. Und zweitens ...«

Wortlos drehte Peanut sich um und ließ Ellie stehen. Ellie rannte ihr nach. »Komm zurück, verdammt. Du kannst mir doch nicht so was an den Kopf werfen und dann einfach weglaufen.« Sie packte Peanut am Arm und zwang sie, sie anzusehen. Überall standen Reporter herum, aber das interessierte Ellie momentan nicht im Geringsten. »Ich hab mich nicht an ihn rangemacht, Peanut.«

»Nach allem, was ich gehört habe ...«

»Hast du verstanden, was ich gesagt habe? *Ich hab mich nicht an ihn rangemacht.* Nichts. Null. Nada. Er hat mich geküsst – und ich hätte was daraus machen können, doch das hab ich nicht. Er nimmt uns Alice weg, um Himmels willen! Wie kannst du nur denken, ich würde mit ihm schlafen?«

Aber Peanut runzelte die Stirn. »Wirklich? Du hast nicht ...?«

»Ich hab den Reißverschluss zugelassen, wie mein Vater zu sagen pflegte.«

»Warum?«

Jetzt war es an Ellie, die Stirn zu runzeln. »Alice ist wichtiger.«

»Für dich war doch sonst nichts wichtiger als ein gut aussehender Mann, Ellie.«

»Tja, die Dinge können sich ändern, oder nicht?« Ellie dachte darüber nach und musste grinsen. Plötzlich fühlte sie sich so frei!

»Ich bin stolz auf dich.« Lächelnd legte Peanut den Arm um sie, und zusammen gingen sie zu Peanuts Schreibtisch.

»Hey, wen hast du eigentlich vorhin mit ›wir‹ gemeint? Du hast gesagt, ihr habt beide darauf gewartet, dass ich endlich aufwache.«

Peanut zuckte die Achseln. »Irgendwann solltest du mal an all die Leute denken, die dich lieben, Ellie.« Sie warf einen raschen Blick auf ihre Armbanduhr. »Hey, musst du nicht zum Gericht?«

Erschrocken sah auch Ellie zur Uhr. »Verflucht! George ist schon weg.« Sie rannte zur Tür.

Als sie beim Gericht ankam, hatte es zu regnen begonnen. Kalte, eisige Tropfen fielen aus einem traurigen grauen Himmel. Sie parkte vor dem Gebäude und hastete die Stufen hinauf.

Fast in der Ecke, neben einer riesigen Topfpflanze, stand Julia. Die beiden Anwälte saßen am Richtertisch, George Azelle war ganz allein auf der linken Seite des Raums.

»Anscheinend sind alle anwesend«, stellte die Richterin fest und setzte die Brille auf. »Seit Sie das letzte Mal hier waren, hat sich einiges verändert.«

»Ja, Euer Ehren«, antwortete Azelles Anwalt.

Die Richterin sah Julia an. »Ich weiß, wie sehr Ihnen Brittany am Herzen liegt, Dr. Cates. Aber Sie wissen auch, wie das System funktioniert.«

»Ja.« Das Wort kostete sie alle Kraft, und sie kam sich plötzlich seltsam klein vor. »Ich weiß, dass Mr Azelle genauso ein Opfer ist wie Alice, und ich möchte nicht, dass er noch mehr leiden muss, aber …« Sie hielt inne, nahm ihren Mut zusammen und sah die Richterin fest an. »Aber seine Bedürfnisse müssen hinter denen des Kindes zurückstehen.«

Stirnrunzelnd fragte die Richterin: »In welcher Hinsicht?«

»Alice sollte nicht von mir weggerissen werden. Sie liebt

mich … und vertraut mir. Ich kann …« Ihre Stimme versagte, fing sich jedoch wieder. »Ich kann sie retten.«

Ellie trat neben Julia.

»Wird sie denn immer eine besondere Förderung brauchen?«, erkundigte sich die Richterin mit sanfter Stimme. »Das weiß ich nicht«, antwortete Julia. »Sie hat so viel durchgemacht. Aber sie ist extrem intelligent. Ich glaube, sie kann ihre Vergangenheit überwinden, allerdings wird sie noch viele Jahre konstante Fürsorge und Behandlung brauchen.«

»Es gibt doch bestimmt Schulen für Kinder wie sie«, warf Azelle ein.

»Selbstverständlich«, bestätigte sein Anwalt. »Und auch andere Therapeuten, die sie behandeln können. Euer Ehren, Mr Azelle hat genug gelitten, wir dürfen seine Tragödie nicht noch verschlimmern, indem wir ihm ein zweites Mal seine Tochter wegnehmen.«

»Nein«, antwortete die Richterin. »Und ich bin sicher, dass Dr. Cates das weiß.«

Nun wandte sich Julia direkt an Azelle. »Alice hat keine Ahnung, wer Sie sind, George. Ich fühle mit Ihnen, das tue ich, ganz ehrlich – ich konnte die ganze Nacht kein Auge zutun bei dem Gedanken, was Sie durchgemacht haben –, aber die Wahrheit ist, dass es zum jetzigen Zeitpunkt in erster Linie um Ihre Tochter geht. Sie versteht noch nicht, was ein Vater ist, und wenn man sie mir nun wegnimmt – sprich: sie erneut im Stich lässt –, dann kann es gut sein, dass sie in ihrer Entwicklung zurückfällt. Mit an Sicherheit grenzender Wahrscheinlichkeit wird sie sich in sich zurückziehen, wird wieder stumm werden, heulen, sich selbst verletzten. Sie ist noch nicht so weit, zu Ihnen zu kommen. Es tut mir ehrlich leid.« Sie starrte Azelle an, als könnte sie ihn mit ihrem Blick überzeugen.»Vielleicht könnten Sie für ein paar Jahre hierher ziehen, und ich würde mit ihr weiterarbeiten. Wir könnten langsam …«

»Ein paar Jahre?« Azelle sah zutiefst erschüttert aus.»Sie wollen, dass ich mich hier niederlasse, während meine Tochter bei Ihnen wohnt? Während sie lernt, Mommy zu Ihnen zu sagen? Und wer darf ich dann sein? Der Mann von nebenan? Onkel George?«

Auch Julia war anzumerken, dass Azelles Schicksal ihr alles andere als gleichgültig war.»Ich könnte auch nach Seattle ziehen …«

»Sie kapieren es einfach nicht. Dr. Cates«, sagte er leise, doch sehr bestimmt.»Ich liebe meine Tochter. Als ich im Gefängnis war, habe ich jeden Tag davon geträumt, sie wiederzufinden, mit ihr im Park spazieren zu gehen, ihr Gitarrespielen beizubringen.«

»Sie lieben die *Idee* einer Tochter. Ich habe alles über Sie gelesen, George. Als Alice bei Ihnen gelebt hat, waren Sie nie da. Fünf Tage die Woche hat sie in der Kindertagesstätte zugebracht. Zoë hat ausgesagt, dass sie nicht mal zum Abendessen heimgekommen sind, und auch am Wochenende waren Sie dauernd unterwegs. Sie kennen Ihre Tochter doch überhaupt nicht. Und Alice kennt Sie nicht.«

»Das ist nicht meine Schuld«, erwiderte er leise.

»Ich … ich liebe Alice«, erklärte Julia, ohne darauf einzugehen, und ihre Augen füllten sich mit Tränen.

»Das weiß ich. Genau da liegt ja das Problem. Deshalb kann sie nicht hier wohnen bleiben und auch nicht weiter von Ihnen therapiert werden, egal ob hier oder in Seattle.«

»Das verstehe ich nicht. Wenn ich helfen kann …«

»Dann wird sie niemals lernen, mich zu lieben«, stieß er hervor.»Nicht, solange Sie in der Nähe sind.«

Julia schnappte nach Luft. Langsam schloss sie die Augen und rang um Fassung. Schließlich sah sie Azelle wieder ins Gesicht, aber alle im Raum wussten, dass sie dieses Argument nicht entkräften konnte.

»Ich werde alles für meine Tochter tun«, versprach Azelle. »Ich engagiere die besten Ärzte und Psychologen. Ich garantiere, dass sie gut versorgt wird. Und später, wenn sie mich liebt und weiß, wer ich bin, bringe ich sie zurück, damit sie Sie besuchen kann. Ich werde dafür sorgen, dass Sie ihr immer in Erinnerung bleiben, Julia.«

~

Eine Kleinstadt wie Rain Valley lebte nicht nur vom Klatsch, sondern auch davon, dass jeder seine eigene Meinung hatte und es nicht erwarten konnte, damit auch hausieren zu gehen. Max war überzeugt, dass die Leute über den Ausgang der Gerichtsverhandlung diskutieren würden, kaum dass eine Entscheidung gefallen war.

Alle zehn Minuten wählte er Julias Nummer, doch die meldete sich nicht. Auch sein eigenes Handy blieb stumm.

Fast eine Stunde wartete er vergeblich, und schließlich hielt er es nicht mehr aus. Vielleicht dachte sie, dass sie jetzt unbedingt allein sein musste, aber seiner Meinung nach irrte sie sich. Diesen Fehler hatte er selbst viel zu lange begangen – zu glauben, dass man mit Kummer am besten allein zurechtkam –, und er war nicht gewillt zuzulassen, dass sie den gleichen Irrtum beging.

Er stieg in sein Auto und fuhr zu ihrem Haus. Auf der Fahrt versuchte er sich vorzustellen, was sie gerade tat. Ob sie auf dem Sofa saß … oder auf dem Bett lag und versuchte, nicht zu weinen? Beim Gedanken an Alice würden die

Tränen wahrscheinlich von ganz alleine kommen …, wie sie lachte …, wie sie eine Blume aß …, wie sie ihr einen Schmetterlingskuss gab …

Er konnte ihre Gefühle nur allzu gut nachvollziehen. Vielleicht würde sie zu vergessen versuchen, vor den Erinnerungen davonlaufen, so wie er es getan hatte. Dann konnten Jahre vergehen, bis ihr klar wurde, dass man Erinnerungen festhalten muss. Denn sie waren alles, was nach einem Verlust übrig blieb.

Schließlich erreichte er ihr Haus und parkte. Von außen wirkte alles ganz normal. Die Rhododendronbüsche vor der Veranda waren in der Regensaison riesig und glänzend grün. Hellgrünes Moos wucherte auf dem Dach. Von den Traufen hingen leere Blumenampeln. Hinter und neben dem Haus rauschten riesige Nadelbäume im Wind. Er überquerte den Hof, stieg die Treppe zur Haustür hinauf und klopfte leise.

Ellie öffnete, in der Hand ein Tablett mit zwei Tassen Tee. »Hallo, Max«, begrüßte sie ihn.

»Wie geht es ihr?«

»Nicht so gut.«

Dann trat sie zurück, sodass er eintreten konnte, und hielt ihm das Tablett hin. »Sie ist oben in meinem Zimmer. Erste Tür links. Alice schläft, also sei bitte leise.«

Er nahm ihr das Tablett ab. »Danke.«

»Ich muss aufs Revier. In etwa einer Stunde bin ich wieder da. Aber lass sie nicht allein.«

»Mach ich.«

Sie wandte sich zum Gehen, hielt jedoch noch einmal inne und drehte sich zu ihm um. »Danke. Du hast ihr sehr geholfen.«

»Sie hat mir auch sehr geholfen«, entgegnete er nur.

Er sah ihr nach und hörte dann, wie ihr Auto ansprang.

Bevor er hinaufging, stellte er das Tablett ab, denn er fand, dass Tee nur etwas für Verwandte war, die helfen wollten, aber nicht wussten wie. Vor der geschlossenen Zimmertür blieb er stehen, holte tief Luft und trat ein.

Das Zimmer war voller Schatten. Kein Licht brannte. Julia lag auf dem Rücken auf dem großen Himmelbett, die Augen geschlossen, die Hände auf dem Bauch gefaltet. Er ging zu ihr und stellte sich neben das Bett. »Hallo«, sagte er leise.

Sie schlug die Augen auf und sah ihn an. Ihr Gesicht war rot und geschwollen, vor allem um die Augen herum. Tränen hatten die Farbe von ihren Wangen gewaschen. »Du weißt das von Alice, oder?«, sagte sie.

Wortlos kletterte er zu ihr auf das große Bett und nahm sie in die Arme, hielt sie fest und ließ sie weinen, hörte sich ihre Erinnerungen eine nach der anderen an. Das hätte er selbst auch schon vor langer Zeit tun sollen – seine Erinnerungen in eine feste, beständige Form bringen, in der sie die Zeit überdauern konnten.

Sie unterbrach ihre Geschichte und schaute ihn an, mit tränennassen Augen. »Ich sollte aufhören, dauernd von ihr zu plappern«, sagte sie.

Aber er küsste sie sanft und legte sein ganzes Wesen in diesen Kuss. »Nein, sprich ruhig weiter«, sagte er, als er sich von ihr löste. »Ich gehe nirgendwohin.«

～

Die Straßen der Stadt waren leer. Von jeder Ladentür, an der Ellie vorüberkam, winkte jemand traurig und müde. Während sie im Diner auf ihren Mokka gewartet hatte, waren vier Leute zu ihr gekommen und hatten sie in den Arm genommen. Was gab es zu sagen? Alle wussten, dass Alice morgen um diese Zeit nicht mehr da sein würde.

Es war spät, als sie das Revier verließ und sich auf den Heimweg machte. Als sie die Verandatreppe zu der Tür hinaufstieg, die immer ihre gewesen war, hatte sie das Gefühl, eine große Last auf den Schultern zu tragen. So schlecht hatte sie sich in ihrem Leben selten gefühlt, und für eine Frau, die zweimal geschieden war und beide Eltern zu Grabe getragen hatte, wollte das etwas heißen.

Drinnen war es genauso wie immer. Die Sofas und Sessel bildeten vor dem Kamin eine gemütliche Sitzgruppe, um dort mit anderen zu plaudern, Nippes gab es nur wenig, und wenn, dann war er größtenteils handgefertigt. Die einzige Veränderung waren die Ficus-Bäumchen in der Ecke.

Alices Versteck.

Noch vor wenigen Wochen war das Mädchen bei nahezu jeder Gelegenheit – vor allem wenn ein Gefühl sie übermannte – dort verschwunden. Aber in letzter Zeit hatte sie sich immer seltener in ihr Wäldchen zurückgezogen.

Der Gedanke daran war fast unerträglich, und was Julia empfand, mochte Ellie sich gar nicht vorstellen. Jedes Ticken der Uhr musste ein Keulenschlag für sie sein.

Sie ging zum CD-Player und legte den Herr-der-Ringe-Soundtrack *Die Rückkehr des Königs* auf. Zu diesem Tag passte traurige, gefühlvolle Musik am besten.

Klappernd landete ihre Handtasche auf dem Esszimmertisch. Gerade hatte sie sich eine Tasse Tee aufgebrüht, als sie ihre Schwester entdeckte.

Julia saß in der Eiseskälte draußen auf der Veranda, dick eingepackt in den alten wollenen Jagdmantel ihres Vaters.

Rasch kochte Ellie eine zweite Tasse Tee und nahm sie mit hinaus auf die Veranda.

Mit einem leisen »Danke« nahm Julia sie entgegen. »Setz dich doch«, sagte sie.

Ellie schnappte sich eine Decke aus der Truhe, die seit jeher auf der Veranda stand, und hüllte sich darin ein. So setzte sie sich auf die Verandaschaukel und legte die Füße auf die Truhe. »Wo ist Max?«

Julia schüttelte den Kopf. »Er musste zu einem Notfall in der Klinik. Eigentlich wollte er bleiben ..., aber ich musste mal eine Weile allein sein. Alice schläft.«

Ellie machte Anstalten aufzustehen. »Soll ich ...«

»Nein. Bleib. Bitte.« Julia lächelte traurig. »Ich klinge schon wie Alice. Brittany, meine ich.«

»Für uns wird sie nie Brittany sein.«

»Nein.« Julia nippte an ihrem Tee.

»Was hast du jetzt vor?«

»Du meinst, ohne sie?« Julia starrte über den Garten hinaus. In der Dunkelheit konnte sie nicht viel weiter sehen als bis zum Fluss. Mondlicht spiegelte sich auf dem Wasser. »Wenn du wüsstest, wie viel ich schon darüber nachgedacht habe. Doch leider ist mir bislang keine Antwort eingefallen.« Ihre Stimme wurde leise und begann zu zittern. »Es ist, als würde ich Mom noch einmal sterben sehen.«

Sie setzte an weiterzusprechen, schwieg dann aber. »Tut mir leid. Manchmal ...« Sie stand auf und wandte sich ab. »Ich muss zu ihr«, sagte sie mit brechender Stimme und war verschwunden.

Ellie spürte, wie ihr die Tränen in die Augen schossen. Sie warf hastig die Decke beiseite und stand auf. Was würde es schon nützen, wenn sie hier alleine herumsaß und weinte?

Sie stapfte durch das feuchte Gras zum Fluss hinunter. Auf der anderen Seite der Wiese sah sie die Lichter von Cals

Haus. *Irgendwann solltest du mal an all die Leute denken, die dich lieben, Ellie*, hatte Peanut gesagt. Ganz oben auf dieser Liste hatte schon immer Cal gestanden. In schweren Zeiten – ganz gleich, ob in ihren beiden Ehen, ihren katastrophalen Affären, beim Tod ihrer Eltern – war Cal immer ihr Fels in der Brandung gewesen.

Obwohl er wegen irgendetwas sauer auf sie war, war er dennoch der einzige Mann auf dem Planeten, der sie so sah, wie sie war, und sie trotzdem liebte. So einen Freund brauchte sie jetzt.

Im Handumdrehen war sie an seiner Tür und klopfte.

Und wartete.

Niemand kam.

Stirnrunzelnd sah sie sich um. Cals GTO war da, versteckt unter einer braunen Nylonhülle und ein paar heruntergefallenen Blättern.

Vorsichtig öffnete sie die Tür, streckte den Kopf hinein und rief: »Hallo!«

Immer noch keine Antwort, doch am Ende des Korridors sah sie Licht. Sie folgte ihm zu der geschlossenen Tür von Lisas Arbeitszimmer.

Auf einmal fragte sie sich, ob Lisa wohl zurückgekommen war, und bei dem Gedanken wurde ihr Stirnrunzeln noch tiefer. Nervosität breitete sich in ihrem Magen aus, machte sie panisch. Aber das war doch verrückt! Zögerlich klopfte sie an die Tür. »Hallo?«

»Ellie?«

Sie drückte die Tür auf und sah, dass Cal allein war. Er saß hinter einer Art Zeichentisch. Überall um ihn herum lagen Papiere verstreut.

Aus unerfindlichen Gründen verspürte Ellie eine große Erleichterung. »Wo sind die Mädchen?«

»Peanut hat sie zum Essen und ins Kino eingeladen, damit ich arbeiten kann.«

»Arbeiten?«

»Ich dachte, du bist heute Abend mit George Azelle unterwegs.«

»Ich brauche neue Freunde.« Sie seufzte. »Er war nicht der Richtige für mich. Was soll ich machen? Ein Plakat hochhalten?«

»Nicht der Richtige?« Cal lehnte sich an seinen Schreibtisch und musterte sie. »Gewöhnlich findest du das doch erst raus, wenn du verheiratet bist.«

»Sehr komisch. Aber im Ernst – was machst du hier?«

Sie ging zu ihm, und jetzt fielen ihr auch die Schmierflecken auf seinen Wangen und Händen auf. Als sie an ihm vorbeikam, spürte sie die Berührung seines Arms und fühlte sich gleich viel weniger allein und weniger wacklig auf den Beinen.

Vor Cal lag ein Stapel Papiere. Oben lag eine Skizze von einem Jungen und einem Mädchen, rennend, sich an den Händen haltend. Über ihnen verdeckte ein saurierartiger Vogel mit seinen gigantischen Flügeln die Sonne.

Schnell schob er die Skizze beiseite; darunter lag eine farbige Zeichnung – fast ein Gemälde – von den gleichen beiden Kindern, die sich über eine leuchtende Kugel beugten. Darunter stand: *Wie können wir uns verstecken, wenn sie jede Bewegung sehen?*

Ellie war sprachlos. Die Bilder waren toll – intensive Farben, starke Linien, die Figuren gleichzeitig stilisiert und doch lebensecht. Die Angst in ihren Augen war unverkennbar.

»Du hast ja richtig Talent«, sagte sie und kam sich dabei ziemlich dumm vor. Aber sie war dermaßen überrascht! Hatte Cal etwa die ganze Zeit, während sie an ihrem Schreibtisch gesessen, ihren Papierkram erledigt, ihre Zeitschriften gelesen oder mit Peanut geplaudert hatte, Kunstwerke produziert? Sie hatte angenommen, er würde noch genauso kindisch rumkritzeln wie damals in Mr Chees Chemieunterricht. Plötzlich kam sie sich vor, als würde ihr der Boden unter den Füßen weggezogen. Wie hatte sie jeden Tag mit ihm verbringen können, ohne etwas davon zu merken? »Jetzt weiß ich, warum du gesagt hast, ich wäre egoistisch, Cal. Es tut mir leid.«

Er lächelte. Das Lächeln verwandelte sein Gesicht und erinnerte Ellie stark an frühere Zeiten. »Das ist eine Bildergeschichte über zwei beste Freunde. Er ist ein netter Kerl, aber er kommt aus einer miesen Gegend und hat einen Säufer als Vater. Sie versteckt ihn in ihrer Scheune. Wie sich herausstellt, ist das die letzte wirklich unschuldige Freundschaft auf der ganzen Welt, und die beiden sind dazu auserwählt, die Kugel des bösen Zauberers zu zerstören, ehe endgültig die Dunkelheit hereinbricht. Aber wenn sie sich küssen − oder noch weiter gehen −, verlieren sie ihre Macht und werden vernichtet. Ich hab gerade angefangen, Kopien davon an verschiedene Verlage zu schicken.«

»In der Geschichte geht es also um uns«, stellte sie nüchtern fest. Bei dieser Erkenntnis hatte sie plötzlich das Gefühl, dass sich vor ihr ein Korridor auftat, den sie nie zuvor bemerkt hatte. »Warum hast du mir das nicht schon früher mal gezeigt?«

Er strich sich eine Haarsträhne hinters Ohr, stand auf und stellte sich vor sie.

»Du hast schon vor ziemlich langer Zeit aufgehört, mich wirklich wahrzunehmen, Ellie. Du kennst den schlaksigen, verkorksten Jungen von früher und den stillen Typen, der aus ihm geworden ist und der immer für dich da war. Aber mich, wie ich inzwischen bin, hast du sehr lange nicht mehr richtig angesehen.«

»Aber jetzt seh ich dich, Cal.«

»Gut. Ich warte nämlich schon furchtbar lange darauf, dir etwas Bestimmtes zu sagen.«

»Was denn?«

Er legte ihr die Hände auf die Schultern.

Und dann küsste er sie.

Nicht ein freundschaftliches Küsschen auf die Wange oder ein sanftes, tröstliches Berühren der Lippen. Nein, es war ein Kuss, bei dem Ellie das Blut in den Kopf schoss. Ein Kuss mit allem Drum und Dran.

Zuerst wehrte sie sich – es kam so unerwartet –, aber diesmal überließ Cal ihr nicht die Entscheidung. Er drängte sie an die Wand und küsste sie, bis sie kaum noch Luft bekam und ihr Herz so heftig und so schnell klopfte, dass sie fast Angst hatte, ohnmächtig zu werden. Dieser Kuss hielt nichts zurück und versprach alles.

Als er sich schließlich von ihr löste, lächelte er nicht mehr.

»Hast du es jetzt kapiert?«

»O mein Gott.«

»Jeder in der Stadt weiß, was ich für dich empfinde.« Er küsste sie noch einmal. »Allmählich hab ich schon angefangen, an deinem Verstand zu zweifeln«, fügte er hinzu, als er sie wieder losließ.

Ellie konnte sich nicht erklären, wie sie – eine Frau von immerhin fast vierzig – sich wieder wie ein Teenager fühlen konnte, aber genauso war ihr zumute. Schwindlig und atemlos. In einem einzigen Augenblick hatten sich die Puzzleteile ihres Lebens zu einem Bild zusammengefügt. Plötzlich passte alles. *Cal.*

Hinter ihnen öffnete sich die Tür. Langsam drehte Ellie sich um, immer noch ganz benommen.

Im Türrahmen stand Peanut. Wie Blüten an einem Stiel schwebten hinter ihr drei kleine Gesichter. »Zieht schon mal eure Schlafanzüge an«, sagte Peanut, als sie ihre beiden Freunde sah, »euer Daddy kommt gleich zum Gutenachtsagen.« Als die drei Mädchen verschwunden und ihre Schritte auf dem Korridor verhallt waren, musterte Peanut erst Cal, dann Ellie und schließlich wieder Cal.

Langsam erschien ein Grinsen in ihren Mundwinkeln. »Hast du sie geküsst?«

Hat Peanut etwa Bescheid gewusst? Der Gedanke schoss Ellie durch den Kopf, und einen Moment ärgerte sie sich. Doch dann zog Cal sie an sich, und sie vergaß alles andere. In diesen Augen, die sie schon von klein auf kannte, sah sie etwas – Liebe. Wahre Liebe, die Art von Liebe, die an einem kalten Herbsttag zwischen zwei Kindern begonnen und ein Leben lang gehalten hatte. Cal drückte ihre Hand. »Ja, ich hab sie geküsst.«

Peanut lachte. »War aber auch Zeit.«

Ellie legte die Arme um Cal und küsste ihn wieder, ohne sich im Geringsten daran zu stören, dass Peanut zuschaute. Es hätte ihr nicht mal etwas ausgemacht, wenn sie in Uniform während eines Verkehrsstaus mitten auf der Main Street gestanden hätte. Ihr Leben lang war sie herumgelaufen und hatte die Liebe gesucht, dabei war sie die ganze Zeit über direkt vor ihrer Nase gewesen, auf der anderen Seite der Wiese, und hatte auf sie gewartet. »Stimmt«, flüsterte sie an seinen Lippen. »Es war wirklich Zeit.«

~

Julia wusste, dass sie Alice viel zu fest hielt, aber sie konnte sie einfach nicht loslassen. Genauso wenig wie sie jemals den Namen Brittany würde benutzen können. Ganz egal womit sie sich beschäftigte – oder zumindest so tat –, mit einem Auge hatte Julia stets die Uhr im Blick und dachte: *Noch nicht.* Doch die Zeit schritt unbarmherzig voran und glitt ihr durch die Finger. Jede Sekunde brachte sie dem Moment näher, in dem George Azelle vor dem Haus vorfahren, an die Tür klopfen und seine Tochter einfordern würde.

»Lesen Alice.« Das Kind klopfte mit dem Finger auf die Seite. Aus irgendeinem Grund wusste sie immer haargenau, wo sie stehen geblieben waren.

Julia war klar, dass sie eigentlich leise das Buch zuklappen und sagen sollte, jetzt sei es Zeit, über andere Dinge zu sprechen, über Familien, die auseinandergerissen wurden, von Vätern, die zurückkamen, aber sie brachte es nicht über sich. Stattdessen hielt sie ihre kleine Alice im Arm und las weiter vor, als wäre es ein ganz gewöhnlicher verregneter Januartag. »Wochen vergingen«, las sie, »und der kleine Kuschelhase wurde sehr alt und schäbig, aber der Junge hatte ihn immer noch genauso lieb. Er liebte ihn so, dass er sogar die Schnurrhaare wegliebte, dass das Rosa in den Hasenohren grau wurde und dass die braunen Flecken verblassten. Der Kuschelhase begann sogar die Form zu verlieren und sah kaum noch wie ein Hase aus – außer für den Jungen, der ihn lieb hatte.« Julias Stimme versagte. Sie saß da und starrte auf die Seite, während die Worte vor ihren Augen verschwammen.

»Will Alice echt.«

Julia berührte die samtweiche Wange des Mädchens. Jedes Mal, wenn sie diese Geschichte gemeinsam lasen, sagte Alice das Gleiche. Aus irgendeinem Grund glaubte sie, nicht echt zu sein. Und nun hatte Julia keine Zeit mehr, ihr das

Gegenteil zu beweisen. »Du bist echt, Alice. Und so viele Menschen haben dich lieb.«

»Lieb.« Alice sagte es wie immer ganz leise, fast ehrfürchtig. Julia schloss das Buch, legte es beiseite und setzte Alice so auf ihrem Schoß zurecht, dass sie einander anschauen konnten. Sofort schlang Alice die Arme um Julias Hals und gab ihr einen Schmetterlingskuss. Dann kicherte sie.

Du musst jetzt stark sein, redete Julia sich gut zu.

»Erinnerst du dich an Mary und den geheimen Garten und den Mann, der sie so geliebt hat? An den Mann, der ihr Vater war? Er war weg gewesen, erinnerst du dich?« Julia musste innehalten, starrte in Alices besorgtes Gesicht und hatte das Gefühl, in den türkisfarbenen Seen ihrer Augen zu versinken. »Dieser Mann, George, der neulich bei uns war – er ist dein Vater. Er möchte dich auch lieb haben.«

»Alice liebt Dschulie.«

»Ich versuche dir etwas über deinen Vater zu erzählen, Alice. Brittany. Damit du vorbereitet bist. Er wird bald hier sein. Das musst du verstehen.«

»Mommy?«

Fast wäre Julia darauf eingegangen, aber ein Blick zur Uhr erinnerte sie daran, wie wenig Zeit sie hatten. Sie musste es noch einmal versuchen.

Alice musste begreifen, dass Julia sie nicht im Stich ließ, sondern keine andere Wahl hatte. Sie sah zu dem Koffer hinüber, in den sie am Vorabend sorgfältig alle Kleider und Spielsachen gepackt hatte, die die Einwohner der Stadt für »ihr« Mädchen gesammelt hatten. Dazu kamen Alices Lieblingsbücher und ein paar von Julias eigenen Kindheitsfavoriten, denen sie sich noch nicht hatten widmen können. Außerdem standen da noch die Pakete. Fast alle Einwohner von Rain Valley hatten Abschiedsgeschenke für Alice geschickt.

Aber wie sollte sie es übers Herz bringen, gleich Alices –
Brittanys – Jacke zuzuknöpfen, ihr einen Kuss auf die Wange
zu geben und sich von ihr zu verabschieden? *Es wird alles
gut. Geh einfach mit diesem Mann, den du nicht kennst und der
dich auch nicht kennt. Geh und leb in einem großen Haus in einer
Straße, die du nicht ohne Hilfe überqueren kannst, in einer Stadt,
wo dich niemand je richtig versteht.*

Wie sollte das funktionieren?

Doch was blieb ihr anderes übrig? Ganz gleich wie sehr
sie damit zu kämpfen hatte, sie konnte nicht leugnen, dass
George Azelle ebenfalls ein Opfer war. Er hatte seine Tochter
verloren und wiedergefunden, entgegen aller Wahrscheinlichkeit. Natürlich wollte er sie mit nach Hause nehmen.
Er hatte die besten Psychologen eingestellt, aber Julia hatte
schreckliche Angst, dass das nicht reichen würde. Doch wie
konnte sie das Unvermeidliche aufhalten?

Sie seufzte tief und drückte Alice noch fester an sich.
Draußen fuhr ein Auto vor.

»Mommy?«, sagte Alice wieder. Diesmal war es ihre Klein-
mädchenstimme, zittrig und voller Angst.

»O Alice«, flüsterte Julia und berührte ihre weiche Wange.
»Ich wollte, ich könnte deine Mommy sein.«

~

Alice hat ein ganz schlechtes Gefühl. Es ist wie damals, als
Er zum ersten Mal weggegangen ist und sie so hungrig war,
dass sie die roten Beeren von dem Busch am Fluss gegessen
hat und sich danach übergeben musste.

Dschulie sagt Dinge, die Alice nicht verstehen kann. Sie
strengt sich an, denn sie weiß, dass die Worte wichtig sind.
Vater. Tochter. Dschulie sagt das alles besonders langsam, als

würden die Worte ihr nur schwer über die Lippen kommen. Alice weiß, dass sie etwas ganz Wichtiges bedeuten.

Aber sie schafft es einfach nicht, sie zu begreifen, und jetzt tut ihr alles weh vor lauter Anstrengung.

Dauernd kommt Wasser aus Dschulies Augen.

Alice weiß, das bedeutet, dass Dschulie traurig ist. Aber warum? Was hat Alice falsch gemacht?

Sie hat sich so sehr bemüht, gut zu sein. Sie hat den Erwachsenen den bösen Ort im Wald gezeigt, ist sogar zu den Steinen gegangen, unter denen Sie liegt, obwohl das Alice sehr traurig gemacht hat. Sie hat sich an Dinge erinnert, die sie lieber vergessen möchte. Sie hat gelernt, Gabeln und Löffel und das Klo zu benutzen. Sie hat sich Alice nennen lassen und das Wort sogar lieben gelernt, hat gelernt, innen zu lächeln, wenn jemand es sagt und sie damit meint.

Was ist noch übrig, was hat sie nicht getan?

Sie kennt das Weggehen. Mommys, die bald TOT sind, haben blasse Gesichter, und viel Wasser tropft aus ihren Augen. Sie versuchen dir Dinge zu sagen, die du nicht verstehst, und sie halten dich so fest im Arm, dass du keine Luft mehr kriegst.

Und dann sind sie eines Tages fort, und du bist allein, und du wünschst, aus deinen Augen würde Wasser kommen und jemand würde dich noch mal festhalten, doch jetzt ist niemand mehr da und du weißt nicht, was du falsch gemacht hast.

Alice fühlt die Übelkeit in ihrem Magen zurückkehren, die Panik, die macht, dass ihr das Atmen wehtut.

»Schuhe!«, ruft sie plötzlich. Vielleicht ist es das. Sie zieht nicht gerne Schuhe an. Sie zwicken an den Zehen und quetschen die Füße zusammen, aber wenn Dschulie sie dann weiter lieb hat, behält Alice sie auch im Bett an. »Schuhe.«

Dschulie lächelt Alice an, traurig, kläglich. Von draußen kommt ein Geräusch, ein Auto fährt auf den Hof. »Jetzt brauchst du keine Schuhe, Schätzchen. Wir sind doch im Haus.«

Wie kann sie sagen *Ich will gut sein, Dschulie?* Immer. Immer. *Ich tue alles, was du sagst.*

»Gutes Mädchen«, flüstert Alice, verspricht es mit jeder Faser ihres Herzens.

Wieder lächelt Dschulie. »Ja. Du bist ein sehr gutes Mädchen, mein Schatz. Deshalb tut es ja so weh.«

Es reicht also nicht, dass sie ein gutes Mädchen ist. So viel versteht Alice.

»Nicht weggehn Alice«, sagt sie verzweifelt.

Dschulie schaut zu dem Glaskasten, der das Draußen weghält. *Zum Fenster.*

Sie wartet. Das weiß Alice. *Auf etwas Schlechtes.*

Dann wird Dschulie weggehen.

Und aus Alice wird wieder Mädchen werden … und sie wird ganz allein sein. »Gutes Mädchen«, sagt sie noch einmal, und ihre Stimme klingt ganz brüchig. Sonst kann sie nichts sagen. Sie rennt durchs Zimmer, holt ihre Schuhe und versucht, richtig herum hineinzuschlüpfen. »Schuhe. Versprochen.«

Aber Dschulie antwortet nicht, sondern starrt nur nach draußen.

SECHSUNDZWANZIGSTES KAPITEL

$\mathcal{E}$llie sah die Übertragungswagen, die auf beiden Seiten des alten Highways parkten. Eine weiße Polizeisperre blockierte ihre Ausfahrt. Davor stand Peanut mit verschränkten Armen, die Trillerpfeife zwischen den Lippen.

Eine Sekunde stellte Ellie Blaulicht und Sirene an, und sofort war die Straße frei. Die Reporter teilten sich in zwei Gruppen, eine auf jeder Straßenseite. Ellie fuhr an die Absperrung und ließ das Fenster herunter, um mit Peanut sprechen zu können.

»Die Leute vom Fernsehen gefährden den Verkehr. Hol Earl und Mel, sie sollen sie auseinandertreiben. Der Tag heute ist schon schlimm genug, da brauchen wir nicht auch noch die Medien.«

Hinter dem Streifenwagen hielt ein leuchtend roter Ferrari. Ellie sah in den Rückspiegel. George Azelle lächelte sie an, aber das Lächeln wirkte blass, unecht. In seinen Augen war ein trauriger, gehetzter Ausdruck.

Sofort stürzten sich die Reporter auf das Auto und überschütteten Azelle mit einer Flut von Fragen.

»Was wollen Sie jetzt machen?«

»Wird es eine Beerdigung geben?«

»Wem haben Sie die Geschichte verkauft?«

»Schaff sie hier weg, Peanut«, sagte Ellie und trat aufs Gaspedal.

Der Ferrari folgte ihr den holprigen Kiesweg hinunter. Immer wieder sah Ellie in den Spiegel und hoffte, der Ferrari würde kehrtmachen oder sich einfach in Luft auflösen. Als sie das Haus erreichte, war ihr Magen ein einziger harter Knoten.

Sie parkte, stellte den Motor ab und stieg aus.

Azelle kam auf sie zu. »Wie seh ich aus?«, fragte er nervös und klemmte sich eine Locke hinters Ohr.

»Gut.« Sie räusperte sich. »Sie sehen gut aus.«

Er lächelte, und das Lächeln breitete sich auf seinem ganzen Gesicht aus, wischte die Nervosität weg und ließ die blauen Augen strahlen. Dann verblasste es. Er sah zum Haus und sagte leise: »Es ist Zeit.« Seine Stimme war leise und verführerisch. Unwillkürlich fragte sie sich, wie viele Frauen wohl davon schon in die Dunkelheit gelockt und dort zurückgelassen worden waren, mit dem seltsamen Gefühl, nicht recht zu wissen, wie in aller Welt sie überhaupt dort hingelangt waren. »Ich hab Julia gesagt, dass ich Brittany um drei abhole.«

Brittany.

Mit einem tiefen Seufzer begleitete sie ihn über den Hof. Als sie die Verandatreppe fast erreicht hatten, fuhr hinter ihnen ein grauer Mercedes vor und blieb stehen.

»Wer ist denn das?«, fragte Ellie.

»Dr. Corell. Er wird mit Brittany arbeiten.«

Der Mann stieg aus. Groß, schmal, elegant kam er auf sie zu. Auf seinem Gesicht waren eine Menge Falten, aber keine Persönlichkeit zu erkennen. »Hallo George.« Er nickte

Azelle zu und schüttelte Ellie die Hand. »Ich bin Tad Correll.«

Sein Händedruck war so sanft wie von einem Kleinkind, und sie spürte einen fast überwältigenden Drang, ihn bewusstlos zu schlagen. »Freut mich.« Gerade wollte sie sich abwenden, als ihr die Spritzennadel auffiel, die aus seiner Brusttasche ragte. »Wofür brauchen Sie denn eine Spritze? Sind Sie etwa heroinsüchtig?«

»Es ist nur ein Sedativum. Das Mädchen könnte unruhig sein bei der Übergabe.«

»Ach, glauben Sie?« Ellie konnte es sich nicht verkneifen, Azelle anzusehen. Sie wusste, dass man es in ihren Augen lesen konnte – die flehentliche Bitte, das verzweifelte *Tu das nicht!* –, aber sie sprach es nicht noch einmal aus.

»Sie ist meine Tochter«, erklärte er leise.

Daran war nicht zu rütteln. Ellie wusste, dass keine Macht der Welt sie aufhalten würde, wenn sie an seiner Stelle wäre. Auch sie wäre bereit, für ein Kind alles aufs Spiel zu setzen.

Sie nickte.

Zu dritt gingen sie zum Haus. Ellie klopfte.

Alles, um ein bisschen Zeit zu schinden.

Dann öffnete sie die Tür.

Julia saß auf dem Sofa, Alice kuschelte sich an sie. Am Fußende des Sofas stand ein kleiner roter Koffer.

Als sie hereinkamen, hob Julia den Kopf. Auf ihrem schönen Gesicht sah man Tränenspuren, ihre Augen waren gerötet und verquollen. Sie rührte sich nicht. Ellie war sicher, dass sie sich nicht bewegen konnte, dass ihre Knie wahrscheinlich weich waren wie Pudding. Hinter ihr stand Max, die Hände auf ihren Schultern.

»Mr Azelle«, sagte sie mit zittriger Stimme. »Ich sehe, Sie haben Dr. Correll mitgebracht.« Sie begrüßte den Arzt mit einem Nicken und stand mühsam auf. »Ihr Ruf eilt Ihnen voraus, Doktor.«

»Wie Ihnen der Ihre«, erwiderte Correll mit einer Spur Sarkasmus in der Stimme. »Ich habe mir die Videobänder angesehen. Ihre Arbeit mit der Kleinen war phänomenal. Sie sollten sie unbedingt veröffentlichen.«

Julia sah zu Alice hinunter, in deren Gesicht blankes Entsetzen zu lesen war.

»Dschulie?«, sagte sie mit vor Angst ganz schriller Stimme.

»Es ist Zeit für dich zu gehen«, erklärte Julia so leise, dass alle unwillkürlich ein Stück näher kamen.

Alice schüttelte den Kopf. »Nicht gehn. Alice bleiben.«

»Ich wollte, du könntest bleiben, Schätzchen, aber dein Daddy möchte dich auch lieb haben.« Sie streichelte Alices Wange. »Erinnerst du dich an deine Mommy? Sie hätte sich das für dich gewünscht.«

»Dschulie Mommy.« Die Panik war unüberhörbar, und Alice klammerte sich immer fester an Julia.

Sanft versuchte diese sich von den dünnen Ärmchen zu befreien. »Ich wollte es gern ..., aber ich bin es nicht. Dschulie ist nicht deine Mommy. Du musst mit deinem Vater gehen.«

Da drehte Alice durch. Sie trat und schrie, sie knurrte und heulte, zerkratzte Julias und ihr eigenes Gesicht.

»O nein, Schätzchen«, versuchte Julia sie zu beschwichtigen, sie weinte jedoch zu sehr, um wirklich zu ihr durchzudringen.

Mit raschen Schritten war Dr. Correll bei dem Mädchen und verabreichte ihr die Spritze.

Alice heulte verzweifelt auf, ein Schrei, in dem man all die dunklen Orte hörte, an denen sie in ihrem Leben schon gewesen war.

Ellie konnte die Tränen kaum zurückhalten, die in ihren Augen brannten und alles verschwimmen ließen.

Während das Mittel seine Wirkung tat und Alice allmählich ruhiger wurde, hielt Julia sie fest.

»Es tut mir so leid«, flüsterte Julia.

Alice blinzelte, schlang die Arme um Julia und starrte sie an. »Lieb. Dschulie.«

»Ich hab dich auch lieb, Alice.«

Da begann Alice auf einmal zu weinen, tonlos, reglos, ohne jede kindliche Hysterie. Aus tiefster Seele lösten sich die Tränen und liefen ihr über die Wangen. Stirnrunzelnd befühlte sie die Nässe mit den Fingern. Dann sah sie wieder Julia an und brachte wimmernd zwei Worte hervor, ehe sie einschlief. »Wehtun echt.«

Julia flüsterte etwas, was die anderen nicht verstanden, aber man sah ihr an, dass sie am Boden zerstört war.

Einen Moment lang wusste keiner, was tun. Schließlich meinte Dr. Correll: »Wir sollten uns beeilen.«

Julia nickte steif und trug Alice zu dem wartenden Ferrari hinaus. Mit einem Blick auf den Beifahrersitz fragte sie George Azelle: »Wo ist der Kindersitz?«

»Sie ist doch kein Baby mehr«, erwiderte er.

»Warte, ich hole ihn«, warf Ellie ein und ging hinüber zum Pickup. Nach allem, was sie heute mit angesehen hatte, gab ihr das den Rest. Als sie den Kindersitz – Alices Sitz – losmachte, konnte sie die Tränen nicht mehr zurückhalten. So gut sie konnte, verbarg sie das Gesicht vor Azelle, während sie den Sitz in seinem Ferrari befestigte. Langsam beugte Julia sich hinunter und legte das schlafende Kind ins Auto. Noch einmal flüsterte sie etwas in Alices kleines Ohr, wieder konnte niemand es hören. Dann küsste sie das Mädchen auf die Wange, trat zurück und schloss die Autotür.

Dann stand sie Azelle gegenüber und gab ihm einen dicken braunen Umschlag. »Da drin ist alles, was Sie wissen müssen. Mittagsschlaf, Bettzeiten, Allergien. Sie mag übrigens gern Götterspeise, aber nur mit Ananas, und Vanillepudding. Sie versucht, mit Spaghetti zu spielen, aber wenn Sie keine Riesensauerei riskieren möchten, sollten Sie sie davon fernhalten. Bilder von Hasen mit langen Löffeln bringen sie zum Lachen, und auch, wenn man sie an den Fußsohlen kitzelt. Ihr Lieblingsbuch ...«

»Stopp!« Azelles Stimme klang hart und zugleich belegt. Mit zitternden Fingern nahm er den Umschlag entgegen. »Danke. Für alles. Danke.«

»Bitte rufen Sie an, wenn Sie Probleme haben. Ich kann sofort kommen ...«

»Versprochen.«

»Ich würde mich jetzt am liebsten vor Ihr Auto werfen.«

»Ich weiß.«

»Sollten Sie ...« Ihre Stimme versagte, sie wischte sich über die Augen. »Sorgen Sie gut für mein – für unser – Mädchen.«

»Das werde ich.«

Über ihren Köpfen fuhr ein eisiger Windstoß durch die Bäume. In der Ferne krächzte eine Krähe, dann noch eine. Halb erwartete Ellie, einen Wolf heulen zu hören.

»Tja, wir müssen los«, sagte Azelle.

Ellie ging zu ihrer Schwester und legte den Arm um sie. Plötzlich kam Julia sich dünn und zerbrechlich vor, wie jemand, der lange im Krankenhaus gewesen war und erst seit Kurzem wieder aufstehen durfte. Max trat ebenfalls neben sie und stützte sie von der anderen Seite, sonst wäre sie womöglich zusammengebrochen.

Azelle stieg ein und fuhr los, dicht gefolgt von Dr. Correll.

Einige Augenblicke knirschten die Reifen auf dem Kies, die Motoren summten, dann waren die Geräusche verklungen und die Autos verschwunden, ohne eine Spur zu hinterlassen.

Nur der Wind war noch zu hören.

»Sie hat geweint«, flüsterte Julia, und ihr ganzer Körper zitterte. »So viel Liebe habe ich ihr gegeben ... und am Ende habe ich ihr nur beigebracht zu weinen.«

Max zog Julia in seine Arme und hielt sie fest. Es gab nichts mehr zu sagen.

Alice war fort.

~

Sie ist in einem Auto.

Aber das ist kein Auto von der Art, wie sie es kennt. Das hier ist ganz niedrig, fast auf dem Boden, und saust herum wie eine Schlange. Die Musik ist so laut, dass es ihr in den Ohren wehtut.

Langsam macht sie die Augen auf. Ihr ist komisch, wacklig und übel, und sie ist müde. Wenn sie nicht aufpasst, wird alles, was in ihrem Magen ist, durch den Mund wieder rauskommen. Sie leckt sich über die trockenen Lippen und sieht sich nach Dschulie und Lellie um.

Aber die sind nicht da.

In ihrem Innern steigt Panik auf. Das Einzige, was sie daran hindert zu schreien, ist ihre Müdigkeit. Aus irgendeinem Grund kann sie kein lautes Geräusch machen. (Er kann wahrscheinlich ihr Herz hören, es ist so laut, dass er sie sicher anschreien wird. Sie legt die Hand darauf, damit es leiser wird.)

»Dschulie?«, fragt sie den Mann.

»Sie ist in Rain Valley. Wir sind schon weit weg. Doch von nun an bist du bei mir, Brittany, und alles wird gut.«

Sie versteht nicht alle seine Worte. Aber sie kennt *weg*. In ihren Augen steigt das Wasser. Es tut weh, das Weinen. Sie wischt die Tränen weg und wundert sich ein wenig, dass sie so klar sind wie Wasser, nicht rot wie Blut. So fühlen sie sich nämlich an. Als hätte jemand sie wieder mit dem scharfen Messer gepikt und sie würde bluten. Sie erinnert sich daran.

»Dschulie Mommy weg. Alice böses Mädchen.«

Der Mann sieht sie an. Er runzelt die Stirn. Sie weiß, jetzt wird er sie schlagen, aber das ist ihr egal. Dschulie ist nicht mehr da, um alles gutzumachen.

Schon wenn sie daran denkt, steigt wieder das Wasser in ihren Augen. Leise fängt sie an zu heulen, obwohl sie weiß, dass keiner da ist, der sie hört. Sie ist zu weit weg. Sie heult lauter, verzweifelter.

»Brittany?«

Sie sagt nichts. Stillsein ist ihr einziger Schutz. Niemand kümmert sich mehr um sie, deshalb muss sie klein und still sein.

Sie schließt die Augen, lässt den Schlaf wiederkommen. Es ist besser, von Dschulie zu träumen, zu tun als ob. Im Traum ist sie ein gutes Mädchen und Dschulie Mommy hat sie lieb.

~

Etliche Stunden später – Julia hatte jegliches Zeitgefühl verloren – schickte sie Max wieder nach unten und Ellie zurück an die Arbeit. Den ganzen Tag hatten alle beide sie mit ihren gut gemeinten Trostversuchen fast verrückt gemacht, und sie brauchte ihre ganze Kraft, sich einigermaßen aufrecht zu halten und nicht einfach loszuschreien, bis sie heiser war. Sie konnte die Menschen, die sie liebte – und die sie liebten –, kaum ansehen, denn das machte den Gedanken an Alice irgendwie noch schmerzhafter.

Durchs Schlafzimmerfenster starrte sie hinaus auf den leeren Garten.

Vögel.

Im Frühling würden diese Vögel kommen, um Alice zu besuchen ...

Hinter ihr stupsten sie die Hunde freundschaftlich an, nachdem sie fast eine Stunde überall nach ihrem kleinen Mädchen gefahndet hatten. Jetzt lagen sie nebeneinander vor Alices Bett und warteten mehr oder weniger geduldig auf ihre Rückkehr. Ab und an stießen sie ein langgezogenes Jaulen aus.

Julia warf einen Blick auf ihre Uhr und überlegte, wie lange der Ferrari nun schon weg war. Ein paar Stunen erst, und doch fühlte es sich bereits an wie ein halbes Leben.

Halb sechs. Inzwischen mussten sie fast in Seattle sein. Das majestätische Grün von Alices geliebtem Wald würde allmählich dem stumpfen Grau des Betons Platz machen, in dem sie sich so fremd fühlen würde wie ein Besucher von einem anderen Stern. Ohne Julia würde Alice in ihrer Entwicklung zurückfallen und wieder in ihrer schrecklichen, stummen Welt Zuflucht suchen. Ihre Angst war viel zu groß, sie würde nicht mit ihr umgehen können.

»Bitte, Gott«, flüsterte Julia laut. Es war ihr erstes Gebet seit vielen Jahren.»Hab ein Auge auf mein kleines Mädchen. Lass nicht zu, dass sie sich wehtut.«

Langsam wandte sie sich vom Fenster ab ... und sah die Topfpflanzen. Bevor Alice gekommen war, hatten sie an verschiedenen Stellen im Haus gestanden. Doch jetzt bildeten sie ein Wäldchen – Alices Versteck.

Sie wusste, sie musste Distanz gewinnen, aber sie brachte es nicht fertig. Langsam wanderte sie hinüber zu den Pflanzen und strich über ihre glänzend grünen Blätter. »Ihr werdet sie auch vermissen«, sagte sie heiser, und es war ihr gleichgültig, dass sie mit Pflanzen redete. Es spielte keine Rolle, wenn sie sich ein bisschen verrückt aufführte, sie war ja momentan nicht die kluge, vernünftige Psychologin. Sie war eine ganz gewöhnliche Frau, die ein ungewöhnliches Kind vermisste.

Fast sechs. Wahrscheinlich waren sie jetzt auf der schwimmenden Brücke, überquerten Lake Washington und näherten sich Mercer Island. In der Ferne würde Alice die schneebedeckten Berge sehen – die Gegend, aus der sie gekommen war. Aber hier würde die Luft ganz anders riechen, Smog und Autoabgase, die dicht besiedelte blaue Bucht.

Schließlich verließ sie das Zimmer. Im Erdgeschoss war es still, abgesehen vom Geklapper des Kochgeschirrs. Max bereitete das Abendessen vor.

Sie ging zum Tisch, der für zwei Personen gedeckt war, und tat so, als würde sie das fehlende dritte Gedeck nicht bemerken. »Was machst du denn?«, fragte sie Max, der in der Küche stand und Gemüse klein schnitt.

Beim Klang ihrer Stimme schaute er auf.

Ihre Blicke trafen sich. »Pfannengemüse.« Er legte das Messer weg und kam auf sie zu.

»Das Telefon klingelt ständig.«

»Das ist Ellie«, antwortete er. »Sie muss sich alle naselang vergewissern, dass mit dir auch alles in Ordnung ist.«

Er legte den Arm um ihre Schulter und geleitete sie zum Fenster. Nebeneinander starrten sie auf den dunklen Hof hinaus. Der erste Stern des Abends funkelte am Himmel.

Sie lehnte sich an ihn und genoss die Wärme seines Körpers, wobei ihr plötzlich auffiel, wie kalt ihr die ganze Zeit über schon gewesen war. Zum Glück fragte er nicht, wie es ihr ging, und machte auch keine Anstalten, ihr einzureden, dass alles gut werden würde. Er legte ihr nur die Hand auf den Nacken und gab ihr Halt. Ohne diese Berührung wäre sie womöglich abgedriftet, auf dem See der Einsamkeit immer weiter hinausgetrieben. Doch mit dieser einen schlichten Geste erinnerte er sie daran, dass sie nicht alles verloren hatte und dass sie nicht allein war.

»Ich frage mich, was sie wohl jetzt gerade macht.«

»Lass es gut sein«, entgegnete er leise. »Du kannst nur warten.«

»Worauf?«

»Auf den Tag, an dem du lachen musst, wenn du an ihr Geheul denkst, oder daran, wie sie Blumen gegessen und versucht hat, mit Spinnen zu spielen, statt zu weinen.«

Nur zu gern hätte Julia seinen Worten Glauben geschenkt und sie als tröstlich empfunden. Als Psychologin wusste sie, dass er recht hatte. Doch die Mutter in ihr hatte ihre Zweifel.

Es klingelte an der Tür.

Um die Wahrheit zu sagen, war sie froh über die Unterbrechung. »Hat Ellie ihren Schlüssel vergessen, oder was?«, fragte sie, während sie sich über die Augen wischte und zu lächeln versuchte. »Eigentlich hätte ich sie nicht zur Arbeit schicken sollen. Aber ich hab gedacht, es würde ihr bestimmt besser gehen, wenn sie bei Cal ist.«

»Hilft es denn?«, fragte Max. »Ich meine, hilft es, mit jemandem zusammen zu sein, der einen liebt?«

»So weit das eben geht.«

Er nickte.

Julia löste sich von ihm, ging zur Tür und öffnete sie.

Da stand Alice. Unvorstellbar klein und vollkommen verängstigt. Sie rang die Hände, wie sie es immer tat, wenn sie aufgeregt war, und sie hatte die Schuhe verkehrt herum an den Füßen. Aus ihrem Mund kam ein halb ersticktes, verwirrtes Heulen. Nässende, blutige Striemen überzogen ihr Gesicht.

Hinter ihr wartete George Azelle. Sein attraktives Gesicht war blass und voller Sorgenfalten, die Julia bisher noch gar nicht wahrgenommen hatte. »Sie glaubt anscheinend, dass sie weggeschickt worden ist, weil sie böse war.«

Die Worte trafen Julia wie ein Schlag, mitten ins Herz. Sie fiel auf die Knie. »O Schätzchen, du bist doch so ein liebes Mädchen. Das beste Mädchen überhaupt!«

Alice begann zu weinen, still und verzweifelt. Ihr ganzer Körper bebte, aber sie gab keinen Laut von sich.

»Benutz deine Wörter, Alice.«

Doch das Mädchen schüttelte den Kopf und heulte, ein langgezogenes durchdringendes Jaulen.

Julia berührte sie. »Benutz deine Wörter, Liebes. Bitte.«

Mit aller Macht spürte sie erneut den Verlust, ein Schmerz, der ihr fast das Herz brach. Sie konnte das nicht noch einmal aushalten. Keiner von ihnen konnte das. Sie wusste, dass Alice sich ihr in die Arme werfen und sich festhalten lassen wollte, aber Angst hatte. Denn das kleine Mädchen glaubte, dass sie böse gewesen war und ein zweites Mal verlassen werden würde – genau wie damals, vor vielen Jahren. Und zu dieser Angst gehörte auch, dass sie nicht sprechen wollte.

George Azelle stieg langsam die knarzende Verandatreppe empor.

Panisch rannte Alice vor ihm weg, drückte sich flach an die Hauswand und stolperte dabei über die metallenen Hundenäpfe, die klirrend umkippten. Der Lärm durchschnitt die kühle Nachtluft, verhallte, und es war wieder ganz still.

Azelle blickte von Alice zu Julia. »Ich hab versucht, ihr in Olympia etwas zu essen zu kaufen. Sie … sie hat völlig durchgedreht. Hat geheult. Und geknurrt. Dr. Correll konnte sie nicht beruhigen.«

»Es ist nicht Ihre Schuld«, sagte Julia leise.

»All die Jahre im Gefängnis … Ich hab geträumt, dass sie noch am Leben ist …«

Auf einmal empfand Julia tiefes Mitgefühl mit ihm. Langsam stand sie auf. »Ich weiß.«

»Ich hab mir immer wieder vorgestellt, wie es wäre, sie zu finden …, ich dachte, sie würde mir um den Hals fallen, mich küssen und mir sagen, wie sehr sie mich vermisst hat. Ich hätte nie gedacht …, ich habe mir nie klar gemacht, dass sie mich nicht mehr erkennen würde.«

»Sie braucht Zeit, um sich zu erinnern …«

»Nein. Sie ist nicht mehr mein kleines Mädchen. Vermutlich hatten Sie recht, als Sie sagten, dass sie das nie war. Ich war ja tatsächlich nie zu Hause, als sie klein war … Und jetzt ist sie Alice.«

Einen Moment blieb Julia die Luft weg. Hoffnung flackerte in ihr auf, ein winziges Flämmchen in der Dunkelheit. Sie hörte, wie Max neben sie trat. »Was meinen Sie damit?«

George Azelle starrte auf seine Tochter hinunter. Auf einmal wirkte er viel älter, gezeichnet von schweren Entscheidungen und einem noch schwereren Leben. »Ich glaube, ich bin nicht der Mensch, den sie braucht«, sagte er so leise, dass Julia ihn kaum verstehen konnte. »Ich weiß nicht, wie ich mit ihr umgehen soll. Sie zu lieben und sie zu versorgen …, das sind zwei völlig unterschiedliche Dinge. Sie gehört hierher. Zu Ihnen.«

Julia packte Max' Hand und hielt sie fest, ohne Azelle dabei aus den Augen zu lassen. »Sind Sie sicher?«

»Sagen Sie ihr … irgendwann einmal …, dass ich sie geliebt habe, auf die einzige Art, die ich kenne …, indem ich sie habe gehen lassen. Sagen Sie ihr, dass ich auf sie warte. Sie muss nur ein Wort sagen.«

»Sie werden immer ihr Vater sein, George.«

Er ging rückwärts eine Stufe hinunter, dann die nächste. »Sicher meinen die Leute jetzt, ich hab sie im Stich gelassen.«

Julia hätte ihm gern gesagt, dass das nicht stimmte, doch sie wussten es beide besser. Bei den Medien hatte er keine Chance. »Aber Ihre Tochter wird die Wahrheit erfahren, das schwöre ich Ihnen, George. Sie wird immer wissen, dass ihr Vater sie liebt.«

»Und ich kann ihr nicht mal einen Abschiedskuss geben.«

»Eines Tages werden Sie das können, George. Das verspreche ich Ihnen.«

»Bleiben Sie in ihrer Nähe«, sagte er. »Ich hab den Fehler gemacht, nicht für sie da zu sein.«

Julias Kehle war wie zugeschnürt, und sie konnte nur nicken. Wäre die Szene Teil eines Disney-Films gewesen und nicht das wahre Leben, hätte Alice ihren Vater jetzt umarmt und ihm auf Wiedersehen gesagt. Aber in Wirklichkeit presste sie sich an die Hauswand und versuchte, sich unsichtbar zu machen, mit ihrem zerkratzten Gesicht, voller Blut und Tränen.

Langsam drehte Azelle sich um und ging davon. In der Auffahrt blieb er einen Augenblick stehen und winkte noch ein letztes Mal, dann stieg er ein und fuhr weg.

Julia kniete sich vor Alice.

Die Kleine stand da, die dünnen Arme an den Körper gepresst, die Hände zu Fäusten geballt. Ihre Lippen und ihr Kinn bebten, ihre Augen waren voller Tränen, die ihre Unsicherheit und Verwirrung noch vergrößerten.

Auch Julia weinte, aber gleichzeitig lächelte sie, überwältigt von ihren Gefühlen, am ganzen Körper zitternd.

Voller Angst beobachtete Alice, wie George davonfuhr, dann wandte sie sich Julia zu. »Alice heim?«

»Ja, Alice ist daheim«, nickte Julia.

»Dschulie Mommy«, flüsterte Alice leise und warf sich endlich in Julias weit geöffnete Arme.

Der Ansturm war so heftig, dass sie eng umschlungen auf den Holzboden taumelten. Julia küsste Alice, ihre Wangen, ihren Hals, ihre Haare.

Und Alice vergrub den Kopf in Julias Halsbeuge. Sie spürte ihren eigenen leisen Atem, als sie sagte: »Liebe Dschulie Mommy. Alice bleib.«

»Ja«, antwortete Julia, lachend und weinend zugleich. »Alice bleibt.«

EPILOG

Wie immer war der September der schönste Monat des Jahres. Lange, warme Sonnentage gingen über in kühle, erfrischende Nächte. Überall in der Stadt war das Gras dicht, samtweich und unglaublich grün. Zwischen den mächtigen Nadelhölzern sah man Ahornbäume und Erlen im rotgoldenen Sonntagsstaat. Die Schwäne hatten den Spirit Lake für dieses Jahr verlassen, aber überall auf den Telefonleitungen hockten Krähen, krächzten und lärmten, was das Zeug hielt, sobald jemand vorüberkam.

An der Ecke von Olympic und Rainview blieb Julia stehen.

Sofort hielt Alice ebenfalls inne, drückte sich an sie und steckte zum ersten Mal seit Wochen wieder Schutz suchend die Hand in Julias Tasche. »Also, Alice«, sagte Julia und sah sie an. »Wir haben uns lange über all das unterhalten. Du brauchst wirklich keine Angst zu haben.«

Alice blinzelte zu ihr empor. Obwohl sie in den vergangenen neun Monaten zugenommen hatte und über zwei Zentimeter gewachsen war, hatte sie immer noch das winzige herzförmige Gesicht, in dem ihre ausdrucksvollen blaugrünen Augen viel zu groß wirkten. Heute, in ihrem rosa Cordrock mit passender Strumpfhose und einem weißen Pulli, sah sie ansonsten aus wie ein ganz normales Mädchen am ersten Schultag. Nur ein sehr aufmerksamer Beobachter hätte bemerkt, dass ihr für ein Vorschulkind zu viele Zähne fehlten und dass sie ihre Mommy manchmal Dschulie nannte.»Alice keine Angst.«

Julia ging mit ihr zu einer nahen Parkbank und setzte sich unter den großen Ahornbaum, dessen Blätter so gelb waren wie reife Zitronen. Ab und zu segelte eines davon zu Boden. Julia zog Alice auf ihren Schoß.»Ich glaube, du hast doch ein bisschen Angst.«

Alice steckte den Daumen in den Mund, zog ihn allerdings gleich wieder heraus. Schließlich gab sie sich alle Mühe, ein großes Mädchen zu sein. Ihr rosa Rucksack – den ihr Vater ihr vor kurzem geschenkt hatte – fiel neben ihr zu Boden.»Die nennen Alice Wolfmädchen«, sagte sie leise.

Julia strich ihr über die Wange. Zu gern hätte sie erwidert: *Nein, das tun sie nicht*, aber Alice und sie hatten zu viel durchgemacht, um sich irgendwelche Lügenmärchen zu erzählen.»Möglicherweise tun sie das. Wahrscheinlich weil sie sich wünschen, sie würden auch einen Wolf kennen.«

»Vielleicht Schule lieber nächstes Jahr?«

»Nein, du bist jetzt so weit.« Sanft schob Julia Alice von ihrem Schoß. Sie standen auf und fassten sich an den Händen. »Okay?«

In diesem Moment hielt ein Auto neben ihnen, alle vier Türen flogen gleichzeitig auf, und drei Mädchen quollen heraus, kichernd und lachend. Die beiden älteren rannten vorneweg.

Ellie, in Uniform, müde und wunderschön, nahm Sarah bei der Hand und ging mit ihr auf Julia zu.

»Du warst natürlich mal wieder superpünktlich«, stöhnte sie.»Aber schließlich musst du ja auch nur *ein* Kind fertig machen. Die drei hier organisiert zu kriegen ist schlimmer, als einen Sack Flöhe zu hüten. Und Cal kann man auch glatt vergessen. Sein Verlagstermin hat zu einem spontanen Hörverlust geführt.« Sie lachte. »Vielleicht liegt es ja auch an mir, weil ich ihm ständig sage, er soll mir zuhören.«

Sarah, in Jeans und rosa T-Shirt, auf der Schulter einen Rucksack mit Motiven aus »Große Haie – Kleine Fische«, sah Alice an. »Na, freust du dich auf die Vorschule?«

»Angst«, antwortete Alice. Mit einem Blick zu Julia verbesserte sie sich: »Hab Angst.«

»Ich hatte am ersten Tag auch Angst. Aber dann hat es Spaß gemacht«, erklärte Sarah. »Es gab sogar Kuchen.« »Ehrlich?«

»Magst du mit mir gehen?«, fragte Sarah.

Alice sah wieder Julia an, die ermutigend nickte. »Okay.« Alice formte mit den Lippen die Worte: *Bleib da.* Julia nickte erneut und lächelte.

So machten sich die beiden Mädchen auf den Weg.

Ellie und Julia folgten ihnen. »Wer hätte das gedacht?«, sagte Ellie nachdenklich. »Wir beide bringen zusammen unsere Töchter zur Schule.«

»Das ist der Anfang einer neuen Familientradition. Wie weit seid ihr mit eurem neuen Badezimmer?«

»Cal hat einen Jacuzzi bestellt.« Ellie grinste. »Groß genug für zwei. Nächstes Frühjahr will er mit dem Anbau beginnen. Drei Mädchen in unserem alten Schlafzimmer – das ist ein wahrer Albtraum. Sie streiten sich ununterbrochen.«

»Hast du deine neuen Nachbarn schon kennengelernt?«

»Ja, ein Pärchen aus Kalifornien. Mit zwei Söhnen, die den Mädchen jetzt schon nachlaufen wie liebeskranke Hündchen. Ich könnte mich totlachen. Cal nicht. Aber ich glaube, er ist trotzdem froh, dass Lisa ihn dazu gebracht hat, das Haus zu verkaufen. Zu viele Erinnerungen.«

»Er hat sowieso schon immer in unser Haus gehört.«

»Ja«, bestätigte Ellie, und man hörte ihr deutlich an, dass

sie bis über beide Ohren verliebt war. Nach zwei Hochzeiten mit allen kostspieligen Schikanen hatte sie jetzt in einer winzigen Kapelle auf dem Strip von Las Vegas endlich ihr Glück gefunden.

Sie überquerten die Straße und stiegen die Stufen zur Grundschule von Rain Valley hinauf. Überall um sie herum scharten sich Frauen, die ihre Kinder an den Händen hielten. Eine hübsche Rothaarige mit leuchtenden, tränennassen Augen lächelte Julia zu. »Es ist das erste Mal für mich«, erklärte sie. »Dass ich Bobby zur Schule bringe, meine ich. Ich hoffe bloß, ich blamiere ihn nicht, wenn ich hier in Tränen ausbreche.«

»Ich weiß genau, was Sie meinen«, erwiderte Julia. Es war schwer, Alice in die Welt hinausziehen zu lassen, aber sie musste es tun.

Als sie den Korridor hinuntergingen, ertönte eine Glocke. Kinder und Eltern verteilten sich in die verschiedenen Klassenräume.

Angespannt sah Alice zu Julia empor. »Mommy?«

»Ich bleibe den ganzen Tag draußen vor der Tür sitzen und warte auf dich. Wenn du nervös wirst, brauchst du bloß aus dem Fenster zu sehen, in Ordnung?«

»Ja«, antwortete sie, aber es klang nicht sehr überzeugt.

»Komm, Alice«, sagte Sarah. »Ich zeige dir, wo Miss Schmidts Zimmer ist.«

So zuckelte Alice das letzte Stück des Korridors hinter Sarah her, warf Julia an der Tür von Zimmer 114 einen letzten besorgten Blick zu und verschwand.

Julia stieß einen tiefen Seufzer aus und hätte gern gleichzeitig gelacht und geweint.

»Deine mag nicht gehen, und meine können es kaum abwarten«, stellte Ellie trocken fest.

»Deine haben auch nicht durchmachen müssen, was Alice durchgemacht hat. Vielleicht ist es doch noch zu früh …«

Ellie legte den Arm um ihre Schwester und zog sie an sich. »Sie wird es schaffen.«

Arm in Arm verließen sie die Schule, gingen die Treppe hinunter und über die Straße in den Park. Dort nahmen sie auf der kalten Holzbank Platz und starrten gedankenverloren hinaus auf die Stadt, die ihr Leben geformt hatte. Der Ahornbaum, auf dem Alice damals Schutz gesucht hatte, erstrahlte in leuchtendem Gelb.

»Was machst du denn jetzt, wo sie in die Schule geht?«, wollte Ellie wissen, während sie sich bequem zurücklehnte.

»Ab nächstes Jahr ist sie den ganzen Tag weg.«

In letzter Zeit hatte sich Julia diese Frage schon mehrmals gestellt. Sie musste sich überlegen, was sie künftig mit sich anfangen wollte. Von den Antworten, die sie in ihrem Innern fand, war sie selbst ziemlich überrascht. Fast ihr halbes Leben hatte sie sich ihrer Karriere gewidmet, sie war ihr Ein und Alles gewesen. Und dennoch war im Handumdrehen damit Schluss gewesen. Vielleicht trug sie eine Teilschuld daran – sie würde nie wissen, ob sie Ambers Schicksal hätte ändern können –, aber auf Schuld kam es nicht an. Das war die Lektion, die sie gelernt hatte. Das Leben war so unglaublich zerbrechlich. Wenn man das Glück hatte, eine liebevolle Familie zu besitzen, musste man dieses Glück sorgfältig bewahren. Nie mehr würde sie sich vor der Liebe fürchten. Sie wandte sich zu ihrer Schwester um. »Max hat gefragt, ob ich ihn heiraten will.«

Ellie kreischte auf, nahm Julia in den Arm und drückte sie fest.

»Ich dachte, ich könnte eigentlich auch hier eine Praxis eröffnen und halbtags arbeiten. Es gibt bestimmt Kinder, die mich brauchen.«

Ellie löste sich von ihr. »Mom und Dad wären so stolz auf dich, Jules.«

Julia lächelte. »Ja.« Einen Moment schloss sie die Augen und erinnerte sich – an die Frau, die sie vor nicht einmal einem Jahr gewesen war, voller Angst vor sich selbst und vor ihren Gefühlen …, an das kleine Mädchen namens Alice, das ihr so ans Herz gewachsen war …, an den Mann, der das Dunkel seiner Vergangenheit hinter sich gelassen und zusammen mit ihr tief in diesem uralten Wald das Licht gefunden hatte. Noch viele Jahre würde man in Rain Valley von diesem Ereignis sprechen, von der Zeit, als ein Kind, das anders war als alle anderen, aus dem Wald und in ihr Leben getreten war – und sie alle verändert hatte. Mitten im Oktober hatte es begonnen, als die Bäume sich orange färbten, als die Blätter im kalten, nach Regen duftenden Wind tanzten und als die Sonne mit ihrem goldenen Schein die Welt zum Strahlen brachte.

Die magische Stunde.

Für den Rest ihres Lebens würde Julia sich daran erinnern, als die Zeit, in der sie endlich heimgekommen war.

KAPITEL EINS

*I*n jenem Frühjahr kam der Regen in so schweren Sturm-böen, dass er an den Dächern der Häuser riss und lärmte. Das Wasser drang bis in die kleinsten Ritzen und untergrub noch die stärksten Fundamente. Land, das die sichere Heimat meh-rerer Generationen gewesen war, brach auf und häufte sich zu Schlackebrocken auf den tieferliegenden Straßen, riss Häu-ser und Autos und Swimmingpools mit sich. Bäume stürz-ten um, krachten auf Stromleitungen. Flüsse traten über ihre Ufer, überfluteten Gärten und zerstörten Häuser. Menschen, die einander liebten, gerieten in Streit miteinander. Unter-dessen fiel der Regen unablässig, und das Wasser stieg weiter.

Leni war nervös. Sie war neu in der Schule, nur ein unbe-kanntes Gesicht in der Menge – ein rothaariges Mädchen mit Mittelscheitel, das keine Freunde hatte und jeden Tag allein zur Schule ging.

Sie saß auf ihrem Bett, die Knie umschlungen, die mageren Schenkel an die flache Brust gedrückt. »Unten am Fluss« lag aufgeschlagen neben ihr, eine Taschenbuchausgabe voller Esels-ohren. Durch die dünnen Wände des Hauses hörte sie ihre Mutter sagen: *Ernt, Baby, bitte nicht. Hör doch …*

Dann die verärgerte Stimme ihres Vaters: *Lass mich zufrie-den, verdammt noch mal.*

Es ging wieder los. Das Streiten. Das Gebrüll.

Bald würde es Tränen geben.

Wetter wie dieses brachte die dunkle Seite ihres Vaters zum Vorschein.

Leni schaute auf die Uhr an ihrem Bett. Wenn sie sich jetzt nicht auf den Weg machte, käme sie zu spät zur Schule. Sie würde auffallen, und das war das Einzige, was noch schlimmer war, als auf der Mittelschule die Neue zu sein. Zu dieser Erkenntnis war sie auf die harte Tour gelangt. In den letzten vier Jahren war sie auf fünf Schulen gewesen, und auf keiner war es ihr geglückt dazuzugehören. Doch sie gab nicht auf und hoffte noch immer, dass sie es eines Tages schaffen würde. Sie atmete tief durch und stand auf. Leise verließ sie ihr karg möbliertes Zimmer und überquerte den Flur. An der geöffneten Küchentür blieb sie stehen.

»Herrgott, Cora«, sagte Dad. »Du weißt doch, wie schwer es für mich ist.«

Ihre Mutter machte einen Schritt auf ihn zu und streckte die Hand nach ihm aus. »Du brauchst Hilfe, Baby. Es ist nicht deine Schuld. Die Alpträume −«

Leni räusperte sich, um auf sich aufmerksam zu machen. »Hey«, sagte sie.

Ihr Vater entdeckte sie und trat einen Schritt von Mom zurück. Leni erkannte, wie müde er aussah, wie abgekämpft.

»Ich … ich muss zur Schule«, sagte Leni.

Mom griff in die Brusttasche ihrer rosafarbenen Kellnerinnenuniform und holte ein Päckchen Zigaretten heraus. Sie wirkte erschöpft. Hinter ihr lag die Spätschicht und vor ihr die Mittagsschicht. »Lauf los, Leni. Sonst kommst du zu spät.« Ihre Stimme war ruhig, sanft und ebenso zart, wie sie selbst es war.

Leni wollte weder bleiben noch gehen, das eine wäre so unerfreulich wie das andere. Es war sonderbar, vielleicht sogar ein bisschen albern, aber manchmal kam es ihr vor, als wäre sie der ausgleichende Ballast, der das schlingernde Allbright-Schiff auf Kurs hielt, fast so etwas wie die einzige Erwachsene in ihrer Familie. Ihre Mutter war seit geraumer Zeit auf der Suche nach sich selbst. In den vergangenen Jahren war sie allen möglichen Theorien gefolgt, um ihr Entwicklungspotenzial auszuschöpfen, wie sie es nannte. Sie hatte es mit Überlebenstraining versucht und mit dem Human Potential Movement, mit spiritueller Unterweisung, auch mit Unitarismus. Sogar mit dem Buddhismus. Überall hatte sie mitgemacht und sich das Beste für ihre Selbstfindung herausgepickt. Nach Lenis Eindruck waren es vor allem T-Shirts und markige Phrasen, die sie mitgenommen hatte. Sätze wie *Was ist, ist, und was nicht ist, ist nicht.* Letztlich schien nichts davon einen Unterschied zu machen.

»Geh«, sagte Dad.

Leni nahm ihren Rucksack vom Küchenstuhl und lief zur Haustür hinaus. Als sie hinter ihr ins Schloss fiel, begann es drinnen von neuem.

Herrgott, Cora –

Bitte, Ernt, hör mir zu –

So war es nicht immer gewesen. Zumindest behauptete das ihre Mutter. Vor dem Krieg seien sie glücklich gewesen, sagte sie, damals, als sie in Kent im Wohnwagenpark wohnten und Dad eine gute Stelle als Mechaniker und Mom stets ein Lachen auf den Lippen getragen und beim Kochen zu »Piece of My Heart« getanzt hatte. In Lenis Erinnerung an diese Zeit war nur noch das Bild ihrer tanzenden Mutter lebendig.

Dann wurde ihr Vater eingezogen. Er ging nach Vietnam, wo er kurz darauf abgeschossen und gefangen genommen wurde. Ohne ihn an ihrer Seite zu wissen, verlor Mom ihren Halt. Damals begriff Leni zum ersten Mal, wie zerbrechlich ihre Mutter war. Eine Zeitlang zogen sie umher, Leni und ihre Mutter, von Job zu Job, von Ort zu Ort, bis sie zuletzt in Oregon in einer Kommune unterkamen. Dort kümmerten sie sich um die Bienenstöcke und fertigten Lavendelsäckchen, um sie auf dem Bauernmarkt zu verkaufen. Sie demonstrierten gegen den Krieg in Vietnam, und Mom passte sich ihrem politisch engagierten Milieu an.

Als ihr Vater zurückkehrte, erkannte Leni ihn kaum wieder. Der gutaussehende, lachende Schemen ihrer kindlichen Erinnerung war ein seinen Launen hilflos ausgelieferter Mann geworden, den mal Wutanfälle plagten, dann wieder blieb er kühl und distanziert. Alles an der Kommune schien ihm verhasst zu sein, und schon bald zogen sie fort. Und wieder fort. Und wieder. Und nie war etwas so, wie er es haben wollte.

Nachts konnte er nicht schlafen, am Tage konnte er keinen seiner Jobs behalten, obwohl Mom schwor, dass er der beste Mechaniker sei, den es je gegeben habe.

Darüber hatten sie und er an diesem Morgen gestritten. Ihm war wieder einmal gekündigt worden.

Leni zog sich die Kapuze ihrer Jacke über den Kopf. Auf ihrem Schulweg lief sie durch Straßen mit gepflegten Häusern und machte einen Bogen um ein dunkles Gehölz; von dem musste sie sich fernhalten, man wusste nie, was einem dort zustoßen konnte. Sie kam an dem Fastfood-Restaurant vorbei, wo die Schüler der Highschool sich am Wochenende trafen, und an einer Tankstelle, wo die Autos in einer Schlange darauf warteten, Benzin für vierzig Cent den Liter zu tanken. Das war etwas, was die Gemüter aller erregte – die hohen Benzinpreise.

Eigentlich waren ohnehin alle Erwachsenen unentwegt gereizt, jedenfalls empfand Leni es so. Und es war auch kein Wunder. Der Vietnamkrieg hatte das Land gespalten. Tag für Tag verkündeten die Schlagzeilen der Zeitungen neue Grausamkeiten: Mal waren es Bombenanschläge der linksradikalen Weathermen, dann wieder die der IRA, Flugzeuge wurden genauso entführt wie Menschen, etwa die Erbin Patty Hearst, die von einer terroristischen Guerillatruppe gefangen genommen worden war. Das Massaker bei den Olympischen Spielen in München hatte die ganze Welt erschüttert, eben dies schien sich auch bei der Watergate-Affäre abzuzeichnen. Und seit kurzem verschwanden im Bundesstaat Washington immer wieder junge Frauen, ohne eine Spur zu hinterlassen. Die Welt war gefährlich geworden.

Was hätte Leni darum gegeben, eine richtige Freundin zu haben. Es war ihr größter Wunsch. Sie wollte mit jemandem reden können.

Doch würde es ihr letztlich irgendetwas bringen, wenn sie mit jemandem über ihre Sorgen sprechen könnte? Wozu jemandem ihr Herz ausschütten? War es nicht einfach so, dass ihr Vater manchmal die Kontrolle verlor und herumbrüllte und sie nie genug Geld hatten und dauernd umzogen, um ihren Gläubigern zu entkommen? So war ihre Familie nun einmal, aber immerhin liebten sie einander.

Aber dann gab es Tage, solche wie diesen, an denen Leni Angst hatte. Es war ihr, als stünde ihre Familie an einem tiefen Abgrund, wo der Boden unter ihren Füßen jeden Augenblick nachzugeben und abzubrechen drohte und sie wie die Häuser an den aufgeweichten Hängen von Seattle in die Tiefe stürzen würden.